KB249202

한 권으로 당당하게 끝내는

수호지

한 권으로 당당하게 끝내는

수호지

시내암 원작 ● 차평일 편역

동해출판

수호지, 이제는 다시 평가되어야 한다

『삼국지』와 함께 중국 대중문학의 양대 산맥으로 평가되어 온 『수호지』는 중국 북송 말에 화남지방에서 일어난 '송강의 난'을 기초로 쓰여진 대하 역사 소설로, 본래는 『선화유사』를 바탕으로 송대에 있었던 몇 가지의 도둑 설화를 엮어 시내암이 지은 것을, 후에 『삼국지』의 작가인 나관중이 다시 편찬해 낸 것이라 전해진다.

그 후 수호지는 여러 차례에 걸쳐 삭제되고 재편되는 과정을 거쳤는데, 이 책은 청나라 초기의 대문호 김성탄이 완성한 『제오재자서 수호지』를 기본으로 하여 현대적인 감각을 덧붙인 것이라 할 수 있다. 즉 반복적이고 정형적인 부분은, 정체의 흐름을 흐트러뜨리지 않는 선에서 과감히 삭제하고 원전의 생동감을 더욱 생생하게 살리기 위해 한글체의 말투로 바꿔 현대적 재미를 더했다.

『수호지』에는 탄압받는 민중의 절망적인 한숨과 좌절이 있고, 부패와 부정에 항거하는 분노와 반항이 있다. 이러한 감정들을 바탕으로 이름없이 사라진 사람들에 의해 입에서 입으로 전해진 무수한 이야기들이 민중들의 가슴속에 깊이 간직되고 키워지다 마침내 그 찬란한 열매를 본 것이다.

　사실 권모와 술수, 약육강식의 논리가 그대로 통용되고 있다는 사실에선 이 책의 배경이 되었던 시대나 우리가 살고 있는 오늘날이나 크게 다를 게 없다. 그 때문에라도, 어찌 보면 한낱 도둑들의 이야기에 불과한 이 이야기가 아직까지 많은 이들의 사랑을 받아 읽혀지고 있는지도 모른다. 선과 악의 시비를 떠나 그 시대가 안고 있는 고난과 역경을 헤쳐나가기 위해 벌였던 108명 호걸들의 장렬한 투쟁을 그렸다는 사실 하나만으로도 이 책의 가치는 충분히 인정받고 있는 것이다.

_차평일

차 례

제4장. 가자! 양산박으로

제5장. 바다로 흐르는 강

제6장. 백팔 호걸들

제1장
불길한 먹구름

백팔 마왕을 풀어준 홍신

중국의 당唐이 멸망하고 송宋이 일어나기까지에는 50년에 달하는 오대 십국五代十國의 난세를 거쳐야 했다. 이러한 때에 등장해 새로이 천하를 통일하고 송조 400년의 기틀을 다진 이가 있으니, 곧 송의 태조太祖 조광윤趙匡胤이었다.

송 태조는 경신년庚申年에 제위에 올라 17년을 다스린 후, 천하를 통일하는 데 그 공이 컸던 아우 태종太宗에게 제위를 물려주었고, 태종은 재위 22년에 진종眞宗에게, 진종은 다시 인종仁宗에게 제위를 넘겨주었다. 이 때의 송은 나라의 중흥을 위해 혼신을 다했던 제황들의 노력으로 최고의 전성기를 누리게 되었다.

그러나 달도 차면 기우는 법, 인종 때에 이르러 차츰 불길한 먹구름이 드리워지기 시작했다. 갑자기 온 나라에 염병(괴질)이 무섭게 피져, 남으로는 강남에서부터 시작해 북으로는 장안 낙양에 이르기까지 남녀노소를 불문하고 수많은 사람들을 죽음으로 내몰았던 것이다. 송의 수도인 동경도 예외일 수 없었다. 군사와 백성들의 태반이 염병의 위력 앞에 힘없이 쓰러져 나가자, 개봉부를 다스리던 포증은 몸소 혜민화제국(오늘날의 국립병원)에 나와 처방을 내리고 사재를 털어 약을 나누어주는 등 백성들을 구하려고 동분서주했다. 하지만 이와 같은 노력에도 불구하고 염병의 기세는 좀처럼 수그러들 줄 몰랐다.

사태가 이러해지자 인종 재위 28년 3월 3일 아침, 어전회의에 나온 재상 조철과 참정 문언박은 그 동안 숨겨왔던 염병의 창궐을 천자에게 아뢰었다.

"폐하, 지금 동경성과 지방에 염병이 크게 번져 죽거나 앓는 백성들이 곳곳에 쏟아져 나와 그 수를 헤아리기가 어렵습니다. 엎드려 청하옵건데, 폐하께서는 죄지은 이들을 방면하시고 은덕을 베풀어 형벌이 그릇된 일이 없나 널리 살피시고 세금을 감면해 주옵소서. 아울러 하늘에 이 같은 재난이 사라지기를 비시어 만백성들을 구해 주시옵소서."

이들의 뜻을 받아들인 인종은 그 자리에서 한림원에 명을 내려 천하의 모든 죄수들을 사면해 주고 백성들의 세금을 면제한다는 조서를 내리는 한편, 장안의 모든 사원에 명하여 재앙을 없애 주기를 하늘에 빌게 했다. 그러나 이미 전역에 퍼진 염병 앞에서는 모두 허사가 되고 말았다. 인종은 다시 손수 글을 써서 향을 피우고 제사를 지냈으며, 아울러 전전태위 홍신洪信을 신주의 용호산에 사는 사한천사 장진인張眞人에게 보내 몸소 쓴 칙서를 전하게 했다. 이는 장진인을 청해 옥황상제에게 빌기 위함이었다.

천자의 명을 받은 홍신은 서둘러 채비를 갖추고 하인 여남은 명과 함께 동경을 떠났는데, 지름길을 골라 걸은 탓에 하루도 안 되어 신주에 도착했다. 신주의 관원들은 홍신 일행을 극진히 맞이하는 한편, 사람을 용호산 상청궁으로 보내 그곳의 주지에게 천자의 칙서를 맞을 준비를 하게 했다.

다음 날 일찍 길을 나선 홍신 일행과 신주의 관원들은 오래지 않아 용호산 기슭에 당도했다. 그러자 이미 기별을 받은 상청궁의 도사들은 모두 산을 내려와 종을 울리고 북을 치고 갖가지 깃발을 흔들며 천자가 보낸 사자를 영접했다. 이들의 인도로 산에 오른 홍신은 상청궁에 이르러 말에서 내렸고, 칙서를 받들기를 청하는 감궁진인(도관의 살림을 맡아보는 도사)에게 물었다.

"천사께서는 어디 계시오?"

그러자 주지격인 도사가 앞으로 나와 말했다.

"태위께서도 아시겠지만, 조사께서는 성품이 워낙 깨끗하고 드높은 것을 좋아하시는지라 사람을 맞고 보내는 일을 번거로워하십니다. 해서 용호산 정상에 초막을 짓고 명상과 수도에만 정진하시는 까닭에 지금 상청궁에는 머물고 계시지 않습니다."

이 말을 들은 홍신은 눈앞이 캄캄해졌다.

"하지만 천자께서는 전국을 혼란에 빠뜨린 전염병을 걱정하신 나머지 칙서까지 내려 그분을 찾고 계시오. 어찌하면 천사를 만나 뵐 수 있겠소?"

홍신이 걱정스런 낯빛으로 묻자, 주지는 조금 난감한 듯 머뭇거리다 대답했다.

"태위께서 지극한 정성을 보이는 길밖에 없을 듯합니다. 먼저 정갈한 마음으로 목욕재계하시고 깨끗한 옷으로 갈아입으신 다음 몸소 조사님을 찾아 올라가 보십시오. 혼자 칙서를 등에 지고 향을 사르며 산을 올라가, 예를 갖추어 절을 올리신 뒤에 간곡히 청한다면 저희 조사께서도 외면하지는 않으실 것입니다. 하지만 간절한 마음으로 정성을 다하지 않는다면 가 보셔야 헛걸음일 뿐 조사님을 뵙지는 못할 것입니다."

"그건 걱정하지 마시오. 이미 도성을 나설 때부터 음식까지 가려 먹으며 몸가짐에 각별히 신경써 온 몸이오. 어찌 정성이 모자랄 수 있겠소. 내 주지의 말씀을 따라 내일 날이 밝는 대로 산에 오르도록 하겠소."

다음 날 이침, 항내가 감도는 목욕물로 일찌감치 목욕을 마친 홍신은 허름하지만 깨끗한 옷과 신발을 갖추고 난 후, 황제의 칙서를 싼 누런 보자기를 등에 메고 향을 피워 든 채 산을 오르기 시작했다. 홍신은 딘딘히 미음을 다져먹고 산길을 오르는 내내 천존들의 이름을 되뇌며 발걸음을 재촉하였다.

험악한 산세는 거칠기가 이루 말할 수 없었고, 산 정상은 구름 속에 파묻혀 하늘까지 닿은 듯 끝이 보이지 않았다. 거친 바위틈을 돌고 가시덤불을 헤치며 한참을 오르자 홍신의 눈앞에 그 끝을 알 수 없는 갈림길이 나타났다. 이제까지 무던히도 잘 참고 견뎌온 홍신이었지만 여기에선 망설이지 않을 수 없었고, 다리도 쑤시고 목도 말랐던 터라 망설임은 곧 불평이 되었다.

'세상에 부러울 것 없던 내가 이 무슨 꼴이란 말이냐. 천한 것들이나 신는 짚신에 향로를 받쳐든 꼴이라니……'

바로 그때였다. 갑자기 거친 바람이 불더니 커다란 소나무 뒤에서 호랑이 한 마리가 땅을 박차고 뛰어올랐다. 깜짝 놀란 홍신은 그 자리에서 꼼짝도 못하고 주저앉고 말았다. 호랑이는 그런 홍신을 노려보며 주위를 한 바퀴 돌더니 한 차례 큰 소리로 울부짖고는 몸을 날려 산 아래로 사라져 버렸다.

얼마 후 사시나무 떨 듯 온몸을 떨던 홍신은 괴로운 신음소리를 내뱉으며 겨우 자리에서 일어났지만 넋 나간 사람처럼 한참 동안 그 자리를 벗어나지 못했다. 간신히 엎질러진 향로를 수습한 홍신은 천자의 엄명을 되새기며 다시 산을 오르기 시작했다.

'황제폐하의 뜻을 받들고 있는 사신을 이리 대접하다니……. 이건 너무하지 않은가.'

아무래도 조금 전의 호랑이가 예사 호랑이는 아닌 듯해 문득 원망이 일기 시작했다. 그때 다시금 한 줄기 불쾌한 바람이 이는가 싶더니 홍신이 선 자리 바로 앞에 굵기가 절구통만한 커다란 뱀이 붉은 혀를 날름거리고 있는 것이 아닌가. 두 눈에서 내뿜는 금빛 광채가 타는 화살처럼 홍신의 얼굴 위로 쏟아져 내렸고, 사악한 독기운이 주위에 가득했다.

"이젠 죽었구나!"

홍신은 숨넘어가는 소리를 내지르며 그 자리에 주저앉았고, 주인의 손을 떠난 향로는 땅바닥으로 내동댕이쳐졌다. 하지만 뱀 역시 호랑이와 마찬가지로 홍신을 해칠 마음은 없는지 홍신을 한 번 무섭게 쏘아보곤 곧 미끄러지듯 골짜기 아래로 사라져 버렸다. 겁에 질려 땅바닥에 널브러져 있던 홍신은 물에 불은 국수처럼 축 늘어진 몸을 겨우 일으키며 중얼거렸다.

"아예 날 놀라 죽게 할 작정이구나. 어찌 천자의 사신을 이리 희롱한단 말인가? 내 천사를 만나면 단단히 따져 물으리라."

바로 그때 소나무 숲 저편에서 가냘픈 피리 소리가 들려 왔다. 귀를 기울이자, 그 피리 소리는 차츰 홍신 쪽을 향해 다가오는 것이었다. 가늘게 눈을 뜨고 그 쪽을 살피니 황소 위에 걸터앉은 한 소년이 쇠피리를 불면서 막 모퉁이를 돌아 나오는 것이 보였다. 맑은 눈망울에 하얗고 고른 이를 가진, 세속의 흔적이라고는 찾아볼 수 없는 해맑고 깨끗한 모습이었다. 소년이 희미한 미소를 지으며 앞을 스쳐갈 즈음, 그 모습을 살피던 홍신이 그를 불러 세웠다.

"애야, 너 어디서 오는 길이냐? 혹시 천사님을 모시고 있는 아이가 아니냐?"

그러나 소년은 홍신의 말을 들었는지 못 들었는지 눈길 한 번 주지 않고 피리만 불 뿐이었다. 홍신이 거듭 같은 질문을 되풀이하자 소년은 불던 피리를 입에서 떼고 한바탕 깔깔 웃더니 피리로 홍신을 가리키며 말했다.

"천사님을 찾아오신 분이 아닙니까? 하지만 천사님은 이곳에 계시지 않습니다. 오늘 아침 천사께서 말씀하시길 '천자께서 홍신이란 사람을 사자로 정해 칙서를 지워 이곳으로 보내실 것이다. 이는 나를 불러 천하에 널리 퍼진 염병을 없애시려는 뜻이다. 하지만 일이 막중하고 시급하니 사자가 올 때까지 기다리고 있을 수가 없구나. 지금 당장 학을 타고 서둘러 다녀와야겠다' 라고 하셨습니다. 올라가 봤자 빈 암자뿐이니 헛걸음 마시고 이만 산을 내려가시지요. 게다가 이 산에는 독충과 맹수가 우글거려 혼자 다니시다간 목숨을 잃기 십상입니다."

그 말을 들은 홍신은 맥이 풀리고 말았다. 어렵사리 여기까지 올라왔는데 빈손으로 돌아가야 한다니 허탈하기 이를 데 없었다. 하지만 어쩌겠는가. 하는 수 없이 향로를 빗쳐 든 채 올라왔던 길을 되돌아 내려갔다.

다시 삼청궁에 이르니 여러 도사들이 홍신을 맞으며 주지의 방으로 안내했다. 주지는 홍신의 얼굴을 보기가 무섭게 천사를 만나 보았는지 물었고, 이에 홍신은 불편한 심기를 그대로 드러내며 산 위에서 있었던 일을 말했다.

그러자 주지는 무릎을 치더니 빙긋 웃으며 홍신의 말을 받았다.

"저런, 그 소년이 바로 천사십니다. 만나 뵙고 오시긴 했군요."

그제서야 홍신도 자신이 천사를 너무 가볍게 보았음을 깨닫고 부끄러움을 감추지 못했다.

"부끄럽습니다. 내가 두 눈을 뻔히 뜨고도 천사를 알아보지 못했으니 이보다 더 부끄러운 일이 어디 있겠소."

"하지만 이곳까지 오신 일에 대해서는 마음놓으셔도 될 것입니다. 천사께서 이미 아셨으니 태위께서 동경에 돌아가실 무렵이면 아마 초제를 다 마치시고 다시 돌아오고 계실 것입니다."

홍신은 주지의 말을 듣고서야 겨우 마음이 놓였다. 주지는 곧 잔치를 열어 홍신과 그 일행들을 대접했고, 모처럼 느긋해진 홍신은 밤이 늦도록 술을 마시며 즐겼다.

다음 날 아침, 주지를 비롯한 도사들이 홍신을 안내하여 삼청궁 경내를 구경시켜 주었다. 홍신은 삼청전을 위시한 아름다운 사찰 건축물들의 아름다움에 크게 감탄했고, 그 안에 소장된 값지고 귀한 보화들이 이루 다 말할 수 없을 만큼 많음에 또 한번 놀랐다. 홍신 일행이 경내의 크고 작은 전각들을 둘러보다 한쪽 낭하 뒤에 이르렀을 때였다. 다른 전각들과 좀 떨어진 곳에 한 채의 외딴 전각이 홍신의 눈에 들어왔다.

전각은 호초를 빻아 붉게 칠한 진흙 담으로 둘러싸여 있었고, 그 정면에는 새빨간 빗대를 둘씩이나 두른 대문이 자리하고 있었다. 홍신의 눈길을 끈 것은 바로 그 대문이었다. 문에는 커다란 자물쇠가 채워진 채 그 위에 다시 수십 장의 봉인이 겹겹이 덧붙여져 있었다. 하도 엄중하게 봉해 둔 문이라 슬슬 호기심이 발동한 홍신은 대문 위의 편액을 자세히 살펴보았다. 거기에는 붉은 바탕에 황금색 글씨로 '복마지전伏魔之殿' 이라고 쓰여 있었다.

"이 전각은 어떤 곳이오?"

"이곳은 옛적의 천사께서 사악한 마왕들을 잡아 가두어 두신 곳입니다."

"그런데 어째서 문 위에 저토록 많은 봉인을 겹겹이 덧붙여 두었소?"

"이 전각엔 당나라 때 천사이신 통현국사洞玄國師님에 의해 봉인된 사악한 마왕들이 갇혀 있지요. 그 후로 함부로 열어서 마왕들이 달아나지 못하도록 천사님이 바뀔 때마다 대대로 봉인을 덧붙여 놓았는지라 지금까지 한 번도 저 문을 연 적이 없었습니다. 게다가 자물쇠에 구리를 녹여 부었기 때문에 저 안에서 무슨 일이 벌어지고 있는지 아무도 아는 이가 없습니다. 저도이 상청궁에 들어온 지 30년이 넘었건만 이렇게 가까이 와 본 것은 처음입니다.”

홍신이 듣고 보니 정말이지 놀랍고 괴이한 이야기였다. 차츰 그의 마음속에 호기심이 불같이 일기 시작했다.

'내 귀신이니 마왕이니 하는 것들이 있다는 말은 들어봤어도 실제로 본적은 없다. 이번 기회에 꼭 한번 봐야겠구나.'

마음을 정한 홍신은 주지를 돌아보며 짐짓 근엄한 표정을 지으며 말했다.

“문을 한번 열어보시오. 내 마왕의 몰골이 어떻게 생겼는지 봐야겠소.”

그제서야 사태의 심각성을 깨달은 주지는 크게 놀라 두 손을 내저으며 홍신의 앞을 가로막았다.

“큰일날 소리를 하십니다. 함부로 이 문을 열었다간 어떤 큰 재앙이 일어날지 모르는 일입니다. 제발 분부를 거두어 주십시오.”

주지가 완강히 거절할수록 홍신의 호기심은 더욱 커져만 갔다. 홍신은 언성을 높여가며 더욱 주지를 다그쳤다.

“모두 다 허튼 소리에 불과하오. 요망스럽고 괴상한 이야기를 꾸며 어리석은 백성들을 홀리려는 그대들의 수작에 내가 속을 것 같소? 나도 책이라면 남 못지 않게 읽어 보았지만, 그 어디에서도 귀신을 잡아 가두는 방법이 있다는 구절은 본 적이 없소. 귀신의 일은 이 세상의 것이 아닌즉, 나는 이곳에 그런 귀신의 우두머리가 있다는 말을 믿지 못하겠소. 만약 그대들의 주장이 옳다면 어서 문을 열어 내게 그 마왕이란 놈을 보여 주시오.”

홍신이 비웃음까지 섞어대며 주지를 몰아붙였지만, 주지는 조금도 물러서려 하지 않았다. 마침내 화가 머리끝까지 치민 홍신은 갑자기 험악해진 얼굴로 여러 도사들에게 손가락질을 해대며 꾸짖듯이 호통을 쳤다.

“끝까지 너희들이 이 문을 열지 않겠다면 내게도 생각이 있다. 내 조정에 돌아가면 먼저 너희들이 천자의 뜻을 어겨 나로 하여금 천사를 만나지 못하게 한 죄를 아뢸 것이다. 그리고 그 다음으로 이따위 전각을 지어 귀신을 잡아두었다는 터무니없는 말로 백성들을 홀리려 한 죄를 아뢰도록 하겠다. 이 모든 사실이 밝혀지면 너희들은 도첩을 빼앗기고 내쫓기는 신세가 되거나 심하면 얼굴에 먹자를 새긴 채 유배에 처할 것이다.”

진퇴양난에 빠진 주지의 얼굴에 두려움의 빛이 역력해졌다. 결국 홍신의 기세에 눌린 도사들은 그 뜻을 받아들여 대장장이로 하여금 봉인을 뜯게 하고 쇠망치로 자물쇠를 부수었다.

수백 년 동안 열린 적이 없던 거대한 문이 기괴한 소리를 내며 열리자, 홍신은 마른 입술을 침으로 축이며 전각 안으로 발을 들여놓았다. 안은 온통 칠흑 같은 어둠으로 뒤덮여 아무것도 보이지 않았다. 이에 홍신은 사람들을 시켜 수십 개의 횃불을 밝히게 한 다음, 전각의 구석구석을 자세히 살펴보았다.

안에는 특별히 세인의 이목을 끌 만한 것은 없었고, 다만 가운데 커다란 돌비석 하나가 세워져 있었다. 높이가 오륙 척은 되어 보였고, 거북 모양의 대석을 얹은 것으로 그 절반은 바닥 깊숙이 파묻혀 있었다.

횃불로 비석에 새겨진 글자를 살펴보니 전혀 알아볼 수 없는 글들이 빼곡이 적혀 있었다. 이번에는 비석의 뒷면을 살피니, 거기엔 알아볼 수 있는 글자 네 자가 쓰여 있었는데 바로 ‘우홍이개遇洪而開였다. 그 글을 확인한 홍신은 주지를 돌아보며 이보란 듯이 말했다.

“이 글을 좀 보시오. 우홍이개, 곧 홍씨 성을 가진 사람을 만나 열린다함은 바로 내가 이곳에 와서 열 것임을 미리 적어둔 것이 아니겠소? 이래도 내가 하는 일을 막을 셈이오? 내 생각엔 마왕이 갇힌 곳은 이 돌비석 아래임이 틀림없는 것 같소. 그대는 어서 사람들을 불러 오시오. 내 이곳을 한번 파 봐야겠소.”

하지만 홍신의 말보다는 선대의 가르침을 더 믿고 있던 주지는 그 뜻을 따를 수가 없었다.

“안될 말씀이십니다. 이곳을 팠다가 세상사람들을 해치게 된다면 어찌하실 것입니까?"

그러나 홍신은 좀처럼 고집을 꺾을 줄 몰랐다. 주지가 수 차례 간청해 보았지만 오히려 홍신의 화만 돋굴 뿐이었다. 홍신은 제 스스로 사람들을 불러 그 비석을 쓰러뜨리고 돌거북을 파내게 했다.

돌거북은 거의 반나절이나 파들어 가서야 겨우 캐낼 수 있었고, 다시 서너 자쯤 더 파들어 가자 이번에는 길이가 한 길이나 되는 청석판이 나왔다.

"이것도 들춰 보아라."

홍신은 인부들에게 호기롭게 명했다. 곁에서 두려운 눈길로 이 일들을 지켜보던 주지가 다시 한 번 홍신을 만류해 보았으나 아무 소용이 없었다. 홍신은 기어이 사람들을 다그쳐 그 청석판을 들어내게 했다. 청석판을 들추자 그 밑으로 깊이를 헤아릴 수 없는 굴이 나타났다.

홍신은 사람들을 헤치고 그 굴 가장자리에 서서 안을 들여다보았다. 캄캄한 어둠 속에서는 습한 기운과 함께 그 누구도 일찍이 들어보지 못한 기괴한 소리가 울려 퍼지고 있었다. 차츰 두려움을 느낀 홍신이 사람들과 함께 몇 발짝 물러나려는 순간, 그 소리는 점점 더 가까이 다가오더니 갑자기 굴 속에서 한 줄기 검은 기운이 솟구쳤다. 그 검은 기운은 전각의 지붕을 꿰뚫고 하늘 높이 치솟더니 하늘의 한가운데에 이르러 갑자기 백여덟 갈래의 찬란한 금빛으로 변해 사방으로 흩어져 버렸다.

그 광경을 지켜본 사람들은 크게 놀라 삽과 괭이를 내던진 채 넘어지고 밟히고 한바탕 큰 소동을 일으키며 전각을 뛰쳐나갔다. 놀라긴 홍신도 마찬가지였다. 그제서야 자신이 무슨 일을 저질렀는지 깨닫고는 얼굴이 사색이 되어 그곳을 기듯이 빠져나왔다. 밖에서는 주지가 하늘을 바라보며 알 수 없는 말로 연신 무언가를 중얼거리고 있었다. 홍신은 벌린 입을 다물지 못한 채 주지를 붙들고 물었다.

"지금 달아난 게 마왕이 틀림없소?"

"그럴 것입니다. 제가 그렇게도 만류했는데……, 이제 이 일을 어찌한단 말입니까? 태위께서는 모르시겠지만, 그 옛날 국사께서 말씀하시길 이 전각에는 36원의 천강성과 72좌의 지살성, 곧 백팔 마왕을 잡아다가 비석에 비문을 새겨 가둬두었는데, 만일 그들이 다시 세상을 떠돌게 되면 반드시 많은 사람들이 해를 입을 것이라 하셨습니다. 그런데 바로 태위께서 이 무서운 마왕들을 세상에 풀어놓고 마신 것입니다.”

주지의 말을 들은 홍신은 덜컥 겁이나 온몸에 식은땀이 흐르고 사지가 떨려 서 있는 것조차 힘들게 느껴졌다. 그는 황급히 짐을 꾸려 함께 온 관원들을 재촉해 도망치듯 도성을 향해 떠났다.

홍신 일행을 산밑까지 배웅하고 돌아온 주지와 도사들은 곧 무너진 전각을 다시 짓고 넘어진 비석을 일으켜 세웠으나 이미 모든 것은 돌이킬 수 없는 일이었다.

한편 도성으로 돌아가던 홍신은 데리고 간 사람들에게 자신의 실수로 마왕들을 풀어주게 된 사실을 일체 입밖에 내지 말라고 엄명을 내렸다. 천자의 귀에 들어가면 무슨 벌이 내려질지 알 수가 없는 일이었다.

홍신이 도성에 이르렀을 땐, 이미 천사가 7일간의 제사를 마치고 염병을 다스린 후 학과 구름을 몰고 용호산으로 돌아간 후였다. 대궐로 들어가 천자 앞에 선 홍신은 태연히 아뢰었다.

“천사는 학과 구름을 타고 먼저 떠나고, 저희들은 역마를 빌어 뒤따라오느라고 이렇게 늦었습니다.”

아무것도 모르는 인종 황제는 그런 홍신에게 후한 상을 내리고 그의 노고를 크게 치하했다. 그리고 그 이후로도 천자는 난세를 예감케 하는 홍신의 커다란 실수에 대해서는 끝내 아무것도 알지 못했다.

인종은 그 뒤 재위 42년에 생을 마감했고, 뒤를 이어 영종, 신종, 철종이 계속 황제의 자리에 오르면서 천하는 태평 세월이 계속되었다. 그러나 언제까지고 영원히 지지 않을 것 같던 송조의 해도 어느덧 차츰 기울어 쇠락의 길로 접어들기 시작했고, 홍신의 실수로 세상에 풀려난 백팔 마왕에 의해 어떤 풍파가 일어날지 아무도 예측할 수 없는 일이었다.

천하 한량 고구

송나라 철종 때 동경성 개봉부 변두리의 선무군이라는 곳에 고이高二라는 자가 살고 있었다. 그는 어릴 적부터 가업을 이어받을 생각은 않고 오직 술과 여자와 잡기로 허송 세월을 보내고 있던 천하의 한량이었다.

그러나 그에겐 남달리 뛰어난 재주가 있었으니, 춤 솜씨와 창술, 봉술, 그리고 공 차는 기술이 그것이었다. 특히 공 차는 재주만큼은 그 누구도 따를 수 없어 사람들은 그를 고이라는 이름 대신 제기 구毬자를 써서 고구高毬라 부를 정도였다. 아무튼 그는 예의라고는 찾아보려 해도 찾아볼 수 없는 위인으로 매일 순진한 양반집 아들들을 꼬셔내어 술집을 드나드는 것이 일과였다.

그러던 어느 날, 술집으로 노름방으로 색시 파는 데로 세월 가는 줄 모르고 다니던 고구의 좋은 시절도 끝장이 나는 사건이 터져 버렸다. 철물점을 하는 왕원외工員外의 외아들을 꼬셔 오입을 시키다가 그만 왕원외에게 들켜 버린 것이다. 왕원외는 그 길로 개봉부로 달려가 고구의 죄를 낱낱이 적어 고소해 버렸다.

고구를 잡아들인 부윤은 곧장 스무 대의 태형을 내린 뒤 성 안의 그 누구도 고구를 받아주어서는 안 된다는 엄명과 함께 동경성 밖으로 내쫓았다.

오갈 데 없는 신세가 된 고구는 할 수 없이 임회주로 가서 유대랑柳大郎이란 사람에게 몸을 의탁했다. 유대랑은 평소 사람들과 사귀기를 좋아해서 갈 데 없는 사람들을 잘 거두었는데, 고구가 갔을 때도 그의 집은 사방에서 몰려든 한량들로 득시글거렸다.

고구가 유대랑의 집에서 머문 지 삼년이 되던 때였다. 그 해 철종은 유례 없는 큰 풍년을 맞자 널리 은덕을 베풀어 천하의 죄수들에게 사면령을 내렸다. 이 소식을 들은 고구는 문득 동경으로 돌아가고 싶어졌다.

대충 짐을 꾸린 고구가 유대랑에게 작별인사를 했다. 그러자 사람 좋은 유대랑이 걱정스레 물었다.

"그나저나 자네 그곳에 가서는 어디 의지할 곳이라도 있나?"

그 말에 고구는 문득 몸 하나 누일 곳 없는 자신의 신세가 처량해졌다. 고구가 머뭇거리며 대답을 못하자, 유대랑은 그 모습이 측은해 보였던지 자신의 친척인 동장사董將仕를 소개하며 편지를 한 통 써 주었다.

"성안 금량교 쪽에 가면 한약방을 하는 동장사란 이가 있는데 내 먼 친척일세. 이 편지를 보여 주면 나를 봐서라도 괄시를 하진 않을 걸세."

고구로서는 고맙기 그지없는 배려였다. 고구는 유대랑의 호의에 거듭 감사하며 아쉬운 작별인사를 나눈 후 임회주를 떠났다.

동경으로 돌아온 고구는 곧바로 금량교에 있는 동장사의 한약방으로 찾아갔다. 고구가 유대랑의 편지를 내밀자, 동장사는 한편으론 고구를 살피고 다른 한편으론 편지를 읽으면서 한참 동안 난감한 표정을 지었다.

'이 자를 어떻게 내 집에 들인단 말인가? 이 망나니를 집에 들였다간 우리 아이들까지 망치고 말 것이다.'

하지만 편지까지 써 보낸 유대랑의 얼굴을 봐서라도 그냥 돌려보낼 수는 없었다. 이리저리 머리를 굴리던 동장사는 깨끗한 옷 한 벌을 내놓으며 말했다.

"우리 형편이 그리 넉넉하지 못해 크게 남을 도울 처지가 못 되네. 일이 이러니 나만 쳐다보고 있다가 자네 신세까지 망칠까 걱정일세. 그래서 내 자네를 소학사蘇學士 댁에 보내 훗날 출세에 도움이 되게 하고 싶은데 자네의 의향은 어떠한가?"

동장사의 속마음을 모르는 고구는 크게 감사하며 그 말을 따랐다. 동장사는 곧 편지 한 통을 쓴 뒤 하인을 시켜 고구를 소학사 집으로 안내하게 했다.

그러나 동장사의 편지를 받아든 소학사 역시 고구가 천하 한량에 망나니라
는 사실을 잘 알고 있었기에 그를 자신의 집에 들이는 게 썩 내키지 않았다.

'아무리 동장사의 부탁이지만 이런 놈을 어찌 내 집에 붙여 둔단 말인가?
옳지, 저놈을 왕진경王晉卿 부마 댁에 보내 심부름꾼으로 부리게 해야겠다.
그분도 저런 놈을 좋아한다지 않는가?'

마음을 정한 소학사는 아무 내색 없이 고구를 집 안으로 들여 하룻밤을
재웠다. 그리고 다음 날 날이 밝기가 무섭게 편지 한 통과 함께 고구를 왕진
경의 집으로 보냈다.

그제서야 고구도 자신의 처지를 알아차렸지만 어쩔 수 없는 일이었다. 그
는 아무 말 없이 소학사집 하인을 따라나섰다. 그런데 참으로 알 수 없는 것
이 사람의 일이라고, 이 길이 자신의 출세의 길이 될 줄은 그로서도 꿈에도
생각 못할 일이었다.

왕진경은 철종의 매부요 신종의 사위로, 평소 풍류를 아는 사람을 아꼈기
에 그의 주위에는 늘 그렇고 그런 패거리들이 장사진을 이루고 있었다. 그
날도 소학사집 하인이 편지와 더불어 고구를 데리고 오자 한눈에 그의 됨됨
이를 알아보고 크게 반겼다. 그리고 소학사에게 고맙다는 답장까지 써 보
낸 뒤에 고구로 하여금 가까이에서 자신의 시중을 들게 했다.

고구는 자신을 받아준 왕진경을 위한 일이라면 어떤 궂은 일이라도 마다
하지 않았으며 입 안의 혀처럼 그의 모든 생각을 읽고 한 발 앞서 실행해 나
갔다. 이렇듯 고구가 항상 가까이서 시중을 들다보니 왕진경과의 사이는
가까워지지 않을 수가 없었다.

그러던 어느 날, 생일을 맞은 왕진경은 잔치를 열면서 처남인 단왕端王을
초청했다. 단왕은 신종의 열한 번째 아들이자 철종에게는 아우가 되는 인
물로, 사람됨이 총명하고 외모가 준수한 데다 풍류에도 상당한 안목이 있
었다.

왕진경은 온갖 진수성찬으로 한 상을 크게 차리고 단왕을 상석에 앉혀 정
성껏 대접했다. 그렇게 처남 매부 지간에 몇 순배 술을 나누고 식사를 마친

뒤였다. 잠시 쉬기 위해 왕진경의 서원으로 갔던 단왕은 그곳에서 옥을 깎아 만든 사자 모양의 서진書鎭 하나를 보게 되었다. 글씨와 그림에 뛰어나다 보니 그런 문방구에도 남다른 안목을 가지고 있던 단왕은 그 서진을 들고 한참을 보다가 자기도 모르게 감탄의 소리를 자아냈다.

"정말 보기 드문 명품이구나……."

그러자 곁에 서 있던 왕진경은 단왕이 그 서진을 몹시 마음에 들어 함을 알고 서둘러 말했다.

"제게는 그것말고도 용 모양으로 깎은 옥붓걸이가 하나 더 있습니다. 둘다 한 장인이 만들었는데 꽤 쓸 만하지요. 지금 당장 찾기는 어렵고 내일 그것을 찾는 대로 이 서진과 함께 보내드리겠습니다."

말은 못했지만 탐나기 그지없는 물건을 왕진경이 스스로 선물하겠다고 하니 단왕은 기쁜 기색을 감추지 못했다.

"이 몸을 그렇게까지 생각해 주다니 정말 고맙소. 틀림없이 그 붓걸이도 대단한 물건일 것이오."

단왕이 그렇게 고마움을 표하자 왕진경은 한껏 흐뭇해졌다. 다시 술자리로 돌아온 두 사람은 한층 더 흥겨워하며 밤이 늦도록 술을 마셨고, 단왕은 술이 거나해진 뒤에야 자신의 궁으로 돌아갔다.

이튿날, 서원을 온통 뒤져 용 모양의 붓걸이를 찾은 왕진경은 사자 모양의 서진과 함께 금장식을 입힌 작은 상자에 담았다. 그리고 그 상자를 금빛 보자기에 싸고 편지 한 통을 쓴 뒤 고구를 불렀다.

"자네 지금 단왕 부중을 좀 다녀와야겠네. 이 상자와 편지를 전해 드리면 무슨 말이 있을 걸세."

고구는 두말없이 그것을 받아 편지는 품안에 넣고 상자는 소중히 끌어안은 채 단왕의 궁으로 서둘러 갔다. 고구가 궁중으로 들어갔을 때, 단왕은 마침 여러 명의 내시들과 함께 뒤뜰에서 공을 차고 있었다. 고구는 뒤뜰 모퉁이에서 공손히 서서 놀이가 끝나기를 기다렸다. 공차기라면 장안에서도 알아주는 고라 두 발이 근질거렸으나 함부로 끼어들 자리가 아닌지라 꾹 참고 기다리는 수밖에 없었다.

그 때 하늘이 그를 돕는지 단왕이 찬 공이 빗나가 고구의 머리 위로 떨어졌다. 공이 자기에게로 날아오자 고구는 더 이상 참지 못하고 허리를 굽혀 두 무릎을 모으는 원앙괴라는 재주로 능숙하게 공을 차 단왕 앞으로 보냈다.

순간적인 일이었으나 단왕은 한눈에 고구의 빼어난 솜씨를 알아차리고, 고구에게로 다가와 미소를 지으며 물었다.

"처음 보는 자로구나. 너는 누구냐?"

고구는 황급히 무릎을 꿇으며 말했다.

"저는 왕도위 댁의 시중드는 자로, 오늘 부마께서 전하께 옥으로 만든 붓걸이와 서진을 전해 올리라 해서 왔습니다."

"매부가 이토록 나를 생각해 주니 어떻게 보답해야 할지 모르겠구나. 그나저나 네 공 차는 솜씨가 보통이 아닌데, 이름이 무엇이냐?"

"고구라고 하옵니다. 보잘것없는 재주로 용안을 어지럽혔습니다."

"아니, 아주 훌륭한 솜씨다. 마당으로 나와서 다시 한 번 공을 차 보거라."

"저같이 천한 것이 어찌 전하 앞에서 발길질을 할 수 있겠습니까? 명을 거두어 주시옵소서."

고구는 이마를 조아리며 겸양을 떨었으나 거듭되는 단왕의 재촉에 마지못한 듯 일어나 마당으로 내려갔다. 자신의 앞날에 대한 예사롭지 못한 조짐을 느끼시인지 고구는 평생에 익힌 재주를 모두 다 펼쳐 보였다. 그 광경은 정말 볼 만했다. 사람과 공이 하나가 되어 뛰고 달리는데, 보는 사람의 눈에는 마치 공이 고구의 몸과 보이지 않는 끈으로 연결된 것처럼 보였다.

고구의 공 차는 솜씨에 반한 단왕은 그런 고구가 무척이나 마음에 들었다. 곧바로 고구를 안으로 들게 한 뒤 밤이 되어도 돌려보내지 않고 자신의 궁 안에서 재웠다.

다음 날 단왕은 부중에 일러 작은 잔치를 연 후 왕진경에게 사람을 보내 잔치에 초대했다. 마침 고구가 돌아오지 않아 불안한 마음을 가누지 못했던 왕진경은 지체 없이 단왕의 궁으로 달려갔다.

궁으로 달려간 왕진경이 단왕을 보러 가자 단왕이 반색을 하며 옥돌로 깎은 붓걸이와 서진을 보내 준 것에 고마움을 나타냈다. 이어 잔치가 벌어지고 몇 순배 술잔이 돌았을 때 단왕이 먼저 말을 꺼냈다.

"어제 보낸 고구란 자 말이오. 공 차는 솜씨가 정말 기막히던데……, 어떻소? 곁에 두고 싶은데 내게 보내지 않겠소?"

"전하의 뜻대로 하십시오. 그가 궁 안에서 전하의 마음을 즐겁게 한다면 제게도 큰 기쁨일 것입니다."

이 같은 왕진경의 대답에 단왕은 크게 기뻐했다. 몸소 잔을 들어 왕진경에게 술을 권하며 고마움을 나타냈다. 술자리는 그렇게 밤이 늦도록 계속되었고, 왕진경은 대수롭지 않은 사람 하나로 단왕을 기쁘게 한 게 흐뭇해서 주는 대로 받아 마시다가 거나해져서야 자신의 집으로 돌아갔다.

그 뒤 단왕은 고구를 자신의 궁 안에 머물게 하면서 어디를 가던지 데리고 다녔다. 어찌나 고구를 아끼는지 부리는 사람이라기보다는 벗을 대하는 듯했다. 고구 역시 자신이 대단한 행운을 잡은 것을 깨닫고, 한시도 단왕의 곁을 떠나지 않고 혼신을 다해 섬겼다.

그럭저럭 두 달이 지나 고구에게 있어 또 한 차례의 큰 행운이 찾아왔다. 바로 철종의 갑작스런 붕어 소식이 전해진 것이다.

철종에게는 제위를 물려줄 태자가 없었다. 결국 조정의 문무백관은 궁궐에 모여 철종의 후사를 의논했는데, 그 결과 황제의 아우인 단왕을 천자로 받들기로 결정했다. 그리고 천자의 자리는 하루도 비울 수 없다 하여 그날로 단왕이 즉위하니 이가 곧 송의 휘종徽宗 황제였다.

휘종은 천자가 된 후에도 이전에 아꼈던 사람들을 그대로 측근에 두고 부렸다. 고구는 이제 천자의 아낌을 받는 사람이 된 것이었다. 정말이지 사람 팔자는 알 수가 없는 일이다.

휘종은 고구를 추밀원의 관리로 앉히더니 여러 차례 승진시켜 반년만에 전수부 태위 자리를 내주었다. 전수부 태위라면 도성 안의 금군을 다스리는 벼슬아치로서 실제로는 나라의 병권을 한 손에 거머쥔 것이나 다름없었다.

하찮은 인간이 높은 벼슬에 오르면 흔히 그 벼슬에 딸린 책무보다 권세에 더 마음을 쓰게 마련이다. 고구 역시 예외는 아니어서 부임 첫날부터 전수부의 업무를 파악한다는 명목으로 아랫관원들을 하나씩 불러들여 거드름을 피웠다.

그런데 한 사람 팔십만 금군 교두敎頭의 얼굴이 보이지 않았다. 고구는 괘씸한 마음에 그가 누구인지 알아보니 다름 아닌 왕진王進이란 자였다. 그 이름을 확인하는 순간 고구의 눈에 갑자기 불똥이 튀는 듯했다. 한창 저자거리에서 개망나니 짓을 벌이고 다닐 무렵, 무예를 보이며 약을 파는 한 늙은이를 골려주려다 크게 당한 기억 때문이었다. 어줍잖은 봉술 솜씨만 믿고 덤벼들었다가 여럿이 보는 장바닥에서 초죽음이 되도록 얻어맞았는데, 그 늙은이가 바로 금군 교두 왕진의 아비인 왕승이었던 것이다.

'왕진 이놈이 제 아비처럼 나를 업신여기는구나. 어디 두고보자. 이참에 단단히 버릇을 고쳐 놓고야 말겠다.'

자신이 잘못해 당한 낭패인데도 고구는 마치 아비 죽인 원수라도 만난 듯이 이를 갈았다. 그는 곧 곁에 있던 사무관을 불러 물었다.

"금군 교두 왕진이 보이지 않는데 어찌된 일이냐?"

"교두께서는 보름 전부터 몸이 아파 집에서 몸조리를 하고 있습니다."

그 말을 들은 고구는 더욱 화가 치밀었다.

"그놈이 꾀병을 부리는구나. 나를 우습게 알지 않고서야 어찌 지금까지 얼굴을 내밀지 않는단 말이냐? 놈을 지금 당장 잡아들이도록 하라."

그 시간, 집에서 몸을 추스르고 있던 왕진은 신임 태위가 크게 화를 내고 있다는 말을 듣고 무거운 몸을 일으켜 전수부로 서둘러 갔다. 왕진이 고구 앞에 나아가 네 번 절을 하고 뒤로 물러나자 고구가 물었다.

"혹시 네 아비 이름이 왕승이 아니더냐?"

"그렇습니다."

왕진의 대답이 떨어지기가 무섭게 고구는 자리에서 일어나 목청을 가다듬어 꾸짖었다.

"네 아비는 본래 거리에서 봉이나 휘두르며 약을 팔던 몸인데, 그 아들인 네가 무슨 무예를 알겠느냐? 전에 있던 태수가 사람이 모자라 너 같은 놈을 교두로 삼았구나. 네놈은 도대체 무얼 믿고 인사조차 안 나왔단 말이냐?"

고구는 곧 사령들에게 명해 왕진을 끌어내 태형에 처하라 하였다. 그러나 전수부의 관리들은 모두 왕진의 인품을 흠모하던 터라 어느 누구 하나 나서지 못하고 우물쭈물하였다. 이 광경을 보고 있던 사무관이 앞으로 나와 고구에게 말했다.

"태위께서 부임하신 경사스런 날에 죄를 다스리는 것은 남 보기에 좋지 못할 듯싶습니다. 오늘만큼은 왕진의 죄를 용서해 주시어 태위의 넓은 아량을 널리 알리심이 좋을 듯합니다."

사무관의 말에 말문이 막힌 고구는 마지못해 자리에 앉으며 말했다.

"좋다. 너희들의 체면을 봐서 내 오늘은 참지만 언젠가 반드시 그 죄를 물을 것이니 그리 알아라."

왕진은 그제서야 고개를 들어 고구의 얼굴을 바라보았다. 그제서야 신임 태위가 누구인지 알아차린 왕진은 절로 한숨이 터져 나왔다. 전수부를 나서던 왕진은 앞으로 벌어질 일들이 마치 눈앞의 일처럼 선하게 보였다.

"고태위라기에 누군가 했더니 바로 고구 놈이었구나. 지난날 아버님께 당한 일로 앙심을 품고 있다 이제와 내게 분풀이하려 할 테니 앞일이 걱정이다."

집으로 돌아 온 왕진은 노모에게 낮에 있었던 일들을 다 털어놓았다. 이야기를 다 들은 노모는 앞으로 아들이 겪을 일들을 생각하고는 연신 눈물만 훔치다 한참 만에야 입을 열었다.

"삼십육계 주위상계三十六計 走爲上計라는 말이 있지 않느냐. 이곳을 피해 어디 갈 만한 곳을 찾아 보자구나."

그 말에 왕진은 꿈에서 깨어난 듯 머리를 번쩍 들고 어머니를 바라보았다.

"그렇게 하지요. 이대로 앉아서 맞아죽느니 한시 바삐 몸을 피하는 게 상책일 것 같습니다."

왕진은 생각 끝에 어머니와 함께 연안부로 달아날 마음을 먹었다. 연안부에는 왕진에게 봉술을 배운 제자들이 많았기에 그들을 찾아가면 괄시는 않을 거라고 생각했기 때문이었다.

왕진은 밤새 짐을 꾸려 말에 싣고 어머니를 부축하여 동경성을 떠났다. 저녁 무렵에야 왕진이 달아난 것을 알아차린 고구는 크게 노하여 즉시 곳곳에 왕진을 잡아들이라는 엄명을 내렸다. 하찮은 소인이 분에 넘치는 벼슬에 올라 나라를 위한 일보다 사사로운 앙갚음부터 생각하고 있는 것, 이것은 송의 천하에 어두운 먹구름이 드리워지고 있다는 뚜렷한 예라 할 수 있었다.

구문룡 사진

　화북로 화음현에 있는 작은 마을의 한 장원 안, 마당 우물가에서 한 젊은이가 웃통을 벗어젖힌 채 봉을 휘두르고 있었다. 잘생긴 얼굴에 떡벌어진 어깨, 누가 보아도 반할 만한 호남이었다. 특히 더욱 눈길을 끄는 것은 벌거벗은 윗몸 가득 먹실로 뜬 용의 문신이었다. 땀으로 번들거리는 피부에 새겨진 아홉 마리의 청룡은 이제 막 넘어가는 햇살에 비끼어 살아 꿈틀거리는 것 같았다.

　젊은이의 이름은 사진史進으로, 장원의 늙은 주인인 사씨 노인의 외아들이었다. 사진은 어려서부터 글공부보다는 창이나 칼 쓰는 법을 더 좋아해서 사씨 노인의 속을 꽤나 태웠다. 결국 아들의 고집에 진 사씨 노인은 원근의 무예깨나 한다는 사람이 있으면 모셔다가 아들을 가르치게 했다. 또한 아들의 몸에는 솜씨가 뛰어난 환쟁이를 불러 아홉 마리의 용을 새겼는데, 그 때문에 사람들은 그를 구문룡九紋龍 사진이라 불렀다.

　사진이 한창 봉술에 열중해 있을 때였다. 누군가 등 뒤에서 나직이 말하는 소리가 들렸다.

　"봉을 잘 익히긴 했는데, 빈틈이 많구나. 제대로 배운 사람을 만나면 이기기 힘들겠는데……."

　늘 자신의 봉술에 자신만만해 있던 사진은 그 소리에 저도 모르게 불끈해서 돌아보았다. 한 중년의 사내가 자신을 보고 있었는데, 자세히 살펴보니 며칠 전부터 장원에서 묵고 있는 손님이었다.

　"당신이 뭐길래 감히 내 봉술을 비웃는 거요? 나는 이래 봬도 이름난 스승들을 모시고 봉술을 배운 사람이요. 결코 당신보단 못하다고는 생각지 않는데……, 어떻소? 자신 있으면 나와 한번 겨루어 봅시다.”

사진이 눈을 부라리며 대들자, 때마침 손님을 뒤따라 나오던 사씨 노인이 크게 놀라 사진을 꾸짖었다.

“너, 손님에게 그 무슨 무례한 소리냐? 어서 사죄의 말씀드려라.”

“무례한 사람은 바로 저 사람입니다. 감히 제 봉술을 비웃지 않습니까?”

사진이 여전히 분을 참지 못해 씨근거리자 사씨 노인이 공손하게 손님을 향해 물었다.

“손님께서는 창술이나 봉술을 좀 하시는지요?”

“조금 합니다. 저 젊은이가 배우기를 바란다면 제가 저 젊은이의 봉법을 좀 다듬어 줄 수도 있을 것 같습니다.”

“그럴 수만 있다면 좋지요. 제발 모자란 제 아들놈을 좀 가르쳐 주십시오.”

사씨 노인은 그렇게 간청부터 해 놓고 사진을 돌아보았다.

“넌 어서 절부터 하고 스승님을 뵈어라.”

그러나 사진은 절은커녕 한층 더 성이 나 있었다. 어디서 굴러먹다 온 지 모르는 떠돌이를 스승으로 받들라니 도저히 참을 수 없는 일이었다.

“아버님, 저 사람의 헛소리를 믿지 마십시오. 먼저 길고 짧은 것부터 대봐야 하겠습니다. 만일 제가 진다면 그때 절하고 스승으로 모시지요.”

손님은 사진의 비꼼에도 아랑곳하지 않고 낯빛 하나 변하지 않은 채 차분하게 말했다.

“작은 주인이 저렇듯 못마땅해 하니 한번 봉술을 겨뤄 봐야겠군요.”

사진은 옳다 싶었다. 이참에 저 떠돌이를 단단히 혼내주리라 단단히 벼르며 마당으로 달려가 봉을 크게 한 번 휘둘렀다.

“이리 와 한번 덤벼 보시오. 이제와 물러설 생각일랑 아예 하지 마시오.”

그러자 손님은 가볍게 미소를 지어 보이곤 마당 한구석에서 손에 알맞은 막대 하나를 찾아 쥔 다음 마당으로 내려왔다.

손님이 막대를 엇비스듬히 쥐고 서자 그것을 본 사진은 자신의 봉을 휘두르며 그를 덮쳤다. 손님은 땅을 박차는가 싶더니 막대를 가볍게 휘둘러 막은 뒤, 옆으로 피했다. 사진은 더욱 기세를 올리며 그를 뒤쫓듯 다가갔다. 그러자 몸을 돌린 손님은 막대를 하늘 높이 치켜들었다가 아래로 내리쳤고, 이에 사진은 내리쳐 오는 상대의 막대를 자신의 봉으로 막으려 했다. 그러나 상대는 막대를 끝까지 내리치지 않고 슬쩍 끌어당기더니 사진의 가슴께를 곧장 찔러 버렸다. 그 한 수에 사진은 쥐고 있던 봉까지 놓친 채 뒤로 벌렁 나자빠졌다. 너무도 어이없는 패배였다.

손님은 얼른 막대를 던지고 달려와 사진을 일으켜주며 미안한 듯 말했다.

"젊은이, 너무 언짢게 생각하지 마시오."

상대를 얕보고 함부로 덤볐다가 낭패를 본 사진은 정신이 번쩍 들었다. 비로소 상대가 예사 인물이 아님을 깨닫고는 가까이 있는 의자를 가져다가 그를 앉히더니 그 앞에 넙죽 절을 했다.

"제가 태산을 몰라 뵈었습니다. 아무쪼록 저를 버리지 마시고 가르침을 내려 주십시오."

그런 사진을 가만히 바라보던 손님이 가볍게 고개를 끄덕이며 말했다.

"저희 모자 두 사람이 여러 날 이 댁에 폐를 끼쳤소. 그 신세를 갚는 뜻에서라도 마땅히 힘을 다하겠소."

손님의 놀라운 솜씨를 본 사진의 아버지도 몹시 기뻐했다. 곧 머슴들에게 제일 큰 양을 잡게 하고 갖가지 진수성찬으로 한 상 크게 차리도록 시켰다. 모든 게 갖춰지자 사진의 아버지는 손님과 그 어머니를 청해 들였다. 그리고는 먼저 손님에게 술 한 잔을 부어 올리며 말했다.

"선생의 무예가 그토록 고강하신 걸 보니 금군의 무술사범으로도 손색이 없겠습니다. 틀림없이 교두님이실 것 같은데……."

"그렇게까지 말씀하시는데 어찌 어르신을 속이겠습니까? 어르신이 바로 보셨듯이 저는 팔십만 금군의 교두를 지낸 왕진이라 하옵니다. 몇십 년을 창칼과 봉만 만지며 지내던 사람이지요."

왕진은 껄껄 웃으며 마침내 바른 대로 털어놓았다.

"그런 교두님이 어찌 이 같은 행색으로……?"

사진의 부친이 놀라워하며 묻자 왕진이 긴 한숨과 함께 여기까지 오게 된 경위를 이야기했다. 이야기를 다 들은 사진의 부친은 도저히 믿기지 않는다는 표정을 지었다.

"그렇지만 무슨 큰 죄를 지으신 것도 아닌데 연로하신 자당까지 모시고 이렇게……."

"그게 다 우리 대송大宋이 갈 데까지 갔다는 증거지요. 태위라면 삼공三公의 하나인데 공 차는 재주 하나만으로 그 같은 소인배가 앉게 되었으니……."

왕진은 비분과 처량함이 얽힌 목소리로 거기까지 말해 놓고 문득 목소리를 가다듬어 말을 맺었다.

"다행히 어르신 같은 분을 만나 이렇게 좋은 대접은 물론 어머님의 병환까지 보살핌을 받으니 어찌 이 은혜를 다 갚겠습니까? 다행히 아드님이 보잘것없는 이 몸의 재주를 배우겠다 하니 한번 힘을 다해 가르쳐 보겠습니다. 이미 어느 정도 무예의 기본이 갖춰져 있는 데다 자질이 뛰어나 보이니 오래지 않아 그 상대를 찾아보기 어려운 고수가 될 것입니다."

그 말을 들은 사진의 부친은 매우 흡족해 했으며, 밤새도록 왕진과 더불어 환담을 나누고 술잔을 돌렸다.

그리하여 이튿날부터 사진은 왕진에게 십팔반十八般 무예를 하나하나 배우게 되었다. 시골의 뜨내기 무예사범으로부터 화봉 몇 수밖에 배운 적이 없는 사진으로서는 이제야 진정한 스승을 만난 셈이었다.

사진이 왕진에게 무예를 익히게 된 지도 어느덧 여섯 달이 지났을 무렵, 사진은 열여덟 가지 무기를 자유자재로 다룰 수 있게 되었다. 가르치는 왕진도 정성을 다하고, 배우는 사진도 모래가 물을 빨아들이듯 익혀나가니 하나하나가 더할 나위 없는 경지에 이르게 되었다.

왕진은 사진의 무예가 더 이상 가르칠 게 없을 만큼 되자, 이젠 떠나야 할 때가 되었음을 깨달았다. 그리하여 사진에게 떠날 뜻을 밝혔다.

"스승님, 떠나시다니요? 그냥 이곳에 머무십시오. 제가 두 분을 돌아가실 때까지 편히 모시겠습니다."

"아니다. 그 동안 네가 돌봐 준 것만으로도 충분하다. 거기다가 고태위가 나를 잡기 위해 사람을 보내면 너까지 얽혀들까 걱정이다."

사진과 그 부친은 왕진을 말렸으나 왕진은 끝내 뜻을 굽히지 않았다. 사진의 부친은 하는 수 없이 크게 잔치를 열어 왕진을 대접하고, 비단 두 필과 은자 일백 냥을 사례로 내놓았다.

다음 날 왕진은 짐을 꾸린 후 어머니를 말에 태우고 연안부를 향해 떠났다. 이별이 아쉬운 사진은 십리 밖까지 따라 나와 눈물을 흘리며 스승을 배웅했다.

스승인 왕진이 떠난 후에도 사진은 무예 수련을 게을리하지 않았다. 하루 종일 닦은 무예를 되풀이 연습하는가 하면 틈틈이 말타기와 활쏘기도 익혔다. 그런데 그로부터 채 반년이 되기 전에 사진의 아버지가 갑자기 숨을 거두고 말았다.

사진은 아버지가 세상을 떠나자 집안 일들은 아랫사람에게 맡기고 자신은 오직 무예만을 익히며 홀로 남은 슬픔과 외로움을 달랬다.

그렇게 다시 몇 달이 흘렀다. 한여름의 더위가 한창 기승을 부리자, 무예 연습을 포기한 사진은 마당가의 평상에 앉아 더위를 식히고 있었다. 그 때 그의 눈에 누군가 담장 밖 소나무 뒤에서 집안을 엿보고 있는 것이 들어왔다.

"누구냐? 어떤 놈이 감히 내 집을 기웃거리느냐?"

그러자 동리의 사냥꾼 이길李吉이 머리를 긁적거리며 나무 뒤에서 얼굴을 내밀었다.

"안녕하셨습니까, 나리? 댁의 구을랑丘乙郞과 술 한잔 할까 해서 왔는데, 나리께서 계시기에 감히 나서지 못했습니다. 용서해 주십시오."

"그래? 그건 그렇다 치고……, 요새는 왜 사냥한 것들을 팔러 오지 않느냐? 내가 언제 계산을 섭섭히 한 적이 있더냐?"

"아닙니다요, 나리. 사실 소화산에 한 떼의 도적들이 산채를 얽은 이후로 아무도 산에는 얼씬도 못하고 있습니다. 우두머리가 셋인데 모두 대왕이라 불리우며, 그 밑으로 졸개가 오륙백은 된다고 합니다. 화음현에서조차 그들을 못 잡아 삼천 관의 상금까지 걸고 있는 형편인데, 어찌 저따위가 그 산으로 들어가 사냥을 한단 말입니까?"

"나도 도적 떼가 소화산에 들었다는 소리는 들었다만 그렇게 큰 줄은 몰랐구나. 어쨌든 너는 이후에라도 사냥한 것이 있으면 내게 가져오도록 해라."

이길은 몇 번이고 계속 머리를 조아리더니 마치 죄지은 사람처럼 달아나듯 사진 앞에서 사라졌다.

한편 방으로 돌아온 사진은 문득 사가촌에도 도적들의 침입이 있을지 모른다는 생각이 들었다. 사진은 곧 일꾼들을 불러 소를 잡아 큰 잔치를 준비하라 이르고는 사가촌의 사람들을 모두 불러모으게 했다.

얼마 후 사가촌 사람들이 대청 가득 모여들자, 사진은 술을 한 잔씩 돌린 뒤 큰 소리로 말했다.

"제가 듣자 하니 소화산에 도적떼가 산채를 틀었다고 합니다. 머잖아 우리 마을에도 반드시 쳐들어올 듯하니 마땅히 대비가 있어야 하지 않겠습니까? 그래서 대책을 세워 봤는데, 모두 병장기를 갖추고 있다가 우리 장원에서 대통소리가 들리거든 각자의 창칼을 들고 나와 도와 주십시오. 다른 집도 마찬가지입니다. 어느 집에서건 대통소리가 울리면 모두 뛰쳐나가 힘을 합쳐 도적들을 무찌르는 것입니다. 그리고 우두머리는 제가 맡을 테니 거정하지 마십시오."

그렇지 않아도 은근히 소화산의 도적들을 두려워하고 있던 마을 사람들은 기꺼이 그 말을 따랐다. 다음 날부터 사가촌 사람들은 집집마다 대통을 마련하고 병장기를 갖추어 도적떼가 쳐들어올 때를 대비했으며, 사진도 갑옷과 창칼을 갖춰 언제고 싸울 수 있도록 만반의 준비를 다했다.

한편 그 시각 소화산에서는 두령 셋이 머리를 맞대고 의논이 한창이었다.

두령들 중에서도 가장 우두머리인 신기군사神機軍師 주무朱武는 정원 사람으로 쌍칼을 잘 썼으며, 진법에도 정통하고 지략이 좋은 사람이었다. 그리고 둘째인 도간호跳澗虎 진달陳達은 업성 사람으로 장창의 명수였고, 셋째 백화사白花蛇 양춘楊春은 포주 해량현 사람인데 한 자루의 큰 칼을 잘 썼다.

먼저 주무가 입을 열었다.

"들리는 바에 따르면 화음현에서 우리 목에 상금 삼천 관을 현상금으로 걸었다더군. 그 얘기는 곧 관군이 이곳까지 쳐들어올 것이라는 말인데……, 문제는 지금 산채에 식량과 자금이 거의 바닥나 있다는 걸세. 어디 알맞은 곳을 털어야 할 텐데, 무슨 좋은 수가 없겠는가?"

셋은 의논 끝에 멀리 갈 것 없이 가까운 화음현을 털기로 합의했다. 그렇게 얘기가 끝날 무렵 갑자기 셋째 양춘이 무엇인가 생각났다는 듯이 반대하고 나섰다.

"형님들, 화음현은 안 되겠소. 화음현을 털려면 필히 사가촌을 지나야 하는데, 그곳에는 구문룡 사진이란 놈이 버티고 있다는 걸 깜빡했소. 워낙 호랑이 같은 놈이라 가봐야 이기기 힘들 거요. 차라리 포성현을 텁시다."

양춘의 말에 진달이 혀를 차며 말했다.

"쯧쯧, 자네는 겁이 너무 많아. 한낱 촌놈 때문에 조그만 시골마을 하나 지나지 못한대서야 어떻게 관군을 당해낸단 말인가?"

"그건 형님이 사진을 모르셔서 하는 말씀입니다. 그렇게 만만한 놈이 아닙니다."

진달과 양춘이 서로 자신의 주장이 옳다고 우기고 있을 때, 한참 생각에 잠겨 있던 주무가 양춘을 편들고 나왔다.

"셋째의 말이 맞네. 나도 그 사진이란 놈의 무예가 굉장하다는 말은 여러 차례 들었네. 섣불리 맞붙었다간 괜히 낭패보기 십상이니 셋째의 말대로 포성현을 치기로 하세."

그러자 성질 급한 진달이 자리에서 벌떡 일어나며 소리쳤다.

"두 사람 모두 잔뜩 겁먹은 꼴이 꼭 치마 두른 계집 같소. 사진이 뭐 머리

셋에 팔이 여섯이나 된답디까? 기다리시오. 내 당장 사가촌부터 박살내고 말겠소.”

주무와 양춘이 아무리 말려도 소용이 없었다. 졸개 백오십 명 정도를 고른 진달은 말 위에 뛰어오르기가 무섭게 사가촌으로 달려갔다. 징을 울리고 북을 치며 나가는 기세가 자못 거세 보였다.

그때 사진은 말을 장원 앞에 매놓고 언제든지 일만 터지면 달려나갈 태세를 갖추고 있었다. 마침 머슴 하나가 숨이 턱에 차도록 달려와 산적이 내려온다는 소식을 알렸다. 그 소리를 들은 사진은 준비한 북과 대통을 요란하게 쳐댔고, 이미 약속한 대로 대통소리에 맞춰 사진의 장원 앞에 삼사백 명의 장정들이 제각기 창과 칼을 들고 몰려들었다.

사진은 머리에 일자 건을 쓰고 붉은 갑옷을 걸쳤으며 손에는 끝이 세 갈래로 갈라진 팔환도를 들고 나왔다. 허리에 큰 활과 화살통을 차고 적토마에 올라탄 모습이 틀림없는 장수의 기세였다. 말에 오른 사진은 마을의 장정들을 이끌고 우렁찬 함성과 함께 마을 북쪽으로 달려나갔다.

한편 소화산을 단숨에 달려 내려온 진달은 산 아래에 이르러서야 졸개들을 멈춰 서게 했다. 그리고 졸개를 보내 마을의 동정을 막 살피려는 순간 어느새 사진의 무리가 들이닥쳤다.

진달은 첫눈에 사진을 알아보았다. 그리고 제 딴엔 그래도 우두머리라고 말 위에서 몸을 굽혀 제법 예까지 표하며 말했다.

“우리는 지금 산채에 식량이 떨어져 화음현으로 양식을 빌리러 가는 길입니다. 길만 내주신다면 사가촌에서는 풀 한 포기 다치지 않도록 하겠습니다. 뿐만 아니라 돌아오는 길에는 후한 사례도 있지 않겠습니다.”

“헛소리 마라. 도적놈이 길을 빌리다니 지나가는 개가 웃겠다. 잔말 말고 말에서 내려 결박을 받아라.”

진달은 속으로는 불끈했지만 애써 참으며 거듭 사정했다.

“온 천지가 모두 형제라는 말도 잊지 않습니까? 그러지 말고 길 좀 빌려주십시오.”

"설사 내가 길을 빌려준다 해도 너희들이 이 길을 지나기 위해선 또 하나 거쳐야 할 곳이 있다."

"거쳐야 할 곳이라면?"

그러자 사진이 한바탕 크게 웃으며 손에 든 칼을 들어 보였다.

"바로 내 손에 쥐어 있는 칼이다. 이 칼이 너희들에게 가도 좋다고 하면 지나가도록 해라."

이 말에 진달은 그동안 꾸욱 참고 있던 분통을 일시에 터뜨리며 소리쳤다.

"하룻강아지 범 무서운 줄 모른다더니 바로 네놈을 두고 하는 말이구나. 내 이 자리에서 너를 요절내고야 말겠다."

그 소리에 화가 난 사진이 칼을 휘두르며 달려나오자 진달도 창을 꼬나들고 말을 몰아 달려갔다.

두 말이 어우러지며 한동안 승부를 가늠할 수 없는 싸움이 계속되었다. 하지만 아무래도 진달은 사진의 적수가 되지 못했다. 사진이 짐짓 허술한 틈을 보이자 진달은 이때다 싶어 재빨리 창으로 사진을 찔렀다. 이미 짐작하고 있던 사진이 순식간에 허리를 비틀어 피하자 창은 가슴께를 스쳤고 무방비 상태인 진달의 몸이 그대로 사진과 엇갈렸다. 사진은 그때를 놓치지 않고 긴 팔을 뻗어 진달의 허리춤을 움켜잡았다.

"에잇!"

사진의 용쓰는 소리가 들리는 순간 진달의 몸은 말 안장에서 붕 떴다가 그대로 땅바닥에 패대기쳐졌다. 진달이 탔던 말은 놀란 나머지 주인을 버린 채 바람같이 달아나 버렸다.

"저놈을 묶어라."

사진의 말에 마을 청년들이 우르르 달려가 아직도 제정신을 차리지 못하고 있는 진달을 꽁꽁 묶어 버렸다. 그 광경을 본 진달의 졸개들은 크게 놀라 뿔뿔이 흩어져 저희 산채로 달아나고 말았다.

진달을 사로잡아 장원으로 돌아온 사진은 그 호기가 하늘을 찔렀다. 진달을 뜰 앞 굵은 나무기둥에 묶어 놓고 남은 두 괴수가 나타날 때를 대비해서 만반의 준비를 아끼지 않았다. 그리고 마을사람들을 위해서는 술과 고기를 내어 큰 잔치를 베풀었다.

한편 산채에서 진달을 기다리던 주무와 양춘은 아무래도 마음이 놓이지 않았다. 막 졸개를 풀어 산 아래 사정을 알아보려는데, 빈 말 한 필만 끌고 온 졸개가 진달이 기어이 당하고 말았다는 기막힌 소식을 전했다.

깜짝 놀란 주무와 양춘이 그 경위를 묻자 졸개가 진달이 사로잡힐 때까지의 광경을 그대로 전했다. 졸개의 말을 다 들은 양춘은 제 성질을 견디지 못하고 몸까지 부르르 떨며 소리쳤다.

"안 되겠습니다, 형님. 산채 식구들을 모두 동원해서 사진 그놈과 결판을 냅시다."

"안 될 말이네. 진달을 어린애 다루듯 한 놈인데 우리가 어찌 당해낸단 말인가? 내게 계책이 있으니 우선 그리 해보고, 그것도 안 된다면 그때 끝장을 내도록 하세."

"대체 어떤 계책이요?"

주무가 양춘의 귀에 대고 자신의 계책을 일러주자, 양춘의 얼굴에 화색이 돌았다.

그때 사진은 자신의 장원에서 나머지 산적이 내려오기만을 기다리고 있었다. 얼마 후 마을사람 하나가 달려와, 산채에 남아 있던 두 두령이 제 발로 걸어 내려오고 있음을 알렸다. 사진은 당연히 그들이 진달을 구하기 위해 싸우러 온 것이라 생각하고 기세 좋게 말 위에 뛰어올라 마을 어귀로 달려나갔다.

그런데 이게 어찌 된 일인가? 주무와 양춘은 무기도 없이 걸어서 마을로 들어오고 있었다. 뿐만 아니었다. 둘은 사진을 보자마자 그대로 땅바닥에 꿇어앉으며 머리를 조아렸다.

"지금 무슨 수작을 부리려는 것이냐?"

사진이 말 위에 앉은 채 을러대자 주무가 흐느끼며 말했다.

"저희들은 본래 간악한 관리들의 핍박에 못 이겨 어쩔 수 없이 이렇듯 산

중에서 도적질이나 해먹고 사는 신세로 전락하고 말았습니다. 일찍이 저희들은 서로 형제의 의리를 맺어 생사를 같이하자고 맹세했으니 비록 유비, 관우, 장비에는 미치지 못하지만 그 마음만은 같습니다. 그런데 제 아우 진달이 제 말을 듣지 않고 내려왔다가 대인에게 사로잡혔으니 이제 저희 둘도 함께 죽을 수밖에 없어 이렇게 찾아뵙게 된 것입니다. 바라건대 대협께서는 저희 셋을 관가에 넘기시고 상을 청하도록 하십시오. 저희들은 비록 죽는다 해도 영웅의 손에 죽게 되니 아무런 여한이 없습니다.”

그 말을 들은 사진은 흔들리지 않을 수 없었다.

'비록 도적에 불과하지만 참으로 의리를 아는 자들이로구나. 내가 만약 저들을 관가에 넘기고 상을 받는다면 천하의 호걸들로부터 비웃음을 면키 어려울 것이다.'

사진은 속으로 가만히 생각한 뒤에 주무를 향해 입을 열었다.

“두 분은 나를 따라오시오.”

주무와 양춘은 겁내는 기색 없이 사진을 따라 마을 안으로 들어갔다. 장원에 도착한 사진은 그들에게 자리를 마련해 주며 조용히 말했다.

“두 분의 의기가 그토록 무거운데 내가 어떻게 두 분을 묶어 관가에 바칠 수 있겠소? 진달을 놓아 드릴 테니 데려가시오. 아니, 그럴 게 아니라 우리 술이나 한잔 나누며 얘기합시다.”

“죽는 것도 겁내지 않는 저희가 술 한잔 마시는 걸 꺼리겠습니까? 대협의 뜻에 따르겠습니다.”

이에 사진은 먼저 진달을 풀어 주고 대청에 큰 술상을 차리게 한 뒤 그들 셋을 대접했다. 주무, 양춘, 진달은 그 같은 사진의 관대함에 감사해 하며 기꺼이 술잔을 들었다.

술잔이 오가는 사이 그들과 사진의 사이는 한층 더 가까워졌다. 흥겨운 술자리가 끝나자 세 사람은 거듭 절하여 고마움을 표하고 그들의 산채로 돌아갔다.

산채로 돌아간 주무는 어떻게 하면 사진에게 입은 은혜를 갚을 수 있을까

고심했다. 결국 열흘쯤 지난 뒤에 금 서른 냥을 준비해 사진에게 예물로 보냈다. 처음에는 받기를 거절했던 사진도 예의상 차마 더 뿌리치지 못해 받고 말았다.

그로부터 보름이 지난 뒤, 주무를 비롯한 세 사람은 우연히 큰 구슬 하나를 얻었다. 은혜도 은혜려니와 사진의 인품에 푹 빠져 있던 그들은 좋은 물건을 보자 또 사진이 생각났다. 얼른 졸개 하나를 뽑아 사진에게 갖다 바치게 했는데, 계속되는 예물에 사진도 가만히 있을 수가 없었다.

사진은 곧 비단옷 세 벌을 짓게 하고 살찐 양 세 마리를 구워 큰 상자에 넣은 후 함께 산채로 보냈다. 그때 머슴 둘과 함께 사자자격으로 나선 사람은 왕사王四란 상머슴이었는데, 벼슬아치들을 잘 구워삶고 언변이 좋은 자였다.

왕사와 두 머슴이 산채에 도착하자 주무를 비롯한 세 두령이 달려나왔다. 그들은 사진이 보내준 비단옷과 양고기를 받아들고 몹시 기뻐하며 심부름 온 왕사와 두 머슴을 극진히 대접해 돌려보냈다.

돌아온 머슴들로부터 산채의 두령들이 매우 감격해 하며 예물을 받더라는 말을 들자 사진도 흐뭇했다. 거기다가 산채는 산채대로 가만있지 못해 다시 답례를 하니 그로부터 사가촌과 산채는 이웃처럼 왕래가 빈번해졌다.

그사이 세월이 흘러 추석이 다가왔다. 사진은 산채의 두령들에게 보름날 밤 자신의 장원에서 함께 달을 보며 술이나 마시자고 그들을 청했다. 왕사가 그 뜻이 담긴 사진의 편지를 품고 산채로 올라가니 주무를 비롯한 세 두령이 반갑게 맞았다. 편지를 읽은 주무는 기쁜 마음으로 응낙하고는 곧 그 답장을 적이 왕사에게 주고 사진에게 전하게 했다.

그런데 왕사가 사가촌으로 내려오는 길에 기어이 일이 터지고 말았다. 왕사에게 심부름 값으로 은자 다섯 냥을 준 것까진 좋았는데 열 잔이 넘는 술을 권한 게 탈이었다. 얼큰하게 취해 산을 내려오던 왕사는 산채의 심부름꾼으로 사가촌에 자주 들르던 졸개와 만났고, 둘은 의기 투합해 길가 주막에서 술을 또 주거니 받거니 했다. 그 주막에서 열두어 잔을 더 마신 왕사가 장원을 향해 떠났을 때는 이미 술이 머리 꼭대기까지 올라 있었다.

그렇게 술에 취한 채 십여 리를 걷던 왕사의 눈에 길을 따라 길게 펼쳐진 풀밭이 들어왔다. 왕사는 그 풀밭이 보이자 더는 걸을 마음이 없어졌다. 결국 왕사는 풀밭 위에 큰 대자로 드러누워 그대로 코를 골고 말았다.

그때 마침 토끼를 쫓고 있던 사냥꾼 이길이 풀밭에 널브러져 있는 왕사를 발견했다. 이길은 왕사가 사가촌 사람임을 알고 얼른 달려와 그를 일으켜 깨우려고 했다. 그 순간 왕사의 가슴께에서 삐죽이 흘러나온 은자 꿰미를 보자 이길은 생각이 달라졌다.

'이놈은 몹시 취해 은자가 없어진 줄도 모를 거야. 찾아보면 은자가 더 있을 듯도 한데…….'

이길은 이게 웬 횡재인가 싶어 곯아 떨어진 왕사의 옷섶을 뒤졌다. 과연 편지 한 통과 함께 은자 몇 냥이 더 나왔다. 은자만 가지고 달아나려던 이길은 문득 호기심이 일어 편지를 뜯어보았다. 앞머리에 소화산 석 자와 주무, 양춘, 진달이란 이름들이 보였다. 한동안 편지를 뒤적이던 이길의 눈앞에 갑자기 섬광처럼 번뜩이는 것이 있었다.

'삼천 관의 상금이 걸린 소화산의 세 두령이 추석날 사진의 집으로 놀러 온다? 올해 운세에 큰 재물이 생긴다고 했는데, 이게 바로 그것이로구나.'

사냥꾼 이길은 팔자를 고치게 되었다는 생각으로 은자와 편지를 품에 넣고 곧장 화음현으로 달려갔다.

한편 풀숲에서 늘어지게 낮잠을 잔 왕사는 초저녁이 다되어서야 겨우 깨어났다. 한참 주위를 둘러보던 왕사는 비로소 자신이 술에 취해 곯아 떨어졌음을 깨닫고는 황급히 편지와 은자를 갈무리했던 가슴께부터 더듬어 보았다. 그러나 누가 헤집어 놓은 듯 옷깃이 벌어져 있을 뿐 잡히는 것은 아무것도 없었다.

깜짝 놀란 왕사는 벌떡 일어나 사방을 찾아보았지만 그 어느 곳에서도 편지는 물론 은자도 찾을 수 없었다. 어느덧 날은 더욱 어두워지고 사가촌에서 기다리고 있을 것을 생각하니 왕사의 마음은 더욱 타는 듯했다.

왕사가 사가촌에 도착하자 그때까지 기다리고 있던 사진이 물었다.

"왜 이렇게 늦었느냐?"

"산채의 세 분 두령께서 놓아주시지 않아 술을 마시다 보니 이렇게 늦어졌습니다."

"그래, 답장은 없었느냐?"

왕사는 속으로 뜨끔했으나 내색하지 않고 둘러댔다.

"주무 두령께서 답장을 쓰시려다가 '이미 가기로 했는데 따로 답장을 쓸 필요가 있겠는가?' 하시길래, 저도 술을 마신 터라 돌아오다 잃어버리기라도 하면 큰일이다 싶어 굳이 조르지 않았습니다."

그 말을 곧이들은 사진은 왕사가 어려운 심부름을 잘하고 돌아왔다며 치하를 아끼지 않았으며, 아무 걱정 없이 잔치 준비만 서둘렀다.

추석날, 사가촌에서는 아침 일찍부터 양과 닭을 잡는 등 잔치 준비에 부산했다. 저녁이 다되어서야 상이 거의 차려졌고, 때를 맞춰 소화산의 세 두령들이 졸개 네댓 명만을 거느린 채 사가촌에 도착했다. 사진은 몸소 나가 그들을 맞이한 후 하인들을 시켜 앞뒷문을 철저히 단속하라 일렀다.

이어 흥겨운 술자리가 시작되었고, 때마침 동산에 달이 뜨면서 네 사람의 술자리는 한층 흥이 일었다. 사진은 주무 등과 더불어 지난 얘기와 앞일의 의논으로 시간 가는 줄 몰랐다.

그렇게 얼마쯤 지났을까, 갑자기 담 밖에서 난데없는 함성이 일어나며 횃불이 환하게 밝혀졌다. 밀고를 받은 화음현의 현위가 2명의 군관과 함께 3백여 명의 군사를 이끌고 사진의 집을 철통같이 포위한 것이다.

주무를 비롯한 세 두령은 곧 자리에서 일어나 사진에게 말했다.

"저희 때문에 형님께서 죄인이 될 수는 없습니다. 어서 저희 세 사람을 묶어 저들에게 내주십시오. 그렇게 해서라도 형님이 저희 일로 연루됨을 면한다면 더 바랄 게 없습니다."

그러나 의리를 중하게 여기는 사진은 그 말을 따를 수 없었다. 어차피 이렇게 된 바에야 사생 결단을 낼 수밖에 없다고 생각한 사진은 곧 사다리를 타고 올라가 담 너머의 군관에게 물었다.

"한밤중에 이 무슨 소동이오?"

"고발이 있어 왔소이다. 사대랑도 여기 있는 이길을 보면 짐작이 가는 게 있을 게요."

두 군관 중 하나가 자못 거만한 말투로 곁에 있는 사냥꾼 이길을 가리키며 대답했다. 왕사가 편지를 잃어버린 사실을 모르는 사진은 평소의 위엄을 잃지 않고 꾸짖듯이 이길에게 물었다.

"너 이놈 이길아, 네놈은 내게 무슨 원한이 있어 죄 없는 사람을 무고하는 게냐?"

"저는 아무 죄가 없습니다. 다만 숲속에서 왕사가 떨어뜨린 편지를 주워 현청에 갖다 주었을 뿐입니다."

그제서야 이상한 낌새를 느낀 사진이 얼른 왕사를 불러 물었다.

"네 입으로 분명 답장이 없다고 했는데, 저놈이 말하는 편지란 건 또 무엇이냐?"

그제서야 왕사가 벌벌 떨며 기어들어가는 목소리로 말했다.

"죽을 죄를 졌습니다. 제가 그만 술에 취해……."

"이 짐승 같은 놈! 네가 그러고도 살기를 바라느냐?"

사진은 그 자리에서 왕사를 단칼에 베어 버렸다. 밖에 있던 군관과 군사들은 그 같은 사진의 엄청난 위세에 눌려 감히 집안에 뛰어들 생각을 못했다. 사다리 위에 선 사진은 그러한 동태를 알아차리고 바깥을 향해 천연덕스럽게 소리쳤다.

"알겠소. 이렇게 된 바에야 내 스스로 도적들을 묶어 내줄 테니 잠시만 기다리시오."

시간을 벌기 위한 속셈이었다. 사다리에서 내려온 사진은 머슴들을 불러 조용히 말했다.

"지금부터 짐을 싸되 값나가는 물건만 서둘러 꾸려 나서도록 해라."

곧 집안의 온갖 재물을 꾸려 진 머슴들이 마당에 모이자, 사진은 수십 개의 횃불을 들게 한 뒤 장원의 뒤편으로 갔다. 그리고 산채의 세 두령을 향해 말했다.

"모두 갑옷으로 몸단속을 단단히 하시오. 힘으로 뚫고 나가는 수밖에 없겠소."

사진의 의리에 감격한 세 사람은 눈빛을 반짝이며 고개를 끄덕였다.

대충 준비가 끝나자 사진은 먼저 장원의 뒤쪽 초가에 불을 질렀다. 불길을 본 관군들이 그쪽으로 우루루 몰려갔다. 사진은 다시 가운데 집채에 불을 질러 관군을 더욱 혼란시킨 후 대문을 활짝 열고 함성과 함께 뛰어나갔다.

맨 앞에 선 사진에 이어 주무, 양춘, 진달의 순으로 칼을 휘두르며 달려나왔고, 그 뒤를 산채에서 따라온 졸개들과 사진의 머슴들이 따라 나왔다. 그들은 몰려드는 관군들을 헤치고 길을 열었는데, 특히 사진은 한 마리 호랑이처럼 관군들 속을 마구 헤집고 다녔다.

사진이 관군의 포위망을 거의 뚫었을 무렵, 그의 눈에 두 군관과 사냥꾼 이길이 들어왔다. 사진은 앞뒤 잴 것 없이 몸을 날려 이길의 목을 단숨에 베었다. 그 광경을 본 두 군관은 잔뜩 겁을 먹고 몸을 돌려 달아나려 했지만 재수 없게도 양춘과 진달에게 걸려 각기 한칼에 목숨을 잃고 말았다.

멀찌감치서 지켜보고 있던 현위는 이길과 두 군관이 죽는 광경에 그만 넋이 빠져 관군을 수습해 싸워 볼 생각은커녕 제 한 몸 달아나기에 바빴다. 현위가 이 지경이니 관군들은 더 말해 무엇하겠는가. 그대로 뿔뿔이 흩어져 앞을 다투어 달아나느라 정신이 없었다.

얼마 후 사진은 세 두령과 함께 소화산에 이르렀고, 산채에 남아 있던 졸개들이 그런 사진과 두령들을 반갑게 맞아들였다. 주무는 졸개들을 시켜 소를 잡고 술을 걸러 잔치를 마련했다. 그리고 사진을 윗자리에 앉히고 극진히 대접했다.

연이은 잔치에 들떠 며칠이 순식간에 지나갔다. 그러던 어느 날 아침, 술에서 깨어난 사진은 문득 자신의 처지를 생각해 보았다. 이제는 돌아갈 집도 없게 된 자신의 신세가 여간 딱한 것이 아니었다. 그렇다고 언제까지고 산채에 남아 도적떼의 우두머리로 한평생을 산다는 것도 내키는 일이 아니었다. 한참을 생각한 끝에 사진은 주무와 양춘, 진달을 불러 말했다.

"아무리 생각해 보아도 이젠 이곳을 떠나야 할 것 같소. 내 스승 왕교두께서 관서의 경략부에 계시니 먼저 그분을 찾아 뵙고 앞일을 의논해 보는 것이 가장 좋을 듯싶소."

"안 됩니다. 형님을 이리 보낼 수는 없습니다. 이 산채에서 며칠 더 계시면서 따로 궁리를 짜 보도록 합시다. 정 길이 없다면 이 산채의 주인이 되시는 길도 있습니다."

그러나 사진의 뜻은 조금도 흔들리지 않았다.

"내 어찌 부모에게서 받은 몸과 이름을 이런 곳에 머물러 더럽히겠소. 나더러 도적이 되란 소리는 두 번 다시 꺼내지도 마시오."

주무를 비롯한 세 사람이 한사코 사진을 말렸으나 사진의 결심은 이미 단단히 서 있었다.

이튿날 사진은 소화산의 산채를 떠났다. 데리고 간 머슴들은 모두 산채에 남기고, 노자로 쓸 은자 몇 냥을 빼고는 재물도 모두 산채에 맡긴 채였다. 그의 앞길에 어떠한 난관과 역경이 도사리고 있을지는 아무도 모르는 일이었다.

노달, 쫓기다 중이 되다

사진은 소화산을 떠난 지 보름이 지나서야 위주에 다다랐다. 멀리 성문이 보이자 사진은 속으로 중얼거렸다.

'이곳에도 경략부가 있으니 혹시 스승님을 아는 사람이 있을지도 모르겠군.'

서둘러 성안으로 들어선 사진은 우선 큰 길가에 자리잡은 작은 찻집으로 들어갔다. 사람이 많이 드나드는 곳이니 만큼 스승 왕진을 아는 사람을 찾기가 쉬울 것 같아서였다. 구석에 자리를 잡은 사진은 포차를 한 잔 시키고 주인에게 물었다.

"이곳의 경략부는 어디에 있습니까?"

"이 앞 큰길을 쭉 따라가면 얼마 안 가 큰 건물이 나오는데, 그곳이 바로 경략부입지요."

"그럼, 하나만 더 물읍시다. 그 경략부에 혹시 동경에서 온 교두 왕진이란 분이 계시는지요."

"날쎄요, 교두가 어니 한두 분인가요? 욍씨 성을 쓰는 교두만 헤도 서넛이 넘지요. 아! 저기 저 어른께 여쭤 보면 혹시 아실런지도 모르겠습니다."

주인이 가리키는 곳을 보니 몸집이 커다란 사내 하나가 막 찻집을 들어서고 있었다. 키가 팔 척에 허리가 한 아름은 될 듯한, 한눈에 보아도 힘 꽤나 쓸 것 같은 장사였다.

그러잖아도 그 사내에게 은근히 마음이 끌리던 사진은 얼른 몸을 일으켜 예를 표하며 합석할 것을 청했다.

"저, 차라도 한잔 올리고 싶은데 자리를 함께 하는 것이 어떻겠습니까?"

사내는 아무런 말도 없이 그저 사진을 한 번 훑어보더니, 사진이 권한 자리에 털썩 주저앉았다. 그도 사진의 떡벌어진 어깨며 씩씩한 얼굴생김이 마음에 드는 듯했다.

그가 자리에 앉자 사진이 조심스레 물었다.

"초면에 실례인지는 알지만, 혹시 관인의 존함을 여쭤 봐도 되겠습니까?"

"내 성은 노魯가요, 이름은 달達이외다. 그런데 형씨는 뉘시오?"

"저는 화주 화음현 사람으로 성은 사가요, 이름은 진입니다. 다름이 아니오라 제가 관인께 묻고 싶은 게 있어서……, 혹시 동경에서 팔십만 금군의 교두를 지내셨던 왕진이란 분을 아시는지요?"

노달은 사진의 말이 끝나기가 무섭게 그의 손을 덥석 잡으며 반가워했다.

"아니, 그렇다면 형씨가 바로 그 유명한 사가촌의 구문룡이란 말이오?"

"그렇습니다."

사진은 상대가 자신을 알아주는 게 놀랍고도 고마워 머리를 숙여 예를 표했고, 노달도 황망히 몸을 굽혀 답례한 뒤 말했다.

"형씨가 찾는 왕진이란 분은 나도 이름만 들어 알고 있을 뿐이오. 근래에 듣기로는 연안부의 노충 경략상공께 가 계시다던가……. 하여튼 이곳에는 계시지 않습니다. 그건 그렇고 형씨의 위명은 내 익히 들었소. 우리 여기서 이럴 게 아니라 어디가서 술이나 같이 들며 이야기나 나눕시다."

노달은 사진의 대답에 떨어지기도 전에 그의 손목을 잡고 찻집을 나섰다.

사진이 그를 따라 얼마쯤 갔을까, 한 공터에서 수많은 사람들이 떼로 몰려 무엇인가를 구경하고 있는 것이 눈에 띄었다. 사람들 틈새로 한 사내가 봉술을 자랑하며 약을 팔고 있는 것이 얼핏 보였다. 문득 눈에 익다는 생각이 들어 다시 보니, 바로 사진에게 처음으로 봉술을 가르쳐 준 이충李忠이란 자였다. 사진은 객지에서 생각지도 않은 사람을 만난지라 너무도 반가워 사람들의 틈을 헤치고 그에게 다가갔다.

"스승님, 저 사진입니다."

금세 사진을 알아본 이충은 뜻하지 않은 만남에 어쩔 줄을 몰라했다.

"아아니……, 자네가 이곳엔 웬일로……?"

그러자 옆에서 보고 있던 노달이 둘 사이에 끼어 들었다.

"이거 잘 되었소. 사형의 스승 되신다니 함께 가십시다. 내 좋은 곳을 알고 있으니 술이나 나누면서 회포를 푸시지요."

이충은 잠시 난감한 표정을 짓더니 노달에게 말했다.

"이 약을 다 팔 때까지 기다려 주시오. 잠시만 기다리시면 될 것입니다."

"그때까지 어떻게 기다리란 말이오? 그러지 말고 어서 갑시다."

술이 급한 노달은 남의 사정 따윈 내 알 바 아니라는 식으로 어거지를 쓰기 시작했다. 그러자 한층 난감해진 이충이 사정하듯 노달에게 말했다.

"약을 팔지 못하면 당장 살 길이 막막해서 그러는 것이니 이해해 주시고 먼저 술집에 가 계십시오. 곧 뒤따라 가겠습니다."

그리고는 사진을 돌아보며 도움을 청했다.

"자네가 제할님을 모시고 먼저 가 있게. 내 금세 뒤따라 갈 테니……."

그러나 한번 먹은 마음을 뒤집을 노달이 아니었다. 노달은 주먹을 치켜들고는 구경꾼들에게 욕설을 퍼부어 댔다.

"이 한심한 놈들아, 뭐 좋은 구경났다고 모여들 있는 게냐? 어서 썩 꺼지지 못해!"

구경꾼들은 그가 바로 사납기로 소문난 노제할인을 알자 앞을 다투어 달아나 버렸다. 이충은 이 노달이라는 자의 행동거지가 몹시 불쾌했지만 워낙 거칠어 보이는지라 감히 내색을 하지 못하고 그내로 약 보따리를 챙겼다. 난감하기는 사진도 마찬가지였지만 당장은 그냥 하는 대로 내버려 둘 수밖에 도리가 없었다.

여하튼 다른 사람의 기분을 아는지 모르는지 노달이 두 사람을 데리고 간 곳은 '반가'라는 이름난 술집이었다. 술집 안으로 들어간 세 사람은 위층 한구석에 자리를 잡았고, 건너편에서 노달을 알아본 술집 주인이 허리를 굽힌 채 달려나왔다.

"제할님, 어서 오십시오. 술과 안주는 어떻게 내올까요?"

"별걸 다 묻네. 쓸데없이 사람 귀찮게 하지 말고 팔아먹고 싶은 게 있으면 뭐든 내오게."

주인은 더 길게 묻는 법 없이 주방으로 돌아갔고, 오래잖아 따끈하게 데운 술과 안주들이 나왔다. 안주는 모두 고기 안주였는데, 주인이 노달의 식성에 맞춰 내온 듯했다.

술 잔의 술이 오가자, 이야기는 이런저런 세상일로부터 저마다의 무용담으로 옮아갔다. 셋 다 싸움이라면 한가락한다는 사람들인지라 거기서 이야기는 한층 더 신명이 나기 시작했다. 조금 전의 불쾌했던 심사는 이미 다 풀린 지 오래였다.

그런데 언제부터인가 옆방에서 들려오는 젊은 여자의 울음소리가 그들의 신명을 흩어 놓기 시작했다. 누가 들어도 그냥은 들어 넘길 수 없는 애절한 울음소리였다. 그러자 성미가 불 같은 노달이 버럭 화를 내며 상 위의 잔이며 접시들을 바닥으로 내동댕이쳤다.

술집주인이 당도했을 때는 이미 화가 노달의 머리 꼭대기까지 올라 있었다. 눈치를 살피던 주인은 바들바들 떨며 기어 들어가는 목소리로 물었다.

"나으리, 뭐 불편하신 거라도……."

"네놈은 귓구멍이 막혔느냐? 옆방에서 저렇게 청승을 떨어대는데 내 손님들이 무슨 흥으로 술을 마시겠느냔 말이다. 이제껏 바친 술값이 얼마인데, 이렇게 나를 푸대접할 수 있느냐?"

노달의 말에 그제서야 이유를 깨달은 주인이 사정하듯 말했다.

"나으리, 제발 진정하십시오. 제가 어찌 사람을 울게 해 나으리의 흥을 깨겠습니까? 저 방에서 울고 있는 것은 술집에서 노래를 팔던 계집아이와 그 아비 김노인입니다. 나으리가 이곳에 계신 줄 모르고 울다가 그리 된 듯하니 너그럽게 용서해 주십시오. 제가 곧 울음소리를 멈추도록 하겠습니다."

주인의 이야기를 들은 노달은 슬슬 호기심이 일었다.

"도대체, 뭣 때문에 울고 있는지 그 곡절이나 한번 들어봐야겠네. 어서 가서 그 부녀를 데리고 오게."

곧 주인이 나가고 잠시 있으려니까, 열여덟쯤 되는 젊은 여자와 예순이 가까워 보이는 늙은이가 훌쩍이며 노달 앞에 나타났다. 조금 전까지 운 흔적이 남은 얼굴로 머뭇거리는 두 사람을 보고 노달이 물었다.

"거기 두 사람, 도대체 무엇 때문에 그토록 슬피 우는 겐가?"

그러자 젊은 여자가 나직한 한숨과 함께 까닭을 밝혔다.

"제 이름은 취련翠蓮이라 하옵니다. 저희들은 원래 동경에서 살다가 이곳 위주에 친척이 있어 의지하려고 왔습니다. 그런데 막상 와 보니 그 친척은 먼 곳으로 이사를 가서 없고, 어머님마저 객지에서 병으로 돌아가시니……, 저희 부녀는 하는 수 없이 노래를 팔아 하루 하루를 연명하게 되었습니다. 그런데 진관서鎭關西라 불리는 정대관인鄭大官人이 저희 부녀를 보더니 중매쟁이를 넣어 저를 첩으로 삼으려 했습니다. 돈 3천 관을 준다는 약속도 있고 게다가 불량배까지 동원해 으름장을 놓으니 별 도리 없이 중매쟁이의 말을 듣기로 했지요. 그런데 누가 일이 이렇게 될 줄 알았겠습니까? 그는 3천 관은 주지 않고 문서만 거짓으로 꾸민 뒤 저를 데려갔습니다. 하지만 막상 그 집에 들어가니 안방마님의 강짜가 얼마나 드세던지 들어간 지 석 달만에 쫓겨나고 말았습니다. 무엇보다 더욱 기가 막힌 것은 받지도 않은 돈 3천 관을 도로 내놓으라는 것이었습니다. 아버님이 나서 보았지만 돈 많고 힘 있는 정대관인을 저희가 어떻게 이기겠습니까? 하는 수 없이 아버님은 그간 마련한 작은 밭을 팔고 저는 이 술집에 나와 몇 푼 버는 돈으로 그 억울한 빚을 갚아 나가고 있습니다. 그런데 요즘 이 술집에 손님이 없이 오늘까지 갚기로 한 돈을 마련하지 못했습니다. 돈을 못 갚으면 정대관인의 갖은 횡포를 겪어야 할 것이고, 그 같은 고초를 겪으면서도 하소연할 곳조차 없는 저희들의 신세가 처량해서 울었던 것입니다. 저희들로 인해 나으리의 흥을 깨고 말았으니 죄스럽기 그지없습니다. 부디 용서해 주십시오."

이야기를 다 마친 취련의 눈에선 다시 눈물이 흘렀다. 숨을 씩씩거리며 듣고 있던 노달은 무슨 생각에서인지 불쑥 물었다.

"그 정대관인이란 자는 어디서 무얼 하는 사람이오?"

그러자 이번에는 그 아비가 딸을 대신해 대답했다.

"장원교 옆에서 푸줏간을 하는데, 이름은 정도鄭屠라고 합니다."

노달은 주먹으로 탁자를 내리치며 말했다.

"뭐라고? 정대관인이라 하기에 누군가 했더니 백정놈이로구나. 이 천하에 몹쓸 놈을 내 당장……."

자리에서 벌떡 일어선 노달은 사진과 이충을 돌아보며 말했다.

"두 분은 여기서 잠시만 기다려 주시오. 내 이 길로 가서 그 천하의 더러운 백정놈을 때려죽이고 오겠소."

노달의 얼굴에서 살의를 본 사진은 황망히 그의 팔을 잡아 앉히고 좋은 말로 달랬다.

"형씨, 잠시 화를 삼키시오. 궁리를 좀 더 해 보면 때려잡는 것보다 더 좋은 수가 있을 것이오."

사진과 이충이 거듭 말리니 노달도 더는 성질을 부리지 못했다. 이윽고 어느 정도 화를 억누른 노달이 김노인을 향해 불쑥 물었다.

"노인장, 내 약간의 노자를 마련해 줄 테니 내일 당장 동경으로 돌아가는 게 어떻겠소?"

"그렇게만 될 수 있다면 더 바랄 것이 무엇이겠습니까? 하지만 저희를 맡고 있는 객점 주인이 놓아주겠습니까? 그리 되면 정대관인이 그에게 돈을 물어내라 할 것인데……."

"그건 내가 알아서 할 테니 걱정 마시오."

무슨 생각을 하고 있는지 노달은 시원스럽게 김노인을 안심시켰다. 그리고는 자신의 괴춤에서 은자 닷 냥을 꺼내 탁상 위에 놓더니 사진을 돌아보며 말했다.

"내가 지금 가지고 있는 은자가 그리 많지 않으니 형씨가 좀 빌려 주시오. 내일 갚아 드리리다."

"어찌 되돌려 받기를 바라겠소. 나도 있는 대로 내리다."

사진은 봇짐을 뒤져 은자 열 냥을 꺼내 탁자 위에 놓았다. 그러자 옆에서 눈치를 보고 있던 이충이 마지못한 듯 은자 두 냥을 꺼내 보탰다.

"그렇게 안 봤는데 정말 쩨쩨한 양반이네."

노달은 이충이 내놓은 돈이 너무 적음을 빈정대면서 자신과 사진이 낸 열 닷 냥만을 집어 김노인에게 내주며 말했다.

"이걸로 두 사람의 노자를 삼고 어서 가서 짐을 꾸리시오. 내일 아침 일찍 이곳을 떠날 수 있도록 해 주겠소. 그리고 객점 주인에겐 내 알아서 얘기해 둘 테니 다른 건 아무 것도 신경쓸 것 없소."

갑작스런 행운에 취련 부녀는 잠시 어리둥절해 했다. 하지만 곧 노달의 진심을 알고는 거듭 절하며 고마움을 표시했다.

취련 부녀가 떠난 후, 노달은 탁자 위에 있던 은자 두 냥을 집어 이충에게 돌려주었다. 이충은 속에서 화가 치밀었지만 상대가 상대인지라 감히 속을 드러내지 못하고 그 은자를 받아 괴춤에 넣었다.

다시 술자리가 이어지고, 세 사람은 밤이 늦도록 마시고서야 자리에서 일어나 각자의 거처로 돌아갔다.

한편 객점으로 돌아간 김노인은 먼저 딸아이를 진정시켜 놓고, 성밖으로 나가 수레를 한 대 구했다. 그리고는 객점으로 돌아와 주인에게 그동안 밀렸던 숙박비를 계산한 후 서둘러 짐을 꾸렸다.

다음 날 새벽 일찍 일어난 취련 부녀는 이른 아침식사를 대충 차려 먹고 떠날 채비를 했다. 얼마 안 있어 노달이 객점으로 찾아들었다.

"준비됐으면 어서 떠나시오. 뒷일은 내가 책임질 테니……."

노달의 말에 힘을 얻은 취련 부녀는 거듭 감사의 뜻을 표한 뒤 서둘러 객점 문을 나서려 했다.

그 때였다. 객점에서 심부름을 하는 아이놈이 갑자기 취련 부녀의 길을 막으며 소리쳤다.

"할아버지, 어디를 가려는 게요?"

"왜? 밀린 방세라도 있느거냐?"

움찔해 하는 취련 부녀를 대신해 노달이 아이놈에게 물었다.

"방세는 어제 받았지만 아직 정대관인의 빚이 남아 있습니다. 두 사람이 그냥 떠나면 제가 그 돈을 물어야 할 판입니다."

"정도의 돈은 내가 갚아 주기로 했으니 너는 어서 길을 비키거라."

"그래도 안 됩니다. 제가 지금 당장 정대관인을 모셔올 테니 기다렸다가 직접 말씀하시죠."

아이놈이 길을 막아선 채 계속 뻗대자, 벌컥 성이 난 노달은 솥뚜껑 같은 손으로 아이놈의 따귀를 올려붙였다. 얻어맞은 아이놈의 입에서 시뻘건 피가 흐르면서 이빨 두 개가 부러져 나왔다. 그제서야 겁을 먹은 아이놈은 기듯이 객점을 빠져나가 어디론지 달아나 버렸다.

노달은 다시 취련 부녀를 재촉해 객점에서 서둘러 떠나게 했다. 이때 객점 주인도 그 광경을 지켜보고 있었으나 아이놈이 당하는 꼴을 본 뒤라 감히 취련 부녀를 막지 못했다.

객점을 무사히 빠져나온 취련 부녀는 재빨리 성밖으로 나가 전날 미리 준비한 수레에 짐을 싣고 동경을 향해 서둘러 길을 떠났다.

한편 노달은 도망간 아이놈이 사람들을 데리고 와 취련 부녀가 떠나는 길을 막을까 걱정이 되었다. 해서 아이놈이 달아난 쪽으로 의자를 꺼내다 놓고 한참이나 앉았다가 그들 부녀를 쫓아가기 어려울 만큼 시간이 지났다 싶자 자리를 털고 일어났다. 그리고는 다음 차례인 정도를 찾아 장원교 쪽으로 성큼성큼 걸어갔다.

정도는 마침 푸줏간에 나와 있었다. 시뻘건 돼지고기가 여기저기에 내걸린 가게의 문을 활짝 열어 놓은 채, 작은 걸상에 걸터앉은 그의 곁에는 시퍼런 고기칼이 십여 개 놓여 있었다.

"어이, 정도! 왜 그리 넋을 놓고 있나?"

그 소리에 딴 생각을 하고 있던 정도가 힐끗 돌아보았다. 자신을 부른 게 사납기로 소문난 노달이란 걸 알아본 정도는 얼른 자리에서 일어나 웃음을 흘리며 노달을 맞았다.

"아이구, 나으리. 오시는 줄 몰랐습니다. 용서하십시오."

"경략상공의 분부를 받아 왔네. 비계는 조금도 섞지 말고 살로만 열 근을 잘게 썰어 주게."

정도는 기름이 적은 부분으로 열 근을 골라 비계를 다 떼어내고 잘게 썰기 시작했다.

그때 객점의 심부름꾼 아이놈이 정도의 푸주간에 이르렀다. 취련 부녀가 달아난 일을 정도에게 알리려고 뒤늦게 정신을 차려 달려나온 길이었다. 그러나 노달이 문 앞에 서 있는 걸 보자 감히 정도에게 가지 못하고 멀찌감치 골목에 숨어 때만 기다렸다.

한참이 지나서야 고기를 다 썬 정도가 그것을 연잎으로 싸며 물었다.

"고기는 사람을 시켜 보낼까요?"

"그럴 것 없고, 이번에는 비계만 열 근을 역시 잘게 썰어 주게."

"고기야 만두소로 쓴다지만 비계는 뭘 하려고 그러십니까?"

"낸들 아나?"

경략상공의 분부라는 데 어쩔 수가 없었다. 정도는 비계만 열 근을 발라서 잘게 썬 다음 역시 연잎에 싸서 주었다. 속으론 아침부터 놀림을 당하는 기분도 없진 않았으나 감히 드러내지는 못했다.

"아직 더 있네. 이번에는 연한 뼈만 열 근을 추려서 잘게 썰어 주게. 뼈에는 고기가 한 점도 묻어 있어서는 안 되네."

정도는 어이없다는 듯이 웃으며 말했다.

"아무래도 이상합니다. 혹시 저를 놀리시는 건 아닌지요."

그제서야 노달이 본색을 드러냈다. 노달은 자리에서 벌떡 일어나더니 두 뭉치의 고기를 손에 들고 정도를 노려보며 말했다.

"오냐, 잘 보았다. 내 너를 놀리려고 왔다. 그래, 어쩔 테냐?"

그리고는 연잎에 싸 놓은 고기 뭉치를 정도의 면상에 던졌다. 어지간히 참아내던 정도도 일이 그쯤 되자 더 이상 참고만 있을 수 없었다. 비록 푸줏간에서 칼질이나 하고 있지만 남들에게 '대관인' 소리를 듣던 그였으므로 관리 따위에게 행패를 당할 까닭이 없었던 것이다. 정도는 이것저것 생각할 것 없이 식칼 하나를 집어들고 달려나갔다.

그 사이 노달은 푸줏간을 나와 거리를 어슬렁어슬렁 걸어가고 있었다. 오른손에 칼을 들고 뒤따라간 정도가 왼손으로 노달의 옷깃을 덥석 잡았다. 그리고는 노달의 가슴팍을 향해 칼을 내지르려 했으나 그보다는 노달의 발길질이 더 빨랐다. 정도는 아랫배를 움켜쥐고 길바닥에 푹 꼬꾸라졌다.

노달은 그런 정도에게 발길질을 한 번 더 먹인 다음 가슴패기를 짓밟으며 꾸짖었다.

"이놈, 돼지 멱이나 따는 주제에 뭐 진관서? 진대관인? 그리고 이 개만도 못한 놈아, 취련이는 왜 그렇게 쥐어짰느냐?"

노달이 그 억센 주먹으로 콧등을 내리치자 정도의 코가 납작 주저앉아 버리고 얼굴은 피투성이가 되었다. 정도가 아무리 발버둥을 쳐도 노달의 다리가 천 근인데다 손에 들었던 칼도 이미 땅바닥에 놓친 후였다. 그래도 성질은 남았는지, 정도는 성한 입으로 악을 썼다.

"그래, 죽여라 죽여! 사람들아, 이놈이 사람 죽인다아!"

"이놈이 그래도 정신을 못 차리고……."

노달은 다시 정도의 미간을 쥐어박았다. 정도의 눈가죽이 찢어지고 눈알이 튀어나오면서 주위는 온통 피 천지가 되었다.

사람들은 그런 끔찍한 광경을 보고서도 노달이 무서워 감히 말릴 생각도 못했고, 객점 심부름꾼 아이놈도 놀란 채 보고만 있었다. 그제서야 겁이 난 정도가 살려달라고 빌어댔으나 노달의 세번째 주먹에 이내 조용해졌다. 노달의 세번째 주먹이 정도의 관자놀이에 떨어지자 머리통이 부서지면서 사지를 쭉 뻗고 말았던 것이다.

갑자기 정도의 움직임이 없어진 것을 안 노달은 가슴이 뜨끔했다. 입으로 약간씩 숨결이 뿜어져 나오기는 했지만 살기는 어려울 것 같았다. 노달은 사람들에게 들으라는 듯 짐짓 목소리를 높였다.

"네놈이 죽은 척한다고 내 그만둘 성 싶으냐? 어림없다, 이놈아!"

그러나 그 순간 정도의 낯빛이 점점 검어지더니 시체의 것과 다를 바 없게 되었다. 더 숨기기가 어려워진 노달은 속으로 생각했다.

'호되게 한번 혼내주려 한 것뿐인데, 겨우 주먹 세 대에 죽어 버리다니⋯⋯. 이대로 멍하니 서 있다간 중벌을 면키 어려울 것이다. 그래, 도망가는 길밖엔 다른 도리가 없겠다.'

하지만 그대로 달아나기엔 뒤통수가 가려웠던지 발을 빼면서도 이미 죽은 정도를 다시 꾸짖었다.

"이놈아, 네놈이 죽은 척 한다고 내가 눈 하나 깜빡할 줄 아느냐? 감히 누굴 속일려고⋯⋯."

그렇게 한편으론 욕질을 계속해대며 성큼성큼 걸음을 옮겨 그곳을 빠져나갔다. 구경꾼 중에는 정도에게 빌붙어 사는 자들도 많았으나 아무도 노달이 달아나는 것을 막으려 들지 않았다.

그 길로 자신의 거처로 돌아온 노달은 옷가지 몇 벌과 가진 은자를 모두 꾸려 부랴부랴 짐을 쌌다. 짐을 다 꾸린 노달은 피 묻은 옷을 벗어던지고 새 옷으로 갈아입었다. 그리고는 여섯 자 길이의 몽둥이 하나만을 몸에 지닌 채 남문을 지나 연기처럼 어디론가 사라져 버렸다.

한편 정도는 객점 심부름꾼 아이놈의 전갈을 받고 달려온 가족들에게 업혀가 반나절이나 구료를 받았으나 끝내 숨을 거두고 말았다. 그가 죽자 그의 가족들은 부윤府尹에게 노달을 살인죄로 고소했다. 부윤은 그 고소장을 다 읽어 보고 닌 뒤 말했다.

"노달은 경략부에 소속된 제할이다. 함부로 들어가 잡아올 수 없으니 내가 직접 경략부로 가서 그 놈을 잡아 와야겠다."

그리고 곧장 가마에 올라 경략부로 갔다. 전갈을 받은 경략상공은 부윤을 안으로 들게 하고 자리를 권하며 물었다.

"아니, 부윤께서는 무슨 일로 이곳까지 오셨소?"

"이곳의 제할로 있는 노달이라는 자 때문입니다. 노달은 이렇다 할 이유

없이 정도라는 자를 주먹으로 때려죽였습니다. 마땅히 그를 잡아 벌을 주어야 하나 이곳의 사람인지라 먼저 상공께 아뢰는 것입니다.”

그 말을 들은 경략상공은 깜짝 놀랐다. 하지만 노달이 사람을 죽였다고 하니 그를 보호할 수 있는 상황도 아니었다.

“노달은 원래 나의 아버님께서 부리던 군관으로 이곳에 쓸 만한 사람이 적어 내가 특별히 청해 제할로 부려 왔소이다. 그러나 사람을 죽이는 큰 죄를 저질렀다 하니 부윤께서 잡아다 법에 따라 문초하시오. 다만 그의 자백을 받아내고 뚜렷이 죄가 밝혀지거든 반드시 아버님께도 알려드린 뒤에 처벌을 내리시는 게 좋을 것이오. 괜히 나중에 아버님께서 그 사람을 찾으실 때에야 그가 그리 된 것을 알렸다간 좋지 못한 일이 생길 테니 말이오.”

“여부가 있겠습니까? 반드시 노경략공께 아뢰고 난 후 노달을 처벌하도록 하겠습니다.”

경략상공의 허락을 받은 부윤은 그 길로 곧장 주아로 돌아가 즙포사신에게 문서를 내려 노달을 잡아들이게 했다. 하지만 즙포사신이 스무 명의 관원을 이끌고 노달의 거처로 달려갔을 땐 노달은 이미 멀리 달아나고 없었고, 다만 집주인이 나와서 겁먹은 얼굴로 말할 뿐이었다.

“그 사람은 작은 보따리 하나에 몽둥이 하나만 들고 쫓기듯 집을 나갔습니다. 어디를 가는지는 소인도 궁금했으나 하도 기색이 험해서 감히 물어보지는 못했습니다.”

주의 동서남북을 샅샅이 뒤지고도 끝내 노달을 잡지 못한 즙포사신은 하는 수 없이 집주인만 데리고 주아로 돌아가 부윤에게 고했다.

“노달은 죄 받을 게 두려워 멀리 달아나 버렸습니다. 어디로 갔는지 알 길이 없어 노달에게 방을 세주었던 집주인을 데리고 왔습니다.”

그 말을 들은 부윤은 집주인을 일단 가두게 하고 정도의 집안사람들과 사건을 목격한 이웃들을 몇 불러들였다. 그리고는 정도의 이웃은 정도가 맞아죽는데도 구해 주지 않았다 하여 매질을 한 뒤 내보냈고, 노달의 집주인은 달아나는 것을 막지 못한 죄를 물어 벌을 주었다.

이렇듯 안에서의 일을 정리한 부윤은 사람을 뽑아 노달을 찾게 하고 동시에 곳곳에 공문을 돌려 어서 노달을 잡아들이라고 재촉했다. 결국 노달의 목에는 일천 관의 상금이 걸리고 각처에는 노달의 나이와 출생지, 용모 등이 적힌 방이 나붙었다.

옛말에 굶주린 사람은 먹을 것을 가리지 않고 헐벗은 사람은 입을 것을 가리지 않는다는 말이 있다. 궁지에 몰린 노달은 달아날 곳을 가릴 여유가 없었다. 그는 어디로 가야할지 행선지도 정하지 않은 채 무작정 산을 넘고 물을 건너 여러 주를 헤매고 다녔다. 그렇게 길을 떠난 지 달포가 지난 뒤에야 조금 정신이 든 노달은 자신이 지금 서 있는 곳이 대주 땅의 안문현이라는 것을 알았다.

안문현 성내로 들어간 노달은 큰 거리에서 한 떼의 사람들이 모여 웅성거리는 걸 보고 걸음을 멈추었다. 모두들 한쪽 담벼락에 붙은 방을 읽고 있는 듯했으나 노달은 일자무식이어서 방을 읽을 수가 없었다.

때마침 그 중 유식한 사람 하나가 나와 노달처럼 글을 모르는 사람들을 위해 큰 소리로 방을 읽어주었다.

"대주 안문현은 태원부 지휘사의 명을 받들어 위주에서 살인을 저지르고 도주한 노달을 잡고자 한다. 노달은 경략부의 제할로 있던 자로서……, 누구든 노달을 숨겨 주면 그와 같은 죄로 벌할 것이며, 노달을 붙들어 오거나 그 목을 가져오는 사람에게는 일천 관의 상금을 준다……."

거기까지 들은 노달은 가슴이 덜컥 내려앉는 듯했다. 그런데 바로 그때 누군가 노달을 보고 큰 소리로 말했다.

"아니, 장형! 장형이 여긴 웬일이시오?"

그리고는 노달이 무어라 대답할 틈도 주지 않고 그를 끌고 사람들 속에서 빠져 나왔다. 노달이 끌려가면서 힐끗 보니 그는 다름아닌 취련의 아버지 김노인이었다. 위주의 술집에서 그들 부녀를 구해줄 때 동경으로 가라 했기에 그리로 간 줄로만 알았는데, 뜻밖에도 그곳에서 만나게 된 것이었다.

김노인은 으슥한 골목에 이르러서야 노달의 팔을 놓고 말했다.

"나으리, 담대하셔도 분수가 있지, 나으리 잡으라는 방 앞에 그렇게 태평하게 서 계시다니 말이나 됩니까? 만약 이 늙은이가 먼저 보지 못했다면 나으리는 그 자리에서 여럿에게 붙들리고 말았을 것입니다. 도대체 이곳엔 무슨 일로 오셨습니까?"

"영감과 헤어진 후 장원교로 곧장 달려가서 정도를 때려죽이고 도망쳐 오는 길이오. 이렇게 도망다닌 지 이미 여러 날이 지났건만 도대체 어디로 가야 할지 막막하기만 하구려. 그나저나 영감이야말로 동경으로 가지 않고 왜 이곳에 있소?"

"아무래도 동경으로 갔다간 다시 붙잡혀 들어갈까 싶어 그곳으론 갈 수가 없었습니다. 다행히 예전에 동경에서 살 때 이웃에서 살던 사람을 만나 이곳으로 오게 된 것입니다. 그리고 그 사람 소개로 딸년이 조원외趙員外라는 이곳 갑부의 소실로 들어가게 되었습니다. 저희 부녀는 지금 아무 걱정 없이 잘 살고 있습니다만 이 모든 것이 다 나으리 덕분입니다. 제 딸도 항상 조원외에게 저희 부녀를 구해준 제할님의 크신 은혜를 입버릇처럼 말해 그도 은인을 잘 알고 있을 겝니다. 게다가 조원외도 창칼이나 봉술을 좋아하는 사람이라 늘상 은인을 만나뵙고 싶어했습니다. 여기서 이러고 있을 게 아니라 우선 우리 집으로 가시지요. 며칠 머무시면서 앞일을 의논해 보도록 하시지요."

노달은 굳이 마다할 것까진 없다는 생각에 김노인을 따라나섰다. 김노인의 집에 도착하자 취련이 황망히 달려나와 노달을 반갑게 맞았다.

취련은 노달의 손을 잡아 방안에 앉힌 뒤 여섯 번이나 절을 하고는 다시 위층으로 오르기를 청했다. 잠시 후 젊은 계집종이 큰 상 가득히 먹을 것과 술을 차려왔다. 부녀가 번갈아 술을 권하며 극진히 대접하니, 노달은 되려 마음이 편치 못했다. 그러나 그런 것을 아는지 모르는지 취련 부녀의 정성은 조금도 식을 줄 몰랐다.

세 사람이 권커니 잣거니 마시는 사이 날이 저물어 막 불을 밝히려 할 때였다. 갑자기 아래층에서 떠들썩한 소리가 들렸다. 노달이 창을 열고 내려다보니 마당에 말을 탄 관원과 장정 스무 명 정도가 흰 천으로 싼 몽둥이를 들고 서 있는 것이 보였다.

"잡아라, 어서 잡아 내려라!"

그런 그들 뒤에서 말을 탄 관원 하나가 그들을 꾸짖었다.

"떠들지들 말거라! 그러다 도적이 낌새를 채고 달아나기라도 한다면 어쩌려고 그러느냐?"

노달은 깜짝 놀랐다. 틀림없이 자신을 잡으러 온 것이라 생각하고는 아래층으로 몸을 날리려 할 때였다. 김노인이 그런 노달의 손을 끌어당기며 가만히 속삭였다.

"그냥 계십시오. 무슨 일인지 알아보고 움직여도 늦지 않을 것입니다."

그리고는 혼자 아래층으로 내려가 말 탄 관원에게로 갔다. 김노인이 그 관원의 귀에 대고 몇 마디 하기도 전에 그가 한바탕 크게 웃더니 데리고 온 장정들을 모두 돌려보냈다.

장정들이 모두 사라지자 그 관원은 말에서 내려 집안으로 들어왔다. 김노인이 노달을 불러 아래층으로 내려가니 그 관원이 머리를 숙이며 말했다.

"한 번 그 얼굴을 보는 것이 백 번 이름을 듣는 것보다 낫다더니, 정말 그렇소이다. 직접 만나뵈니 더욱 우러러뵈는 구려. 대협께서는 이 하찮은 사람의 예를 받아주시오."

노달이 얼떨떨해서 김노인에게 물었다.

"저분은 뉘시오? 어찌 처음 본 내게 저같이 예를 갖추느냔 말이오?"

"저 사람이 바로 딸아이의 남편 되는 조원외올시다. 이 늙은 것이 남자를 끌어들여 딸아이와 함께 술을 마신다는 말을 듣고 은인을 딸아이의 샛서방쯤으로 잘못 알았던 모양입니다."

그제서야 노달도 놀란 가슴을 진정시킬 수 있었다. 노달이 조원외와 위층으로 올라가 앉자 김노인이 다시 술상을 봐왔다.

"윗자리에 앉으시지요."

조원외가 노달에게 윗자리를 권했다.

“제가 어찌 감히…….”

노달이 사양하자 조원외가 한 번 더 권했다.

“제가 존경하는 마음에서 권하는 것이니 부디 사양하지 마십시오. 제할님 같은 호걸을 만났으니 이보다 더한 기쁨이 없습니다.”

“저는 죽을 죄를 짓고 쫓겨다니는 몸이외다. 너무 과한 대접을 받으면 오히려 거북하오. 다만 한 가지 바라는 것이 있다면 원외께서 이 하찮은 몸을 모른다 않으시고 어디 몸 숨길 만한 거처나 한 군데 마련해 주셨으면 하는 것이오. 제가 하루 빨리 이곳을 떠나는 게 서로를 위해 좋은 일일 듯싶소.”

노달이 마지못한 듯 윗자리에 앉으며 말하자, 조원외가 흔쾌히 승낙했다.

“그 일이라면 염려하지 마십시오. 제가 마땅한 곳을 마련할 테니 오늘밤은 술이나 실컷 마십시다.”

조원외는 노달에게 정도를 때려죽이게 된 경위를 묻고 그동안 쫓기면서 겪은 고생을 진심으로 위로해 주었다. 그리고 창쓰기와 봉술 얘기로 건너가 흥겹게 떠들다 보니 어느덧 밤이 깊어 있었다.

다음 날 아침, 조원외가 노달을 찾아와 말했다.

“이곳은 제할께서 숨어 계실 곳이 못 될 듯싶습니다. 여기에서 한 십 리쯤 가면 칠보촌七寶村이라는 곳이 있는데, 그곳에 제 장원이 있습니다. 그곳에 잠시 계시면 제가 다른 방도를 마련해 보겠습니다.”

노달의 생각에도 그리하는 것이 나을 듯싶었다.

“고맙소이다. 그럼 그곳에서 잠시 신세를 지기로 하지요.”

어느 정도 준비가 갖춰지자 노달은 취련 부녀와 작별인사를 나누고 조원외와 함께 칠보촌의 장원으로 향했다.

칠보촌 장원에 도착한 조원외는 노달을 초당으로 모신 후 술과 안주를 장만해 밤늦도록 권하다가 사랑방으로 안내했다. 조원외의 대접은 그것으로 그치지 않았다. 다음 날도, 또 그 다음 날도 술과 안주를 장만해 대접하니 노달이 감격해 하지 않을 수 없었다.

“원외께서 이토록 저를 생각해 주시니 어떻게 보답을 해야 할지 모르겠습니다.”

“세상 모든 사람들이 다 형제가 아니겠습니까? 보답이라니요, 당치도 않은 말씀입니다.”

그럭저럭 장원에서 일주일을 보낸 뒤였다. 그날도 노달과 조원외가 서원에서 이야기를 나누고 있는데 김노인이 헐떡이며 뛰어들어왔다.

“늙은이가 걱정이 많아 하는 소린지 모르겠지만, 요 근래 집 주위에서 심상치 않은 기운이 느껴집니다. 관원 몇이 저희 집 주위를 서성이며 이것저것 캐묻는 꼴이 곧 이곳으로 은인을 잡으러 올 것 같은 눈치입니다. 하루바삐 무슨 대책을 세우시는 게 좋을 듯싶습니다.”

그 말을 들은 노달은 벌떡 몸을 일으키며 서둘렀다.

“그렇다면 제가 얼른 이곳을 떠나는 게 좋겠습니다.”

조원외가 그런 노달을 잡으며 말했다.

“제할님을 이곳에 모시자니 닥쳐올 풍파가 두렵고, 그냥 보내자니 세상이 절 비웃을까 걱정입니다. 한 가지 방법이 있기는 한데……, 제할께서 어떻게 생각하실지…….”

“저는 죽을 죄를 짓고 쫓기는 몸입니다. 그런 제가 무엇을 가리겠습니까?”

노달이 그렇게 말하자 조원외가 망설이던 것을 털어놓았다.

“여기서 삼십 리쯤 떨어진 곳에 오대산 문수원文殊院이라는 절이 있습니다. 저희가 조상 때부터 다니던 절인데 주지승인 지진장로智眞長老와는 각별한 사이라 제 청이라면 거절하지 않을 것입니다. 저는 신삭부터 이런 날이 올 줄 알고 도첩을 한 장 사두었습니다. 게다가 그곳에 미리 출가를 원하는 친구가 하나 있다는 말도 슬쩍 흘려 두었으니 별 의심도 없을 것입니다. 출가하셔서 스님이 되시는 길이 숨어사는 데는 가장 좋은 방법이라는 생각이 드는데 제할님의 의향은 어떠신지요?”

단것 쓴것 가릴 처지가 못되는 노달이 듣기에도 뜻밖의 얘기였다. 노달은 한동안 곰곰이 생각에 잠겼다. 하지만 아무리 생각해 봐도 달리 좋은 방도가 없었다.

"원외께서 이미 손을 써 두셨다니 저도 팔자에 없는 화상 노릇 한번 해보지요. 모든 걸 원외의 뜻에 따르기로 하겠습니다."

결정이 나자 조원외는 그날 밤으로 노달이 떠날 채비를 갖춰 주었다. 노달이 쓸 것은 물론 절에 올려보낼 예물까지 두루 마련해 짐을 쌌다.

다음 날 아침 조원외는 노달과 함께 오대산으로 향했다. 한나절도 안 되어 산 아래에 이른 조원외와 노달은 거기서부터 가마에 오르면서 머슴 하나를 먼저 문수원으로 보내 자기들이 온 것을 알리게 했다.

일행이 문수원에 도착하자, 미리 전갈을 받은 지진장로가 수좌들을 거느리고 입구까지 나와 그들을 맞았다. 조원외와 노달이 공손히 고개를 숙여 예를 표하자 지진장로가 말했다.

"먼길을 오시느라 애쓰셨소. 그런데 무슨 일로 여기까지 오시었소?"

조원외가 한층 공손하게 대답했다.

"큰스님께 작은 청을 드리고자 이렇게 찾아뵌 것입니다만……."

"우선 안으로 드시지요. 차나 마시면서 천천히 말씀 나누도록 하십시다."

이윽고 주지의 청으로 방장실로 들어선 조원외는 가지고 온 예물들을 들이게 했다.

"원외께서는 무슨 연유로 또 이렇듯 많은 예물들을 준비해 오셨소?"

"대단찮은 예물이라 그런 말씀 듣기가 송구스럽습니다."

잠시 후 수좌들이 예물을 거두어 나가자, 조원외는 몸을 일으켜 지진장로에게 말했다.

"제가 큰스님을 찾아뵌 이유는 제 친구가 출가를 원해서입니다. 허락해 주신다면 이곳에서 큰스님 아래 있게 해 주고 싶습니다. 도첩 등은 이미 갖추었지만 아직 머리를 깎지는 못했습니다. 성은 노씨이며 이름은 달이라고 하는데, 전에는 관내에서 군무를 보았지요."

"오호, 군문에 있던 사람이 어인 일로……?"

"세상의 어려움과 쓰라림을 홀연히 깨달아 속된 인연에서 벗어나고자 한답니다. 바라건대 장로께서는 부처님의 대자대비하심으로 그를 거두어 주시고, 제 낯을 보아서라도 그가 스님이 되어 해탈의 길을 걸을 수 있도록 보살펴 주십시오. 거기에 필요한 모든 것은 제가 마땅히 마련해 올리겠습니다. 장로께서 허락해 주신다면 그보다 더한 다행이 없을 것입니다.”

그러자 지진장로는 노달 쪽을 유심히 바라보더니 별로 꺼리는 기색 없이 고개를 끄덕이며 말했다.

“그 인연이 이 늙은 중의 산문을 빛내 줄 것이라면 어려울 것도 없지요. 아무 걱정 마시고 차나 드시지요.”

차를 마신 뒤 장로는 여러 스님들을 불러 노달을 맞아들이는 것에 대한 의견을 묻는 한편 감사와 도사에게는 잿밥을 짓게 했다.

그런데 장로 앞에서 물러난 수좌와 여러 스님들은 노달을 받아들이는 것에 대해 이견이 많았다.

“그 사람 생김을 보니 출가할 위인은 아닌 듯하오. 두 눈에 사납고 흉한 빛이 가득했소.”

“맞습니다. 그를 받아들였다간 우리 산문에 화가 미칠 것입니다.”

마침내 모두의 뜻이 같음을 확인한 스님들은 수좌승을 앞세워 방장실로 몰려갔다.

“출가하겠다는 그 사람을 보니 생김새가 험악하고 얼굴이 흉완해 보입니다. 그런 자를 무턱대고 받아들였다가 훗날 저희 산문에 오명이라도 남기게 될까 두렵습니다. 한 번 더 생각해 보시고 결정을 내리심이 어떠할지요.”

그러자 모두의 뜻을 조용히 듣고민 있던 지진장로가 희미한 미소와 힘께 입을 열었다.

“그는 천성이 강직한 사람이다. 지금은 비록 흉하고 모진 형상에다 기구한 명운을 타서 쫓기고 있으나 훗날에는 오히려 너희들보다 더 큰 청정을 얻어 비범한 인물이 될 것이다. 내 말을 반드시 새겨 듣고 그가 불문에 드는 것을 막지 말거라.”

장로가 그렇게 말하자 모여든 스님들도 어찌할 도리가 없었다.

한편 조원외는 데리고 간 머슴들에게 스님들이 신는 신과 입는 옷과 걸치는 가사 등 몸에 지니는 불구 일체를 갖춰 오게 했고, 하루도 안 되어 그 모든 것들이 갖춰졌다.

마침내 지진장로는 좋은 날 좋은 시를 골라 종과 북을 울리게 하고 경내의 모든 스님들을 법당으로 모았다. 이윽고 아무개를 불문에 받아들인다는 선소가 읽혀지자 한 스님이 노달을 법좌 아래로 이끌고 나왔다.

노달의 머리에서 두건이 벗겨지고 칼질이 시작되니 잠깐 동안에 노달의 머리는 희게 잘 여문 박같이 되었다. 계속해서 그 익숙한 손놀림이 노달의 구레나룻에 닿자, 노달이 갑자기 손을 들고 일어서며 소리쳤다.

"이 수염만은 깎지 말아 주시오. 내가 제일 아끼는 것이외다."

그 말을 들은 스님들의 웃음소리로 법당이 소란스러워졌다. 그때 법좌 위에 앉아 있던 지진장로가 큰 소리로 외쳤다.

"대중들은 들으라! 한 치의 터럭도 남기지 말아야 육근六根이 비로소 깨끗해지는 법이니라. 무얼 하는 게냐? 터럭 한 올도 남기지 말고 모두 밀어 버려라!"

그러자 머리를 밀던 스님이 다가와 노달의 수염까지 깨끗하게 밀어 버렸다. 장로의 호통에 찔끔해한 노달은 아무 말도 할 수가 없었다.

이어 수좌가 노달의 도첩을 법좌에 올리며 법명을 내리기를 청했다. 지진장로는 이름자리가 비어 있는 도첩을 들고 계를 외듯 소리쳤다.

"신령스런 빛 한 줄기, 천금에 값하도다. 불법이 크고 넓으니 지심智深이란 이름을 내린다."

장로는 노달에게 법명을 내린 뒤 도첩을 법좌 아래로 내렸고, 서기를 맡은 스님이 받아 도첩 앞머리에 노지심魯智深이라 써 넣었다. 그 다음 장로는 노달에게 가사와 법의를 내리고 그 자리에서 입게 했다. 순식간에 노달이란 호걸은 오간 데 없고, 노지심이란 스님만 남게 되었다.

감사 스님이 노지심을 지진장로 앞으로 데려가자 장로는 손을 노지심의 정수리에 대고 수기受記를 주었다.

"첫째로는 부처님의 본성에 의지할 것이요, 둘째로는 바른 법正法을 받들어야 할 것이요, 셋째로는 사우를 공경할 것이니 이를 바로 삼귀三歸라 이른다. 오계五戒는 첫째 살생하지 말 것이며, 둘째 도둑질하지 말 것이며, 셋째 음란하지 말 것이며, 넷째 술을 탐하지 말 것이며, 다섯째 망령된 말을 하지 말 것이다. 네가 이것을 따르겠느냐?"

그러나 노지심에게는 쇠귀에 경 읽기나 다름없었다. 할 수 있다, 못한다 한마디 내뱉으면 될 것을, 노지심은 속세에서 쓰던 말투 그대로 대꾸했다.

"내 꼭 기억하도록 하겠소이다."

결국 또 한 번 법당 안은 스님들의 웃음소리로 시끄러워져야 했다.

수기가 내려진 뒤 조원외는 절 안의 크고 작은 일을 맡아하는 스님들을 모두 찾아다니며 각기 예물을 나눠주며 노지심을 당부했다. 그리고는 노지심을 데리고 절 안의 모든 스님들을 찾아보게 하니 그날 밤은 그렇게 정신 차릴 새도 없이 지나갔다.

다음 날 조원외는 문수원에서의 모든 일이 끝났다 싶자 돌아갈 채비를 했다. 장로가 더 머물기를 권했으나 그럴 처지가 아니었다. 새벽재가 끝나는 대로 산문을 나서니 여러 스님들이 배웅을 나왔다. 조원외는 그들과 헤어지기에 앞서 합장하며 한 번 더 노지심을 부탁했다.

"저 사람은 우직하고 예의를 잘 모릅니다. 말이 거칠고 절 안의 여러 규칙들을 어기는 일이 잦을 것이나 여러 스님들께서는 저를 보아서라도 너그러이 용서해 주십시오."

"그 일이라면 원외께서는 마음을 놓으시오. 이 늙은 중이 그를 가르쳐 참선에 힘쓰도록 노력해 보겠소이다."

지진장로가 여럿을 대신해 조원외를 안심시켰다. 그러자 조원외는 노지심을 불러내 귓속말로 다시 한번 당부했다.

"이제부터는 전과 같이 해서는 안 됩니다. 어찌되었건 이제는 스님이 되었으니 부디 절간의 법도를 잘 지키고 장로님의 분부를 어기지 마십시오. 그렇지 않으면 우리는 다시 보기 어려울 것입니다."

“그 말씀 명심하겠습니다.”

그동안 조원외가 보여준 따뜻한 정에 감동한 노지심은 전에 없이 공손하게 다짐했다. 그 말에 다소 마음이 놓인 조원외는 지진장로를 비롯한 여러 승려들에게 작별을 고하고 산을 내려갔다.

이리하여 팔자에도 없는 노지심의 힘든 중노릇이 시작되었다. 생전 처음, 그것도 하룻밤 사이에 갑자기 하게 된 중노릇이니 싸움질로 잔뼈가 굵은 노지심에게 수월할 리 없었다. 첫날부터가 당장 그랬다. 간밤 늦도록 잠을 설쳐서인지 갑자기 졸음이 쏟아지기 시작한 노지심은 선불장選佛場 안의 선상禪床 위에 벌렁 드러누웠다.

그러자 선불장을 돌보는 스님들이 깜짝 놀라 달려와 노지심을 일으키며 나무랐다.

“이러시면 안 됩니다. 이미 출가해 불문에 들었으면 앉아서 참선이나 하실 일이지 이 무슨 추태입니까?”

그러나 그런 말이 노지심의 귀에 들어올 리 만무했다.

“내가 잠 좀 자겠다는데 웬 참견이야? 헛소리 말고 꺼져!”

오히려 눈을 부라리며 상소리를 해대니 스님들로서는 어이없어 하면서도 어찌해 볼 길이 없었다. 노지심은 그들이 머리를 절레절레 흔들며 나가는 것을 보고는 선상에 도로 누워 드르렁 드르렁 코를 골았다.

다음 날 선방을 지키던 두 스님은 노지심의 그러한 무례를 고하러 장로를 찾아가려 했다. 그러자 수좌승이 그 둘을 말렸다.

“장로님께서 말씀하시길 그 사람은 뒷날 크게 깨우쳐 우리가 오히려 미치지 못한다 하지 않으셨는가? 그렇게 감싸고 도시는 판이니 가봤자 소용없을 것이네. 그냥 그 사람이 하는 대로 두고 보세.”

결국 두 스님은 장로를 찾아가는 것을 포기하고 말았다.

한편 노지심은 그날부터 아무도 말리는 사람이 없자 풀어질 대로 풀어지기 시작했다. 낮잠을 자도 꼭 스님들이 도를 닦는 도장의 선상 위에 쓰러져 잤으며, 나중에는 밤까지 내쳐 자 노지심의 코고는 소리가 밤새 내내 선불장에 울려퍼지기 일쑤였다. 노지심의 막돼먹은 행실은 거기서 그치지 않았다. 오줌이 마려우면 불전 뒤고 어디고 가리지 않고 갈겨댔고, 똥도 아무 데나 편한 데서 일을 보았다.

일이 이 지경에 이르자 문수원의 스님들은 노지심이라면 치를 떨게 되었고, 결국 노지심의 행실을 보다못한 수좌승이 지진장로에게 이 모든 사실들을 아뢰었다.

"지심의 행동이 너무도 무례하여 말로 다 할 수 없습니다. 도대체 출가인이 지켜야 할 도리를 조금도 지키지 않고 있습니다. 저런 사람을 어떻게 산문 안에 계속 두려고 하십니까?"

그러나 장로는 오히려 수좌승을 나무라며 말했다.

"쓸데없는 소리 말거라. 조원외의 낯을 봐서라도 그리해서는 안 되느니라. 차차 나아질 테니 그냥 놔두거라."

그렇게 되자 이후로는 아무도 노지심의 잘못에 대해 말하는 사람이 없었다.

하지만 노지심 입장에서 보면 그런 중노릇도 여간 괴로운 것이 아니었다. 우선 머리에 들어오지도 않는 염불 소리가 그렇고, 외진 산 속의 절간에 갇혀 있는 게 그랬다. 먹는 것 입는 것도 마음에 찰 리 없었다. 어쩌다 운수가 사나워 그곳까지 흘러 들어오게 됐지만, 이제는 그 고맙기 짝이 없던 조원외조차 원망스럽게 느껴지기 시작했다.

그렇게 넉 달이 지나 어느덧 초겨울로 접어들 때였다. 곰처럼 웅크린 채 세월만 보내고 있던 노지심은 햇볕이 따뜻하게 내리쬐이자 문득 절 밖으로 나가고 싶어졌다.

한번 하고 싶은 일은 무슨 일이 있어도 저질러야 직성이 풀리는 노지심은 곧 승복을 걸치고 성큼성큼 걸어 산문을 나섰다. 산을 반쯤 내려가니 정자가 하나 눈에 들어왔다. 노지심은 정자의 난간에 걸터앉아 땅이 꺼지게 한숨을 내쉬었다.

'술 구경한 지가 언제냐? 젠장, 이러다가 속이 터져 죽고 말 것이다. 어디

서 술이나 마음껏 퍼마셨으면 정말 원이 없겠다.'

그럴수록 술 생각은 더욱 간절해졌다. 소용이 없는 일인 줄 알면서도 노지심은 사방을 쭉 둘러보았다. 그런데 그런 노지심의 눈에 한 사내가 어깨에 통 두 개를 짊어지고 노래를 부르며 올라오는 모습이 들어왔다.

구리산 옛 싸움터에선
목동이 헌 창칼을 줍고
바람에 이는 오강의 물결은
우희와 패왕이 이별하듯이……

노랫소리와 함께 점점 가까이 다가온 사내는 정자에 이르자 메고 온 통들을 땅에 내려놓고 이마의 땀을 닦았다. 노지심은 그게 술통이기를 간절히 빌며 그 사내에게 슬쩍 말을 걸어 보았다.

"이보게, 그 통 속엔 무엇이 들었는가?"

"좋은 술이지요."

노지심은 자신의 귀를 의심했다. 두 번 세 번 물어 그게 정말로 술이란 걸 안 노지심이 다시 물었다.

"그거 한 통에 얼만가?"

사내는 노지심이 입고 있는 승복을 한 번 훑어보더니 고개를 가로 저었다.

"스님이 쓸데없이 그건 왜 물으시오?"

"쓸데 있는지 없는지 자네가 어찌 아는가? 어쨌든 한 통에 얼마인지나 대답해 보게."

"이 술은 팔 게 아닙니다. 저 위 문수원의 대장장이며 불목하니들이 일할 때 마실 겁니다. 게다가 장로께서 엄하게 이르시기를 스님들께는 술을 주지 말라고 하셨습니다. 제가 만약 스님께 술 한 모금이라도 팔았다간 저는 이 바닥에서 장사는커녕 영락없이 쫓겨나고 말 것입니다."

그러나 술을 보고 눈이 뒤집힌 노지심이 그대로 물러날 리 없었다. 이번에는 눈을 치켜뜨고는 겁을 주며 물었다.

"정말로 못 팔겠느냐?"

"죽어도 팔 수 없소."

사내가 지지 않고 뻗대었다. 그러자 노지심이 벌떡 몸을 일으키며 소리쳤다.

"누가 널 죽이겠다고 했느냐? 술만 조금 팔면 될 것을 웬 말이 그렇게 많느냐?"

그제서야 사내도 심상치 않은 기색을 느꼈다. 그는 얼른 내려 놓았던 술통들을 다시 둘러메고 산 위로 내빼려 했다.

그러나 노지심은 그런 사내를 단숨에 쫓아가 두 손으로 술통들을 낚아채며 발길질을 넣었다. 사내는 그대로 땅바닥에 널브러져 반나절이 넘도록 깨어나지 못했다.

노지심은 그런 사내를 거들떠보지도 않고 술통들을 들고 정자로 올라갔다. 술통 뚜껑을 연 노지심은 찬 술을 벌컥벌컥 마셔댔다. 얼마 안 되어 술통 두 개가 모두 비워졌고, 그제서야 어느 정도 목마름이 가신 노지심은 때마침 깨어난 사내에게 느긋하게 말했다.

"이봐, 술값은 내일 절에 와서 받아 가."

그러나 사내는 술값을 받으러 갈 처지가 못 되었다. 이 사실을 지진장로가 알게 되면 밥줄이 떨어질 게 틀림없기 때문이었다. 하는 수 없이 빈 술통만 거둬 산 아래로 내뺐다.

노지심은 그토록 소원했던 술을 실컷 마시고는 흡족한 기분으로 정자에 기대 앉았다. 그런데 조금 있자니 차츰 술기운이 돌기 시작했다. 정자 안에 있기가 답답해진 노지심은 숲속 그늘을 한참 동안이나 서성이며 술기운이 걷히길 기다렸다. 그러나 술기운은 갈수록 심하게 올라왔다.

'할 수 없군. 이렇게 된 이상 그냥 돌아갈 수밖에……'

노지심은 승복을 어깨까지 벗어부치고 소매는 빼 허리에 묶은 채 다시 산 위로 걸어 올라갔다. 노지심이 비틀거리며 산문 가까이 이르자 산문을 지키던 스님 둘이 몽둥이를 휘두르며 달려 나왔다.

"불제자의 신분으로 그렇게 취한 채 감히 어디를 들려 하느냐? 화상이 계율을 어기고 술을 마시면 이 대나무 몽둥이로 마흔 대를 맞고 절에서 쫓겨난다는 말을 듣지도 못했느냐? 어서 저 아래로 내려가지 않는다면 매질하여 쫓아내겠다."

그러나 그런 그들에게 맞을 노지심이 아니었다. 사형이고 나발이고 기분 좋게 절로 들어가려는 사람을 문앞에서 가로막고 욕설을 퍼부어 대니 성부터 났다.

"뭐라구? 나를 치겠다구? 그래 이놈들아, 어디 한 번 쳐봐라."

노지심이 두 눈을 부릅뜨고 대들자, 문을 지키던 스님들은 차츰 형세가 불안해짐을 느꼈다. 하나는 얼른 안으로 뛰어들어가 감사에게 이 사실을 알리고, 남은 하나는 요란스레 몽둥이를 휘둘러대며 어떻게든 노지심을 막아 보려 했다.

그러나 어림도 없는 일이었다. 노지심이 그 커다란 손바닥으로 길을 막던 스님의 뺨을 치니, 스님은 그 한 대에 나가 떨어지고 말았다.

"내 손에 맞아죽지 않은 걸 부처님의 은공으로 알아라."

노지심이 손을 털며 절 안으로 들어가자, 산문에서의 일을 전해들은 수십여 명의 스님들이 총동원되어 모두 몽둥이를 들고 노지심에게 몰려왔다. 그것을 본 노지심이 벼락 같은 고함을 지르며 먼저 달려드니, 그 모습이 금강역사와 다를 바 없었다.

노지심은 조금도 두려워하는 기색 없이 닥치는 대로 그들을 때려 눕혔다. 결국 스님들은 어떻게 막아 볼 엄두도 못 내고 오히려 장전 안으로 쫓겨 들어가 문을 닫아걸었다. 그러나 뒤따라간 노지심은 한 주먹에 문살을 부수고 문을 열어젖혔다. 더 달아날 데가 없게 된 스님들은 모조리 몽둥이를 버리고 장전 뒤쪽으로 내빼 버렸다.

그때였다. 뒤늦게 연락을 받은 지진장로가 스님 서넛을 데리고 나타났다.

"지심아, 이 무슨 무례한 짓이냐?"

노지심은 취중에도 장로임을 알아차리고 그대로 그 앞에 엎드려 변명을 늘어놓았다.

"저는 술 두 잔밖에 먹지 않았는데……, 저 사람들이 몰려와 저를 때리려 하기에 그만……."

지진장로는 노지심이 자신을 알아보는 것만으로도 대견스러웠던지 부드러운 목소리로 달랬다.

"몹시 취한 모양인데 어서 가 쉬어라. 잘잘못은 내일 따지겠다."

그러자 노지심은 제법 생색까지 내며 장로의 말을 따랐다.

"너희들 모두 용꿈 꾼 줄 알아라. 장로님만 아니었다면 네놈들 중 몇 놈은 황천 구경했을 것이다."

그리고는 툴툴대며 비틀비틀 선불장으로 들어가 마치 제자리인양 선상 위에 쓰러지듯 눕더니, 이내 드르렁 드르렁 코를 골았다.

멀찌감치서 그 모습을 본 수좌승을 비롯한 여러 스님들이 지진장로에게로 몰려가 떠들어댔다.

"저런 자는 처음부터 받아들여선 안 된다고 말씀드리지 않았습니까? 저런 들짐승 같은 자가 본사의 깨끗한 규율을 이토록 어지럽혀도 그냥 두고만 보실 셈이십니까?"

그러니 지진장로는 여전히 노지심을 싸고돌았다.

"지금은 비록 고삐 풀린 망아지와 다를 바 없지만 뒷날 반드시 정과正果를 얻을 사람이니라. 게다가 소원외의 체면을 보아서라도 용시해 줄 수밖에 없구나. 내 알아듣도록 타이를 테니 그리 알고 물러들 가거라."

모두들 불만이 컸으나 지진장로의 말을 꺾을 수 없음을 알기에 순순히 물러났다.

다음 날 지진장로는 선방에 앉아 승방에서 자고 있는 노지심을 불렀다. 그러나 노지심은 그때까지도 세상 모르고 잠에 빠져 있었다. 결국 보다못한 스님들이 그를 깨워 승복을 입힌 뒤 장로가 부른다는 말을 전했다.

그러자 노지심은 갑자기 벌떡 일어나더니 버선도 신지 않은 맨발로 한달음에 승방을 뛰쳐 나갔다. 기다리고 있던 스님들은 갑작스런 노지심의 행동에 깜짝 놀라 얼른 그의 뒤를 따라갔다. 노지심은 불전 뒤에서 시원스레 오줌을 내갈기고 있었다. 그 모습을 본 스님들은 웃음을 참지 못하고 있다가 그가 손을 씻는 것을 보고서야 다시 한번 일렀다.

"장로께서 기다리신 지 오래요."

노지심은 군소리 없이 그 스님들을 따라 장로가 있는 곳으로 갔다. 장로는 노지심이 나타나기가 무섭게 꾸짖었다.

"내 네게 수기를 내린 지가 얼마나 지났다고 그렇게 술을 마셔댔느냐? 출가인이 지켜야 할 다섯 가지 계율 중에서도 술을 탐하는 것은 가장 해서는 안 될 짓이다. 그런데 너는 술에 취한 것도 모자라 문지기를 때리고 장전의 문까지 부수고 다녔으니, 승복을 입은 자의 행실이 어찌 그러할 수 있단 말이냐?"

그 소리에 술이 확 깬 노지심이 무릎을 꿇고 빌었다.

"이제부터는 두 번 다시 그런 일이 없을 것입니다. 용서해 주십시오."

"내 조원외의 부탁만 아니었다면 너를 당장 이 절에서 내쫓았을 것이나 이번만은 용서할 것이니 다시는 그런 짓을 하지 말거라."

장로가 그렇게 용서할 뜻을 비치자 노지심은 다시 한 번 엎드려 절하며 다짐했다.

"맹세드립니다. 결코 그런 일은 두 번 다시 일어나지 않을 것입니다."

지진장로는 마음이 풀렸는지 아침을 겸상으로 차려오게 해 노지심과 함께 먹으며 좋은 말로 그를 다독거렸다. 게다가 베 한 필을 내어 찢어진 승복을 새로 짓게 한 뒤에 제 방으로 돌아가게 했다.

그 이후 노지심도 조금은 깨달아지는 것이 있었던지 한 서너 달은 산문 밖을 나가지 않았다. 그의 심경에 어떠한 변화가 일기 시작한 것이었다.

그러는 사이 겨울이 지나고 봄이 되었다. 햇살이 화사하게 내리쪼이자 승방을 벗어난 노지심은 어슬렁어슬렁 걷다가 자기도 모르게 산문 밖까지 나오게 되었다.

산 아래를 넋을 놓고 바라보던 노지심은 자신의 신세가 말할 수 없이 처량하게 느껴졌다. 마침내 갑갑한 마음을 가누지 못한 노지심은 제 방으로 돌아가 은자 몇 냥을 괴춤에 챙겨 넣고 슬슬 산 아래로 내려가기 시작했다.

산 아래에 이르니 제법 큰 마을이 보였다. 노지심은 무엇엔가 끌려가듯 마을로 내려갔다. 마을에는 고깃간, 채소전, 술집 등 없는 것이 없었다. 그걸 본 노지심은 금세 본성이 드러나기 시작했다.

'젠장, 진작에 이런 곳이 있는 줄 알았다면 괜히 남의 술통을 뺏어 마시고 말썽을 피우지 않았을 것 아닌가? 우선 한잔 걸치고 기름기 있는 걸로 배부터 채워야 겠다.'

어느새 노지심은 지진장로와의 약속 따위는 까맣게 잊은 채 어슬렁거리며 저저잣거리 안으로 들어갔다. 그런데 저잣거리를 한참 서성이던 노지심의 귀에 문득 쇠소리가 들려왔다. 대장간이었다. 노지심은 잠시 생각에 잠기더니 대장간 안으로 불쑥 들어갔다.

"좋은 쇠로 지팡이 하나와 칼 한 자루만 만들어 주겠소?"

대장장이가 일하다 힐끗 보니 어디서 온 중인지는 모르나 짧게 깎은 머리는 덥수룩하게 자라 있고 눈길이 사나운 게 여간 험상궂은 생김이 아니었다. 우선 겁부터 나 하던 일을 멈추고 굽신거리며 물었다.

"선장禪杖과 계도戒刀를 말씀하시는군요. 우선 이 의자에 앉으십시오. 마침 좋은 쇠가 있기는 한데……, 선장과 계도의 무게는 어느 정도로 하시렵니까!"

"한 백 근은 돼야겠소."

"스님, 그건 너무 무겁습니다. 너무 크면 모양도 흉하고 쓰기도 불편합죠. 정 못하시면 제가 62근짜리 수마선장水磨禪杖을 만들어 드릴 테니 나중에 무겁다고 탓하지나 마십시오."

"알겠소. 값은 얼마요?"

"은자 닷 냥이면 되겠습니다."

“여기 은자 닷 냥이오. 물건이 잘 나오면 몇 냥 더 얹어 주겠소.”

“염려 마십시오. 아주 멋진 놈으로 빼놓겠습니다.”

대장장이는 노지심이 내놓은 은자를 거두며 연신 굽신거렸다.

대장간을 나온 노지심은 술집부터 찾았다. 술집 안으로 들어간 노지심은 자리를 잡기가 무섭게 젓가락으로 탁자를 두드리며 소리쳤다.

“여기, 술 한 잔 빨리 내오게.”

그러자 주인이 달려나오다 말고 난처한 얼굴로 말했다.

“스님, 정말 죄송합니다. 저희는 오대산에 계신 스님들께는 절대로 술을 팔지 못합니다. 만일 스님께 술을 드렸다가는 당장 가게문을 닫아야 할 판입니다. 그러니 너무 언짢게 생각지 마십시오.”

“이거 원, 별 거지 같은 소리를 다 듣는군. 싫으면 그만두게. 어디 술집이 이곳 밖에 없는 줄 아느냐?”

노지심은 불끈 화가 치밀었지만 아직은 맨정신이라 큰 말썽 없이 순순히 그 술집을 나왔다. 그러나 다른 집들도 술을 안 팔기는 마찬가지였다. 서너 집을 들렀으나 모두 거절당하자 노지심은 머리를 짜내어 보았다.

노지심은 작고 허름한 술집 하나를 골라 들어가기가 무섭게 소리쳤다.

“주인장, 먼 길 가는 중이니 목 좀 축이고 갑시다.”

주인은 노지심을 보며 의심스러운 듯 물었다.

“스님은 어디서 오셨습니까?”

“나는 이곳저곳을 떠도는 중이외다. 방금 이곳에 도착한 것이니 술 한잔 주시오.”

노지심이 그렇게 시치미를 떼자 주인은 한 번 더 그를 살펴보았다. 생김새가 남다른 게 전에 보던 오대산 승려 같지는 않았다.

“술은 얼마나 드릴까요?”

“우선 있는 대로 내오시오. 그리고 잔은 좀 큰 것으로 주시오.”

술이 나오자 노지심은 마치 밑 빠진 독에 물을 붓듯 내리 열 잔을 눈 깜짝할 사이에 해치웠다. 그러더니 그제서야 생각이 났다는 듯 주인을 불렀다.

"주인장, 여기 고기도 한 접시 가져다 주시오."

"고기라고는 개고기 밖에 없는데……, 아무래도 출가하신 분에게 개고기는 무리겠지요?"

"상관없으니 어서 내오시오. 이만하면 반 마리 값은 되겠소?"

노지심이 괴춤을 털어 은자를 꺼내놓자 주인은 할 수 없다는 듯 삶은 개 반쪽을 썰어 양념과 함께 내왔다. 개고기를 보자 노지심은 좋아서 어쩔 줄을 몰랐다. 젓가락 쓸 새도 없이 그냥 손으로 우겨넣는 폼이 마치 씹지도 않는 듯했다.

결국 노지심은 개고기 반 마리를 안주로 술 두 통을 순식간에 비웠다. 그제서야 어지간한 노지심도 한이 좀 차는 것 같았다.

"스님, 이제 다 드셨습니까?"

술 두 통을 다 먹어치운 뒤에도 끄떡없이 앉아 있는 노지심을 보고 주인이 다가와 물었다. 그러자 노지심은 갑자기 눈을 부릅뜨며 주인의 소매를 잡고 말했다.

"나 사실은 문수원에 있는 중이오. 나야 뭐 이곳에서 술을 마셨다는 말은 입밖에도 내지 않을 테지만……, 주인장은 나를 위해 무얼 해 주겠소?"

그제서야 노지심이 오대산의 승려라는 것을 안 주인은 거의 체념한 듯한 표정으로 물었다.

"더 필요한 것이 무엇입니까?"

"술 한 통만 더 주시오."

주인은 어찔 수 없이 술 한 통을 더 내왔다. 잠깐 동안에 그 술 한 통까지 다 마셔버린 노지심은 남은 개 다리 하나를 소매에 찔러 넣으며 말했다.

"은자 중에 남은 것은 내일 다시 와서 먹을 테니 그리 아시오."

주인은 기가 막혔다. 하지만 그 엄청난 주량과 사나운 기세에 말도 한 마디 못 붙여보고 산으로 올라가는 노지심의 뒷모습만 멀뚱히 바라볼 뿐이었다.

산을 오르던 노지심은 그 중턱에 있는 정자에 이르렀다. 그 정자에 한참

앉아 있으려니 슬슬 술이 오르는 것이 몸이 풀리기 시작했다.

"오랫동안 힘을 안 썼더니 좀이 쑤시는구나. 어디 힘 좀 써 볼까?"

그는 생각났다는 듯 중얼거리더니 정자 기둥을 두 손으로 잡고 어깨로 힘껏 밀어붙였다. 그렇게 두어 번 용을 쓰자 우지끈 하고 기둥이 부러지면서 정자 한쪽이 내려앉고 말았다.

그때 산문을 지키던 스님이 그 소리에 깜짝 놀라 산 아래를 내려다보았다. 반이나 내려앉은 정자를 바라보며 무엇이 좋은지 낄낄거리던 노지심이 비틀거리며 산 위로 올라오는 게 보였다.

"저 짐승 같은 놈이 또 술에 취했구나. 안으로 들여보냈다가는 또 무슨 일이 벌어질지 모르니 어서 문을 닫자."

산문을 지키던 두 스님은 부리나케 문을 닫고 빗장을 굳게 질러버렸다.

비틀거리며 산문 앞에 이른 노지심은 문이 잠긴 것을 보고는 주먹으로 쾅쾅 내질렀다. 그래도 문지기 스님들은 문에 꼭 붙은 채 열어주려 하지 않았다. 노지심은 문을 두드리다 말고 무엇을 찾는지 주위를 두리번거렸다. 그런 그의 눈에 산문을 지키는 금강역사의 상이 들어왔다.

"그놈, 덩치 한번 좋구나. 어디 힘도 덩치만큼 쓰는지 한번 볼까?"

노지심은 그대로 금강역사에게 달려들어 이미 뽑아든 창살 하나로 금강의 넓적다리를 후려쳤다. 퍽 소리와 함께 흙으로 빚은 금강역사가 부서져 내리며 흙가루며 마른 물감 부스러기가 어지럽게 날렸다.

"아이구 저런, 어찌 저런 일이……."

숨어서 살피던 문지기 스님들 중 하나는 도저히 안 되겠다 싶었는지 얼른 지진장로에게 알리기 위해 뛰어갔다.

한편 금강역사 하나를 다 부수고 한차례 숨을 돌린 노지심은 다시 오른편에 있는 금강역사에게 덤벼들었다.

"넌 뭐가 좋다고 아가리를 벌리고 섰느냐? 이놈, 너도 맛 좀 봐라."

노지심이 몽둥이로 후려치자 그 금강역사도 요란한 소리를 내며 부서져 내렸다. 노지심은 몽둥이를 짚은 채 통쾌하게 웃어젖히더니 이번에는 산문에다 대고 소리를 질러댔다.

"이놈들아, 지금 당장 문을 열지 않으면 절에 불을 질러 버리고 말겠다."

그냥 두면 정말 불을 지를지도 모르는 일이었다. 남아 있던 문지기 스님은 할 수 없이 슬그머니 빗장을 빼놓고 멀찌감치 물러서서 동정을 살폈다. 그것을 모르고 온 힘을 다해 문을 밀던 노지심은 갑자기 문이 활짝 열리는 바람에 그대로 나가떨어지고 말았다. 그게 다시 그의 화를 돋구었으나 스님들은 이미 모두 승방 쪽으로 달아난 후였으므로 붙잡고 따질 만한 사람도 없었다.

노지심은 꿍 소리와 함께 힘겹게 일어나더니 비틀비틀 승당으로 갔다. 승당 안에선 수많은 스님이 참선을 하고 있었는데, 갑자기 노지심이 문을 열어젖히고 들어오자 깜짝 놀라 자라같이 몸을 움츠렸다. 다행히도 노지심은 그들을 무시한 채 뚜벅뚜벅 걸어 들어가더니 갑자기 속이 뒤틀리는지 왝왝거리며 도량 바닥에 먹은 것을 다 토해 냈다.

삽시간에 승당 안은 악취가 진동했다. 노지심은 코를 쥐고 있는 스님들은 안중에도 없는 듯 늘 자신이 누워 자던 선상으로 갔다. 그가 막 옷을 벗어젖히는 순간 산밑 술집에서 감춰온 개다리가 바닥으로 굴러 떨어졌다. 그걸 본 노지심은 문득 짓궂은 생각이 떠올랐다.

그는 스님들 중 하나를 잡고는 개다리를 내밀며 말했다.

"이거 한 번 먹어 보지 그래?"

그 스님이 질겁을 하고 두 소매로 입을 가리며 피하자 귀를 잡고는 개고기를 입에 쑤셔 넣으려 했다. 맞은편에 있던 스님 몇이 노지심을 말리려 했지만 오히려 그의 주먹에 나가떨어지고 말았다.

그렇게 되자 더는 참을 수 없게 된 승당의 모든 스님들이 한꺼번에 일어나 달아나기 시작했고, 그 소동에 재미를 붙인 노지심은 승당 밖까지 그들을 쫓아나왔다.

그 광경을 본 도사와 감사는 더 이상 참을 수가 없었다. 장로에게 알릴 것도 없이 절 안의 일꾼들과 젊은 스님들을 모조리 끌어모아 몽둥이와 곤봉

따위를 휘두르며 노지심이 있는 곳으로 몰려갔다.

그들을 본 노지심은 승당으로 뛰어들어가더니 부처님 앞에 놓인 공양탁자를 뒤엎고 거기서 탁자다리 두 개를 빼냈다. 노지심이 탁자다리를 휘두르며 다시 뛰쳐나오자 그 사납고 거친 기세에 눌린 절간 일꾼과 스님들은 잔뜩 겁을 집어먹었다.

모두 몽둥이를 끌며 낭하를 따라 달아나자 오히려 노지심이 그들을 쫓는 형국이 되고 말았다. 노지심은 기세를 올려 그들을 법당 쪽까지 따라가며 두들겨댔다.

그때 갑자기 지진장로가 나타나 소리를 가다듬어 노지심을 꾸짖었다.

"네 이놈 지심아, 여기가 어딘 줄 알고 이렇듯 무례를 범하느냐?"

노지심은 정신이 번쩍 들었다. 얼른 탁자다리를 내던지고 장로 앞에 엎드려 크게 소리쳤다.

"장로님, 이놈을 죽여 주십시오."

진심으로 스스로도 어쩌지 못하는 본성을 괴로워하며 내는 소리였다. 그런 노지심을 지진장로는 전에 없이 엄하게 꾸짖었다.

"이놈 지심아, 지난번에도 취해서 한바탕 난리를 벌여 놓더니 이게 또 무슨 꼴이란 말이냐? 출가한 자가 술에 취한 것도 죄가 가볍지 않은데, 정자를 허물고 금강역사 상까지 부숴 놓다니……. 우리 오대산 문수보살 도량은 천백 년 동안 청정향화를 받들어 온 곳으로, 그 같은 더럽힘을 결코 묵과할 수 없다. 너는 우선 나를 따라 방장실로 가 있도록 하라. 며칠 안으로 네가 가 있을 만한 곳을 정해 주겠다."

그 같은 장로의 꾸짖음에 노지심은 술이 완전히 깼다. 좀전의 기세는 다 어디로 갔는지 고개를 푹 숙인 채 아무 말 없이 방장실로 따라 들어갔다.

다음 날 지진장로는 수좌승과 의논하여 노지심을 동경의 대상국사大相國寺로 보내기로 결정했다. 그러나 조원외가 맡긴 사람이라 먼저 조원외에게 그동안 절에서 있었던 일부터 알렸다. 이에 조원외는 장로의 뜻을 따르겠다는 말과 함께 부서진 정자와 금강상을 다시 세워주겠다는 답장을 보내왔다.

그 같은 답장을 받아본 장로는 곧 노지심을 불러 새 승복과 은자 열 냥을 내놓으며 말했다.

"조원외의 낯을 보아 너를 그냥 내쫓을 수는 없구나. 내 글 한 통을 줄 터이니 동경의 대상국사로 가 지청선사智淸禪師를 찾거라. 너에게 직사승 자리라도 하나 내주라고 했으니 모르는 척은 않을 것이다."

지진장로는 그렇게 말해 놓고 한동안 노지심을 바라보다가 다시 한 마디 보탰다.

"내가 간밤에 네 상을 헤아려 지은 네 귀의 계언이 있다. 죽을 때까지 기억하고 따르도록 해라."

그리고는 눈을 지그시 감고 시를 읊조리듯 외었다.

숲을 만나면 일어나고遇林而起
산을 만나 풍부해지며遇山而富,
고을을 만나면 흥하고遇州而遷
강을 만나면 멈추리라遇江而止.

무슨 뜻인지는 전혀 짐작이 가지 않았으나 노지심은 그 네 귀의 구절을 소중히 기억했다. 그리고 지진장로에게 아홉 번 절을 한 뒤 승복에 바랑 하나만을 맨 채 오대산을 내려갔다. 이렇게 해서 말썽 많던 노지심의 절간생활은 그 끝을 보게 되었다.

62근짜리 선장의 노지심

산을 내려온 노지심은 먼저 대장간부터 들러 선장과 계도를 찾았다. 그는 대장장이에게 몇 푼 인심을 쓴 뒤 계도는 칼집을 만들어 꽂고 선장은 검은 칠을 해 짊었다. 승복과 바랑에 선장과 계도까지 갖추니 누가 봐도 떠도는 스님 같았다.

길을 떠난 지 보름이 지나서였다. 해가 뉘엿뉘엿 질 무렵 노지심은 도화촌이라는 마을에 도착했는데, 글자 그대로 복숭아꽃이 만발한 마을이었다.

노지심은 하룻밤 묵을 요량으로 제법 큰 한 장원의 문을 두드리며 주인을 찾았다. 그러자 주인은 안 나오고 머슴 하나가 얼굴을 삐죽이 내밀며 물었다.

"날도 저물었는데 여기는 뭣하러 오셨소?"

"이 집에서 하룻밤 묵어갔으면 해서 왔소이다. 내일 아침 일찍 떠날 테니 사정 좀 봐 주시오."

"저희 장원은 문제가 생겨서 안 되겠습니다. 다른 데로 가보십시오."

"하룻밤 쉬어 가자는데 그 무슨 인정머리 없는 소리요? 내일 일찍 떠나겠다 하지 않았소?"

"여러 소리말고 가랄 때 어서 가시오. 나중에 봉변당하지 않으려면 말이오."

머슴의 불손한 말투에 벌컥 화가 치민 노지심이 말 대신 선장부터 앵기려고 막 선장을 치켜드는 순간, 장원 안에서 한 노인이 걸어나왔다.

"무슨 일이기에 이렇듯 소란을 떠느냐?"

머슴보다는 주인을 직접 상대하는 것이 낫겠다고 생각한 노지심은 얼른 목소리를 가다듬어 노인에게 말했다.

"저는 오대산에서 내려와 동경의 대상국사로 가는 불제자올시다. 날이 저물어 하룻밤 쉬어 가기를 청했을 뿐인데 저렇게 박대를 하지 않습니까? 소란스러웠다면 사죄드리겠습니다."

"오대산에서 오신 스님이라면 저를 따라오십시오."

이에 노지심은 그를 따라 집안으로 들어갔다. 주인과 손님이 각기 자리를 잡고 앉은 뒤 노인이 담담한 표정으로 입을 열었다.

"오신 때가 좋지 않아서 그런 것이니 너무 불쾌하게 생각하지 마십시오. 이 늙은이도 깊이 불도를 믿어왔지만, 오늘밤은 집안에 일이 있어 하룻밤밖에는 쉬게 할 수 없으니 그리 아십시오."

노인의 목소리가 처량하게 떨리는 게 필시 무슨 곡절이 있는 듯했다. 궁금한 것은 도저히 참지 못하는 노지심이 아닌가. 그는 선장을 뉘어 놓고 몸을 일으켜 합장하며 물었다.

"오늘밤 도대체 이곳에 무슨 일이 있기에 나그네 한 사람 받는 것조차 거북해하십니까?"

노인은 한참 노지심을 바라보더니 묻는 말에는 대답을 않고 딴소리를 했다.

"이 늙은이의 성은 유가로, 이곳 사람들은 나를 유태공劉太公이라 부릅니다. 스님의 법명은 어찌 되시는지요?"

"속세의 성은 노기입니다. 그리고 법명은 지심으로, 제 스승님이신 지진장로께서 지어주신 것입니다."

유태공은 지진장로라는 이름이 나오자 한층 공경하는 어조가 되어 물었다.

"이제 저녁공양을 들도록 하시지요. 그런데 기름기가 있는 것도 괜찮으시겠습니까?"

"저는 기름기가 있는 것은 물론이거니와 술도 꺼리지 않습니다."

술과 고기를 달라는 말이나 다름없었다. 유태공은 얼른 알아듣고 머슴을 시켜 그대로 내오게 했다. 잠시 후에 머슴이 고기 한 접시와 채소 서너 접시, 그리고 술 한 양동이를 내왔다. 노지심은 한 번 사양하는 법도 없이 그것들을 순식간에 해치웠다. 유태공이 넋을 놓고 그 모양을 바라보다가 다시 머슴을 불러 저녁상을 내오게 했는데, 노지심은 그것도 남김 없이 먹어치웠다.

"오늘밤 저희 집에서 무슨 일이 있더라도 스님께서는 방에만 계시고 절대로 내다보시지 마십시오."

상을 물린 뒤에 유태공이 말했다. 그제서야 노지심은 그 집에 무슨 일이 있는지 물어 보고도 대답을 듣지 못했음을 기억해냈다.

"도대체 오늘밤 이 댁에 무슨 일이 있기에 그렇게 근심스런 얼굴을 하고 계십니까?"

한참 동안 대답을 미루던 유태공이 마침내 입을 열었다.

"오늘밤 제 딸아이가 시집을 가게 되었는데, 그 때문에 마음이 편하질 못합니다."

"아니, 그런 경사스런 일을 가지고 근심을 하시다니요?"

유태공은 더욱 어두운 얼굴이 되어 길게 한숨을 내쉬며 사정을 이야기했다.

"스님께서 모르셔서 하시는 말씀입니다. 이 혼인은 저희가 바라서 하는 게 아닙니다. 이 늙은이에게 딸이 하나 있는데, 올해 열아홉입니다. 그런데 이 마을 근처에 있는 도화산이라는 곳에 도둑떼가 산채를 틀면서 일이 생겼습니다. 두령이 둘이요 졸개가 족히 오백은 되는데 그 세력이 워낙 큰지라 이곳 청주 관아에서도 속수무책이라고 합니다. 그동안 놈들 등쌀에 재물도 수없이 빼앗겼습니다만……, 글쎄 이번엔 설상가상으로 작은 두령이라는 놈이 하나밖에 없는 제 딸아이를 달라는 것입니다. 하지만 어쩌겠습니까? 이제 신방을 차려놨으니 잠시 후에는 그 작은 두령이라는 놈이 올 것입니다."

그 말을 듣자 노지심은 머리 꼭대기까지 화가 치밀었다. 그러나 유태공이 하도 겁을 먹고 있는 터라, 싸우겠다고 나섰다간 일이 틀어질 게 분명했다. 부글부글 끓고 있는 속을 누르고 능청스레 말했다.

"그런 일이라면 진작 말씀하셨으면 좋았을 것을……. 제가 그 작은 두령이라는 자의 마음을 돌려놓을 것이니 주인께서는 마음을 놓으시지요."

"그 자들은 사람 죽이기를 밥먹듯 하는 악귀들입니다. 스님께서 어찌 그런 자의 마음을 돌려놓을 수 있단 말입니까?"

"저는 오대산의 지진장로님 밑에서 불가의 설법을 수없이 들어 왔습니다. 다른 일이라면 몰라도 사람의 마음을 돌려놓는 설법이라면 이미 지진장로께서도 인정을 하신 바 있습니다. 그러니 오늘밤 따님은 다른 곳으로 보내고 저를 따님의 방으로 안내해 주십시오. 제가 그자를 인연으로 달래 마음을 바꿔먹도록 만들어 보겠습니다."

유태공은 쉽게 결정을 내리지 못했다. 아무리 봐도 노지심에게 그런 신통력이 있을 것 같지 않은 까닭이었다. 그러나 하나밖에 없는 딸의 미래가 걸린 일인지라 지푸라기라도 잡는 심정으로 노지심을 한번 믿어 보기로 했다.

노지심이 선장과 계도를 챙겨 일어나자 유태공은 머슴들에게 일러 신방을 치우게 했다. 유태공의 안내로 딸의 방에 이른 노지심은 아무도 출입하지 말라는 당부와 함께 방안으로 들어갔다.

방으로 들어간 노지심은 방안의 세간들을 모두 한쪽으로 밀어낸 다음, 계도는 침상 머리맡에 놓아 두고 선장은 의자 위에 기대 놓았다. 그리고 휘장 뒤로 가서 옷을 다 벗고는 벌거벗은 채로 침상 위에 올라앉았다.

이윽고 초경쯤 되자 도화산 쪽에서 북소리와 징소리가 은은하게 들려왔다. 유태공과 머슴들이 벌벌 떨며 문간으로 나가 보니 멀리서 사오십 개의 횃불이 대낮같이 길을 밝히며 다가오고 있는 것이 보였다.

유태공은 머슴들을 시켜 장원의 문을 활짝 열게 하고 그들을 맞아들였다.

신랑이 될 작은 두령이라는 자는 머리에 면건을 쓰고 몸에는 나포를 입고 가죽 구두를 신은 채 커다란 백마를 타고 있었으며, 그 밑에 있는 졸개들도 모두 붉고 푸른 옷을 입고 있었다. 그를 본 유태공이 황망히 달려나가 무릎을 꿇자, 작은 두령이라는 자가 그런 유태공을 부축해 일으키며 자못 점잖게 말했다.

"영감님은 이제 제 장인이 되시는데 어찌하여 제게 무릎을 꿇으십니까? 어서 일어나시지요."

"그런 말씀 마십시오. 이 늙은이는 대왕님의 다스림을 받는 한낱 백성에 지나지 않습니다."

그 말에 기분이 좋아진 작은 두령은 껄껄껄 웃으며 대청마루 위로 올라갔다.

"그나저나 장인, 내 아내 될 사람은 어디 있소?"

"부끄럽다고 방에서 나오려 하질 않습니다."

"그럴 수도 있겠지. 하지만 어서 빨리 아내 될 사람을 보고 싶소. 따님을 이리로 데려올 수 없겠소?"

"정 그러시다면 이 늙은이가 신방으로 안내해 드릴 테니 그리로 드시지요."

유태공은 노지심이 두령을 잘 달래주기만을 빌며 신방으로 앞장섰다.

"여기가 신방입니다. 어서 들어가 보시지요."

아무것도 모르는 작은 두령은 신방문을 열어젖히고 들어갔다. 방안은 깜깜한 동굴처럼 어두워서 아무것도 보이지 않았다.

"우리 장인 인색하기도 하지. 이렇듯 어두운 방안에 귀여운 신부를 혼자 앉혀 두다니. 내일 졸개들을 시켜 좋은 기름으로 한 통 갖다 줘야겠군."

작은 두령은 혼자 중얼거리며 더듬더듬 침상 앞까지 오더니 손을 내밀어 자리 위를 더듬어 보았다. 손 끝으로 노지심의 뱃가죽이 만져졌다. 작은 두령은 그게 신부의 살결인 줄 알았으나 단꿈은 거기서 끝이었다.

그때까지 쥐죽은 듯이 누워 있던 노지심이 벌떡 일어나 그대로 주먹을 들어 그의 면상을 내리쳤던 것이다. 갑작스런 봉변에 넋이 빠진 작은 두령은 노지심의 무지막지한 주먹 세례에 숨넘어가는 소리를 내질렀다.

"아이구, 사람 죽는다!"

바깥에서 그 소리를 들은 유태공이 깜짝 놀라 문을 열어 보니, 실오라기 하나 걸치지 않은 노지심이 작은 두령을 깔고앉은 채 마구잡이로 주먹질을 해대고 있었다. 유태공을 뒤따라 온 졸개들은 그 모습을 보고 놀라지 않을 수 없었다.

"모두 덤벼들어 대왕님을 구해라!"

졸개들은 일제히 창칼을 꼬나들고 방안으로 몰려들었다. 그걸 본 노지심은 작은 두령을 벽에다 내동댕이친 후 얼른 의자 위에 기대 놓았던 선장을 집어들었다.

벌거숭이 노지심이 선장을 휘두르며 괴성을 지르자 졸개들은 그 기세에 질려버렸는지 비명을 내지르며 달아나기에 바빴다. 노지심이 잠시 졸개들에게 눈을 팔고 있는 틈을 타 작은 두령도 말을 잡아 타고 산으로 도망쳐 버렸다.

"스님, 이게 도대체 어찌 된 일입니까? 이제 이 늙은이의 집안은 결단이 난 것이나 다름없습니다."

겁에 질린 유태공이 원망스레 말했지만 노지심은 태연했다. 그는 천천히 방으로 들어가 옷을 걸치고 나오더니 얼굴 가득 미소를 띠며 말했다.

"어르신께서는 너무 겁내지 말고 내 말을 들으십시오. 내 지금은 비록 이렇게 중 노릇을 하고 있지만 본시 노충 경략공 밑에서 제할로 있던 사람입니다. 까짓 좀도둑 일이천이 내려온다고 해도 눈 하나 깜짝하지 않습니다. 믿기 어려우시면 머슴들을 시켜 이 선장을 들어 보라고 하십시오."

노지심은 들고 있던 선장을 내주었다. 머슴들이 그걸 받아 움직여 보려 했지만 들고 서 있기조차 힘들었다. 노지심이 다시 그 선장을 받아 한 손으로 휘두르자 선장은 마치 가벼운 막대처럼 노지심의 손 안에서 자유자재로 놀았다.

그걸 본 유태공은 비로소 마음이 놓이는지 이번에는 간곡히 매달렸다.

"스님, 부디 달아나지 마시고 저희 집안을 살려 주십시오."

"염려 마시고 술이나 넉넉히 주십시오."

곧 노지심 앞에 푸짐하게 차려진 술상이 나왔고, 유태공은 옆에서 아예 술병을 든 채 연신 노지심의 잔에 술을 부어주었다. 그렇게 한참 들이붓듯 마시고 있는데 머슴 하나가 헐떡이며 뛰어들어왔다.

"도화산 큰 두령이 졸개들을 모조리 이끌고 쳐내려오고 있습니다."

그 말에 노지심은 천천히 일어나 웃옷을 벗어던졌다. 그리고는 가져온 계도를 허리에 찬 뒤, 선장을 둘러메고 장원 밖으로 성큼성큼 걸어나갔다.

수백 명의 졸개를 거느리고 온 도화산 큰 두령은 노지심이 선장을 짚고 서 있는 것을 보자 창을 들고 소리쳤다.

"네 이놈 중놈아, 어서 나와 죽을 준비나 해라."

"이 더러운 도둑놈이 뭐라고 떠드는 게냐. 너나 이리와 내 선장 맛을 보거라."

노지심은 선장을 휘두르며 질풍처럼 달려나갔다. 그런데 큰 두령이 긴 창으로 맞받으려다 말고 급하게 소리쳤다.

"잠깐, 네 목소리가 귀에 익구나. 네놈은 뭐하던 놈이냐?"

"이 몸은 노충 경략공의 제할로 있던 노달이란 분이다. 지금은 출가해 노지심이라 불린다만 왜, 어째 알만하냐?"

그러자 큰 두령이 껄껄껄 웃으며 말에서 뛰어내려더니 노지심의 앞으로 다가가 넙죽 절을 하는 것이었다.

"형님, 그간 별일 없으셨소? 우리 아우가 어째서 그 꼴이 되었는지 이제 알겠구려. 형님 손에 걸렸으니 그만한 것도 천만다행이지요."

노지심이 괴이하게 여겨 자세히 살펴보니, 그는 다름 아닌 전날 위주 길거리에서 봉술을 보여주고 약을 팔던 타호장打虎將 이충李忠이었다. 노지심은 하도 뜻밖이라 말문이 막혀 버렸는데, 절을 마친 이충이 다가와 물었다.

"그런데 형님 행색이 이게 뭐요?"

"그거야…… 저, 어쨌든 밖에서 이럴 것이 아니라 안으로 들어가세."

곁에서 보고 있던 유태공은 덜컥 겁이 났다. 노지심을 산적 패거리와 한 패로 안 때문이었다.

이충과 함께 안으로 들어간 노지심은 벗어던졌던 웃옷을 다시 걸치고는 문득 생각이 났다는 듯이 주인을 불렀다. 벌벌 떨며 나온 유태공은 자리를 내주어도 감히 앉지를 못했다.

"어르신, 그렇게 겁내실 것 없습니다. 이 사람은 내게 아우나 다름없습니다."

하지만 유태공에게는 그 아우란 말이 더욱 겁이 났다. 그런 유태공의 마음을 아는지 모르는지 노지심이 먼저 그 둘을 상대로 자신이 이제껏 겪은 일들을 이야기해 주었다. 노지심은 한바탕 신나게 자신의 이야기를 늘어놓은 뒤 이충에게 물었다.

"그런데 자네는 어찌해서 산적 두령 노릇을 하고 있는겐가?"

"그날 형님과 사진, 그리고 저 셋이서 술집에서 헤어진 뒤였습니다. 하룻밤 자고 나니 형님께서 정도를 때려죽였다는 소문이 파다하더군요. 그 즉시 사진을 찾아보았지만 행방을 알 길이 없어 막막하던 차에 관가에서 사람을 풀어 형님을 잡으려 한다기에 괜한 불똥이 저에게 튈까봐 그대로 달아나 버렸지요. 그 길로 여기저기를 헤매다가 어느 날 이 도화산 아래를 지나게 되었습니다. 그 때 이 도화산은 좀전에 형님에게 혼쭐이 났던 그놈이 먼저 산채를 들고 있었시요. 소패왕小覇王 주통周通이란 아인데, 그날 졸개 몇을 데리고 산을 내려왔다가 지나가는 제게 덤벼들더군요. 제가 그 녀석을 때려눕혔더니 대뜸 제게 산채의 큰 누령 사리를 내주더라구요. 그렇게 해서 이 도화산에 머물게 된 것입니다."

이야기를 다 들은 노지심이 문득 생각났다는 듯 유태공의 일을 꺼냈다.

"그럼 마침 잘 되었네. 이왕에 아우가 그 산채의 큰 두령으로 있다니, 그 주통이란 자에게 잘 말해 이 어르신네 따님과의 혼담은 없던 일로 해주게."

"알겠습니다. 제가 주통을 잘 타일러 보지요."

그때까지 벌벌 떨며 앉아 있던 유태공은 이충의 대답을 듣고서야 얼굴에 화색이 돌며 기쁨을 감추지 못했다. 얼른 안으로 들어가 술상을 다시 내오게 하고 졸개들에게도 술과 고기를 푸짐하게 대접하니 그야말로 잔칫집이 따로 없었다.

다음 날 이충은 노지심을 산채로 모셔가겠다며 아침 일찍부터 채비를 서둘렀고, 유태공 역시 머슴을 불러 선장과 계도 등 노지심의 짐보따리를 꾸리게 했다. 이윽고 노지심과 유태공은 이충과 함께 도화산을 올라갔다.

산채로 돌아간 이충은 노지심과 유태공을 취의청으로 안내했다. 세 사람이 자리를 잡고 앉자 이충이 주통을 불러냈다. 불려나온 소패왕 주통은 원수를 갚아주겠다던 이충이 흉악한 중놈을 정중히 모시고 돌아온 것을 보고는 심사가 뒤틀려 인상을 잔뜩 구겼다.

"아우 이리와 인사하게. 이 스님이 바로 주먹 세 대로 진관서를 때려잡은 노달 형님일세."

그제서야 주통은 깜짝 놀라 노지심 앞으로 나아가 무릎을 꿇었다. 그러자 노지심이 점잖게 답례하며 말했다.

"나도 몰라서 그런 것이니, 몇 대 쥐어박힌 일을 너무 언짢게 생각하지 마시오."

그리고는 주통이 자리를 잡고 앉자 유태공의 일을 꺼냈다.

"주형, 내 말을 잘 들어 주시오. 여기 계신 유태공에게는 자식이라고는 그 딸 하나뿐이오. 비록 저 어르신네가 허락했다고는 해도 그것은 주형이 두려워서지 마음속으로 원했던 것은 아니오. 그러니 유태공 댁과의 혼사는 잊어버리시오."

주통은 유태공의 딸 얘기가 나오자 한동안 잔뜩 굳은 표정을 지었으나, 곧 화살을 꺾어 맹세하며 다시는 유태공을 괴롭히지 않겠다고 다짐했다.

일이 잘 풀리자 유태공은 크게 기뻐하며 가져온 금덩이와 비단을 내놓고 열 번 스무 번 절을 거듭한 후에 자신의 장원으로 내려갔다.

이충과 주통은 노지심을 위해 소와 돼지를 잡아 크게 잔치를 열었다. 그렇게 며칠을 산채에서 지내던 노지심은 이제 산채에서 떠나야 할 때가 되었음을 깨달았다. 이충과 주통은 노지심의 힘이 탐나 자신들과 함께 산채에 남아주기를 간곡히 청했으나, 노지심은 그들의 도량이 좁고 천성이 인색하여 함께 지낼 마음이 없었다.

결국 노지심이 산을 내려가겠다는 뜻을 굳히자, 이충과 주통도 하는 수 없다 싶었는지 잡아두기를 단념했다.

"가시더라도 오늘은 가실 수 없습니다. 저희가 산을 내려가 형님께서 쓰실 노자라도 털어 올 테니 하루만 더 계십시오."

노지심도 그것까지는 마다할 수 없어 그들의 말을 따랐다.

다음 날 이충과 주통은 다시 양과 돼지를 잡아 길 떠나는 노지심을 위해 잔치를 벌였다. 금으로 만든 그릇들을 탁자 위에 벌여 놓고 한창 흥이 나 부어라 마셔라 하고 있는데, 졸개 하나가 달려오더니 산 아래에서 10여 명의 나그네가 수레 두 채를 몰고 지나간다는 소식을 알려왔다.

그 말을 들은 두 두령은 졸개 몇만 남겨 노지심을 접대하게 하고 자신들은 나머지 졸개들을 이끌고 산을 내려갔다. 노지심은 좋은 낯으로 그들을 보냈으나 기분은 결코 그렇지가 못했다.

'요런 인색한 놈들이 있나. 금은 보화를 산같이 쌓아 놓고도 행인을 털어 내 노자를 마련하겠다니……. 이 녀석들 버르장머리를 좀 고쳐줘야겠다.'

속으로 그렇게 마음을 정한 노지심은 졸개 몇을 불러 한 주먹씩 앵겨 잠재운 후 탁자 위이 금그릇들을 모조리 챙겨 바랑 속에 넣고 그대로 산채를 빠져나왔다.

한편 산을 내려간 이충과 주통은 졸개가 알려 온 두 대의 수레를 덮쳤으나 수레를 지키는 사람들도 여간 만만한 게 아니었다. 할 수 없이 데려간 졸개들을 모두 동원해 들이치니 마침내 수레를 지키던 사람들도 견디지 못하고 달아나 버렸다. 재물 실린 수레 두 대가 고스란히 남겨졌음은 말할 나위도 없었다.

그런데 뜻밖의 큰 수확에 신이 나서 산채로 돌아온 이충과 주통은 눈 앞에 벌어진 광경에 입이 떡 벌어졌다. 두고 간 졸개들은 모두 기둥에 꽁꽁 묶여 있었고 탁자 위의 금그릇과 노지심이 보이지 않았다.

이충과 주통은 분하고 괘씸한 마음에 당장이라도 노지심을 쫓아가 박살을 내고 싶었으나 그게 그리 쉬운 일은 아니었다. 이미 노지심에게 한차례 당했던 주통은 악을 쓰면서도 감히 노지심을 쫓아갈 엄두를 내지 못했고, 그건 이충도 마찬가지였다. 결국 그들은 그날 털어온 재물을 사이좋게 나눈 뒤 노지심의 일은 두 번 다시 입 밖에 내지 않았다.

그 무렵 도화산을 빠져나온 노지심은 방향도 정하지 않고 달아나기에 바빴다. 아침부터 한낮이 지나도록 60리 길을 달리다보니 배가 고파 견딜 수가 없었지만 첩첩산중이라 집이라고는 구경조차 할 수 없었다. 그때 멀리서 풍경소리 같은 것이 은은하게 들려왔다.

반가운 마음에 발걸음을 빨리 한 노지심의 눈에 낡고 허물어져 가는 절이 한 채 들어왔다. 노지심은 그곳이 절간인 게 한층 반가워 뛰듯이 산문으로 다가갔다. 그런데 절간 문전을 아무리 둘러보아도 도무지 인기척이 없었다. 이상하게 여긴 노지심이 절간 뒤로 돌아가니 주방 옆에 있는 작은 방에 뼈와 가죽만 남은 늙은 스님 서넛이 얼이 빠진 채 앉아 있는 것이 보였다.

"나는 오대산에서 내려온 객승인데 밥 한 끼만 신세집시다."

"우리도 사흘째 굶고 있는 형편인데 당신에게 줄 밥이 어디 있겠소?"

"거짓말 마시오. 이렇게 큰 절에 곡식이 없다니 그 말을 누가 믿겠소?"

밥이 없다는 말에 속이 상한 노지심이 따지고 들자 늙은 스님 중 하나가 큰 한숨과 함께 속사정을 털어놓기 시작했다.

"이 절은 와관사瓦官寺라는 절로, 한때는 사방에서 예불을 드리러 온 신도들로 제법 흥성하던 곳이었습니다. 그런데 얼마 전 최도성崔道成이라는 떠돌이 중이 구소을丘小乙이라는 가짜 도사를 데리고 와선 주지와 모든 중들을 몰아낸 후부터 이 꼴이 되고 말았습니다."

"그것도 말이 안되오. 기껏해야 중 하나에 도사 한 놈이 어떻게 그런 짓을 저지를 수 있단 말이오? 정 아니다 싶으면 관가에 고할 수도 있는 일 아니오?"

"모르시는 말씀입니다. 관가는 여기서 한참 떨어진 데다 그 중과 도사는 사람 죽이고 불지르기를 밥먹듯 하는 자들이란 말입니다. 지금도 방장실을 차지하고 있을 테니 못 미더우시면 그리로 가 보십시오."

바로 그때 한 도사가 노래를 부르며 채롱에 술병과 고기를 담아 어깨에 메고 방장실 뒤로 돌아가는 것이 보였다. 도사는 노지심이 훔쳐보고 있는 줄도 모르고 그저 제 흥에 겨워 노래를 계속했다. 가만히 들어 보니 과연 도를 닦는 사람이 부를 만한 노래가 아니었다.

그대 동쪽에 있을 때 이 몸은 서쪽에 있고,
그대 낭군이 없는데 이 몸은 아내가 없네.
이 몸은 아내 없음이 오히려 한가로우나
그대는 낭군도 없이 쓸쓸해 어이할거나.

그때 늙은 스님들이 가만가만 노지심에게 다가오더니 그 도사를 가리키며 소리 죽여 말했다.

"저 도사가 바로 구소을이외다."

그 말을 들은 노지심은 선장을 단단히 움켜쥐고 그 도사의 뒤를 따라갔다. 뒤뜰 탁자에는 검은 피부에 힘깨나 쓰게 생긴 중놈이 젊은 계집을 끼고 있어 구소을이라는 놈이 가져온 술과 안주로 막 술판을 벌이려던 참이었다.

"이 고얀 놈들!"

노지심이 험상궂은 얼굴로 선장을 둘러멘 채 호통을 치자 최도성이라는 중놈이 얼른 몸을 일으키며 소리쳤다.

"어이구 사형, 어서 오십시오. 같이 한잔 드십시다."

"너희 두 놈이 절을 차지하고 앉아 아예 쑥밭을 만드는구나!"

"사형, 그게 아닙니다. 우선 앉아서 제 얘기부터 들어 보십시오."

다급해진 최도성은 더욱 은근하게 노지심에게 달라붙으며 말했다.

"잠시만 고정하고 제 말 좀 들어 주십시오. 이 절은 원래 아주 흥했던 곳입니다. 그런데 몇몇 늙은 중놈들이 꿰차고 앉아 술 처먹고 계집질하고, 돈을 빼돌리고, 하여튼 말이 아니었지요. 그러다 보니 절은 이 꼴이 되고 스님들은 모두 떠나고 만 것입니다. 그래서 소승이 저 도인과 함께 들어와 살면서 이 절을 어떻게 다시 세워 보려던 중이었습니다."

최도성은 너구리 중의 너구리였다. 거짓말을 밥먹듯이 해 온 자라 순진한 노지심이 듣기에도 그럴 듯했다. 그런 노지심의 눈에 최도성이 끼고 앉았던 젊은 여자가 들어왔다.

"그럼 저 여자는 누구길래 저기 앉아서 술을 마시는 게냐?"

"저 새댁은 지아비가 오랫동안 병들어 가세가 기운 데다, 집에 곡식마저 떨어져 저희 절로 쌀을 꾸러 온 것입니다. 먼 길을 왔기에 술을 내어 조금 대접하려는 것뿐이지 결코 다른 뜻은 없습니다. 사형은 절대로 그 늙은 중놈들의 꾐에 빠지지 마십시오."

남달리 고지식한 노지심은 그 말을 곧이 듣고는 늙은 중놈들에게 속은 것만 분하게 생각했다.

"이 늙은 것들이 나를 가지고 놀았구나. 가만히 둘 수 없다."

노지심은 씨근대며 선장을 끌고 늙은 스님들이 있는 곳으로 갔다. 그러자 노지심을 본 늙은 스님들이 입을 모아 말했다.

"스님도 참 딱하십니다. 놈들이 맨손으로 스님을 당해낼 수 없어 그따위 수작을 늘어놓은 것을 왜 모르십니까? 저희들은 이렇게 며칠씩 굶고 있는데, 그놈들은 술과 고기로 노닥거리는 것만 보아도 잘 아실 것 아닙니까?"

그 말을 들은 노지심은 자신이 속은 게 분하기 이를 데 없었다. 선장을 단단히 움켜잡고 뒤뜰로 달려나가니 아니나 다를까, 두 도적은 그 사이 이미 싸울 태세를 갖추고 있다가 앞뒤로 칼을 휘두르며 달려들었다.

그 둘은 결코 노지심의 적수가 아니었지만, 노지심은 아침부터 굶은 데다 60리 산길을 달려온 터라 그들을 당해내기가 힘들었다. 마침내 노지심은 등을 보인 채 달아나기 시작했다. 노지심이 달아나는 것을 본 최도성과 구소을은 한층 기세를 올리며 산문 밖까지 한참을 따라오다가 노지심에게 욕을 퍼부으며 돌아갔다.

간신히 최도성과 구소을을 따돌린 노지심은 한적한 숲이 나타나자 가쁜 숨을 돌리기 위해 멈춰 섰다. 바랑을 절에 두고 왔지만 다시 찾으러 갈 수도 없는 일이었다. 근처에는 주막도 없을뿐더러 가진 돈도 없으니 그야말로 막막함 그 자체였다.

그때 나무 그늘에서 한 사내가 노지심을 살피는 듯하더니 얼른 숨는 기색이 보였다.

'하는 꼴을 보니 영락없는 도둑놈이구나. 옳지, 저놈이라도 털어 어디서 요기라도 해야겠다.'

그렇게 마음을 먹은 노지심은 그 자리에 서서 소리쳤다.

"이 도둑놈아, 숨어 있지 말고 어서 나오거라."

그 소리를 들은 도둑이 껄껄 웃으며 대꾸했다.

"중놈이 배짱 한번 좋구나. 죽더라도 나를 원망하지는 마라."

"헛소리 마라. 네놈이야말로 오늘 임자 만난 줄 알아라."

노지심이 말과 함께 선장을 휘두르자, 그 선장을 받아낸 상대가 갑자기 몸을 피하며 급하게 물었다.

"잠깐만 기다리시오, 스님. 목소리가 귀에 익은데, 이름이 무엇이오?"

노지심도 이상한 느낌이 들어 손을 멈추고 자신의 이름을 밝혔다. 그러자 상대가 갑자기 칼을 내던지고 무릎을 꿇으며 말했다.

"역시 형님이시군요. 이 사진을 알아보시겠습니까?"

노지심은 깜짝 놀랐다. 가만히 살피니 많이 초췌해지긴 했지만 사진이 틀림없었다. 둘은 서로 얼싸 안고는 숲속으로 들어가 자리를 잡고 앉았다. 그동안의 일을 물으니 사진은 울적한 얼굴로 위주에서 헤어진 뒤의 이야기를 풀어놓았다.

"그날 형님과 헤어져 객점에 들었다가 이튿날 형님이 정도를 때려죽였다는 소문을 들었지요. 가뜩이나 쫓기는 몸인지라 무턱대고 도망부터 치고 봤습니다. 그 길로 연안으로 스승님을 찾아갔으나 끝내 만나지 못하고 북경으로 돌아왔지요. 결국 노자까지 떨어져 이리저리 떠돌다가 오늘 뜻밖에 형님을 만나게 된 것입니다.”

사진의 이야기를 다 들은 노지심도 간략하게 그날까지 있었던 일을 털어놓았다. 그러다보니 끝의 이야기는 당연히 최도성과 구소을을 상대로 싸운 일이 되었다.

얘기를 듣고 난 사진이 얼른 보따리에서 먹을 것을 꺼내자 노지심은 걸신들린 듯 순식간에 해치웠다. 노지심이 다 먹기를 기다리던 사진이 말했다.

“이제 속이 좀 든든해지셨으면 저와 함께 절로 돌아가 그 도적놈들을 혼내줍시다.”

“아암, 당연히 그래야지.”

둘은 각각 박도와 선장을 꼬나들고 다시 와관사로 올라갔다. 최도성과 구소을은 산문 앞 돌다리 위에 앉아 있다가 노지심이 다시 올라오는 것을 보곤 큰 소리로 외쳤다.

“이놈, 기어이 죽고 싶어 또 덤비는 것이냐?”

그들은 칼을 꺼내들고 달려들었으나 배를 채운 노지심과 사진의 적수가 되지 못했다. 최도성은 노지심의 선장을 몇 번 받아보고는 이게 아니다 싶어 달아날 길만 찾았다. 최도성이 밀리는 것을 본 구소을이 박도를 들고 도우려 달려왔으나 사진이 보고만 있을 리 없었다.

그때 노지심의 선장을 얻어맞은 최도성이 비명도 지르지 못하고 다리 아래로 떨어졌다. 최도성이 맞아죽는 것을 본 구소을은 틈을 보아 달아나려다 사진의 칼에 등허리가 찍히고 말았다. 사진이 그런 구소을에게 닥치는 대로 칼질을 하는 사이 노지심도 다리 아래로 내려가 최도성의 숨통을 깨끗이 끊어 놓았다. 이리하여 평생을 살아오면서 온갖 만행을 서슴지 않았던 두 도둑의 일생은 여기서 끝을 맺고 말았다.

둘의 시체를 끌어다 개울가 구덩이에 처박은 노지심과 사진은 기세 좋게 산문 안으로 들어갔다. 그런데 그런 그들의 눈앞에 끔찍한 광경이 펼쳐져 있었다.

노지심이 달아난 것을 본 스님들이 최도성과 구소을의 해코지를 두려워한 나머지 먼저 목을 매고 자결한 것이었다. 뒤뜰의 젊은 여자도 우물에 몸을 던져 죽어 있었다. 역시 노지심이 쫓겨가는 것을 보고 도움받을 길이 없다 싶어 자결한 듯했다.

노지심과 사진은 혀를 차면서도 최도성과 구소을이 기거하는 방을 뒤져 패물이 들어 있는 보따리를 찾아냈다. 그리고 부엌에서 고기와 생선, 술이 있는 것을 발견하고는 둘이서 주거니 받거니 배부르게 먹었다.

먹기를 마친 둘은 패물이 들어 있는 보따리를 나누어 각기 하나씩 등에 멨다. 그런 다음 아궁이에 남은 불씨로 부엌에 불을 질렀다. 부엌에 붙은 불은 이내 본채로 옮아갔고 삽시간에 절간은 한 줌의 재로 변해 갔다.

그곳을 나온 노지심과 사진은 공연히 마음이 급해져 하룻밤을 뛰듯이 걸었다. 날이 희미하게 밝아올 무렵, 두 사람은 제법 큰 시골 장터에 도착했다. 외나무다리를 건너다 보니 맞은편으로 괜찮은 주막이 하나 보였다. 밤새도록 걸어 목이 마르고 배가 고파진 노지심과 사진은 얼른 그 주막으로 들어가 술부터 청했다.

이윽고 술과 밥으로 어지간히 양이 찬 노지심이 사진에게 물었다.

"그래, 자네는 이제 어디로 갈 참인가?"

사진은 갑자기 앞일이 막막했던지 머리를 긁적이며 우물거렸다.

"하는 수 없이 소화산으로 돌아가야 할 것 같습니다. 거기서 때를 기다려 보는 수밖에……."

몇 달 전까지만 해도 큰 장원의 귀공자로 지내던 사진으로서는 참담한 신세였다. 그러나 노지심 역시 쫓기는 몸이라 막막하기는 마찬가지였다.

노지심은 봇짐을 풀어 이충과 주통에게서 빼앗아 온 금그릇들을 사진에게 주었다. 사진은 몇 번 사양하다 그것들을 받아 봇짐에 꾸렸다. 남의 신세를 지러 가야 할 판이라 노지심보다는 마음이 더 궁했기 때문이었다.

주막을 나와 얼마를 걸었을까. 문득 길이 세 갈래로 나뉘어져 있었다.

"이보게, 아우. 나는 동경으로 가야하고, 자네는 화주로 가야 하니 여기서 이만 헤어지세. 뒷날 다시 만나던가……, 인편이 있으면 서로 소식을 전하기로 하세."

노지심이 먼저 입을 열었다. 사진도 그 말이 옳다 싶어 노지심에게 예를 표하고 화주로 가는 길을 잡았다.

노지심은 동경을 향해 부지런히 발걸음을 옮겼다. 그렇게 한 열흘쯤 가니 동경성에 다다르게 되었다. 그동안 저질러 놓은 짓들이 있어 그토록 큰 성 안으로 들어가기가 껄끄러웠지만, 고단한 몸을 의탁하자면 대상국사를 찾는 수밖에 없었다.

제2장
시련속의 영웅들

표자두 임충

대상국사는 오대산 문수원과는 비교도 안 될 만큼 큰 사찰이었다. 동서로 뻗은 집채의 수도 수려니와 오가는 스님들도 헤아릴 수 없을 만큼 많았다.

노지심이 왔음을 전해들은 지객 스님은 노지심의 생김새며 짚고 선 선장과 허리에 찬 계도를 보고 겁부터 냈다. 그 바람에 절로 공손해진 지객 스님은, 노지심이 지진장로의 편지를 꺼내 보이며 지청선사에게 안내해 줄 것을 부탁하자 얼른 방장실로 안내했다.

노지심이 지청선사를 뵙고 세 번 절을 올리자, 지객 스님이 그를 물러나게 한 후 지진장로에게서 온 글을 올렸다. 지청선사가 봉함을 열고 읽어 보니 거기에는 노지심에 관한 온갖 사연이 빼곡이 적혀 있었다.

그 글을 다 읽고 난 지청선사는 아무런 내색 없이 노지심을 승당으로 안내하라 이르고는 절 안의 모든 스님들을 불러 모았다. 그들이 모두 방장실에 모이자 지청선사가 말했다.

"이번에 온 사람은 내 사형인 지진장로께서 보낸 스님이다. 원래는 경략부의 군관이었으나 사람을 죽이고 피해 다니나 출가했나고 한나. 게다가 오대산에서도 두 번이나 큰 소동을 일으킨 탓에 그곳에서도 쫓겨난 사람인데……, 받을 수도 없고……, 그렇다고 사형께서 부탁한 사람을 야박하게 내칠 수도 없고……. 우리가 그를 받아들인다 하더라도 이곳에서도 다시 불문의 법을 어긴다면 어떻게 해야 할지 실로 난감하구나."

그러자 노지심을 안내한 지객 스님이 지청선사의 말에 맞장구를 쳤다.

"제가 보기에도 그 스님은 조금도 출가한 사람 같지가 않았습니다. 아무리 지진장로께서 보낸 사람이라지만 그런 흉악범을 어떻게 받아들일 수 있겠습니까? 다른 곳으로 보내야 합니다.”

“그럴 수만 있다면 내가 왜 이렇게 골머리를 앓겠느냐?”

그때 절의 살림을 맡아보던 한 스님이 문득 생각났다는 듯이 말했다.

“제게 좋은 생각이 있습니다. 산조문 밖에 있는 채마밭으로 보내면 어떻겠습니까? 그곳은 근처의 망나니들이 수시로 드나드는 곳이라 지금의 스님한 분으로는 도저히 어찌해 보지 못하고 있는 실정입니다. 힘깨나 써 보이는 게 노지심이라면 채마밭쯤은 넉넉히 지켜낼 것 같습니다.”

듣고 보니 지청선사도 그럴 듯하게 여겨졌다.

“그거 참 좋은 생각일세.”

지청선사는 다음날 노지심을 불러 채마밭을 맡아 달라고 말했다. 그런데 그것은 좀 너무하다 싶었는지 노지심이 얼른 대꾸했다.

“제 스승인 지진장로께서는 큰 사찰로 가서 직사승 일을 맡아보라고 하셨습니다. 도사나 감사까지는 바라지 않았지만 채마밭지기는 너무 심한 것 같습니다.”

그러자 옆에 있던 지객 스님이 거들었다.

“그렇지가 않습니다. 절에는 각자 맡은 일이 있으니 소승 같은 지객은 이절을 왕래하는 객승들을 접대하는 것이 일이니 다른 직책은 맡을 수가 없습니다. 사형으로 말하자면 막 이곳으로 오신 분이니 처음부터 높은 직책을 맡아보시겠다는 말은 온당치 못합니다. 우선 채마밭을 지키는 채두菜頭로 임명하고 채마밭을 잘 관리하시면 일년 후에는 탑을 돌보는 탑두塔頭를 시켜드릴 것입니다. 그리고 다시 일년만 잘 하시면 그때에는 욕주浴主를 시켜드릴 것이요, 그렇게 또 일년이 지나면 절을 감독하는 감사監寺를 시켜드릴 것입니다. 그게 사리에 맞지 않겠습니까? 게다가 매일 채소 열 짐만 이곳으로 보내고 그 나머지는 모두 스님의 몫이니 아쉬울 것이 없을 것입니다.”

그제서야 노지심도 알아들었는지 그들의 권유를 받아들였다.

다음날 지청선사는 노지심에게 절의 채마밭을 맡긴다는 문서를 내렸다.

그걸 받아든 노지심은 곧 장로께 절을 올린 후 산조문 밖 채마밭으로 갔다. 지고 온 봇짐과 선장, 계도를 챙긴 것은 말할 것도 없었다.

한편 채마밭으로 채소를 훔치러 왔던 인근의 건달들은 해우 벽에 붙은 방문을 보게 되었다.

대상국사는 노지심에게 이 채마밭을 맡긴다. 모월 모일부터 그에게 관리토록 할 것인즉, 그 외의 잡인들은 일체 출입을 금한다!

방문을 다 읽은 망나니들은 새로 올 채마밭지기의 기를 꺾어 놓겠다며 노지심이 도착하기만을 잔뜩 벼르고 있었다.

오래잖아 해우에 도착한 노지심은 먼저 짐부터 풀고 채마밭을 돌아보기 위해 밖으로 나섰다. 그때 스무 명 정도의 무리가 술과 안주를 들고 나타났다. 한눈에 봐도 말로 듣던 그 망나니 패거리들이 틀림없었다. 그들은 싱글거리며 노지심에게 다가와 합장하며 말했다.

"스님께서 새로이 이곳의 채두로 오셨다기에 인사드리러 왔습니다. 저는 장삼張三이고 이 친구는 이사李四입니다. 다른 친구들도 모두 이 근처의 거리에서 살고 있습니다."

노지심은 뜻밖의 일이라 어리둥절했다. 장삼과 이사는 그런 노지심을 슬슬 똥통 가까이로 이끌고 가더니 갑자기 땅에 넙죽 엎드리며 말했다.

"저희들이 먼저 스님께 경하를 드리고자 합니다. 어서 그쪽으로 앉으시지요."

어리숙한 노지심은 그때까지도 그들의 속을 몰라 좋은 뜻으로만 해석했다.

"자네들의 뜻이 그러하다면 길에서 이럴 것이 아니라 집으로 가세."

그래도 둘은 엎드린 채 노지심이 다가와 일으켜 세워 주기만을 기다렸다. 노지심이 다가오면 한꺼번에 덤벼들어 손을 쓸 작정이었다.

그쯤 되자 노지심도 슬며시 의심이 들기 시작했다. 주위를 둘러보니 두 놈의 속셈을 짐작 못할 바도 아니었다. 노지심은 바로 그 똥통 곁으로 성큼 성큼 걸어갔다. 그걸 본 장삼과 이사는 앞으로 달려나오더니 다짜고짜로 노지심의 다리 하나씩을 잡았다. 그렇게 해서 노지심을 똥통에 밀어 넣겠다는 수작이었으나 턱도 없었다.

그들의 속셈을 알아차린 노지심은 그대로 태산같이 버티고 섰다가 슬며시 오른쪽 다리를 쳐들어 거기 매달린 이사를 가볍게 똥통에 처넣어 버렸다. 노지심의 왼쪽 다리를 잡고 있던 장삼은 아차 싶었으나 때는 이미 늦었다. 노지심은 달아나려는 장삼 역시 발길질을 앵겨 똥통 속에 처넣었다.

노지심이 별 어려움 없이 두 망나니를 똥통에 처박아 버리자, 구경하던 나머지 건달패는 깜짝 놀라 달아날 생각조차 하지 못했다. 노지심이 그런 그들에게 으름장을 놓았다.

"이놈들, 한 놈도 달아날 생각 마라. 누구든 한 놈이라도 달아나면 여기 이 두 녀석 목숨은 아예 없는 줄 알아라."

그 말에 오금이 저린 건달패는 똥통 속에서 머리만 내놓고 허우적거리는 장삼과 이사를 멀거니 쳐다볼 수밖에 없었다. 그 둘은 가까스로 똥통가로 헤어 나와 노지심에게 죽는 소리를 내며 빌었다.

"스님, 잘못했습니다. 제발 목숨만 살려 주십시오,"

그 모습을 본 노지심이 건달패를 돌아보며 소리쳤다.

"이 망나니들아! 어서 저것들이나 건져 주거라."

똥통에서 건져 올려진 둘의 꼴은 그야말로 가관이어서 구린내, 지린내에 가까이 다가갈 수가 없었다. 장삼과 이사는 채원 안에 있는 못으로 가서 똥물에 빠졌던 몸을 깨끗이 씻은 후 패거리가 가져온 새 옷으로 갈아입었다. 그런 그들을 보고 노지심이 일렀다.

"모두들 내가 거처하는 해우로 오너라."

노지심은 건달패들이 모두 자신의 거처로 몰려들자, 불러 앉힌 다음 점잖게 꾸짖었다.

"나를 속일 생각은 말아라. 도대체 네놈들은 뭣하는 놈들이냐?"

"저희들은 조상 때부터 이곳에 살면서 술과 노름으로 세월만 축내는 하찮은 것들입니다. 이 채마밭은 그런 저희에게 노름 밑천이 되었지요. 그러나 이제 저희는 진심으로 잘못을 뉘우치고 있습니다. 다시는 이 채마밭에 손을 대지 않을 것이니 부디 너그럽게 용서해 주십시오."

그 말을 들은 노지심은 마음이 좀 풀렸지만 한 번 더 겁도 줄 겸 해서 자신의 신상내력을 간략히 일러주었다. 장삼과 이사 등은 노지심의 이야기 내내 연신 감탄의 소리를 내면서 존경해 마지 않는 눈길을 보내더니 몇 번이나 노지심에게 절을 하고 돌아갔다. 다음날 건달패들은 저희끼리 의논 끝에 술 열 병과 돼지 한 마리를 사서 끌고 노지심을 찾아와 말했다.

"저희가 복이 있어 스님 같은 분을 만나게 되었습니다. 부디 저희들의 우두머리가 되어 주십시오."

그 말은 노지심을 매우 흐뭇하게 했다. 곧 그들과 함께 어울려 술을 마시고 고기를 뜯으며 한창 흥겹게 취해 갈 때였다. 어디선가 까마귀가 시끄럽게 울어대는 소리가 들리자 건달들은 재수 없다는 시늉으로 이맛살을 찌푸리며 한 마디씩 했다.

그것을 본 노지심은 말 없이 일어나 까마귀가 둥지를 틀고 있는 버드나무 아래로 갔다. 그리고는 버드나무 밑둥치를 지긋이 잡더니 끙 소리와 함께 뿌리째 뽑아 올렸다. 영문도 모르고 노지심을 따라 나섰던 건달들은 그 놀라운 광경에 얼이 빠져 버렸다. 곧 누가 먼저랄 것도 없이 일제히 땅에 엎드려 절을 하며 호들갑을 떨었다.

"스님은 정말 인간이 아니라 나한이십니다. 사람의 힘으로 어찌 이 나무를 뿌리째 뽑을 수 있단 말입니까?"

크게 감탄한 건달패들은 그날 이후 매일같이 술과 고기를 마련해 노지심을 보러 왔다. 그리고 그가 이따금씩 펼쳐 보이는 놀라운 무예를 구경하느라 시간 아까운 줄 몰랐다. 그러던 어느날, 그 날도 한창 술판이 무르익어 가고 있는데 장삼이 문득 생각났다는 듯이 말했다.

"이 며칠 스님의 주먹 쓰는 법은 잘 보았습니다만 무기 쓰는 것은 아직 구경 못했습니다. 한번 보여 주시면 안 되겠습니까?"

흥이 난 노지심은 선선히 62근짜리 선장을 꺼내 보란 듯이 휘둘러 댔다. 모두가 눈을 크게 뜨고 침을 삼키며 바라보고 있을 때, 담 밖에서 관원 하나가 들여다보다가 저도 모르게 감탄의 탄성을 내질렀다.

"정말로 훌륭한 솜씨로다!"

노지심이 바라보니 무너진 담장 너머로 관리 하나가 서 있는 게 보였다. 머리에는 푸른 망사관을 썼고, 몸에는 초록의 비단 전포를 걸치고 허리에는 은띠를 둘렀으며, 발에는 참외 모양의 검은 가죽신을 신고 있었다. 표범 같은 머리에 눈이 둥그렇고 제비턱에는 호랑이 수염을 기른, 키가 팔 척은 되어 보이는 사십대의 사내였다.

사내의 칭찬이 듣기 싫은 것은 아니었지만, 낯 모르는 사람이라 좀 머쓱해진 노지심이 건달패에게 물었다.

"저 군관은 누구냐?"

"저분은 팔십만 금군의 창봉 교두이신 임충林冲 어른이십니다."

"그렇다면 얼른 모시지 않고 뭣들 하는 게냐?"

그 말을 들은 임충은 훌쩍 몸을 날려 담을 뛰어넘었다. 그렇게 노지심과 임충은 서로에게 남다른 호감을 품고 있는 듯했다. 노지심과 임충은 누가 끼어들 것도 없이 인사를 나누고 오래 전부터 알던 사람들처럼 한자리에 앉았다.

그 날 임충은 아내 장씨와 함께 가까운 오악묘五嶽廟에 참배하러 왔다가 뜻밖에 봉 쓰는 소리가 들리기에, 아내는 계집종 금아錦兒를 붙여 먼저 가게 하고 자신은 노지심의 봉술을 구경하고 있던 중이었다.

둘이 만나기는 처음이었지만 피차 갖고 있는 느낌이 같은지라 그 자리에서 의형제를 맺었다. 노지심은 사람을 불러 술을 더 가져오게 하고 임충과 함께 술잔을 기울였다. 그렇게 두 사람이 두어 잔쯤 걸쳤을 때였다. 임충의 계집종 금아가 숨 가쁘게 달려와 째지는 소리를 냈다.

"나으리, 큰일났습니다. 지금 오악루 아래에서 무뢰한들이 아씨를 잡고 희롱하고 있습니다.”

그 말을 들은 임충은 노지심에게 훗날을 기약하고 급히 오악루로 달려갔다. 오악루에 이르고 보니 건달패 서넛이 거문고와 피리를 들고 다리 난간에 서 있었는데, 그 중 젊은 놈 하나가 임충의 아내 장씨를 붙들고 오악루 위로 끌어올리려 하고 있었다.

임충은 벽력 같은 소리를 내지르며 젊은 놈의 목덜미를 잡고 돌려세워 한 주먹에 때려눕히려 했다. 그런데 막상 얼굴을 보니 뜻밖에 임충도 아는 얼굴이었다. 다름아닌 나는 새도 떨어뜨린다는 고태위의 수양아들 고아내高衙內였던 것이다.

본래 고아내는 동경성에서도 소문난 망나니로 양아버지의 권세를 믿고 못된 짓만 골라 하고 돌아다녔는데, 특히 여염집 아낙을 희롱하기로 유명한 자였다.

임충은 분하기도 하고 괘씸하기도 했지만 상관인 고태위의 낯을 보아 감히 고아내에게 손찌검을 하지는 못했다. 그 사이 고아내는 야릇한 미소를 흘린 채 무뢰한들과 함께 그 자리를 떠났다.

고아내가 떠난 뒤 임충도 아내 장씨와 금아를 데리고 악묘에서 나왔다. 그때 노지심이 선장을 둘러메고 건달패들과 함께 달려오는 게 보였다.

임충에게 일의 전말을 다 들은 노지심은 당장이라도 고아내를 때려죽이겠다며 펄쩍 뛰었고, 그런 노지심을 오히려 임충이 달래야 할 판이었다. 건달패들까지 가세해 구슬리고서야 겨우 화를 죽인 노지심은 임충 내외에게 사기만 믿으라며 큰소리를 치고는 건달패들과 함께 채원으로 돌아갔다.

임충도 아내 장씨와 금아를 데리고 집으로 돌아왔지만, 마음은 여전히 꺼림칙하고 즐겁지가 못했다.

마음이 불편하기는 고아내도 마찬가지였다. 임충에게 쫓기듯 제 부중으로 돌아오기는 했지만 영 허전하고 찜찜하기만 했다. 게다가 아리따운 임충의 아내 장씨가 자꾸만 눈에 어른거려 견딜 수가 없었다. 결국 고아내는 방안에 틀어박혀 며칠 동안 꼼짝도 하지 않았다.

일주일이 지난 뒤였다. 고아내를 따라다니던 건달 중 부안富安이라는 자가 그런 고아내의 형편을 알아차리고 찾아왔다.

"며칠 못뵌 사이에 얼굴이 많이 상하셨습니다. 어찌 그만한 일로 애를 태우십니까?"

"그만한 일이라니? 자네가 내 마음을 알기라도 한단 말인가?"

"알다 뿐이겠습니까? 나무 목木 둘 때문에 괴로워하시는 거 아닙니까?"

나무 목 둘이란 수풀 림林자, 곧 임충을 말함이었다. 그 말을 들은 고아내는 부안을 가까이 불러 은근히 물었다.

"그렇다네. 그 날 이후로 임충의 처를 한시도 잊을 수가 없다네. 무슨 좋은 수가 없겠는가?"

"아무 걱정 마시고 소인의 말대로만 하십시오."

그렇게 말하고는 고아내의 귀에 대고 오래 전부터 품고 있던 꾀를 일러주었다. 그것은 임충의 친구인 육겸陸謙을 시켜 임충을 밖으로 꾀어낸 다음 그 부인을 유혹하자는 것이었다. 그럴 듯하다고 여긴 고아내는 당장 육겸을 불러오도록 했다. 고아내에게 불려간 육겸은 조금도 꺼리는 기색 없이 그 청을 받아들였다. 명예와 목전의 이익에 눈이 어두워 친구간의 의리를 헌신짝처럼 저버린 것이다.

육겸은 다음날 임충을 번루라는 술집으로 데리고 갔다. 육겸과 더불어 술잔을 기울이며 이런저런 얘기를 한참 나누던 임충이 문득 며칠 전 자신의 부인이 고아내에게 당했던 일을 하소연하듯 말했다. 임충의 말을 조용히 듣고 있던 육겸이 말했다.

"그것은 고아내가 임형의 부인을 모르고 그랬던 것 아니겠나. 임형의 부인인 줄 알았다면 어찌 감히 그런 무례를 범했겠나? 이제 그만 분을 삭이고 술이나 드세."

그 말에 임충은 거푸 아홉 잔을 비우더니 화장실에 다녀오겠다며 일어섰다. 그를 술집 안에 붙잡아 두는 게 육겸의 일이었으나 화장실에 가는 것까진 막을 수가 없었다. 육겸은 불안한 대로 임충이 술집 문을 나서는 것을 보고만 있었다. 화장실에서 일을 마친 임충이 손을 씻고 다시 술집으로 들어가려 할 때였다. 계집종 금아가 어디선가 주르르 달려나와 숨넘어가는 소리를 했다.

"나으리께서 육우후와 나가신 후, 웬 사내가 집안으로 뛰어들더니 자기는 육우후의 머슴인데 나으리께서 육우후와 술을 마시다 갑자기 졸도하여 인사불성이 되었다면서 아씨를 모시고 갔습니다. 제가 아씨를 따라 육우후의 댁에 갔더니 나으리는 안 계시고 전날 오악루에서 아씨를 희롱하던 그 젊은 놈이 있었습니다. 그놈이 나으리께서 곧 오실 것이니 기다리라며 아씨께 수작을 걸기에 저는 빨리 나으리를 찾아야겠다는 생각으로 그 집을 뛰쳐나왔습니다. 어서 가보십시오. 제가 나올 때 아씨의 비명소리가 들렸습니다."

임충은 뒤도 돌아보지 않고 그대로 육겸의 집으로 내달렸다. 그 모습은 마치 한 마리의 성난 표범이 뛰는 것 같았다. 날 듯이 육겸의 집에 이른 임충은 곧장 계단을 뛰어올라가 금아가 말한 방으로 들이닥쳤다. 그러나 방문은 굳게 걸려 있고 아내 장씨의 비명 같은 꾸짖음만 밖으로 새어나올 뿐이었다.

"이 밝은 세상에 남편이 있는 처자에게 이 무슨 무례한 짓이오?"

그 다음에 고아내의 들척지근한 목소리가 들려왔다.

"제발, 이 몸을 가엾게 여기시고 제 청을 한 번만 들어주시오."

임충은 더 이상 들어볼 것도 없이 주먹으로 방문을 두드리며 소리쳤다.

"여보, 문 여시오. 내가 왔소."

임충의 목소리를 알아들은 장씨는 얼른 고아내를 뿌리지고 달려가 문을 열었다. 깜짝 놀란 고아내는 그대로 누각 창문을 박차고 뛰어내리더니 담을 넘어 달아났다. 아내 장씨가 무사한 것을 확인한 임충은 육겸에 대한 배신감에 치를 떨었다. 임충은 고아내의 골통 대신에 육겸의 집안을 가루가 나도록 때려부순 다음에야 장씨를 데리고 집으로 돌아왔다.

하지만 집을 부수는 것만으로는 임충의 분노가 다 풀릴 수 없었다. 곧 날카로운 칼 한 자루를 품고 번루로 달려갔으나 육겸은 이미 달아나고 보이지 않았다. 임충의 성깔을 잘 아는 그인지라 일이 그르친 것을 알고는 얼른 피한 것이었다. 임충은 다시 육겸의 집으로 가 밤이 늦도록 기다렸다. 그러나 육겸은 고태위의 부중에 숨어 감히 집으로 돌아갈 엄두를 못 냈다. 그 바람에 임충은 사흘이나 기다렸음에도 불구하고 육겸을 잡지 못했다.

결국 임충은 매일같이 노지심과 함께 술을 마시며 화를 가라앉힐 수밖에 없었다. 괴로운 나날을 보내기는 고아내도 마찬가지였다. 고아내는 두 번째도 뜻을 이루지 못하자 그대로 침식을 폐하고 자리에 눕더니 시름시름 앓기 시작했다. 얼굴이 누렇게 뜨고 헛소리를 하는 게 그대로 두면 언제 죽을지 모를 일이었다.

육겸과 부안은 의논 끝에 마침내 그 일을 고태위에게 알렸다. 그러자 정에 눈이 먼 고구는 양아들을 나무랄 생각은 조금도 않고 오히려 그들에게 임충을 없앨 수 있는 방도를 물었다. 고구가 육겸과 부안이 바란 대로 나오자, 그 둘은 이미 오래 전에 세워둔 계교를 밝혔다.

한편 임충은 매일 노지심과 어울려 퍼마시며 고아내와의 일을 잊으려고 애썼다. 그러던 어느 날이었다. 노지심과 임충이 거리를 거닐고 있는데, 머리에 두건을 쓰고 낡은 전포를 걸친 사람이 눈부신 검광을 내보이며 사라고 말했다.

"이 훌륭한 보검이 임자를 못 만나 썩는 것이 아깝습니다."

두 사람이 살펴보니 과연 틀림없는 명검이었다. 그들은 한참 동안 칼 값을 두고 실랑이를 벌였고, 결국 사내는 할 수 없다는 듯 1천 관의 가격에 칼을 팔아버렸다. 명검을 구한 임충은 그날 밤이 새도록 잠을 이루지 못한 채 칼을 어루만졌다.

'과연 천하의 보검이다. 고태위의 부중에도 보검 한 자루 있다던데, 아직 구경은 못했지만 이 칼이 그만 못하진 않을 것이다.'

다음 날이었다. 날이 샐 때까지 칼을 쓸고 어루다 잠이 든 임충은 누군가 문을 두드리는 소리에 늦잠에서 깨어났다. 나가 보니 태위부의 관리 두 명이 찾아와 고태위의 말을 전했다.

"임교두님, 태위께서 이르시길 임교두가 좋은 칼을 샀다 하니 가져와 보라십니다. 태위님의 보검과 견주어 보고 싶으신 듯한데, 지금 부중에서 기다리시니 어서 갑시다."

임충은 태위가 그 말을 누구한테 들었기에 이토록 빨리 알았는지 어리둥절했지만, 태위의 부름이니 아니 갈 수도 없었다. 임충은 예감이 좋지 않았지만 하는 수 없이 보검을 들고 관리의 뒤를 따랐다.

오래잖아 태위부에 이른 임충은 먼저 대청 앞으로 나가 태위가 나오기를 기다렸다. 그러자 임충을 안내한 두 관리 중 하나가 말했다.

"태위께서는 지금 후당에서 기다리신다고 합니다."

임충은 그들에게 이끌려 자신도 모르게 대문을 셋이나 지나 푸른 장막을 둘러친 건물 앞에 이르렀다.

"여기서 기다리십시오. 지금 곧 태위님을 모시고 오겠습니다."

임충은 귀신에 홀린 기분으로 처마 밑에 서서 고태위가 나오기만을 기다렸다. 그렇게 한참이 지났는데도 고태위는커녕 자신을 안내했던 두 사람조차 나타나지 않았다. 이상한 생각이 들어 장막을 들치고 안을 살피니 놀랍게도 현판에는 '백호절당白虎節堂'이라는 푸른 글자가 선명하게 박혀 있었다.

'저 절당은 군사들이 군의 기밀을 의논하는 곳이다. 외인이 함부로 출입할 수 있는 곳이 아니다.'

그런 생각이 들어 급히 나오려는데 등뒤에서 여럿의 발자국 소리가 났다. 임충이 놀라 돌아보니 고태위와 그의 수행원들이었다. 고태위를 본 임충은 칼을 안은 채 몸을 숙여 예를 갖췄다. 그런 임충에게 고태위가 소리쳤다.

"네 이놈, 임충! 네가 어찌 감히 이 백호절당에 발을 들여놓았단 말이냐? 손에 칼까지 들고 선 것을 보니 네가 나를 해할 뜻을 품고 온 게 분명하구나."

그때까지도 자신이 함정에 빠진 것을 알아채지 못한 임충은 이해할 수 없다는 듯이 고태위에게 물었다.

"무슨 말씀이십니까? 태위께서 제 칼과 태위님의 보검을 견주어 보고 싶으시다기에 두 관리를 따라왔을 뿐입니다."

임충은 큰 소리로 자신의 결백함을 밝히려 애썼지만 다 부질없는 일이었다.

"듣기 싫다, 이놈! 어서 저놈을 끌고 가 개봉부에 넘기고 부윤에게 일러 저놈의 죄를 명백히 가려 처결하라고 전해라."

결국 임충은 꼼짝없이 죄인이 되어 개봉부로 끌려가는 신세가 되었다. 고태위의 수하들은 임충을 개봉부로 끌고 가 부윤 앞에 무릎 꿇게 하고 일의 전말을 전했다. 증거로 보낸 칼까지 본 부윤이 임충에게 물었다.

"임충은 듣거라. 너는 금군의 교두로서 태위부의 법도를 모르진 않을 터, 어찌 칼을 들고 백호절당에 들어갔느냐? 그것만으로도 죽을 죄가 된다는 것을 몰랐단 말이냐?"

"부윤께서는 이 임충의 억울함을 밝혀 주십시오. 제가 비록 무지한 군관이라 하나 군의 법도를 아는데 어찌 그와 같은 곳을 함부로 들어갔겠습니까? 지난 달 저와 아내는……."

임충은 오악묘에서 아내 장씨가 고아내에게 희롱을 당한 이후부터 그 날 백호절당에 들어가게 된 전후 사정을 자세히 들려주고는 고태위 부자의 모함을 주장했다. 부윤이 들어보니 앞뒤가 이치에 맞는 게 임충이 거짓을 꾸미는 것 같지는 않았다. 그러나 고태위의 말 또한 함부로 여길 수 없어 일단은 임충의 말을 그대로 받아 적게 한 뒤 그의 목에 칼을 씌워 감옥에 가두게 했다.

그때 개봉부의 관원 가운데 손정孫定이란 강직한 사람이 있었는데, 그는 임충의 억울함을 알고 직접 부윤을 찾아가 말했다.

"이번 사건은 임충이 억울하게 말려든 듯합니다."

"하지만 어쩌겠나? 그는 칼을 차고 들어가서는 안 될 곳을 들어갔고, 고태위는 저렇게 벌을 주지 못해 안달이니……."

"고태위가 권세를 빙자하여 자기 마음에 들지 않는 자들을 걸핏하면 우리에게 넘겨 죽이려 하는 것은 천하가 다 아는 사실입니다. 임충의 일도 그렇습니다. 다만 증거를 댈 수 없을 뿐이지 그의 무죄는 분명한 것입니다. 그러니 칼을 가지고 절당에 잘못 들어간 죄만 물어 매 스무 대만 때린 뒤 얼굴에 먹자를 넣어 멀리 유배를 보내는 정도면 뒤탈이 없을 것입니다.”

부윤도 그런 손정의 말이 도리에 맞다 싶었다. 그는 곧 고태위를 찾아가 일의 진행을 설명한 후 임충의 처리에 대해 의사를 밝혔다. 고태위도 더 이상 고집을 피우는 것이 자신에게 이가 되지 않음을 깨닫고는 손정이 말한 대로 따르는 데 찬성했다.

다음날 부윤은 임충을 옥에서 끌어내 등허리에 매 스무 대를 때렸다. 그리고 임충의 얼굴에 먹자를 새긴 다음 창주 노성으로 귀양을 보냈다. 임충을 압송해 가는 관원은 동초董超와 설패薛覇란 자들이었다. 두 사람은 죄상을 적은 공문과 함께 임충을 인계받아 개봉부를 나섰다.

그때였다. 길 한모퉁이에서 임충의 장인 장교두가 그들을 기다리고 섰다가 그들을 이끌고 근처의 술집으로 들어갔다. 장교두는 좋은 술과 안주로 두 관원을 접대하는 한편 은자까지 챙겨주며 귀양가는 사위를 잘 봐달라고 당부했다. 동초와 설패는 입이 헤벌어져 은자를 받아 넣었다.

장교두는 임충의 두손을 잡고 말했다.

“자네의 무고함은 하늘이 다 아는 일일세. 조만간 귀양이 풀려 돌아올 날이 있을 것이니 딴 생각 말고 귀양살이나 잘 때우고 오게. 그동안 자네의 처는 내가 데리고 있을 것이니 아무 걱정 말고 소식이나 자주 전하게.”

임충과 장인이 마지막 술잔을 기울이며 서로의 앞일을 걱정하고 있을 때, 임충의 아내 장씨가 슬피 울며 달려왔다. 장씨는 임충의 손을 잡고는 한층 슬픔이 복받혀 목메어 울다 그대로 기절하고 말았다. 급히 임충과 장교두가 흔들고 주물러 한참 뒤에 다시 깨어났으나 울음을 그칠 줄 몰랐다. 하지만 언제까지고 그렇게 붙들고 앉아 있을 수는 없는 일이었다. 임충은 아내 장씨의 손을 놓고 장인에게 다시 한 번 감사의 절을 올린 후 보따리를 등에 졌다. 그리고 두 관원을 따라 길고 험한 귀양길에 올랐다.

때는 유월이라 불볕 더위에 숨이 막힐 지경이었다. 게다가 매 맞은 자리가 덧나기 시작한 임충은 한 발짝 한 발짝 떼어 놓기가 괴롭기 그지없었다.

그러나 그의 시련은 이제부터가 시작이었다. 개봉부 공문에는 임충을 창주 노성으로 넘기라고 씌어 있었지만, 그의 압송을 책임진 동초와 설패는 가는 도중에 그를 없애버릴 계획을 꾸미고 있었다. 임충이 귀양길에 오르기 전에 육겸이 두 사람을 찾아와 금 열 냥을 주며 고태위의 분부이니 가는 길에 죄인을 없애라는 당부를 했기 때문이었다.

임충으로 인해 발걸음이 더뎌지자 설패가 본색을 드러내며 임충을 몰아대기 시작했다.

"젠장, 여기서 창주까지는 이천 리가 훨씬 넘는 길인데 그 꼴로 언제 갈건가?"

"날이 찌는 듯한 데다 매 맞은 자리가 덧나 한 발짝 옮기기가 괴롭군요."

임충이 처량한 심경을 누르고 그렇게 사정하자 곁에 있던 동초가 큰 선심이나 쓰듯 말했다.

"늑장이나 부리는 주제에 엄살은……. 날도 저물었으니 저 마을에서 하룻밤 묵고 가세."

마을의 주막에 이르자 임충은 가지고 있던 은자를 내어 술과 고기를 샀다. 두 놈은 한 번 사양하는 기색도 없이 술과 고기로 배를 채웠다. 그리고 임충에게도 억지로 술을 권해 취하게 만들더니 칼을 씌워 방 한구석에 밀쳐 놓았다. 영문도 모르고 취해 방구석에 누워 있는 임충을 두고 밖으로 나간 설패는 잠시 후 펄펄 끓는 물솥을 하나 들고 들어왔다.

"어이, 임교두, 발은 씻고 자야지. 발 좀 내밀어 보게. 내가 씻겨 주지"

칼이 채워져 있는 데다 술에 취해 몸이 말을 듣지 않았던 임충은 황송해 몇 번을 거절하다 고맙다는 말과 함께 발을 내밀었다. 그러자 설패가 비죽이 웃으며 임충의 다리를 뜨거운 물 속에 집어 넣었다.

"으악!"

임충이 비명과 함께 급하게 발을 꺼냈지만 이미 그의 발은 뜨거운 물에 껍질이 익어 군데 군데 붉은 물집이 부풀어올랐다.

"이게 무슨 짓이오? 나를 아예 삶아 죽일 작정이시오?"

임충이 성난 눈으로 노려보며 설패에게 소리쳤다.

"물이 좀 뜨거웠나? 이거 미안하이, 히히……."

설패는 실실 웃으며 아무 일도 없었다는 듯이 물솥을 들고 밖으로 나가 버렸다. 임충은 속이 터질 듯했으나 그들의 미움을 샀다가는 또 어떤 꼴을 당할지 몰라 그대로 방구석에 누워 버렸다. 그렇지만 잠이 올 리 없었다. 임충은 쓰린 발을 주무르다 새벽녘이 되어서야 겨우 잠이 들었다.

다음날 새벽같이 일어난 설패는 아침밥을 먹으라며 임충을 깨웠다. 임충은 마지못해 일어나긴 했지만 입안이 껄끄러워 도저히 밥을 먹을 수가 없었다. 동초와 설패는 그런 임충은 아랑곳하지 않고 저희끼리 밥을 먹고는 떠나기를 재촉했다.

방문을 나서던 임충이 신발을 찾자, 잃어버린 것 같다며 동초가 새 미투리 한 켤레를 품에서 꺼냈다. 새것이라 거칠기 짝이 없는 미투리를 반쯤 익다 만 발에 억지로 끼워 넣으니 임충은 저도 모르게 비명을 질러댔다. 새 미투리를 신은 임충의 발은 물집이 터지고 살갗이 찢겨 피와 진물이 줄줄 흘렀다.

임충은 헌 신을 신고 가게 해 달라고 빌었으나 이미 두 놈은 본색을 드러낸 다음이었다. 임충은 악귀 같은 두 놈의 몽둥이가 겁이 나 억지로 걸었지만 두어 마장도 걷지 못하고 주저앉고 말았다. 발에선 피가 철철 흐르고 있었지만 동초와 실패는 그런 그를 소처럼 끌고 갔다.

그렇게 다섯 마장쯤을 더 가자 울창한 숲이 나타났다. 그 곳은 야저림野猪林이라는 곳으로 동경에서 창주로 가는 길 중 가장 험한 곳이었다. 동초와 설패는 임충을 데리고 숲 깊숙이 들어 간 뒤 짐을 풀었다. 그리고는 임충을 나무에 묶어 놓고 말했다.

"육겸이란 자가 찾아와 고태위의 분부라면서 너를 죽이라고 하더군. 어차피 죽을 몸인데 고생하다 죽는 것보단 이쯤에서 그만 죽어주는 것이 어떠냐? 이것도 다 네 운명인 줄 알고 우리 두 사람을 원망하지 말거라.”

그 말을 들은 임충은 힘이 쭉 빠졌다. 이제 꼼짝없이 죽는구나 싶자 눈물이 쏟아졌다.

“두 분은 저와 원수진 일도 없는데 어찌 저를 죽이려 하십니까? 불쌍히 여겨 그저 이 한 목숨 살려주시면 그 은혜는 죽어도 잊지 않겠습니다.”

눈물로 사정했지만 쇠귀에 경 읽기였다. 설패가 몽둥이를 들어 임충의 머리를 내리치려는 순간이었다. 송림 속에서 벽력 같은 호통소리가 들리며 한 자루의 철선장이 날아와 설패의 몽둥이를 떨어뜨렸다.

“네 이놈들! 하늘이 무섭지도 않느냐?”

호통소리에 임충이 놀라 눈을 떠보니 다름아닌 노지심이었다. 노지심은 땅에 떨어진 선장을 다시 집더니 두 놈의 머리통을 후려치려 했다.

“형님, 그들을 해치지 마십시오.”

임충이 다급한 목소리로 말리자, 노지심은 두 놈을 박살내기 위해 꼬나든 선장을 거두었다. 하지만 얼이 빠진 동초와 설패는 오금이 저린 나머지 그 자리에서 손끝 하나 까딱하지 못했다.

“저 둘은 윗사람의 명령을 따랐을 뿐입니다. 만약 저들을 죽인다면 제가 고태위와 다를 게 무엇이겠습니까?”

임충이 다시 노지심을 말린 까닭을 차근차근 밝혔다. 그제서야 노지심은 둘을 내버려 둔 채 계도를 뽑아 임충을 묶고 있는 줄부터 끊었다.

“자네가 고구놈의 흉계에 걸려서 애매하게 붙들렸다는 말은 진작에 들었으나 어떻게 구해낼 도리가 있어야지. 마침 들리는 말에 창주로 귀양을 가게 되었다기에 그 호송 관원인 이 놈들의 동정을 살피며 기회를 노렸다네. 그런데 아니나 다를까 육겸이라는 놈과 남몰래 술집에서 만나 수작들을 부리는 것을 보고, 내 미리 와 길목을 지키고 있었던 것일세.”

말을 끝낸 노지심은 다시 울화가 치미는지 동초와 설패를 을러댔다.

“이놈들, 아우의 부탁만 아니었다면 네놈들은 잘게 다져져 육젓이 되었을 것이다. 왜 그렇게 멍하니 서 있는 게냐? 어서 내 아우를 업고 나를 따라오너라."

　노지심은 선장을 끌고 앞장서 걷기 시작했으나 두 놈은 아직도 제정신이 아니었다. 노지심에게는 감히 대꾸도 못 하고 임충에게만 거듭 빌다가 겨우 정신을 차려 한 놈은 셋의 보따리를 모두 맡고 다른 한 놈은 임충을 업었다.

　그리하여 넷으로 불어난 그들 일행은 색다른 귀양길을 떠나게 되었으니, 곧 임충과 노지심은 상전이요 동초와 설패는 종인 형국이었다. 노지심은 동초와 설패를 마치 개 몰 듯 했는데 잘해야 욕설이요 잘못하면 매질이었다. 두 놈은 지은 죄가 있어 소리 한 번 크게 내지 못하고 괴로운 길을 가야 했다. 그뿐이 아니었다. 언제 노지심의 선장이 날아올지 몰라 조심조심 따르다 보니 절로 피가 마르는 듯했다. 주막을 만나 술과 고기를 먹을 때는 노지심과 임충이 다 먹고 나서야 겨우 차례가 왔고, 빨래며 밥짓는 일은 모두 두 놈의 차지였다.

　어느덧 노지심이 임충의 수양길에 함께 오른 지 보름쯤 되자 일행은 창주 근처에 이르게 되었다. 갑자기 길이 넓어지고 마을이 쭉 늘어선 것을 본 노지심은 만나는 사람마다 이것저것 묻더니 생각을 정한 듯 임충에게 말했다.

　"이보게, 아우. 여기서 창주까지는 길도 가깝고 인가도 많으니 저놈들도 다시 흉측한 마음을 먹지는 못할 것이네. 그러니 뒷날 다시 만나기로 하고 우린 이쯤에서 헤어지세."

　"그리 하십시오. 동경으로 가시거든 장인어른께 제가 잘 도착했다고 전해 주십시오. 형님, 살려 주신 이 은혜는 죽어서도 잊지 않겠습니다."

　임충이 그렇게 작별을 고하자 노지심은 괴춤에서 은자 스무 냥을 꺼내 임충에게 주었다. 그리고 다시 두어 냥을 더 꺼내 두 관원에게 주며 한 번 더 겁을 줄 생각으로 물었다.

　"네놈들의 머리가 단단하냐 아니면 저 소나무가 단단하냐?"

　어리둥절해 하는 두 놈이 미처 대답을 하기 전에, 노지심은 그들에게 보란 듯 선장을 휘둘러 조금 전에 가리킨 소나무의 밑둥을 후려쳤다. 선장이 소나무 둥치에 깊이 박히는가 싶더니 우지끈 소리와 함께 부러져 넘어갔다. 노지심은 그 소나무를 가리키며 두 놈에게 엄포를 놓았다.

"만약 네놈들이 두 번 다시 흉측한 마음을 먹었다간 네놈들 꼴통은 이 소나무 둥치 꼴이 될 줄 알아라."

그걸 본 두 놈은 계속 허리를 굽신거리며 걱정 말라는 소리만 되풀이할 뿐이었다.

소선풍 시진

　노지심과 헤어진 세 사람은 다시 창주를 향해 걷기 시작했는데, 한나절을 걷고 나니 주막이 하나 보였다. 셋은 마침 잘됐다 싶어 그리로 들어갔다. 임충이 주인을 불러 음식을 주문하려 하자, 주인은 시진의 집을 찾아가 보는 편이 더 좋을 거라고 일러 주었다.

　소선풍小旋風 시진柴進이라면 임충도 익히 들어 알고 있는 인물이었다. 시진은 주나라 세종 황제의 자손으로 무덕황제가 내린 서서誓書와 철권鐵券을 가지고 있어, 아무도 그를 함부로 대하지 못하는 데다 큰 부호로서 그 명성을 멀리 동경에까지 떨치고 있었다.

　임충은 시진이란 이름을 듣고 보니 더욱 그를 만나보고 싶었다. 동초와 설패도 시진의 집으로 가면 좋은 대접을 받을 수 있을 것이라는 기대로 임충의 뜻을 선뜻 받아들였다.

　그런데 막상 시진의 집에 도착하고 보니 그는 아침에 사냥을 떠나 아직 돌아오지 않은 채였다. 임충은 아쉬운 마음을 뒤로하고 다시 길을 되짚어 나왔다.

　그렇게 반 리쯤 걸어왔을 때였다. 한 떼의 무리가 숲 속에서 달려 나왔는데, 가까이서 보니 눈같이 하얀 백마를 탄 벼슬아치 하나와 그를 에워싼 장정들이었다. 벼슬아치의 나이는 서른서넛쯤 되어 보였고, 용의 눈썹에 봉의 눈을 가진 자로 그냥 보기에도 여간 당당해 보이지 않았다.

　임충은 한눈에 그가 시진임을 알아보았지만 감히 물어보지는 못하고 속으로만 애를 태웠다. 그때였다. 문득 말을 멈춘 시진이 임충이 있는 곳으로 다가오며 물었다.

"거기 가시는 분이 혹시 임교두 아니시오?"

임충은 시진이 자신을 알아본 것을 크게 기뻐하며 얼른 대답했다.

"바로 보셨습니다. 그렇게 물으시는 분은 시대관인이시겠군요."

시진은 황망히 말에서 뛰어내려 예를 표하며 말했다.

"임교두께서 고태위의 모함으로 고생하신다는 것을 풍문으로 들어 알고 있었습니다. 여기서 이렇게 뵙게 되니 이보다 더한 영광은 없을 것입니다. 여기서 이러실 것이 아니라 저희 장원으로 가시지요."

임충과 함께 장원으로 돌아온 시진은 곧 성대한 주연을 베풀어 임충과 두 관원을 대접했다. 임충과 시진은 마치 오래 전부터 알고 지냈던 것처럼 이내 서로에 대해 깊은 호감을 품게 되었다.

두 사람이 이런저런 세상일로 시간가는 줄 모르는 사이 어느덧 해가 지고 날이 저물었다. 곧 상다리가 휘어지게 차려진 술상이 들어오면서 술자리다운 술자리가 다시 벌어졌다. 임충과 시진이 함께 술잔을 기울이고 있을 때, 머슴 하나가 들어와 알렸다.

"선생님께서 오셨습니다."

"마침 잘 됐군. 이리로 모셔 오너라."

곧 기골이 장대한 사내 하나가 그들 앞에 나타났다. 선생이란 말에 임충은 그가 시진의 스승이라 생각하고 자리에서 일어나 절을 올리고 그에게 자리를 권했다.

"임충이 귀하신 어른을 뵙습니다."

그러나 홍교두라 불리는 그 사내는 거들떠보지도 않으며 답례조차 없었다. 그것을 본 시진의 얼굴에 못마땅해하는 기색이 떠올랐다.

"홍교두, 이분은 동경 팔십만 금군의 창봉 교두이신 임충이란 분입니다."

그러자 홍교두가 말했다.

"대관인께서는 무슨 까닭으로 유배당한 군장 따위를 이토록 두텁게 대접하십니까?"

"이분은 다른 사람과는 다릅니다. 팔십만 금군을 가르치던 분이십니다. 그런 분을 어찌 함부로 대접하겠습니까?"

"대관인께서 그렇게 창봉을 좋아하시니 귀양가는 어중이 떠중이들이 모두 창봉 교두입네 하고 술과 밥에 돈까지 후려가질 않습니까?"

어지간한 임충도 그 말을 듣고는 불끈했으나 시진의 앞이라 차마 나서지 못했다. 시진이 그런 임충을 대변이라도 하듯 홍교두에게 말했다.

"임교두는 천하의 호걸입니다. 그러니 말씀을 삼가시오."

홍교두는 그런 시진의 말에 심사가 틀어졌는지 얼른 몸을 일으켜 임충에게 말했다.

"임교두, 네 봉술 솜씨가 얼마나 뛰어난지 한번 겨뤄볼까?"

때마침 달빛이 대낮처럼 환하게 뜰을 밝히고 있었다. 홍교두는 뜰로 내려가 봉을 하나 잡은 채 임충에게 내려오라고 손짓을 했다. 그러나 임충은 시진의 스승을 욕되게 하는 것이 온당치 않다고 생각하여 선뜻 응하지 않았다. 그 모습을 본 홍교두는 임충이 자신의 위세에 겁을 먹은 줄로만 알고 더욱 기고만장이었다.

곁에서 보고 있던 시진은 그런 홍교두가 괘씸하여 마침내 임충을 돌아보고 말했다.

"홍교두가 저토록 원하니 부디 겸손해하지 마시고 한번 봉술을 시험해 보시지요. 그간 홍교두가 늘 적수가 없다며 아쉬워하곤 했습니다."

임충이 듣고 보니 홍교두는 시진의 스승도 아닌 것 같았다. 게다가 시진까지 은근히 홍교두를 혼내주었으면 하는 눈치를 보이니 마음놓고 겨뤄도 되겠다 싶었다.

임충은 곧 봉을 하나 골라 들고 홍교두와 마주섰다.

"그럼, 보잘것없는 솜씨를 비웃지 마십시오."

임충이 그렇게 말하며 자세를 갖추었다. 홍교두가 가만히 임충을 살피니 한 치의 빈틈조차 보이지 않았다. 문득 불안함을 느낀 홍교두는 봉을 치켜들고 임충의 머리를 노렸다. 그러나 임충의 번개 같은 몸놀림에 홍교두는 손발이 맞지 않았다. 급하게 몸을 돌리려는데 홍두교의 봉이 목덜미에 떨어졌다. 홍교두는 정신이 아뜩해 들고 있던 봉을 떨어뜨리고 그대로 땅바닥에 쓰러졌다. 임충으로선 정말이지 싱거운 한판이었다.

그 광경을 다 지켜본 시진은 기뻐해 마지않았다. 머슴의 부축을 받고 겨우 정신을 차려 일어난 홍교두는 얼굴이 주홍빛이 되어 달아나듯 밖으로 나가 버렸다. 시진은 임충의 손을 잡아 끌며 다시 술자리로 돌아갔다.

그날로 시진은 임충을 더욱 공경하여 후당에 머물러 있게 하고 날마다 잔치를 벌여 대접했다. 온종일 좋은 술과 맛난 음식으로 보내는 사이 엿새가 지나갔다. 죄인을 압송해 가는 길이라 지체할 수 없게 된 동초와 설패는 임충에게 떠날 것을 재촉하였다. 임충을 더 붙들어 둘 수 없게 된 시진이 다시 크게 잔치를 열어 떠나는 임충을 위로하며 편지 두 통을 내놓았다.

"창주 대윤大尹과 저는 매우 가까운 사이입니다. 또 노성의 관영과 차발도 저와 교분이 두터우니 이 편지를 그 둘에게 내보이도록 하십시오. 이 글을 보면 저들이 임교두를 소홀히 하지는 않을 것입니다."

그리고는 은자 스무 냥을 임충에게 주고 두 관원에게도 다섯 냥을 주었다. 시진은 장원 문밖까지 나와 작별을 아쉬워했고, 임충 역시 떨어지지 않는 발걸음을 떼어 창주 노성으로 향했다.

길을 떠난 세 사람은 정오가 될 무렵 창주에 다다랐다. 동초와 설패는 임충을 노성에 넘기고, 대신 창주 대윤의 답신을 받아 온 길을 되짚어 동경으로 돌아갔다.

동경에서 창주로 오는 동안 온갖 곤경을 다 치렀고, 한 번은 정말 소리 소문 없이 죽음을 당할 뻔한 임충이었다. 그러나 창주 노성에 도착한 뒤로는 더 이상 편안할 수 없는 귀양살이가 계속되었다. 시진이 준 두 통의 편지와 스무 냥의 은자로 하여, 새로 들어오는 죄인은 으레 받아야 하는 일백 대 살위봉의 형벌도 모면할 수 있었다. 매일 하는 일이라고는 천왕당지기의 소임을 맡아 아침저녁으로 두 차례 향이나 피우고 마당이나 쓸면 그만이었다.

날이 가고 달이 오고, 임충이 천왕당지기가 된 지도 어느덧 두 달 가까이 되었다. 어느새 겨울이 다가와 허옇게 서리가 덮인 마당을 쓸고 난 임충이 천왕당 앞을 서성거리고 있는데, 누군가 등뒤에서 소리쳤다.

"임교두님! 임교두님께서 여긴 웬일이십니까?"

이곳에서 자신을 알아보는 이가 있다니 의아해 하며 고개를 돌려보니 뜻밖에도 이소이李小二란 자였다. 임충이 동경에 있을 때 자주 드나들던 주점의 머슴으로, 한때 주인의 돈을 훔쳐 쓴 것이 발각되어 관서로 붙들려 가게 된 적이 있었다. 그때 임충이 돈을 물어주고 죄를 면하게 한 뒤 노자를 마련해 주어 동경에서 떠나게 했는데, 그런 그를 이곳에서 만나게 된 것이었다.

그는 그 후 창주로 와서, 주점을 내고 있는 왕이라는 사람의 데릴사위가 되었는데, 몇 해 지나지 않아 장인 장모가 차례로 죽고 지금은 주점의 주인이 되어 있었다. 이소이는 한시도 임충의 은혜를 잊은 적이 없었다. 그는 임충이 귀양살이 온 신세라는 것을 알고 마음 아파했지만 한편으로는 은혜를 갚을 수 있다는 생각에 기쁘기도 했다. 이소이는 틈만 나면 임충을 자기 집으로 청하여 음식을 대접하는 한편 새 옷을 사주고 빨래도 맡아서 해주곤 했다.

그러던 어느 날이었다. 이소이의 주점에 동경에서 온 듯싶은 사내 둘이 찾아왔다. 술과 안주를 가져오라고 한 다음, 사람을 보내 관영과 차발을 부르더니 남몰래 은밀하게 주고받는 수작이 아무래도 수상쩍었다.

문득 의심이 난 이소이가 처를 시켜 몰래 옆방에서 엿듣게 했다. 워낙 은밀히 하는 얘기라 자세히 듣지는 못했지만, 그래도 간간히 '고태위'니 '임충'이니 하는 사람의 이름이 섞여 나오는 게 아무래도 은인의 신상에 심상치 않은 관계가 있는 수작 같았다. 그들이 모두 돌아가고, 이소이가 이 사실을 임충에게 알리려고 막 나서려는 순간 때맞춰 임충이 찾아왔다. 임충은 이소이의 이야기를 말 없이 듣더니 굳은 얼굴로 물었다.

"어떻게 생긴 사람이던가?"

임충은 이소이가 말한 인상 착의를 통해 나이는 서른 쯤으로 키가 오 척

밖에 안 되고 해끄스름하니 수염이 없는 인물이 육겸이라는 것을 알았다.

"이놈! 네가 기어이 나를 해치려 여기까지 쫓아왔구나. 만나기만 해 봐라. 내 그냥 둘 성싶으냐!"

노기가 등등하여 그대로 거리로 뛰어나간 임충은, 철물전에서 해완첨도라는 칼 한 자루를 구해 몸에 지니고 매일같이 원수를 찾아 성내를 헤매 다녔다. 그러나 닷새가 지나도록 육겸의 모습은 찾아볼 수 없었다. 그런데 엿새가 되는 날, 관영이 난데없이 그를 불렀다. 그리고는 지금보다 더 편한 자리가 있다며 군마들의 먹이를 관리하는 초료장에서 일하라는 명령을 내렸다.

임충은 먼 곳으로 가기 전에 인사라도 하고 갈 양으로 이소이의 주점부터 찾았다. 이소이는 좋은 곳으로 가게 되었다며 제 일처럼 좋아하더니 잠시 후엔 임충이 떠나는 게 못내 서운하다는 표정을 지었다.

임충은 이소이와 작별하고 천왕당으로 돌아왔다. 보따리를 싸고 일전에 산 칼을 품은 채 창을 짚고 나서는데 때마침 차발이 이르렀다. 임충은 차발과 함께 관영에게 하직 인사를 올린 후 초료장으로 떠났다.

때는 한창 추위가 기승을 부리는 겨울로, 검은 구름이 하늘을 뒤덮고 바람을 타고 흰 눈이 어지러이 날렸다. 임충과 차발이 초료장에 이르고 보니, 황토 담장으로 뼁 둘러쳐진 여덟 간 초가가 한 채 눈에 들어왔는데 모두가 마초가 쌓인 곳간이었다. 그 가운데 마룻방이 하나 있는데, 늙은 죄수 하나가 불을 쬐다가 갑작스레 들이닥친 임충과 차발을 맞았다.

"관영께서 임충을 뽑아 너와 교대하게 하셨다. 너는 지금 당장 나를 따라 임충이 돌보던 천왕당으로 가거라."

차발의 말에 늙은 죄수는 군소리 없이 몸을 일으키더니 열쇠꾸러미를 임충에게 넘기며 말했다.

"냄비와 식기는 두고 갈 테니 자네가 쓰게. 그리고 술 생각이 나거든 벽에 걸린 저 호리병을 들고 동대로에 있는 술집으로 가보게."

늙은 죄수와 차발이 돌아간 후 임충은 혼자 남아 불을 쬐고 있었다. 말이 집이지 사방 벽에서 찬바람이 그대로 들이치니 한데나 진배없었다. 이 집에서 겨울을 날 생각을 하니 한심하기 짝이 없었다.

'내일은 미장이를 불러다 집수리부터 해야겠군.'

그러나 당장 몸이 떨려 견딜 수가 없었다. 임충은 늙은 죄수가 말한 대로 벽에 걸린 호리병을 창 끝에 매달고는 삿갓을 쓰고 동대로 술집을 찾아갔다.

술과 고기로 배를 채우고, 들고 왔던 호리병에도 하나 가득 술을 받은 임충은 한 식경이 지나서야 퍼붓듯 쏟아지는 눈보라 속을 뚫고 초료장으로 돌아왔다. 그런데 문을 열고 안으로 한 걸음 들여놓던 임충은 깜짝 놀랐다. 쉬지 않고 퍼붓는 눈에 가뜩이나 쓰러져 가던 낡은 초가가 무너져 버린 것이었다. 당장 어디서 하룻밤을 보내나 생각하니 암담하기 그지없었다.

그때 임충은 문득 생각나는 것이 있었는데, 술집을 찾아갈 때 길가에서 본 한 채의 사당이 바로 그것이었다.

'그곳으로 가서 우선 오늘밤만 넘기고, 내일 날이 밝는 대로 무슨 방도를 찾던지 해야겠군.'

사당의 문을 열고 안으로 들어간 임충이 호리병을 기울여 술을 몇 모금 들이켰을 때였다. 문득 밖에서 무언가가 타는 소리가 들렸다. 이상하다 싶어 뚫어진 벽 틈으로 내다보니, 초료장 안에서 불길이 활활 일고 있는 것이 아닌가.

깜짝 놀란 임충은 곧 창을 집어들고 밖으로 뛰쳐나가려 했다. 그러니 그는 문고리를 잡은 채 멈칫했다. 가까이에서 사람의 말소리가 들렸기 때문이었다. 세 사람으로 심작되는 발소리는 곧바로 사당 쪽을 향하더니 처마 밑에서 멈춰섰다. 그런데 그들이 불구경을 하며 주고받는 말이 참으로 뜻밖이었다.

"제 계책이 어떻습니까? 임충이란 놈, 이번에는 우리 손을 벗어나지 못하고 틀림없이 타 죽었을 겁니다."

"관영과 차발 두 분, 정말 애 많이 쓰셨소. 내 동경으로 올라가는 길로 고태위께 말씀드려 두 분 모두께 높은 벼슬이 내리도록 하겠소."

"이제 고아내님의 병환도 차도를 보겠군요."

"임충이 죽은 것을 알면 장교두도 더는 뻗대기 힘들게요."

"아무튼 시원하게 잘 해치워 버렸습니다. 설사 불길 속에서 요행히 살아 났다 하더라도 초료장을 태운 죄가 워낙 큰지라 죽음을 면하기 어려울 것입 니다."

임충은 그들이 누구인지 훤히 알 수 있었다. 그들 중 하나는 차발이고 다 른 하나는 육겸이며 나머지는 부안이었다.

'하늘이 나를 도와 그 눈에 초가가 무너졌던 거로구나. 만약 초가가 무너 지지 않았다면 나는 꼼짝없이 그 안에서 타 죽었을 것이다.'

임충은 창을 고쳐잡고 사당문을 열어젖히며 뛰쳐나갔다.

"이 벌레만도 못한 놈들아!"

그 소리에 세 명 모두 기겁을 했다. 불 속에서 타 죽은 줄로만 알았던 임충 이 뜻밖에도 사당에서 뛰쳐나오는 것을 보자, 너무도 놀랍고 떨려 도망갈 생각조차 못했다. 임충은 먼저 차발의 옆구리를 창으로 찔러 쓰러뜨리고, 달아나려는 부안의 등을 찔러 죽였다.

임충이 두 사람을 죽이고 아귀 같은 모습으로 되돌아오는 것을 본 육겸은 오금이 저린 나머지 서너 발짝도 떼지 못한 채 미끄러운 눈길에 나동그라졌 다. 뒤쫓아온 임충이 발로 육겸의 가슴을 밟으며 꾸짖었다.

"이 간사한 놈, 권세에 눈이 멀어 친구를 해하려 들어? 이 칼이나 받아라!"

임충이 육겸의 심장에 칼을 박아 넣자 육겸은 비명 한 번 제대로 못 지른 채 고개를 떨구었다. 그래도 분이 안 풀려 주위를 둘러보던 임충의 눈에 쓰 러져 있던 차발이 엉금엉금 기어 달아나려는 게 들어왔다. 뒤쫓아가 차발 을 붙든 임충은 말도 필요없이 칼로 그 목을 잘라 창끝에 꿰었다. 그리고 되 돌아가 이미 죽은 부안과 육겸의 목까지 잘라 버렸다.

피 묻은 칼을 씻어 다시 품안에 갈무리 한 임충이 셋의 목을 사당의 제상 위에 놓으니, 마치 산신에게 자신의 억울함을 밝혀 달라고 빌기 위해 제물 을 바치는 것 같았다.

임충의 창주 탈출

눈발은 한층 더 심하게 흩날렸다. 사당에서 나온 후 뒤도 돌아보지 않고 두어 경쯤 달려 온 임충은 몸이 얼어 견딜 수가 없게 되었다. 임충은 어디 몸이라도 녹일 만한 데가 없나 사방을 둘러보았다. 그런 그의 눈에 멀리 작은 초가의 봉창에서 새어나오는 빨간 불빛이 들어왔다.

임충은 이제 살았구나 싶어 그 초가로 달려갔다. 문을 열고 들어서니 늙은 일꾼 하나를 가운데로 하고 젊은 일꾼 네댓 명이 빙 둘러앉아 불을 쬐고 있었다. 임충은 그들에게 다가가 말했다.

"저는 노영성에서 심부름을 나온 사람입니다. 눈에 옷이 다 젖어 견딜 수가 없으니 곁불이라도 좀 쬐고 가게 해 주십시오."

"그리하시오. 불 좀 쬔다는 데야 안 될 게 있겠소."

임충은 그들 곁에 끼어 앉아 한동안 말없이 옷을 말리고 있었다. 그때 문득 곁에 놓인 항아리에서 술 냄새가 은근히 풍기는 것을 보자 갑자기 술 생각이 났다.

"죄송하지만 술을 좀 나눠 마실 수 있겠습니까?"

"그건 안 되겠소. 우리는 노적 곳간을 지키러 나온 사람들인데, 날씨가 이리도 매서우니 추위를 이기려면 이걸로도 부족하오."

"몇 잔만 덜면 되는 것을……, 언 속을 풀려는 것이니 조금만 나눠주시오."

"이 사람이 안 된다니까, 왜 이래? 불을 쬐게 해 주니까 이제 술까지 내놓으라고? 염치도 참 좋다."

늙은이가 한층 거칠게 받자 임충은 벌컥 성을 내며 들고 있던 창으로 불이 활활 타는 장작을 늙은이의 얼굴 쪽으로 튕겨냈다. 불벼락을 맞은 늙은이는 수염과 눈썹이 다 타버리고 방안은 재와 불똥이 사방으로 흩날렸다.

이에 젊은 일꾼들이 한꺼번에 일어나 임충을 어찌해 보려 했지만, 될 일이 아니었다. 창을 들고 몽둥이 삼아 마구 두들겨대니, 늙은 것 젊은 것 할 것 없이 앞을 다투어 달아나 버렸다.

홀로 남은 임충은 항아리에 든 술이 반이나 줄어든 뒤에야 몸을 일으켰다. 달아난 일꾼들이 사람들을 모아 오면 큰일이다 싶었기 때문이었다.

그러나 지칠 대로 지친 몸에 취기까지 돌자 발걸음이 여느 때 같지 않았다. 임충은 겨우 한 마장도 못 가 산기슭 개울가에 처박히고 말았다. 임충은 어떻게 일어나 보려고 허우적거리다 그대로 눈 위에 드러누워 버렸다.

한편 임충에게 쫓겨갔던 일꾼들은 그새 사람을 스무 명 가량 모아 임충을 잡으러 돌아왔다. 그들은 먼저 오두막을 덮친 후, 눈 위에 남은 발자국을 쫓아 뒤를 밟고 와 보니 임충이 눈 속에 반쯤 파묻혀 있는 것이 보였다. 그들은 힘들이지 않고 임충을 단단히 묶은 다음 어깨에 떠맨 채 어디론가 끌고 갔다.

날이 훤히 밝을 쯤, 그제서야 정신이 든 임충이 눈을 떠 보니, 뜻밖에도 온몸이 결박당한 채 낯선 장원 안에 눕혀져 있는 것이었다. 무슨 영문인지 몰라 사람을 부르려는데, 간밤에 수염을 태워먹은 늙은이를 비롯한 수십 명이 달려들어 마구잡이로 몽둥이 찜질을 해댔다.

결박을 당한 터라 꼼짝없이 욕을 당하고 있을 때, 그 장원의 주인인 듯 싶은 사람이 뒷짐을 진 채 천천히 걸어나오며 물었다.

"웬 사람을 그리들 치는 것이냐?"

"예, 간밤에 노적 곳간에 들었던 도둑놈입니다."

그러자 주인이 다가와 임충을 살피더니 갑자기 놀란 얼굴로 소리쳤다.

"아니, 임교두께서 이게 어인 일이십니까?"

그 목소리의 주인은 다름아닌 소선풍 시진이었다. 그리고 그 장원은 시진의 여러 장원 중 하나였던 것이다. 집안으로 들어가 앉기가 바쁘게 임충이 그간의 기막힌 사연을 낱낱이 일러주었다.

"형님의 운명도 참 기구하십니다. 그래도 이렇게 제 집으로 오게 되었으니 그나마 다행입니다. 여기서 때를 기다리며 앞일을 생각해 보기로 합시다."

시진은 머슴에게 새 옷을 가져오게 하여 갈아입게 하고 따뜻한 방에서 쉬게 했다. 끼니마다 술과 고기를 내어 접대하니 그 극진함이 전과 다를 바 없었다. 그 바람에 임충은 시진의 집에서 일주일을 편히 보냈다.

그러나 살인범을 관가에서 그냥 내버려둘 리 없었다. 창주 노성의 관영에게서 급보를 받은 주윤은 크게 놀라며 곳곳에 공문을 내려 임충의 죄를 알리는 한편 사람을 풀어 임충을 잡아들이게 했다. 사람이 지날 만한 골목에는 어김없이 임충의 얼굴을 그린 전단이 나붙고, 그 아래는 그를 잡아오는 사람에게 상금 삼천 관을 내린다는 공고가 따랐다. 그 같은 소식을 전해들은 임충은 하루하루가 바늘방석에 앉은 기분이었다. 그대로는 견딜 수 없어 마침내 시진을 잡고 말했다.

"관가에서 저렇듯 저를 잡으려 하니 대관인께 누를 끼치게 될까 두렵습니다. 해서 오늘로 곧 이곳을 떠날까 합니다. 염치없는 말씀이나 따로이 제가 갈 만한 곳을 알아봐 주시면 그곳으로 옮겨가겠습니다. 다행히 죽지 않고 이 한 목숨을 건지게 된다면 태산 같은 은혜의 만 분의 일이나마 갚겠습니다."

"이미 형님께서 떠나기로 하셨다니 제가 한 군데 가 계실 만한 곳을 알려드리지요. 산동 제주에 있는 양산박으로 가 보시지요. 둘레가 팔백 리나 되는 산인데 지금은 세 호걸이 산채를 틀고 있지요. 칠팔백의 졸개를 거느리고 있는데 천하에 보기 드문 천혜의 요새라 관가에서도 함부로 손을 대지 못하는 곳입니다. 마침 그 세 호걸이 모두 저와 교분이 두터우니 제 편지를 가지고 그리로 가보는 것이 좋을 듯합니다."

시진의 말을 들은 임충은 귀가 번쩍 틔었다.

“정말 그런 곳이 있다면 더할 나위 없이 좋겠습니다.”

그러나 임충으로서는 우선 창주를 벗어나는 일부터가 쉬운 일이 아니었다. 창주에서 빠져나가는 길 입구에는 군관들이 지키고 있어서 검문이 심했다.

시진은 궁리 끝에 임충에게 호위 하나를 붙여주고 수십 여 명의 일행들에게 모두 활과 창을 들게 했다. 매를 어깨에 앉히고 사냥개들을 앞세운 데다 깃발까지 골고루 내다니 누가 봐도 거창한 사냥행차였다.

관문에 이르자 군관 둘이 졸개들을 거느리고 지키다가 시진을 알아보고 달려나왔다.

“대인께서 사냥을 나가시는군요.”

“아니, 두 분은 무슨 일로 여기 나와 계시오?”

“창주 대윤께서 임충이란 놈을 잡으라기에 이렇게 나와 길목을 지키고 있습니다.”

군관이 곧이곧대로 일러주자, 시진은 한술 더 떠 너털웃음까지 치며 말했다.

“우리 중에 바로 그 임충이 끼어 있는데, 한번 보시겠소?”

“대관인은 법도에 밝으신 분인데, 어찌 그런 흉악한 자를 끼고 밖으로 나가시겠습니까? 돌아가시는 길에 꿩이나 두어 마리 주십시오.”

그렇게 해서 시진 일행은 무사히 관문을 빠져나갈 수 있었다. 시진은 관문에서 사오 리쯤 떨어진 곳에 이르러서야 임충을 불러 말에서 내리게 했다. 그리고는 붉은 끈을 단 전립에 노자와 먹을 게 두둑한 보따리까지 내놓았다. 임충은 그 같은 시진의 인정과 의리에 감격해 엎드려 절하고는 작별을 고했다.

시진과 헤어진 임충은 산동으로 길을 잡고 10여 일을 걸었다. 눈꽃이 휘날리는 어느 날 저녁, 호숫가에 있는 한 주점을 찾아든 임충은 술과 안주를 시킨 다음 양산박으로 가는 길을 물었다.

“양산박은 여기서 몇 리만 더 가시면 되지만……, 지금은 물길뿐이어서

가시려면 배를 타셔야 할 것입니다."

"그럼 주인장께서 배 한 척 구해 주시면 안 되겠소? 내 돈은 넉넉히 드리리다."

"이렇게 눈이 심하고 날까지 저물었는데 어디 가서 배를 구한단 말입니까? 어디를 가도 구하지 못할 것입니다."

임충은 하는 수 없이 다시 술잔만 거듭 기울였다. 이 세상 넓은 천지에 몸 하나 의탁할 곳이 없어 이렇게 도적의 소굴을 찾는 신세가 된 것을 생각하니 불현듯 지난 날 동경 거리에서 위세를 떨던 시절이 떠올라 애끓는 한숨만 절로 터져 나왔다.

감정이 거기까지 흐르자 임충은 주인에게 붓과 벼루를 가져오게 해 주점의 흰 벽에다 시 한 편을 휘갈겼다.

의義를 따라 살아온 임충,
사람됨이 맑고 충실하였다.
강호에 이름을 드날리고
도성에선 영웅의 기상을 보여 주었네.
그러나 어찌하랴, 삶은 뒤틀려
옛 공명은 뒹구는 마른 쑥같이 되었으니
바라건대 훗날에는 그 뜻을 이루기를……,
위엄으로 태산 동쪽을 뒤덮으리.

쓰기를 마친 임충은 그래도 다 풀리지 않는 가슴속의 응어리를 달래기 위해 다시 술잔을 기울였다.

그때 문득 한 사내가 등뒤로 다가와 어깨를 툭 치며 말했다.

"참, 대담도 하시오. 창주에서 죽을 죄를 짓고 도망치는 신세로 이렇게 태연히 앉아 술을 드시다니……."

임충이 깜짝 놀라 돌아보니, 체격이 장대하고 생김새가 우락부락한 사내

하나가 서 있는 것이 아닌가.

"아니, 누구를 보고 하시는 말씀이오?"

"하하하, 놀라실 건 없소이다. 여쭐 말씀이 있으니 조용한 곳으로 자리를 옮깁시다."

임충이 그를 따라 주점 뒤의 작은 정자로 들어가자, 사내는 자리를 권하며 예를 베푼 후 은근히 물었다.

"양산박은 왜 가려 하오?"

"이 사람이 죄를 짓고 천하에 몸둘 곳이 없어 산채로나 들어가 볼까 해서지요."

"양산박은 누구 소개로 가시오?"

"창주 친구가 일러주더군요."

"창주 친구라면……, 소선풍 시진 말씀이오?"

"어떻게 아시오?"

"시대관인이라면 산채의 대왕과는 일찍부터 교분이 두텁고, 근자에도 서신 왕래가 있던 터요. 원래 대두령 왕륜이 양산박으로 들어오기 전에 두천과 함께 시대관인을 찾아가 그 장원에서 머물며 신세도 많이 졌지요."

대충 얘기를 듣고 난 임충은 이 사내 역시 양산박의 사람임을 알 수 있었다. 벌떡 일어나 예를 갖추곤 이름을 물어 보았다.

"저는 왕두령의 눈과 귀 노릇을 하는 한지홀률旱地忽律 주귀朱貴라는 사람이오. 왕두령의 분부로 이곳에다 술집을 차리고 지나는 나그네에게 마약을 탄 술을 먹인 후 재물을 털고 있소. 형에게도 약을 쓰려 했으나 양산박을 물으시기에 함부로 손을 쓰지 못한 것입니다."

"그나저나 배편이 없으니 어찌하면 좋겠소."

"그건 염려 마시오. 일단 오늘 저녁은 여기서 쉬시고 내일 저와 함께 산채로 들어갑시다."

다음 날 아침, 주귀가 물 건너편의 우거진 갈대숲에 화살을 쏘자 그것을 신호로 여러 명의 졸개들이 쾌선 한 척을 몰고 왔다. 임충은 주귀와 함께 배를 타고 물을 건넜다. 배가 금사탄金沙灘을 건너 언덕에 도착하자 주귀와 임충이 먼저 내리고 그 뒤를 졸개들이 임충의 칼이며 보따리를 안고 따랐다.

임충이 언덕을 오르며 살펴보니 양쪽에는 아름드리 나무들이 빽빽하게 서 있고 그 앞의 트인 곳에 정자가 한 채 눈에 들어왔다. 편액을 살피니 단금정斷金亭이라 씌어져 있었다. 단금정을 돌아 얼마쯤 올라가자 이번에는 큰 관문이 앞을 막고 서 있었다. 그 앞에는 창칼과 활, 도끼 따위가 빽빽이 늘어섰고, 굴릴 통나무와 바윗돌이 쌓여 있는 게 그 어떤 관문에도 뒤지지 않았다.

졸개 하나가 먼저 달려가 알려 두 사람은 아무런 막힘 없이 관문을 지날 수 있었다. 두 사람이 관문을 지나자 길 좌우에 무수한 깃발이 바람에 나부끼고 있었으며 좁은 출구 두 곳을 지나서야 비로소 산채 입구가 나타났다. 사방은 험한 산으로 둘러싸여 있고, 그 한가운데 대략 사오백 장丈은 되어 보이는 거울 같은 평지가 펼쳐져 있었다.

정문에 들어서자 주귀가 임충을 안내하여 마침내 취의청聚義廳에 올랐다. 취의청 한가운데 교의에 앉아 있는 이가 바로 백의수사白依秀士 왕륜王倫이고, 왼편 교의에 앉아 있는 이는 모착천摸着天 두천杜遷이며, 오른편 교의에 앉아 있는 이는 운리금강雲裏金剛 송만宋萬이었다.

임충은 예를 갖춘 다음, 찾아온 뜻을 전하고 시진의 편지를 올렸다. 편지를 다 읽어본 왕륜은 교의 두 개를 더 가져오게 하더니 임충을 청하여 넷째 교의에 앉게 하고, 주귀에게는 명하여 다섯 번째 교의에 앉게 했다.

이윽고 손님을 접대하는 주연이 벌어졌고 임충은 세 두령의 싹듯한 대우에 크게 감격해 했다. 그러나 왕륜은 수하에 수백 명의 졸개를 거느리고 산채의 대왕으로 있는 몸이건만, 그 속은 심히 좁은 자였다. 겉으로는 임충을 반갑게 맞는 척하면서 속으로는 제 나름의 셈을 하느라 한창이었다.

'나는 본시 과거에 낙방한 수재로 두천, 송만과 뜻이 맞아 이렇게 도둑떼의 우두머리가 되었지만 실은 내가 잘하는 일은 별로 없다. 두천과 송만의 무예도 저 임충에 비한다면 한참 떨어진다. 만약 저자가 우리 셋의 솜씨가 보잘것없음을 알고 우리 자리를 빼앗으려 든다면 무슨 수로 맞서겠는가. 아예 일찌감치 쫓아내는 편이 좋을 것이다.'

그렇게 마음을 정한 왕륜은 졸개에게 명하여 소반에 백은 50냥과 비단 두 필을 담아 내오게 한 다음, 술잔을 멈추고 임충에게 말했다.

"시대관인께서 모처럼 임교두를 우리 산채로 천거해 주셨지만, 우리 산채는 양식도 넉넉지 못하고 거처하실 곳도 마땅치 않은 데다 세력도 보잘것없어 오히려 임교두의 앞날을 그르칠까 두렵소. 내드리는 돈과 피륙이 비록 적으나 비웃지 말고 거두시고 달리 큰 산채를 찾아보시는 게 좋겠소."

뜻밖의 말에 깜짝 놀란 임충은 간곡히 사정했다.

"이 사람이 천리를 멀다 하지 않고 양산박으로 찾아온 것은 결코 은자나 비단을 받기 위해서가 아닙니다. 제가 비록 재주는 없습니다만 이곳에 계속 머물 수 있게만 해 주신다면 어떤 하찮은 일도 마다 않고 다 하겠으니 세 분 두령께서는 깊이 헤아려 주시기 바랍니다."

그러나 왕륜은 아무 말 없이 고개를 가로저을 뿐이었다. 그러자 주귀가 임충의 편을 들어 한마디했다.

"우리 산채에 양식이 모자란다고 하지만 가까운 마을 몇 곳만 털면 그 문제는 어렵지 않게 해결될 것이고, 또 거처가 마땅치 않다 해도 이 곳에는 재목으로 쓸 나무가 널렸으니 천 칸의 집을 지어도 어려움이 없습니다. 더구나 시대관인이 모처럼 추천해 주신 분을 우리가 받아들이지 않는다면 훗날 우리들은 의리를 모르는 자들이라는 비난을 면키 어려울 것입니다."

두천과 송만 역시 임충을 산채에 머물게 하는 것이 옳다고 주장했으나 왕륜은 좀처럼 듣지 않다가 마침내 난데없는 말을 꺼냈다.

"임교두가 진심으로 우리와 한 무리가 되려고 왔다면 먼저 투명장投名狀을 쓰시오."

"글이라면 조금 쓸 줄 아니 그리 하겠습니다."

임충이 얼른 대답하자, 곁에 있던 주귀가 웃으며 일러주었다.

"임교두께선 잘못 알고 계십니다. 두령께서 말씀하시는 투명장은 산 아래로 내려가 한 사람을 죽이고 그 목을 바치는 것입니다. 그래야만 더 의심하지 않고 무리에 받아들이기에 그 목을 투명장이라고 하는 것이지요.”

“그거야 어려울 것 없습니다.”

임충이 선뜻 대답하자 왕륜이 그런 임충에게 다짐받듯 말했다.

“그럼 사흘 말미를 주겠소. 만약 사흘을 넘기면 당신을 내보내도 서운하게 생각하지 마시오.”

산 사람의 목은 아무 데서나 쉽게 구할 수 없는 일, 왕륜은 어떻게든 임충을 쫓아낼 생각이었다. 그것을 눈치 못챌 임충이 아니었다.

하는 수 없이 졸개 하나를 데리고 산에서 내려온 임충은 으슥한 곳에 몸을 숨기고 사람이 오기만을 기다려야 했다.

청면수 양지

첫날은 헛탕이었다. 홀로 지나가는 장사꾼은커녕 개미 새끼 한 마리 얼씬거리지 않았다. 날이 저물자 임충은 하는 수 없이 물을 건너 산채로 돌아갔다.

임충이 그대로 산채로 돌아가니, 왕륜은 입가에 비웃음을 띠고 한마디 했다.

"내일까지요. 만약 내일까지 투명장을 가져오지 못한다면 이곳을 떠나야 하오."

술을 마시고 지낸 첫날밤을 하루로 쳐서 제하고, 다음날로 기한을 앞당겨 버린 것이었다. 임충은 속에서 울컥 치미는 게 있었지만 감히 따지지는 못했다. 아무 말 없이 자기 처소로 물러나온 임충은 긴 한숨으로 밤을 지새웠다.

다음날이 되자 임충은 이른 조반을 마치고는 졸개를 데리고 산을 내려왔다. 나루를 건너 동쪽 숲속에서 몸을 숨기고 한나절을 기다렸으나 행인은 구경조차 할 수 없었다. 임충은 마침내 졸개를 돌아보고 말했다.

"아무래도 내 운수가 불길하구나. 더 기다려 무엇하겠느냐? 날이 저물기 전에 아예 딴 곳을 찾아보는 게 상책일까 싶다."

그때 졸개가 한편을 가리키며 나즉한 소리를 냈다.

"저길 보십시오. 저기 한 놈이 오고 있지 않습니까?"

임충이 그쪽을 바라보니 과연 멀리 산 언덕 아래로 한 사내가 등짐을 진 채 이쪽을 향해 오고 있는 것이 눈에 들어왔다.

　임충은 가까이 다가오기만을 기다렸다가 칼을 휘두르며 숲에서 달려나갔다. 그러나 그 사내는 임충이 뛰어나와 길을 막는 것을 보고는 비명과 함께 지고 있던 짐을 내던지고 달아났다. 임충은 얼른 그 뒤를 쫓았으나 죽을 힘을 다해 달아나는 사람을 잡을 수는 없었다.

　"세상에 나같이 재수 없는 인간이 또 어디 있겠느냐. 사흘을 기다려 겨우 한 놈이 나타났는데 그마저 놓쳐 버리다니……."

　맥이 빠진 임충이 뒤따라온 졸개를 보며 탄식했다. 그러자 졸개가 임충을 위로했다.

　"비록 머리는 얻지 못했으나 남기고 간 짐이 꽤 됩니다요. 이것이라도 가지고 올라가서 왕두령께 사정을 해 보시지요."

　"아무튼 너는 짐을 가지고 먼저 산채로 돌아가거라. 나는 여기서 좀 더 기다려 보겠다."

　과연 기다린 보람이 있었다. 졸개가 산채로 돌아간 지 얼마 지나지 않아 좀전의 그 사내가 산언덕 쪽에서 달려나오는 것이었다. 임충은 하늘이 나를 돕는구나 싶어 칼을 고쳐쥐고 앞으로 나섰다. 그런데 이게 웬일인가. 임충을 본 사내가 오히려 박도를 꼬나잡으며 큰 소리를 치는 게 아닌가.

　"이 도둑놈아, 어서 내 보따리를 내놓지 못하겠느냐?"

　그리고는 몸을 날려 임충을 덮쳐 왔다. 임충은 그 사나운 기세를 보고 슬쩍 걸음을 옮겨 피하면서 그 사내를 다시 한번 살펴보았다.

　키는 일곱 자 반쯤이나 될까, 뺨 위엔 큼직한 푸른 반점이 있고 귀 밑에는 붉은 수염이 났는데, 칼을 꼬나잡고 서 있는 모양으로 보아 그 무예도 결코 범상치 않은 듯했다.

　그러나 그 정도에 물러설 임충이 아니었다. 오히려 사내의 기세에 뜨겁게 타오르는 전의를 느끼고 있었다. 임충은 두 눈을 부릅뜨고 호랑이수염을 빳빳이 세운 채 칼을 들어 상대와 맞붙었다. 둘은 가진 재주를 다해 겨루었으나 삼십 합이 넘도록 승패가 갈리지 않았다. 잠깐 떨어져 숨결을 가다듬은 그들은 다시 수십 합을 겨루었다. 그래도 여전히 승패는 가려지지 않았다. 그때 문득 멀리서 외치는 소리가 들려왔다.

"두 분 호걸은 이만 싸움을 멈추시오."

임충이 몸을 빼고 바라보니 나루 건너 산 언덕 위에서 왕륜과 두천, 송만이 수많은 졸개들과 함께 산을 내려오고 있었다. 임충과 마찬가지로 푸른 점박이 사내도 칼잡은 손을 멈추고 기다리고 있었다. 오래잖아 산을 내려온 왕륜이 물을 건너며 소리쳤다.

"두 분의 검술이 과연 신출귀몰하시오. 이분은 우리 형제인 표자두 임충이라 하오만, 얼굴 푸른 친구는 뉘라 하시오? 이름이라도 들려 주시오."

그러자 몸집 큰 사내가 거침없이 대답했다.

"나는 오후五侯 양영공楊令公의 손자 되는 양지楊志라는 사람이오. 일찍이 무과에 급제하여 천자의 대궐 관리를 맡아 황제의 칙명으로 아홉 명의 동관과 함께 태호에서 화강석을 날라오던 중 뜻밖에 풍랑을 만나 황하에서 배가 뒤집혔소. 천자의 명을 수행하지 못해 대궐로 돌아가지 못하고 화를 피해 지내왔는데, 풍문에 조정에서 내 죄를 용서한다는 말을 듣고 지금 동경으로 돌아가는 길이오. 추밀원 관리들에게 뇌물이라도 써서 내 옛날의 벼슬을 되찾을 생각으로 말이오. 사정이 이러하니 내게서 빼앗은 물건들을 순순히 돌려 주는 것이 어떻겠소."

그의 내력을 듣고 난 다시 왕륜이 물었다.

"그렇다면 그대가 청면수靑面獸 양지란 말이오?"

"내 별호는 어찌 아시오?"

"내 수년 전에 동경에 과거보러 갔다가 그대의 이름을 들은 적이 있소. 오늘 이처럼 만났으니 산채로 올라가 술이나 한잔 나눕시다. 술 몇 잔 올린 뒤에 보따리도 내드리겠소."

양지는 몇 번 사양하다가 보따리도 찾을 겸해서 마지못한 듯 따라나섰다. 양지와 함께 물을 건너 산 위 채중으로 돌아온 왕륜 패거리는 주막에 나가 있는 주귀까지 불러들였다. 그리고 무슨 인심이 뻗쳤는지 양을 잡고 술을 퍼오게 해 한껏 후하게 양지를 대접했다. 하지만 술을 마시면서도 왕륜의 머릿속은 나름대로의 계산으로 바빴다.

'만약 임충이 이곳에 머물게 된다면 우리는 임충의 상대가 안된다. 인심을 써 양지를 붙들어 두고, 만약에 일이 터질 땐 양지로 하여금 임충에 맞서게 하면 되지 않겠는가……'

그렇게 마음을 정한 왕륜은 몇 순배 술이 돌기를 기다려 양지에게 산채에 머물도록 권했으나 양지는 더 생각해 볼 것도 없다는 듯이 단번에 거절했다.

그도 그럴 것이 그는 임충과 달라 도적의 소굴로 몸을 숨길 필요도 없었고, 동경으로만 올라가면 다시 떳떳한 벼슬자리에 오를 수가 있는 것이다. 양지는 하룻밤을 양산박에서 묵고는 날이 밝는 대로 산에서 내려갔다.

왕륜도 이제는 임충을 받아들일 수밖에 없게 되었다. 결국 그는 주귀를 다섯째로 밀어내고 임충을 넷째 두령으로 삼아 산채에 머물러 있을 것을 허락했다.

한편 양산박에서 내려온 양지는 며칠 지나지 않아 무사히 동경성에 도착했다. 양지는 곧 가지고 온 보따리 속의 금은을 아낌없이 풀어 추밀원의 높고 낮은 벼슬아치들을 매수하고 어떻게든 전에 지낸 전수부 제사 자리를 되찾으려 했다. 지니고 있던 재물을 다 쓰고서야 양지는 가까스로 자신의 잘못을 변명해 주는 문서 한 장을 얻어냈다. 이젠 전수부의 고태위가 그런 양지를 다시 써주는 일만 남았다.

그러나 태위 고구는 재물만 탐내는 소인이었다. 고태위 앞으로 나간 양지가 문서를 내밀자 그걸 읽어 본 고태위는 다짜고짜 성부터 내더니 문서를 내던지고 양지를 전수부 밖으로 쫓아내 버렸다. 자신에게 뇌물 한 푼 안 바치고 옛날 자리를 되찾겠다고 나서니 심사가 틀어진 것이었다.

모든 게 잘되리라 믿었던 양지는 욕만 얻어먹고 쫓겨나자 기가 막혔다. 이럴 줄 알았다면 차라리 왕륜의 권유대로 양산박에 머물러 있는 것이 차라리 나았을 걸 그랬다는 생각까지 들었다. 그러나 부모에게서 받은 청백한 몸을 더럽힐 수는 없는 일이었다.

우선 당장이 문제였다. 며칠 되지 않아 방값 밥값에 푼돈까지 씨가 마르자 양지는 생각 끝에 오랫동안 가보로 전해져 내려온 보검를 들고 나가 돈과 바꾸기로 마음먹었다.

양지는 큰 거리에 이르러 반나절이나 칼을 안고 서 있었지만 누구 하나 칼에 대해 물어 보는 사람이 없었다. 아무래도 안 되겠다 싶어 이번에는 사람들이 더 많은 천한주교天漢州橋 쪽으로 가 보았다.

양지가 천한주교 어귀에서 한참을 우둑하니 서 있을 때였다. 별안간 사람들이 뛰어 나오며 소리쳤다.

"빨리 도망쳐라, 호랑이가 온다. 거기 멀거니 서 있지 말고 빨리 피하시오."

동경 한복판, 그것도 백주 대낮에 호랑이가 나타나다니, 양지는 괴이하게 생각하며 사람들이 가리킨 쪽을 바라보았다. 그런데 정작 양지의 눈에 들어온 것은 호랑이가 아니라 시커멓고 몸집이 큰 사내였다.

그는 '털 없는 호랑이'란 별명으로 더 유명한 우이牛二란 자로, 사람들만 보면 행패를 부려 개봉부 관원들도 머리를 내두르는 터였다. 그래서 사람들은 그의 그림자만 비쳐도 호랑이가 나왔다며 몸을 피하기 일쑤였다. 그런 그가 술에 잔뜩 취한 채 비틀비틀 양지에게로 다가오더니 대뜸 양지가 들고 있던 보검를 움켜잡으며 물었다.

"이 칼, 얼마야?"

"조상이 물려주신 보검라 삼천 관은 받아야겠소."

"뭐, 삼천 관? 삼 문짜리 칼도 고기, 두부 할 것 없이 잘만 썰어지더라. 이까짓 게 뭐 대단하다고 삼천 관씩이나 받아먹는 거야?"

"내 칼은 가게에서 파는 백철도와는 다르오. 보검이란 말이오."

"보검이 어쨌다는 건데?"

"첫째 이 보검은 구리나 쇠를 베어도 날이 휘는 법이 없고, 둘째 칼날에 터럭을 놓고 불면 그대로 잘리며, 셋째 사람을 죽여도 피가 묻지 않소."

"그럼 동전을 한번 베어 볼 테냐?"

“가지고만 오시오. 얼마든지 잘라 보이겠소.”.

그 말을 들은 우이는 다리 아래 향 파는 가게로 가더니 당삼전 스무 닢을 뺏어왔다.

“자, 어디 한번 잘라 봐라. 그렇게만 한다면 내 삼천 관에 살 것이니…….”

못 자르면 보검을 거저 뺏으려는 수작이었다. 그러나 양지가 동전 스무 닢을 가지런히 쌓은 다음, 칼을 번쩍 들어 내리치니 스무 닢 동전들이 두 쪽이 나면서 마흔 닢이 되었다. 멀찌감치 떨어져서 그 광경을 지켜본 구경꾼들은 그 놀라운 솜씨에 환호성을 터뜨리며 손뼉을 쳤다.

“뭐가 좋다고 떠들어대는 거야? 그건 그렇고, 두 번째는 뭐였지?”

“터럭을 대고 불면 날에 닿기가 무섭게 베어진다 했소.”

우이는 곧 자신의 머리카락을 여남은 개나 뽑아 양지에게 내밀었다.

“어디 한번 해 봐라.”

양지가 말 없이 받아서 칼날 위에 대고 입으로 한 번 훅 부니, 정말 머리카락이 두 토막으로 잘려 칼날 양편으로 흘러내렸다. 그걸 본 구경꾼들이 다시 손뼉을 치며 감탄의 소리를 냈다. 그러자 우이는 벌컥 화를 내며 말했다.

“세 번째는 뭐라고 했지?”

“사람을 죽여도 피가 묻지 않는다 했소.”

“못 믿겠는 걸. 어디 네가 한 사람을 베어 봐라.”

“엄연히 법이 살아 있는 성안에서 살인이 말이나 되는 소리요? 정 보고 싶다면 대신 개나 한 마리 끌고 오시오.”

“아, 이놈 수작 봐라! 애초에 내 입으로 사람을 죽인다 했지 개를 죽인다곤 안 했잖아?”

드디어 참지 못한 양지가 자꾸만 시비를 걸려드는 우이를 노려보며 크게 소리쳤다.

“이봐, 칼 살 돈이 없으면 그냥 꺼져. 왜 자꾸 시비야?”

그러자 우이는 와락 달려들어 양지의 멱살을 잡으며 말했다.

“그 칼을 내게 팔아라.”

"사려거든 돈을 가져오너라."

"돈은 없다."

"돈도 없으면서 왜 사람을 잡고 난리냐?"

"돈은 없지만 칼이 탐나서 그런다. 선선히 그 칼을 나에게 주던가 아니면 나를 죽이고 가라."

말이 끝나기가 무섭게 주먹을 들어 양지를 치니, 참을 만큼 참아온 양지도 더 이상은 참지 못했다. 멱살 잡은 손을 뿌리치고, 다시 덤벼드는 우이놈의 목줄기를 한칼에 베어 버렸다. 칼을 맞은 우이는 비명 한 마디 지르지 못한 채 땅바닥에 쓰러지더니 피를 쏟으며 숨을 거두었다.

우이를 죽인 양지는 구경꾼들을 향해 소리쳤다.

"내가 이 못된 건달놈을 죽였소. 여러분도 이 일에 연루되지 않으려거든 나와 함께 관가로 갑시다. 가서 보신 대로만 일러주시오."

구경꾼들은 양지를 변호해 주기 위해 기꺼이 따라나섰다.

그들과 함께 개봉부로 간 양지는 곧 부윤 앞으로 나아가 무릎을 꿇고 칼을 바치며 자신이 온 까닭을 밝혔다.

본래 살인은 사형을 면키 어려운 중죄이나 본 사람들의 증언이 양지에게 유리한 데다 죽은 자가 관가에서도 머리를 내두르던 골칫거리 우이라, 부윤도 양지의 죄상을 가벼이 생각하여 등허리에 매 스무 대를 친 다음 북경 대명부로 귀양을 보냈다.

그 무렵 북경 대명부의 유수사는 양중서梁中書란 이로, 동경의 당조태사當朝太師 채경蔡京의 사위였다. 특히 대명부의 유수사는 말에 오르면 군사를 지휘하고 말에서 내리면 백성들을 다스리는 곳으로 그 권세가 이만저만한 것이 아니었다.

일찍부터 양지의 이름을 들어 알고 있던 양중서는 곧 그를 뽑아 군중의 부패副牌 자리에 앉히고 싶어 했다. 그러나 귀양살이 온 죄인을 그처럼 순식간에 발탁했다가는 다른 사람이 따라 주지 않을 게 걱정되었다.

그래서 양중서가 짜낸 궁리가 무술대회였다. 무예가 뛰어난 양지에게 기회를 주어 다른 이들의 불평을 무마할 속셈이었다. 하지만 한 번도 양지의 무예를 본 적이 없는 양중서라 일면 불안한 마음이 들기도 했다. 그날 밤 양중서는 양지를 조용히 불러 물었다.

"내 자네를 군중의 부패를 삼고 싶은데 아무래도 그냥은 힘들 것 같네. 이번 무술대회에 나가서 이긴다면 어려울 것 없네만……. 그래, 무예는 자신 있는가?"

"소인은 본래 무과 출신으로 일찍이 대궐의 전사부 군관으로 있었으며, 십팔반 무예는 어려서부터 익힌 터라 결코 남에게 뒤지지 않으니 기회를 주신다면 나가서 싸우겠습니다."

그 말을 들은 양중서는 크게 기뻐하며 갑옷을 내려주었다. 다음 날이 되었다. 양중서는 양지와 함께 말 위에 올라 동곽문 교장으로 나갔다. 무술대회가 열릴 연무청 좌우에는 관원, 지휘관, 훈련관을 비롯한 군사들이 서열대로 늘어섰으며, 본부석에는 두 명의 도감이 서 있었다. 이천왕李天王 이성李成과 문대도聞大刀 문달聞達로, 두 사람 모두 용맹한 장수들이었다.

양중서는 연무청 위에 자리를 잡고 앉았다. 본부석의 장대 위에는 황색 기가 바람에 나부끼며 북과 징소리가 울리고, 범과 곰을 그린 깃발들도 펄럭이고 있었다. 북소리가 울리는 곳에 오백 명의 군사들이 각각 좌우로 나누어 서자 또다시 백기가 장대 위에 나부끼면서 오백의 군마가 일제히 본부석 앞에 늘어섰다. 양중서는 부패 주근周謹과 양지를 불러 세웠다.

"양지, 네가 비록 죄를 짓고 이곳에 왔지만 전에는 동경 전사부의 제사로 있었다는 말을 들었다. 지금 사방에서 도적의 무리가 창궐하니, 훌륭한 인재는 지난 일을 묻지 않고 써야 할 때라고 본다. 네가 주근과 무예를 겨루어 이긴다면 주근의 자리를 너에게 주겠다."

주근에게는 야박하게 들릴지 모르나 양지에게 기회를 주기 위해선 어쩔 수 없는 일이었다. 양지 또한 이미 들은 바가 있던 터라 그 뜻을 따르겠다고 대답했다. 양중서는 곧 두 사람에게 말과 무기를 내렸다. 무기는 창을 쓰되 창 끝에 두터운 헝겊을 대고 흰 횟가루를 묻힌 뒤 검은 전포 위에 나타나는 흰 점을 헤아려 승부를 가리도록 했다.

주근이 먼저 말의 배를 차고 창을 휘두르며 양지를 덮쳤고, 양지 또한 기죽지 않고 말을 박차 마주쳐 나왔다. 곧 엉킨 두 사람은 이리 닫고 저리 뛰며 창을 주고받았다. 그러나 주근은 양지의 적수가 못되었다. 두 사람이 엉켜 싸우기를 사오십 합이나 했을까, 주근의 전포는 마치 횟가루를 뒤집어쓴 것처럼 흰 점 투성이었으나 양지는 겨우 어깨에 한 점이 찍혀 있을 뿐이었다.

양중서는 곧 두 사람을 앞으로 불러 그 자리에서 주근의 벼슬을 박탈하고 대신 양지를 부패에 임명하려고 했다. 그러자 병마도감 이성이 대 위로 올라와 양중서에게 말했다.

"주근은 본래 창술이 약한 대신 말 타고 활 쏘는 데는 능숙합니다. 단지 창술에서 졌다는 이유로 벼슬을 박탈하면 군심軍心이 흐트러질까 두렵습니다. 양지와 주근을 활로 한 번 더 겨뤄 보게 하심이 옳을 듯합니다."

그 말이 옳다고 생각한 양중서는 둘에게 명령을 내려 활쏘기로 겨루게 했다.

그러나 궁술 역시 주근은 양지의 상대가 되지 못했다. 주근이 재주를 다해 쏜 화살 세 개를 양지는 몸을 틀어 피하고 활로 쳐서 떨궜으며 손으로 잡아 모두 막아 버렸다. 그러나 주근은 양지가 쏜 첫 화살을 피하지 못하여 왼쪽 어깨에 맞고 그대로 말에서 굴러 떨어졌다.

일이 그렇게 끝나자 양중서는 아무 거리낌 없이 양지에게 부패의 벼슬을 내린다는 문서를 만들게 했다. 그러자 한 장수가 뛰어나오며 말했다.

"주근은 그동안 병에 시달렸던 몸인데다 아직 다 나았다고 보기 어렵습니다. 시합에서 진 것도 그 때문일 것입니다. 제가 비록 재주는 없으나 양지와 한번 겨뤄 보고 싶습니다. 만약 제가 조금이라도 뒤진다면 주근을 쫓지 마시고 제 자리를 양지에게 주십시오. 그렇게만 해 주신다면 설령 죽는 한이 있더라도 원망은 없을 것입니다."

양지가 그를 보니 키는 칠 척이 훨씬 넘고 얼굴은 둥글며 한눈에 보아도 위풍이 당당했다. 그는 대명부 유수사 정패正牌 삭초索超로, 대명부에서도 첫손을 꼽는 무장이었다. 삭초는 성질이 급해 한번 화가 나면 물불을 가리지 않는 인물이었다.

양중서는 더 이상의 불만을 없애기 위해서라도 삭초의 청을 받아들여야 했다. 양지도 자신이 몸둘 곳을 얻으려면 삭초와의 싸움을 피할 수 없다는 것을 알았다.

두 사람은 곧 말을 타고 대결장에서 맞섰다. 양지가 양중서의 후광을 받고 있다면 삭초는 모든 대명부 군관들의 기대를 한 몸에 받고 있었다.

삭초가 쇠도끼를 들고 눈 같이 흰 말을 타고 달려나오자, 양지는 불덩이 같이 붉은 말을 타고 한 자루 창을 휘두르며 맞서 달려갔다. 두 사람이 평생의 재주를 다해 겨루니 둘의 네 팔뚝과 두 필 말의 여덟 개 발굽이 어지러이 얽혔다. 그러나 싸움은 오십 합이 넘도록 승부가 가려지지 않았다. 연무청 월대 위에서 보고 있던 양중서는 그 눈부신 광경에 넋을 잃었고, 양편의 군관들도 연신 탄성을 쏟아댔다. 모두가 싸움에 온 정신을 다 쏟고 있을 때, 병마도감 이성과 문달은 깃발을 내려 싸움을 중지시키고 양중서 앞으로 나갔다. 둘 중 하나라도 다치는 게 아까워서였다.

"두 사람의 무예가 모두 출중하니 상공께서는 두 사람을 함께 중용하심이 옳을 듯합니다."

이에 양중서는 크게 기뻐하며 두 사람에게 각각 상을 내리고 모두 관군제할사管軍提割使에 임명했다.

양중서는 그 후로 디욱 양지를 총애하여 한시도 그의 곁을 떠나지 못하게 하였다. 삭초 역시 양지에게 각별한 호의를 품고 마음으로 그를 높이 보았다.

탁탑천왕 조개

산동 제주 운성현에 새로 부임한 현감 시문빈時文彬은 그 지역에 도적떼들이 창궐한다는 말을 듣고 두 명의 도두를 불렀다.

"내 들으니 제주 관하에 도적들의 소굴인 양산박이 있어 제멋대로 마을을 약탈할 뿐만 아니라 도처에서 도적떼들이 들끓고 있다 한다. 이 어찌 한심한 일이 아니겠느냐? 내 너희 둘에게 명하니, 관군들을 이끌고 나가 길을 나누어 순포토록 하라."

이에 두 도두는 엄명을 받들고 그 앞을 물러나왔다. 그리고는 본관 토병을 점거하여 거느리고 순찰을 나서되, 서로 길을 나누어 보병 도두는 동문으로 나가고 마군 도두는 서문으로 나갔다.

그 중 마군 도두는 미염공美髯公 주동朱同이라는 장수로, 키가 팔척 오촌에 얼굴은 무르익은 대추빛이요 수염이 한자 다섯치나 되어 흡사 삼국 시절의 관운장을 연상케 했다.

그리고 보병 도두는 삽시호揷翅虎 뇌횡雷橫이라는 장수로, 키가 칠척 오촌에 힘은 열 사람에 지나고 사람 키의 세 배나 되는 시내를 건너뛰니, 사람들은 그를 '날으는 호랑이'라고 불렀다.

그날 밤 뇌횡이 20명의 토병을 거느리고 동문을 지나 동계촌을 두루 순찰한 다음 영관묘靈官廟를 지나다 묘문이 약간 열려 있는 것을 보았다.

뇌횡이 수상히 여겨 휘하 군사들과 함께 횃불을 밝혀 들고 안으로 들어가 보니, 탁자 위에 기골이 장대한 사내 하나가 옷을 뭉쳐 베개로 삼고 시뻘건 알몸으로 누워 드르렁 드르렁 코를 골고 있었다. 뇌횡은 불문곡직하고 군사들을 호령해 그 사내를 꽁꽁 묶게 했다.

때는 오경이 지나 동쪽 하늘이 훤히 밝아오고 있었다. 그러자 뇌횡은 조보정晁保正이나 찾아가 해장술이나 한잔 대접받은 다음에 현으로 돌아가리라 마음먹고, 수하 군사들을 재촉해 보정의 장원으로 향해 갔다.

동계촌의 보정은 조개晁蓋라는 사람으로 대대로 갑부로 살고 있었다. 그는 평생 의리를 중하게 여기고 재물을 가볍게 여기며 천하의 호걸들과 사귀기를 좋아했는데, 특히 창술에 능한 데다 힘이 장사였다.

동계촌 건너편에는 시내를 사이에 두고 서계촌이라는 마을이 있었다. 일찍이 이 서계촌에는 귀신이 나타나 대낮에도 사람을 홀리는 일이 빈번했는데, 마침 그곳을 지나던 한 스님이 푸른 돌탑을 세운 이후로 귀신이 동계촌으로 옮겨왔다. 그것을 안 조개는 크게 화를 내며, 곧 그 탑을 시내 저편으로 옮겨 세워 귀신을 다시 서계촌으로 쫓아버렸다. 그 후 사람들은 그를 가리켜 탁탑천왕托塔天王이라 불렀으며, 조개의 이름도 온 세상에 널리 퍼졌다.

그날 뇌횡이 그의 장원을 찾아가자, 조개는 반갑게 맞으며 술을 권했다.

"무슨 일로 이처럼 일찍 나오셨소?"

"상공의 명으로 도적을 잡으러 나왔다가 들어가는 길입니다."

"그래, 우리 마을에 도적이 있습디까?"

"도적인지는 몰라도 영관묘 안에서 퍼질러 자고 있는 놈을 하나 잡았습니다."

소개는 누가 잡혔을까 궁금하여, 술을 몇 잔 더 권하다가 잠깐 자리를 비우고 밖으로 나왔다.

그 수상한 사내는 꽁꽁 묶인 채 문간방에 매달려 있었다. 조개가 방으로 들어가 자세히 살펴보니, 귀 밑에 붉은 점이 있고 점 위에 누런 털이 난 것이 그 생김새가 범상치 않았다. 조개는 그를 붙들고 물었다.

"어디서 온 뉘시오? 이곳 사람은 아닌 듯한데……."

그러자 사내가 대답했다.

"누구 좀 찾아보려고 불원천리 왔다가 봉변을 당했소이다. 임자도 없는 묘 안에서 좀 잤다고 이렇게 도둑놈 취급이오."

"그래, 찾는 사람이 누구요?"

"조보정이오."

"그 사람은 왜 찾는 게요."

"그가 천하 호걸이란 말을 듣고 긴히 할 말이 있어 왔소이다."

"내가 바로 조보정이오. 하여튼 당신을 구해 줄 것이니, 잠시 후에 나를 보거든 외삼촌이라 부르시오. 그럼 나도 어렸을 때 멀리 떠난 내 생질이라 할 것이오."

그렇게 입을 맞추기로 한 후, 조개는 다시 후당으로 들어가 술잔을 잡았다.

얼마 안 있어 날이 훤하게 밝아왔다. 돌아갈 시간이 된 뇌횡과 조개가 일어나 마당으로 내려서자 술과 밥을 배불리 먹고 늘어져 있던 군졸들이 분분히 일어났다. 이윽고 군졸들이 문간방으로 가 묶어 두었던 사내를 끌고 나왔는데, 그 사내를 본 조개가 낯선 사람을 보듯 감탄하며 말했다.

"허, 그놈, 덩치 하난 좋구나."

그때 사내가 조개를 보고 소리쳤다.

"외삼촌, 접니다. 저 좀 살려 주십시오!"

조개는 짐짓 그를 찬찬히 살펴보는 척하다 놀란 듯 물었다.

"아니, 너 왕소삼 아니냐?"

"예, 삼촌, 저 소삼입니다."

그 소리에 깜짝 놀란 뇌횡이 황급히 조개에게 물었다.

"아니, 보정께서 아시는 사람입니까?"

"내 생질이 되는 놈이올시다. 우리 매형 내외가 여기서 살다가 이 애가 다섯 살 되던 해에 남경으로 떠났는데, 그 뒤 10여 년이 지나 이 애가 한 번 나를 보러 오곤 영 소식이 없었소. 그런 놈이 어쩐 일로 이곳에 왔으며, 또 영관묘에는 왜 들어가 잤는지 모르겠구료. 10여 년이 지나서 몰라보았는데,

저놈 귀밑의 붉은 점을 보니 알겠군요."

그러더니 조개는 왕소삼의 머리통을 쥐어박으며 꾸짖었다.

"네 이놈, 예까지 왔으면 나부터 찾아볼 일이지, 그래 어디를 싸돌아다가 무슨 못된 짓을 했더란 말이냐?"

"전 잘못한 게 없습니다."

"잘못한 게 없다? 그럼 죄 없는 놈이 이렇게 묶였단 말이냐?"

조개가 군졸의 몽둥이를 빼앗아 사내의 머리며 얼굴 할 것 없이 마구잡이로 패기 시작하자, 보고 있던 뇌횡과 수하들이 오히려 난감해 하며 말렸다.

"고정하십시오. 저희도 꼭 죄가 있어서 붙잡은 것은 아닙니다. 보정의 생질 되는 사람이란 걸 알았으면 애초에 이런 일도 없었을 것입니다."

그렇게 말하며 얼른 사내를 풀어주니, 조개는 뇌횡에게 고마움을 표하며 은 열 냥을 사례로 내주었다.

뇌횡의 무리가 모두 떠나자, 조개는 곧 사내를 이끌고 후당으로 들어가 새 옷으로 갈아입게 한 다음 물었다.

"대체 뉘시오?"

"저는 동로주에 사는 유당劉唐이라 합니다. 이미 보셨듯이 귀밑에 붉은 점이 있어 사람들은 저를 적발귀赤髮鬼라 부르지요. 이번에 깊이 의논드릴 일이 있어 찾아뵈러 왔다가, 그만 술에 취해……, 그 같은 꼴을 당한 거지요."

"그래, 내게 하실 말씀이란 건 무엇이오?"

"제가 들으니, 북경 대명부의 양중서가 장인인 채태사의 생신 축하선물로 10민 관의 금은 보화를 동경으로 올려 보낸답니다. 이것은 모두 백성들의 고혈을 짜낸 재물이니 우리가 꾀를 써 도중에 가로채도 별반 죄될 것은 없다고 봅니다. 보정님의 의향은 어떠하십니까?"

조개는 그와 같은 유당의 말이 너무 갑작스러운 나머지 잠시 생각할 시간을 가지기로 했다.

"대단하오. 조금 더 생각해 본 연후에 다시 의논해 봅시다. 우선은 고생이 많았으니 객방으로 가서 좀 쉬는 게 좋겠소."

머슴의 안내를 받은 유당은 객방으로 가 벌렁 드러누웠다. 그러자 가슴속 한 구석에서 새삼 분한 생각이 일었다.

'빌어먹을, 이 무슨 고생이냐. 조개가 나타나 구해 주었기에 그쯤에서 끝났지 자칫했으면 큰 욕을 볼 뻔하지 않았는가. 괘씸한 그 뇌횡이란 놈은 나를 그렇게 욕보이고도 조개에게 은자까지 얻어 갔으니…… 이럴 게 아니라 그놈들의 뒤를 쫓아가 모조리 때려 눕혀야겠다. 은자도 되찾아 조개에게 돌려주는 게 좋겠지?'

마음을 정한 유당은 곧 방문을 밀치고 나와 칼 한 자루를 찾아 들고 뇌횡 일행을 뒤쫓아갔다. 한 5리쯤 달려가자, 뇌횡이 토병들을 거느리고 천천히 걸어가고 있는 것이 보였다. 유당은 더욱 걸음을 빨리하여 뒤를 쫓으며 소리쳤다.

"네 이놈, 게 섰거라."

그 소리에 뇌횡이 깜짝 놀라 뒤를 돌아보니, 유당이 칼을 휘두르며 달려오고 있는 것이 아닌가. 그러자 뇌횡도 칼을 꺼내들고 소리쳤다.

"네놈이 나를 뒤쫓아와 어쩌겠단 말이냐?"

"네가 조금이라도 사리를 안다면 그 은자 열 냥을 내놓아라. 그러면 내 너를 고이 보내주마."

"이놈 봐라. 네 외숙이 나에게 준 돈이 너랑 무슨 상관이란 말이냐? 네 외숙만 아니었으면 내가 너 같은 놈을 용서해 주었을 성싶으냐? 이놈이 은혜도 모르고 날뛰는구나."

"잔말말고 우리 외숙한테서 뺏은 은자 열 냥을 냉큼 내놓지 못하겠느냐? 좋은 말할 때 내놓지 않으면 멱통을 끊어 놓겠다."

유당이 그렇게까지 나오자 화가 머리끝까지 치밀어 오른 뇌횡은 칼을 휘두르며 유당에게 달려들었다. 유당도 지지 않고 맞받았다.

그렇게 맞붙은 유당과 뇌횡은 훤한 큰길가에서 오십 합이 넘도록 싸웠으나 솜씨가 엇비슷해서인지 좀처럼 승부가 가려지지 않았다. 곁에서 보고 있던 군졸들은 제 도두가 끝끝내 유당을 당해내지 못할 것을 눈치채고, 일제히 달려들어 뇌횡을 도우려했다.

바로 그때, 길가에 있던 한 집에서 한 사내가 두 줄의 구리사슬을 끌고 나오며 소리쳤다.

"두 분은 이제 그만 칼을 멈추시오."

그리고 구리사슬을 두 사람 가운데로 던져 넣으니 둘은 할 수 없이 칼을 거두었다.

뇌횡과 유당은 각자 한 발씩 몸을 뺀 뒤 싸움판에 뛰어든 사람을 살펴보았다. 뜻밖에도 그는 서생인 수재의 옷차림을 하고 있었다. 머리에는 두건을 쓰고 몸에는 마포로 지은 두루마기를 입었으며, 이마가 깨끗하고 눈이 맑으며 흰 얼굴에 긴 수염을 늘어뜨린 게 남의 싸움판에나 끼어들 위인 같지가 않았다.

그는 지다성智多星 오용吳用으로, 자는 학구學究요 도호는 가량선생加亮先生이었다. 육도삼략을 깊이 익혀 흉중에는 전장웅병戰將雄兵을 감추었으니, 모략은 제갈량과 맞먹고 재능은 진평을 능가했다.

"두 분은 한나절이나 싸워 봤지만 승부가 안 나지 않았소? 도대체 언제까지 싸우실 셈이오?"

"저놈이 은자를 내놓지 않으면 죽을 때까지 싸우는 수밖에. 당신도 덤빌 테면 덤비시오."

유당이 그렇게 말하자 오용 때문에 참고 있던 뇌횡도 더는 참지 못했다.

"네놈 따위는 나 혼자서도 넉넉하다."

오용이 가운데서 둘을 뜯어말려 보려 했지만 될 일이 아니었나. 칼을 휘두르며 덤비는 유당을 뇌횡이 욕설로 받아 다시 칼부림이 시작되었다.

"보정께서 오십니다."

구경하고 있던 군졸들이 갑자기 큰 소리로 알려왔다. 유당이 돌아보니 조개가 옷깃도 제대로 여미지 못하고 헐레벌떡 달려오고 있었다.

"이 짐승 같은 놈아! 도두께 이 무슨 무례한 짓이냐?"

조개는 목소리를 가다듬어 유당을 꾸짖은 다음, 뇌횡을 보며 공손히 말했다.

"도두께서는 제 낯을 보아서라도 이만 돌아가십시오. 뒷날 찾아뵙고 사죄 말씀 올리오리다."

"저 사람이 도무지 경우에 맞지 않는 소리를 해서 그리 된 것인데 보정께 서 사죄하시다니요. 괜히 멀리 나오시는 수고만 끼쳐 드린 꼴이 됐습니다."

노횡은 노여움을 풀고 선선히 돌아갔다. 뇌횡이 돌아간 뒤 오용이 조개를 돌아보고 말했다.

"보정께서 오시지 않았다면 정말 큰일날 뻔했소. 생질 되는 이의 무예가 참으로 굉장했소이다. 사립문 뒤에서 보니 칼 잘 쓰기로 소문난 뇌횡도 그 저 막아내기에 바쁘더이다. 그대로 몇 합만 더 나가다간 뇌횡이 목숨을 잃 을 것 같아서 황급히 나가 말린 것이지요. 그런데 생질이 있으셨소? 전에 댁에서는 본 적이 없는데."

"그러잖아도 선생에게 의논드릴 게 있어 내 집으로 청할 참이었소. 하여 튼 긴히 할 말이 있으니 저희 집으로 가십시다."

오용은 조개의 성품을 잘 아는지라 두말 않고 그를 따라 조가장으로 갔다.

세 사람이 후당으로 들어가 손님과 주인이 자리를 나누어 앉자 오용이 다 시 물었다.

"보정, 대체 이분이 뉘시오?"

진작부터 유당이 조개의 생질이 아니라는 걸 알아차린 오용은 그게 몹시 도 궁금했다. 그러자 조개가 숨김없이 털어놓았다.

"이 사람은 동로주 태생의 유당이라 하는데, 천하의 호걸이지요. 이번에 큰 재물이 생길 일이 있어 내게 일러주러 왔다는데, 오는 길에 술을 마시고 영관묘에서 누워 자다가 뇌횡에게 붙들려 이리로 끌려 왔더군요. 해서 내 가 되는 대로 내 생질이라 하여 우선 구하게 된 것입니다. 이 사람의 말의 따르면 북경 대명부의 양중서가 10만 관의 금은 보화를 동경으로 올려보 내, 장인 채태사의 생신을 하례한다 하오. 그런 의롭지 못한 재물을 빼앗아 우리가 쓴들 안 될 게 무어냐는 거지요. 내 간밤 꿈에 북두칠성이 우리 집

대들보 위에 내려앉고 그 주위에 한 떼의 작은 별들이 모였다가 흰빛으로 변해 사라지는 것을 보았소. 그래서 오늘 아침 일찍부터 선생을 청해 이 일을 의논해 보려던 참이었소."

오용이 빙긋 웃으며 조개의 말을 받았다.

"좋은 말씀이오. 다만 이 일은 사람이 너무 많아도 안 되고 또 너무 적어도 안 될 일이라, 내 생각에는 호걸 일고여덟만 있으면 충분할 것 같소."

조개가 그 말을 듣고 신기한 듯 말했다.

"그렇다면 간밤 내 꿈속에서 본 별의 수와 같겠군요."

"꼭 그렇지는 않소. 거기에 따르면 북쪽에서 다시 도울 사람들이 나타나야 하는데……, 아! 마침 꼭 알맞은 이가 있습니다."

"그게 누구요? 선생이 믿을 만한 호걸이라면 두말이 필요 없지요. 어서 이 자리로 청해 옵시다."

"양산박 부근 석계촌에서 고기잡이로 생업을 삼고 있는 완씨 삼형제가 있습니다. 첫째는 입지태세立地太歲 완소이阮小二, 둘째는 단명이랑短命二郞 완소오阮小五, 셋째는 활염라活閻羅 완소칠阮小七인데, 내가 석계촌에서 살 때 같이 지내봐서 잘 압니다. 비록 글은 배우지 못했어도 형제들이 모두 의리를 중히 여기고 무예가 출중하지요. 만약 이들을 얻기만 한다면 반드시 큰일을 이룰 것입니다."

"완가 형제들이라면 나도 들었소. 석계촌이리면 여기서 백 리밖에 안 되니, 곧 사람을 보내 청해 오도록 합시다."

"사람을 보내 청해서는 오지 않을 것이오. 내가 직접 가서 달래야 할 것입니다."

"그럼, 언제 가시려오?"

"늑장부릴 일이 아니니 오늘 밤 삼경에 떠나겠소."

그런 오용의 대답에 조개는 흐뭇한 빛을 감추지 못했다.

"그게 가장 낫겠소."

그리고는 머슴을 불러 술상을 차려 내오게 했다. 이미 의논을 맞춘 세 사람이 먹고 마시는 사이 날이 저물고 밤이 깊어갔다. 삼경 무렵이 되자 오용은 술자리를 털고 일어나 은자 몇 냥을 챙겨 석계촌으로 떠났다.

오용은 밤새껏 걸어 다음날 정오 무렵에야 석계촌에 이르렀다. 완소이는 마침 집에 있었다. 누군가 찾는 소리에 다 헤어진 옷을 걸치고 나온 완소이는 자기를 찾아온 손님이 뜻밖에 오용인 것을 알고 크게 놀라며 반갑게 맞았다.

"아니, 선생님께서 이곳엔 어인 일로?"

"작은 일이 하나 있어 특별히 소이형을 찾아왔소."

"아무튼 잘 오셨습니다. 집이 누추하니 저 건너 주막으로 가시지요."

완소이는 오용을 안내하여 함께 배에 올라탔다. 그들이 서서히 노를 저어 가는데 갈대 속에서 또 한 척의 배가 나타났다. 그 배에는 막내 완소칠이 타고 있었다. 그들은 배를 탄 채 서로 인사를 나누고 갈대 속을 헤쳐 나왔다.

한 곳에 이르니 높은 언덕 위에 몇 채의 초가집이 있었다. 완소이는 노 젓던 손을 멈추고 초가집을 향해 외쳤다.

"어머니, 소오 집에 있어요?"

그러자 한 늙은 아낙네가 마당으로 나와 거칠게 대꾸했다.

"말도 마라. 그녀석이 요새는 고기잡이도 안 나가고 매일 노름만 하는구나. 조금 전에도 내 비녀를 뽑아 노름방으로 달아났다."

그 말은 들은 완소이가 껄껄 웃으며 뱃머리를 돌렸다. 뒤따르던 완소칠이 혼잣말로 중얼거렸다.

"형님이 어떻게 된 건지 모르겠군. 노름만 하면 잃으니 욕을 먹게도 됐지. 이러다간 나까지 발가벗기고 말겠는걸."

그 말을 들은 오용은 일이 뜻대로 잘 풀린다고 생각했다. 형제의 처지가 궁할수록 끌어들이기가 쉬울 것 같아서였다.

배가 부두에 이르자 소오가 비녀와 바꾼 듯싶은 엽전 꾸러미를 들고 노름판을 찾아가는 것이 보였다. 오용이 그를 부르자 완소오가 얼른 물가로 내려와 배에 오르면서 긴 삿대를 잡았다. 세 척으로 늘어난 배는 나란히 노를 저어 물가 주막으로 향했다.

얼마 후 주막 앞에 이른 완씨 삼형제는 배를 묶어 놓고 오용을 부축해 뭍으로 올랐다. 주막 안으로 들어선 그들은 탁자에 둘러앉아 술을 마시며 오랜만에 재회의 기쁨을 나누었다. 어지간히 먹었다 싶을 무렵 오용이 입을 열었다.

"혹시 운성현 동계촌의 조보정이란 이름 들어봤나?"

"탁탑천왕 조개 말씀입니까?"

"그분은 천하의 호걸이네. 재물을 우습게 여기고 의리를 중히 여기는 분이라 생사를 같이 할 만하지."

"그런 분이라면 한번 뵙고 싶군요."

오용은 이제 사실을 털어놓아도 좋을 것 같다고 생각했다. 그는 완씨 삼형제의 얼굴을 번갈아 쳐다보며 한층 목소리를 낮춰 자신이 온 이유를 밝혔다.

오용의 말을 다 들은 완씨 삼형제는 평생의 소원이 이루어졌다고 좋아하며 그 자리에서 따를 것을 맹세했다. 오용은 그 말을 듣고 크게 기뻐했다. 그들은 그날 밤을 꼬박 새워 술을 마시고는 다음날 일찍 석계촌을 떠났다.

완씨 삼형제가 오용과 함께 이른 것을 본 조개는 이만저만 기뻐하는 것이 아니었다. 곧 함께 후당으로 들어가 주인과 손님이 각기 자리를 정해 앉은 뒤 한바탕 술잔치를 벌였는데, 완씨 삼형제는 조개의 인물이 훤출하고 말하는 품이 활달한 게 썩 마음에 들었다.

그 이튿날, 조개는 돼지와 양을 잡게 한 다음, 오용, 유당, 완가 삼형제와 더불어 장원 후당에서 향촉을 밝히고 하늘에 제사를 지냈다.

"만약 우리 여섯 사람 중 사사로운 마음을 품는 자가 있다면, 천지께서 주멸하시고 신명께서 감찰하소서."

여섯 사람은 돌아가며 하늘에 맹세했다. 그렇게 제사를 마치고 후당에 모여 앉아 한창 술을 마시며 환담에 빠져 있을 때였다. 머슴 하나가 뛰어들어오더니, 문전에 웬 도사 하나가 찾아와 조개와 만나기를 청한다고 했다.

조개가 귀찮다는 듯이 말했다.

"나는 지금 귀한 손님들을 모시고 있으니, 네가 알아서 쌀이나 서너 되 주어서 보내거라."

"주었습니다. 그랬는데도 가지 않고 꼭 보정 어른을 만나뵈야 한다고 저렇듯 난리를 칩니다."

아니나 다를까 밖이 왁자지껄하니 한바탕 소란이 일어난 듯했다. 조개는 할 수 없이 자리에서 일어났다. 그가 대문께로 나가 보니 키가 여덟 자나 되고 도풍이 당당한 사내 하나가 대문 옆 느티나무 아래에서 머슴들에게 주먹질을 해대며 꾸짖고 있었다.

"이놈들, 어찌 이리도 사람을 몰라본단 말이냐?"

그걸 본 조개가 얼른 달려가 말렸다.

"선생, 고정하시고 내 말 좀 들어보시지요. 선생이 조보정을 만나시려는 것은 재량이 필요해서가 아니었소? 쌀을 드렸으면 그냥 돌아가실 일이지 왜 이토록 역정을 내시는 게요?"

"난 돈이나 쌀을 바라고 온 것이 아니다. 보정과 상의할 일이 있어 찾아왔거늘 이놈들이 나를 몰라보고 덤비니 심사가 틀리지 않겠소?"

"그럼 무슨 말씀인지 안으로 들어가서 들어 보도록 하지요. 내가 바로 선생이 찾으시는 조개입니다."

조개는 그를 안으로 안내하여 이름과 찾아온 내력을 물으니 그가 대답했다.

"제 이름은 공손승公孫勝이오. 본래 계주 사람으로 어려서부터 창봉을 익혔으며, 도술을 배워 비와 바람을 자유자재로 부르고 안개와 구름을 탈 수 있습니다. 그래서 사람들은 저를 입운룡入雲龍이라 부르지요. 일찍이 동계촌의 조보정이란 큰 이름을 들었으나 만나 뵙지를 못했소. 이제 하늘이 내리신 10만 관의 금은 보화가 있어 보정을 찾아뵙는 예禮로 바칠까 하는데, 받아 주시겠습니까?"

조개는 그 말을 듣고 웃으며 물었다.

"선생께서 말씀하시는 것이 혹시 북경에서 동경으로 가는 생신강生辰綱

아닙니까?”

공손승은 깜짝 놀라며 물었다.

“아니, 보정께서는 그걸 어떻게 아셨습니까?”

“그저 짐작으로 한 말입니다.”

조개는 그를 이끌고 후당으로 들어가, 오용 등과 인사를 나누게 한 뒤 한바탕 술잔치를 벌였다.

“보정께서 꿈에 북두칠성이 대들보에 내려앉는 걸 보셨다더니, 하늘의 뜻으로 우리 일곱 사람이 의로 뭉쳐 큰일을 하게 되었습니다. 이제 재물이 어디로 오는지, 전에 말한 대로 유당께서 좀 알아오셔야 하겠습니다.”

그러자 공손승이 나서며 말했다.

“일부러 가실 것 없습니다. 제가 벌써 알아보고 왔는데, 황니강黃泥岡 대로상을 지난다고 하더군요.”

그러자 조개가 문득 생각난 게 있다는 듯 말했다.

“황니강에서 동쪽으로 십 리쯤 가면 안락촌이란 마을이 있는데, 그 마을에 백일서白日鼠 백승白勝이란 건달이 살지요. 일찍부터 나를 따르던 사람이고 내게 신세진 것도 있으니 필요하면 그를 쓸 수도 있을 것이오.”

말을 듣자 오용이 무릎을 쳤다.

“보정께서 꿈에 보셨다는 북두칠성 위의 흰 빛이 그를 뜻하나 봅니다. 여기서 황니강은 너무 머니 그 백승이 집을 빌립시다.”

조개가 진지한 표정을 지으며 오용에게 물었다.

“그건 그렇고, 어떤 방법으로 10만 관을 빼앗는 게 좋겠소?”

그러나 오용은 어찌 된 셈인지 자신만만했다. 가벼운 미소까지 띠며 조개의 물음을 받았다.

“그 일이라면 제가 맡겨주시오.”

오용은 마음속에 세워 둔 계책을 나직이 일러주었다. 실로 절묘한 계책이었다. 그렇게 의논을 정한 일곱 사람은 그 날 밤이 깊도록 후당에서 술을 마시며 즐겼다.

양지, 생신강을 잃고 녹림에 들다

한편 그 시간, 북경의 대명부에서는 양중서와 채부인이 후당에 마주앉아 예물 보낼 일을 의논하고 있었다. 무엇보다 가장 큰 문제는 누가 10만 관의 생신강을 동경까지 무사히 가져가느냐 하는 것이었다.

그때 채부인이 섬돌 아래를 가리키며 말했다.

"당신은 늘 저 사람을 얻었다고 자랑하셨잖아요. 그런데 왜 이 일을 저 사람에게 맡기지 않죠?"

양중서가 보니 채부인이 가리킨 사람은 청면수 양지였다. 양중서는 한동안 망설이다가 이윽고 양지를 부르더니 심각한 얼굴로 말했다.

"내 깜빡 자네를 잊고 있었네. 자네가 이번 생신 예물을 탈 없이 동경까지 전해주고 오겠나? 그렇게만 해 준다면 내 자네를 크게 쓸까 하는데……."

"은상의 분부를 제가 어찌 거역할 수 있겠습니까. 어디로 어떻게 가는지 일러만 주십시오."

양지가 그렇게 말하자 양중서는 한층 더 믿음이 갔다.

"다 마련이 되어 있네. 큰 수레 열 채에 열 명의 상금군을 뽑아, 수레 하나에 상금군 하나씩을 딸리고, 다시 튼튼한 군사 몇 명을 더 붙여 동경으로 가는 걸세. 사흘 말미를 줄 테니 그 안에 떠날 채비를 갖추게."

양지는 그 말을 듣고 말했다.

"이 일은 아무래도 소인이 감당키 어려운 일인 것 같습니다. 저보다 더 훌륭한 사람을 골라 보내심이 좋을까 합니다."

"그게 무슨 소린가?"

"소인이 듣기로는 작년에도 예물을 올려 보내셨다가 도적을 만나 모두 강탈당했다고 알고 있습니다. 여기서 동경까지는 길이 하나뿐인데, 그 중에도 자금산, 이룡산, 도화산, 산개산, 황니강, 백사오, 야운도, 적송림 등지는 모두 도둑들이 출몰하기로 유명한 곳입니다. 만약 생신강이 통과한다는 소문이 돌면 저들이 가만히 있겠습니까?"

"그렇다면 관군을 넉넉히 줄 테니 나서겠는가?"

"관군들이라는 게 정작 도적의 무리들과 만나면 저 살 욕심에 도망치기에 급급해 할 텐데 1만 명을 거느린들 무슨 소용이 있겠습니까?"

"자네 말대로라면 생신강을 보내긴 틀린 일이 아닌가?"

양중서가 미간을 찌푸리며 통을 놓자 양지가 나지막한 목소리로 말했다.

"은상께서 만약 제 어리석은 생각을 들어주신다면 비록 소인이 가진 재주는 없으나 이번 소임을 맡을 수 있습니다."

"이번 일을 자네에게 맡긴 터에 무엇이 안 되겠나? 어서 자네 생각을 말해 보게."

"예물은 여남은 개의 보따리로 만들어 열 명의 날쌘 금군에게 지게 하고, 장사꾼처럼 꾸며 대수롭지 않은 물건을 나르는 것처럼 보이게 하는 것입니다. 그들과 제가 밤낮을 가리지 않고 동경으로 가면 아무 탈 없이 예물을 전할 수 있을 것입니다."

"자네 말이 옳으이. 그럼, 그렇게 준비를 하게."

양중서의 앞을 물러난 양지는 그날로 예물들을 지고 가기에 알맞은 보따리로 나누어 싸는 한편 네리고 갈 힘이 좋고 몸이 날랜 금군들을 뽑았다.

다음날 새벽, 양지는 전날 싸둔 예물 봇짐들을 모두 대명부 마당으로 옮겨 오게 했다. 원래의 열 짐에 따로 채부인이 마련해 늙은 도관과 우후 두 사람에게 맡긴 한 짐을 보태 모두 열한 짐이었다.

양지는 다시 전날 가려뽑은 상금군 열한 명을 불러 모두 장사꾼처럼 꾸미게 했으며, 자신도 헌 패랭이에 푸른 겉옷을 걸쳐 장사치로 변장했다. 도관과 우후들도 역시 장사꾼으로 꾸민 다음, 모두 칼 한 자루씩을 지니게 해 길

떠날 채비를 마쳤다.

일행 열다섯 명은 양중서에게 하직을 고하고 북경 성문을 나서 동경을 향해 길을 떠났다.

때는 오월 중순이라 날이 청명해서 좋았으나 심한 더위에 길을 가기가 고생이었다. 양지는 되도록 새벽의 서늘한 때를 타서 길을 가고 한낮의 불볕 더위에는 쉬도록 했다. 그렇게 북경을 떠난 지 일주일이 되자 차츰 인가가 적어지고 행인이 적은 산길이 계속되었다.

금군들은 무거운 짐을 등에 지고 걷기 때문에 여간 고역이 아니었다. 금군들은 그늘만 나타나면 쉬려 했고, 그런 금군들을 양지는 계속 재촉해야 했다. 심지어는 칡넝쿨을 채찍 삼아 휘두를 때도 있었다. 그러는 동안 일행들 사이에선 서서히 불만이 쌓여가기 시작했다.

북경을 떠난 지 보름이 지나자 일행은 마침내 황니강에 도착했다. 험한 산과 좁은 산길을 더듬어 가기를 20여 리, 구름도 없이 햇빛만 이글이글 타올라 세상은 흡사 용광로처럼 들끓었다. 일행은 더 이상 걷지 못하고 고개 위의 소나무 그늘 밑에서 일제히 드러눕고 말았다.

"일어나거라. 여기가 어딘 줄 알고 쉬려는 게냐?"

양지는 애가 탄 나머지 칡넝쿨을 들고 외쳤으나 금군들은 꼼짝도 할 수 없었다.

"죽으면 죽었지, 정말 더 이상은 못 가겠소."

금군들은 그대로 땅바닥에 쓰러진 채 꼼짝달싹을 하지 않았다. 양지는 칡넝쿨을 휘둘러 금군들의 머리통을 후려쳤다. 머리통을 맞은 금군은 벌떡 일어났으나 다른 놈을 후려치는 사이 다시 쓰러졌다. 그리고 쓰러지기가 무섭게 코를 골아 대니 양지로서도 어찌해 볼 수가 없었다.

양지가 금군들을 후려치다 말고 멍하니 서 있자 소나무 아래에서 쉬고 있던 늙은 도관이 눈치를 보며 말했다.

"제할, 너무 더워 어쩔 수 없는 것이니 저들만 나무라지 마시오. 오죽 힘들면 저러겠소."

"모르는 소리 마시오. 여기가 어떤 곳인지 알기나 하고 그런 소리를 하시오?"

그때였다. 소나무 숲 사이로 웬 사내 하나가 고개를 쑥 내밀고 이쪽을 살피는 게 여간 수상한 게 아니었다.

"웬 놈이냐?"

양지는 버럭 소리를 지르며 칼을 잡고 쫓아갔다. 숲속으로 뛰어들어가니, 웃통을 벗은 장정 일곱 명이 일곱 채의 외바퀴 수레 옆에서 쉬고 있다가 양지를 보고는 깜짝 놀라 소리를 내지르며 일어났다. 양지가 다시 소리쳤다.

"너희들은 뭣하는 놈들이냐?"

"너야말로 뭐하는 놈이냐?"

그 일곱이 별로 눌리는 기색 없이 되묻자, 양지는 제 말이 지나쳤음을 깨닫고 목소리를 부드럽게 해 다시 누구인지 물었다.

"우리들은 호주에서 동경으로 가는 대추장수요. 그러는 댁은 뉘시오?"

"우리도 동경까지 가는 장사꾼이오. 누가 우리 쪽을 엿보기에 수상쩍어 그런 것이니 양해하시오."

"우리도 난데없는 기척에 살펴본 게요. 그쪽도 동경까지 간다니 동행하는 게 좋겠소만……. 대추나 좀 가져가 드시겠소?"

"아니, 됐소이다."

양지가 돌아오자 늙은 두관이 물었다.

"도둑떼가 있다면 이만 갑시다."

"일고 보니 대추장수들이있소."

그 말에 몇몇 금군이 이빨을 드러낸 채 웃어댔다. 양지는 하는 수 없이 그곳에서 잠시 쉬었다 가기로 했다.

그러자 얼마 안 있어 멀리서 한 사내가 어깨에 통 둘을 메고 다가오는 게 보였다. 이윽고 언덕 위까지 올라온 사내는 소나무 아래에 들고 온 통들을 내려놓은 채 비오듯 쏟아지는 땀을 훔쳤다. 통 안의 것이 궁금해진 금군들이 그에게 물었다.

"통 안에 든 게 뭐요?"

"술이외다."

술이란 소리를 들은 금군들은 덥기도 하고 목도 마른 터라 저희들끼리 돈을 거두기 시작했다. 그걸 본 양지가 소리쳐 꾸짖었다.

"너희들 뭐하는 짓들이냐? 너희들은 길 가다 몽환약 탄 술을 마시고 봉변 당했단 소리도 못 들었단 말이냐? 저 촌놈을 어찌 믿는단 말이냐?"

그 말을 들은 술장수가 발끈하여 양지를 돌아보고 말했다.

"이 양반아, 내가 언제 댁들한테 술 팔아 달랬소? 원 재수가 없으려니까 별 소릴 다 듣네."

"뭣이라고? 이게 누구한테 감히……."

그렇게 되니 양지와 술장수 사이에 언성이 높아지며 형세가 제법 험악해졌다. 그러자 맞은편 소나무 숲에서 대추장수들이 저마다 칼을 하나씩 들고 나와 물었다.

"무슨 일들이오?"

그들을 본 술장수는 마치 제 편을 만난 듯 씨근대며 하소연하기 시작했다.

"아, 이 사람이 글쎄 내 술에 몽환약이 들었다고 헛소리를 해대니 내가 화가 안 나겠소?"

"오라, 그래서 시비가 났구먼. 우린 또 별안간 왁자지껄하기에 도둑떼라도 나타난 줄 알았지. 그건 그렇고, 마침 우리도 목이 마르던 참이니 그 술 우리한테 팔지 않겠소? 저분이 의심한다니 한번 우리에게 먹여 보시구려."

술장수가 손을 내저으며 말했다.

"아니오, 이건 팔 게 아니오."

"너무 그러지 마시오. 언제 우리가 노형 술 가지고 뭐라기나 했단 말이오? 값은 달라는 대로 쳐 줄 것이니 한 통 주시오."

"그럼 한 통만 드슈. 그런데 떠 잡수실 만한 게 없으니……."

"그건 염려 마오. 우리에게 바가지로 쓸 만한 표주박이 몇 개 있소."

그리고는 자기들 손수레 있는 곳으로 가더니 표주박 두 개를 가져 왔는데, 그 중 하나에는 대추가 수북하게 담겨 있었다.

　술장수가 술 한 통을 내놓자 대추장수들은 대추를 안주 삼아 바가지를 돌려 가며 술을 퍼마셨다. 양지 일행들이 멀거니 보는 앞에서 눈 깜짝할 사이에 술 한 통이 바닥났다.

　"참, 술값을 묻지도 않고 마셨구려. 한 통에 얼마요?"

　"닷 관이오."

　"닷 관이면 비싸지도 않군. 이왕이면 덤으로 한 잔만 더 주시오."

　"안 됩니다. 덤이 어딨습니까?"

　"안 된다면 할 수 없고……, 돈이나 받으시오."

　술장수가 돈을 받는 동안에 대추장수 하나가 남은 술통 뚜껑을 열더니 술 한 바가지를 듬뿍 떠서 입으로 가져갔다.

　"이게 무슨 짓이오?"

　술장수가 소리치자, 그 사내는 마시다 남은 반 바가지의 술을 들고 소나무 숲으로 내뺐다. 술장수가 부리나케 그의 뒤를 쫓을 때, 또 한 사내가 대추 담았던 바가지로 술을 퍼냈다. 술장수는 질겁을 하고 돌아와 그의 손에서 바가지를 빼앗더니 술을 도로 통에다 쏟아 부었다.

　"사람 그렇게 보지 않았는데……, 이게 무슨 짓들이오?"

　사내가 투덜거리며 술통을 막고 떠날 채비를 하자 그때까지 보고만 있던 금군들은 더 이상 참지 못하고 늙은 도관에게 달려가 사정했다.

　"어르신, 저희들을 위해 제할님께 한 말씀 해주십시오. 저 대추장수들은 한 통을 다 마셔도 끄떡 없지 않습니까? 남은 한 통은 우리기 미시게 해 주십시오."

　그 말을 들은 늙은 도관은 양지에게 다가가 넌지시 권했다.

　"금군들에게 한 바가지씩만 마시게 합시다. 여기는 물 한 잔 마실 곳이 없어 보기 딱하구려."

　"도관께서 그렇게 말씀하시니 그럼 저들에게 한 잔씩 마시게 합시다."

　결국은 그렇게 허락하고 말았다. 그 말을 들은 금군들은 환호성을 지르며 돈을 거둬 술장수에게 달려갔다. 그런데 이번에는 술장수가 통을 놓기 시작했다.

"안 팔아요, 안 팔아. 이 술에는 몽환약이 들었단 말이오."

순전히 양지를 비꼬는 소리였다. 그러나 금군들이 달래고 대추장수들이 옆에서 거들자 술장수는 못 이기는 척하고 술통을 내밀었다.

금군들은 우하고 달려가 대추장수에게서 얻은 표주박 둘로 술을 떴다. 그리고는 한 바가지는 늙은 도관에게 바치고 한 바가지는 양지에게로 가져왔다. 양지가 마지못해 술바가지를 받자 다른 바가지 하나가 늙은 도관, 두 우후의 차례로 돌기 시작했다. 금군들은 남은 술을 바닥이 보이도록 나눠 마셨다.

양지는 술을 마신 사람들에게 아무 탈이 없는 것을 보고서야 들고 있던 술바가지를 입에 댔다. 원래 술을 좋아하지는 않았지만 그 역시 목이 말랐던 터라 반쯤을 비웠다.

두 통의 술을 그 자리에서 다 판 술장수는 빈 통을 어깨에 메고 콧노래를 부르며 왔던 길을 따라 고개 아래로 내려갔다.

그런데 술장수의 콧노래가 거의 들리지 않을 때쯤, 대추장수들이 모두 소나무 숲가로 나와 양지 일행들을 가리키며 소리쳤다.

"어서 한잠들 푹 자거라. 어서 쓰러져라."

그러자 이게 어찌 된 일인가. 금군들은 갑자기 머리가 무거워지고 다리에 힘이 빠지는지 하나같이 그 자리에 쓰러져 버리고 말았다. 보고 있던 일곱 명의 대추장수들은 손수레를 끌고 우루루 나오더니 대추를 땅에 모조리 쏟아버리고는 열한 짐의 생신강을 모조리 옮겨 실었다. 그리고는 덮개까지 씌운 뒤 황니강 아래로 밀고 내려가는 것이었다.

양지는 속으로 괴로운 신음을 내면서도 멀거니 그 광경을 지켜보고만 있어야 했다. 온몸에 힘이 빠지는 게 도무지 손발을 까딱할 수 없더니, 그 일곱 명이 손수레와 함께 사라질 무렵에는 마침내 정신을 잃고 말았다.

그렇다면 대추장수로 가장했던 일곱 명은 누구였을까. 그들은 다름아닌 조개와 오용, 공손승, 유당에 완씨 삼형제였던 것이다. 그리고 술장수로 차리고 나선 것은 안락촌에 사는 백승이었다.

그러면 몽환약은 언제 탄 것일까. 애초에 백승이 어깨에 메고 온 통에는 아무것도 섞지 않은 술이 담겨져 있었다. 그것은 그들 일곱이 한 통을 다 마셨어도 아무 탈이 없었다는 것으로 이미 증명이 된 사실이다. 유당이 새 술통의 뚜껑을 열어 한 바가지를 떠 마셨을 때도 괜찮았다. 문제는 오용의 바가지에 있었다. 그 두 번째 바가지가 술통에 들어갔을 때, 몽환약이 술 속에 풀어졌던 것이다. 그것을 오용이 떠서 입에 갖다대려 할 때 백승이 달려와선 바가지를 빼앗아 통 속에 도로 쏟으니, 이 귀신도 곡할 농간을 어찌 알아챌 수 있겠는가. 이 모두가 오용이 꾸민 계교였다.

오래지 않아 마신 술이 적었던 양지가 정신을 차리고 일어났다. 둘러보니 열한 짐의 예물은 간 곳 없고, 어지럽게 흐트러져 있는 대추 속에 도관과 두 우후, 그리고 열한 명의 금군들이 침을 흘리며 꼼짝 않고 늘어져 있었다.

양지는 기가 막혔다. 생각하면 할수록 너무나 슬프고 분했다.

'대체 무슨 낯으로 상공을 뵌단 말인가? 이제는 집이 있어도 갈 수가 없고 나라가 있어도 의지할 곳이 없으니……. 오늘의 이 치욕은 훗날 깨끗이 씻으리라. 그래, 우선은 달리 살길을 찾는 것이 먼저다.'

양지는 마음을 굳게 먹고 사람들이 깨어나기 전에 그 자리를 떠났다.

두관과 금군들은 그날 밤 이경이 지나서야 겨우 깨어났다. 정신을 차리고 보니 그저 막막하기만 할 뿐이었다. 어떻게 죄를 모면할 방도가 없을까 궁리힌 끝에, 그들은 모든 죄를 양지에게 뒤집어씌우기로 했다. 그리고는 닐이 밝기를 기다려 본청 관사에 고한 다음, 총총히 북경으로 돌아갔다.

한편 양지는 황니강 남쪽 길을 택해 수십 리를 쉬지도 않고 달려갔다. 눈을 들어 사방을 둘러보았지만 아는 이 하나 없는 낯선 고장, 품안엔 돈 한 푼 없었다. 그래도 배는 채워야 했다.

양지는 무턱대고 눈에 뜨인 술집으로 들어가 탁자 앞에 자리를 잡고 앉았다. 곧 주인이 나와 무엇을 주문하겠냐고 물었다.

"우선 술 좀 주시고 밥과 고기도 내오시오."

이윽고 술과 고기, 그리고 밥으로 배를 든든히 한 양지는, 이렇다 저렇다 말도 없이 칼을 들고 술집 문을 나서려 했다.

"손님, 계산은 하셔야지요."

"내 지금 가진 게 없으니 오는 길에 꼭 갚겠소."

뻔뻔스럽게 한마디 내뱉은 양지가 그대로 나가려 하자, 시중들던 젊은이가 달려와 소매를 잡았다. 양지는 그 젊은이를 한 주먹에 때려눕히고는 뒤도 안 돌아보고 달아났다.

"이놈아, 네가 가면 어디로 갈 테냐?"

등뒤에서 누군가 외치는 소리가 들렸다. 걸음을 멈추고 뒤를 돌아보니 웃통을 벗어부친 사내 하나가 몽둥이를 들고 쫓아오고 있었다. 그리고 그 뒤로는 아까 얻어맞은 젊은이가 창을 들고 따라오고, 뒤이어 서너 명의 장정들이 몽둥이를 들고 달려왔다.

"네놈들이 죽지 못해 안달이 났구나!"

양지는 큰 소리로 으름장을 놓고는 칼을 휘두르며 앞장선 사내에게로 달려들었다. 칼과 몽둥이가 서로 어우러져 싸우기를 삼십여 합. 웃통 벗은 사내도 웬만큼 무예를 익힌 모양이었으나 양지를 당해낼 수는 없었다. 한동안 양지의 칼을 막아내느라 정신이 없더니, 마침내 몸을 날려 뒤로 물러서서 사뭇 공손한 태도로 물었다.

"도대체 어떤 분이신지 이름이나 압시다."

"나는 청면수 양지라 하오."

"그렇다면 동경의 양제사 아니신가요?"

"그렇소, 내가 바로 양제사요."

그러자 사내는 넓죽 엎드려 절을 하고 말했다.

"제가 태산을 몰라뵈었습니다."

양지는 그의 손을 잡아 일으키며 물었다.

"그러는 노형은 누구시오?"

"저는 팔십만 금군 교두 임충 어른의 제자인 조정曹正이라 합니다. 사람들은 저를 조도귀操刀鬼라 부르지요. 칼솜씨가 제 스승이신 임교두님과 매우 비슷하여 성함을 여쭤 본 것입니다."

"오! 임교두의 제자였군. 임교두는 얼마 전 양산박에서 보았네만……"

"저도 풍문에 그렇게 들었습니다. 우선 저희 집에서 쉬시며 말씀 들도록 하지요"

조정은 양지를 주점으로 청하고 술과 안주를 장만해 대접했다.

"그런데 제사님은 어인 일로 이곳까지 이르게 되셨습니까?"

양지는 그 물음에 이내 울적한 기분이 되어 그간에 일어났던 일들을 털어놓았다. 듣고 난 조정이 말했다.

"일이 그리 됐다면 저희 집에서 잠시 때를 기다리시지요."

"그렇게 해주면 나야 고맙지만, 관가에서 잡으러 올 테니 오래는 못 있겠네."

"그럼 어디 갈 만한 곳이라도 있습니까?"

"양산박으로 가 임교두를 찾을까도 했으나 전에 왕륜이 그토록 붙잡는 것을 떨치고 나왔다가 죄인 된 지금에서야 찾아가는 것도 면목이 서지 않아 주저하던 터네."

"제가 듣기에도 왕륜이란 자가 워낙 도량이 좁아서 저희 스승님께서도 욕깨나 보셨답니다. 그런 소인배를 찾아갈 바엔 차라리 이룡산二龍山으로 가시는 것이 좋지 않을까 생각됩니다."

"이룡산!"

"예, 청주 땅에 있지요. 거긴 본래 보주사寶珠寺라는 절이 있었는데, 주지승이 환속한 후 머리를 기르고 산적 두령이 되어 졸개 사오백 여 명을 거느리고 있답니다.

"두령 이름이 뭔가?"

"등룡鄧龍이라 합니다. 사람들 사이에선 금안호金眼虎로 더 유명하지요."

"글쎄……, 갈 만한 곳이 있다는데 못 갈 것도 없지."

그날 밤을 조정의 집에서 묵은 양지는 다음날 일찍 이룡산으로 떠났다. 노자로 쓸 돈 몇 냥을 꾼 뒤, 칼 한자루만 차고 떠나는 길이었다. 양지는 부지런히 걸었지만 이룡산은 조정의 집에서 하룻길이 넘었다. 어느덧 날이 저물자, 양지는 가까운 곳에 솟은 높은 산 하나를 보고 저게 이룡산이려니 했다.

'오늘 밤은 저 숲속에서 쉬고 산에는 내일 아침에나 올라가야겠다.'

그렇게 생각하고 가까운 숲속으로 들어가던 양지는 저도 모르게 흠칫했다. 난데없이 몸집이 좋은 중 하나가 웃통을 벗은 채 소나무 등걸에 걸터앉아 있는 것을 보았기 때문이었다.

놀라기로 따지면 그 중 쪽도 마찬가지였다. 양지가 숲속으로 걸어 들어오는 것을 보자마자 곁에 놓았던 선장을 잡고 벌떡 일어나며 소리쳤다.

"웬놈이냐?"

그의 말투 속에는 양지의 고향인 관서 사투리가 섞여 있었다. 양지는 반가운 마음에 아는 척을 하려 했으나 그 중은 다짜고짜로 양지에게 달려들었다. 중의 그런 갑작스런 태도에 양지도 성부터 냈다.

"중놈 주제에 왜 이리 무례한 것이냐?"

그러면서 잡고 있던 칼을 들어 그 중과 어울렸다. 그 모습은 마치 두 마리의 용이 여의주를 으르고 한 쌍의 호랑이가 먹이를 다투는 듯했다. 두 사람의 솜씨가 엇비슷했던지 오십 합이 넘어도 좀처럼 승패가 나지 않았다. 그런데 한참을 날뛰던 중이 갑자기 틈을 보아 몸을 뒤로 빼며 소리쳤다.

"잠깐, 좀 쉬었다 하자."

"좋다!"

양지는 뒤로 물러서면서도 중의 무예 실력에 찬탄을 금치 못했다. 그때 중이 불쑥 물었다.

"네 이름이 무엇이냐?"

"동경서 제사로 있던 양지란 사람이다."

그러자 중의 목소리가 갑자기 부드러워졌다.

"그럼 동경서 건달 우이놈을 죽인 그 사람인가?"

"맞소!"

그러자 중은 한바탕 껄껄 웃더니 말했다.

"우리가 여기서 이렇게 만날 줄 누가 알았겠나? 나는 연안부의 노충 경략공 밑에서 제할로 있던 노달일세. 세 주먹에 진관서 녀석을 때려 죽이고 오대산에 들어가 중이 되었지."

그가 화화상花和尙 노지심인 걸 안 양지도 따라 웃으며 말했다.

"난 또 누구신가 했습니다. 소문을 듣자하니 대상국사에 계시다는 말을 들었는데, 이곳엔 웬일이십니까?"

"얘기하자면 길다네. 아무튼 이룡산 보주사가 숨어살기 좋다는 말을 듣고 찾아가 두목 등룡이란 놈에게 함께 지내자고 말해 보았지. 그런데 그 속 좁은 놈이 나를 냉대하며 쫓아내려 하지 않겠나. 그 바람에 시비가 벌어져 그 놈에게 한 주먹 앵겨주기는 했지만 그 졸개들의 머릿수를 당해낼 수가 있어야지. 산 아래로 쫓겨 내려와 한숨 돌리고 있는데, 놈들이 관문 셋을 꼭 닫아 버리더군. 그래서 어떻게 하면 좋을까 궁리하던 중에 자네를 만나게 된 것이라네."

노지심의 이야기를 다 들은 양지는 잠시 생각에 잠기는 듯하더니 이내 말문을 열었다.

"이왕 그놈들이 문을 걸고 들어앉은 마당에 무작정 산에서 내려오길 기다릴 수도 없는 일입니다. 차라리 조정에게 돌아가 따로 좋은 수를 짜보는 것이 좋을 듯합니다."

두 사람은 함께 조정의 집으로 돌아가 이룡산으로 들어갈 묘안을 짜내기 시작했다. 그리고 그들의 기대대로 조정은 절묘한 계책 하나를 내놓았다.

다음날 새벽같이 일어난 그들은 아침밥부터 든든히 챙겼다. 그리고 양지와 노지심, 조정 이외에도 조정의 처남과 장정 서넛이 한 무리가 되어 이룡산으로 떠났다.

오후 늦게서야 산 아래 이른 그들은 곧 간밤에 짜놓은 대로 차림을 바꾸었다. 노지심은 밧줄로 묶되 한 끝만 잡아당기면 풀릴 수 있도록 묶어 두 장정이 끌게 했다. 그리고 양지는 삿갓에 떨어진 옷을 걸치고 칼을 들었으며, 조정은 노지심의 선장과 계도를 등에 졌다. 나머지는 모두 몽둥이를 하나씩 들고 노지심과 양지를 앞뒤로 따랐다.

이룡산 관문에 이르니, 위에서 망을 보고 있던 졸개가 얼른 산 위로 올라가 노지심이 묶여 온 것을 알렸다. 얼마 후에 두 명의 작은 두령이 관문 위로 몸을 내밀고 물었다.

"네놈들은 웬놈들이냐? 무슨 일로 이곳을 찾아왔으며 그 중놈은 왜 또 데리고 왔느냐?"

조정이 기다렸다는 듯이 주워섬겼다.

"저희들은 산 아래에서 작은 주막을 열고 있는 사람입니다. 어제 이 중놈이 저희 주막에 와서는 술에 흠뻑 취하더니 술값은 내놓질 않고 엉뚱한 소리로 겁을 주지 뭡니까? 뭐 양산박으로 가서 수천 명을 이끌고 와 이룡산을 치겠다나요? 그리고 근처 마을도 싹 쓸어 버리겠다고 떠들어대기에, 제가 살살 달래 술을 더 먹인 다음 곯아 떨어진 후에 이렇게 묶어서 두목님께 바치러 왔습니다. 저희들의 정성을 받아 주시고 부디 뒤탈이 없도록 해 주십시오."

그 말을 들은 두 놈은 나는 듯이 산 위로 올라가 등룡에게 알렸다. 그러자 등룡은 크게 기뻐하며 말했다.

"어서 그 중놈을 산 위로 끌고 오너라. 내 그놈의 염통과 간으로 술안주를 해야겠다."

명을 받은 졸개들은 관문을 열고 어서 들어오라며 재촉했다. 양지와 노지심, 조정 일행은 그런 졸개들에 이끌려 산 위로 향하면서 산세를 살펴보았다. 산세가 웅장하고 험준한 데다 세 관문의 경비도 삼엄했다. 관문 위에는 하나같이 활과 대창 등이 수없이 걸려 있었고 밑으로 굴릴 뇌목이며 돌덩이들이 산같이 쌓여 있었다.

관문 셋을 차례로 지나 보주사 앞에 이르니 평평한 평지에 목책을 빼곡히 둘러친 것이 마치 작은 성과도 같았다. 산문 아래에는 예닐곱의 졸개가 늘어서 있다가 노지심이 잡혀 들어오는 것을 보고는 이빨을 드러내며 비웃었다.

"저 중놈이 끝내 붙잡혔구나. 오늘이 네놈의 제삿날이다."

노지심은 조정과 양지에게 끌려 불전 아래로 갔다. 불전에 이르니 부처가 얹혀 있던 대좌를 치우고 호랑이 가죽이 덮인 교의 하나를 얹어 놓았는데, 등룡이 그 위에 앉아서 섬돌 아래로 끌려온 노지심을 내려다보며 꾸짖었다.

"이 중놈아! 네놈의 발에 채인 허리가 아직도 아프다. 이제 네 차례니 어디 맛 좀 봐라."

두목의 말이 끝나기도 전에 노지심이 눈을 부릅뜨고 외쳤다.

"네 이놈! 너야말로 오늘이 마지막이다."

그 순간 노지심을 끌고 온 장정이 끈 한끝을 잡아당기자 묶인 줄 알았던 노지심이 훌훌 밧줄을 벗어던졌다. 노지심은 조정으로부터 선장을 받아들고 그대로 달아나려는 등룡을 덮쳤다. 한번 휘두른 선장에 등룡의 머리가 부숴지고 호랑이 가죽 의자가 산산조각이 났다.

"모두 항복하라! 대드는 놈은 모조리 죽이겠다!"

노지심의 뒤를 따라 등룡 곁에 있던 졸개 서넛을 베어 눕힌 조정이 기세 좋게 소리치자, 수배 명이 졸개들과 몇몇 작은 두령들은 맞서 볼 엄두도 못 내고 털썩 무릎을 꿇었다.

그날로 산채의 새 주인이 된 노지심과 양지는 작은 두령들을 새로이 뽑아 각기 산채의 일을 나누어 맡겼다. 그리고 따로이 자축의 술자리를 벌이니, 이리저리 떠돌던 두 사람은 마침내 마음 편히 쉴 곳을 찾게 된 것이었다.

양산박의 새 주인

한편 십만 관의 생신강을 어처구니없게도 모두 잃고 만 북경 대명부의 양 중서는 화가 머리끝까지 치밀어 올랐다. 더욱이 그토록 믿었던 양지가 자신을 배신했다고 생각하니 그동안의 총애가 삽시간에 증오로 변했다.

그는 당장 양지를 잡아들이라는 공문을 적게 한 뒤 제주 각처에 띄웠다. 그리고 장인 채태사에게도 사람을 보내 이러한 일들이 일어났음을 알렸다.

양중서가 보낸 사람으로부터 서찰을 받아 읽은 채태사 역시 놀랍고 분하기는 마찬가지였다. 십만 관의 생신강은 말로만 들었을 뿐, 정작 물건은 구경도 하지 못했다. 그것도 이번 한 번이 아니라 두 해를 연달아 당했으니 어찌 속이 쓰리지 않겠는가.

도저히 이대로 두어서는 안 되겠다고 생각한 채태사는 부간에게 공문을 주어 친히 제주 부윤을 찾아보고 일이 해결되는 상황을 살펴보게 했다. 공문의 내용인즉, 대추장수 일곱 명과 술장수 한 명, 그리고 양지를 잡아 올리되 기한은 열흘이라는 것이었다. 만약 열흘이 지나도록 잡아 올리지 못할 시에는 파직은 물론 유배를 면키 어려울 것이라는 엄포도 잊지 않았다.

채태사가 보낸 부간의 입에서 이러한 말을 들은 제주 부윤은 소스라치게 놀랐다. 그는 곧 바깥을 향해 즙포사신을 불러 들이라 소리쳤다. 그러자 뜰 아래에 서 있던 관리 중 하나가 나직이 대답하고 나섰다.

"네 이름이 무엇이냐?"

부윤이 묻자 그 관리는 더욱 기어드는 목소리로 말했다.

"소인은 즙포사신 하도河濤라 하옵니다."

"그렇다면 태사님의 생신강을 강탈당한 황니강은 바로 네 관할구역이 아니더냐?"

"그렇사옵니다. 해서 소인이 그 사건을 맡은 후로 밤낮을 가리지 않고 관군들을 풀어 황니강을 수색했으나 아직 종적조차 잡지 못해 송구스럽기 그지없습니다. 그렇다고 소인이 수사를 게을리한 것은 결코 아닙니다. 상공께서는 깊이 통촉해 주시옵소서."

"듣기 싫다. 옛말에 이르기를 위에서 죄지 않으면 아래가 게을러진다고 했다. 오늘 동경의 태사께서 그 일로 사람을 보내시어 열흘을 기한으로 도둑들을 잡아 올리란 엄명을 내리셨다. 만약 그 동안에 잡아내지 못한다면 나는 파직은 물론 귀양을 가야할 판이다. 그리되면 너 또한 무사하지 못할 것이다. 내 분명히 약속하는데 기한 안에 도둑들을 잡아들이지 못할 시엔 너를 지옥 중의 지옥으로 유배를 보내고 말 것이다. 알아들었으면 어서 가서 놈들을 잡아오너라."

마른하늘에 날벼락이 따로 없었다. 집으로 돌아온 하도는 답답한 마음에 한숨만 터져나왔다. 그동안 군사를 풀어 각처에 수배를 내렸으나 아직 뾰족한 수가 나오지 않았다. 이제 열흘 후엔 꼼짝없이 귀양을 가게 생겼으니 눈앞이 깜깜할 뿐이었다.

바로 그때 그의 아우 하청河淸이 찾아왔다. 하청은 같은 형제라도 군관출신인 형과 달라서 매일 밤 한량들과 어울려 술이나 마시고 노름판이나 찾는 파락호였다. 다른 때 같았으면 인사 한 마디도 없던 형이었지만, 오늘은 사정이 달랐다.

'사람 일이란 알 수가 없다. 이놈은 본래가 술집이나 노름판으로만 떠돌아다니는 터이니, 혹시 무슨 소문이라도 귓결에 들은 것이 있을 것이다.'

하도는 전에 없이 아우에게 술대접을 하고 은자 열 냥까지 쥐어주면서 이 얘기 저 얘기 물어 보았다. 아니나 다를까 하도는 아우의 입에서 단서를 잡을 수 있었다.

"얼마 전에 노름판을 찾아 안락촌에 있는 주점에 들어갔다가 마침 대추장수 일행을 만났는데, 그 중 한 명은 전에 본 적이 있던 운성현 동계촌의 조보정이었습니다. 그리고 그 이튿날 아침 동구 밖에서 한 사내가 술통을 지고 가는 것을 보았는데, 술집 주인이 아는 체를 하기에 물어 보았더니 백일서 백승이라 하더군요.”

아우 하청의 이야기를 다 듣고 난 하도는 뛸 듯이 기뻤다. 그는 곧 하청과 함께 부윤에게 달려가 이 사실을 고한 뒤, 관군 여덟 명을 뽑아 그날 밤으로 안락촌을 덮쳤다.

백승의 집에 도착했을 때는 한밤중이었다. 마침 잠자리에 들어 있던 백승은 발악 한 번 못해보고 고스란히 잡혔지만, 쉽사리 입을 열 리 없었다. 하도는 백승의 집을 샅샅이 뒤져, 마침내 마루 밑에서 금은 한 자루를 발견했는데, 이것을 본 백승은 얼굴이 흙빛이 되었다.

하도는 백승과 장물인 금은을 싸서 밤길로 되돌아갔다. 제주 부중에 이르니 어느새 날이 훤하게 밝아오고 있었다.

대청 아래에 백승을 꿇어앉히자 부윤이 백승에게 모든 것을 털어놓으라며 을러댔다. 그러나 백승은 무겁게 고개를 저을 뿐이었다. 부윤은 크게 노하여 소리쳤다.

“이 흉측한 놈아! 네 집에서 장물이 나왔고, 또 내 이미 조보정의 무리들이 한 짓인 줄 다 알고 있는 터에 네놈이 뭘 믿고 뻗대는 것이냐? 저놈을 매우 쳐라! 내 얼마나 견디는지 보겠다.”

계속해서 치는 독한 매질에 살가죽이 터지고 속살이 드러나며 상처마다 검붉은 피가 흘러내렸다. 견딜 만큼 견딘 백승도 이제 더는 어쩔 도리가 없었다. 마침내 헐떡이며 모든 걸 털어놓기 시작했다.

“우두머리는 조보정이 맞습니다. 그 나머지 여섯은 조보정이 끌어들인 사람이라 누구인지는 잘 모릅니다. 저는 다만 조보정이 시킨 대로 술통만 메고 나섰을 뿐입니다.”

부윤은 그것만으로도 충분하다는 듯 말했다.

“그거야 어렵지 않지. 조보정을 잡아들이기만 하면 나머지 여섯은 절로 밝혀질 게 아닌가?"

그리고는 곧 백승에게 스무 근짜리 칼을 씌워 옥에 가두게 하고, 하도를 불러 명했다.

"너는 지금 즉시 눈 밝고 솜씨가 날랜 공인 스무 명을 골라 이끌고 운성현으로 가거라. 현청에 가서 이 일을 알리고, 조보정과 그 일당들을 모두 잡아 와야 한다."

이에 밤길을 달려 운성현에 도착한 하도는, 나머지 일행들을 객점에 머물게 한 뒤 공문을 들고 현청으로 달려갔다. 그러나 때마침 지현이 막 오전 일을 끝내고 돌아간 터라 현청 앞은 사람 그림자 하나 없이 조용했다.

하도는 현청 맞은편 찻집으로 들어가 차 한 잔을 시키며 주인을 불렀다.

"혹시 오늘 당직인 압사가 누군지 아시오?"

"마침 저기 오시는군요. 바로 저분입니다."

하도가 그쪽을 보니 현청 안에서 정말로 압사 하나가 걸어나오고 있었다.

그 압사의 성은 송宋이요 이름은 강江, 자는 공명公明이라 했는데, 본래 운성현 송가촌 사람으로 얼굴이 검고 키가 작아 사람들은 그를 흑송강黑宋江이라 부르기도 했다.

그는 평생 재물을 우습게 알고 오직 의리를 중히 여기며, 부모를 섬기되 효도가 지극하고 사람을 대할 때는 정성을 다하는 인물이었다. 송강의 훌륭한 사람됨은 그뿐만이 아니었다. 누구든 그에게 필요한 걸 달라고 해서 거절당해 본 적이 없고, 남의 어려움을 보면 제 몸을 던져서라도 구해주니, 그로 인해 산동과 하북의 사람들은 그를 급시우及時雨, 즉 때맞춰 오는 단비라 불렀다.

그 송강이 현청을 나서자, 하도는 길까지 나가 맞으며 찻집으로 이끌었다.

"저는 제주부 즙포사신 하도입니다. 압사의 높으신 이름은 어떻게 되시는지요?"

"이 하찮은 벼슬아치는 송강이라 합니다."

하도는 그 자리에 엎드려 절을 올리며 말했다.

"오래 전부터 대명을 들어왔으나 인연이 없어 여지껏 뵙지를 못했습니다."

송강은 얼른 그를 일으키며 물었다.

"예가 지나쳐 몸둘 바를 모르겠습니다. 그런데 관찰께서는 무슨 일로 저희 현을 찾아오셨는지요?"

"실은 황니강의 도둑떼를 잡으러 왔습니다. 이번에 그 도둑들 가운데 하나인 백승이란 자를 잡았는데, 나머지 일곱은 이 현에 있다는군요. 이 일은 태사께서 특별히 사람을 보내 독촉하고 있는 일이니 압사께서도 되도록 빨리 시행할 수 있도록 도와 주십시오."

"백승이 자백했다는 그 일곱 명의 이름은 무엇입니까?"

"괴수는 동계촌의 조보정이라는데, 나머지 여섯은 아직 모르고 있습니다."

그 말을 들은 송강은 깜짝 놀랐다.

'보정이라면 내게는 형님이나 다름없는 분이시다. 만약 내가 구하지 않는다면 반드시 잡혀가서 목숨을 잃게 되실 것이다. 그건 그렇고 대체 어느 틈에 그렇듯 큰 죄를 지으셨단 말인가?

송강은 아무런 내색도 없이 하도에게 말했다.

"내 조개 그놈을 평소에도 수상쩍게 보았는데, 기어코 큰일을 저지르고 말았군요."

"압사께서 힘을 좀 써 주셔야 되겠습니다."

"어렵지 않은 일입니다. 이미 독 안에 든 쥐와 다를 바 없으니 곧 잡을 수 있을 것입니다. 관찰께서는 그 공문을 직접 지현께 올리십시오. 결코 작은 일이 아닌 만큼 다른 사람에게까지 새어 나가게 해서야 되겠습니까?"

"그 말이 옳습니다. 그럼 저를 지현께 데려가 주십시오."

"지현께서는 아침 공사를 다 보시고 잠시 쉬러 나가셨습니다. 여기서 잠시만 기다려 주시면 제가 모셔오겠습니다."

찻집을 나온 송강은 즉시 집으로 달려갔다. 때를 놓쳤다가는 조개의 목숨이 위태로워질 수도 있는 일이었다. 송강은 마구간에서 말 한 필을 끌어내 타고는 동계촌을 향해 나는 듯이 달려갔다.

이때 조개는 오용, 공손승, 유당과 함께 뒤뜰 포도나무 그늘에서 술을 마시고 있었다. 완씨 삼형제는 이미 석계촌으로 돌아가고 난 뒤였다. 송강이 문 앞에 와 있다는 말을 들은 조개가 머슴에게 물었다.

"뒤따르는 사람이 있더냐?"

"아닙니다. 혼자 나는 듯 말을 타고 달려오시더니 보정 어른을 뵐 일이 있다고 하셨습니다."

머슴의 말을 들은 조개의 낯빛이 흐려졌다. 무언가 일이 틀어졌음을 직감했던 것이다. 조개는 급히 나가서 송강을 맞았다.

"대체 무슨 일이시오?"

그러자 송강은 말없이 조개의 손을 잡고 앞장서 객방 안으로 들어가더니 주위를 한 번 살피고는 입을 열었다.

"형님, 큰일났습니다. 황니강에서의 일이 발각돼서 백승은 이미 붙잡혀 제주 관아에 붙잡혀 있답니다. 백승의 입에서 형님의 이름이 나와, 지금 하도란 즙포사신이 형님을 잡으려 하고 있습니다."

"아니, 그게 정말이오?"

뜻밖의 말에 조개는 놀라지 않을 수 없었다.

"천만다행으로 그 일이 제게 먼저 들어와 손을 좀 썼지요. 서른여섯 가지 계책 중에서도 달아나는 게 가장 상책이라 했으니, 어서 달아나십시오. 제가 돌아가 하도가 가져온 공문을 지현께 올리면 오늘밤으로 사람들이 들이닥칠 것입니다."

"나는 그런 줄도 모르고 있었구려. 아우님의 이 은혜는 대체 무엇으로 갚아야 한단 말이오?"

"한가한 말씀하실 틈이 없습니다. 어서 떠날 채비나 하십시오."

송강이 다시 한 번 달아날 것을 재촉하자, 조개가 난데없는 말을 꺼냈다.

"이번 일을 같이한 일곱 중 완소이, 완소오, 완소칠 세 사람은 석계촌으로 돌아갔고, 나머지 세 사람은 지금 후원에 있으니 잠깐 들어가서 만나보고 가시게."

조개는 송강을 이끌고 후원으로 들어갔다.

"이 사람은 오학구, 이 사람은 계주에서 온 공손승, 그리고 이 사람은 동로주 유당일세."

세 사람이 손을 모으며 고개를 숙이자 송강도 얼른 답례를 했다. 마음이 다급했던 송강은 인사를 끝내기가 무섭게 몸을 돌려 뛰듯이 나가며 조개에게 당부했다.

"형님, 어서 서두르십시오. 아우는 이만 돌아가겠습니다."

송강을 보내고 후원으로 돌아온 조개는 오용 등을 보고 물었다.

"지금 나간 사람이 누군지 아는가?"

"참, 누구요? 변변히 인사도 못하고 그대로 나가 버리니……."

"그 사람이 와주지 않았더라면 우리 목숨이 위태로울 뻔했네."

"그럼, 그 일이 드러난 것입니까?"

"말을 들으니 백승이 잡혀들어가 내 이름을 불었나 본데……, 곧 어디로 튈지 궁리를 해야겠네."

"그분이 아니었다면 정말 큰일날 뻔했습니다. 그분이 대체 뉘시오?"

"본현 압사 송강일세."

"아, 그분이 그럼 급시우 송강이시오?"

"나와는 막역한 사이네만……."

문득 말을 하다만 조개는 미간을 좁히며 오용을 돌아보고 물었다.

"일이 급한데, 어찌 했으면 좋겠나?"

"삼십육계 주위상계지요."

"송공명도 그 말을 하긴 했는데, 어디 마땅한 데라도 있나?"

"내 이미 생각해 둔 곳이 있습니다. 우선 석계촌 완씨 삼형제한테로 갑시다."

“그 사람들이 어찌 이 많은 사람들을 받아들일 수 있겠나?”

“그런 것이 아니지요. 석계촌과 바로 지척에 양산박이 있는데, 지금 그곳 기세가 한창이라 관군들도 손을 못 대고 있다 합니다. 이제 일이 급하게 되었으니 그리로 가서 한패가 되는 것입니다.”

“좋은 생각이긴 한데, 저들이 우리를 받아주겠나?”

“우리가 가진 것이 모두 금은 보화입니다. 그것을 얼마간 내주겠다는데 우리를 마다할 리 있겠습니까?”

그렇게 결론이 나자, 오용과 유당은 털어온 생신강을 대여섯 짐으로 싸게 한 후, 일꾼 대여섯 명을 골라 지게 했다. 준비가 끝난 것을 확인한 오용은 소매에 구리막대를 감추고 유당은 칼을 찬 뒤 일꾼들과 함께 석계촌으로 떠났다.

그들이 떠난 뒤 조개와 공손승은 그대로 장원에 남아 뒷수습을 했다. 머슴들 중 따라나서지 않겠다는 자들에게는 패물들을 나눠주며 새 주인을 얻어 가게 했고, 따라나서겠다는 자들은 모조리 데리고 나서기로 했는데, 날이 저물도록 짐을 꾸리느라 정신이 없었다.

한편 송강은 다시 찻집으로 돌아가 하도를 데리고 현청으로 갔다. 두 사람이 현청 안으로 들어서니, 지현인 시문빈이 벌써 돌아와 공무를 보고 있었다. 송강은 하도가 가져온 공문을 시문빈에게 받쳐 올리며, 하도를 데려다 그 앞으로 이끌었다.

공문을 뜯어 본 지현은 크게 놀라며 송강에게 말했다.

“태사부에서 사람을 보낸 것을 보면 한시가 급한 모양이구나. 어서 가서 놈들을 잡아들이도록 하라.”

송강은 그 말을 듣고 조용히 말했다.

“낮에 군관들을 풀면 놈들이 소문을 듣고 달아날까 걱정입니다. 차라리 밤을 기다려 덮치는 것이 좋을 듯합니다.”

“그럴 듯한 말이다. 헌데 동계촌 조보정이라면 이름 높은 호걸인데 왜 그런 일을 저질렀는지 알 수가 없구나.”

부윤은 곧 주동과 뇌횡을 불러 조보정과 그 일당을 잡아들이라는 명을 내렸고 이어서 현위도 불러 같은 명을 내렸다.

그들은 날이 저물기를 기다려 관병 100여 명을 이끌고 동문을 나섰다. 그러나 그들이 바람같이 달려 조보정의 집을 급습했을 때는 이미 조보정 일행은 떠나고 없었다. 현위는 곧 관병을 풀어 조보정을 따라가지 않은 머슴 둘을 가까스로 잡아 운성현으로 돌아갔다.

지현은 두 머슴을 닦달했다. 둘은 처음에는 고개를 내저으며 모른다고 잡아뗐지만, 매 앞에 장사 없다고, 곧 지다성 오용을 비롯한 여섯 명의 이름을 댔다.

"그래, 그놈들이 어디로 간다고 하더냐?"

"석계촌의 완씨 삼형제에게로 간다고 했습니다."

지현은 그나마 다행이라 여기고, 그 두 머슴과 그들이 말한 것을 상세히 적은 공문을 하도에게 주어 제주부로 돌려보냈다. 그동안 남몰래 애태웠던 송강은 일이 그렇게 끝맺어진 데 한숨을 돌리고 자기 집으로 돌아갔다.

한편 제주로 돌아가 부윤 앞에 대령한 하도는 모든 일을 상세히 고했다. 그러자 부윤은 긴 말 필요 없다는 듯이 하도에게 명을 내렸다.

"도적들의 이름과 거처를 알았으니, 지금 즉시 석계촌으로 가서 그놈들을 잡아오도록 하라."

"석계촌은 양산박과 가까울 뿐만 아니라 물과 갈대가 여간 아니라고 합니다. 크게 군사를 일으켜 들이치지 않는다면 낭패를 볼까 두렵습니다."

"일이 그렇다면 무예가 뛰어난 포도순검을 뽑아 오백 군마를 딸려 줄 테니 같이 가서 잡아오너라."

부윤의 그 같은 명을 받은 하도는 포도순검과 함께 오백의 군사를 점고한 후 물밀 듯이 석계촌으로 달려갔다.

그 무렵 조개를 비롯한 일곱 명은 완소오의 집에 모두 모여 양산박으로 들어갈 궁리를 짜내고 있었다. 그때 어부 몇 명이 황급히 달려오더니, 난데없는 관군 무리가 지금 쳐들어오고 있다고 알려왔다.

그 소식을 접한 조개가 일어서 결연히 말했다.

"유당 아우는 오학구 선생과 함께 우리의 재물과 완씨 형제의 가솔들을 배에 싣고 곧 주귀의 주점이 있는 이가도구李家道口로 가 기다리게. 그동안 우리는 여기서 형세를 살피다가 저것들을 혼내주고 뒤따르겠네."

이에 유당과 오용이 각각 배 한 척씩을 맡아 주귀의 주점을 향해 노를 저어 가자, 조개와 완씨 형제들도 관군을 맞을 채비에 들어갔다.

이때 하도와 포도순검은 관군을 이끌고 점차 석계촌으로 다가오고 있었다. 도중에 배가 보이기만 하면 모조리 빼앗아 배를 몰 줄 아는 군사들에게 맡기니, 물과 뭍으로 동시에 쳐들어갈 계획이었던 것이다.

이윽고 완소이의 집에 다다른 관군들은 함성과 함께 들이닥쳤다. 그러나 뜻밖에도 집은 텅 비어 있었다. 하도는 곧 배를 나누어 타고 갈대 숲을 헤치며 완소오의 집을 향해 노를 저어 갔다. 그러는 사이 어느덧 해가 지고 어둠이 찾아왔다. 문득 불안한 느낌이 든 하도는 작은 배 두 척을 뽑아 그곳 지리를 잘 아는 군사 셋씩 태운 다음, 먼저 나아가 길을 찾아보게 하였다.

그런데 배가 간 지 두 시진이 지나도록 길을 찾아내기는커녕 돌아오지도 않는 것이었다. 더는 지체할 수 없다고 생각한 하도는 한 척의 쾌선을 골라 물에 능숙한 군사를 뽑아 몸소 앞장섰다. 그렇게 한 대여섯 마장쯤 갈대를 헤치며 배를 젓고 있을 때, 물가 언덕 위로 한 사내가 호미를 들고 지나가는 것이 눈에 띄었다.

"이봐, 이 앞으로 배가 지나가는 것을 못 보았나?"

"아, 완소이를 잡으리 나온 배 말이군요?"

"그렇네. 그런데 완소이를 잡으러 나온 줄은 어찌 알았나?"

"바로 이 앞 오림烏林에서 완소이가 도망을 치며 그러더군요."

"그곳이 여기서 먼가?"

"바로 코앞이지요."

하도는 아무래도 그 사내가 수상쩍어 보였다. 곧 관원 둘을 내보내 그 사내를 잡아오게 했다. 그러나 어림없는 짓이었다. 사내가 한 차례 호미를 휘두르자 언덕으로 올라갔던 두 관원은 그 호미를 맞고 그대로 물 속에 처박혔다.

그걸 본 하도는 깜짝 놀라 뭍으로 달아나려 했다. 그러나 하도가 미처 언덕에 오르기도 전에 물 속에서 누군가 하도의 다리를 잡고 끌어당겼다. 하도가 물 속으로 끌려 들어가는 것을 본 관원들은 그대로 배를 몰아 도망가려 했다. 그러자 언덕 위에 있던 사내가 배로 뛰어오르더니 호미로 한 사람씩 쳐서 물 속으로 떨어뜨렸다.

그사이 하도는 누군지 모를 물 속의 사내에게 끌려 언덕으로 올려졌다. 사실 언덕에서 호미를 들고 있던 사내는 완소이고, 물 속에 숨어 있던 사내는 완소칠이었다. 형제는 코로 입으로 물을 잔뜩 먹은 채 초죽음이 된 하도를 묶어 놓고 말했다.

"우리 삼형제는 불지르고 사람 죽이기를 밥먹듯 해 온 사람들이다. 네놈이 간이 부어도 분수가 있지, 어찌 감히 우리를 잡겠다고 날뛰는 것이냐?"

하도는 벌벌 떨며 애걸했다.

"저는 다만 위에서 시키는 대로 했을 뿐입니다. 제가 어찌 감히 호걸님들과 대적하려 하겠습니까? 제가 죽으면 의지할 곳 없는 팔십 노모를 생각해서라도 제발 목숨만은 살려 주십시오."

완씨 형제는 하도를 묶어 근처 초가에 쳐박아 둔 뒤, 각자 배 한 척씩을 저어 어디론가 사라졌다.

한편 나머지 관군들을 거느리고 하도를 기다리던 포도순검은 시간이 지나도록 하도가 돌아오지 않자 걱정이 되었다. 그 사이 밤은 더욱 깊어지니, 아무 채비 없이 물로 나온 관원들은 추위에 떨었다.

그때 갑자기 난데없이 거센 바람이 불어오니, 가뜩이나 추위에 떨던 관군들은 서로를 부둥켜안은 채 비명을 질러댔다. 하지만 더욱 놀랄 일은 그 다음에 벌어졌다. 어디선가 한가닥 피리 소리가 들리는가 싶더니 갈대 숲에서 한 줄기 불길이 솟아올랐다. 관군들이 놀라 그쪽을 살펴보니 불붙은 배 수십 척이 다가오고 있었다.

불길은 삽시간에 번져 갈대 숲과 배들을 모조리 태워 버렸다. 미처 불길을 피하지 못한 관군들은 그대로 불에 타 죽고, 간신히 불을 피한 자들은 또 물에 빠져 죽었다. 그리고 가까스로 언덕에 기어오른 자들은 기다리고 있던 조개와 완씨 삼형제의 칼날 아래 사정없이 목이 잘려 죽었다. 이때 바람과 불을 불러온 이는 바로 일청도인 공손승이었다.

포도순검과 오백이 넘던 관군들이 모두 죽고, 목숨을 건진 사람은 하도 하나뿐이었다. 완소이가 하도에게 말했다.

"네 목숨 하나는 살려보내겠다. 돌아가거든 제주 부윤은 물론 태사 채경이 온다해도 우리는 눈 하나 깜빡하지 않는다고 전해라. 그리고 네놈이 왔다간 표시로 귀 두 쪽은 남겨 두어야겠다."

완소이는 칼을 들어 하도의 두 귀를 벤 다음 풀어주었다. 하도는 아픈 것도 잊은 채 그저 목숨 건진 것만을 다행으로 여기며 꽁지에 불이 붙은 듯 달아났다.

하도를 놓아 보낸 뒤, 조개 일행은 즉시 석계촌을 떠나 이가도구로 갔다. 이가도구에서는 오용과 유당이 완씨 형제의 가솔들과 함께 먼저 가서 기다리고 있었다. 조개 일행이 그곳에 이르자 오용은 어떻게 관병을 물리쳤는지 물었고, 조개는 너털웃음을 치며 그간에 있었던 일을 상세히 일러주었다. 공손승의 도술과 완씨 삼형제의 작전으로 오백이 넘는 관군들을 모조리 물 속에 장사지냈다는 말을 들은 오용과 유당은 크게 웃으며 기뻐했다.

그들은 곧 배를 정돈해 한지홀률 주귀의 주점을 찾아갔다. 주귀는 오용에서서 찾아오게 된 내력을 듣고는 그들을 반갑게 맞으며 크게 잔치를 베풀어 접대했다.

술이 여러 순배 돌고 난 후, 주귀가 그제서야 생각났다는 듯이 소리나는 화살 한 대를 물 건너 갈대밭으로 쏘아보냈다. 곧 졸개 하나가 배를 저어 건너오자, 주귀는 곧 호걸들의 이름과 내력을 적어서 주며 산채로 가 전하라 일렀다.

다음날 아침, 주귀는 큰 배 한 척을 구해와 호걸들을 태운 후 양산박으로 향했다. 그들이 금사탄에 배를 대고 언덕에 오르자 산 위에 있던 수십 명의 졸개들이 달려 내려와 길을 안내했다. 일행이 산을 올라 관문 앞에 다다르자, 백의수사 왕륜이 다른 두령들과 함께 나와 정중히 그들을 맞아 취의청으로 인도했다.

청상에 오르자 조개 등은 오른편에 일자로 서고, 왕륜을 비롯한 두령들은 왼편에 일자로 서서 각기 서로 예를 베푼 다음, 손님과 주인이 자리를 나누어 앉았다.

먼저 왕륜이 입을 열었다.

"일찍부터 조보정의 대명을 들어왔는데, 오늘 이처럼 여러 호걸들과 함께 저희 산채를 찾아주시니 기쁘기 그지없습니다."

그러자 조개가 답했다.

"책도 변변히 읽지 못한 한낱 촌부가 일을 저지르고 몸둘 곳이 없어 이처럼 찾아온 것이니, 두령께서는 부디 버리지 마시고 저희를 부하로 받아주시기 바랍니다."

서로 인사를 마치자 성대한 주연이 벌어졌다. 소와 돼지를 잡고 피리 소리와 북소리가 요란하게 울리는 가운데, 두령들과 일곱 호걸들은 권커니 잣커니 술잔을 기울였다. 이윽고 날이 저물어 술자리가 끝나자, 왕륜은 곧 조개 일행을 인도하여 객관에서 쉬게 했다.

객관에 든 조개가 일행들을 둘러보며 말했다.

"큰 죄를 지은 우리들을 왕두령이 이렇게 환대해 주니 여간 다행한 일이 아닐세. 참으로 고마운 사람이야."

그 말에 오용은 냉소를 금치 못했다.

"형님은 왕륜이 우리를 받아주리라 보십니까? 아까 술자리에서 우리가 오백 관군들을 무찌른 얘기를 하자 왕륜의 얼굴빛이 달라집디다. 입으로는 환영한다고 해도 아마 속셈은 다를 것입니다. 만약 우리들을 산채에 받아들일 뜻이 있다면, 이미 그 자리에서 서로간의 지위를 정했어야 옳습니다. 제가 보기엔 다 틀린 것 같습니다."

"그렇다면 이제 어떻게 해야 좋겠소?"

"내 오늘 자세히 살펴보니, 둘째 두령 두천이나 셋째 두령 송만이나 다 보잘것없는 자들이지만 넷째 두령 임충만큼은 참으로 인물이었습니다. 본래 동경에서 80만 금군 교두를 지낸 사람으로, 지금은 부득이 왕륜의 밑에서 몸을 굽히고 있기는 하지만 불만이 많은 것 같았습니다. 이 사람을 우리 쪽으로 끌어들인다면 나머지 일은 다 된 것이나 다름없습니다."

"그런 줄은 몰랐네. 그렇다면 우리는 오직 선생의 묘책에 의지하는 수밖에 없겠네 그려."

그 이튿날이었다. 아침 일찍 졸개 하나가 들어와 넷째 두령 임충이 몸소 호걸들을 뵈러 왔다고 알렸다. 그 말을 들은 오용이 미소를 지으며 말했다.

"그 사람이 찾아왔다면 일은 제 생각대로 되겠습니다."

조개는 다른 여섯 사람과 함께 나가서 임충을 맞아들였다.

"일찍이 교두의 크신 이름을 들어왔던 터에 이처럼 몸소 찾아주시니 기쁘기 그지없습니다."

"저야말로 존안을 뵙고 보니 평생의 원이 다 풀린 듯합니다. 다만……, 이번에 여러 호걸께서 모처럼 우리 산채를 찾아주셨는데……, 왕두령의 질투가 워낙 심한지라 이대로 산채에 머물러 계실 수 있을지 걱정입니다."

오용은 임충의 말뜻을 알아차렸다.

"그런 줄 몰랐습니다. 왕두령의 생각이 정 그렇다면 우리가 먼저 다른 곳으로 물러나겠습니다."

"아닙니다. 그래서는 안 됩니다. 앞으로 왕륜이 하는 수삭을 보아 이치에 합당치 못할 때는 제게도 따로이 생각이 있습니다."

"우리 일로 산채의 두령들 사이에 의가 상하면 되겠습니까?"

"아닙니다. 여러 호걸들께선 모든 일을 이 임충에게 맡기십시오."

임충이 돌아간지 얼마 후에 산채에서 졸개가 하나 내려와 왕두령이 일곱 호걸을 산채의 남쪽 정자로 청한다고 전해왔다.

"곧 가겠다고 여쭈어라."

졸개를 돌려보낸 다음, 조개는 오용을 돌아보며 물었다.

"학구선생이 보기에는 이번 자리가 어떨 것 같소?"

"한바탕 소란이 일어날 것입니다. 모두들 무기를 하나씩 몸에 감추고 있다가 제가 수염을 쓰다듬거든 그것을 신호로 일제히 나서기로 합시다."

조개의 무리는 각각 무기로 쓸 만한 것을 품에 감춘 다음, 산채에서 내려보낸 일곱 채의 가마를 나누어 타고 정자로 나갔다. 정자에 이르자 왕륜을 비롯한 두령들이 나와서 조개 일행을 맞았다. 서로 인사를 마치자 왕륜의 무리는 왼쪽 주인자리에 앉고, 조개의 무리는 오른쪽 손님자리에 앉았다. 모두들 술이 얼큰하게 들어갔을 때 왕륜이 졸개를 불러 말했다.

"가서 그걸 내오너라."

잠시 후에 은화가 수북히 쌓인 큰 쟁반 하나가 들어왔다. 왕륜은 잔을 들고 일어나 조개 쪽을 향해 말했다.

"여러 호걸께서 모처럼 찾아오셨으나, 조그만 도랑에 지나지 않는 곳에 어찌 이토록 많은 용을 받아들일 수 있겠습니까? 이에 작으나마 예물을 마련했으니 웃으며 거둬 주시고 따로이 큰 산채를 찾아 자리를 잡으시지요."

그러자 조개가 입을 열었다.

"우리가 이곳을 찾아온 것은 양산박에서 재주 있는 호걸들을 받아들인다는 말을 들었기 때문이었소만 우리를 받아들일 수 없다면 물러갈 도리 밖에 더 있겠습니까? 재물이라면 저희도 쓸 만큼 있으니 예물은 거두십시오."

"무얼 그리 사양하십니까? 저희가 이러는 것은 산채에 방이 적고 양식도 넉넉지 않아서 그런 것이니 양해하시기 바랍니다."

왕륜의 말이 끝나자 잠자코 있던 임충이 자리를 박차고 일어나 꾸짖었다.

"네 전번에 내가 여기 왔을 때도 그러더니, 오늘도 또 그따위 수작이냐?"

그때 오용이 나서며 임충을 말리는 척했다.

"임두령은 화를 참으시오. 우리가 여기 온 것은 산채의 정분을 깨려 함이 아니외다. 우리는 이만 이 산채를 떠날 테니 부디 서로간에 의 상하는 일이 없기를 바라오."

말은 부드럽지만 임충을 은근히 부추기는 소리였다. 임충은 이미 뽑아든 칼이라 그대로 왕륜을 몰아댔다.

"너는 겉은 깨끗한 척하면서 속은 더럽기 짝이 없는 소인배다. 오늘 정말로 이 산채에서 쫓아내야 할 건 바로 네놈이다."

"이 짐승 같은 놈이 취하지도 않았는데 무슨 개소리냐? 네가 감히 아래위를 뒤집고 내게 덤비려느냐?"

왕륜도 지지 않고 임충을 꾸짖었다. 그러자 임충이 더 한층 목소리를 높였다.

"과거에도 떨어진 궁한 선비놈이 가슴속에 든 학문도 없으면서 어찌 이 산채의 임자 노릇을 하려 드느냐?"

임충은 술상을 밀어 엎고 품속에서 시퍼런 칼 한 자루를 빼들었다. 이것을 본 오용이 손을 들어 수염을 어루만지니, 그것을 신호 삼아 완소이는 두천의 덜미를 잡아 누르고, 완소오는 송만의 멱살을 잡고, 완소칠은 주귀의 어깨를 눌러 꼼짝 못하게 했다. 임충은 그대로 왕륜에게 달려들었다.

"네 이놈, 남의 위에 서려면 도량이 넓고 재주가 높아야 하느니라. 너같이 어진 이를 시기하는 놈을 살려 두어 무엇에 쓰겠느냐?"

임충이 단칼에 왕륜의 가슴을 찔러 죽이자, 조개와 그 무리들이 일제히 품에서 칼을 꺼냈다. 순간 두천, 송만, 주귀는 무릎을 꿇고 엎드리며 입을 모아 말했다.

"여러 호걸들을 받들어 모시겠습니다."

조개의 무리가 황망히 세 사람의 손을 잡아 일으키자, 오용은 곧 교의 하나를 들어다 임충을 앉히고 소리를 높여 호령했다.

"지금부터 임교두가 이 산채의 주인이다. 만약 누구든 복종치 않는 자가 있다면 왕륜으로 본을 삼을 것이니 그리들 알라!"

그러자 임충이 자리에서 벌떡 일어나며 말했다.

"선생의 말씀은 옳지 않소이다. 내가 왕륜을 죽인 것은 호걸들의 의리를 중히 여겨서이지 이 자리가 탐나서 그런 것이 아닙니다. 오히려 이 자리는 여기 계신 조형에게 가야 옳을 것입니다. 조형은 의리를 중히 여기시는 데다 지혜와 용기를 아울러 갖춘 분으로, 그 이름만 들어도 엎드려 따르지 않는 자가 없소. 내 오늘 의기를 중히 여겨 조형을 우리 산채의 으뜸으로 모시고 싶은데, 여러분의 뜻은 어떠시오?"

조개는 손을 내저으며 사양했으나 모두가 이구동성으로 그 뜻을 따랐다. 임충은 조개를 떠밀다시피 해 첫째 두령의 교의에 앉히고 모든 무리들에게 세 번 절하게 한 다음 외쳤다.

"오늘 여러 호걸들이 모여 대의가 분명하니 좌위 역시 공명정대하게 정하겠소. 둘째 자리에는 오학구 선생이 앉으시어 산채의 군사 지휘권을 맡는 것이 좋겠습니다."

그러나 오용은 겸손하게 사양했다.

"이 사람은 한낱 촌구석의 학구로서 비록 손오병서는 좀 읽었다하나 털끝만한 공도 세운바 없거늘 어찌 그 자리에 앉겠습니까? 당치도 않습니다."

그러나 이번에도 임충은 굳이 오용을 둘째 자리에 앉히고 다음에 공손승을 보고 말했다.

"셋째 자리에는 공손 선생께서 앉아 주십시오."

그러자 당사자가 사양하기도 전에 조개가 먼저 나섰다.

"임교두께서 이렇게 계속 사양만 하시면, 이 사람은 이 자리에서 물러나겠습니다."

"그렇지 않습니다. 공손 선생께서는 이미 그 이름을 천하에 떨치셨고, 용병술은 물론 귀신도 헤아릴 수 없는 지략과 바람과 비를 마음대로 불러오는 술법이 있으시니, 마땅히 셋째 자리에 앉으셔야 합니다."

임충은 다시 넷째 자리도 다른 호걸에게 양보하려 했으나 이번에는 다른 호걸들이 가만있지 않았다. 조개와 오용, 공손승이 억지로 임충을 넷째 자리에 끌어 앉히니 임충도 그것까지는 마다하지 못했다.

조개가 다시 주인 대접으로 두천과 송만을 그 다음 자리에 앉히려 했으나, 두천과 송만은 목숨이 붙어 있는 것만으로도 다행으로 여기며 감히 그 자리에 앉으려 들지 않았다. 한참 승강이를 벌인 뒤 유당이 다섯째, 완소이가 여섯째, 완소오가 일곱째, 완소칠이 여덟째가 되었다. 두천은 아홉째 자리에 이르러서야 겨우 응락했고, 송만은 열째, 주귀는 열한번째가 되었다.

이렇게 열한 명의 큰 두령이 순서를 정해 앉자, 칠백 졸개들이 모두 나와 새 두령에게 절하고 그 마당에 늘어섰다. 양산박은 이제 예전의 좀도둑떼가 아니라 위계질서와 명분을 갖춘 무력집단으로서 첫발을 내딛게 된 것이다.

제3장
의를 쫓아서

살인자가 된 송강

한편 제주부에서는 그사이 태수가 바뀌었다. 새로 부임한 태수 종宗은 구관 태수로부터 양산박 도적떼들의 힘이 커져서 그동안 수많은 관군들이 죽었다는 말을 듣고 얼굴이 흙빛이 되었다.

'채태사가 이 골치 아픈 일을 맡기려고 나를 이곳의 태수로 천거했구나. 용맹한 장수도 없고 강한 군사도 없으니 무슨 수로 그 많은 도적들을 제압한단 말인가.'

신임 태수는 조정에 글을 올려 제주부를 지킬 만한 장수 한 명을 보내달라고 청하는 한편 군사를 모으고 말을 사들였다. 그리고 아울러 제주부에 속한 현에도 공문을 내려 방비를 엄중히 하도록 일렀다.

태수의 그 같은 공문은 운성현에도 내려갔다. 공문을 받은 지현은 곧 송강을 불러 각 마을에 그 뜻을 전하는 공문을 돌리게 하는 한편, 전보다 한층 방비를 엄하게 했다.

지현으로부터 공문을 받은 송강은 조개 일행이 무사히 양산박으로 들어산 설 나행으로 여기면서도 한편으로는 몹시 걱정이 되었다.

'보정 형님과 그를 따르는 무리들이 너무 큰일을 저질렀구나. 비록 어쩔 수 없이 저지른 일이라고는 해도 만에 하나 실수라도 있게 되면 큰 화를 당할 것인데……'

그렇게 송강이 불안한 마음으로 현청을 나설 때였다. 누군가 등뒤에서 부르는 소리가 나길래 돌아보니, 중매쟁이 왕씨 할멈이 웬 노파를 데리고 따라나왔다.

"내게 무슨 할 말이 있으시오?"

그러자 왕씨 할멈이 곁에 있던 노파를 가리키며 말했다.

"나으리께서는 잘 모르시겠지만 이 할머니가 사정이 딱하게 됐습니다."

노파는 본래 동경 사람으로, 영감과 외동딸 염파석閻婆惜을 데리고 노래를 팔며 떠돌다가 운성현까지 흘러 들어오게 되었다. 세 식구는 딸 염파석이 노래를 불러 근근이 끼니를 때우며 살았는데, 영감이 갑자기 모진 병을 얻어 앓다가 지난밤에 죽었다. 만리 타향에서 당장 장례 치를 돈도 없었던 모녀는 평소 왕래가 있던 왕씨 할멈에게 도움을 청했으나, 왕씨 할멈도 도와줄 형편이 못돼 인정이 많기로 유명한 송강을 찾아왔던 것이다.

송강은 딱한 사정을 듣고 은자 열 냥을 주어 장례를 치르게 했다.

그 며칠 뒤의 일이었다. 무사히 장례를 치른 염파석의 노모는 동경으로 돌아가기 전에 한 번 더 감사의 말을 전하러 송강의 집에 갔다가 집안에 여자가 없는 것을 보고는 얼른 왕씨 할멈의 집으로 달려갔다.

"송압사 나으리가 아직 미혼이라니 객지에서 얼마나 외로우시겠소? 내 딸 파석의 나이 열여덟이고 인물도 훤하니 나으리의 첩으로 들이면 어떨지요. 지난날의 은혜를 그렇게라도 갚고, 나으리의 인척이 되어 왕래할 수 있다면 더 바랄 게 없겠소. 부탁이니 왕파께서 다리를 놓아주시오."

왕씨 할멈은 그날부터 문턱이 닳도록 송강의 집을 찾아갔다. 처음엔 큰일 날 것처럼 거절했던 송강도 왕씨 할멈이 거듭 권하니 차츰 마음이 움직였다. 결국 송강은 서쪽 동네에 집을 한 채 얻고 살림살이를 갖춰 염파석 모녀가 지낼 수 있게 했다.

그러나 송강은 본래 호걸로서 창봉 쓰는 법 익히기를 여자 어루기보다 더 좋아했다. 처음 얼마간은 밤마다 염파석을 찾아 운우의 정을 나누었지만 보름이 지나자 차차 발길이 멀어졌다. 염파석 역시 나이 열여덟 한창 때라 못생긴 송강을 별로 탐탁지 않게 여겨 저절로 둘 사이의 정이 뜨게 되었다.

그러던 어느 날이었다. 송강은 첩서후사貼書後司 장문원張聞原과 함께 염파석을 찾아가 술을 마시게 되었다. 장문원은 송강과 함께 일하는 압사로서

젊고 미남인 데다가 피리나 거문고 같은 잡기에도 능한 인물이었다.

본래 창기 출신이었던 염파석은 장문원을 보자 한눈에 반해 추파를 던졌고, 주색잡기로 이골이 난 장문원 역시 정을 듬뿍 담은 눈길로 추파를 받았다. 그렇게 되고 나니 나머지는 누가 돕고 자시고 할 것도 없었다. 곧 정을 통한 두 사람은 서로간에 죽고 못사는 사이가 되었다.

그 소문은 마침내 사람들 입에 퍼져 모르는 사람이 없게 되었고, 의리가 깨끗한 송강은 그 이후로 염파석의 집에서 발을 끊었다. 속이 탄 것은 염파석의 어미였다. 송강이 베푼 은혜도 은혜려니와 장문원은 도무지 모녀가 기댈 만한 인물 같지가 않았다. 해서 어떻게든 송강과 염파석을 다시 붙여 보려고 애를 썼지만 넘어갈 송강이 아니었다.

어느 날 저녁이었다. 송강이 현청에서 일을 마치고 귀가하려는데, 한 사내가 땀을 비오듯 쏟으며 달려오더니, 문득 발길을 멈추고 서서 그의 얼굴을 유심히 바라보는 것이었다. 송강도 의아한 마음에 그를 바라보니 어디선가 눈에 익은 얼굴이었다.

그 사내가 뚜벅뚜벅 다가오더니 송강에게 물었다.

"송압사 아니십니까?"

"그렇습니다만……, 뉘시온지?"

"저를 몰라보시겠습니까? 지난번 조보정 댁에서 압사의 은혜로 목숨을 건진 유당입니다."

"아니, 유당형이? 대체 이곳엔 웬 일이시오? 군관들의 눈에라도 띄면 어쩌시려고……."

"실은 압사 덕분으로 저희 일곱 사람이 목숨을 부지한 후, 양산박으로 들어가 지금은 아무 탈 없이 잘 지내고 있습니다. 이 모두 압사의 크신 은혜인지라, 이제 그 은혜의 만분의 일이라도 갚기 위해 이 사람이 조보정 두령의 서찰과 함께 황금 백 냥을 가지고 찾아뵌 것입니다."

송강이 조개의 편지를 읽어보니 그들의 형편을 이해할 수 있을 것 같았다. 송강은 짧은 칼이 달린 허리띠에서 주머니를 꺼내 조개의 편지를 그 속에 고이 넣으며 말했다.

"오래 머물러 계시면 위험하니, 이만 돌아가시지요. 오늘밤은 달이 밝을 것입니다."

"예, 곧 돌아가겠습니다. 그러면 이것을 받아 주십시오."

유당은 보따리에서 황금 백 냥을 꺼내 탁자 위에 올려놓았다. 그러나 송강은 극구 사양하며 받으려 하지 않았다. 난처해진 유당이 여러 번 청했으나 송강의 고집은 꺾을 수가 없었다. 송강은 대신 조개에게 보내는 답장 한 통을 써 주었다. 유당은 하는 수 없이 가져온 황금 백 냥과 송강의 답장을 보따리에 넣고, 바로 양산박을 향해 밤길을 떠났다.

유당을 보낸 뒤 송강은 혼자 집으로 발걸음을 옮겼다.

"아이구, 나으리. 이게 얼마 만입니까?"

송강이 고개를 돌려보니, 다름 아닌 염파석의 어미였다.

"나으리, 제 딸년이 워낙 배운 게 없어 잘못이 좀 있었던 것 같습니다. 저를 봐서라도 용서해 주시고, 어서 집으로 가십시다. 딸년도 나으리가 오시기만을 고대하고 있습니다."

"오늘은 바빠서……, 내 내일 가리다."

"그러지 마시고 제발 같이 가십시다."

송강은 노파의 청을 뿌리칠 수 없어 오랜만에 염파석의 집으로 갔다. 꼭 두 달만의 방문이었다. 그러나 파석은 송강이 왔는데도 본 체도 하지 않고 평상에 누워만 있었다. 그는 노파를 따라온 것이 후회가 되었으나 밤이 너무 늦어 돌아가기도 어려웠다.

뜬눈으로 밤을 새운 송강은 먼동이 틀 무렵이 되자 밖으로 나와 집으로 향했다. 한참을 걸어가다가 문득 허리께가 허전한 것을 느낀 순간 가슴이 덜컥 내려앉았다. 당연히 있어야 할 허리띠가 보이지 않았던 것이다. 간밤에 파석의 방 침상 난간에 걸어 놓은 채 새벽에 급히 나오느라고 잊은 것 같았다. 문제는 그 허리띠 안의 주머니에 든 조개의 편지였다.

송강은 황급히 파석의 집으로 달려갔다. 그는 방으로 들어서자마자 침상의 난간부터 살펴보았으나 허리띠는 보이지 않았다. 송강은 순간 당황했다. 물론 계집이 감춘 것이 분명했다. 송강은 침상 앞으로 가서 계집의 허리에 손을 대고 흔들었다.

"내 허리띠를 어디 두었느냐?"

"무슨 허리띠 말이오?"

"딴전 피우지 말고 어서 내놓거라. 그 사이에 아무도 이 방에 들어온 이가 없는데 네가 모르면 누가 안단 말이냐?"

"그래, 내가 감추었다 칩시다. 못 내놓겠다면 어쩌겠소?"

"어허, 어서 내놓지 못하겠느냐!"

"난 못 내놓겠소. 정 찾으려거든 나를 관가로 끌고 가 도둑으로 몰아 보시죠."

"내가 언제 너를 도둑이라 했느냐?"

"임자는 아마 나와 장서방이 좋아지내는 것을 질투하시는 모양인데, 그래도 그건 도적들과 내통하는 것보다 죄가 가벼울 걸요?"

송강은 파석의 말에 몹시 당황했다.

"무슨 말이냐?"

"정 그 편지가 필요하시다면 양산박 두령들에게 받은 황금 백 냥을 제게 주세요."

"양산박에서 내게 황금 백 냥을 보낸 것은 사실이지만, 받지 않고 돌려보낸 것을 어찌 주겠느냐?"

"흥, 내 어니 두고 봐야시. 내일 관사에 나사서노 돈을 받시 않았다고 그러는지……."

송강은 참을 만큼 참았으나 계집의 입에서 그런 말이 나오자 더 이상 참을 수가 없었다.

"정말 안 내놓겠느냐?"

"죽어도 못 내놓겠어요."

송강은 계집에게 달려들어 덮고 있는 이불을 획 젖혔다. 그러자 계집이 거기 감추어져 있던 물건을 가슴에 꼬옥 안았다. 그런 계집의 가슴 앞으로 애타게 찾던 허리띠 한 끝이 보였다.

"여기 있었구나!"

송강은 양손을 뻗어 그것을 빼앗으려 했지만 염파석이 호락호락 내줄 리 없었다. 송강은 한 손으론 계집의 팔을 벌리고 다른 한 손으론 허리띠를 감아쥐고 잡아당겼다. 그러자 허리띠에 묶여 있던 칼이 칼집에서 쑥 빠졌다. 송강은 급한 대로 그 칼을 잡았다. 칼을 본 파석은 얼굴이 하얗게 질리더니 비명을 질러댔다.

"사람 죽인다!"

그 소리에 왈칵 화가 치민 송강은 그대로 파석의 오른팔을 움켜쥐고 그 목에다 칼을 꽂아 버렸다. 목에 칼을 맞은 계집은 붉은 피를 샘솟듯 흘리며 몸을 푸들거렸다. 송강은 계집이 살아나면 정말로 큰일이다 싶어 아예 그 목을 잘라 버렸다. 어질다는 소리를 듣던 그도 모진 계집에게 걸려 벼랑끝으로 몰리다 보니 끔찍한 살인자가 된 것이다.

주머니를 찾은 송강은 그 속에서 편지를 꺼내 등잔불에 태워 버리고 천천히 층계를 내려왔다. 층계 밑에선 파석의 어미가 서 있었다.

"무슨 일로 그리 다투셨습니까?"

"파석이 하도 못되게 굴기에 그만 죽여 버렸소."

노파는 혹시나 하는 마음에 이층으로 올라갔다가 처참한 광경을 보고는 얼굴이 하얗게 질렸다.

"나으리, 이게 무슨 일입니까?"

"어쩔 수 없는 일이었소. 나도 사내요. 평생 일 저질러 놓고 달아나 본 적 없으니 할멈이 하자는 대로 하리다."

"착하신 나으리께서 오죽하셨으면 그랬겠습니까? 모두 딸년 잘못으로 생긴 일이지요. 그저 딸년 장례나 치러 주십시오."

파석의 노모가 의외로 침착했으므로 송강은 뜻밖으로 일이 잘 풀릴지도 모른다는 기대가 생겼다.

송강은 아무런 의심 없이 죽은 파석의 관을 사기 위해 노파와 함께 새벽 거리로 나섰다. 그들이 현청 앞에 이르렀을 때였다. 노파가 갑자기 송강의 옷자락을 붙잡고 늘어지면서 찢어지는 듯한 소리로 외치기 시작했다.

"이놈이 내 딸년을 죽였소. 살인자란 말이오. 어서 이놈을 잡아요!"

그러자 현청 안에 있던 관원 몇이 우루루 달려나왔다. 살인자가 있다는 말에 달려나오긴 했지만 노파가 붙잡고 있는 사람이 송강임을 알고는 깜짝 놀랐다.

"이 할망구가 미쳤나? 감히 압사 나으리께 행패를 부리다니!"

노파는 더욱 기세를 부리며 길길이 날뛰었다. 사람들이 모여들었으나 아무도 노파의 말을 믿는 사람이 없었다. 그만큼 송강이 모든 사람들의 사랑과 공경을 받고 있었기 때문이었다. 사람들은 오히려 노파의 손아귀에서 송강을 풀어 주려고 애썼는데, 그 중 누군가의 주먹이 노파의 면상을 쥐어박았다. 송강은 노파가 쓰러진 사이 재빨리 사람들 틈을 헤치고 달아났다.

뜻하지 않게 살인까지 저지른 송강은 곧 부친 송태공宋太公과 상의하여 떠날 준비를 서둘렀다. 그가 방향을 잡은 곳은 소선풍 시진의 집이었다. 송태공은 아들 송강이 혼자 길 떠나는 것이 불안하여 동생 송청과 함께 가게 했다. 때는 시들은 풀 속에서 귀뚜라미가 울고 강변 모래 위로 기러기가 내려앉는 초겨울이었다.

소선풍 시진은 워낙 천하의 호걸들과 사귀기를 좋아하는지라 송강과도 이미 서신 왕래가 몇 번 있던 터였다. 그런 송강이 기별도 없이 찾아가자 크게 놀라면서도 기쁨을 감추지 못했다. 실제로 만나기는 처음이었던 것이다.

시진은 먼길을 온 송강을 위해 우선 더운 물로 목욕부터 하게 하고 새 옷을 입힌 후 후원에 상을 차려 성대하게 접대했다. 그 자리에서 송강은 자기가 염파석을 죽이고 몸을 피하여 이곳까지 왔음을 솔직히 얘기했다. 그러나 시진은 그런 것 따위는 조금도 개의치 않는다는 듯이 말했다.

"설사 송압사께서 조정의 관리를 죽이고 창고에서 재물을 훔쳤다 해도 제

집에 계시면 무사할 것입니다. 어서 술이나 한잔 드십시오.”

대낮부터 마신 술이 어느덧 날이 저물어 등촉을 밝힐 때까지 계속되었다. 송강이 몸을 일으켜 소피를 보러 나가려 하자, 시진은 곧 머슴 하나를 부르더니 등에 불을 밝혀 들고 길을 인도하게 했다. 송강은 머슴을 따라 긴 낭하를 걸어갔다.

그가 동쪽 회랑 쯤에 이르렀을 때였다. 술에 취해 비틀거리던 송강은 실수로 한 사내가 쬐고 있는 화톳불을 발로 차서 엎고 말았다. 빨갛게 피어 오른 숯덩이가 사내의 얼굴을 쳤다. 사내는 너무나 놀란 나머지 식은땀까지 흘리며 크게 화를 냈다.

“어떤 놈이야?”

벌떡 일어난 사내는 무조건 송강의 멱살부터 잡더니 주먹을 들어 치려했다. 머슴은 등을 내던지고 사내의 팔에 매달리며 말렸다. 그때 사진이 얼른 달려왔다.

“압사어른께 이 무슨 무례한 짓이오?”

“압사어른? 지가 뭐 송압사나 된답니까?”

“송압사를 잘 아시오?”

“만나보지는 못했지만 급시우 송강을 모르는 이가 세상에 어디 있겠소?”

“허어, 등잔 밑이 어둡다더니……, 지금 앞에 계신 어른이 바로 송공명이시오.”

“그게 정말이오?”

그제서야 송강이 입을 열었다.

“예, 이 사람이 바로 송강입니다.”

그 한마디에 사내는 그 자리에 넓죽 엎드리며 절을 올렸다.

“몰라 뵙고 너무나 큰 무례를 저질렀습니다. 용서해 주십시오.”

송강은 황망히 그의 손을 잡아 일으켰다.

“그런데 성함이 어찌 되시오?”

그러자 시진이 대신 나서며 말했다.

“이분은 청하현에서 오신 분인데 성은 무武요 이름은 송松으로, 저와 함께 이곳에 머문 지가 일년이 되지요.”

“그 이름이라면 내 이미 들은 지 오랜데, 이곳에서 뵙게 되다니 정말 뜻밖입니다.”

세 사람은 함께 후당으로 들어가 또 다시 술자리를 벌였다. 송강이 무송의 인물됨을 살펴보니 과연 당당한 대장부였다. 가슴이 떡 벌어져 위풍이 있었고, 말솜씨가 뛰어나며 의지와 기개가 강해 보였다. 송강은 그를 만나게 된 것을 기뻐하며, 이곳에 머물게 된 속사정을 물었다.

“저는…… 지난해 청하현에서 술을 마시다가 본청의 기밀관원과 말다툼이 벌어져 홧김에 그만 한 주먹에 때려눕힌 후로 줄곧 대관인 댁에서 몸을 숨기고 있었습니다. 그런데 제게 맞아 죽은 줄로만 알고 있던 그놈이 소문에 들으니 멀쩡히 살아 있다고 하더군요. 그래서 고향으로 돌아가려던 차에 그만 학질에 걸려 못 가고 있습니다. 아까 화톳불을 쬐고 있던 것도 실은 오한이 심해서였습니다.”

“그럼 어서 들어가 쉬셔야 하는 거 아닙니까?”

“아닙니다. 아까 불똥이 튀는 바람에 온몸에서 식은땀을 쭉 뽑았더니 이젠 제풀에 떨어졌나 봅니다.”

“그렇다면 사례를 해야 옳지, 고맙다고는 못할망정 주먹을 앵기려 했단 말이오?”

주객이 함께 웃는 가운데 술자리는 계속 이어져 그날 밤 삼경이 지나서야 겨우 끝났다.

그로부터 십여 일이 지나자 무송은 작별을 고하고 청아현으로 떠났다.

호랑이를 때려잡은 사나이, 무송

무송은 밤낮을 부지런히 걸어 며칠만에 양곡현에 도착했다. 때는 한낮인데, 심한 갈증을 느끼며 두리번거리던 무송의 눈에 주점 하나가 들어왔다. 주점의 문 앞에는 '어두워지면 고개를 넘지 말 것' 이라고 씌어진 깃발이 하나 내걸려 있었다.

무송은 그 안으로 들어가 자리를 잡고 앉아 술을 청했다. 잠시 후 주인이 나물 한 접시와 술 한 사발을 내오자, 단숨에 술 한 사발을 비운 무송이 말했다.

"거 술맛 참 좋다. 주인장, 여기 요기될 만한 안주 좀 없겠소?"

"수육이 어떠신지요?"

"그거 좋지, 한 두어 근 썰어 주시오."

주인은 곧 수육을 썰어 큰 접시에 내오며 다시 술 한 사발을 따라 주었다. 그렇게 무송이 술 세 사발을 연달아 비우자, 주인은 더 이상은 술을 줄 수 없다고 말했다. 술집에서 술을 안 팔겠다니, 무송은 그 까닭을 물었다.

"저희 집 술은 처음에는 향기가 좋고 순한 것 같지만 잠시 후에는 바짝 오를 것입니다. 어떤 분이고 세 사발만 잡숫고 나면 취하지 않는 이가 없으니, 이 앞의 고개는 다 넘어간 것이지요."

"그런 소리말고 어서 술이나 주시오. 이미 세 사발을 마셨지만 보다시피 끄떡없지 않소?"

과연 무송이 세 사발을 마시고도 얼굴빛 하나 변하지 않은 것을 본 주인은 다시 연이어 세 사발을 더 부었다.

"거참, 술맛 한번 기막히오. 뭐하시오? 어서 더 따르시구려."

주인은 무송이 그 독한 술을 연거푸 여섯 사발을 마시고도 끄떡없는 것을 보곤 못내 어이없어 하며, 그가 청하는 대로 고기 두 근을 더 썰어 내오고 술도 다시 세 사발을 더 부어 주었다. 그렇게 해서 무송은 모두 열다섯 사발을 마시고 나서야 자리에서 일어났다.

"어떻소, 끄떡없지 않소?"

무송이 껄껄 웃으며 문밖으로 나서니, 주인이 황급히 따라 나오며 말했다.

"지금 고개를 넘으시려는 것입니까? 참으십시오. 저 고개 이름이 경양강 景陽岡인데, 최근에 호랑이가 자주 출몰해 벌써 수십 명이 호환을 당했습니다. 관청에서도 사냥꾼들을 풀어 호랑이를 잡고는 있습니다만, 이곳 사람들은 반드시 여럿이 모여야, 그것도 낮에만 고개를 넘고 있습니다. 조금 있으면 금세 어두워질 것인데 어디를 넘겠다고 그러십니까? 오늘은 저희 집에서 쉬시고 내일 사람들이 좀 모이면 함께 고개를 넘도록 하시지요."

"이거 왜 이러슈? 난 청아현 사람이오. 내 이제껏 경양강을 수십 차례 지나다녔지만 호랑이가 나온다는 말은 듣도 보도 못했소. 보아하니 숙박비라도 건질 셈인가 본데 어림없는 수작 마시오."

그 말에 술집 주인은 크게 화를 내며 말했다.

"기껏 생각해서 일러줬더니……, 호랑이한테 물려 죽거나 말거나 난 모르겠으니 맘대로 하시오."

무송은 코웃음을 치며 발걸음을 빨리해 고개를 오르기 시작했다. 때는 시월이라 해는 짧고 밤은 길었다. 무송이 고개 위에 이르렀을 때는 해가 이미 산 너머로 떨어진 뒤였다.

'호랑이는 무슨 호랑이? 공연히 겁들을 집어먹고 못 올라오는 거지'

그대로 얼마간을 더 걸어가니, 갑자기 취기가 오르면서 온몸이 타는 듯이 끓어올랐다. 전립을 벗어서 등에 걸고 옷고름을 풀어헤쳐 가슴을 드러낸 무송은 큰 바위 위로 올라가 아무렇게나 드러누웠다.

"에라 모르겠다. 아무 데서나 한잠 자고 가자."

무송이 막 잠이 들려는 찰나였다. 난데없이 한 줄기 바람이 무송의 얼굴을 훑고 지나갔다. 원래 구름은 용을 따르고 바람은 범을 좇는 법, 바람이 지나가자 수풀 속에서 이마에 흰 점이 박힌 호랑이 한 마리가 뛰어나왔다.

무송은 깜짝 놀라 바위 아래로 뛰어내리며 몽둥이 하나를 집어들었다. 호랑이는 넓죽 엎드리는 듯하더니 이내 앞발을 치켜들고 몸을 날려 무송을 덮쳤다. 무송은 엉겁결에 몸을 돌려 피했으나, 아까 먹은 술이 모조리 식은땀이 되어 흘러내리는 듯했다. 앞발로 허공을 친 채 땅에 떨어진 호랑이는 무송이 피한 것을 알자, 이번에는 뒷발을 번쩍 들어 그를 차려했다. 무송은 또 몸을 홱 돌려 피했다.

호랑이는 시뻘건 입을 벌리고 어흥! 하고 한 번 크게 울더니 쇠몽둥이 같은 꼬리를 번쩍 꼬나 세워 그대로 무송을 후려갈겼다. 이번에도 무송은 간신히 몸을 피했다. 세 번의 공격이 모두 실패로 돌아간 호랑이는 또 한 번 아가리를 벌리고 무송에게 달려들려고 했다.

무송은 곧 두 손으로 몽둥이를 치켜들고 온 힘을 다해 내리쳤다. 그러나 호랑이를 친다는 것이 옆에 서 있는 나뭇가지를 후려갈겨, 나뭇가지와 함께 손에 든 몽둥이까지 두 동강이 나고 말았다. 그 틈을 노린 호랑이는 다시 몸을 날려 앞발로 치려들었다. 재빨리 몸을 날려 피한 무송은 손에 들었던 토막 난 몽둥이를 내던지고 그대로 호랑이에게 달려들었다.

무송은 호랑이의 머리를 두 손으로 움켜쥐고 그대로 땅바닥에 대고 짓이겼다. 호랑이는 발버둥을 치며 머리를 치켜들려고 용을 썼고, 그럴수록 무송은 더욱 힘을 다해 호랑이의 머리를 억누르고 오른발로 그 면상을 수없이 걷어찼다. 호랑이는 아픔을 견디지 못하고 으르렁대며 앞발로 땅을 허우적거려 순식간에 조그만 구덩이 하나를 만들어 놓았다. 무송은 즉시 그 구덩이 속에 호랑이의 입을 틀어박고 철퇴 같은 주먹을 들어 사정없이 후려쳤다.

한 5,60대쯤 후려갈기자, 그처럼 사납던 호랑이가 눈으로, 코로, 입으로

선지피를 내쏟고는 축 늘어졌다. 무송도 이젠 기진맥진한 나머지 바위 위에 걸터앉아 흘러내리는 땀을 닦아냈다.

'이제 밤도 깊었는데 만약 호랑이가 또 나타난다면 내 무슨 수로 그놈을 당해내겠는가. 어서 빨리 내려가는 게 상책이다.'

그렇게까지 생각이 미치니 가만히 있을 수가 없었다. 무송은 전립을 찾아 쓰고 걸음을 재촉하여 산을 내려갔다. 그러나 얼마 가지도 않았는데 숲속에서 호랑이 두 마리가 쌍을 지어 나타났다. 무송은 그 자리에 털석 주저앉아 버렸다.

'이젠 꼼짝없이 죽었구나!'

그런데 이상한 일이 일어났다. 호랑이 두 마리가 문득 걸음을 멈추더니 머리를 치켜들고 벌떡 일어서는 것이었다. 무송이 의아해 하며 자세히 살펴보니, 그것은 호랑이 가죽을 뒤집어 쓴 사냥꾼들이었다. 그들은 호랑이가 워낙 사나운지라 감히 덤벼 잡지 못하고 호랑이 가죽을 뒤집어 쓴 채 매복하고 있었던 것이다. 무송은 그들에게 호랑이를 때려잡았다고 말했지만 코방귀만 뀔 뿐 좀처럼 믿으려 하지 않았다.

잠시 후 매복하고 있던 장정들을 불러 횃불을 밝히고 올라가 본 사냥꾼들은 정말로 호랑이 한 마리가 죽어 있는 것을 발견하게 되었다. 크게 놀란 사냥꾼들은 사람을 급히 관가로 보내 이 사실을 알리고 죽은 호랑이를 묶어서 장대에 매단 채 산에서 내려갔다.

이에 지현은 무송을 불러 술을 내리고 상금 일천 관을 주었다. 그러나 무송은 상금을 사양하며 말했다.

"소인이 범을 잡은 것은 요행이었지 힘과 재주가 있어서가 아니었습니다. 제가 듣기로는 저 사냥꾼들이 이 호랑이로 인해 벌을 받았다는 말이 있었습니다. 이 상금 일천 관은 마땅히 그들에게 나누어주는 것이 옳다고 생각됩니다."

지현은 힘이 뛰어날 뿐만 아니라 인덕까지 갖춘 무송이 크게 마음에 들었다.

"자네 고향이 청하현이라고 하니 우리 양곡현과는 지척간일세. 내 자네를 도두로 삼을까 하는데 자네 생각은 어떠한가?"

"상공께서 그러한 은혜를 내리신다면, 소인은 죽을 때까지 상공을 모시겠습니다."

지현은 곧 압사를 불러 절차에 따라 문서를 만들게 하고, 그 날로 무송을 보병 도두로 임명했다.

무송이 보병 도두가 되고 며칠이 지난 어느 날이었다. 부송이 현청을 나서 혼자 거리를 걷고 있는데 누군가 등뒤에서 부르는 소리가 들렸다. 돌아보니 뜻밖에도 그의 형 무대랑武大郎었다. 오랜만에 만난 형제는 서로 얼싸안고 그간의 안부를 묻느라 정신이 없었다.

"그런데 형님이 이곳엔 웬일이십니까? 청하현에 계신 줄로만 알았는데……"

"내가 이곳에 온 지도 벌써 반년이 넘었구나. 그 동안 네가 얼마나 보고 싶었는지 모른단다."

원래 무송과 무대는 친형제였지만 누가 보아도 형제라고는 믿을 수 없을 만큼 외모나 성격이 판이했다. 아우 무송은 키가 팔 척에 외모가 당당하며 그 힘이 장사였다. 그러나 형 무대는 키가 오 척도 못되고 외모도 볼품 없으며 머리통은 주먹만했다.

그래도 무송이 청하현에 있을 때만큼은 아무도 무대를 멸시하지 못했다. 그러나 무송이 집을 떠나자 사람들은 대번에 변해 무대를 업신여기기 시작하더니, 무대가 반금련潘金蓮이란 계집을 아내로 들인 후부터는 더욱 놀림이 심해졌다.

반금련은 나이 스물둘에 낯짝이 제법 반반하게 생긴 계집으로, 본래 청하현에서 손꼽히는 부잣집의 하녀였다. 따라서 일이 제대로 되었다면 결코 무대와 같은 위인에게로 시집올 계집이 아니었다.

그러나 일은 공교롭게 꼬여 버렸다. 평소에 반금련에게 흑심을 품고 있던 그 집 주인 영감이 호시탐탐 기회를 엿보던 중 어느 날 저녁에 반금련의 손목을 잡아끌었다. 그러자 주인 영감의 손길을 냉정하게 뿌리친 반금련은 냉큼 안채로 뛰어들어가 주인 마님께 그대로 고자질을 했다. 결국 점잖은 주인 영감의 체면이 순식간에 구겨졌고, 이에 앙심을 품은 주인 영감은 반금련을 동네에서 가장 못생기고 가난하기로 이름난 무대에게 내주고 말았던 것이다.

동네 청년들은 연한 양고기가 잘못돼서 개의 아가리로 들어갔다고 지껄여댔지만, 정작 무대는 팔자에 없는 미인 계집을 얻은 덕에 골머리만 앓고 있었다. 어떻게 할 수 없는 노릇이라 그저 얼굴을 맞대고 산다 뿐이지, 계집이 속으로는 밤낮 다른 사내를 생각하고 있다는 것쯤은 무대도 알고 있었다. 사실 동네 젊은 사내들과의 사이에 별별 소문이 다 떠돌고 있었던 것이다. 해서 더 이상 청하현에서 살 수 없었던 무대는 마침내 이곳 양곡현으로 집을 옮기고 전처럼 거리에 나가 떡을 팔아 생계를 이어가고 있었다.

"전에 경양강에서 호랑이를 맨 주먹으로 때려잡고 보병 도두가 되었다는 장사의 성이 무가라는 말을 듣고 내 필시 너일 거라고 생각했었다. 하여튼 잘 만났다, 어서 우리 집으로 가자."

무대는 자기 집이 있는 자석가紫石街로 무송을 데리고 가서 아내 반금련을 인사시켰다. 반금련은 무송의 인물됨이 뛰어난 것을 보고 첫눈에 반해 버렸다.

'어쩌면 한 뱃속에서 나온 형제가 저리도 다를 수 있단 말인가? 경양강 호랑이를 맨 손으로 때려잡은 장사라니, 좋은 건 팔힘뿐이 아닐 거야. 어떻게든 우리 집에서 같이 살게 해야지.'

반금련은 무송을 극진히 대접하는 한편, 관가에서 숙식을 하면 불편한 점이 많을 테니 집에서 함께 살자고 권했다. 물론 무대는 반금련이 딴마음을 가지고 그런 말을 하는 줄은 까맣게 모르고 있었다.

"그거 참 좋은 생각이오. 애 무송아, 너 당장 짐을 싸 가지고 우리 집으로 들어오거라."

무송은 형의 말을 따라 그날 밤으로 거처를 옮겼고, 그날부터 형 내외와 한집에서 살게 되었다.

세월은 쏜살같이 흘러 어느덧 가을이 가고 겨울이 되었다. 큰 눈이 내려 천지가 은빛으로 변해 버린 어느 날, 반금련은 오늘만큼은 꼭 무송에게 자신의 애타는 마음을 전해야겠다고 결심을 굳혔다. 그녀는 눈이 쏟아지는 거리로 남편 무대를 떡 팔러 내보낸 다음, 이웃집 왕씨 할멈에게 부탁해 술과 고기를 사다가 주안상을 푸짐하게 차려 놓았다. 몸단장을 새로 한 반금련은 새벽 번을 서러 나간 무송이 돌아오기만을 기다렸다.

기다린 지 얼마 되지 않아 무송이 돌아왔다. 무송은 전립을 벗어 눈을 털고 초록빛 도포를 벗어 벽에 걸고는 방으로 들어갔다. 반금련은 얼른 대문을 닫아 걸고 뒷문에도 빗장을 지른 다음, 미리 준비해 두었던 주안상을 받쳐들고 들어갔다.

"형님은 어딜 가셨습니까?"

"오늘도 장사 나갔죠. 자, 어서 한잔 드세요."

"형님이 돌아오시거든 같이 먹죠."

"언제 돌아오실 줄 알고 기다려요? 따뜻할 때 어서 드세요."

무송이 마지못해 잔을 들자, 반금련은 눈가에 웃음을 띠우며 말했다.

"참, 소문을 들으니 도련님께서 마을 동쪽에 기생과 살림을 차리셨다는 말이 있던데……, 사실인가요?"

"다 헛소립니다. 난 그런 사람이 아닙니다."

"글쎄, 누구의 말을 믿어야 할지……."

"못 믿으시겠거든 형님께 여쭤보십시오."

"형님이 그런 걸 알면 저렇게 떡이나 팔러 다니겠어요?

반금련은 무송에게 술을 권하면서 자신도 연거푸 석 잔을 따라 마셨다. 술이 오르자 슬슬 춘정이 발동한 반금련은 문득 팔을 들어 무송의 어깨를 가만히 꼬집으며 말했다.

"아이, 도련님, 이렇게 얇은 옷만 입고도 춥지 않으세요?"

무송은 아까부터 형수의 거동이 심상치 않은 것을 보고 몹시 불쾌했으나 그래도 꾹 참고 아무 대꾸도 하지 않았다. 욕정에 사로잡힌 반금련은 그런 무송의 마음을 전혀 눈치채지 못했다. 마침내는 술을 한 잔 따라 제가 먼저 입을 대고 반이 넘게 남은 것을 무송에게 내밀더니 그대로 무송의 가슴에 안기듯 쓰러졌다.

순간 아까부터 심사가 틀어져 있던 무송은 마침내 화가 폭발하여 계집이 내미는 잔을 그대로 마룻바닥에 내던지며 소리쳤다.

"짐승이 아니고서야 어찌 이럴 수 있단 말이오? 만일 또 다시 오늘과 같은 일이 있다면 그때 벌어질 일에 대해선 나도 책임질 수 없소. 내 주먹엔 눈이 없으니 말이오."

반금련은 그 말을 듣고 한편으로는 무안하고 한편으로는 분해서 얼굴이 시뻘개졌다. 무송이 자리를 박차고 나간 후, 얼마 지나지 않아 무대가 돌아왔다. 남편이 온 것을 안 반금련은 얼른 달려나가 문을 열었다. 무대는 아내의 얼굴이 퉁퉁 부은 것을 보고 놀라서 물었다.

"아니, 무슨 일이오? 누구하고 싸웠소?"

"당신이 변변치 못하니 나까지 멸시를 당하지."

"무슨 말이오?"

"무송 녀석 말이에요. 날이 추운데 눈을 흠뻑 맞고 들어왔기에 내가 오한이나 풀라고 술 한 잔을 데워 주었더니, 글쎄 이 녀석이 나를 가지고 희롱할 생각을 품지 않겠어요?"

"내 아우는 그럴 사람이 아니오. 어디 가서라도 그런 말하지 마시오. 괜히 당신 꼴만 우습게 될 대니."

무대는 곧 아우의 방으로 갔다.

"너 점심 안 먹었거든 나하고 같이 먹자."

그러나 무송은 아무 대답이 없었다. 혼자 고개를 숙이고 앉아 한참 생각에 잠겨 있더니, 이윽고 짚신을 벗어 가죽신으로 갈아 신고 웃옷을 걸치고는 집을 나섰다. 무대는 눈이 휘둥그래져 물었다.

"어디 가는 거냐?"

그래도 무송은 아무런 대답도 없이 뒤도 돌아보지 않고 걸음만 재촉할 뿐이었다. 무대는 곧 집안으로 들어와 아내에게 물었다.

"대체 무슨 일이오? 무슨 일이기에 무송이 저렇게 말도 없이 가느냔 말이오."

"지가 지은 죄가 있으니까 얼굴을 들지 못하는 거지요. 이제 보세요. 오늘 밤으로 사람을 보내서 짐을 챙겨갈 테니."

과연 조금 있으려니까 무송이 관원 하나를 데리고 와서는 짐을 챙겨 나갔다. 무대가 쫓아나오며 물었다.

"무송아, 너 대체 왜 이러는 거냐?"

"형님, 굳이 알려고 하지 마십시오. 그저 저 하는 대로 내버려두세요."

무송은 말을 마친 후 관원을 앞세우고 현청으로 돌아가 버렸다. 무대는 무송을 붙잡지 않았다. 다음날 아우를 만나서 그 까닭을 물어보리라 생각했기 때문이었다. 그러나 여우같은 반금련은 죄가 드러날까 두려워 먼저 선수를 쳤다.

"내가 이 집에 붙어 있는 꼴을 계속 보시려거든 다시는 그 녀석 만날 생각하지도 마세요."

결국 형제가 한 마을에 살면서도 서로 소식을 모르는 채 십여 일을 보냈다.

이때 고을의 지현은 부임한 후 적지 않은 돈을 착복해 왔는데, 그것을 동경으로 올려보내 승진할 길을 열어보려 했다. 그는 무송을 불러들여 말했다.

"동경에 있는 내 친척에게 예물을 한 짐 보낼까 하는데, 아무래도 자네가 제일 믿음이 가네. 수고 좀 해 주게."

상공의 분부를 받은 무송은 술과 고기와 과일을 사들고 형을 찾아갔다. 마침 형은 집에 있었다.

"형님, 제가 이번에 동경을 다녀오게 되었는데, 내일 떠나면 두 달은 못 뵙게 될 것 같습니다. 그래서 떠나기 전에 형님께 한 말씀 당부할 게 있어 이렇게 찾아뵌 것입니다. 저 없는 동안 부디 아침에는 늦게 나가시고 저녁에는 일찍 돌아오시며, 밤에는 문단속을 잘 하십시오. 그리고 남에게 욕을 당하시는 일이 있더라도 제가 돌아올 때까지는 모든 걸 꾹 참고 모른 체 하셔야 합니다. 제 말을 들어주시겠다면 이 잔을 받으십시오.”

무대는 잔을 받으며 대답했다.

“내 모든 일을 네 말대로 할 테니, 너는 아무 걱정하지 말고 무사히 잘 갔다 오너라.”

무송은 다시 둘째 잔에 술을 가득히 부어 형수에게 건네며 말했다.

“형님은 워낙 순박한 분이시니, 모든 대소사는 형수님께서 알아서 처리하셔야 할 것입니다. 형수님만 매사를 잘 보살피신다면 우리 형님이야 무슨 근심이 있겠습니까? 옛말에도 울타리가 튼튼하면 강아지 새끼 들어올 틈이 없다고 했습니다.”

그 말을 들은 반금련은 귀까지 뻘개져서 화를 냈다.

“이젠 별 소릴 다 듣네. 강아지 새끼가 들어올 틈이 없다니? 내 행실이 어때서 그따위 말을 내뱉는 거야? 아이구 분해, 아이구 분해!”

반금련은 가슴을 주먹으로 쾅쾅 두드리며 자리를 박차고 나가더니 분에 못이겨 흐느껴 울었다. 그런 반금련은 안중에도 없다는 듯이, 무송은 형과 함께 술 몇 잔을 더 나눈 다음 자리에서 일어나며 다시 형에게 당부했다.

“형님, 안녕히 계십시오. 부디 제가 한 말씀 잊지 마시고 무슨 일이든 꾹 참고 지내십시오.”

그 이튿날 새벽, 무송은 예물을 실은 수레를 이끌고 동경으로 떠났다.

무송이 떠나간 후, 무대는 아우가 당부한 대로 매일 아침 늦게 나가서 해가 떨어지기가 무섭게 집으로 돌아왔다. 그리고 집에 와서는 모든 문을 잠근 채 일체 출입을 하지 않았다. 그러자 반금련은 심통이 나서 무대에게 욕설을 퍼부으며 동네 창피해서 살 수가 없다는 등 매일같이 앙탈을 부렸다.

겨울이 다 가고 햇볕이 따스한 어느 날, 반금련은 여느 때처럼 발을 걷어 들이려고 문간으로 나갔다가 그만 실수로 발을 떨어뜨렸다. 그런데 공교롭게도 마침 그 밑을 지나가던 한 남자의 두건 위로 발이 떨어졌다. 사내는 화를 벌컥 내면서 위를 올려다보았는데, 거기에는 요염한 여자가 볼을 붉히고 서 있는 것이 아닌가.

"죄송합니다. 제 실수를 용서해주세요."

"이만 한 일로 용서라니요? 당치 않습니다."

남자는 허리를 굽혀 정중하게 인사를 하고는 반금련 쪽으로 다가갔다. 그때 바로 옆 찻집 안에서 왕씨 할멈이 그 모습을 의미심장한 눈으로 바라보고 있었다. 남자는 바람둥이로 소문난 서문경西門慶으로, 약방을 꾸리는 자였다. 그는 돈을 잘 쓰고 간사하며 주먹과 몽둥이를 좀 쓸 줄 안다고 뽐내는 자였다. 잠시 후 서문경이 찻집으로 들어와 왕씨 할멈에게 물었다.

"왕씨 할멈, 저 여자가 도대체 누구의 아낙인가?"

"정말 몰라서 물으시는 겁니까? 저 댁 남편이 매일 현문 앞에서 떡장사를 하니까 아실 만도 한데……."

그 말을 들은 서문경은 저도 모르게 발을 굴렀다.

"뭐, 그 쭉쟁이 무대 말인가?"

"그렇습니다요."

서문경은 저도 모르게 탄식을 하며 한숨을 내쉬었다.

"아깝구나, 아까워. 개 아가리에 양고기로구나."

이튿날 아침이 되자, 서문경은 왕씨 할멈의 찻집을 다시 찾아갔다. 그는 창가에 자리를 잡고 앉아 무대의 집 문전만 바라보았고, 왕씨 할멈은 짐짓 모른 체 부채질만 하고 있었다. 이윽고 서문경이 왕씨 할멈을 불렀다.

"내 마음속에 근심이 하나 있는데, 만일 자네가 알아맞히면 내가 돈 열 냥을 주지."

왕씨 할멈은 아무 말 없이 그저 의미 있는 미소만 지어 보였다.

"여보게 왕씨 할멈, 내가 어제 무대의 마누라를 한번 본 후로는 아무것도 손에 잡히지 않으니 어쩌겠나? 자네가 무슨 수를 써서 어떻게든 주선만 해주면 은자 열 냥을 주겠네."

"그렇다면 대관인께서는 먼저 다섯 가지 조건을 갖추셔야 합니다."

"그 다섯 가지 조건이란 게 무엇인가?"

"첫째는 인물이 잘나야 하고, 둘째는 기운이 좋아야 하고, 셋째는 돈이 많아야 하고, 넷째는 참을성이 많아야 하며, 다섯째는 몸이 늘 한가로워야 합니다."

"그 다섯 가지라면 내가 다 가졌네."

"그럼 대관인, 돈은 아끼지 않고 쓰시겠습니까?"

"그야 여부가 있나?"

"그렇다면 내게 묘책이 하나 있습니다."

"어서 말해 보게."

왕씨 할멈은 주위를 둘러보더니 서문경의 귀에 대고 무언가를 한참 동안 속삭였다. 듣는 내내 고개를 끄덕이던 서문경은 왕씨 할멈의 말을 다 듣고는 크게 기뻐하며 말했다.

"참으로 절묘한 계책일세 그려."

"약속한 은자 열 냥이나 잊지 마십시오."

"염려 말게. 그런데 일은 언제부터 시작할 생각인가?"

"오늘이라도 당장 시작하지요."

서문경은 즉시 거리로 나가 옷감집에 가서 비단, 명주와 좋은 솜을 구해서 왕씨 할멈에게 보냈다. 왕씨 할멈은 곧 반금련을 찾아가서 수의를 지어 달라고 청했다. 반금련은 두말없이 응낙하고 이튿날부터 왕씨 할멈의 집으로 가서 일을 시작했다. 그리고 마침내 셋째 날에 왕씨 할멈이 방에서 나간 뒤 서문경이가 마룻바닥에 떨어진 젓가락을 집는 체하며 그녀의 발등을 가만히 꼬집었다. 그러자 반금련은 소리를 치거나 몸을 빼기는커녕 얄밉게 눈웃음까지 치며 웃는 것이었다.

"아이, 왜 이러세요?"

일은 왕씨 할멈이 예상한 대로 쉽게 이루어졌다. 서문경은 그 날로 반금련을 덮쳤고, 반금련은 기다렸다는 듯이 맞아들였다. 그 날부터 반금련은 왕씨 할멈의 집 뒷방 구석에서 서문경과 뒹굴며 노는 것을 낙으로 삼았다. 두 사람이 나누는 운우의 정은 마치 아귀같이 악착같았고 옻칠처럼 끈질 겼다.

그러나 옛말에 이르기를 좋은 일은 문지방을 넘지 않지만 나쁜 일은 천리를 간다 했다. 보름이 채 못 되어 두 사람의 애정 행각은 입에서 입으로 퍼지더니 어느덧 동네에서 모르는 이가 없을 정도가 되었다. 남편 무대만 빼고 말이다.

당시 그 고을에 운가라는 열대여섯 살 된 아이가 있었다. 아이는 늙은 할아버지와 단 둘이 과일을 팔아 근근히 살아가고 있었는데, 서문경은 그런 운가의 단골 중 하나였다. 어느 날 운가는 배 한 바구니를 들고 서문경을 찾아갔으나 집에는 아무도 없었다. 그때 누군가가 서문경을 만나려면 자석가의 노파 집에 가야 한다고 일러주었다.

"자석가라니요?"

"요새 서문경은 거기서 살다시피 한다."

"왜요?"

"서문경이 무대의 마누라하고 배가 맞아서 매일 왕씨 할멈 집에서 몰래 만나는 걸 모르느냐? 그 사람을 만나려면 거기에나 가 봐라."

운가는 곧 자석가로 왕씨 할멈의 찻집을 찾아갔다. 때마침 왕씨 할멈은 걸상에 걸터앉아 길쌈을 매고 있었다.

"할머니, 대관인 계시죠?"

그러나 왕씨 할멈은 시치미를 뗐다.

"대관인이 누구냐?"

"서문 대관인말입니다. 지난번에 좋은 배가 나오면 갖다 달라고 하셨거든요."

"그럼 댁으로 갖다 드려야지, 여기로 오면 어떡하냐?"

그래도 아이가 우겨대자 왕씨 할멈은 운가의 멱살을 쥐고 주먹으로 연거푸 머리를 쥐어박더니 배 바구니를 번쩍 들어서 길 바닥에 팽개쳐 버렸다.

운가는 배를 주어 담으면서 울었다.

'그래, 내가 이렇게 얻어맞고도 가만있을 줄 아느냐? 무대에게 죄다 일러 바칠 테니 각오나 하고 있어라.'

운가는 그 즉시 무대를 찾아다녔다. 한동안 헤매던 끝에 마침내 무대를 만난 운가는 모든 사실을 일러바치고 말았다. 무대는 그 말을 듣자마자 왕씨 할멈의 집으로 달려갔다. 갑자기 나타난 무대를 보고 깜짝 놀란 왕씨 할멈은 뒷방에 대고 소리쳤다.

"무대가 왔다."

왕씨 할멈의 외침에 침상 위에서 뒹굴던 두 남녀는 기겁을 했다. 서문경은 벌거벗은 채 침대 밑으로 기어들어 갔고 반금련은 문고리를 악착스럽게 붙들고 늘어졌다. 무대는 계속 문을 밀다가 문이 안 열리자 주먹을 들어 쾅쾅 두드리며 말했다.

"이년아, 문 열어라. 어서 문 열지 못해!"

서문경은 그 말을 듣고 침상 밑에서 뛰쳐나왔다.

"저리 비켜라."

서문경은 반금련을 밀치고 방문을 휙 열어제치면서 다리를 번쩍 들어 무대의 사타구니를 힘껏 걷어찼다. 무대는 뜻밖의 공격을 받고 에구구 소리를 내지르며 그대로 나가떨어지고 말았다. 서문경은 재빨리 옷을 주워 입고 방에서 뛰쳐나갔다. 이웃 사람들은 그 소동을 알았으나 아무도 감히 나서려는 자가 없었다. 왕씨 할멈이 쓰러진 무대를 안아 일으켰다. 무대의 입에시는 피가 흐르고 낯빛은 마치 백짓징처럼 창백하게 변했다.

반금련은 왕씨 할멈과 함께 무대를 부축하여 일으키고 다락방에 눕혔다. 그러나 그 뿐이었다. 반금련은 닷새 동안이나 다락을 오르내렸지만 남편 무대에게 약 한 첩, 물 한 모금 갖다 주지 않았다. 무대는 그런 계집을 보고 말했다.

"이 몹쓸 년, 네가 아예 나를 굶겨 죽이려드는구나. 어디 두고보자. 내 아우 무송이만 돌아오면 너희 둘은 그날로 끝장이다."

반금련은 그 말을 왕씨 할멈과 서문경에게 전했다. 그 말을 들은 서문경은 온 몸에서 식은땀이 흘러내렸다. 경양강에서 맨주먹으로 호랑이를 때려 잡은 무송이 돌아와 이 사실을 알게 되면 자신을 가만두지 않을 것이기 때문이었다. 그러나 왕씨 할멈은 별로 놀라는 기색 없이 서문경에게 속닥거렸다.

"지금 저 빌어먹을 무대가 저렇게 죽지 않고 누워 있다가 무송이 돌아왔을 때 입을 놀리기라도 하면 정말 큰일이니, 아예 지금 요절을 내야 합니다."

"어쩌면 좋겠소?"

왕씨 할멈은 소리를 낮추어 말했다.

"비상 한 개만 가져오십시오."

그날 밤 무대는 음탕한 계집이 거짓 눈물을 흘리며 권하는 한 그릇의 독약을 받아 마시고 온몸이 얼음장같이 싸늘하게 식으면서 일곱 구멍으로 피를 내뿜으며 죽고 말았다.

반금련은 남편이 죽어 나자빠지자 동네가 떠나갈 정도로 서럽게 울어댔다. 물론 거짓울음이었다. 그날 날이 밝기도 전에 일이 궁금해진 서문경이 몰래 왕씨 할멈을 찾아왔다.

"간밤의 일은 어찌 되었나?"

"요절을 냈지요. 하지만 정말 어려운 일이 한 가지 남았습니다."

"그것이 무엇인가?"

"이 고을의 장의사라곤 하구숙何九叔이라는 이 하나뿐인데, 그 사람은 여간 꼼꼼한 사람이 아닙니다. 만약 그가 와서 수상쩍은 데가 있다고 염을 안 해주면 큰일 아닙니까?"

"그 일은 내게 맡기게."

서문경은 장례비를 왕씨 할멈에게 주고 갔다. 날이 밝자 왕씨 할멈은 거리로 나가 관을 사고 향촉과 종이를 구해왔다. 할멈은 죽은 자에게 공양할 국과 밥을 마련하고 한 쌍의 등불을 밝혀 놓았다. 그러자 근처의 이웃들이 모두 와서 무대의 죽음에 조의를 표했다. 반금련은 거짓 울음을 우느라고 거의 쓰러질 지경이 되었다.

"아니, 갑자기 이게 웬일이래요? 도대체 무슨 병으로 돌아가셨나요?"

그렇게 동네 사람들이 물을 때마다 반금련은 기어 들어가는 소리로 말했다.

"처음에는 가슴앓이로 자리에 누우셨는데 나날이 병이 깊어지더니 간밤 삼경에는 기어코 눈을 감고 말았습니다."

반금련은 다시 서럽게 통곡을 하기 시작했고, 사람들은 젊은 과부를 위로하기에 바빴다. 얼마 후에 왕씨 할멈이 몸소 하구숙을 부르러 가자, 하구숙은 하인 몇 명을 먼저 보내고 자신은 시간에 맞춰 집을 나섰다. 그는 길에서 뜻밖에도 문경을 만났다.

"어딜 가는 길이오?"

"떡장수 무대가 죽어서 염하러 가는 길입니다."

"나 좀 잠깐 봅시다."

서문경은 하구숙을 술집으로 안내했다. 그는 서문경이 권하는 대로 술 몇 잔을 기울이는데 서문경이 문득 은자 열 냥을 탁자 위에 놓으며 말했다.

"약소하지만 허물말고 받아주시오."

"이게 무슨 돈이오?"

"초상집에 가거든 그저 모든 일을 잘 처리해 주시오. 부탁은 그것뿐이오."

하구숙은 마지못해 돈을 받아들고 초상집으로 갔다. 그리고 시체가 있는 방으로 들어가서 죽은 자의 얼굴을 살폈다. 순간 그는 비명을 내지르며 뒤로 나자빠졌다. 한참이 지나도 하구숙이 정신을 차리지 못하자, 그의 하인들이 대문짝 위에 떠메고 집으로 돌아왔다. 일이 이 지경이니 당연히 염은 하지도 못했다.

뜻밖의 사태에 크게 놀란 하구숙의 아낙이 목놓아 울자, 하구숙은 주위에 아무도 없는 것을 확인하고는 가만히 아내에게 말했다.

"울지 마시오. 나는 아무렇지도 않소. 울음을 멈추고 내 얘기나 좀 들어

보구려. 아까 초상집에 가는 길에 서문경이 이유 없이 돈 열 냥을 주는 데다 무대의 아내가 지나치게 미인이기에 미심쩍어 했는데, 정작 시체를 보니 얼굴이 검푸르고 일곱 구멍에서 피를 쏟은 흔적이 역력한 것이 틀림없이 독살 당한 것이었소. 그 순간 서문경이 찔러 준 은자가 마음에 걸립디다. 이제 동생 무송이 오는 날이면 큰 문제가 생길 것이 아니겠소? 그래서 나는 살을 맞은 체하고 우선은 그 자리를 피했던 것이오. 장차 이 일을 어찌 하면 좋겠소?"

하구숙의 말을 끝까지 다 들은 아내가 말했다.

"우선은 섣불리 나서지 마시고 저들의 동정이나 살펴봅시다. 저들은 분명 뒤탈이 두려워 무대의 시신을 화장할 것입니다. 당신은 그때 살짝 따라가서 몰래 뼈를 두어 개 집어 가지고 돌아오십시오. 뒷날 무송이 돌아올 때 서문경이 준 은자 열 냥과 뼈가 중요한 증거가 될 것입니다."

하구숙은 즉시 사람을 시켜 알아보았더니 과연 아내의 말대로 사흘 후에 화장을 한다는 것이었다. 드디어 장례를 치루는 날이 되었다. 하구숙은 성 밖 화장터까지 따라가서는 애도하는 척 제당으로 들어가 뼈 두 조각을 추려 소매 속에 감췄다. 집으로 돌아온 하구숙은 그 뼈 두 조각을 서문경에게서 받은 은자 열 냥과 함께 문갑 속에 깊이 간직했다.

한편 남편의 장례를 마치고 집으로 돌아온 반금련은 집안에 위패까지 모셔놓고 겉으로 보기에는 제법 초상집처럼 꾸며놓았다. 하지만 어디 제 버릇 개 주겠는가. 이제는 눈치 볼 사람도 없으니, 하루가 멀다 하고 서문경과 깊은 환락에 빠져서 살았다. 왕씨 할멈의 집 뒷방 구석에서 남의 눈을 피해가며 육체의 향연을 나누던 때와는 그 즐거움이 비교할 수 없이 컸다.

무송의 복수

어느덧 사십여 일이 지나자 예물 수레를 이끌고 동경으로 올라갔던 무송이 돌아왔다. 돌아오는 길 내내 무송은 왠지 모르게 마음이 불안하여 돌아오자마자 서둘러 형님을 찾아가 뵈리라 생각했다. 우선 현청으로 들어가 지현 상공에게 답장을 올린 후 사저로 물러나 옷을 갈아입고 곧장 자석가로 향했다. 무송은 부지런히 걸어 형님의 집 문전에 이르렀다.

그런데 이것이 대체 어찌 된 일인가? 상청 위에 '망부무대랑지위亡夫武大郎之位'라는 일곱 자가 보였다. 무송은 너무나 놀랍고 어이가 없어 몇 번인가 손으로 눈을 비비고 다시 보았다. 그는 안으로 들어가 형수를 불렀다.

"형수님, 무송이 돌아왔습니다."

반금련이 울면서 나오자 무송이 물었다.

"형수님, 이게 무슨 일입니까? 형님께선 대체 언제, 무슨 병환으로 돌아가신 거지요?"

"아주버니께서 떠나신 지 열흘 뒤에 갑자기 가슴이 아프다고 누우시더니 점점 병세가 악화되면서 아흐레만에 눈을 감고 말았어요. 좋은 약이라는 좋은 약은 다 써 보았지만 아무 소용이 없었어요."

"형님께선 지금껏 가슴앓이라고는 앓은 적이 없었는데, 그 병으로 돌아가시다니 도무지 믿을 수 없는 일입니다. 그래, 장사는 어떻게 지내셨나요?"

"저 혼자서 어떻게 할 도리가 있어야지요. 그래 할 수 없이 돌아가신 지 삼일만에 화장을 지냈답니다."

"대체 돌아가신 지 얼마나 됐습니까?"

"글퍼가 바로 사십구일이지요."

무송은 사처로 돌아가 소복을 입고, 토병 하나를 데리고 나와 제수 등속과 향촉, 명지를 구하여 다시 형수에게로 갔다. 무송은 상청 앞에 나가 등촉을 밝히고 영전에 절을 하고 고하였다.

"형님, 어쩌면 그리도 허무하게 돌아가셨습니까? 만약에 원통한 죽음을 당하신 것이라면 부디 현몽이라도 하셔서 제게 일러주십시오. 형님의 원수는 이 아우가 맹세코 갚아 드리겠습니다."

잔에 술을 가득 부어 영전에 올린 다음, 무송은 그대로 목놓아 울었다. 곡을 마친 무송은 토병과 한 상에서 저녁을 먹고, 평상 둘을 내어다가 토병은 중문간에서 자게 하고, 무송 자신은 상청 앞에서 팔을 괴고 누웠다. 밤이 깊어 삼경이 되었어도 무송은 잠을 이루지 못하다가 마침내 자리에서 벌떡 일어나 앉았다. 때마침 시각을 알리는 북소리가 멀리서 들려왔다. 그때 갑자기 상청 아래로부터 난데없는 한 자락 냉기가 일더니 등촉은 빛을 잃고, 벽상의 지전이 어지러이 날았다. 무송은 머리카락이 곤두서는 것 같았다. 곧 눈을 크게 뜨고 자세히 보니, 상청 아래에서 사람 하나가 몽롱하게 형상을 나타내며 말했다.

"아우야, 내가 참으로 못 견디게 괴롭구나."

무송은 앞으로 나서며 한 마디 물어 보려 했으나 곧 찬 기운이 흩어지면서 사람의 형상은 이내 사라져 버렸다. 머리를 돌이켜 토병 쪽을 보니 그는 세상 모르고 자고 있었다. 무송은 다시 속으로 생각했다.

'아무래도 형님께서는 억울한 죽음을 당하신 게 분명하다. 날이 밝거든 다시 알아봐야겠다.'

이윽고 날이 밝자 무송은 반금련에게 다시 물었다.

"형수님, 형님께서는 대체 무슨 병환으로 돌아가셨습니까?"

"제가 어제 가슴앓이로 돌아가셨다고 말했잖아요."

"약은 누구의 약을 쓰셨나요?"

"약봉지가 여기 있으니 보세요."

“관은 누가 사 왔습니까?”

“어제 왔던 이웃집 왕건랑에게 부탁을 해서 사왔지요.”

“누가 메고 나갔나요?”

“하구숙이 맡아서 해 주었답니다.”

“잘 알았습니다. 그럼 잠시 나갔다가 오겠습니다.”

무송은 토병을 데리고 하구숙이 살고 있는 사자가로 향했다. 무송이 도착했을 무렵 하구숙은 막 자리에서 일어나고 있었다. 부르는 소리로 그가 무송임을 알자, 그는 허둥지둥 문갑 속에서 은자와 뼈를 집어내어 품속에 간수하고는 밖으로 나가서 무송을 맞았다.

“무도두, 동경서는 언제 돌아오셨습니까?”

“어제 돌아왔네. 내 할 말이 있는데 지금 괜찮겠나?”

“예, 괜찮습니다.”

하구숙은 무송이 이끄는 대로 골목 모퉁이의 술집으로 갔다. 그러나 무송은 술이 여러 순배 돌도록 아무 말이 없었다. 이윽고 술이 제법 돌았을 때였다. 무송이 품속에서 시퍼런 칼 한 자루를 꺼내어 탁자 위에 꽂았다. 그리고 두 소매를 걷어올린 다음, 칼자루를 움켜쥔 채 하구숙에게 물었다.

“조금도 두려워 말고 바른대로 말해주게. 우리 형님은 어떻게 돌아가셨나? 사실대로 말한다면 내 털끝 하나 건드리지 않겠지만 만약에 조금이라도 거짓말을 한다면 이 칼이 가만있지 않을 것이네. 우리 형님 신체에 의심이 갈만한 것은 없었는가?”

하구숙은 소매 속에서 주머니 하나를 꺼내어 탁자 위에 놓고 밀했다.

“부디 고정하십시오. 이 주머니 속에 증거물이 들어 있습니다.”

무송이 끈을 풀고 열어보니 검푸른 뼈 두 개와 은자 열 냥이 있었다.

“대체 이것이 무슨 증거물이란 말인가?”

그러자 하구숙은 돈은 서문경이 준 것이며 뼈는 무대가 독살되었다는 증거물이라고 무송에게 솔직히 털어놓았다. 마침내 무송은 하구숙을 앞세워 운가를 찾았다. 그러자 운가는 전후 사연을 무송에게 낱낱이 고했다. 그것으로 형님을 죽인 공범은 생약포 집 서문경이며 반금련과 두 사람의 다리를 놓아준 것은 왕씨 할멈이라는 것이 드러났다. 무송이 그 길로 하구숙과 운가를 데리고 현청 앞로 나가자, 지현이 물었다.

"너는 대체 무슨 일로 왔느냐?"

무송은 공손히 꿇어앉아 지현에게 모든 사실을 고하였다. 그러나 지현과 현리縣吏들은 모두 서문경과 가까이 지내온 터라 이 사건을 추문하기가 난처했다. 마침내 지현이 무송에게 말했다.

"무도두, 간통은 현장을 본 사람이 있어야 하거늘 어린 아이의 말을 믿을 수 없고, 형이 독살을 당했다고 하나 이미 죽은 사람의 시신이 남아 있지 않으니 어찌 저 두 사람의 말만 듣고 다른 사람을 살인자로 몰 수 있겠느냐?"

무송은 품에서 두 조각 검은 뼈와 은자 열 냥을 꺼내어 지현에게 바치고 아뢰었다.

"이것들은 결코 소인이 만들어낸 것이 아닙니다. 자세히 보아주십시오."

그러나 이미 서문경으로부터 적지 않은 뇌물을 받아먹은 지현은 냉랭하게 말했다.

"내 사실을 알아볼 것이니, 그만 물러가 있거라."

이튿날 무송이 새벽같이 다시 들어가 또 고하니, 재물에 눈이 먼 무리들은 무송이 증거로 바친 두 조각 뼈와 은자 열 냥을 내주며 말했다.

"이 일을 어찌 남의 말만 듣고 함부로 처단할 수 있겠나? 대개 인명에 관한 일은 시체, 상처, 병, 물건, 흔적의 다섯 가지가 구비되어야 조사할 수 있는 것이네."

결국 무송은 관가의 힘으로는 형의 원수를 갚을 수 없음을 깨달았다. 그는 말없이 뼈와 은자를 받아서 하구숙에게 돌려주고 현청을 물러나왔다.

이튿날 아침, 무송은 관병들과 함께 자석가로 갔다. 반금련은 이미 관가에서 무송의 고소가 받아들여지지 않았다는 말을 들었기에 무송을 보고서도 조금도 두려워하지 않았다.

"형수님, 잠깐 이리 내려오십시오."

반금련은 천천히 다락에서 내려와 물었다.

"왜 그러시나요?"

"내일이 바로 형님의 사십구제 아닙니까? 그간 동네 사람들에게도 폐를 많이 끼쳤으니, 제가 형수님을 대신해서 술 한 잔이라도 대접을 할까 합니다."

무송은 우선 토병을 불러 영정 앞에 두 자루 황초에 불을 밝히게 한 후, 향로에 향을 피우고 영전에 제물을 차려놓았다. 그런 다음에 데리고 온 토병 중에서 한 명은 술을 데우게 하고, 두 명은 문전에 탁자와 걸상을 내놓게 하며, 또 나머지 두 명으로는 각기 앞문과 뒷문을 지키게 한 후 반금련에게 말했다.

"그럼 잠깐 기다리십시오. 제가 가서 손님들을 청해 오겠습니다."

무송은 곧 이웃의 왕씨 할멈을 찾아갔다. 왕씨 할멈은 처음에는 사양했으나 무송이 극구 청하자 마침내 가게를 닫고 무송을 따라왔다. 왕씨 할멈이 방으로 들어와 자리를 잡고 앉자, 무송은 별안간 왕씨 할멈을 보고 꾸짖었다.

"이 개 같은 늙은이야, 우리 형님의 목숨을 그렇게 해치고도 온전할 줄 알았느냐?"

그는 다시 고개를 돌려 반금련을 꾸짖었다.

"이 더러운 년! 우리 형님을 어떻게 죽였는지 바른대로 말하면 목숨만은 살려주마."

그러나 반금련은 조금도 기죽시 않고 말했다.

"도련님, 그것이 무슨 말씀이세요? 형님은 가슴앓이로 돌아가셨어요."

그 말이 미처 끝나기 전에 무송은 칼을 탁자에 꽂고 반금련의 머리채를 휘어잡아 영정 앞에 내던졌다. 그리고 한 발로 그 가슴을 밟고 서서 칼을 손에 쥐고 꾸짖었다.

"이년! 그래도 바른대로 대지 못하겠느냐?"

이에 반금련은 피할 도리가 없음을 깨닫고 말했다.

"도련님, 제가 잘못했습니다. 부디 목숨만 살려주세요."

반금련은 마침내 실토했다. 서문경과 눈이 맞아 남편을 독살한 것을 무송 앞에서 모두 얘기했다. 무송이 이어 왕씨 할멈을 꾸짖자 왕씨 할멈도 모든 잘못을 인정했다.

무송은 두 사람의 자백을 듣자, 토병을 시켜 잔에 술을 따라 오게 하여 영전에 올리고, 두 계집을 꿇어 앉혔다. 그리고 영전에 고하였다.

"형님! 혼령이 있으시면 지금 이 일을 굽어보시겠지요? 오늘 이 자리에서 형님의 원수를 갚겠습니다."

말을 마치자 반금련의 머리채를 휘어잡은 무송은 계집의 저고리를 풀어 헤쳐 칼을 들고 가슴을 쭉 가른 후, 손을 집어넣어 심장과 간, 내장을 모두 꺼내어 영전에 바쳤다. 그리고 계집의 목을 자르니 그 끔찍한 광경을 본 사람들은 모두들 얼굴을 가리고 사시나무처럼 떨었다.

무송은 다시 토병에게 분부하여 왕씨 할멈을 묶어서 지키게 한 다음, 자기는 반금련의 머리를 보자기에 싸서 옆에 끼고, 그 길로 서문경의 생약포를 찾아갔다. 그러나 서문경은 사자교 아래에 있는 술집에 가고 없었다. 무송은 곧 술집으로 달려갔다.

술집 주인에게 서문경이 있는 방을 물어 확인한 무송은 윗층으로 올라가 그대로 문을 밀치고 안으로 들어서며 서문경의 면상을 향해 반금련의 머리를 던졌다. 서문경은 놀라 그대로 도망갈 길을 찾았다. 그러나 난간이 높아 감히 뛰어내리지 못하더니 이번에는 형세를 깨닫지 못하고 도리어 몸을 돌려 무송에게 달려들었다. 그러나 무송은 서문경을 잡아 머리 위로 번쩍 들어서 그대로 아래층 땅바닥에 메다꽂았다. 무송은 마룻바닥에 떨어진 반금련의 머리를 집어들고 아래층으로 내려가 한칼에 서문경의 머리를 잘랐다. 무송은 다시 형님의 영전으로 돌아와 말했다.

"형님! 제가 이제 형님의 원수를 갚았으니 부디 원한을 푸시고 천계에 올라가 편히 쉬십시오."

무송은 왕씨 할멈을 결박 지워 앞세우고 머리 둘을 손에 든 다음, 지현 앞에 나아가 공손히 꿇어앉은 채로 형의 원수 갚은 일을 처음부터 끝까지 보고했다. 지현은 곧 무송과 왕씨 할멈을 칼을 씌워 옥에 가두었으나, 무송의 의기에 깊이 감동된 바 있어 무송을 죽을 죄에서 구해 주고 싶었다. 지현은 마침내 무송이 반금련과 서문경을 실수로 죽인 것처럼 초장을 고쳐 써서 위에 올리고 선처를 청했다.

마침내 형부에서 지시가 내리기를, 왕씨 할멈은 통간을 부추기고 무대를 독살케 했으니 마땅히 능지처참에 처하라 하고, 무송은 비록 원수를 갚았다고는 하나 두 사람의 목숨을 해쳤으니 사십 대의 매를 친 후 이천 리 밖으로 귀양을 보내라 하였다. 무송은 마침내 일곱 근짜리 큰칼을 쓰고 두 명의 호송관원을 따라 맹주 노성으로 귀양을 떠났다.

때마침 무송이 귀양가는 유월은 유난히 햇볕이 이글거려 돌을 달구고 쇠를 녹이는 듯했다. 두 관원과 무송이 새벽같이 길을 떠나 한낮에는 쉬면서 길을 가기를 이십여 일, 마침내 맹주의 험한 고개를 넘어 십자파十子坡라는 곳에 이르렀다. 이곳에서 맹주 노성은 바로 지척간이었다.

더위에 지친 무송 일행은 주막에 들렀다. 그때 창가에 앉아 있던 여인이 달려 나와서 그들을 맞았다. 머리에는 야생화를 꽃고 얼굴에는 연지와 분을 바르고, 꼭 여미지 않은 치마 사이로 허벅다리가 엿보이는데, 눈썹에는 살기를 띄었고 눈에는 흉광이 번뜩였다.

두 명의 공인과 함께 주점 안으로 들어간 무송은 우선 등에 진 보따리를 풀어 탁자 위에 놓고, 땀에 흠뻑 젖은 적삼을 벗었다. 두 공인이 말했다.

“아무도 보는 사람이 없으니 길을 잠시 빗어 놓고 술 한 잔 하시구려.”

무송은 그들에게 감사를 표시하고 술과 고기를 주문했다. 이윽고 술집 여인이 따뜻한 술을 내와 세 사람에게 권했다.

“자아, 식기 전에 어서 드세요.”

두 공인은 곧 사발을 들고 한숨에 들이켰다. 그러나 무송은 술 사발을 집어들고는 아무도 보지 않을 때 몰래 한 구석에 쏟아 버렸다. 그리고는 마신 것처럼 입맛을 다시며 말했다.

"참 술맛 좋다!"

공인들은 두어 잔의 술을 들이킨 후에 모두들 취해서 나가떨어져 버렸다. 그 광경을 보고 있던 술집 여인이 안에다 대고 소리쳤다.

"소이하고 소삼은 어서 나오너라."

그러자 안에서 얼굴이 흉악스럽게 생긴 녀석 둘이 달려나와 공인들을 안으로 끌고 들어갔다. 여인은 그들의 탁자 앞으로 와서 위에 놓인 무송의 보따리와 공인들의 전대를 차례로 주물러 보더니, 입가에 웃음을 띄우며 중얼거렸다.

"오늘 벌이는 괜찮은걸. 게다가 세 녀석을 잡아서 만두소만 만들어도 또 얼마인가!"

그 때 무송이 번개같이 손을 놀려 여인을 홱 밀어서 자빠뜨리고 두 다리로 그녀의 허리를 꽉 조였다. 여인은 죽어가는 소리를 내며 요동을 쳤다. 이것을 보고 소이와 소삼이 무송에게 덤벼들려 했으나, 벽력 같은 호통 한 번에 나서지 못하고 얼빠진 놈들처럼 멀거니 서서 보기만 했다. 여인은 아무리 요동을 쳐봐도 별 소용이 없음을 깨닫고 빌었다.

"에구구, 다시는 안 그럴 테니 제발 좀 살려주십시오."

이 때 밖에서 한 사내가 안으로 들어서며 소리쳤다.

"장사는 부디 노여움을 푸시고 저 사람을 용서해 주십시오. 이 사람이 꼭 여쭐 말이 있소이다."

무송은 벌떡 일어나 왼발로 여인의 가슴을 밟고 서서 그 사나이를 훑어보았다. 머리에는 면건을 쓰고 몸에는 흰 적삼을 입고 있었으며, 이마는 툭 불거지고 광대뼈가 나온 얼굴에 수염을 길렀는데, 나이는 서른대여섯쯤 되어 보이는 사내였다. 그는 무송을 향하여 허리를 굽히고 물었다.

"호걸은 대체 뉘십니까?"

"나는 양곡현에서 도두를 지낸 무송이오."

"그렇다면 바로 경양강에서 맨손으로 호랑이를 때려잡으신 그 무도두가 아니신지요?"

"내가 바로 그 사람이오."

"존함은 일찍이 들었습니다만 이처럼 만나 뵈올 줄은 몰랐습니다."

"이 여자가 형장의 부인이오?"

"예, 그렇습니다."

무송은 그제서야 부인을 놓아주었고 사내는 자신의 내력을 밝혔다.

"이 사람의 이름은 장청張靑이온데, 본시 이곳 광명사의 채원 일을 보다가 지금은 이곳 십자파에 술집을 내고 있는 터이지요. 이 사람이 약간 무예도 익혔고 또 천하 호걸들과 많이 알고 지내는 까닭에, 모두들 이 사람을 채원자菜園子라고 부릅니다. 그리고 저의 내자는 별명이 모야차母夜叉이고 이름은 손이랑孫二娘입니다. 밖에 나갔다가 막 돌아오는 길에 들으니, 저 사람이 죽는 소리를 하기에 뛰어 들어왔지요. 도두를 이렇게 뵈올 줄은 몰랐소이다. 아내에게는 승려와 기녀, 귀양가는 사람은 잡지 말라고 일렀는데, 제 말을 듣지 않다가 오늘 도두께 이렇듯 죄를 지었습니다. 정말이지 큰일날 뻔했습니다. 헌데 노형은 무슨 죄로 귀양을 가시는지요."

그러자 무송은 장청에게 자신의 처지를 모두 들려주었다. 그러자 장청은 기다렸다는 듯 말했다.

"맹주 노성에 가시면 힘든 고초를 겪으실 텐데……, 저 두 놈을 처지하고 저와 함께 여기서 사시는 것이 어떻겠습니까?"

"말씀은 고마우나 저 사람들을 죽이고 나만 산다면 하늘이 나를 그냥 두지 않을 것이오. 어서 관원들을 풀어주시오."

그러자 장청은 그의 말에 감복하고 두 관원의 입에 해독약을 흘려 넣어 깨어나게 해주었다. 두 사람은 꿈속에서 깨어난 듯 눈을 비비며 무송에게 말했다.

"허어, 아주 늘어지게 한잠 자버렸군. 무슨 술이 그렇게 독하지? 돌아오는 길에 또 들러야겠는걸."

그 말에 무송과 장청은 크게 웃었다. 그들은 서로 의기를 투합하여 의형제를 맺었다. 장청이 무송보다 다섯 살 위였으므로 무송은 그를 형으로 삼았다. 그 다음날 무송은 다시 칼을 쓰고 관원들과 함께 부지런히 귀양길에 올랐다.

무송이 맹주 노성으로 귀양가서 가장 먼저 사귄 사람은 시은施恩이라는 사람이었다. 그는 어려서부터 창술과 봉술을 좋아하여 이름 있는 사부들을 찾아다니며 무술을 익혀 맹주 땅 일대에서는 금안표今眼彪라는 별명이 붙었다. 맹주의 동쪽 문밖에는 쾌활림이라는 마을이 있었는데, 그곳에는 산동과 하북의 장사꾼들이 몰려들어 큰 여관과 가게와 상점들이 즐비했다.

바로 얼마 전까지 시은은 그곳에서 정육점을 내고 도박꾼들과 가겟집들을 상대로 돈을 긁어모았다. 그런데 바로 두 달 전 본영에서 온 장문신張文辛이라는 자에게 고래 심줄 같은 자리를 빼앗기고 말았다. 장문신은 키가 구 척에 창술과 봉술이 뛰어나고 씨름을 잘했다.

장문신은 쾌활림에서 시은을 몰아내고 좋은 장사 몫을 차지해 버렸지만 시은 역시 쉽게 물러날 위인이 아니었다. 시은은 장문신에게 주먹으로 맞고, 발길에 채여 두 달 동안이나 누워 앓았다. 그 때 마침 무송이 도착하자 골수에 새겨진 원한을 풀지 못하던 시은이 무송에게 하소연했다.

"형장께서 이곳에 오셨으니 제 한을 풀어주셨으면 합니다. 정말 그럴 수만 있다면 당장 죽어도 여한이 없겠습니다."

무송은 그 말을 듣고 크게 웃었다. 그때 문득 시은의 아버지 관영상공이 나왔다.

"제 아들 놈이 쾌활림에서 장사를 한 것은 단지 돈이 탐나서가 아니라 맹주에게 잘 보이고 호쾌한 남자의 기상을 기르기 위함이었소. 그런데 장문신이 나타나서 아들 놈을 욕보인 것이오. 만일 의기가 있는 분이시라면 제 아들의 소원을 풀어주십시오."

"상공께서 그렇게 말씀하시니 제가 몸 둘 바를 모르겠습니다."

무송은 마침내 노관영의 술잔을 받았고, 그것으로 두 사람은 의형제가 되었다. 그날 무송은 몸을 가누지 못할 만큼 마셨다. 다음날 무송은 새벽같이 일어나 차를 한 잔 마신 후에 시은에게 물었다.

"내가 쾌활림까지 가는 도중에 술집이 나오는 대로 한 집에서 꼭 석 잔씩 술을 마시게 해 주어야 하네."

시은은 그 말을 듣고 난처한 표정을 지었다.

"여기서 쾌활림까지는 술집이 열두 군데나 되는데 취해 가지고 어떻게 장문신을 상대하겠습니까?"

"내가 경양강에서 호랑이를 때려잡을 때도 술에 잔뜩 취하였기에 망정이지 취하지 않았다면 어려웠을 것이네."

"정 그러시다면 우리 집 좋은 술과 안주를 준비하겠으니 가면서 천천히 마시는 것이 어떻겠습니까?"

"그도 좋지."

시은은 즉시 하인에게 술을 준비시켜 무송과 함께 떠났다. 가는 길에 얼큰히 취한 그는 쾌활림에 있는 장문신의 주점에 이르자 더욱 비틀거리며 걸었다. 아직 취하지는 않았지만 무송은 일부러 취한 체 했다. 그가 비틀거리며 숲 속을 빠져나가자 한 그루의 홰나무 아래 기골이 장대한 장사가 흰 베적삼을 입고 의자에 앉아 있었다. 무송이 곁눈질로 보니 그 모습이 추악하기 그지없었다. 그 사내가 장문신임을 알아차린 무송은 안으로 들어섰다. 술청 뒤에는 장문신이 새로 얻은 젊은 계집 하나가 앉아 있었다.

"여기 술을 내 오너라."

점원이 술을 내오자 무송은 술잔을 코에 대고 냄새를 맡아 본 다음 머리를 흔들며 말했다.

"이것을 술이라고 파느냐?"

계집이 듣다 못해 욕설을 퍼붓자 무송은 웃통을 벗어 부치고 달려들어 계집의 허리와 머리채를 휘어잡아 술통 속에 처넣었다. 그러자 힘께나 쓰는 주막집 사내들 대여섯 명이 일제히 그에게 달려들었다. 무송은 손에 닥치는 대로 한 놈씩 붙잡아 술통에 처넣었다. 그 소동 속에서 술집 주인 장문신이 하인들의 연락을 받고 달려왔다.

무송은 덤벼드는 장문신을 향해 발길로 힘껏 내질렀다. 그는 무송에게 배를 얻어맞고 나자빠졌다. 장문신이 나가떨어지자 무송은 그의 가슴을 한 발로 밟고 서서 돌주먹으로 면상을 내리치면서 외쳤다.

"이놈, 네가 살고 싶으면 세 가지를 행동에 옮겨야 하느니라."

"세 가지 아니라 삼백 가지라도 시행하겠으니 제발 목숨만 살려주십시오."

"그렇다면 잘 들어라. 첫째는 지금 당장 이 집과 세간들을 옛 주인 시은에게 돌려주고, 둘째는 이 쾌활림의 호걸들을 모조리 불러 시은에게 인사를 시키는 것이고, 셋째는 오늘로 당장 이 쾌활림을 떠나 네 고향으로 돌아가되 두 번 다시 이 맹주 일대에는 얼씬도 하지 않는 것이다."

"네, 잘 알았습니다."

그제야 무송은 그를 풀어주었다. 장문신은 볼이 시퍼렇게 멍들고 입술은 퉁퉁 부었으며 목은 비뚤어지고 이마에서는 피가 흘렀다.

"네 이놈! 경양강 호랑이도 내 주먹에 죽었느니라."

장문신은 그때서야 그가 무송이라는 것을 알고 더욱 벌벌 떨었다. 장문신은 그 길로 집과 가구들을 시은에게 돌려주고 쾌활림의 십여 명 호걸을 불러다 시은과 무송에게 인사를 드리게 한 다음 그날로 그곳을 떠났다. 그날부터 시은이 다시 쾌활림을 맡게 되었다.

어느 날 시은과 무송이 술집에 앉아 있는데 두어 명의 군사가 다가와서 물었다.

"어느 어른이 호랑이를 잡으신 무도두이십니까?"

시은이 보니 바로 맹주 방위군 도감 장몽방의 부하들이었다.

"너희들이 무도두는 왜 찾느냐?"

"상공께서 무도두의 이름을 들으시고 모셔오라고 하셨습니다."

장도감은 시은의 아버지 관영상공의 상관이었고 무송은 맹주 노성영으로 귀양 온 사람이었으므로 장도감의 관할 땅에 무송이 있는 한 그의 말을 듣지 않을 수 없었다. 무송은 곧 옷을 갈아입고 맹주 성내로 가서 장몽방을 만났다. 그는 무송을 보고 기뻐하며 말했다.

"내가 일찍이 들은 바로는 너야말로 대장부이자 영웅이 틀림없다. 일찍이 내 밑에 너 같은 인물이 없어서 참으로 아쉬웠는데……, 어떠냐? 내 밑에서 일해 보겠느냐?"

그러자 무송은 무릎을 꿇고 앉아서 말했다.

"소인은 노성 영내로 귀양살이를 하러 온 죄인일 뿐입니다. 만약 도감께서 소인을 쓰시겠다면 저야 마땅히 도감을 모셔야지요."

그 말을 듣고 장도감은 크게 기뻐하였다. 그 다음 날로 도감은 청사 옆에 방 하나를 마련하여 무송을 그곳에 기거하도록 했다. 그 후 도감은 자주 무송을 불러 잔치를 베풀고 마치 친척처럼 대우해 주었다. 그 역시 도감의 깊은 은혜를 깨달아 정성을 다해 도감을 모셨다. 그렇게 무송이 도감의 총애를 받자 사람들은 도감에게 청탁할 일이 있으면 무송을 찾아와 부탁하곤 했다. 무송은 들어줄 만한 청탁이면 곧 도감에게 말했고 도감 역시 무송의 말은 모두 들어주었다. 그로 인해 무송에게 금은 재화를 보내는 사람들이 많아졌다.

세월이 흘러 어느덧 팔월 중추가 되었다. 장도감은 후당의 원앙루에서 크게 잔치를 베풀고 무송을 불러 명월 중추를 함께 할 계획이었다. 그 자리에는 도감의 부인과 가족들이 모두 나와 있었다. 그가 겨우 술 한잔 마시고 나가려하자 장도감이 무송을 불렀다.

"어디 가느냐?"

"도감께서 위에 계시고 가족들이 모두 나와 계시기에 소인은 그만 물러가려고 합니다."

그 말을 듣고 장도감은 크게 웃었다.

"무슨 말이냐. 내가 너를 귀하게 여겨 한집안 식구처럼 여기고 불렀는데 피하다니 될 말이냐. 어서 앉거라."

"소인은 한낱 귀양온 죄인인데 어찌 감히 도감의 가족과 함께 어울릴 수 있겠습니까. 저는 그만 물러날까 합니다."

"겸손해할 것 없다. 다른 사람도 없는데 어떠냐."

무송은 할 수 없이 다시 자리에 앉았다. 그때 장도감은 하녀를 시켜 무송에게 술을 권하게 하고 시녀 옥란玉蘭을 불러 시경곡時景曲을 부르게 했다. 옥란은 곧 악기를 잡고 앉아서 소동파의 '중추수조가中秋水調歌'를 불렀다. 옥란이 소리를 마치자 장도감이 다시 그에게 말한다.

"이 애는 지극히 총명하고 노래도 잘하지만 잠자리에서 남자 다루는 솜씨도 보통이 아닐세. 수일 내로 좋은 날을 잡아 옥란을 네 처로 삼아주려는데, 네 의향은 어떠냐?"

무송은 곧 몸을 일으켜 두 번 절했다.

"너무 과분한 말씀이라 소인은 오직 황공할 뿐입니다."

연회가 끝나자 무송은 즉시 옷과 두건을 벗고 한 자루의 봉을 들고 나와 달빛 아래서 몇 차례 봉술을 연마했다. 하늘을 보니 어느덧 삼경이었다. 무송이 방으로 돌아와 잠을 청하려 할 때 후당에서 갑자기 '도둑이야!' 하는 소리가 들렸다. 무송은 자리에서 벌떡 일어나 몽둥이를 들고 후당으로 달려갔다. 때마침 옥란이 달려나오다가 무송과 마주쳤다.

"도둑이 지금 화원으로 달려갔어요."

무송이 화원 안으로 뛰어들어 아무리 찾았으나 사람의 그림자를 발견할 수가 없었다. 이상히 여겨 되돌아 나올 때 뜻밖에 캄캄한 그늘 속에서 걸상 하나가 날아와 무송을 넘어뜨렸다. 그 순간 여러 명의 군인들이 우루루 몰려나오며 크게 외쳤다.

"도둑을 잡았다."

그들은 큰소리로 외치며 무조건 무송을 단단히 묶고는 후당으로 끌고 갔다. 그때 갑자기 등촉이 환하게 밝아지면서 장도감이 청상에 나와 앉아 있었다.

"그 놈을 이쪽으로 끌고 오너라."

무송은 그 앞에 나가 큰소리로 아뢰었다.

"저는 도적이 아니라 무송이옵니다."

그러나 장도감은 그를 보자 크게 노하여 얼굴빛이 변하였다.

"네 이놈! 내 너에게 그동안 소홀함이 없이 대했건만 도적의 마음을 끝내 고치지 못했구나."

"아닙니다. 저는 도적이 들어왔다는 소리에 잡으러 나온 것입니다. 이것은 누가 제게 누명을 씌운 것입니다."

그러나 장도감은 그의 말을 들은 체도 하지 않았다.

"어서 놈의 방으로 가 장물이 있는지 알아 오도록 하라."

관군들이 무송을 앞세우고 그의 방에 들어갔다. 방안에는 그가 사람들로부터 받은 금은 재화들을 모아둔 등나무 상자가 있었다. 그런데 그 속에서 은그릇을 비롯해 대략 수백 냥의 장물들이 나왔다. 무송이 전에 보지도 못했던 물건들이 가득 차 있었던 것이다. 무송은 너무나 어처구니가 없었다. 관군들이 상자를 들고 나가 장도감에게 보였다. 장도감은 크게 노했다.

"이놈, 장물이 네 상자 속에서 나왔는데, 이제 무슨 변명을 늘어놓겠느냐?"

장도감은 고개를 돌려 관군들에게 명령했다.

"이 장물들을 말끔히 밀봉하고 저놈을 독방에 가두어라."

무송은 몇 차례 억울함을 호소했지만 누구 하나 편들어 주는 사람이 없었다. 무송은 다음날 가혹한 형벌을 견디지 못하고 마침내 모든 죄를 시인할 수밖에 없었다. 도감은 무송에게 큰 칼을 씌워 감방에 가두어 버렸다. 무송은 깊은 한탄에 빠져 속으로 생각했다.

'장도감이 내게 잘해준 것은 허울일 뿐 사실은 나를 파멸시키기 위해 함정을 파 놓고 있었구나. 내가 만일 죽지 않고 살아나간다면 어떻게는 이 원수를 갚고 말 것이다.'

그러나 옥졸들이 무송의 발에 족쇄를 채우고 손을 묶고 칼을 씌웠으니 무송이 아무리 천하장사라 한들 힘을 쓸 수가 없었다.

그때 시은은 쾌활림에서 무송이 구속되었다는 말을 전해 듣고 크게 놀라 아버지와 그 일을 의논했다. 노관영은 그 말을 듣고 한탄하며 말했다.

"이것은 장단련이란 놈이 장문신의 원수를 갚으려고 장도감을 매수한 것이 틀림없다. 하지만 겨우 도둑질을 한 것을 가지고 죽이기야 하겠느냐. 어서 다른 관리들에게 부탁하여 무송을 빼낼 방법을 찾아야겠다."

시은은 은자 이백 냥을 들고 자신과 친한 강절급을 찾아갔다. 그러자 강절급이 사실을 털어놓았다.

"내가 실정을 그대로 말해주겠소. 이번 일은 장도감과 장단련이 꾸민 일이오. 두 사람은 본래 의형제 사이지요. 장문신이 지금 장단련의 집에 숨어서 당청관들에게 뇌물을 써가며 무송을 죽이려 하고 있지만, 당청관 중에서 섭공목이라는 충직한 분의 반대로 일을 성사시키지 못하고 있는 것이오. 옥살이는 내가 신경을 써 편안하게 지내도록 할 것이니 섭공목에게 청을 넣어 잘 설득시키면 목숨은 구할 수 있을 것이오."

시은은 은자 백 냥를 강절급에게 주었다. 강절급은 사양하다가 마침내 그 돈을 받았다. 시은은 즉시 잘 아는 사람을 통해 섭공목에게 은자 백 냥을 다시 전달하는 한편 그 이튿날 음식을 갖고 옥에 갇힌 무송을 면회했다. 시은은 은자 수십 냥을 옥졸들에게 나누어주고 무송에게 은밀히 말했다.

"이번 일은 장도감이 장문신의 원수를 갚기 위해 꾸민 함정입니다. 그러나 제가 섭공목에게 잘 부탁해놨으니 좋은 소식이 있을 겁니다."

시은은 무송을 위로했다. 그가 그렇게 서너 차례 감옥에 드나들자 그 소문이 장단련과 장도감의 귀에 들어갔다. 장도감은 옥졸들에게 명하여 시은의 면회를 엄중히 금지시켰다. 무송이 옥에 갇힌 지 두 달이 되자 무송을 맡고 있는 섭공목은 마침내 장도감이 장단련과 짜고 흉계를 꾸며 무송을 음해하려는 것을 알게 되었다.

마침내 두 달이 되자 섭공목은 무송의 칼을 벗기고 매 스무 대를 때리고 장물은 주인에게 돌려준 후 은주의 노성으로 유배형을 내렸다. 따라서 무송은 다시 호송관 두 명과 함께 귀양가는 신세가 되고 말았다. 무송이 성문을 나와 한 오 리쯤 갔을 때 주점에서 기다리던 시은이 달려나왔다.

"형님."

무송이 보니 시은은 머리와 손목을 베로 싸매고 있었고 몰골이 말이 아니었다. 무송이 그 까닭을 물었다.

"장문신이 장정들을 이끌고 주막에 와서 저를 이렇게 패고 주막도 다시 빼앗아갔습니다. 오늘 형님이 은주로 가신다는 말을 듣고 이렇게 뵈러 나온 것입니다."

시은은 두 관원에게 은자를 주며 잠깐 주점으로 들어가기를 청했다. 그러나 호송관원들은 그저 무송의 등을 치며 서둘러 길을 나서려 했다.

"형님, 봇짐 속에 솜옷 두벌, 신발 두 켤레, 돈 열 냥을 넣었습니다. 부디 몸조심하십시오."

시은은 무송과 작별하고 울면서 집으로 돌아갔다. 무송 일행이 다시 십 리쯤 걸어 작은 어촌에 도착했다. 포구에는 다리가 놓여있고 사방이 모두 하구로 둘러싸여 있었다. 다리 위에는 비운포飛雲浦라는 글이 써 있었다.

"여기가 어디오?"

"비운포도 모르냐?"

무송이 걸음을 멈춘 순간 어디선가 칼을 든 두 사내가 그들에게 달려들었다. 무송은 아까부터 놈들이 미행하고 있는 것을 눈치채고 있었다. 무송은 그 순간 몸을 돌려 발길로 한 놈을 쓰러뜨리고 다른 한 놈을 물 속에 처박아 버렸다. 그 광경을 보고 두 관원은 깜짝 놀랐다. 놈들이 도망치려 하자 무송은 머리에 쓴 형틀을 비틀어 두 동강이를 내고 그들을 쫓아가 주먹으로 때려 눕혔다.

"너희는 웬 놈이냐!"

"소인들은 장문신의 제자로 이른을 해치러 왔습니다. 부디 목숨만은 살려 주십시오."

"장문신은 지금 어디 있느냐?"

"장단련과 함께 장도감댁 후당 원앙루에서 술을 마시면서 저희들의 소식을 기다리고 계십니다."

"그렇다면 네놈들도 살려 둘 수 없다."

무송은 칼을 들어 그들을 단숨에 죽인 뒤 그 길로 맹주성을 향해 발길을 돌렸다. 무송이 다시 맹주성으로 돌아왔을 때는 이미 석양녘이었다. 무송은 거침없이 장도감의 집 후원을 향해 걸어갔다. 장도감 일행의 술자리는 아직 끝나지 않고 있었다. 무송은 시은이 준 솜옷으로 갈아입고 허리에는 칼을 차고 은자는 전대에 넣어 문고리에 걸고는 양선문으로 들어가 담장에 세운 등불을 꺼버리고 담 위로 기어올라갔다. 그가 담에서 뛰어 내리자 곧 주방이 나왔다. 무송이 창 틈으로 엿보니 하녀 둘이 앉아 있었다. 무송은 허리에서 칼을 빼어 와락 문을 열고 안으로 들어서자마자 소리를 지르려는 두 계집을 벤 다음 원앙루를 향해 발자국 소리를 죽이면서 걸었다. 원앙루 주위에는 시종들이 없었다. 먼저 장문신의 말소리가 들렸다.

"도감상공의 덕택에 원수를 갚게 되었습니다. 맹세코 이 은혜는 잊지 않겠습니다."

그러자 이어서 장도감이 말했다.

"우리 형님 부탁이기에 그런 일을 꾸몄던 것이네. 우리 애들이 비운포에서 무송을 요절냈을 것이니 내일 아침이면 좋은 소식이 있을 걸세."

이번에는 장단련이 말했다.

"제 놈이 아무리 장사라지만 형틀을 쓴 채 네 녀석을 당해내겠나? 목숨이 열이라도 보존하기 어렵겠지."

그 말을 듣자 무송의 가슴에서는 분노가 끓어올랐다. 그는 즉시 칼을 잡고 마루 위로 뛰어올라갔다. 장문신은 의자에 앉아 있다가 무송을 알아보고 소스라치게 놀랐다. 그는 무송의 칼끝을 피하려 했으나 이미 늦었다. 무송의 칼이 어깻죽지를 내리찍었다. 장도감은 달아나려다가 무송의 칼에 목이 날아갔다.

장단련은 본래가 무관 출신이어서 몇 번 버텼지만 끝내는 그의 적수가 되지 못하고 무송의 칼날에 즉사하고 말았다. 무송은 잘린 머리 셋을 나란히 놓고 큰 사발에 술을 가득히 부어 서너 번 연거푸 들이킨 다음 죽은 자의 피를 옷에 찍어 벽에 큰 글씨를 썼다.

이 사람들을 죽인 자는 호랑이를 때려잡은 무송이다.

무송이 글을 써놓고 내려가다가 관리 둘과 도감의 부인을 만나자 칼을 들어 그들을 사정없이 베어 버렸다. 그러자 문득 그에게 다가오는 사람들이 또 있었다. 무송은 재빨리 층계 밑에 몸을 숨겼다. 하녀 둘과 함께 등불을 들고 오는 사람은 도감의 수양 딸 옥란이었다. 그는 옥란의 흉계로 함정에 빠진 것을 잘 알고 있었다. 무송은 층계 밑에서 달려나와 단칼에 옥란과 시녀 둘을 베어 버렸다. 그리고 다시 집안으로 들어가 바느질을 하고 있던 계집 둘까지 칼로 벤 다음에야 집에서 나왔다. 그는 문고리에 걸어 두었던 전대를 풀어 허리에 차고 황급히 걸었다.

'만약 성문이 열릴 때까지 기다리면 붙잡힐 것이다.'

무송은 곧 성 위로 올라갔다. 맹주성은 작은 고을이기에 토성이 그리 높지 않은 편이어서 뛰어넘기에 수월했다. 때는 시월 중순이어서 냇물이 얕았다. 무송은 신발을 벗고 옷자락을 걷어 올려 물을 건넜다. 그러나 무송은 멀리 가지 못했다. 미처 날이 밝기도 전에 갑자기 피곤이 몰려와 견딜 수가 없었던 무송은 근처 숲 속의 작은 옛 묘에 들어가 눈을 감았다. 그가 막 잠이 들려는 순간, 갑자기 묘 문이 열리면서 장정 네 명이 달려들어 무송을 굵은 밧줄로 묶어 버렸다. 무송은 두 눈을 멀뚱히 뜬 채로 마을로 끌려갔다.

무리들은 어느 작은 초가집 안으로 무송을 끌고 가서 작은 방에 던지더니 무조건 무송의 옷을 모두 벗기고 기둥에 단단히 묶어 놓았다. 무송이 눈을 들어 보니, 부뚜막 위의 들보에는 사람 넓적다리 두 개가 걸려있었다. 한 녀석이 안채를 향해 소리쳤다.

"아주머니, 어서 좀 와보십시오. 오늘은 횡재했습니다."

잠시 후에 한 여인이 들어섰다. 그 뒤로 기골이 장대한 남자 둘이 들어오더니 무송을 보고 깜짝 놀랐다.

"아니, 이분은 무도두 아니신가?"

그 사내는 바로 채원자 장청이었고 부인은 모야차 손이랑이었다. 무송은 그날 그들 부부와 헤어진 후 맹주 노성영에서 일어난 일들을 장청에게 모두 말해주었다.

한편 맹주성의 장도감 집안은 벌컥 뒤집혔다. 관가에서는 즉시 맹주 사대문을 굳게 지키게 한 다음 군병을 동원하여 무송을 잡아들이라는 명령을 내렸다. 그때 무송은 장청의 집에서 며칠 동안 숨어 지내면서 사태가 심각한 것을 깨달았다.

"내가 겁나서 하는 말이 아니네만 아무래도 안심하고 머물 수 있는 곳으로 떠나야 할 것 같네. 자네 의향은 어떤가?"

"나는 세상에 피붙이라고는 없는 몸이오. 내 한 몸 의탁할 곳이 있다면 어디든 가겠소."

"그렇다면 청주의 이룡산 보주사로 가 보게. 그곳에는 노지심과 양지가 산채를 틀고 있는데, 청주 관군들도 그곳은 넘보지 못한다고 하네. 자네가 원한다면 내가 편지를 한 장 써주겠네."

"편지만 써주신다면 오늘로 떠나겠소."

그러자 손이랑이 무송의 팔을 잡으며 말렸다.

"지금 이룡산까지 무사히 갈 수 있을 것 같습니까? 관아에서 각처에 현상금 삼천 관을 건데다가 범인의 인상을 그린 그림까지 여기저기 걸려 있습니다."

"그렇다면 무슨 좋은 방법이 없겠소?"

"2년 전에 몽환약을 타 먹여 죽인 중의 승복이 있습니다. 그 승복을 입고 머리를 잘라 행자로 가장하시면 좋을 듯 싶습니다."

장청은 손뼉을 치며 그 말에 따르기로 했다. 무송이 곧 머리를 짧게 자르고 승복을 입고 염주를 들니 완전히 행자의 모습 그대로였다. 장청은 노자를 마련하여 그에게 주고, 술과 밥을 내어 배불리 먹게 한 다음 신신당부했다.

"부디 매사에 조심하게. 제발 술 좀 적게 마시고 남과 시비를 걸지 말며 일거수 일투족을 출가한 스님처럼 행세해야 하네. 무사히 이룡산에 가거든 부디 편지하게. 우리도 곧 이룡산으로 갈 것이니, 그때까지 몸 성히 지내게."

무송은 장청 부부와 작별하고 이룡산을 향해 발걸음을 옮겼다.

청풍산에서 양산박으로……

무송이 가는 길에는 어느 곳이든 무송을 잡아들이라는 벽보가 걸리지 않은 곳이 없었다. 다행히 무송은 이미 출가한 행자로 변장했기 때문에 아무도 알아보는 사람이 없었다.

때는 어느덧 동짓달로 접어들어 추위가 심했다. 언덕 하나를 넘자 다행히 주막이 나타났다. 무송은 주막으로 들어가 주인을 불렀다.

"술과 고기 두 근만 주시오."

"술은 백주가 좀 있습니다만 고기는 없습니다."

"그럼 술이나 주시오."

주인이 곧 술을 따끈하게 데워왔다. 안주는 나물 한 접시였다. 무송은 잠깐 사이에 술을 다 마셔 버렸다. 잠시 후에 기골이 장대한 사내 한 명이 졸개 서너 명을 데리고 주점 안으로 들어섰다. 그러자 주인이 반갑게 맞았다.

"나으리 어서 오십시오."

"내가 아까 말한 것은 준비되었나?"

"예, 나으리. 오시기만을 기다리고 있있습니다."

"그럼 어서 내 오게."

그 사내는 졸개를 이끌고 무송이 앉아 있는 바로 옆 탁자에 자리를 잡고 앉았다. 그러자 주인이 누룩으로 빚은 청화옹주와 잘 익은 닭 한 마리, 고기 한 접시를 가지고 왔다. 그것을 본 무송은 참지 못하고 탁자를 쳤다.

"이보게 주인장, 사람을 업신여겨도 분수가 있지. 저 청화옹주와 닭고기, 쇠고기를 왜 내게는 안 파는가. 내가 돈을 안 준다고 했나?"

무송이 눈을 부릅뜨고 꾸짖었다.

"그게 아닙니다. 저 술과 안주는 모두 저 나으리께서 손수 집에서 가져와 제게 맡겨두신 것입니다."

그러나 무송은 비위가 상했다.

"쓸데없는 수작 말아라. 내가 그 말을 믿을 성싶으냐?"

무송은 자리에서 일어나 주인의 뺨을 올려쳤다. 그때서야 옆 탁자에 앉아 있던 남자가 크게 화를 내며 무송에게 소리쳤다.

"저런 중놈을 봤나? 술주정에 사람까지 치다니……, 중이 어찌 그런 몹쓸 짓을 하느냐."

그러자 무송은 대꾸도 없이 무조건 달려들어 그 사내를 발로 밟고 억센 주먹으로 마구 쳤다. 무송은 이미 곤죽이 된 사내를 잡아 일으켜 두 손으로 번쩍 들어 주막 앞에 있는 개천에 내던졌다. 졸개들이 앞을 다투어 물속으로 뛰어 들어가 사내를 구해 도망쳤다. 무송이 다시 주점 안으로 들어가자 주인은 안으로 도망쳐 버렸다. 그는 탁자 위에 놓인 청화옹주와 고기를 순식간에 먹어치웠다.

무송이 주막을 나와 취해 걸어갈 때 갑자기 길가의 담장 안에서 누런 개 한 마리가 그를 보고 몹시 짖어댔다. 무송은 소리를 질러 개를 쫓았으나 개는 달아나지 않고 더욱 기가 나서 짖었다.

문득 화가 치민 무송이 칼을 빼들고 개를 내리쳤으나 취중이어서 그런지 칼은 허공만 그었을 뿐, 오히려 그가 중심을 잃고 개천으로 미끄러져 넘어 갔다. 그때 언덕 위 토담에서 한 떼의 사람들이 각각 몽둥이를 들고 나타났 다. 두루마기를 입은 앞장 선 사내가 무송을 가리키며 소리쳤다.

"저 놈이 바로 그 행자 녀석이냐?"

"그렇습니다."

그 말이 미처 끝나기도 전에 조금 전 무송에게 얻어맞은 사내가 달려왔 다. 그 뒤로는 수십여 명의 졸개들이 따라왔다. 그때 두루마기를 입은 사내 가 말했다.

“저 놈을 집으로 끌고 가서 단단히 버릇을 고쳐주어라.”

졸개들이 달려들어 무송을 물 속에서 꺼내어 묶고는 장원으로 끌고갔다. 높은 담장으로 둘러싼 장원은 버드나무와 소나무가 빽빽히 들어 차 있었다. 그들은 무송의 보따리를 빼앗고 옷을 벗겨 커다란 버드나무에 묶고 매질을 시작했다. 그때 무송은 이미 술이 깨어 있었지만 묶인 채 맞을 수밖에 없었다. 그때 안채에서 한 남자가 나오면서 물었다.

“웬 사람을 잡아다 그렇게 패는가?”

졸개들이 주막집에서 행패를 부린 사연을 그에게 자세히 보고했다. 남자는 곧 무송에게 다가와 보고는 소리쳤다.

“아니, 자네는 무이랑이 아닌가?”

무송은 여지껏 감고 있던 눈을 뜨고 깜짝 놀라 외쳤다.

“아니, 형님 아니십니까?”

남자는 무송을 황망히 풀어준 다음 새 옷을 입히고 초당 안에 모셨다. 그러자 무송이 남자 앞에 엎드려 절을 올렸다. 그는 다름 아닌 바로 운성현의 송강이었다. 무송은 송강에게 말했다.

“저는 형님께서 지금도 시대관인의 장원에 계신 줄 알았는데 여긴 웬 일이신지요? 내가 혹시 꿈속에서 형님을 뵙는 것이 아닌지 모르겠습니다.”

“그때 자네가 떠난 후 반년 이상 시대관인의 장원에 머물러 있다가, 마침 이곳 공태공孔太公께서 나를 불러 이곳에 와 있었네. 여기가 백호산白虎山 공태공의 장원일세. 아까 자네와 술집에서 싸운 사람은 공태공의 둘째 아들 독화성獨火星 공량孔亮이고, 여기 두루미기를 입은 분은 큰아들 모두성毛頭星 공명孔明이라네. 두 사람이 모두 창봉을 좋아해서 내가 몇 수 가르쳐 주었더니 나를 사부로 부르고 있네. 이 댁에서도 그럭저럭 반년을 살았는데 이제 곧 청풍채淸風寨로 가볼까 하던 참일세. 내가 시대관인 장상에 있을 때 자네가 경양강에서 호랑이를 때려잡고 양곡현에서 도두 노릇을 한다는 것과 서문경을 죽이고 자수했다는 소문도 들었으나 그 뒤의 소식은 도무지 알 길이 없어 궁금하게 여기고 있었는데, 뜻밖에 행자가 되어 나타났으니, 이것은 또 어떻게 된 일인가?"

무송은 그동안에 겪은 일들을 송강에게 모두 얘기했다. 얘기가 끝나자 곁에 있던 공명, 공량 형제는 크게 놀라 무송에게 절을 올렸다.

"저희 형제가 눈은 있어도 태산을 몰라 뵈었습니다. 부디 용서하여 주십시오."

무송은 황망히 답례하고 말했다.

"이 사람이야말로 취중에 실수한 것이니 용서해 주시오."

밤이 깊어서야 자리에서 일어난 송강과 무송은 한 방에서 같이 자게 되었다. 송강은 무송에게 앞으로의 계획을 물었다.

"어제 말씀 드렸듯이 장청의 편지를 들고 이룡산 보주사로 노지심을 찾아갈까 합니다."

"그도 좋겠지. 나는 청풍채로 화영을 찾아갈까 하네. 최근에 아우 송청의 편지가 왔는데 내가 염파석을 죽인 일을 알고 화영이 청풍채로 오라더군. 여기서 청풍채가 그리 멀지 않으니 자네도 나와 함께 가지 않겠나?"

"저도 그러고 싶지만 제 죄가 너무 커서 화영이란 사람에게 폐가 될 것입니다. 아무래도 저는 그냥 이룡산으로 가는 것이 좋을 것 같습니다. 제가 훗날 형님을 찾아뵙겠습니다."

"자네 뜻이 그렇다면 억지로 권하지는 않을 테니 며칠 더 있다가 함께 떠나기로 하세."

그 이후로 그들은 열흘 정도 공태공 장상의 집에서 머물다가 각자 길을 떠났다. 무송은 여전히 행자의 행색을 하고 송강은 손과 허리에 칼을 차고 삿갓을 썼다. 공명과 공량 두 형제가 이십여 리 밖까지 따라 나와 그들을 배웅했다.

송강은 무송과 헤어지면서 당부했다.

"자네, 부디 술을 많이 마시지 말게. 만약 다행히 조정의 초안을 받게 되거든 자네만이 아니라 노지심과 양지까지도 잘 권해서 부디 귀순하도록 하게. 나중에 무공을 세워 청사에 길이 좋은 이름을 남길 수 있다면 세상에 대장부로 태어난 보람이 있을 것이네. 나는 한 가지도 능한 것이 없는 위인이지만, 자네는 영웅이니 무슨 일인들 이루지 못하겠나? 부디 내가 하는 말을 명심하게. 후에 인연이 있으면 우리 또 만나게 될 것이네.”

무송이 송강에게 절을 네 번 올리자 송강은 눈물을 흘렸다. 마침내 무송은 서쪽 이룡산으로 가고 송강은 동쪽길로 청풍진을 향해 떠났다.

무송과 헤어진 송강은 동쪽으로 십여 일을 걸어 마침내 청풍산에 도착했다. 어디를 둘러봐도 산이 깎아지른 듯 둘러서 있고 수목들이 울창했다.

짧은 겨울 해가 어느덧 저물어 가고 있었다. 송강은 마음이 불안하여 무작정 동쪽을 향해 걸음을 재촉했으나 인가는 보이지 않고 날은 어두워 길도 분간할 수 없었다. 그가 당황하여 거의 달음질쳐서 앞으로 나가는데, 문득 다리에 무엇인가 걸리면서 몸이 앞으로 넘어질 때 숲 속에서 난데없이 왕방울 소리가 요란하게 울렸다.

자신이 함정에 빠졌다는 것을 깨달았을 때는 이미 늦었다. 송강은 숲 속에서 우르르 달려나온 십여 명의 도적들에게 칼과 보따리를 빼앗기고 몸은 굵은 밧줄로 결박당하고 말았다. 도적들에 이끌려 산채에 이른 송강이 불빛 아래 살펴보니 주위를 목책으로 둘러 막고, 그 가운데 초막이 있었다. 대청 위에는 호피를 덮은 의자 셋이 놓여 있었다. 졸개들이 송강을 끌어다 뜰 아래 장군주 위에 매어놓으니 대청 위에 있던 자가 이들을 보고 한 마디 지껄였다.

“대왕께서 지금 주무시니 그동안 저놈의 간을 꺼내 성주탕을 해 올리고, 우리는 고기나 한 점씩 얻어 먹세나.”

기둥에 묶인 송강은 그 말을 듣자 기가 막혔다. 방탕한 계집년 하나 죽였다고 갖은 고생을 다해 여기까지 와서 부질없이 죽을 생각을 하니 눈앞이 캄캄해졌다. 그때 대청 뒤에서 졸개가 달려나오더니 대왕이 나온다고 소리를 지르며 요란을 떨었다.

송강이 살펴보니 노랑 수염에 두 눈이 크고 둥근 사내가 걸어나와 호랑이 가죽 의자에 걸터앉았다. 그는 연순燕順이란 자로 산동 내주 출신이었다. 본래 각지로 양과 말을 팔러 다니던 장사꾼이었는데 장사가 안되어 본전을 들어먹고 산채에 눌러앉게 된 것이었다.

"저 놈은 어디서 잡아 왔느냐?"

"뒷산 길목에서 걸려든 놈입니다. 대왕님께 성주탕이나 해드릴까 해서 잡아왔습니다."

"잘했다. 그럼 어서 가서 두 분 대왕님도 모셔 오너라."

졸개가 나간 지 얼마 안되어 대청 좌우에 두 명의 호걸이 나타났다. 한 명은 오 척이 안되는 키에 푸른 비단 수를 놓은 장삼을 입고 있었고 두 눈이 유난히 컸다. 그는 양회 태생으로 이름은 왕영王英이었고, 또 한 명은 키가 훤칠하게 크고 옥같이 흰 얼굴에 머리에는 진분홍 두건을 쓰고 쇠기름을 먹인 푸른 가죽옷을 입었다. 그는 소주 태생으로 이름은 정천수鄭天壽였다. 세 두령이 각기 자리에 앉자, 왕영이 말했다.

"저 놈의 간을 내어 술 깨는 약을 만들어 오너라."

그러자 졸개가 큰 구리 그릇에 냉수를 가득 담아 송강 앞에 놓고, 또 한 놈은 소매를 걷어올리며 날이 시퍼런 칼 한 자루를 들고 나왔다. 이윽고 한 놈이 물을 떠서 송강의 가슴에 끼얹었고 이어서 얼굴에 물을 끼얹었다. 송강은 저도 모르게 한숨을 쉬면서 말했다.

"슬프구나. 이 송강이 여기서 이렇게 개죽음을 당하다니……"

바로 그때 연순은 귓결에 '송강' 이라는 말을 듣고 뛰어내려와 다시 물었다.

"어디 사는 송강이오?"

"제주 운성현에서 압사를 지낸 송강이오."

"그럼 산동의 급시우 송공명이란 말입니까? 염파석을 죽이고 몸을 피하여 강호를 떠도는 그 유명한 송강이 당신이오?"

연순은 곧 졸개 손에서 칼을 빼앗아 묶은 줄을 끊은 다음, 대청 위로 모셔 올려 자기가 앉던 가운데 호피 의자에 앉히더니, 왕영, 정천수와 함께 넙죽 절을 했다.

"제가 눈이 어두워 하마터면 형님 목숨을 해칠 뻔했습니다. 그동안 형님의 이름은 익히 들어왔으나 그동안 인연이 없어 만나 뵙지 못해 평생 한이 되었는데 오늘 이렇게 모시게 되어 기쁘기 그지없습니다. 그런데 형님은 어떻게 이런 험한 곳을 지나가게 되었습니까?"

송강은 앞서 조개를 구해 준 이야기로부터 염파석을 죽인 후에 몸을 피해 시진과 공태공에게 붙어살다가 이번에 청풍채로 소이광 화영을 찾아가던 전후의 사연을 말해주었다. 세 두령들은 그 말을 듣고 그를 극진히 대접했다.

그런데 섣달 초승께 일이었다. 본래 산동 사람들은 그 시기에 성묘하는 것이 관례였는데, 그날 하산했던 졸개들이 올라와 큰길에 가마 한 채와 하인 예닐곱 명이 되는 일행이 성묘하러 왔다는 사실을 알렸다. 왕영은 본래 호색한이어서 가마에 필시 부인이 탔을 것이라 생각하고 즉시 사오십 명의 졸개를 이끌고 산 아래로 내려갔다. 송강, 연순, 정천수 세 사람은 남아서 술을 마셨다. 그 후 하산했던 졸개가 돌아와 보고했다. 그들이 내려가자 호위하던 군사들은 모조리 삼십육계를 놓고, 교자에 타고 있던 부인 하나만 붙잡았는데, 몸에 지닌 것은 단지 은향합 하나뿐이고, 달리 재물은 없었다는 것이었다.

"그래서 그 부인은 어찌하였느냐?"

"왕두령께서 뒷방으로 데리고 가셨습니다."

그 말에 송강이 한 마디 했다.

"왕두령이 여색을 좋아하나 보오."

"그 사람은 닷할 것이 없는데, 딱 그것 한 가지가 병입니다."

"우리 함께 가서 좋은 말로 타이릅시다."

연순과 정찬수는 곧 송강을 안내하여 왕영의 처소로 갔다. 그때 왕영은 소복한 부인을 부둥켜안고 한참 승강이를 하다가, 그들이 들어오는 것을 보고 깜짝 놀라 부인을 옆으로 떠다밀고 분주히 세 사람에게 자리를 권했다. 송강이 부인을 향해 물었다.

"낭자는 어디 사시며, 산에는 왜 올라오셨소?"

"첩은 청풍채 지채知寨의 아내로, 오늘이 어머님 제삿날이어서 성묘하러 왔던 길이었습니다. 부디 목숨을 살려주십시오."

들고 나자 송강이 왕영에게 말했다.

"왕두령, 그만 이 부인을 돌려보내기로 합시다."

송강의 부탁으로 부인은 가마를 타고 산에서 내려갈 수 있었다. 왕영은 부끄럽고 한편으로는 분했지만 감히 말을 꺼내지 못했다.

송강은 그 후 연순의 무리들과 헤어져 화영을 찾아나섰다. 청풍진淸風鎭의 관아는 남쪽에 문관 유지채가 있고, 북쪽에는 무관 화지채가 있다. 송강은 북채로 가서 파수병에게 이름을 전했다. 잠시 후 머리에 건을 쓰고 갑옷을 입은 청년 장군 하나가 급히 달려나왔다.

그가 곧 활을 한 번 당기면 백 보 밖에서도 버들잎을 쏘아 맞춘다는 청풍채의 무관 지채 소이광小李廣 화영花榮이었다. 화영은 송강을 만나자 청사에서 머리를 네 번 숙여 절했다.

"형님, 못 뵈온 지도 벌써 오륙 년이 됩니다. 그간 어떻게 지내셨습니까? 소문에는 형님이 계집 하나를 죽이고 피신하셨다는 말을 들었습니다. 관가에서도 체포령이 내렸더군요. 그 말을 듣고 제가 모시고 싶어서 계속 편지를 보냈는데 받아 보셨는지요? 아무튼 잘 오셨습니다."

송강이 화영에게 염파석을 죽인 후 자기가 겪은 일들을 모두 얘기했다. 화영은 송강을 후당으로 청하여 부인 최씨와 누이를 불러 인사시켰다. 송강은 따뜻한 물로 목욕하고 옷을 갈아입은 후에 화영과 술을 마셨다. 술이 얼큰히 취했을 때 송강은 자기가 청풍산에 머물러 있을 때 청풍채의 부인을 살려보낸 이야기를 해주었다. 그로부터 송강은 며칠 동안 극진한 대접을 받으며 온종일 집안에 들어앉아 있었다. 간혹 화영의 권유대로 수행인과 함께 청풍진 거리로 나가 시내의 번화가와 촌락이며 사원들을 두루 구경하면서 주막이나 찻집에 들러 한가한 나날을 보냈다.

송강이 온지도 한달이 넘어 해가 바뀌면서 원소절이라는 명절을 맞게 되었다. 물론 경사에 비할 것은 못되지만, 청풍진의 원소절도 제법 성대하여,

집집마다 문에 등불을 달고 번화가에서는 온갖 기예와 재주꾼들이 몰려들어 굿판을 벌리는 바람에 사람들이 들끓었다. 그날 화영은 수백 명의 군사를 지휘하여 각처를 경계하며 책문을 지키느라 바빠서 송강만 하인 두어 명을 데리고 거리로 나갔다. 날씨가 맑고 하늘에서는 크고 둥근 달이 유난히 밝았다. 성내는 수천만 개의 꽃들 속에 묻혀 있었다.

송강은 소오산을 구경한 후 발길을 돌려 남쪽으로 향했다. 얼마쯤 가다 보니 어느 큰 담장 모퉁이에 밝은 등불이 켜 있고, 거기에는 한 떼의 사람들이 삥 둘러 서 있었다. 꽹과리 소리가 요란하고 사람들이 모두 박수를 쳤다. 누군가 포로무鮑老舞를 추고 있었는데 인기가 그만이었다. 송강은 사람들 틈을 비집고 들어갔다. 그때 구경꾼들 중에는 공교롭게도 유지채 부부가 있었다. 유고의 아내는 송강을 보자 깜짝 놀라 자기 남편에게 말했다.

"저기 얼굴이 까무잡잡하고 키가 작은 남자있죠? 저 녀석이 지난번에 저를 납치했던 청풍산 도적 떼의 괴수가 틀림없습니다."

그 말에 놀란 유고는 즉시 동행하고 있던 군사들에게 송강을 체포하도록 했다. 사람들 틈에서 구경에 여념이 없던 송강은 꼼짝없이 붙들려 남채로 끌려갔다. 유지채가 죄인을 뜰 아래 무릎 꿇게 하고 호령했다.

"네 이놈, 청풍산 도적놈이 감히 오늘 같은 날 마을로 내려와 구경을 하다니, 네놈이야말로 간이 부은 놈이구나."

"수인은 운성현에 사는 장삼입니다. 청풍산 두적이란 웬 말씀입니까?"

그때 유지채의 아낙이 병풍 뒤에서 나오며 소리쳤다.

"아니, 네 놈이 나를 산채에 납치해놓고 뻔뻔스럽게 무슨 변명이냐?"

유지채는 그 말을 듣고 형리를 불러 태형을 치도록 명령했다.

"저놈을 매우 쳐라."

그러자 형리가 나와 송강을 사정없이 내려치기 시작했다. 곤장 스무 대를 맞자 송강은 살가죽이 터지고 피가 낭자하게 흘러 그 참혹한 모습은 눈으로 볼 수가 없었다. 이윽고 유고는 그를 묶어 옥에 가두고 말았다. 한편 그 날 송강을 따른 하인은 그 길로 북채로 돌아가 이 사실을 화영에게 보고했다.

화영은 깜짝 놀라 유지채에게 편지를 써서 두 명의 수행인에게 전하게 했다. 유고는 화영의 편지를 받고 크게 노했다.

"조정의 관리라는 놈이 도적과 짜고 나를 속이려 들다니……, 너는 그놈을 제주서 온 유장이라 했지만, 그놈은 제 입으로 운성현 사는 장삼이라 했다."

유고는 편지를 찢고 편지를 가져온 사람들을 내쫓아버렸다. 화영은 그 사실을 듣고 갑옷을 입고 말에 올라 군사 수십여 명을 거느리고 남채로 향했다. 성을 지키던 군사들은 형세가 험악해진 것을 알고 모두들 달아났다. 화영은 관사로 직접 말을 타고 들어가 군사들을 좌우에 세운 다음 소리쳤다.

"유지채, 나 좀 봅시다."

그러나 유고는 무서워서 감히 나오지 못했다. 화영의 군사들이 마침내 감방에서 송강을 찾아냈다. 송강은 아랫도리가 피투성이가 된 채 들보에 매달려 있었다. 화영은 송강을 구해 집으로 돌아갔다. 그리고 군사를 시켜 채문을 닫아 걸게 한 다음 후당으로 들어가서 송강을 만났다.

"제 생각이 깊지 못해서 형님이 이런 곤욕을 치르셨습니다."

"아닐세. 나야 아무 상관 없네만 유고가 그냥 있지 않을 것이네. 아무리 생각해도 내가 오늘 밤 안으로 청풍산으로 몸을 숨기는 것이 좋을 것 같네. 나만 없으면 제아무리 일을 꾸며도 증거가 없지 않겠나."

"그렇지만 형님께서 그 몸으로 어떻게 산채까지 가시겠습니까?"

"그래도 일이 워낙 급하니 오늘밤을 넘길 수 없네."

송강은 상처에 고약을 갈아 붙이고 날이 저물기를 기다려 채문을 나섰다. 한편 유고는 힘으로는 화영과 겨루어 볼 도리가 없다고 생각하고 혼자 깊은 궁리에 빠졌다.

화영이란 놈이 산적들을 빼돌리고 어쩌겠다는 것인가. 그렇다면 증거가 없는데 나만 괜히 무관에게 시비를 거는 꼴이 되지 않겠는가. 필연코 오늘 밤 안으로 도적을 청풍산으로 도망시킬 것이다. 그러니 군사를 청풍산 길목에 두어 놈을 잡아 소문을 내지 않고 가둔 다음 지부에게 보고하고 이번

기회에 아예 화영까지 없앤다면, 이 청풍채는 내가 독차지하게 될 것이다.’

유고의 계략은 적중했다. 유고는 청풍산으로 피신하려는 송강을 잡아다가 후원 깊이 가두고 청주 부윤에게 편지를 올렸다. 그러나 화영은 그 사실을 모른 채 유고의 동정만 지켜보고 있었다.

당시 청주지부 모용慕容은 휘종 천자가 총애하는 귀비의 오빠였다. 모용은 누이의 권력을 믿고 청주에서 세도를 부리며 악덕 지방관리로 많은 사람들의 원망을 사고 있었다. 모용은 유고의 글을 받아 보고 깜짝 놀랐다.

“화영은 공신의 아들인데 왜 청풍산 도적떼들과 결탁했단 말인가. 어서 병마도감을 보내어 자세한 내막을 알아오도록 하라.”

청주 병마도감 황신黃信은 뛰어난 무술로 그 일대에 위엄과 명성이 높은 장수였다. 모용의 명령을 받은 황신은 곧 갑옷과 투구를 쓰고 허리에 상문검喪門劍을 차고 건장한 군졸 오십여 명을 뽑아 청풍채로 갔다. 남채 앞에 도착하자 병마도감이 왔다는 말을 듣고 유지채가 문밖까지 나와 그를 환영했다. 두 사람이 후당에 자리를 잡고 앉자 유고는 황신에게 청풍산의 도적 괴수 운성현의 장삼을 잡은 전후의 얘기를 했다.

“그 장삼이란 놈을 잡아 가둔 것을 화영이 알고 있소?”

“아직까지는 모르고 있을 것입니다.”

“그렇다면 내일 모용 지부께서 나를 파견해 문관과 무관의 화목을 도모케 하는 큰 진치를 연다하여 화영을 초청하고, 술자리에서 내가 술잔을 던지는 것을 신호로 화영을 잡는 것이 어떻겠소?”

유고는 그 말을 듣고 기뻐했다. 이윽고 황신은 시종 두 사람을 데리고 화영을 찾아갔다. 화영은 병마도감이 왔다는 말을 듣고 그를 정중하게 맞았다.

“도감상공께서 무슨 일로 이렇게 누추한 곳에 오시었습니까?”

“어제 모용 지부께서 부르시기에 가보니 청풍채에서 문무관료의 반목이 심하다는 말을 듣고 두 분을 화해시키러 온 것이오. 지금 대채에서 연회를 베푼다고 하니 나와 함께 갑시다.”

그 말에 화영은 크게 웃으며 황신을 따라 대채로 갔다. 유고는 이미 술좌석에서 기다리고 있었다. 세 사람이 만나자 부관들이 문을 굳게 닫아 걸어버렸다. 화영은 계교에 빠진 것을 알 턱이 없었다. 서로가 잔을 주거니 받거니 한 후에 유고가 황신의 잔에 술을 부었다. 황신은 잔을 받아 손에 들고 좌우를 한번 둘러 본 후에 술잔을 번쩍 들어 땅에 던졌다. 순간 후당에 있던 사오십 명의 관군들이 달려나와 화영을 잡아 섬돌 아래로 끌어내렸다. 이윽고 황신이 큰소리로 말했다.

"저 놈을 묶어라!"

화영은 뜻밖의 일에 놀라 외쳤다.

"내가 무슨 죄가 있다고 이러시오?"

"네 놈이 청풍산 도적떼와 결탁한 죄를 모른다고 하겠느냐? 내가 그 증거를 보여주마."

황신의 말이 떨어지자 관군들이 송강을 끌고 나왔다.

"네 놈은 할 말이 있는가?"

황신의 큰 목소리가 다시 들렸다. 화영은 침착하게 대답했다.

"저 분은 운성현에서 온 제 친척이오. 청풍산 도적이 아닙니다."

"그 말은 지부 앞에 가서 해라."

이윽고 황신은 송강과 화영을 묶어 수레에 태우고 호송관들을 대동하여 청주를 향해 떠났다. 그들 일행이 청풍채를 떠나 사십여 리쯤 갔을 때 문득 숲 속에서 함성이 터졌다. 관군들은 놀라서 대열이 흐트러지고 유고는 벌벌 떨고 있었다. 황신이 군사를 정돈하자 그 앞에 세 명의 사내들이 나타났다. 하나는 푸른 도포를 입은 연순이고, 그 좌우로 왕영과 정천수가 서 있었다.

"이곳을 지나려면 통행료 삼천 관을 내놓아야 하느니라."

황신이 그 말을 듣고 코웃음을 쳤다.

"무례하구나. 여기 진삼산鎭三山 황신 장군이 통과하신다."

"진삼산이고 황신이고 황제가 지나도 삼천 관을 내야 한다."

"네 놈들이 아직 이 황신의 무서움을 모르는구나."

곧이어 황신이 칼을 휘두르며 연순을 향해 달려들었다. 그러자 세 명이 일제히 칼을 휘두르며 그와 맞섰다. 황신의 무술이 뛰어나지만 세 명을 당해낼 수는 없었다. 서로 어우러져 십여 차례 맞선 끝에 마침내 황신은 열세를 깨닫고 달아나기 시작했다. 그러자 관군들도 사방으로 흩어져 달아났다. 뒤에 혼자 남은 유고가 사태가 위급한 것을 깨닫고 말머리를 돌리려는 순간 산채의 졸개들이 덤벼들어 유고의 옷을 벗기고 동아줄로 꽁꽁 묶어버렸다. 그때 화영이 죄인의 수레에서 나와 송강을 꺼내주었다. 청풍산의 세 사내는 송강과 화영을 말에 태워 먼저 산으로 올려 보낸 다음 유고를 끌고 산채로 돌아왔다.

송강이 두령들에게 말했다.

"유고란 놈을 대령하시오."

그러자 화영이 나섰다.

"형님, 그놈을 제 손으로 처치하게 해주십시오."

송강의 허락을 받은 화영은 섬돌로 내려가서 칼을 들어 유고의 배를 갈라 송강 앞에 바쳤다. 그날 밤 산채는 밤이 깊도록 잔치가 계속되었다.

한편 겨우 목숨을 건져 청풍진으로 돌아온 황신은 군사들을 점검한 후 성문을 굳게 닫아걸고 출입을 엄격히 통제했다. 이어 그는 두 명의 교군을 시켜 모용에게 현지의 사정을 알렸다. 모용은 크게 놀라 즉시 사람을 보내 청주 병마 총사령관 진명秦明 장군을 불러 이 일을 의논했다. 진명은 성격이 급하고 목소리기 벼락치는 것처럼 기서 사람들은 그를 벽력화霹靂火라 불렀다. 진명은 그 말을 듣고 크게 노했다.

"걱정하지 마십시오. 제가 그 도적들을 모조리 소탕하겠습니다."

모용은 그 말을 듣고 크게 기뻐했다. 진명은 곧 기병 백 명과 보병 사백 명을 이끌고 성밖으로 나가 청풍산을 향해 진군했다. 그때 산채에서 내려와 있던 졸개들이 그 사실을 알고 청풍산에 보고를 올렸다. 연순은 송강, 화영과 함께 청풍채를 칠 일을 의논하다가 뜻밖에도 벽력화 진명이 산 아래 이르렀다는 말을 듣고 크게 놀랐다. 그러자 화영이 태연하게 말했다.

"여러분, 과히 염려하실 것 없습니다. 먼저 졸개들을 배불리 먹인 다음에, 우선 힘으로 당하고 다음에 꾀로 잡읍시다."

그리고 화영이 음성을 낮추어 계책를 말하니, 모두들 좋은 계책이라 생각하고 이에 따랐다.

한편 진명은 군사를 이끌고 청풍산 아래 당도하자 십 리 밖에 경계선을 정하고 다음 날 오경에 군사를 배불리 먹인 후 청풍산 아래에 진을 치고 넓은 지역을 정해 군사들을 요소 요소에 배치한 다음 북을 울렸다. 곧 이어 화영이 졸개들을 몰고 산에서 내려와 진을 쳤다. 진명이 큰 소리로 외쳤다.

"네 이놈, 화영아! 너는 대대로 장군 집 자손으로 조정에서 네 놈에게 큰 벼슬까지 내려주었거늘 어찌하여 도적놈들과 결탁하여 나라를 배반하려 하느냐?"

그러자 화영이 얼굴에 웃음을 띠우고 공손히 말했다.

"총관께 한 말씀 올리오. 화영이 어찌 나라를 배반하겠습니까? 유고란 놈이 아무런 이유도 없이 나를 원수로 만들어 내가 집이 있어도 돌아가지 못하고, 나라가 있어도 섬기지 못하는 신세가 된 것이니, 총관은 부디 깊이 살펴 주시오."

진명은 그 말에 다시 꾸짖었다.

"어서 말에서 내려와 결박을 받지 않고 무슨 변명이 그리 요란하냐?"

말을 마치자, 진명이 낭아봉을 휘두르며 화영에게 달려들자 화영이 크게 웃었다.

"네가 나의 상관이었기에 겸손하게 대한 것이지 무서워 그런 줄 아느냐."

화영은 곧 창을 휘두르며 진명을 맞아 싸웠다. 어우러져 싸우는 두 장수의 형세가 한쪽이 남산의 맹호라면 다른 한쪽은 북해의 창룡이었다. 화영의 창과 진명의 낭아봉은 부지런히 마주쳤지만 승부가 나지 않았다. 이윽고 사오십 차례 맞선 순간 화영의 기세가 꺾이는 듯 싶더니 그대로 말머리를 돌려 산밑으로 달아났다. 그러자 진명이 기세를 살려 그 뒤를 따랐다. 화영은 진명이 추적해오자 달리면서 몸을 틀어 뒤로 화살을 날렸다. 화살은 시윗소리를 내며 그대로 진명의 투구를 맞추었다. 깜짝 놀란 진명은 위기를 느끼고 말머리를 돌렸다. 화영은 진명을 뒤쫓지 않고 졸개들을 이끌고 산채로 돌아갔다. 진명은 그들이 돌아가는 것을 보고 군사들에게 추격하게 했다.

큰 고개를 두 개 넘었을 때 갑자기 산에서 나무토막과 돌덩이가 마구 날아와 군사들이 수없이 부상을 당했다. 성미가 급한 진명은 관군들을 마구 독촉해 추격을 계속했다. 그러자 이번에는 서쪽에 징소리가 크게 울리며 우거진 잡목 속에서 붉은 깃발을 든 군사들이 달려나왔다.

진명은 군사들을 이끌고 그쪽으로 방향을 잡았다. 그러나 얼마쯤 가다보니 산 속은 깊은 적막 속에 잠겼다. 길은 끊기고 어디가 어딘지 방향도 알 수가 없었다. 산 속에는 잘라놓은 나뭇단들이 쌓여 길을 막고 있었다. 어느덧 해가 지고 밤이 되었다.

진명은 잡목에 불을 놓았다. 바로 그때 산 위에서 난데없는 피리소리가 들리더니 산 위에서 화영과 송강이 불을 밝혀놓고 마주 앉아 술을 마시고 있는 것이 보였다. 진명은 분통이 터져 소리쳤다. 그러자 화영이 진명에게 태연히 말했다.

"진총관, 역정이 심하구려. 오늘은 돌아가 쉬시고 내일 다시 한번 겨뤄봅시다."

진명은 벌컥 화를 냈다.

"네 이놈! 썩 내려오시 못하겠느냐. 우리 삼백 합반 싸워보사."

그러나 화영은 크게 웃을 뿐이었다.

진명이 할 수 없이 군사를 거두어 본진으로 돌아왔을 때, 사태는 더욱 심각해져 있었다. 본진이 도적들의 집중 공격을 받고 있었던 것이다. 산 위에서는 화포와 불화살들이 일제히 쏟아져 내리고 그 뒤에서는 수십여 명의 졸개들이 활을 쏘아 대고 있었다. 군사들은 활을 피하느라고 우왕좌왕 정신이 없었다.

마침내 진명은 군사 오백을 잃고 칠팔 십의 말도 약탈당한 후 자신마저 도적들의 졸개들에 의해 사로잡히고 말았다. 졸개들이 진명을 묶어 산으로 올라왔다. 그때는 이미 날이 밝았다. 산채에는 다섯 명의 호걸들이 앉아 있다가 진명이 결박당해 끌려오는 것을 보았다. 그때 화영이 의자에서 일어나 진명의 결박을 풀고 그를 의자에 앉힌 다음 엎드려 절했다. 진명은 깜짝 놀랐다.

"나는 이미 사로잡혀 죽어도 할 말이 없는 몸인데 어찌 이러시오?"

"아닙니다. 졸개 놈들이 장군을 몰라보고 이런 짓을 한 것입니다. 부디 용서해주십시오."

화영이 진명에게 옷을 입혔다.

"저기 한 가운데 앉으신 분은 누구신가?"

"저분은 운성현의 송압사 송강이시고 여기 이 분들은 산채의 주인되는 연순, 왕영, 정천수입니다."

"아니 송압사라니? 그럼 혹시 산동의 급시우 송공명이란 분이 아니신가?"

화영이 미처 대답하기 전에 송강이 나섰다.

"그렇소. 내가 바로 송강이오."

그러자 진명은 자리에서 물러나 큰절을 올렸다.

"이런 곳에서 뵙게 될 줄은 정말 몰랐습니다."

진명은 송강으로부터 이곳까지 와서 있게 된 연유를 모두 듣게 되었다.

"일을 한쪽만 보고 판단하여 크게 그르쳤습니다. 저를 돌려보내만 주신다면 모용에게 자세한 말씀을 드리겠습니다."

그러자 연순이 나섰다.

"총관께서 청주의 오백 병마를 모두 잃었는데 무슨 면목으로 다시 돌아가겠소. 아마도 모용 지부가 총관을 그냥 두지 않을 것입니다. 내 생각에는 이대로 산채에서 우리와 함께 하시는 것이 좋을 듯 싶습니다."

"저는 살아있는 한 송나라 장군이요 죽어서도 송나라 귀신이 되기로 작정한 사람이오. 여러분께서 나를 죽이시던가 보내시던가 둘 중에 하나를 택하십시오. 내 뜻은 굽힐 수가 없소이다.”

진명이 분명한 어조로 말하자 화영이 그를 붙들고 말했다.

“총관의 마음을 잘 알았소. 이제 연회가 끝나면 돌아가시도록 준비해 놓겠습니다.”

진명은 더 이상 말을 못하고 마침내 취하도록 술을 마셨다. 다음 날 그는 날이 밝기가 무섭게 산에서 내려왔다. 청풍산을 떠나 청주를 향해 십 리 길을 달려가니 이상하게도 가는 곳마다 연기가 자욱하며 길에는 인적이 끊기고 없었다. 그는 괴이한 생각이 들었다. 이윽고 성문에 도착했으나 성문은 굳게 닫혀 있었고 다리에는 조기가 걸려 있었다. 성 위에는 군사들이 깃발을 들고 있었다. 나무토막과 돌들이 가득히 쌓여 한바탕의 격전을 치른 싸움터의 형상 그대로였다.

“어서 적교를 내리고 문을 열어라.”

그때 성 위에서 북소리가 나면서 아우성이 들렸다.

“진총관이다. 어서 문을 열어라.”

그가 크게 외치자 성 위에 모용이 나타났다.

“이 도적놈아, 간밤엔 도적떼를 몰고 와서 죄 없는 백성을 죽이더니 이제와서 무슨 낯짝으로 문을 열라고 하느냐?”

진명은 모용의 말을 듣고 깜짝 놀랐다.

“그게 웬 말씀이오? 나는 산채에 사로잡혔다가 이제야 겨우 산에서 도망져 내려온 것입니다. 간밤에 내가 성을 치다니 그게 무슨 당치도 않은 말씀입니까?”

“이놈아, 네 놈이 바로 그 말을 타고 그 투구와 갑옷에 낭아봉을 들고 도적들을 지휘하여 성을 치고 불을 지르는 것을 똑똑히 보았다. 네가 이제 네 가족들 생각이 나서 그따위 수작을 부리는 모양인데, 내가 네 처자와 권속들을 그대로 두었을 것 같으냐?”

이어 군사들이 진명의 처자와 가족들의 머리를 창 끝에 꿰어 내보였다.

그리고 이어서 성 위에서 화살이 빗발치듯 날아왔다. 진명은 하는 수 없이 말머리를 돌려 떠났다.

'이 지경을 당하고 더 살아서 무엇하랴.'

진명은 죽을 곳을 찾아 와력장을 지났다. 그때 숲 속에서 송강, 화영, 연순, 왕영, 정천수가 달려나왔다. 진명은 화를 내며 큰 소리로 말했다.

"천하에 어떤 도적놈들이 내 모습으로 변장하고 간밤에 청주성을 치고 백성들을 죽여서 내 가족들이 몰살을 당했소. 이제 하늘에도 길이 없고 땅 속에도 문이 없는 신세요. 만약에 그놈을 만난다면 이 낭아봉으로 가루를 만들어 버리겠소."

송강이 위로했다.

"총관, 부디 고정하시오. 부인이 돌아가셨다니 내가 좋은 규수를 찾아보겠소. 어서 산으로 올라갑시다."

진명은 갈 곳 없는 몸이 되어 그들을 따라 산채로 갔다. 어느 틈에 잔칫상이 차려져 있었다. 자리에 오르자 진명을 중간 교의에 앉히고 송강을 비롯한 다섯 두령들이 일제히 무릎을 꿇고 그 앞에 엎드렸다. 그러자 송강이 입을 열었다.

"어제 저희가 총관을 산채에 머물러 계시게 하려고 말씀을 올렸으나 총관께서 끝끝내 듣지 않으시기에 부득이 총관을 욕되게 했소. 부디 용서하시오."

진명은 한동안 말을 못하다가 이윽고 입을 열었다.

"여러분의 호의는 잘 알았지만 계교가 참으로 지독하시오. 그로 인해 내 처자와 가족들이 몰살당하지 않았소?"

"그렇게 안 했다면 어떻게 우리가 총관을 얻었겠소. 이번에 부인을 잃으셨지만 우리 산채에 재색을 겸비한 여인이 있으니 내가 중매를 서겠소. 어서 마음을 푸시오."

진명은 모두가 그렇게 자기를 공경하고 사랑하는 것을 보고 감동하여 마침내 산채에 머물기로 했다. 그날 모든 사람이 송강을 받들어 상좌에 앉히

고 좌우에 진명과 화영, 다음에 세 두령이 순서대로 앉아 술을 마시며 청풍
채를 칠 일을 의논하는데, 진명이 그 말을 듣고 있다가 나섰다.

"그 일은 지극히 쉬운 일이니 따로 의논할 것도 없소이다. 첫째 지금 그곳
을 지키는 황신은 내 부하요, 둘째는 그가 바로 내게서 무예를 배웠고, 셋째
는 개인적인 교분이 두텁소. 내가 내일 가서 황신을 산채로 끌어들이고 유
고의 계집을 잡아다가 형장의 원수를 갚겠습니다."

이튿날 진명은 아침 일찍 낭아봉을 들고 말에 올라 산을 내려갔다. 그때
황신은 혼자 청풍채를 지키고 있다가 진명이 온다는 말을 들었다.

"총관께서 혼자 말을 타고 오셔서 책문을 열라고 하십니다."

황신은 몸소 나가 그를 맞았다. 두 사람이 자리를 잡자 황신이 급히 물었
다.

"총관께서 무슨 일로 호위병도 없이 이렇게 오셨습니까?"

진명은 먼저 청풍산 도적떼를 토벌하러 간 후부터 지금까지 일어난 사건
과 송강을 만난 얘기를 했다.

"자네는 마침 처자도 없고 홀몸아닌가? 이렇듯 문관 따위에게 무시당하
며 살지 말고 나를 따라 산으로 들어가세."

황신이 대답했다.

"총관의 뜻이 그러시다면 따르겠습니다. 다만 청풍산에 송공명이 계시다
는 말은 금시 초문입니다."

"자네가 유고와 함께 청주로 압송하려던 운성현의 장삼이라는 사람이 바
로 송공명이었네."

"그랬군요. 유고의 말만 듣고 큰일을 저지를 뻔했습니다."

그들이 얘기를 나누고 있을 때 군사가 들어와 지금 산채에서 도적의 무리
들이 쳐들어온다고 보고했다. 황신은 곧 책문을 크게 열고 그들을 맞아들
였다. 송강은 졸개들에게 백성에게는 추호도 손 대지 말라고 이르고 남채
로 들어가 유고의 가족들을 모조리 잡아죽였다. 왕영은 유고의 계집을 뺏
고 졸개들은 유고의 집 금은 보화를 약탈해 수레에 실었다. 화영이 자기 집

으로 달려가 처와 가족들을 구해낸 것은 두 말할 필요도 없었다. 그 다음 날 송강과 황신이 주례가 되어 화영의 여동생과 진명의 혼례식이 산채에서 거행되었다. 예물은 송강과 연순이 마련했다. 그들은 며칠 동안 잔치를 베풀며 기쁜 나날을 보냈다.

그러나 모용이 조정의 명장들이 도적떼와 결탁하여 나라를 배반한 사실을 중서성에 보고함으로써 조정에서는 대규모의 군사로 청풍산 토벌을 위한 작전이 진행되고 있었다. 그러자 청풍산의 두령들은 곧 머리를 맞대고 대책을 의논했다. 손바닥만한 산채에 대규모 관군들이 포위하고 공격해오면 당해낼 도리가 없는 것은 사실이었다. 그때 송강이 먼저 말을 꺼냈다.

"어차피 여기서는 견뎌내기 힘드니 모두 양산박으로 들어가는 것이 어떨까 싶네. 양산박은 산동 제주 관하로 그 둘레가 팔백여 리요. 중간에 완자성, 요아와가 있는데 지금 조천왕이 사오천 명의 무리를 거느리고 웅거하고 있어 관병과 포도청에서도 근처에는 얼씬도 못하는 곳이네. 아무래도 그곳으로 가는 것이 좋을 듯싶네."

"하지만 우리가 간다 해도 양산박에서 받아줄까요?"

그 말에 송강은 크게 웃으며 조개가 생신 예물을 겁탈한 일이며, 유당이 돈과 글을 가지고 자기를 찾아와 사례한 일들을 소개하자 모두들 기뻐했다.

"그러고 보니, 형님께서는 양산박의 대 은인이 되십니다. 구태여 날을 정할 것이 아니라 이곳이 정리되는 대로 서둘러 떠납시다."

의논이 쉽사리 정해져 청풍산을 버리고 양산박을 찾아가기로 했는데, 먼저 졸개 가운데 따라가기를 원치 않는 자는 돈을 주어 저 갈 데로 가게 하고, 따라가기를 원하는 자는 함께 하니 진명이 거느린 군사들만 그 수가 사오백 명이 넘었다. 그들은 재물과 의복 따위를 모두 수레에 싣고 노인과 아이들도 수레에 태웠다. 말들만 해도 그 수가 수백 마리가 넘었다. 그들이 모두 떼를 지어 한꺼번에 떠나면 관가의 의심을 받게 될 것이므로 모두 관군 행세를 하기로 했다. 청풍산을 떠나면서 그들은 산채에 불을 지른 다음 세

개의 대열로 나누어 출발했다. 제1대는 송강, 화영, 제2대는 진명, 황신, 제 3대는 연순, 왕영, 정천수였다. 각 대대마다 깃발을 달고 '도적을 잡는 관 군'이라고 썼으므로 아무도 그들을 의심하는 사람이 없었다.

송강과 화영이 졸개 사오십 명을 거느리고 노인과 아이들이 탄 수레를 보 호하며 일주일을 걸려 도착한 곳은 대영산이었다. 두 사람이 말을 몰아 나 가는 중에 앞산 너머에서 북소리가 요란하게 났다. 이에 말 탄 군사에게 뒤 에 오는 군마를 재촉하라 이르고, 수레는 모두 그곳에 멈추게 한 채, 화영은 송강과 함께 이십여 기를 거느리고 앞으로 나아갔다.

길에 늘어선 인마가 백여 명은 되어 보이는데, 모두가 붉은 옷에 붉은 갑 옷을 입고 있고 소년 장수의 지휘를 받고 있었다. 소년 장수는 머리에 금옥 으로 장식한 관을 쓰고 몸에는 꽃을 수놓은 옷 위에 다시 용의 비늘을 그린 갑옷을 입고 허리는 띠를 두르고 연지를 칠한 듯 붉은 말에 앉아 방천극方天 戟을 들고 있었다. 소년 장수가 방천극을 들고 말을 몰아 산 언덕 아래로 뛰 쳐나갔다.

"내 오늘 너와 겨루어 기필코 승패를 가르겠다. 어서 내려오너라."

언덕 위에는 역시 소년 장수가 백여 명의 무리를 거느리고 내려오고 있었 다. 그 역시 눈같이 흰 관을 쓰고 철 갑옷을 입고 허리에는 은띠를 두르고 손에는 한극寒戟을 들고 있었다. 그의 부하들은 모두 흰 갑옷을 입고 있었고 들고 있는 기도 흰색이고 말들도 백마였다.

양편에서 붉은 기와 흰 기가 휘날리는 가운데 두 소년 장수는 각각 화극 을 잡고 넓은 길에서 무술 솜씨를 겨루고 있었다. 화영과 송강이 말을 멈추 고 서서 보니 둘이 모두 호적수였다. 두 장수가 서로 어우러져 싸우기를 삼 십여 합이 지났는데도 승부가 나지 않았다. 이윽고 그들이 한창 어우러져 싸우던 중에 두 사람의 창 끝에 달린 깃발들이 서로 얽혔다. 양쪽에서 힘을 다해 잡아당겼지만 풀리지 않았다.

화영은 이를 보자, 곧 왼손으로는 활을 꺼내들고 오른손으로는 화살을 빼 어 들어 시위를 힘껏 당겼다. 그러자 화살이 날아가 두 사람의 창에 얽힌 끝에 명중되어 화극을 둘로 갈라놓았다. 바로 그때 양쪽에서 싸움을 관전하던 이백여 명의 무리들이 일제히 갈채를 보냈다. 두 소년 장수는 더 이상 싸우지 않고 함께 말을 달려 송강과 화영이 있는 곳으로 와서는 허리를 굽혀 예를 표하며 말했다.

"장군의 대명을 듣고 싶습니다."

화영이 말 위에서 대답했다.

"여기 계신 어른은 운성현 압사 급시우 송공명이시고, 이사람은 청풍진 지채 소이광 화영이오."

이 말을 듣자 두 소년 장수는 일제히 화극을 버리고 급히 말에서 뛰어내렸다.

"두 어른의 명성을 들은 지 이미 오랩니다."

두 사람이 그들 앞에 넓죽 절을 올렸다. 송강과 화영은 황망히 말에서 내려 두 사람을 붙들어 일으켰다.

"두 장수의 이름은 어떻게 되시오?"

붉은 옷을 입은 장수가 먼저 대답했다.

"소인은 담주 태생으로 이름은 여방呂方입니다. 평소에 여포를 좋아해서 방천화극을 익혀 왔습니다. 처음에는 생약 장사를 하다가 본전을 다 까먹고 고향에 돌아갈 도리가 없어 대영산에 들어와 무리들과 한바탕 돈벌이를 하고 있었습니다. 그런데 최근에 저 사람이 난데없이 나타나서 소인의 산채를 뺏으려 하기에 이렇게 매일같이 싸우고 있습니다."

이어 흰 옷을 입은 장수가 나섰다.

"소인은 서천 가릉 사람으로 이름은 곽성郭盛입니다. 수은장사를 하다가 황하에서 풍랑을 만나 고향으로 돌아가지 못하고 있던 차에, 전에 배웠던 방천극을 시험해 보려고 저 자와 십여 일을 싸웠지만 승패를 가리지 못하고 있었습니다만, 뜻밖에 오늘 두 분 호걸을 뵙게 되어 참으로 다행입니다."

송강이 듣고 나자 말했다.

"우리가 이렇게 만난 것도 큰 인연인데 두 분이 화해하는 것이 어떠시오?"

두 소년 장수가 크게 기뻐하며 쾌히 응낙했다. 이어 여방은 그들을 산채로 청하여 소와 말을 잡아 극진히 대접했다. 송강이 그들에게 함께 양산박으로 가자고 권하자 두 사람은 크게 기뻐하며 두말없이 승낙하고 그 길로 떠날 채비를 차리려 했다.

이를 보고 송강이 말했다.

"이대로 사오백의 인마가 함께 몰려가면 양산박에서 소문을 듣고 정말 관군이 쳐들어오는 것이 아닌가 하여 무슨 일이 있을지 걱정이 되네. 내가 연순과 먼저 가서 미리 연락을 하는 것이 좋을 듯 싶으니, 자네들은 먼저처럼 나뉘어 오도록 하게."

그 말에 화영과 진명이 대답했다.

"형님 말씀이 옳습니다. 어서 먼저 떠나시죠."

이리하여 송강은 연순과 함께 그 길로 산을 내려갔다.

송강 일행이 대영산을 떠난 지 사흘 째 되는 날 관도의 큰 주점에서 쉬어 가게 되었다. 주막에 들어가 보니 자리가 없었다. 큰 탁자 세 개에는 먼저 온 손님들이 자리를 잡고 있었다. 송강은 남자들의 행색을 살펴보았다.

머리에는 두건을 쓰고 적삼을 입은 다리에는 각반을 차고 가죽신을 신었으며 탁자 옆에는 단봉과 보따리 한 개가 놓여 있었다. 키가 팔 척쯤 되고 광대뼈가 불거진 얼굴에는 수염이 없었다. 송강은 주인을 불러 말했다.

"보다시피 우리는 일행이 많으니, 저 분에게 다른 자리로 옮겨줄 수 있는지 여쭈어보게."

주인이 사내에게 가서 사릴 좀 내어줄 수 있겠느냐고 묻자 그는 불쾌한 표정을 지으면서 탁자를 치고 소리를 버럭 질렀다.

"너희들은 내가 혼자라고 우습게 보는데 상감이 와도 이 자리는 못 주니 그리 알아라. 내가 천하에 어려워하는 사람은 오직 두 사람뿐이다. 또 한번 잔소리하면 주먹맛을 보여주겠다."

이것을 보자 연순이 성질이 나서 옆에 있는 의자를 번쩍 들어올렸다. 그 순간 송강이 손을 들어 그를 멈춘 후에 사나이에게 한 마디 물었다.

"지금 천하에 두 사람만 어렵다고 하셨는데 그 두 분이 도대체 누구입니까?"

"한 분은 창주에 사시는 소선풍 시대관이시고 또 한 분은 운성현의 급시우 송공명이오."

송강은 연순을 돌아보고 웃었다. 연순은 걸상을 내려놓고 제 자리에 앉았다. 그 사나이는 다시 말했다.

"그 두 분이 아니면 송나라 황제가 온대도 두렵지 않소."

"헌데 노형은 그분들과 어디서 만난적이 있소?"

"실은 삼년 전에 시대관인 댁에서 넉 달을 지낸 일이 있소. 하지만 송공명 어른은 만나 뵌 일이 없습니다. 난 그분을 찾는 중이오."

"무슨 일로 찾는 거요."

"송공명의 동생 되시는 송청에게서 편지를 전해달란 부탁을 받아서 그러오."

송강은 그 말을 듣고 반가웠다.

"인연이 있으면 천리 밖에서도 만나고 인연이 없으면 얼굴을 서로 대하고도 못 만난다 하더니 그것이 바로 이 일을 두고 하는 말이었구려. 내가 바로 송강이오."

그 사내는 잠깐 송강의 얼굴을 빤히 바라보다가 그 앞에 넓죽 절을 올렸다.

"여기서 뵙다니 참으로 다행입니다. 하마터면 공태공 장원까지 헛걸음을 할 뻔했습니다. 소인은 석용石勇이라고 합니다. 본래 대명부 태생으로 일상 노름판을 떠돌며 이럭저럭 지내왔지요. 어느 날 노름판에서 시비가 생겨 그만 사람 하나를 때려죽이고 그 즉시 집을 떠나 잠시 대관인 장상에 몸을 숨기고 있었지요. 그 때 형님을 한 번 찾아뵈려고 일부러 운성현까지 갔었습니다. 그랬더니 동생분 말이 형님께서는 지금 청풍산에 계신다 하여 다시 청풍산으로 찾아가 뵙겠다고 했더니, 서신을 전해 달라하여 그것을 받아들고 지금 청풍산으로 가는 길이었습니다."

말을 마치자 석용이 보따리에서 송청의 편지를 꺼냈다. 송강은 급히 편지를 뜯어 읽었다. 내용은 아버지가 금년 정월 초순에 병으로 돌아가셨으나 아직 발인도 하지 못했으며 오직 형이 돌아오기만 기다리고 있다는 것이었다. 송강은 사연을 읽고 가슴을 치며 울었다.

"천하에 나 같은 불효자가 어디 있던가. 연로하신 아버님께서 돌아가신 것도 모르고 죄인의 몸으로 떠돌아다니고 있으니 개 돼지보다 나을 것이 없구나."

송강은 한바탕 통곡을 하더니 그 자리에 쓰러져 정신을 잃었다. 연순, 석용이 크게 놀라 기절한 송강을 일으켰다.

"아무래도 집에 가봐야겠네. 아우님들은 어서 산으로 올라가게."

그러자 연순이 말했다.

"형님, 태공께서 이미 돌아가셨는데 형님이 지금 서둘러 가시면 무얼 하겠습니까? 우선 저희들을 양산박에 데려다 주시고 가셔도 늦지 않습니다. 옛말에 뱀도 머리가 없으면 못 간다고 하지 않았습니까. 형님이 없으면 양산박에서 어떻게 저희들을 받아주겠습니까?"

그러나 송강은 고개를 저었다.

"아닐세. 나는 아무래도 즉시 집으로 돌아가 봐야만 하겠네. 양산박에는 내가 편지를 써주겠네. 모르면 몰라도 알고야 어찌 그냥 있겠나? 나는 지금 한시가 바쁘네. 나 혼자서 밤을 세워 집으로 돌아갈 생각일세."

송깅은 즉시 편지를 씨시 연순에게 주고 가죽신 한 켤레를 얻어 신고 자리에서 일어났다. 송강이 떠나자 연순과 석용은 무리들을 거느리고 주점에서 나왔다. 그들은 가는 길에 진명, 화영 일행과 만나 송강이 부친상을 당해 집으로 갔다는 말을 전했다. 아홉 명의 호걸들은 군마를 거느리고 마침내 양산박에 도착했다.

그들 일행이 물가의 우거진 갈대밭에 도착했을 때 갑자기 징 소리와 북소리가 요란하게 울렸다. 고개를 들어보니 각종 깃발들이 먼 산을 뒤덮고 있었다. 잠시 후에 빠른 배 두 척이 쏜살같이 달려왔다. 배에는 너댓 명의 졸개들이 타고 있었다. 뱃머리에 앉아있는 두령은 표자두 임충이었고 뒤따라

오는 배에는 적발귀 유당이 앉아 있었다.

"네놈들은 어느 관군이기에 감히 우리를 잡겠다는 거냐? 너희들도 우리 양산박의 이름은 들어서 알고 있으렷다. 한 놈도 살아 돌아가지 못할 줄 알아라."

화영과 진명은 즉시 말에서 뛰어내려 말했다.

"우리는 관군이 아니오. 산동의 급시우 송공명의 편지를 갖고 양산박에 들어가려는 사람들이오."

그 말을 들은 임충이 말했다.

"송공명 형장의 편지를 갖고 왔다면 우선 저 앞에 있는 주점으로 가시오. 편지를 읽은 후에 결정하겠소."

그때 배 위에서 푸른 기를 흔들자 갈대 속에서 작은 배 한 척이 노를 저어 나왔다. 배에서 두 사람의 안내원이 나와서 그들을 인도했다. 화영 일행은 그들의 조직적인 작전을 보자 모두들 어안이 없어서 말을 꺼내지 못했다. 청풍산 산채와 비교하면 너무나 대조적이고 조직적이었던 것이었다.

일행은 어부를 따라 주귀의 주점으로 들어갔다. 주귀는 그들을 안으로 맞아들인 후 송공명의 편지를 받아 수정에서 맞은편 갈대 숲으로 화살을 쏘았다. 그러자 산채에 전하기 위해서 쾌선 한 척이 나는 듯 달려와 편지를 가져갔다.

다음 날 군사 오학구가 몸소 주점으로 내려와 호걸들을 만나 예의를 갖추고 한 사람씩 신원과 내력을 자세히 물은 다음 삼십여 척의 큰 배가 그들 일행을 맞으러 나왔다. 오용과 주귀는 아홉 명의 호걸들을 배에 태우고 다시 남녀노소와 마차와 말과 짐들도 모두 배에 실은 다음에 금사탄을 향해 떠났다.

일행이 뭍에 오르자 숲 속에서 여러 두령들이 조개를 따라 풍악을 울리며 그들을 환영했다. 호걸 무리들은 각자 말을 타고 교자에 올라 취의청으로 올라갔다. 모두 돌아가며 인사를 마치자 왼쪽 교자에는 조개, 오용, 공손승, 임충, 유당, 완소이, 완소오, 완소칠, 두천, 송만, 주귀, 백승이 차례로 앉았다. 백일서 백승은 이미 두어 달 전에 제주 대로에서 나와 바로 산으로 들어왔다. 그리고 오른쪽 교자에는 화영, 진명, 황신, 연순, 왕영, 정천수, 여방, 곽성, 석용의 무리가 앉은 다음 향을 피우고 하늘을 가리켜 맹세했다. 그날 산채에는 큰 잔치가 벌어졌다.

진명과 화영이 술자리에서 송공명이 겪은 이야기를 꺼내 화제가 되었고, 이어 두령들이 서로의 무술과 창법을 시험할 때 화영의 활 솜씨 얘기가 나오자 모두들 그의 솜씨를 보고 싶어했다.

"우리에게 궁술의 경지를 보여주시오."

조개도 몹시 궁금했던지 화영에게 시범을 권유했다.

"지금 저편에서 기러기 떼가 날아오는데 바로 셋째 놈의 머리를 쏘아 맞춰 두령님들의 흥을 돋구어 드리겠소."

화영이 작화궁에 조령전을 메워 힘껏 시위를 당겼다가 기러기 떼를 향해 깍지 손을 떼었다. 화살은 마치 유성처럼 하늘로 달려가 셋째 기러기를 쏘아 맞혔다. 그때 그림자는 구름 속에 떨어지고 소리는 풀 속에서 들렸다. 조개는 급히 군사를 시켜 언덕에 떨어진 기러기를 가져오도록 했다. 과연 화살은 어김없이 기러기의 머리를 꿰뚫고 있었다.

"과연 신궁의 경지구려. 장군을 소이광에 견주는 것은 옳지 않소이다만 우리 산채에 큰 복덩이가 굴러들어 왔소."

그 후부터 모두 화영을 존경하지 않는 자가 없었다. 다음날 양산박 두령의 자리매김을 하는 잔치가 벌어졌다. 화영이 임충 다음인 다섯째, 이어 진녕이 여섯째, 유당이 일곱째, 황신이 여덟째, 이어서 완씨 삼형제가 앉고 그 뒤를 연순, 왕영, 여방, 곽성, 정천수, 석용, 두천, 송만, 주귀, 백승이 차례로 앉아 두령은 모두 스물하나가 되었다.

붙잡힌 송강

한편 연순, 석용과 헤어진 후 집을 향해 떠난 송강은 밤을 새워 길을 걸었다. 여러 날이 지나 마침내 운성현 송가촌에 이르렀다. 먼 길을 달려오느라 지친 송강은 마을 입구에 있는 장사장張社長의 주점에서 잠시 쉬어 가기로 했다. 장사장은 예전부터 송강의 집안과 친하게 지내던 사람으로, 곧 송강의 어두운 얼굴을 보고는 다가와 물었다.

"압사 나으리, 반년만에 집으로 돌아오셨는데, 어째서 근심이 가득한 얼굴이십니까? 더구나 관가에서도 죄를 사해 주어 벌도 줄었을 텐데요."

"그렇기는 하지만 쫓겨다니는 동안에 아버님께서 돌아가셨으니……, 임종도 지키지 못한 이 불효를 어떻게 씻어야 할지……."

"무슨 농담을 그리 하십니까? 태공께서는 오늘도 여기서 술을 드시고 조금 전에 돌아가셨는데……."

이 말에 송강은 동생이 보낸 글을 보여주며 재차 확인을 하였으나 뭐가 뭔지 알 수가 없었다. 당장 집으로 달려가고 싶었지만, 아직도 쫓기는 몸인지라 날이 어둡기를 기다려야 했다. 이윽고 날이 저물자 집으로 달려갔다. 대문에 들어서니 머슴들이 달려나와 절을 하며 맞았다.

"태공께서는 매일 문 앞으로 나가 압사께서 돌아오시기만을 기다리셨습니다. 이제 돌아오셨으니 몹시 기뻐하실 겁니다."

그 말을 들은 송강은 안으로 뛰어들어갔다. 그때 다시 상복도 걸치지 않은 송청이 나와 송강을 맞자, 송강은 아우를 꾸짖었다.

"이 고약한 놈아, 아버님께서 살아 계신데 어째서 그따위 편지를 보냈느냐? 이 불효 막심한 놈아!"

송강이 무섭게 화를 내자 송청은 당황한 나머지 아무 말도 못하고 그저 고개만 숙이고 있었다. 잠시 후 송태공이 나왔다.

"애야, 너무 화내지 말아라. 네 얼굴이라도 한 번 보고 싶어서 내가 시킨 것이다. 듣자 하니 백호산 주변에서 도적떼가 들끓는다기에, 행여 네가 그들과 어울려 불효불충한 사람이 될까 걱정되어 그런 편지를 보낸 것이다. 그러니 네 아우를 너무 나무라지 말아라."

부친의 말에 송강도 더는 아우를 나무랄 수가 없었다. 송강은 그 자리에서 큰절로 인사를 드리고 그 동안의 일을 물었다.

"제 일은 그 뒤 어찌되었습니까? 이미 사면을 받았으니 필시 죄가 감해질 것이라는 말을 들었습니다만……."

"주동과 뇌횡 두 도두가 힘을 많이 써 주어 관아에서도 나를 못살게 굴지는 않았는데, 요사이 들으니 황태자를 책립하면서 사면령이 내려졌다는구나. 네가 이제 다시 관아로 붙들려 간다 해도 고작 귀양이나 가면 갔지 목숨을 잃지는 않을 것이다."

"두 도두는 요즘도 가끔 찾아옵니까?"

그러자 아우가 나서며 대답했다.

"일전에 들으니 두 사람 모두 다른 곳으로 갔답니다. 지금 그들 후임으로 둘이 새로 왔는데, 모두 다 조가라 하더군요."

송태공은 먼 길을 달려온 아들의 얼굴에 피곤이 가득함을 보고 말했다.

"멀리서 오느라 고생했을 터이니 어서 들어가 쉬거라. 얘기는 날이 밝으면 천천히 하자구나."

이에 송강이 자기 방으로 물러가 잠자리에 들었을 무렵, 갑자기 대문에서 함성이 일었다. 송강이 놀라 내다보니 운성현에서 새로 왔다는 조능, 조득 두 도두였다.

"송강은 순순히 나와라."

그 소리를 들은 송태공은 공연히 아들을 불러서 관가에 넘기는 꼴이 되었구나 하는 생각에 후회와 탄식이 절로 나왔다.

"이 모두가 내 잘못이구나. 공연히 너를 불러들여 이 지경을 만들었으니……."

"아닙니다, 아버님. 관가에서 이렇게 잡으러 온 것이 오히려 다행인지도 모릅니다. 제가 이대로 강호를 떠돌며 도적이 되어 더 큰 죄라도 짓게 되면 어떻게 아버님을 다시 뵈올 수 있겠습니까? 비록 귀양살이를 간다 해도 다시 돌아오게 되면 죽을 때까지 아버님을 모시고 곁을 떠나지 않겠습니다."

송강은 그렇게 아버지를 위로한 후, 두 도두에게 말했다.

"두 분 도두께서는 집안으로 들어와 술이라고 한 잔 나누시고, 내일 날이 밝거든 함께 현청으로 들어가도록 합시다."

"우리를 불러들여 속임수를 쓰려는 건 아니오?"

"내가 어찌 부모형제를 내 죄에 연루시키겠소? 어쨌든 들어오기나 하시오."

두 도두와 군졸은 그날 밤에 송강의 집에서 좋은 대접을 받고 하룻밤을 묵고는 다음날 새벽 송강과 현청으로 들어갔다. 조능과 조득 두 도두가 송강을 끌고 들어가자 지현 시문빈은 몹시 기뻐했다. 오랫동안 속을 썩여오던 사건 하나가 의외로 쉽게 해결되었기 때문이었다.

곧 송강의 조서가 작성되고 송강은 아무런 거짓 없이 자신의 죄를 인정하였다. 조서를 받아 읽어 본 지현은 고개를 끄덕인 뒤 송강을 감옥에 가두고 법이 정한 육십 일이 차자 송강을 제주부로 보냈다.

제주 부윤이라고 해서 굳이 송강을 괴롭힐 까닭은 없었다. 죄도 동정이 가는데다 나라의 사면까지 있은 터라 벌을 되도록 가볍게 하여 등허리에 매스무 대를 친 뒤 얼굴에 먹자를 뜨고 강주의 노성으로 귀양을 가게 하는 것으로 일을 매듭지었다. 그 아래 관원들도 송강에게 너그럽기는 마찬가지였다. 송강의 소문은 익히 들었고 뇌물까지 받은 터라 매질이고 먹자고 흉내만 낸 뒤 장천과 이만이라는 호송관원을 뽑아 송강을 호송하게 했다.

송강에 관한 문서를 받은 두 관원은 그 날로 송강을 앞세우고 제주부를 떠났다. 송강의 아버지와 동생은 관아문 밖에서 기다리다가 술을 내어 두 관원을 대접하고 은자를 나눠주며 호감을 샀다.

"강주는 곡식과 물자가 풍부한 곳이니 마음을 너그럽게 가지고 참아 보아라. 네 아우도 자주 보내고, 돈이며 편지도 그쪽으로 자주 보내마. 그런데 가는 길이 양산박을 지나니 그것이 걱정이구나. 결코 그들을 따라가서는 아니 된다. 꼭 아비 말을 잊지 마라. 하늘이 우리를 불쌍히 여겨 가까운 날 네가 다시 집으로 돌아오기를 바란다. 아비 자식과 형 아우가 함께 모여 예전같이 즐겁게 살 수 있다면 더 바랄 게 무엇이 있겠느냐."

송강은 그런 아버지에게 다짐을 하고는 동생에게 당부했다.

"내가 가는 것은 조금도 걱정말고 아버님이나 잘 모셔라. 그리고 강주까지 나를 보러 올 생각은 말아라. 너까지 떠나면 아버님을 돌볼 사람이 없지 않느냐? 나는 강호에 아는 사람이 많으니 걱정하지 말아라."

송강은 아버지에게 절하고 강주로 향했다. 송강을 데리고 가는 두 관원은 송강이 훌륭한 인물이란 걸 들어 아는 터라 대접이 극진했다. 그 공손함은 죄수를 데리고 가는 것이 아니라 상전을 모시듯 했다. 그날 하룻길을 다 걸은 그들 세 사람은 날이 저물자 주막에 들었다. 식사를 마친 뒤 송강이 걱정스러운 듯 말했다.

"내일 우리는 양산박을 지나게 되는데 그 산채에 나를 아는 호걸들이 몇 있어 걱정이외다. 그러니 내일 아침 일찍 떠나 샛길로 양산박을 지나쳐 버립시다. 길을 좀 돌게 되어도 괜찮소."

"압시께서 일리 주시지 않았디라면 징말 근일닐 뻔했습니다. 다행이 아는 샛길이 있으니 그 길로 가면 무사히 지나갈 수 있을 겝니다."

세 사람은 이튿날 아침 일찍 밥을 지어먹고 샛길을 택하여 걸음을 재촉했다. 그런데 얼마 가지도 않아 한 떼의 도적이 달려나와 앞길을 막는 것이었다. 적발귀 유당이 이끌고 온 무리들이었다. 유당이 칼을 휘두르며 달려들어 두 관원을 죽이려하자, 송강이 앞으로 나서며 급히 외쳤다.

"대체 이들을 왜 죽이려 하시오?"

"소문을 들으니 형님이 잡혀가셨다기에, 저희들은 당장 운송현으로 쳐들어가 감옥을 부수고 형님을 구해내려 했었습니다. 그런데 자세히 알아보니 강주로 귀양을 가시게 되었다는 말을 듣고 이렇게 길목을 지키고 있었던 것입니다. 강주로 가는 길목들은 모두 두령들이 지키고 있지요. 형님, 어서 이 놈들을 죽여 버리고 산채로 갑시다."

그러나 송강은 고개를 가로저었다.

"진정 나를 생각해서 그런 것이라면, 부탁이니 여기 이 관원들과 함께 이대로 강주로 가게 해 주시오."

"글쎄요……, 저 혼자서는 결정을 내릴 수 없겠습니다. 지금 군사 오학구와 화영이 이리로 오고 계시다 하니 같이 의논해 보지요."

잠시 후 말발굽 소리가 요란히 울리더니 오용과 화영이 달려왔다. 유당의 설명을 들은 오용은 고개를 끄덕이더니 웃으며 말했다.

"송형의 뜻은 내 잘 알았소. 그 뜻을 따르리다. 하지만 조두령께서 기어코 송형을 뵙고자 하시니 잠시 산채에 들렸다 가시면 안 되겠소?"

송강은 그것까지 거절할 수 없어 마음을 정하고 관원들에게 부탁했다. 자신들의 목숨이 송강의 말 한마디에 달려 있음을 아는 그들이 거절할 리 없었다. 일행은 곧 배를 타고 물을 건너 취의정으로 올라갔다. 취의정으로 들어서는 송강을 보고 조개가 자리에서 일어나 맞으며 크게 기뻐했다.

"운성에서 위태로운 목숨을 구원받은 후로 우리 형제들이 오늘날에 이르렀소. 게다가 뛰어난 호걸들까지 천거하시어 산채를 더욱 빛나게 해 주셨으니 그 은혜를 갚을 길이 없구려."

"비록 내가 관사에 잡혀 강주로 귀양을 가나 큰 고생은 없을 듯합니다. 이제 형님을 만나 뵈었으니 이제 일어나 봐야 할 것 같습니다."

"기어코 가시겠다면 붙들지는 않겠소만, 오늘 하루는 여기서 쉬고 가셔야 내 맘이 편할 것 같소. 그것도 아니 된다고 하진 않겠지요?"

송강은 마지못해 그 말을 따르기로 했고, 그날 밤 취의정에서는 한바탕 술자리가 밤이 깊도록 계속되었다. 이튿날 아침 일찍 일어나 떠날 채비를 차리는 송강을 보고 군사 오용이 말했다.

"제 절친한 친구 중 하나가 지금 강주에서 작은 벼슬자리에 있는데. 이름이 대종戴宗이라 합니다. 그 친구는 본래 도술이 뛰어나 하루에 팔백 리를 가는데, 그 때문에 신행태보神行太保라 불리기도 하지요. 그 친구에게 제가 편지를 하나 써두었으니 전해 주십시오. 송형께 도움이 될 것입니다."

조개를 비롯한 여러 두령들이 다시 만류해 보았지만 송강의 뜻을 꺾을 수는 없었다. 그들은 할 수 없이 작별을 위로하는 잔치를 베푼 다음 금은 한 접시를 송강에게 내주고 관원들에게도 은자 이십 냥씩을 쥐어주었다. 얼마 후 여러 두령들의 배웅을 받으며 금사탄까지 내려온 송강은 그들의 정에 깊이 사례하고 배에 올랐다.

장천과 이만은 양산박의 모든 두령들이 송강을 높이 우러르는 것을 본 뒤로는 더욱 그를 공경하여 마치 귀인을 모시는 충성스런 종자처럼 굴었다. 그렇게 세 사람이 길을 떠난 지 보름만에 큰 산 하나가 나타났다.

"이제 다 왔습니다. 저 게양령을 넘으면 심양강이고, 강만 건너면 강주는 바로 코앞이지요."

세 사람은 가파른 산길을 부지런히 걸어 올라갔다. 마침내 산마루에 올라서고 보니, 주점 하나가 눈에 들어왔다. 주점 뒤로는 깎아지른 절벽이고 집 앞에는 두어 그루의 고목이 서 있었는데, 마침 목이 타던 세 사람은 누가 먼저랄 것도 없이 그 주점 안으로 들어갔다

송강이 주인을 부르자, 곧 기골이 장대한 사내가 안에서 나왔다. 둥근 고리눈에 붉은 수염이 사납게 뻗쳐 있고, 머리에 찢어진 두건을 쓴 이 사내는 최명판관崔命判官이라는 별명을 가진 게양령의 이름난 살인강도였다. 그 사실을 알 리 없는 송강은 주문부터 했다.

"고개를 올라오느라 목이 몹시 마른데, 고기와 술 좀 주시오."

"삶은 쇠고기와 혼백주가 있습니다. 그걸로 올려드릴까요?"

"좋소. 우선 술 한 잔에 고기 두 근만 썰어 주시오."

"죄송하지만 저희 집에서는 계산을 먼저 해야 하는데요."

송강은 보따리를 끌러 쇄은자碎銀子를 꺼냈다. 옆에서 보고 있던 주인은 보따리가 제법 묵직한 것을 보고는 속으로 무척 기뻐했다. 계산이 끝나자 주인은 곧 안으로 들어가 술과 안주를 내왔다. 한참 목이 말랐던 세 사람은 술이 나오자 한 잔씩 들고 단숨에 들이켰다. 그러자 괴이한 일이 일어났다. 세 사람은 두 눈을 멍하니 뜬 채 침을 흘리더니 그대로 나가떨어지고 말았다. 주인이 술에 몽환약을 탔던 것이다.

주인은 송강을 번쩍 안아 들고 인육 작방의 도마 위에 눕혀 놓고 다시 두 호송인을 차례로 옮겨놨다. 그리고 세 사람의 보따리를 들고 뒷방으로 들어가 펴 보니 나오는 것이 모두 금은이었다.

"내 여러 해 술집을 했지만 귀양가는 놈이 이렇게 많은 돈을 지니고 있는 것은 처음일세. 아무튼 오늘은 복터진 날이다."

그는 보따리를 한 옆으로 치워놓고 문밖으로 나왔다. 이제 동관이 돌아오면 세 사람을 잡을 생각인 것이다. 바로 그때 사내 셋이 고개 위로 올라왔다. 주인은 황망히 달려나가 그들을 맞았다.

"형님, 어디를 그렇게 가십니까?"

그러자 세 사람 중 기골이 장대한 사내가 말했다.

"여기서 사람을 좀 기다려 보려고……. 지금쯤 오실 때가 됐는데 웬일인지 모르겠네. 며칠째 눈이 빠지게 기다리는데도 도무지 안 나타나시니……."

"대체 누굴 기다리시는데 그러십니까?"

"자네도 아마 알 걸세. 바로 운송현의 송압사 어른일세."

"송압사라면, 급시우 송공명 어른 아니시오? 그런데 그런 분이 왜 이런 곳엘 오십니까?"

"무슨 일인지는 몰라도 그분이 강주로 귀양을 가시게 되었다는군. 제주에서 강주로 가려면 반드시 이 길을 지나실 것인데, 그걸 알면서 어찌 가만있겠나? 꼭 한번 뵙고 싶은 욕심에 이렇게 무작정 기다리고 있는 걸세. 그런데 자넨 요새 벌이가 괜찮은가?"

"그간 벌이가 도통 시원찮았는데, 어찌된 일인지 오늘은 세 놈이 한꺼번에 굴러들어 재미가 쏠쏠했습죠."

그러자 사내는 뭔가 짚이는 게 있었던지 눈을 동그랗게 뜨고 물었다.

"세 놈이라니? 지금 어디 있나? 벌써 요절을 낸 건 아니겠지?"

"작방에다 처박아 두었는뎁쇼?"

"어디, 한번 가 보세."

네 사람은 함께 인육 작방으로 들어갔다. 커다란 도마 위에 세 사람이 눈을 멀거니 뜬 채 가지런히 누워 있었다. 사내는 송강 앞으로 다가가 보았지만 과연 그가 송강인지 알 수가 없었다. 그들은 다시 보따리를 뒤져 그 안에서 문서를 찾아내 읽어 보고는 소스라치게 놀랐다.

"내가 오늘 이곳으로 올라온 것은 필시 하늘이 시키신 일일세. 자네가 큰일을 저지를 뻔하지 않았나. 어서 해독약을 가져오게."

이윽고 정신을 차린 송강이 눈을 두리번거리며 앞에 서 있는 넷을 차례로 둘러보았다. 그러자 사내가 송강의 앞으로 나가 절을 올렸고, 이어 술집 주인이 미안한 마음에 쭈뼛쭈뼛 절을 올렸다.

"대체 여기는 어디며 두 분은 뉘신지요?"

"저는 노주 사람으로 이준李俊이라 합니다. 한때 양자강에서 뱃사공 노릇을 좀 해서 물에 익숙한지라 사람들은 혼강룡混江龍이라 부릅니다. 이 술집 주인은 보시다시피 게양령에서 술집을 하면서 몽환약으로 사람들을 해치고 재물을 빼앗아 남들이 모두 최명판관 이립李立이라 부릅니다. 그리고 여기 이 형제는 심양강변 사람으로 소금 장사를 하는 출동교出洞蛟 동위童威, 번강신飜江蜃 동맹童猛입니다."

동위, 동맹 형제가 앞으로 나와 송강에게 절을 올렸다. 송강은 그들이 자기를 살려 준 이유를 듣고, 두 관원들에게 해독약을 먹여 깨우게 했다.

이튿날 아침 일찍 송강은 두 관원과 함께 이준, 동위, 동맹을 따라 산을 내려갔다. 이준의 집은 게양령 기슭에 있었다. 이준은 송강을 자기 집으로 맞아 며칠 동안 극진히 대접했으며, 결국엔 송강과 의를 맺어 형이라고 불렀다. 송강은 그 집에서 며칠을 더 묵은 후 두 관원과 함께 다시 강주로 길을 떠났다.

세 사람은 얼마 후 게양진揭陽鎭이라는 번화한 곳에 도착했다. 거리를 걷던 송강의 눈에 문득 사람들이 둘러서서 무엇인가를 구경하고 있는 모습이 들어왔다. 송강이 사람들의 틈을 비집고 들어서니, 한 교두가 창봉을 휘둘러 보이며 고약을 팔고 있었다. 한 차례 창봉술과 권술을 보여 준 교두는 쟁반을 손에 들고 말했다.

"저는 비록 자랑할 만한 재주는 없습니다만 고약 몇 봉지나마 팔아볼까 하고 이 먼 곳까지 온 사람입니다. 고약을 좀 사주십시오. 고약이 필요없으신 분은 몇 푼 동전이라도 보태주시면 고맙겠습니다."

그러나 구경꾼 중에는 동전 한 닢 보태주는 사람이 없었다. 보기 딱했던 송강이 은자 다섯 냥을 쟁반 위에 얹어 주었다.

"나는 죄를 짓고 귀양가는 몸이라 닷 냥밖에 못 드리오만 적다 말고 받으시오."

그러자 교두는 몇 번이고 절하며 고맙다는 말을 반복했다. 그때 구경꾼들 틈에서 웬 기골이 장대한 사내 하나가 앞으로 나서더니 송강에게 말했다.

"넌 어디서 굴러들어온 말뼉다귀냐? 저 약장수 놈은 인사도 모르는 무례한 놈이라 내가 동전 한 닢도 주지 말라도 단단히 일렀거늘, 닷 냥씩이나 던져 줘? 네놈이 나를 우습게 아는구나."

"내 돈 내가 준다는데 당신이 무슨 상관이오?"

송강이 한마디하자 사내는 갑자기 주먹을 들어 송강의 면상을 치려했다. 송강이 얼떨결에 머리를 뒤로 젖혀 그 주먹을 피하자, 사내는 바짝 앞으로 달려들어 다시 주먹을 번쩍 들었다. 순간 교두가 번개처럼 달려들어 사내의 허리를 움켜쥐고 주먹으로 배를 내질렀다. 그러자 사내는 쿵 소리를 내며 보기 좋게 땅바닥에 나가떨어졌다.

"이놈들, 어디 두고보자."

사내는 송강과 교두를 번갈아 쳐다보며 어디론가 달아나 버렸다. 그제서야 송강은 교두에게 물었다.

"성함이 어찌 되시오?"

"저는 낙양 사람으로 설영薛永이라 합니다. 조부께서 노충경략상공의 군관으로 계셨는데 동료들의 미움으로 벼슬에 오르지 못하시고, 저희 자손들도 이처럼 창봉이나 쓰며 약을 팔아 근근히 살고 있습니다. 해서 사람들은 저를 병대충病大蟲이라 부르지요."

"나는 운성현 태생의 송강이라 하오."

"그럼, 급시우 송공명이 아니신가요?"

설영이 크게 놀라며 그 자리에 엎드려 절을 올리자, 송강은 황망히 그를 붙들어 일으켰다.

"자, 우리 술이라도 한잔하며 얘기를 나눕시다."

설영은 송강과 두 관원을 따라 근처의 술집으로 들어갔다. 그런데 찾아 들어간 술집에선 그들에게 술과 고기를 팔려고 하지 않았다. 아까 교두에게 맞고 달아난 사내의 농간 때문이었다. 자신 때문이라고 생각한 설영은 송강 일행과 헤어지기로 결심했다. 그 뜻을 알아차린 송강은 은자 스무 냥을 내어 설영에게 주고, 그와 헤어져 다시 술집을 찾아 나섰다. 그러나 그곳에서도 술을 팔지 않았다. 술집뿐이 아니었다. 객점을 몇 군데 찾아가 보았으나, 그 어느 곳에서도 그들에게는 방을 내주지 않았다.

송강은 두 관원과 함께 촌으로 들어갔다. 어느새 날은 어두워지기 시작했는데, 마침 멀리 숲 사이로 커다란 장원 한 채가 눈에 들어왔다. 송강이 기쁜 마음에 문을 두드리니 안에서 머슴 하나가 나왔다.

"이 몸은 강주로 귀양가는 죄인이오. 하룻밤 재워주신다면 내일 셈을 치르고 일찍 떠나겠소."

머슴이 잠깐 기다리라 하고 들어가더니 다시 나와서 말했다.

"태공 어른께서 들어오시랍니다."

송강이 관원들과 함께 후원 초당으로 가서 태공을 만나 인사를 드리니, 태공은 머슴에게 그들을 문간방에서 묵게 하고 저녁을 대접하라 일렀다.

세 사람은 종일 굶은 배를 채우고 방으로 들어갔다. 방안에 세 사람만 남자 관원들이 말했다.

"압사 어른, 아무도 보는 이가 없으니 칼을 벗으시고 편히 누우십시오."

송강이 칼을 벗고 막 잠이 들려는 순간, 밖에서 왁자지껄하게 떠드는 소리가 들렸다. 문틈으로 엿보니, 대문 안으로 들어오는 장정들 중에 낮에 거리에서 시비를 걸던 사내가 끼어 있었다. 송강이 놀라 가만히 귀를 기울이니, 태공이 그 사내에게 하는 말이 들렸다.

"이 녀석아, 또 어디 가서 누구하고 시비를 붙으려고 이렇게 밤중까지 몽둥이를 들고 수선을 떠는 게냐?"

"오늘 게양진에서 약장수 한 녀석이 나한테 인사 한마디 없이 장사를 하길래 사람들에게 동전 한 닢도 주지 말라고 단단히 일러두었는데, 어디서 굴러 들어온 놈인지 귀양가는 놈 하나가 돈을 닷 냥씩이나 던져 줍디다. 그래서 제가 그놈 버릇을 고쳐 주려는데 약장수 놈이 옆에서 복장을 냅다 질러서 아직까지도 쑤십니다. 제가 우선 술집과 객점에 통문을 돌려 그놈들한테는 뭐든 팔지 말고 방도 빌려주지 말라고 단단히 일러 놓은 후 아이들을 풀어 약장수 놈은 잡아다 도두 집에 맡겨 두었는데, 죄수 놈은 어딜 갔는지 찾을 수가 없더라구요. 그래서 형을 데리고 같이 나가서 찾아 볼 참입니다."

그 말을 들은 태공은 좋은 말로 타일렀다.

"쓸데없는 데 힘 쏟지 말고, 제발 아비 말 듣고 어서 네 방으로 가 잠이나 자거라."

그러나 그자는 아비의 말을 듣지 않고 기어이 제 형을 불러내겠다고 안으로 들어갔다. 그러자 송강은 급히 관원들을 깨워 말했다.

"난처한 일이 생겼소. 하필 찾아온 집이 그자의 집이오. 태공이야 우리 얘기를 안 하겠지만 머슴들이 털어놓는 날에는 큰 곤욕을 치루겠소. 어서 내빼는 게 상책일 것 같소."

그들은 곧 자리를 털고 일어나 은밀하게 장원을 빠져나갔다. 송강 일행은 한참을 달려 심양강변의 갈대숲에 도착했다. 거기서 강 하나만 건너면 강주가 지척이지만, 배가 없어 강을 건널 방도가 없었다. 세 사람이 암담한 심정으로 앉아 있을 때 어디선가 노 젓는 소리가 들리며 갈대를 헤치고 배 한 척이 다가왔다. 송강이 소리쳐 불렀다.

"여보시오, 사공! 우리를 좀 건너게 해 주시오. 돈은 얼마든지 드리겠소."

그 말에 사공이 고개를 끄덕이며 배를 대자, 세 사람은 보따리부터 배 위에 던지고 허둥지둥 올라탔다. 사공이 노를 빨리 저어 배가 강 한가운데쯤 이르니, 뒤를 쫓는 무리들이 그제서야 강가에 이르렀다. 송강은 마음속 깊이 이 사공을 만난 것을 큰 다행으로 생각했다. 그러나 진짜 환란은 이제부터였다. 사공은 얼마쯤 더 가 노를 내려 놓더니 그들을 돌아보고 난데없는 소리를 했다.

"이놈들아, 판도면이 먹고 싶으냐, 혼돈이 먹고 싶으냐?"

판도면이라면 밀국수를 말함이요 혼돈이라면 도래떡을 말하는 것이지만, 이 경우엔 국수나 떡을 말함이 아니었다. 송강은 어안이 벙벙하여 사공의 기색을 살피며 물었다.

"도대체 판도면은 무엇이고 혼돈은 또 무엇이오?"

"일러주랴? 판도면은 내가 한 칼에 한 놈씩 두 동강을 내서 강 속에 처박는 게고, 혼돈이란 구태여 내가 칼을 쓸 것도 없이 너희 세 놈이 곱게 옷들을 벗고 물 속으로 뛰어들어가는 게다."

세 사람은 깜짝 놀랐다. 흉측한 악마의 소굴에서 겨우 빠져나오는가 싶었는데 호랑이의 아가리로 들어오고 만 것이다. 송강은 두 관원과 함께 무릎을 꿇고 빌었다.

"사공님, 보따리 속에 있는 돈을 다 드릴 테니 제발 목숨만 살려 주십시오."

그러나 사공은 닫다 쓰다 말도 없이 시퍼런 칼 한 자루를 꺼내 들었다.

"이놈들아, 어찌 할 테냐? 훌훌 벗고 물 속으로 들어가던지 아니면 칼 맛을 보던지……."

이제는 어찌해 볼 도리가 없었다. 세 사람은 죽어도 같이 죽자는 심정으로 서로 얼싸안은 채 물 속으로 뛰어들려고 했다. 바로 그때였다. 저쪽에서 삐걱 삐걱 노 젓는 소리가 들려왔다. 송강이 혹시나 하는 마음에 고개를 돌려 바라보니, 상류에서 배 한 척이 빠른 속도로 달려오는 게 보였다.

"누가 혼자서 돈벌이를 하느냐? 본 사람도 몫이 있으니……."

그러자 사공이 웃으며 대답했다.

"접니다, 형님!"

"누군가 했더니 아우님일세. 오늘 벌이는 괜찮은가?"

"형님, 웃지나 마슈. 내 요 며칠 통 벌이가 없더니, 오늘 목가 형제에게 쫓기는 세 놈을 태웠소. 한 놈은 귀양살러 가는 놈이고, 두 놈은 호송관원인데 보따리가 제법 두둑합니다. 지금 막 요절을 내려는 참이오."

"아니, 귀양살이 가는 사람이라면 우리 송공명 형님 아닌가?"

송강은 그 음성이 귀에 익어 자세히 살펴보니, 엊그제 게양령에서 의형제를 맺은 이준과 동위, 동맹 형제들이었다. 그들은 곧 배를 대고 달려와 송강의 손을 덥석 잡았다.

"형님, 얼마나 놀라셨습니까? 제가 조금만 늦었어도 큰일날 뻔했습니다."

그러자 사공은 어리둥절하여 이준의 얼굴만 쳐다보고 있다가 물었다.

"그럼 이 어른이 송공명이란 말이오?"

"그렇다네."

뱃사공은 깜짝 놀라 그 자리에서 넓죽 엎드려 절을 올렸다.

"몰라 뵙고 한 일이지만, 이놈이 정말 큰 일을 저지를 뻔했습니다."

송강은 이준에게 물었다.

"이분은 뉘시오?"

"저와 의형제를 맺고 있는 소고산 태생의 장횡張橫으로, 별명이 선화아船火兒지요."

그들이 배들을 강가에 대고 모두 뭍에 내리자, 장횡은 모래판에 엎드려 다시 한 번 송강에게 절을 올렸다.

"형님, 부디 이놈의 죄를 용서해 주십시오."

송강이 장횡을 자세히 살펴보니, 키가 칠 척에 눈은 세모지고 누렇고 붉은 머리칼에 눈동자가 붉었다. 그는 어떠한 악조건에서도 고래처럼 배를 몰고 물 위를 누빌 수 있다는 사람이었다. 그들이 촌을 향해 얼마쯤 걷자 송강을 쫓던 목가 형제가 나타났다. 송강이 잠시 멈칫하자 이준이 말했다.

"염려 마십시오. 저 사람들이 형님을 몰라서 그런 것이지 알고서야 어찌 감히 형님께 무례를 범하겠습니까?"

이준은 휘파람을 휘익 불었다. 우르르 달려온 목가 형제들은 이준과 장횡이 송강을 칙사처럼 받들어 모시는 것을 보고 어리둥절해 했다.

"두 분 형님께서는 이 사람을 어떻게 아시오?"

"이 분이 내가 늘 말하던 급시우 송공명이시네. 어서 절하고 사과 드리게."

그 말을 들은 형제는 칼을 땅에 던지고 엎드려 절하며 빌었다.

"저희들의 죄는 백 번 죽어 마땅하나 몰라 뵙고 한 일이니 부디 용서해 주십시오."

송강이 그들을 붙들어 일으키자, 이준이 나서며 말했다.

"이 사람은 몰차란沒遮攔 목홍穆弘이고, 이 사람은 소차란小遮攔 목춘穆春입니다. 이 게양진에는 세 패가 있는데, 게양 영하에는 저와 이립이 일패고, 제양 진상은 목가 형제가 일패, 그리고 신양강변이 장횡, 장순이 일패로, 그래서 이곳 사람들은 우리를 일컬어 게양진의 삼패라고 한답니다."

이준의 말을 다 들은 송강이 목홍에게 말했다.

"여러분의 정분이 그처럼 각별하시다니……, 그럼 설영도 놓아 주셨으면 좋겠소."

"그 약장수 녀석 말인가요? 제 아우를 보내서 곧 데려오도록 하겠습니다."

목홍이 앞장서 송강과 이준, 장횡의 무리를 이끌어 목가장으로 돌아가니, 아우 목춘이 설영과 동위, 동맹을 데리고 왔다. 그들은 목태공을 청해 초당에서 밤이 늦도록 한바탕 술자리를 벌였다. 송강은 목가장에서 사흘 동안 머물며 계양의 경치를 두루 구경하고 나흘째 되는 날 장횡이 자기 아우에게 보내는 편지를 받아 목가장을 떠났다.

배를 타고 심양강을 건너니 얼마 가지 않아 강주성이 눈에 들어왔다.

제4장
가자 양산박으로

신행태보와 흑선풍

강주에 도착한 송강은 부청으로 향했다. 이때 강주의 부윤은 채득장蔡得章이란 사람으로 태사 채경蔡京의 아홉째 아들이니, 이로 인해 강주 사람들은 그를 채구지부蔡九知府라 불렀다. 그는 탐욕적이며 사치를 즐기는 사람이었는데, 그의 아비 채경은 강주의 풍요로움을 잘 아는 터라 일부러 자신의 아들을 보낸 것이었다.

지부는 귀찮은 듯 간간이 일을 처리하고 송강을 성밖 노영으로 데려가 다음 절차를 기다리게 하였다. 이곳에서 송강은 관원들뿐만 아니라 파수를 서는 군졸들에게까지도 몇 푼씩 보내 두루 인심을 샀다. 이에 노영 안에 있는 사람들 치고 송강을 좋게 보지 않는 사람이 없었다.

곧 관영을 만나보는 차례가 되었다. 송강은 지금까지 쓰고 있던 칼을 벗고 관영 앞으로 끌려나갔다.

"죄인 송강은 들어라. 태조 무덕 황제이 말씀 이래 새로운 죄수들은 모두 살위봉 백 대를 맞게 되어 있다. 좌우의 관원들은 죄수를 끌어내 매를 때릴 준비를 하여라!"

말은 그리 하였으나 관영은 이미 차발을 통해 얻어먹은 것이 있는지라 부드럽기 그지없었다.

"제가 오는 도중에 감기가 심하게 들어 아직 낫지를 못했습니다. 부디 너그럽게 보아주십시오."

"그러고 보니 저놈의 모습에 병색이 완연하구나. 매질은 잠시 미루도록 하라. 그리고 듣기에 저놈은 본래 현청에서 일을 보던 놈이라니 본영 초사방秒事房으로 보내 일을 거들게 하라."

다음날 송강은 술을 들여와 다른 죄수들에게 답례를 하고, 차발과 패두들에게 술잔을 돌리는 한편 관영의 거처에도 예물을 보내어 한 번 더 환심을 샀다.

송강이 그렇게 노영 안팎의 사람과 사귀는 동안에 보름이 지나갔다. 하루는 초사방에서 어떤 차발과 술을 마시고 있는데, 그 차발이 문득 술을 마시다 말고 송강에게 넌지시 알려주었다.

"송압사. 전에 내가 절급 나리께도 인정을 쓰라고 귀뜸을 드렸는데, 어째서 그분에게는 은자를 보내 드리지 않았소? 벌써 보름이나 지났으니 송압사를 좋게 보지 않을 것이오."

"상관없소. 그런 사람에게는 한 푼도 줄 수 없소. 그가 찾으면 내게도 생각이 있으니 아무 걱정 마시오."

얼마 후 절급이 돌아와 송강을 불렀다.

"네가 새로 온 죄수놈이냐? 네놈은 대체 무얼 믿고 내게 상례전을 바치지 않는 것이냐?"

"사람 사이에 인정이란 게 마음이 있어야 오가는 거 아니겠소? 당신은 어찌하여 남을 억눌러 재물을 탐하려 하오?"

"귀양온 도적놈이 어찌 이리 뻔뻔스러우냐! 여봐라, 어서 저놈을 형틀에 올려 백 대만 쳐라."

절급이 송강을 때리려 하자, 차발을 비롯한 관원들은 모두 마음에도 없는 매질을 맡게 될까봐 슬금슬금 흩어져 버렸다. 그러다 보니 노영 뜰에는 절급과 송강만이 남게 되었다. 이에 절급은 직접 뭉둥이를 들고 송강을 때리려 했다.

"이보시오, 절급. 내가 무슨 죄가 있다고 매질을 하려 하시오?"

"너는 귀양온 도적놈이니 내 손안에 든 물건이나 다름없다. 그런데 감히 말대꾸까지 하고 이제는 또 죄가 뭐냐고 물어?"

"내가 당신에게 상례전을 바치지 않은 게 죽을 죄라면 양산박의 오학구와 한패가 되어 어울리는 죄는 어찌되오?"

송강이 나직이 그렇게 묻자 절급은 몽둥이를 던지고 송강의 옷깃을 붙잡으려 물었다.

"너, 그 소리 누구에게 들었느냐?"

그제서야 송강이 빙긋 웃으며 자신을 밝혔다.

"내가 바로 산동 운성현의 송강이오."

그러자 절급은 깜짝 놀라 황망히 절을 하며 아는 체를 했다.

"형장이 그럼 급시우 송공명이시란 말입니까? 여기는 긴한 얘기를 나눌 곳이 못 됩니다. 남의 눈이 있으니 저와 함께 성으로 들어가 가시지요."

성안의 술집에서 둘만 마주 앉게 되자 송강은 오용의 편지를 건네주었다. 절급은 그 편지를 읽고 소매에 간직한 뒤 송강에 절을 하고 잘못을 빌었다.

"내가 그동안 쓸데없는 소리로 절급의 부아를 질렀으나, 너무 노여워 마시오. 나도 형을 만나고 싶었으나 성안으로 들어갈 구실이 없어 형을 내게로 부르기 위해 상례전을 건네지 않은 것이오."

송강이 앞에 두고 말하는 절급은 바로 양산박의 군사 오학구가 만나 보라고 한 강주 양원의 압로절급 대종戴宗이었다. 그는 도술을 지닌 호걸로 '갑마' 라는 부적 두 장을 양다리에 묶고 신행법으로 걸으면 하루에 오백 리를 가고 네 장을 붙이면 팔백 리를 갈 수 있어 사람들은 그를 신행태보神行太保 대종이라 불렀다.

그날 송강과 대종은 서로 알게 된 것을 기뻐하며 함께 술잔을 기울였다. 그런데 두 사람이 여섯 잔씩 마시고 거나해져 갈 무렵, 갑자기 누각 아래서 싸우는 소리가 들리더니 술집 일꾼 녀석이 올라와 대종에게 다급하게 말했다.

"철우鐵牛라는 분은 원장님이 아니면 누구도 말릴 재간이 없습니다. 그러니 원장님께서 내려가 말려 주십시오."

"난 또 누구라고……, 그 녀석이 또 여기 와서 억지를 부리는구먼."

대종은 잠시 내려갔다가 시커멓고 우락부락한 사내 하나를 데리고 올라왔다. 그리고 송강에게 소개를 했다.

"이 친구는 제가 데리고 있는 사람인데, 이름은 이규李逵라 하며 기주 사람입니다. 다른 이름으로는 흑선풍黑旋風이라고 합니다. 사람을 죽이고 고향을 떠났는데 그 뒤 나라의 용서를 받았으나 강주에 온 뒤로는 돌아갈 생각을 않고 있습니다. 술버릇은 고약하지만 한 쌍의 넓은 도끼를 잘 쓰고 주먹질이며 봉술에도 능하지요."

"형님, 저 새카만 놈은 누굽니까?"

"네 이놈! 버르장머리 없는 짓거리 그만하고 어서 인사드려라. 급시우 송공명 어른이시다."

이규는 잠시 어찌할 바를 몰라 어물거리다가 송강 앞에서 넓죽 엎드렸다.

"진작 말씀해주시지. 제가 얼마나 형님을 뵙고 싶어했는지 모릅니다."

맞절을 받은 송강은 이규에게 물었다.

"무슨 연유로 그렇게 화를 내셨소?"

"이 집 주인에게 열 냥만 융통해 달라는데 원체 구두쇠라 꾸어주질 않더군요. 울화가 치밀어 다 부숴 버리려는데 형님이 불렀습니다."

이야기를 들은 송강이 웃으면서 은자 열 냥을 주자 이규는 망설이지 않고 받아들고는 뛰쳐나갔다. 대종은 옆에서 못마땅한 듯 혀를 차며 말했다.

"저놈에게는 돈을 주면 안 됩니다. 저놈은 요즘 술과 노름에 환장해 있습니다. 지금쯤 노름판으로 부리나케 달려가고 있을 겁니다."

한편 이규는 도박판으로 가면서 속으로 생각했다.

'역시 송강 형님은 대단하구나. 아직 나와 사귄 적도 없는데 선뜻 열 냥을 내주시다니……. 어쨌든 주신 돈이니 이것을 밑천으로 한 판 벌여서 좋은 자리에 모시고 잘 대접해야지.'

이규는 단숨에 성밖의 도박판에 뛰어들었다. 그러나 순식간에 돈을 몽땅 잃어 화가 치민 이규가 바닥의 돈을 몽땅 제 주머니에 쓸어넣은 채 나가려 하자 이내 싸움이 벌어졌다. 물론 그 누구도 이규를 당해낼 수는 없었다. 이규는 그런 그들을 돌아보지도 않고 달려나갔다. 그런데 갑자기 등뒤에서 누군가 뒤쫓아오더니 어깨를 잡으며 소리쳤다.

"이놈, 이게 무슨 짓이냐. 남의 돈을 갖고 달아나다니……."
"네놈이 무슨 상관이냐?"

이규가 소리치며 돌아보니 어깨를 잡은 것은 대종이었다. 그런 대종 뒤에는 송강이 빙긋이 웃으며 서 있었다. 이규는 말 한마디 못하고 소매 속의 은자를 꺼내 송강에게 내놓았다. 송강은 얼른 노름꾼들을 불러 돈을 모두 돌려주었다.

"우리는 여기 이형과 어디 가 술이나 한잔 더 하기로 합시다."

송강이 대종을 보고 말했다. 이어 세 사람은 곧 비파정으로 갔다. 대종은 깨끗한 자리를 골라 송강을 윗자리에 앉히고 주인을 불러 생선요리와 술을 시켰다. 송강은 앞에 앉은 대종과 이규를 보며 이런 호걸들을 알게 된 것에 대해 가슴 뿌듯해 했다. 그 기분에 서슴없이 마시다 보니 술이 올랐다. 술이 오른 탓인지 송강은 갑자기 얼큰한 생선매운탕이 먹고 싶어 주인에게 청했다. 그러나 때마침 싱싱한 생선이 없다는 주인의 말에 이규가 벌떡 몸을 일으켰다.

비파정을 내려간 이규는 강가에 이르렀다. 강가 버드나무 앞에 어선 8,90여 척이 늘어섰는데 어부들이 누워 잠을 자거나 뱃머리에 쪼그리고 앉아 그물을 엮고 있거나 자맥질을 하면서 멱을 감는 모습이 보였다. 그러나 벌써 오월의 한낮도 다해 해가 기울어 가는데도 고기를 파는 사람은 하나도 없었다. 이규는 배 곁으로 가서 소리쳤다.

"당신들 배에 펄펄 뛰는 물고기가 있으면 두 마리만 파시오."
"주인이 오기 전에는 팔 수 없소. 소매꾼들도 물가에 앉아 기다리잖소."
"주인이 어떤 놈이길래 이 야단이야? 잔소리말고 어서 물고기 두 마리만 내놔!"

그러나 어떤 어부도 고기를 꺼내 주지 않자 이규는 불끈해서 배 위로 뛰어올랐다. 어부들은 그런 이규를 막아 보려 했지만 한 주먹씩 맞고는 물가 언덕으로 달아났다.

이규는 뱃일을 잘 알지 못하는 사람이었다. 물고기를 찾는답시고 두리번거리다가 대나무로 얽은 바자 같은 것을 보고 뽑아 올리니 물고기는 모두 도망가고 말았다. 이규는 그래도 영문을 모르고 다음 배로 건너가 다시 전처럼 바자를 뽑고 물고기를 찾는다고 빈 선창을 휘저어 대는 것이었다.

강가 언덕에서 그걸 보고 있던 어부들은 더는 참을 수 없어 다시 이규에게 덤벼들었다. 그러나 오히려 이규의 성만 돋구고 말았으니, 이규는 생선장수들까지 후려패기 시작했다. 그렇게 한참 법석을 떨고 있는데 문득 한 희멀건 사내가 강가 샛길로 다가오고 있는 것이 보였다.

"주인이 왔다! 이보시오, 주인! 저 시커먼 놈이 선창의 물고기를 다 놓아 주었소."

"이놈, 감히 이 어르신네의 마당에 뛰어들어 그 같은 행패를 부리느냐!"

사내가 제법 거세게 나오자, 이규는 한편으로는 여전히 삿대로 사람들을 후리면서 곁눈질로 그를 살펴보았다. 여섯 자 대여섯 치쯤 되는 키에 나이는 서른두엇 정도. 세 갈래 수염을 기르고 머리에는 푸른 망사로 된 건을 썼으며 흰 적삼을 입고 손에는 큰 저울을 든 사람이 서 있었다.

그러나 몸놀림은 외양과 달랐다. 사내는 욕설에 이어 재빨리 몸을 날리더니 함부로 사람을 패는 이규를 저울대로 막았다. 사내는 이어 이규의 다리를 걸어 넘어뜨리려 했으나 소 같은 이규를 이겨내기에는 너무 힘이 모자랐다. 결국 이규는 사내를 깔고 앉아 그의 등줄기를 후려치기 시작했다. 그때 또 한 사람이 이규의 손을 잡고 소리쳤다.

"이게 무슨 짓인가. 그만하게."

이규가 돌아보니 대종과 송강이 서 있었다. 이규가 몸을 일으키자 사내는 재빨리 몸을 빼내 달아났다. 송강은 이규를 달래며 옷을 걸치게 하였다. 이규가 더는 심술을 부리지 않고 옷을 입고 송강과 대종을 뒤쫓으려 할 때였다. 갑자기 등뒤에서 누군가가 욕설을 퍼부었다.

"이 녀석아, 이번에도 네놈이 이길 수 있는지 한 번 더 겨뤄보자!"

조금 전에 달아난 그 사내였다. 고깃배를 저으며 물가에 떠있는 모습이 조금 전에 늘어지도록 얻어맞은 사람 같지가 않았다. 이규가 배 위로 뛰어

오르자 사내는 배를 강 복판으로 밀고 나갔다. 그리고는 배를 뒤집어 이규와 함께 물 속으로 떨어졌다. 이어서 사내와 이규가 엉킨 채 떠올랐다. 그러나 싸움이라기보다는 이규가 일방적으로 당하고 있는 형국이었다. 송강과 대종은 그대로 내버려 둘 수가 없었다. 대종이 사람들에게 사내가 누구냐고 물었다.

"저 사람은 이곳의 물고기 도매를 하는 어주인 장순張順입니다."

그의 이름을 듣자 송강은 문득 떠오르는 것이 있었다.

"낭리백도浪裏白跳라는 별명이 있는 그 장순이오? 내가 장순의 형님 장횡의 편지를 갖고 있소."

대종은 그 말을 듣고 강에 대고 큰소리로 외쳤다.

"이보시오, 장형. 우리는 당신의 형 장횡의 편지를 갖고 있소. 그 시커먼 친구는 내 아우이니 그만 용서하시고, 어서 이리 나와 애기나 나눕시다."

장순은 대종과 전부터 아는 사이인데다 형의 편지까지 있다고 하자, 이규를 잡아끌고 헤엄쳐 나왔다. 워낙 물에 익은 사람이라 덩치 큰 이규를 끌고 나오는 데도 평지를 걷는 것 같았다. 그의 헤엄 솜씨에 송강은 물론 물가에 있던 사람들이 감탄했다. 끌려 나오면서 겨우 정신이 돌아온 이규는 연신 기침과 함께 허연 물을 토해냈다.

"자, 이제 모두 비파정으로 올라갑시다."

대종이 여럿을 보고 그렇게 청했다. 장순과 이규가 옷을 갖춰 입기를 기다려 네 사람은 비파정으로 갔다. 이어 장순과 이규가 화해를 하자 대종은 장순에게 송강을 인사시켰다.

"이분 형님이 바로 산동 운성현의 급시우 송압사 어른이시오."

"크신 이름을 들은 지 오래이더니 오늘에서야 이렇게 뵙게 되었습니다."

"이리로 오는 길에 게양령 아래에서 이준과 목씨 형제, 형님되는 장횡을 알게 되었소. 형님은 내게 편지 한 통을 주면서 장형에게 전해 달라 했는데, 마침 노영 안에 두고 가져오지 않았구려. 오늘은 대원장, 이형과 함께 강가의 경관도 볼 겸해서 나왔다가, 내가 술 입가심으로 매운탕 한 그릇 먹었으면 한 게 일을 낸 것 같소이다. 어쨌든 이 송강으로선 오늘 세 분 호걸을 알 게 된 것이 하늘의 도움인 듯 싶소.”

그리고는 술집 주인을 불러 다시 술상을 차려 오게 했다.

“형님께서 싱싱한 물고기를 잡숫고 싶어하시니 아우가 가서 몇 마리 구해 오겠습니다.”

장순은 곧 강으로 나가 커다란 금빛 잉어 네 마리를 꿰어들고 돌아왔다. 그날 그들은 날이 저물도록 술을 마셨다.

술을 마시고 노성으로 돌아온 송강은 장횡의 편지를 꺼내 장순에게 주었다. 장순은 먹고 남은 잉어 두 마리를 남겨두고 형의 편지를 받아 돌아갔다. 송강은 장순이 가져온 잉어 두 마리 중 한 마리는 관영에게 보내고 한 마리는 자신이 먹었다.

며칠 후 송강은 대종과 이규, 장순을 만나고 싶어서 성안으로 들어갔다가 만나지 못하고 홀로 성 밖 강가로 나갔다.

심양강 강변의 경치는 소문대로 아주 뛰어났다. 이내 모든 걸 잊고 수려한 풍경에 취해 걷던 송강은 예전부터 그 이름을 들어왔던 심양루를 발견하고 그 술집으로 다가갔다. 처마 아래 액자에는 ‘심양루’ 석 자가 적혀 있었는데, 저 유명한 시인 소동파蘇東坡의 필적이 분명했다. 그리고 문 양쪽에 붉은 기둥에는 ‘세간무비주世間無比酒’와 ‘천하유명루天下有名樓’라는 글자가 써 있는 것으로 보아 자기 집과 술맛에 대한 자부심이 대단한 듯했다.

송강은 안으로 들어가 누각 위 작은 방에 자리를 잡고 주문을 했다. 얼마 안 있어 일꾼이 큰 쟁반을 받쳐들고 올라왔는데, 좋은 술과 나물 안주 햇과일이 가지런히 놓여 있었다. 이어 붉은 쟁반이 날라져 오고 거기에는 양고기 접시와 삶은 닭, 거위 따위가 정갈하게 담겨져 있었다. 술만이 아니라 안주도 일품이었다.

경치와 훌륭한 술과 안주에 마음이 흡족해진 송강은 혼자라는 것도 잊고 한꺼번에 두 잔씩 비워 대기 시작했다. 얼마 되지 않아 송강은 자신도 모르게 술에 취하고 경관에 취했다. 갑자기 호기가 치솟는가 싶더니 이내 자신의 처지가 울적해졌다. 송강은 누각 기둥 옆에 홀로 서서 한동안 울적한 감회에 젖어 있었다. 그렇게 얼마나 지났을까. 송강의 머릿속에는 문득 한 수 서강월사西江月詞가 떠올랐다. 울적한 감회가 시흥으로 이어진 것이었다.

송강은 심부름꾼을 불러 붓과 벼루를 가져오게 했다. 그러고 보니 정자의 회벽에는 앞서 다녀간 사람들이 적어 두고 간 여러 편의 시구가 보였다. 이에 자신도 한 줄을 남기고 싶어졌다. 송강은 붓을 들고 먹을 듬뿍 찍어 흰 회벽 위에 휘갈겼다.

나 어려서 일찍이 경전과 역사를 익히고,
자라서는 권모 또한 있었노라.
마치 사나운 범이 거친 언덕에 누워 있듯
발톱과 이빨을 감추고 울분을 참았노라.
애달프다, 두 볼에 먹자 새기고
강주로 귀양온 처량한 내 신세.
뒷날 이 한을 풀 날이 온다면
심양강 어귀는 피로 물들리라.

송강은 시를 쓰고 나서 혼자 즐거워 껄껄거리며 다시 몇 잔을 더 마셨다. 곧 다시 붓을 들어 앞서의 서강월사 시구 뒤에 새로 네 구절을 부쳤다.

마음은 산동에 있고 몸은 오니리에 있네.
낯선 땅과 물을 헤매는 서러움이여.
뒷날 뜻을 펼치는 날이 오면
황소가 장부 아님을 비웃으리.

그렇게 쓰고 난 송강은 그 밑에다 '운성현 사람 송강 지음' 이라고 커다랗게 이름까지 밝혀 놓았다. 붓을 탁자에 놓은 송강은 다시 몇 잔을 더 비우자 술에 몹시 취해 몸조차 가누지 못했다. 이에 송강은 술값을 치르고는 노영 안 자신의 방으로 돌아와 옷을 입은 채 그대로 침상에 쓰러져 다음 날까지 곯아떨어졌다. 잠에서 깬 그는 심양루에서 쓴 시에 대해서는 까맣게 잊고 그저 과음으로 쓰린 속을 달래며 하루를 쉬었다.

한편 강주와 심양강을 두고 마주 보는 곳에 무위군이라는 작은 성이 있었는데, 통판 벼슬을 하다 물러나 있는 황문병黃文炳이란 자가 있었다. 비록 경서는 읽었으나 아첨하기를 좋아하고 속이 좁은 사내였다. 그는 매일 강을 건너 채구지부를 찾아가 온갖 아첨으로 호감을 사려 애쓰며 그의 추천으로 다시 한 번 벼슬길에 나가 볼 속셈이었다.

그날도 황문병은 예물을 마련해 채구지부를 찾아갔으나 마침 관아에서 벼슬아치들과 연회를 벌이고 있었다. 그는 돌아오는 길에 날도 덥고 집에서 할 일도 없어 심양루에 들렀다.

천천히 누각 위로 올라간 황문병은 주위 경치를 보며 난간을 따라 걷다가 누각 벽에 씌어진 글을 보았다. 글줄께나 한다고 자부하는 황문병은 그 글귀들을 읽다가 문득 송강의 시를 보고는 깜짝 놀라며 술집 심부름꾼을 불러 붓과 종이를 내오게 했다. 그리고는 송강이 쓴 시 두 편을 모두 베꼈다.

심양루를 내려온 황문병은 그날 밤을 자기 배에서 쉰 뒤 다음날 아침 일찍 주부로 달려갔다. 지부는 마침 공사를 미뤄 놓고 부중의 사가에서 쉬고 있었다. 황문병이 후당에서 한참을 기다리니 채구지부가 나왔다. 황문병은 예가 끝나기 바쁘게 예물을 지부에게 올리며 말했다.

“이런 말씀을 여쭤도 될런지 모르겠지만 요즘 동경의 채태사께서는 만안하시온지요.”

“며칠 전 글을 내리신 적이 있소이다만…….”

채구지부가 그건 왜 묻느냐는 듯한 얼굴로 말했다.

“뭐 별다른 소식이라도 있는지요.”

“요사이 태사원의 사천감이 천자께 걱정스런 상주를 올렸다 하셨네. 내용인즉 강성이 오초 땅을 쪼이고 있어 그곳에 모반을 꾀하는 무리들이 있는 듯하니 미리 살펴 재난을 막아야 한다는 것이었네. 그리고 또 '나라를 거덜내는 건 가목, 싸움을 꾸미는 건 수공, 가로세로 어지러운 건 삼십육, 난리가 퍼지는 건 산동에서부터' 라는, 요즘 도성의 아이들 사이에서 널리 불리우는 노랫가락 네 구절을 전해 주시며 내게 더욱 조심해서 맡은 고을을 지키라는 말씀을 남기셨네."

그 말을 듣고 한참이나 생각에 잠겼던 황문병이 자신도 놀랍다는 듯 무릎을 치며 소리를 높였다.

"상공, 그 일은 결코 우연이 아닙니다."

그리고는 심양루 벽에서 베껴 온 송강의 시를 꺼내 지부에게 주었다. 채구지부는 영문도 모르면서 그 시를 받아 읽어 보았다.

"이것은 반역의 시가 아닌가? 통판은 이것을 어디서 얻었는가?"

"어제 상공을 뵈러 왔다가 못 뵙고 돌아가는 길에 더위도 피할 겸 심양루에 올랐다가 발견했습니다."

"이 시는 어떤 자가 쓴 것인가?"

"글 아래에 운성현 송강이라고 이름을 버젓이 밝히고 있었습니다."

"그 송강이란 놈은 어떤 놈인가?"

"얼굴에 먹자를 세기고 강주로 귀양왔다는 구절이 있으니 아마도 노성에 있는 죄수 중에 한 놈일 것입니다."

"귀양 온 죄수가 뭘 하겠나?"

"상공, 결코 가벼이 볼 일이 아니올시다. 태사 어른께서 적어 보내신 아이들의 노래가 바로 이놈과 및아떨어지고 있지 않습니까?"

"그 말은 무슨 뜻인가?"

황문병은 이때가 자신의 재주를 보일 때라고 생각하고 차분하게 지부에게 풀이했다.

"아까 아이들의 노래에서 '나라를 거덜내는 것은 가목家木' 이라 하셨지요? 관 머리 아래 나무목을 하면 송宋자가 되지 않습니까? 또 '싸움을 꾸미는 건 수공水工' 이라 했지요. 그런데 삼수변에 장인공, 곧 강江자가 됩니다. 바로 반역의 시를 쓴 송강의 이름이 나온 셈입니다."

"그럼 '가로세로 어지럽히는 건 삼십육' 과 '난리가 퍼지는 건 산동에서부터' 란 구절은 어떻게 되는가?"

"육 둘이 들어가는 해나 육 둘이 들어가는 운세를 삼십육으로 나타낸 것이 아닐지요. 육육은 삼십육이니까요. 또 난리가 퍼지는 건 산동에서부터란 글귀는 운성현이 바로 산동에 있지 않습니까?"

그제서야 지부도 고개를 끄덕였다. 지부는 곧 양원 압로절급 대종을 불러들였다.

"너는 지금 가서 운성현의 송강이란 죄수를 잡아 오너라. 그 놈은 심양루에 모반을 꾀하는 시를 적은 놈이다."

대종은 깜짝 놀라 지부 앞에서 물러나 제 밑의 졸개를 불러 병장을 갖춰 황묘로 모이게 한 다음 자신은 신행법을 써서 송강이 있는 노성영의 초사청으로 달려갔다.

"형님, 그제 심양루 위에 무슨 글을 써놓으셨습니까?"

"술김에 적은 글을 어찌 일일이 기억하겠는가? 그런데 자네는 어찌 그 일을 아는가?"

"그 때문에 문제가 생겼습니다. 오늘 지부가 절 부르더니 심양루 위에 반역의 시를 쓴 송강을 잡아오라고 명령을 내렸습니다. 어찌하면 좋겠습니까?"

송강은 그 말을 듣고 크게 놀랐다.

"아! 이 일을 어찌해야 하는가? 이번에는 영락없이 죽은 목숨일세 그려."

"형님, 저는 더 이상 지체할 수 없는 몸이라 성황묘로 가서 관군 장수들을 거느리고 이곳으로 와야 합니다. 그때 형님께서는 머리를 풀어 헤치고 땅에 뒹굴며 미친 척하십시오. 그러면 저는 그대로 지부에게 돌아가 적당히 둘러대겠습니다."

대종은 곧 송강과 작별하고 성안 성황묘로 가서 모여 있는 관원을 데리고 노성으로 향했다.

“어떤 놈이 새로 귀양온 송강이란 놈이냐?”

이에 패두는 겁을 먹고 그들을 초사방으로 안내했다. 방문을 여니 송강이 머리를 풀어 헤치고 똥오줌 위를 뒹굴며 헛소리를 하고 있었다.

“나는 옥황상제의 사위다. 장인께서 내게 말씀하시기를 천병 십만을 거느리고 내려가서 너의 강주 놈들을 모조리 죽이라 하셨다. 염라대왕을 선봉으로 삼고 오도장군에게 뒤를 맡기시고 내게는 무게가 팔백 근이나 되는 금인을 주셨다. 이제 네놈들은 죽은 목숨이다.”

누가 보아도 영락없는 미친 모습에 관원들이 수군거렸다.

“저런 미친놈을 잡아가서 뭐합니까?”

대종도 못 이긴 척 맞장구를 쳤다.

“너희들 말이 옳다. 이대로 돌아가서 말씀을 드리고 미친놈이라도 잡아오라면 그때 다시 오자.”

그리고는 대종은 지부에게 돌아가 본대로 아뢰었다. 그 때 황문병이 병풍 뒤에서 나와 지부에게 말을 건넸다.

“저 소리를 믿지 마십시오. 그 시의 내용이나 글 솜씨로 보아 미친놈일 리가 없습니다. 잡아다가 문초를 하면 사실이 밝혀질 것입니다.”

지부는 이 말에 동의를 하고는 대종에게 다시 명령을 내렸다.

“어찌 됐거나 그놈을 잡아오너라. 그 진위는 내가 몸소 알아볼 것이다.”

대종도 이제는 어쩔 수 없는지라, 마음은 무거웠으나 노성으로 달려가 송강을 묶은 뒤 강주부로 데려갔다. 지부 앞에 선 송강은 무릎도 꿇지 않고 눈을 부릅뜨고 채구지부를 노려보며 소리쳤다.

“넌 어떤 놈이냐. 감히 나를 잡아 오다니. 나는 옥황상제의 사위다. 장인께서 내게 말씀하시기를 천병 십만을 거느리고 내려가서 너의 강주 놈들을 모조리 죽이라 하셨다. 염라대왕이 선봉이고 오도장군도 뒤를 따른다. 내게는 무게가 팔백 근이나 되는 금인을 주셨다. 이놈들 어서 달아나거라. 그렇지 않으면 모두 죽을 것이다.”

채구지부가 그런 송강을 보니 정말로 미친 사람 같았다. 그러자 황문병이 다시 말했다.

"상공, 저 놈이 처음 이 곳에 왔을 때도 미쳤는지 아니면 최근에 갑자기 증세가 나타났는지 알아 보십시오."

지부가 관리들에게 물으니 송강이 처음 유배되어 왔을 때는 멀쩡했다고 대답했다. 지부는 그 말에 불같이 성을 내며 옥졸들에게 명하여 송강을 매우 치게 했다. 옥졸이 몽둥이를 골라 한 쉰 대를 치자 살은 터지고 피부는 찢겨 피가 흘렀다. 이를 본 대종은 괴로웠으나 구해낼 도리가 없었다. 송강은 처음에는 어떻게든 미친 소리로 버텨 보려 했으나, 모진 매를 맞다 보니 절로 바른 말이 튀어나왔다.

"제가 한때의 술기운으로 잘못 그런 모반의 시를 썼습니다. 특별히 딴 뜻이 있었던 것은 아니었습니다."

그러나 이미 용서를 구하기에는 늦었다. 채구지부는 송강의 조서를 꾸미게 하는 한편 스물닷 근짜리 큰 칼을 씌워 사형수들만 가두어 두는 감옥에 처넣었다.

옆에 있던 황문병은 으쓱해서 수염을 쓸며 말했다.

"상공, 이 일은 빨리 처리를 하심이 좋을 것 같습니다. 이 일을 도성에 보고하여 나라의 큰일이므로 살려서 보내기보단 이곳에서 목을 잘라 나라의 근심을 없애는 편이 낫다고 아뢰십시오. 만약 살려서 도성으로 보내려다간 도중에 달아날 염려가 있습니다."

이미 황문병의 안목을 경험한 채구지부는 이번에도 두말없이 그의 말에 따랐다. 곧 송강의 반시에 대한 보고서를 작성하여 신행법을 쓸 줄 아는 대종에게 편지를 주어 도성으로 보내기로 했다. 채구지부는 편지와 더불어 아비의 환심을 살 예물까지 준비하고 다음날 대종을 불렀다.

"이 예물과 편지를 도성의 태사부께 전해드리고 오게. 자네는 신행법을 안다 하니 오래 걸리지는 않겠지. 가는 길에 행여라도 소홀함이 있어 일을 그르쳐서는 아니 될 것일세."

지부 앞을 물러난 대종은 송강이 갇혀 있는 감옥으로 찾아가 이를 알렸다. 그리고는 이규를 불러 송강을 잘 모시도록 당부를 한 후 두 다리에 네 개의 갑마甲馬를 붙이고 그 날로 길을 떠났다.

송강, 양산박에 들다

하룻길을 걸은 뒤 날이 저물자 대종은 객점에 들어 쉬었다. 그리고 다음 날도 아침을 먹기 바쁘게 길을 떠났다. 점심마저 간단히 길가에서 때우고 다시 달려 해질 무렵에 또 객점에서 하룻밤을 쉬었다.

셋째 날이 되었다. 역시 새벽같이 길을 떠난 대종은 갑마와 주문의 힘을 빌려 삼백 리를 달리고 나니 어느새 사시가 되었다. 끼니마저 제대로 때우지 못하고 목이 말라 사방을 둘러보던 대종은 숲가에서 호수를 낀 술집 하나를 찾아내었다. 대종은 배도 고프고 목도 마르던 참이라 나온 음식을 바닥이 드러나도록 모조리 긁어먹었다. 그런데 음식을 다 먹고 나자 갑자기 아찔한 현기증이 일어나면서 몸을 가눌 수가 없었다. 그때 안에서 한 사람이 나왔다. 그는 다름 아닌 양산박의 두령 중의 하나인 한지홀률 주귀였다.

"저 보따리들은 안으로 들이고 몸을 뒤져 보아라."

졸개가 대종의 몸을 뒤져 자루와 그 안에 있는 한 통의 편지를 발견했다. 주귀가 편지를 열어보니 다음과 같은 내용이 적혀 있었다.

이번에 소자는 도성에서 떠돌고 있다는 아이들의 요망한 노래에 들어맞는 반역의 시를 적발하고, 그 시를 지은 산동의 송강이란 놈을 붙잡았습니다. 지금 감옥에 가두어 놓고 아버님의 처분을 기다리고 있습니다.

주귀는 그 글을 읽고는 깜짝 놀랐다. 곧 정신을 차리고 방으로 뛰어들어가 보니 졸개들이 대종을 잡기 위해 옷을 벗기고 있었다. 주귀는 그의 옷에서 나온 선패를 보니 '강주 양원 압로절급 대종'이란 글이 적혀 있었다.

"이 사람에게 손대지 마라. 내가 평소 군사에게 강주의 대종이란 사람과 가깝게 지낸다는 말을 들었다. 얼른 해독약을 가져와 이 사람을 깨워라. 내가 알아볼 게 있다."

곧 눈을 뜬 대종은 사태를 깨닫고 크게 놀라더니 주귀를 향해 소리쳤다.

"네 이놈, 내게 몽환약을 먹이고 태사부에게 올리는 편지를 뜯어 보다니 그 죄가 무엇인지 알기나 하느냐?"

"이까짓 편지 한 장이 무엇이 대단하다고 그러시오. 태사부에게 가는 편지가 아니라 대송황제에게 가는 편지라도 겁나지 않소."

주귀가 말하는 품에 놀란 대종이 물었다.

"대체 댁은 누구시오."

"난 양산박의 두령 중 하나인 한지홀률 주귀요."

"양산박의 두령이시라면 군사 오학구를 아시겠구려?"

"물론 알고 있소. 그렇다면 형이 군사께서 늘상 말씀하시던 강주의 신행태보 대원장이시오?"

"그렇소이다."

대종의 그 같은 대답에 주귀는 알 수 없다는 표정으로 되물었다.

"지난날, 송공명이 강주로 귀양갈 때 우리 산채를 지나간 적이 있소. 그때 오군사가 당신에게 보내는 편지 한 통을 주었는데 그걸 받지 못하셨소? 어째서 당신은 송공명의 목숨을 해치려 하는 거요?"

"무슨 말이오. 송공명은 나와 형제처럼 가까이 지내는 분이오. 그런데 지금 그분이 반역의 누명을 써 나로서는 구해낼 길을 찾지 못하고 있다가, 마침 도성으로 가는 길에 구해낼 방도를 찾으려 했소. 내가 그분의 목숨을 해치려 하다니 그게 무슨 말씀이오?"

"그렇다면 당신이 지닌 이 편지를 보시오."

편지를 받아 본 대종은 깜짝 놀랐다. 자칫하면 오해를 살지도 몰라 대종은 그간의 일을 주귀에게 자세히 들려주었다.

"일이 그렇게 되었다면 산채로 올라가 여러 두령들과 계책을 찾아봅시다."

주귀는 대종을 양산박으로 데리고 갔다. 대종은 오용과 인사를 나눈 뒤 이어서 여러 두령들과 인사를 하고는 다시 한 번 송강에게 일어난 일을 자세히 들려주었다. 이야기를 모두 들은 조개는 인마를 이끌고 산을 내려가려 했다. 오용이 그런 조개를 말리며 자신의 계책을 말했다.

"지금 채구지부는 태사의 답장대로 일을 처리하려 합니다. 우리는 바로 이 편지를 가지고 장계취계將計就計하도록 합시다. 범인 송강을 동경으로 후송하라는 가짜 답장을 보낸 뒤 이곳을 지날 때 우리가 구하는 것이 상책이 아닐까 합니다."

"하지만 누가 채경의 글씨를 그대로 흉내낼 수 있단 말이오?"

"그것도 제가 이미 생각해 둔 것이 있습니다. 지금 세상에는 네 가지 서체가 유행하고 있지요. 소동파蘇東坡, 황노직黃魯直, 미원장米元章, 채경蔡京 이 네 사람의 서체로서 보통 이들을 송조 사절宋朝四絶이라 부릅니다. 그리고 제가 아는 사람 중에 제주성에 살고 있는 소양蕭讓이란 수재가 있는데, 그 네 가지의 서체를 자유자재로 쓸 수 있다 합니다. 그 사람이라면 넉넉히 흉내낼 수 있을 것입니다."

오용의 말에 조개는 또 다른 걱정을 말했다.

"그렇다면 채경의 도장은 어떻게 하겠소?"

"역시 비석과 도장을 잘 파는 김대견金大堅이라는 사람을 알고 있습니다. 사람들은 그를 옥비장玉臂匠이라고들 하지요. 이 두 사람이면 아무 걱정 없을 것입니다."

이튿날 대종은 신행법으로 두 시진도 안 되어 제주에 도착했다. 그리고는 소양과 김대견을 만나 감언이설로 꼬여 양산박으로 데리고 왔다.

채경의 가짜 답장이 완성되자 대종은 두령들과 작별하고 갑마 네 장을 양다리에 붙이고는 나는 듯이 강주를 향해 떠났다. 대종이 떠난 후, 두령들이 취의청에 모여 술판을 벌이고 있는데 갑자기 오용이 외마디 비명을 질렀다.

"아! 이일을 어찌해야 하나? 송공명을 구하려고 채경의 답장을 꾸몄건만 공명은 물론 대종까지 죽이게 되었으니……. 보낸 글에는 아주 큰 흠이 있어 지부가 가짜인 줄 알아볼 것이오.”

그때 소양이 나서서 말했다.

“무슨 실수를 말입니까? 감쪽같이 채태사와 똑같은 글씨체로 어귀 하나 잘못 쓴 것이 없는데 무슨 말씀이오?”

김대견도 역시 완벽한 도장이라고 말했다. 이에 오용이 대답했다.

“여러분께서 아시겠지만 강주의 채구지부는 동경 채태사의 아들이오. 그런데 아비가 자식에게 주는 글에 어찌 관직과 이름을 새긴 도장을 찍겠소? 바로 그것이 잘못된 것이고 내가 살피지 못한 점이오. 이제 대종은 강주에 이르기만 하면 그것 때문에 추궁을 받을 것이오.”

“그럼 어떻게 해야 한단 말이오.”

조개가 묻자 오용은 그의 귀에다 대고 몇 마디 속삭였다. 조개는 고개를 끄덕이고 여러 두령에게 은밀히 명령을 내렸고 각 두령은 이런 저런 차림으로 하산하기 시작했다.

한편 대종은 채구지부가 말한 기한에 맞추어 강주로 돌아왔다. 채구는 대종이 빨리 돌아오자 기뻐서 물었다.

“태사대감은 뵈었느냐?”

“제가 밤중에 이르렀다가 곧 되돌아왔기에 태사어른을 뵙지는 못했습니다.”

채구는 편지를 읽고 기뻐하며 대종에게 상으로 은자 스물닷 냥을 내리고 곧바로 송깅을 도성으로 입송하도록 지시하고는 서짓편시가 시키는 대로 따를 채비에 들어갔다.

대종은 지부가 송강을 도성으로 호송하기 위한 준비를 서두르는 것을 보고 느긋한 마음으로 자신의 거처로 돌아와 짐을 푼 뒤 송강을 만나 그간의 일을 전했다.

한 이틀 지나 준비가 마무리 될 무렵 황문병이 지부를 찾아왔다. 황문병은 이번에도 역시 예물을 들고 찾아왔다. 지부는 황문병에게 고마운 뜻을 전하며 편지를 보여주었다. 그는 편지를 자세히 읽었다. 이어 봉투며 편지에 찍힌 도장까지 샅샅이 훑어보고는 말했다.

"이 편지는 결코 진짜가 아닙니다."

"그건 아무래도 통판이 틀린 듯하오. 이것은 틀림없는 아버님의 필적이오."

"상공, 한 가지만 여쭙겠습니다. 전에도 부자분 사이를 오가는 편지에 이런 도장을 찍었습니까? 편지의 필적은 딴사람도 얼마든지 흉내낼 수 있습니다. 찍힌 도장 역시 태사어른께서 한림학사로 계실 때 쓰던 것입니다. 역시 천하에 널리 알려진 도장입니다. 제가 공연히 의심한다고 생각지 마시고 심부름을 한 사람을 불러 자세히 따져 보시는 것이 좋을 듯합니다."

지부는 곧 대종을 불러들였다.

"전날 내가 바빠서 자세한 걸 묻지 못했다. 이번에 도성에 갔을 때 어느 문으로 들어갔었느냐?"

"제가 도성에 이르렀을 때는 이미 날이 저물어 어떤 문으로 들어갔는지는 잘 살펴보지 못했습니다."

"그럼 우리 집에 갔을 때는 누가 너를 맞아들였으며 너는 집안 어디에 묵었느냐?"

"제가 태사어른 댁을 찾아가니 문지기가 있기에 편지와 예물을 전하고 저는 근처의 객점에서 잤습지요. 그리고 다음날 문지기에게 태사어른의 답장을 받아서 급히 되돌아 나왔습니다."

대종은 열심히 둘러대었으나 지부는 점점 의심쩍은 눈초리가 되어 대종에게 따져 묻기를 계속했다.

"네가 본 우리 집 문지기는 나이가 얼마나 되더냐? 또 검고 야윈 사람이더냐, 희고 통통한 사람이더냐? 키는 얼마쯤 되며 수염은 있더냐?"

"제가 갔을 때는 날이 어두웠고, 다음 날에는 새벽이라서 자세히 보지는 못했으나 문지기는 그렇게 늙지 않은 나이에 중키였고, 수염도 조금 있는 것 같았습니다."

대종의 말이 떨어지기가 무섭게 채구지부는 소리쳤다.

"저놈을 당장 묶어라!"

어떻게 해 볼 겨를도 없이 지부 앞에 무릎 꿇리게 된 대종은 그래도 사실을 밝히지 않았지만 지부가 그런 대종을 꾸짖었다.

"이 놈! 우리 집 늙은 문지기는 여러 해 전에 죽어 지금은 그 아들이 문을 지키고 있다. 그런데 나이가 지긋하고 수염이 있어? 더구나 예물이며 서신은 요부당의 장간판을 통해 이도관을 거쳐 들이게 되어 있고 답장은 빨라야 사흘을 기다려야 하거늘 네 놈이 나를 속이려드는구나. 어서 바른 대로 대지 못할까?"

"억울하옵니다. 소인이 어둑할 무렵 문지기를 본 것이라 잘못 보았을 따름이지, 어찌 상공의 분부를 소홀히 하겠습니까?"

"저런 죽일 놈이 있나. 여봐라! 저 놈을 매우 쳐라."

수십 여 대를 맞자 살가죽은 찢어지고 살이 터져 온몸이 피로 물들었다. 더 이상 견디지 못한 대종은 마침내 모든 것을 털어놓고 말았다.

"바로 아뢰겠습니다. 소인은 양산박 산적떼에게 붙잡혀 산채로 끌려가 예물을 뺏겼습니다만 그대로 돌아올 수가 없어 놈들에게 죽여달라고 덤볐습니다. 그러자 놈들이 이렇게 거짓 답장을 써주며 저보고 한패가 되자 했습니다. 소인은 잠시 죄책을 면할까 싶어 어리석은 생각에 상공을 속였습니다."

"네 이놈! 누굴 속이려 드느냐? 네가 처음부터 양산박 도적들과 짜고 한 일이 아니더냐? 저 놈을 매우 쳐라."

대종은 양산박과 내통했다는 자백은 하지 않았지만 거의 초죽음이 되도록 맞고는 큰 칼을 쓴 채 옥에 갇혀버리고 말았다. 그러자 황문병은 지부에게 대종과 송강을 일찍 죽이지 않으면 후환이 따를 것이라고 충고했다. 채구지부는 그 말을 받아들여 곧 그 일을 맡은 공목孔目을 불러 둘의 공초를 받을 것과 내일이라도 목을 벨 것을 명했다.

그때 불려간 황공목이란 사람은 대종과 가깝게 지내던 사이였다. 어떻게 구해낼 방도는 없지만 날짜라도 미루어 볼 생각으로 지부에게 말했다.

"내일은 나라의 기일이며 모래는 중원절입니다. 두 날 모두 형을 시행할 수는 없습니다. 그 다음은 또 나라의 경명절이라 아무래도 처형은 닷새가 지난 뒤라야 되겠습니다."

이 말에 채구지부도 어쩔 수 없이 엿새째 되는 아침 일찍 서둘러 송강과 대종을 죽이기로 하고 거기에 따라 준비를 시켰다. 이윽고 처형날이 다가왔다. 어른 아이 할 것 없이 거리를 메우자, 송강이 절뚝거리며 앞서고 대종이 고개를 수그린 채 뒤따랐다. 이제 오시 삼각이 되어 감참관이 오면 그들의 목은 날아갈 판이었다.

채구지부는 말 위에 높이 앉아 송강과 대종의 목이 날아가기를 기다리고 있었다. 그런데 그때 형장 동쪽이 술렁거렸다. 한 떼의 땅꾼들이 구경하겠다고 밀고 든 것이다. 그러자 이번에는 똑같은 소동이 서쪽에서 일어났다. 창봉을 쓰며 약을 파는 무리들이 자기들도 보게 해 달라고 아우성을 치며 군사들과 옥신각신하고 있었다.

"어서 저놈들을 내쫓아라."

채구지부는 그것을 보고 말했다. 이때 남쪽에서 한 떼의 짐꾼들이 밀고 나오고, 북쪽에서는 장사치들이 수레 두 대를 앞세우고 나타났다.

사방이 모두 시끄럽자 채구지부도 마침내는 힘으로 어찌해 볼 생각을 버렸다. 그대로 두고 처형을 시작할 양으로 시각이 되기만을 기다렸다. 곧 사람들을 헤치고 형장 가운데로 온 구실아치 하나가 소리 높이 외쳤다.

"오시 삼각이오!"

"어서 죄수들의 목을 쳐라!"

감참관인 지부가 기다렸다는 듯이 영을 내렸다. 이어 송강과 대종이 목에 쓰고 있던 칼이 벗겨지고 망나니 둘이 나타났다.

그런데 바로 그때였다. 장사꾼 차림의 사내 하나가 수레 위에서 일어나 품안의 작은 징을 쳤다. 그러자 사방에서 함성이 일며 진작부터 와서 옥신각신하고 있던 땅꾼, 약장수, 짐꾼, 장사치들이 한꺼번에 들고 일어났다.

그와 때를 같이해 네거리 모퉁이 찻집 누각에서도 한 사내가 뛰어내려 고함을 치며 양손의 도끼를 휘둘러 두 망나니부터 쪼개고는 똑바로 감참관인 채구지부를 향해 달려들었다. 군사들이 막아보려 했으나 겨우 지부만 구해 내뺄 뿐이었다.

그 무렵 형장 동쪽의 땅꾼은 각기 작은 단도를 빼들고 형장을 지키는 군사들에게 덤볐다. 서쪽의 약장수들도 마찬가지로 창봉을 휘둘러 군사들을 후려댔다. 남쪽의 짐꾼들은 짐꾼들대로 짐 나르는 데 쓰는 멜대로 구경꾼, 군사 가릴 것 없이 닥치는 대로 패기 시작했다. 북쪽의 장사치들은 수레를 밀어 형장 가운데로 뚫고 들더니 그 중에 하나는 송강에게로 뛰어가고 또 하나는 대종의 등 뒤로 달려갔다. 말할 것도 없이 송강과 대종을 구하기 위함이었다.

이들은 오용의 계책에 따라 양산박에서 내려온 여러 두령과 그 졸개들로, 장사꾼으로 꾸민 것은 조개와 화영, 황신, 여방, 곽성이었고, 약장수 패거리는 연순, 유당, 두천, 송만이었다. 그리고 짐꾼은 주귀, 왕영, 정천수, 석용이었으며, 땅꾼들로 꾸민 것은 완소이, 완소오, 완소칠, 백승이었다. 그들 열일곱 두령이 졸개 백여 명을 거느리고 달려 온 것이었다.

그런데 그들에게도 낯선 사람이 하나 더 있었다. 몸집이 크고 거무튀튀한 사내로서 넓적한 도끼 둘을 휘두르며 닥치는 대로 찍는데 조개를 비롯한 양산박 사람들은 그가 누구지 알 수가 없었다

그날 그 저자 네거리는 군관과 백성 할 것 없이 죽은 사람들의 시체로 덮이고 흐르는 피는 개울을 이룰 정도였다. 양산박의 두령들은 군사들을 쫓은 뒤 끌고온 수레며 병기를 수습해 그 거무튀튀한 사내를 따라 성을 빠져 나갔다. 그들 뒤에서는 화영과 황신, 여방, 곽성 등이 화살을 날려 뒤쫓는 무리를 막았다.

조개는 송강과 대종을 들쳐 업고 뛰는 두 명의 졸개를 우선 묘지 안으로 들어가게 했다. 강가에는 큰 묘 하나가 있는데 묘 문이 굳게 닫혀 있었다. 앞서 가던 한 남자가 도끼로 문을 깨뜨리자 모두 그를 따라 들어섰다. 양쪽

에 오래된 소나무가 꽉 들어차서 낮에도 햇빛을 볼 수 없었다. 앞면 액자에
는 '백룡신묘白龍神廟'라는 글자가 새겨져 있었다.

졸개들이 송강과 대종을 묘안에서 내려놓았다. 송강은 혼이 다 나갔다가
겨우 눈을 뜨고 조개 이하 여러 두령들을 둘러보았다.

"형님, 이렇게 만나 뵙는 것이 정녕 꿈은 아닌지요?"

송강이 울먹이자 조개가 그를 위로했다. 송강은 아까 네거리에서 도끼를
휘두르며 양산박 두령들을 도와준 흑선풍 이규를 조개에게 인사시켰다. 이
규는 비로소 도끼를 내려놓고 조개를 향해 넓죽 절하고 다른 두령들과 통성
명을 했다. 알고 보니 흑선풍 이규와 주귀는 같은 기주 사람이었다. 두 사람
이 그걸 반가워하고 있는데, 화영이 걱정스런 얼굴로 조개에게 말했다.

"이제 갈 길이 막혀서 어떡하죠? 앞에는 큰 강물이 가로막고 길은 끊겼습
니다. 배도 한 척 없구요. 이러다가 관군들이라도 몰려오면 큰일입니다."

"뭐가 걱정이오. 이 길로 다시 성을 들이쳐 버립시다. 채구지부 놈하고 그
곁에서 알랑거리던 것들까지 싸그리 죽여 버리자구요!"

이규가 화영의 말을 받아 큰소리를 쳤다. 겨우 제정신이 돌아온 대종이
이규를 나무랐다.

"아우, 어림도 없는 소리 말게. 성안의 군사가 오륙천은 되는데 우리가 무
슨 수로 당하겠나?"

그 때 완소칠이 말했다.

"강 건너에 배 서너 척이 매어 있었습니다. 우리 삼형제가 헤엄쳐 건너 그
배들을 빼앗아 오면 모두 탈 수 있을 것입니다."

곧 완씨 삼형제는 비수 한 자루씩을 입에 문 채 강물로 뛰어들었다. 그런
데 반쯤 건너가고 있을 때 상류에서 배 세 척이 오는 것이 보였다. 이에 강
가에 있는 사람들은 매우 놀랐다. 송강도 두려운 중에 자세히 살펴보니 다
름아닌 장순이었다. 송강은 반가워 손을 흔들며 외쳤다.

"형제, 우리를 좀 구해 주시오!"

"형님과 대원장께서 옥에 갇히신 후 목태공 장상한테 가서 함께 싸울만한

사람들은 모조리 모아 오늘 강주 성내로 들어가서 옥을 때려부수고 형님을
구하려 했는데, 여기서 만나 뵐 줄은 몰랐습니다. 혹시 저기 저 어른이 양산
박의 조두령이 아니십니까?"

"맞소, 우리 모두 사당 안으로 들어가 서로 인사나 나누도록 합시다."

송강의 말에 장순과 함께 온 사람들은 사당 안으로 들어갔다. 이른바 '백
룡묘의 만남'이 바로 그것이다. 이는 장순의 일행 9명, 양산박 두령 17명,
송강, 대종, 이규 세 사람을 합쳐 모두 스물아홉 명이었다. 그들 스물아홉이
서로 예를 나누며 반가워하고 있을 때 졸개 하나가 급하게 알렸다.

"드디어 강주의 군사들이 우리를 뒤쫓고 있습니다."

그 말이 끝나기도 전에 이규가 쌍도끼를 들고 사당을 나섰다. 조개도 이
번에는 어쩔 수 없다는 듯 이규의 뜻을 따랐다.

"우리 모두 뛰어나가 강주 군사를 박살내 버립시다. 양산박으로 돌아가는
것은 그 다음 일이오!"

이어 여러 호걸들도 백여 명의 졸개들과 사당문을 나섰다. 그사이 유당과
주귀는 송강과 대종을 배에 태우고, 이준과 장순, 완씨 삼형제는 배를 정돈
해 만일에 대비했다. 강변에서 바라보니 성내에서 나오는 군사가 모두 오
륙천 명으로 모두 화살과 긴 창으로 무장하고 있었다. 군마가 앞서고 보군
들이 깃발을 흔들며 뒤따르는 것이 제법 훈련을 제대로 받은 듯했다.

이리한 관군의 기세에도 이규는 흔들림 없이 쌍도끼를 휘두르며 앞을 체
쳐 나갔고, 그 뒤를 화영, 황신, 여방, 곽성 네 호걸이 떠받치며 따랐다. 화
영은 군마가 장장을 는 것을 보자 이규가 석성뇌어 활에 살을 먹여 앞장선
장수의 말을 향해 날렸다. 화살은 정확히 말에 꽂혀 장수 한 명이 그대로 말
에서 떨어지고, 마군들뿐만 아니라 보군들까지 어지러워졌다.

호걸들이 그 틈을 놓치지 않고 한꺼번에 덮쳐 가니 이내 싸움터는 관군의
시체로 덮이고 강물은 피로 붉게 물들었다. 그들은 그 여세를 몰아 강주성
아래까지 공격해 들어갔으나 큰 성 하나를 쓰러뜨리기에는 무리였다. 성문
을 닫고 성 위에서 돌과 통나무를 떨어뜨리니 더는 어쩔 수 없었다.

그들이 곧 강가로 물러나 모두 배에 오르자 배는 노를 거두고 돛을 달았다. 때마침 순풍이 불어 일행은 곧 목태공의 장원이 있는 강변에 이르렀다. 일행이 뭍에 오르자 목홍이 그들을 집안으로 안내했다. 목태공은 반갑게 일행을 맞아들여 그들을 쉬게 하고는 곧 잔치를 베풀었다. 술자리에서 송강은 여러 사람들에게 감사의 말을 했다.

"여러분들께서 저를 구해 주시지 않았으면 저와 대원장은 죽은 목숨이었습니다. 오늘의 이 은혜를 어떻게 보답해야 할지 모르겠습니다. 한 가지 남은 한이 있다면 아직 원수를 갚지 못한 일입니다. 황문병 그 놈은 갖은 소리로 지부를 충동질하여 우리를 죽이려 했는데 어찌 그냥 돌아갈 수 있겠습니까! 부디 여러 호걸께서 제 원수를 갚아 주시기 바랍니다."

조개가 무리의 우두머리답게 신중히 대답했다.

"이번에 강주에서 그렇게 큰 소란을 일으키고 더구나 무위군을 친다는 것은 쉬운 일이 아니오. 그리고 황문병 역시 아무런 방비도 하지 않고 있겠소? 내 생각에는 산채로 돌아가 군사를 정돈한 다음 학구와 공손승 두 선생과 임충, 진명까지 합세해 원수를 갚아도 늦지 않을 것이오."

"한번 산채로 돌아가면 다시 이곳으로 오기는 어려울 것입니다. 첫째는 산이 험하고 길이 멀고, 둘째는 이리로 오는 동안 고을마다 힘을 다해 우리를 막을 것입니다. 그러니 놈들이 준비하기 전에 들이쳐야 원수를 갚을 수 있습니다."

송강이 조개의 말에도 뜻을 굽히지 않자 화영이 곁에서 송강을 거들었다.

"형님 말씀이 옳습니다. 하지만 사전의 준비는 필요할 듯합니다. 먼저 사람을 강주성 안으로 보내어 상황을 살피고 무위군으로 가는 길이며 황문병이 어디 있는지도 알아야 합니다. 그런 다음 움직이면 큰 탈은 없을 것입니다."

그러자 설영이 스스로 나섰다.

"제가 무위군에 대해서도 아는 것이 좀 있습니다. 제가 알아보고 오겠습니다."

설영은 곧 무위군으로 떠났다. 그 사이에 남은 양산박 두령들은 곧 무위군을 칠 준비를 했다. 설영은 이틀 뒤에 낯선 사람 하나를 데리고 돌아왔다.

"이 사람은 홍도사람 후건侯健으로 바느질 솜씨가 뛰어나고 창봉도 잘 씁니다. 살결이 검고 몸이 호리호리하지만 날렵해서 통비원通臂猿이라 불리웁니다. 황문병의 집안에서 일하고 있는 것을 보고 이곳으로 데려왔습니다."

송강은 크게 기뻐 강주의 소식을 알아보았다.

"이번 싸움으로 관군과 백성 오백 여 명이 죽고, 다친 사람도 헤아릴 수 없었다 합니다. 지금은 조정에 글을 올려 알리는 한편 낮 동안에도 성문을 굳게 닫고 출입을 엄히 막고 있습니다."

그러자 호걸들이 모두 나섰다.

"저희들이 무위군을 쳐서 형님의 원수를 갚아드리겠습니다."

송강이 다시 목소리를 가다듬어 말했다.

"허나 미워하는 것은 황문병이지 무위군 백성들이 아니오. 특히 인품이 좋은 것으로 알려진 황문병의 형은 해쳐서는 아니 되오. 만약 그 사람을 해친다면 천하가 다 나의 어질지 못함을 비웃을 것이오. 그리고 이번 일에는 내게 한 가지 계책이 있으니 형제들의 많은 도움을 바라겠소."

송강은 먼저 목태공을 향해 말했다.

"태공께서는 번거로우시겠지만 자루 팔구십 개와 나뭇단 백여 개, 그리고 큰 배 다섯 척과 작은 배 두 척을 마련해 주십시오. 그리고 후건 형제는 먼저 설영과 백승을 데리고 무위군으로 가 숨어 있다가 내일 밤 삼경쯤 방울을 단 비둘기 소리를 듣거든 백승 형제는 싱벽에 올라가 황문병의 집 부근에 흰 비단 깃대를 꽂으시오."

이어 송강은 석용과 두천을 불러 거지로 위장하여 숨어 있다가 불길이 일거든 문지기를 죽이게 하고 이준과 장순은 작은 배를 타고 강물 위에서 기다리게 하니, 그것으로 일단 첫 계획은 끝났다. 곧 후건, 백승, 설영이 떠나고 곧 석용과 두천도 떠났다. 주귀와 송만은 남아서 강주성의 움직임을 살피고 여러 호걸들은 각기 무기를 준비한 다음 배에 올랐다.

때는 칠월 한여름이었으나 밤은 서늘하고 바람은 고요했으며 달은 맑은 강물 위에 하얗게 빛났다. 배는 그런 강물 위를 저어 초경 무렵에 무위군 강가에 이르렀다. 송강은 이끌고 온 사람들에게 싣고 온 모래자루와 마른 나뭇단을 강 언덕에 운반하고 성안의 동정을 살피도록 했다. 그리고 송강은 얼른 방울 단 비둘기를 날리게 했다. 그러자 성벽 위에 긴 대나무 장대에 묶인 흰 깃발이 올랐다.

그 깃발을 본 송강은 모래자루를 성벽에 기대 쌓게 하고 그것을 층계 삼아 나뭇단이며 기름 적신 마른 풀단을 성벽 위로 올려놓았다. 그때 기다리고 있던 백승이 나타났다.

"설영과 후건은 어디 있소?"

"두 사람은 황문병의 집안에 숨어서 형님을 기다리고 있습니다."

"석용과 두천은 보지 못했나?"

"그들은 성문 왼편에서 기다리고 있습니다."

백승이 대답하자 모든 것이 계획대로 된 걸 안 송강은 황문병의 집으로 달려갔다. 문 앞에 이르러 후건을 만나 나뭇단이며 기름 적신 다른 풀단을 안으로 옮기고 불을 지르게 하였다. 후건이 불씨를 설영에게 주자 불을 당겼다. 문지기는 담 너머에서 불길이 이는 것을 보고는 놀라 대문을 열었다. 송강과 조개를 비롯한 호걸들이 기다렸다는 듯 함성을 지르며 문 안으로 뛰어들어 잠깐 사이에 황문병의 가족 사오십 명을 죽였다. 그러나 정작 황문병은 보이지 않았다. 집안을 샅샅이 뒤져보니 황문병이 백성들로부터 약탈한 금은 보화가 방과 곳간마다 가득 차 있었다.

두령들은 보화들을 모조리 성 위로 나르게 했다. 그 무렵 성문 근처의 석용과 두천도 문지기를 처치하고 불을 끄려는 동네사람들에게 소리쳤다.

"우리 양산박 호걸 수천 명이 송강과 대종의 원수를 갚으려 왔으니 여러분은 끼어들지 말고 모두 집으로 들어가시오."

사람들은 그 말에 모두들 놀라 허둥지둥 집으로 들어가 문을 꼭 잠궜다.

불을 든 설영은 황문병의 집안 여기저기 불을 붙였다. 순식간에 불꽃에 휩싸인 황문병의 집은 서까래 하나 남지 않고 모두 타버렸다. 무위군의 백성들은 양산박 호걸들이 이미 강주 성내에서 난동을 피운 것을 알고 있었으므로 감히 나서는 자가 없었다. 송강의 무리는 약탈한 재물을 배에 싣고 유유히 목태공의 집으로 돌아갔다. 그러나 송강은 황문병을 잡지 못한 것이 못내 아쉬웠다.

한편 강주는 무위군에서 치솟은 연기와 불길 때문에 성안이 온통 시끄러웠다. 이에 황문병은 지부에게 관선을 얻어 타고 무위군으로 향했다. 배가 강 한복판에 이르렀을 때 저쪽에서 다가온 배에서 한 사내가 관선에 갈고리를 던져 황문병이 탄 배를 끌어당기더니 몸을 날려 관선으로 뛰어올랐다. 황문병은 얼른 눈치를 채고 물 속으로 뛰어들었으나 다시 눈앞에 한 척의 배가 나타나는가 싶더니 한 사내가 물 속으로 뛰어들어 황문병을 배 위로 던져 올렸다. 물 속에 있던 사람은 장순이고 갈고리를 던진 사람은 이준이었다. 두 사람은 황문병을 밧줄로 묶어 송강 앞으로 데리고 갔다.

"들거라. 내가 너와 일찍이 원수 진 일이 없고 다툰 일도 없는데 왜 나를 해치려 하였느냐? 명색이 성현의 글을 읽은 자가 그렇게 독하고 모질 수가 있느냐? 권세에 빌붙어 벼슬아치를 썩게 하고 백성을 괴롭혔으니 죽어 마땅하다."

"내가 잘못했으니 어서 죽여주시오."

그 말에 송강이 좌우를 돌아보며 차갑게 말했다.

"어느 형제가 나를 대신해 저놈을 죽이겠소?"

그러자 흑선풍 이규가 나섰다. 이규는 칼을 한번 휘둘러 황문병의 배를 가르고 간을 내어 송강과 대종의 원수를 갚았다. 황문병이 참혹하게 죽은 뒤 두령들은 초당 위의 송강에게 몰려가 그 시원한 한풀이를 경하했다. 그러자 송강이 갑자기 그들 앞에 무릎을 꿇고 말했다.

"여러분은 저를 구해 준 것은 물론 원수까지 갚게 해주셨습니다. 그리고 두 고을의 성을 휘저어 놓았으니 당연히 조정에서도 대군을 보낼 것입니다. 이제 송강도 양산박으로 들어가야 할 때에 이른 것 같습니다. 저를 받아

주실런지요. 다만 이번 일로 여러분이 어려움을 겪게 될 것이 걱정입니다.”

이 말에 여러 두령들은 의논이고 뭐고 할 것 없이 반가워했다. 이에 송강도 양산박으로 들 마음을 굳혔다.

일행은 먼저 주귀를 산채로 보내 일의 경과를 알리게 하고 나머지는 다섯 패로 나뉘어 길을 떠났다. 첫패는 조개, 송강, 화영, 대종, 이규가 우두머리이고, 둘째 패는 유당, 두천, 설영, 석용, 후건이 우두머리가 되었다. 셋째 패는 이준, 이립, 여방, 곽성, 동위, 동맹이 앞장서고, 넷째 패는 황신 장순, 완씨 삼형제, 그리고 다섯째 패는 목홍, 목춘, 연순, 왕왜호, 정천수, 백승이 앞장섰다. 그 중 목홍은 재물을 싸고 집안 일을 정리한 후 집에 불을 지르고는 가장 늦게 양산박을 향해 출발하였다.

양산박으로 가는 다섯 패 가운데 송강의 일행은 양산박을 향해 떠난 지 사흘만에 황문산에 이르렀다. 그런데 갑자기 산기슭에서 사오백 명의 무리가 쏟아져 내려와 소리쳤다.

“네놈들이 강주와 무위군을 턴 놈들이냐? 그토록 많은 관군과 백성을 죽이고도 멀쩡히 살아 돌아가려 하다니……, 주범인 송강은 여기 두고 가거라. 그러면 다른 놈들의 목숨을 붙여주마!”

송강은 어떻게든 싸움을 피해 볼 요량으로 말에서 내려 무릎을 꿇고 공손하게 말했다.

“저 송강은 모함을 입어 하소연할 곳도 없이 죽을 뻔했소. 다행히 여러 호걸들이 나타나 목숨을 건졌으나, 정말 알 수가 없소. 당신들은 내가 무슨 죄를 지었다고 이렇게 길을 막는 것이오. 부디 그냥 지나가게 해주시오.”

그러자 이상한 일이 벌어졌다. 기세 등등하던 네 사람이 급히 말에서 내려 송강에게 엎드려 절을 했다.

“저희 형제 네 사람은 산동 급시우 송공명이란 크신 이름을 들었으나 아직껏 뵈옵지를 못했습니다. 그런데 형님께서 강주의 감옥에 갇히셨다 하여 형님을 구하려했습니다. 그래서 졸개 하나를 강주로 보내 사실을 알아본 결과 무사하신 것을 알고 이곳에서 형님이 오시길 기다리고 있었습니다.

부디 무례함을 용서하시고 저희를 받아주십시오."

이 같은 말에 송강의 걱정은 기쁨으로 변했다. 송강은 이어 그들의 이름을 물으니, 우두머리격인 사람은 마운금시摩雲金翅 구붕歐鵬으로 대대로 황주에 살았으며 대강을 지키던 군인이었다. 그리고 두번째 호걸은 호남 담주의 장경蔣敬이란 이로 과거를 준비하던 선비였으나 과거에 떨어지자 문을 버리고 무를 익혔으며 병법까지 밝아 신산자神算子라 불렸다. 셋째는 남경 태생의 마린馬麟으로 장안의 건달출신이며 대곤도를 잘 쓰고 쌍철적을 잘 불어 철적선鐵笛仙이라 불렸다. 넷째는 광주 태생의 구미구九尾龜 도종왕陶宗旺으로 괭이 같은 무기를 쓰며 힘이 세고 창과 칼도 잘 다루었다.

송강과 조개도 기뻐하며 그들과 함께 양산박으로 향했다. 두령들이 산 아래 이르니 오용을 비롯해 남아 있던 두령 여섯이 달려나와 술잔을 돌리며 무사히 돌아온 것을 반겼다. 그러는 사이 뒤따라오던 다섯 패의 두령들도 모두 양산박으로 돌아왔다. 모두가 한자리에 모이게 되자 두령들은 자리를 취의청으로 옮겼다. 그런데 자리를 정하여 앉기 전에 조개와 송강이 서열 문제로 한 차례 실랑이를 벌였다. 조개가 첫째 두령 의자에 앉기를 권하자 송강이 펄쩍 뛰며 말했다.

"형님, 무슨 말씀이십니까? 이곳 주인은 형님인데 만약 이러신다면 저는 이곳에 머물러 있을 수 없습니다."

"그게 무슨 말씀이오. 아우님이 우리 일곱 명의 목숨을 구해 이곳으로 보내주지 않았던들 우리가 어떻게 있었겠소? 아우님은 이 산채의 은인이니 아우님 말고 이 자리에 앉을 사람이 누가 있겠소."

송강은 거듭 사양하며 말했다.

"형님, 나이로 보아도 십년이나 위이신 형님을 두고 이 자리에 앉는다면 옳지 않습니다."

결국 조개가 첫째, 송강이 둘째, 오용이 셋째, 공손승이 넷째가 되었고 다음은 공로에 관계없이 왼쪽으로는 양산박의 두령이 앉고, 오른쪽으로는 새로 온 두령이 나이순으로 앉았다. 서열 문제가 해결되자 곧 술판이 벌어졌다. 이런저런 얘기로 술자리는 하루 종일 계속되었다. 하지만 잔치가 이어지는 중에도 조개는 공에 따라 재물들을 졸개들에게 나누어 주고 식구가 늘은 만큼 거처할 방을 새로 마련하게 하는 한편, 산채를 두르고 있는 성벽이며 목책을 더 굳고 높게 쌓도록 했다.

사흘 동안 즐거운 술잔치가 계속되었으나 송강의 마음은 고향에 있는 부모님이 걱정되었다. 그래서 운성현으로 돌아가 동생 송청과 부모를 모셔오기로 결심했다. 모두들 위험하다고 말렸으나 송강은 이를 듣지 않고 당장 떠나기를 고집하여 채비에 들어갔다.

송강은 갓을 쓰고 짧은 지팡이를 들고 허리에 칼을 차고는 양산박을 떠났다. 이미 송강을 말리기는 틀렸다고 본 두령들은 금사탄까지 내려와 걱정스런 눈빛으로 배웅했다.

송강은 주귀의 주막이 있는 언덕에 이르자 곧 큰길을 따라 운성현으로 향했다. 주림과 목마름을 참고 밤낮없이 걸어 다음날 일찍 송가촌에 도착하였으나 날이 저물기를 기다렸다가 집 뒤로 가서 가만히 뒷문을 두드렸다.

아우 송청이 문을 열고 형을 보고는 놀라서 물었다.

"아니, 형님! 어떻게 돌아오셨습니까?"

"아버님과 너를 데려가려고 왔다."

"형님 혼자서요? 강주의 일이 모두 알려져 고을에서는 조도두 형제를 보내 밤낮으로 백 여명의 군사를 풀어 지키는 형편이니 혼자서는 어림도 없습니다. 어서 양산박에 가셔서 여러 두령들에게 도움을 청하십시오."

송강은 동생의 말에 집안에 들지도 못하고 양산박으로 떠났다. 송강은 외지고 좁은 길만 찾아 뛰었다. 한 경쯤이나 뛰었을까, 갑자기 함성이 들렸다. 고개를 돌려보니, 저쪽에 사람들이 횃불을 밝히고 쫓아오고 있었다.

"송강은 달아나지 마라!"

송강은 그 소리에 놀라 정신 없이 뛰어 환도촌에 도착했으나 이 마을은 골짜기를 따라 물이 흐르고 그 곁으로 외길이 나 있을 뿐이었다. 어쩔 수 없이 마을 안으로 들어간 송강은 작은 숲의 사당으로 들어갔다. 퇴락한 묘안에는 몸을 숨길 만한 구석이 없었다. 그때 밖에서 인기척이 났다. 들어보니 도두 조능의 목소리였다. 송강은 마음이 급해 전각 위의 신주에 들어가 엎드려 숨을 죽였다. 그러자 횃불을 든 관군들이 묘안으로 들어섰다. 순간 발자국 소리가 멈추더니 조득이 휘장을 들치고 송강이 숨은 신주단 쪽을 살피기 시작했다. 그런데 갑자기 횃불이 세게 타오르더니 재가 조득의 눈으로 들어갔다. 눈이 침침해진 조득은 횃불을 내던져 밟아 끄고 밖으로 나가 군졸들에게 물었다.

"그놈이 이 안에는 없는 것 같고 달리 빠져나갈 길도 없으니 도대체 어디로 갔다는 게냐?"

"걱정 마십시오. 이 마을은 들고나는 길이 하나뿐입니다. 그러니 길목만 지키면 잡을 수 있을 것입니다. 그러니 날이 밝으면 마을 샅샅이 뒤져 잡아내도록 하시지요."

조능과 조득은 그 말이 옳다 싶어 군졸들과 함께 밖으로 나갔다. 이때 위기에서 목숨을 건진 송강은 새롭게 마음먹은 것이 하나 있었다.

'신명의 도움으로 무사할 수 있었다. 만약 내가 살아서 나간다면 반드시 이 사당을 고쳐 짓고 신상을 빚으리라.'

그러나 곧 군졸이 문 위에 난 손자국을 찾아내어 조능이 다시 사당 안을 다시 뒤지기 시작하였다. 송강도 이제는 끝이라 생각하고 체념한 채 가만히 엎드려 있는데 제단 쪽에서 한줄기 괴이한 바람이 불어오며 사당 전체가 흔들리고 검은 안개가 깔리며 찬 기운이 사람들을 감싸 머리칼이 곤두서게 했다. 기분이 나빠진 조능이 아우 조득에게 소리쳤다.

"애야, 달아나자. 신명께서 노하셨다."

조능 형제는 물론 군졸들은 겁에 질려 마을 어귀의 길목까지 도망갔다. 송강은 안도의 숨을 쉬었지만 이제는 '독안에 든 쥐' 꼴이 되었다. 관군이 지키고 있는 동구 밖을 빠져나갈 방법이 없었던 것이다. 송강이 막막해서 문틈을 바라보니 뜻밖에 두 명의 푸른 옷을 입은 동녀가 신주 앞에 와서 입을 열었다.

"송성주님, 아씨께서 부르십니다."

"무슨 말씀이신지……. 나는 송강이란 사람이지 성주가 아니오."

"저희가 어찌 잘못 찾아왔겠습니까? 선녀께서 기다리신 지 오랩니다. 어서 가시지요."

푸른 옷의 동녀들은 그 말과 함께 앞장서 길을 안내했다. 송강은 무엇에 홀린 기분으로 그녀들을 따라갔다. 사당 뒤쪽으로 돌아가니 샛문이 하나가 나왔다. 송강이 문 안으로 들어가 보니 전혀 딴 세상이 펼쳐져 있었다. 하늘에는 달과 별이 환하고, 향기로운 바람이 불며, 사방에는 나무들이 무성하고 대나무가 푸르렀다.

그 길을 따라 한 마장쯤 가니 시냇물이 흐르고 있고, 그 위로는 돌다리가 놓여 있는데, 난간은 모두 붉은 빛이었다. 다리를 건너니 두 줄의 기이한 나무가 서 있는 가운데 붉은 대문이 나타났다. 송강이 놀랍고 두려워 감히 앞으로 나가지 못하자 동녀가 걸음을 재촉했다. 안에 들어가니 몇 개의 작은 동산이 있고 붉은 기둥을 세운 낭하가 들어섰는데 방마다 수놓은 발을 드리워 놓은 것이 유별났다. 곧 푸른 옷의 동녀가 이끌어 층계를 오르니 역시 푸른 옷을 입은 소녀 몇이 기다리다가 송강에게 말했다.

"선녀께서 성주님을 기다리십니다."

송강은 갈 데까지 가보자는 심정으로 계단을 올라 대전으로 들어섰다. 곧 푸른 옷의 동녀가 발 안으로 들어가 아뢰었다.

"선녀님, 송성주께서 계단 아래에 와 계십니다."

송강은 저도 몰래 손을 모으고 허리를 굽혀 두 번 절을 하고 바닥에 엎드렸다. 그러자 발 안에서 송강에게 바로 앉히라는 분부가 내려졌다. 감히 고개를 들지 못하고 엎드려 있는 송강을 동녀 넷이 부축해 비단이 덮인 의자에 앉게 했다. 그리고는 발을 걷어 여신이 모습을 드러내며 송강에게 부드럽게 물었다.

"성주께서는 그간 별일 없으시었소?"

"저는 하잘것없는 속세의 백성일 뿐 성주가 아닙니다. 어찌 감히 거룩한 모습을 바로 쳐다볼 수 있겠습니까?"

몸을 일으킨 송강이 다시 두 번 절을 올리며 대답했다.

"성주께서는 이미 오셨으니 너무 예의에 얽매이실 것 없소."

그제서야 송강이 머리를 들어 바라보니, 푸른 옷의 시녀들이 홀과 부채를 들고 시립한 가운데 갖가지 보석을 박아 만든 좌상이 있고 그 위에 선녀라 불리던 여신이 앉아 있었다.

"성주는 이리로 오시오."

선녀는 송강을 부르는 한편 시녀들에게 술을 가져와 송강에게 권하게 했다. 내린 술잔이라 감히 마다하지 못해 잔을 받고는 무릎을 꿇으며 한 잔을 마셨다. 송강이 술잔을 비우자 여동 하나가 쟁반에 대추를 담아와 그에게 권했다. 송강은 선녀의 체면을 생각해서 한 개를 먹고 씨는 손바닥 안에 감추었다.

계속해서 시녀가 술을 권하자 송강은 세 잔을 마시고 혹 선녀 앞에서 예의에 어긋난 주정을 할까 걱정이 되어 사양했다. 그러자 선녀가 시녀들에게 세 권의 천서를 가져오도록 명했다. 명을 받은 시녀가 병풍 뒤로 가더니 푸른 쟁반에 누런 보자기로 싼 책 세 권을 얹어 송강에게 바쳤다. 송강은 감히 책을 펴보지도 못한 채 두 번 절하고 공손히 받아서 소매 속에 넣었다.

"송성주, 이 천서 세 권을 드릴 테니 하늘을 대신해 도를 펴도록 하시오. 남의 우두머리가 되어서는 오로지 충의에 의지하고, 아랫사람이 되어서는 나라를 받들고 백성을 보살핌에 힘을 다하시오. 옥황상제께서는 성주가 도를 행함이 보사단 까닭에 삼시 벌을 내려 인간세계로 내치신 것이오. 하지만 오래잖아 다시 하늘로 불러 무겁게 쓰실 것이니 결코 게을리 해서는 아니 되오. 이 세 권 천서를 잘 보고 익히도록 하시오. 천기성과 함께 읽는 것은 좋으나 그밖에 딴사람에게는 보여서는 아니 되오. 또 공을 이룬 뒤에는 태워 없애 세상에 남겨 놓지 않도록 하시오. 나는 천계에 속해 있고 성주는 하계에 있어 서로 몸담은 곳이 다르니 오래 붙들어 둘 수 없구려. 이제 그만 성주는 돌아가 보도록 하시오."

송강은 처음 길을 안내해 온 동녀들을 따라 전각을 나와 대문을 나서 돌다리 근처에 이르자 따라오던 동녀가 말했다.

"오늘 선녀님의 도움이 없었더라면 성주께서는 벌써 붙들리셨을 것입니다. 날이 밝으면 모든 것이 잘 풀릴 것이니 더는 걱정하지 마십시오."

그리고는 다리 밑 물 속을 가리키며 말했다.

"성주님, 저길 보십시오. 물 속에 용 두 마리가 놀고 있습니다."

송강이 넋을 잃고 물 속을 들여다보고 있을 때 푸른 옷의 동녀 둘이 갑자기 송강의 등을 밀어 다리 아래로 떨어뜨렸다. 송강이 소리를 지르며 눈을 떠 보니 몸은 사당의 벽감 안이었다.

한참 뒤 벽감에서 나온 송강이 사당 창문으로 쳐다보니 달은 중천에 떠 있었다. 꽤 긴 꿈이었던 듯 싶었으나 보고 들은 것이 생생해 손바닥을 보니 대추씨 세 개가 있었다. 이어 소매 속으로 손을 넣어보니 보자기에 싼 물건이 손에 잡혔다. 세 권의 천서였다.

'참으로 기이한 꿈이구나. 아니, 꿈이 아니다. 만약 꿈이라면 손바닥의 대추씨와 천서가 내게 있겠는가? 아마도 이 사당의 신령님이 내게 현몽하신 모양이다.'

송강은 홀로 그런 생각을 하다가 사당 안을 살펴보았다. 휘장을 쳐 들고 자세히 보니, 아홉 마리의 용을 아로새긴 위자 위에 한 선녀가 앉아 있는데 꿈에서 본 바로 그 선녀의 모습이었다. 그는 몸의 먼지를 털고 나와 위를 보니 낡은 액자에 '현녀지묘玄女之廟'란 네 글자가 새겨져 있었다.

송강은 공손히 절을 올리며 말했다.

"구천현녀께서 목숨을 구해주시고 제게 세 권의 천서를 내리셨군요. 뒷날 제가 이 사당을 고쳐 짓고 전각을 새로 세우겠습니다. 바라건대 신녀께서는 저를 어여삐 여겨 끝까지 보살펴 주옵소서."

그런 다음 송강은 마을로 발길을 옮겼다. 사당을 벗어나 아직 멀리 가지 못했을 때, 갑자기 멀리서 요란한 함성이 들려왔다. 송강이 길가의 나무 뒤로 몸을 숨기고 보니 군졸들이 허둥지둥 뛰는 것이 쫓기는 형상이었다. 앞장서 허둥대는 조능을 보니 한 사내가 그들을 쫓고 있었다. 때마침 조능은 사당 앞으로 달려오다가 소나무 뿌리에 걸려 땅바닥에 넘어지고 이규가 뒤따라와 한 발로 조능의 등을 밟고 도끼를 쳐들었다. 그 뒤로 구붕과 도종왕, 유당, 석용, 이립이 달려왔다.

그제야 송강이 그들 앞에 몸을 드러내며 말했다.

"정말 고맙소. 여러 형제들이 또 내 생명을 구해 주었구려. 그런데 어찌 알고 구하려 오셨소?"

"형님이 산채를 내려가시자 조두령님과 오군사님께서는 마음이 놓이지 않는다며 대원장을 시켜 형님 뒤를 쫓도록 했습니다. 뒤이어 우리 여러 형제가 따랐지요. 그리고 이리로 오는 도중에 먼저 떠난 대종을 만나 형님의 사정을 듣고는 이곳으로 달려온 것입니다."

유당의 그런 대답이 끝나기도 전에 석용이 조개, 화영, 진영, 황신, 설영, 장경, 마린 등을 데리고 달려왔다. 이어 이립도 이준, 목홍, 장횡, 장순, 목춘, 후건, 소양, 김대견 등을 데리고 그곳에 도착했다. 다시 한자리에 모이게 된 호걸들은 반가워했다. 송강은 여러 두령들에게 감사의 뜻을 전했다. 조개가 송강의 말을 받았다.

"좋은 소식이 있네. 아버님과 가솔들은 내가 대종에게 시켜 먼저 산채로 모셔 가게 했네. 두천, 송만, 왕왜호, 정천수, 동위, 동맹 등이 호위해 갔으니 지금쯤은 산채에 가 게실 거네."

송강은 그말을 듣고 조개에게 절하며 사례했다. 조개와 송강은 기뻐하며 두령들과 함께 환노촌을 떠나 양산박으로 향했다.

송강 부자와 형제가 산채에서 다시 만나 나흘째 잔치가 벌어졌을 때, 집을 떠난 지 오래되어 어머니가 어떻게 지내는지 궁금해진 공손승은 술잔을 미뤄 놓고 여러 두령들을 향해 말했다.

"제가 집을 떠난 지 여러 해가 되었으나 고향에 계신 노모의 안부를 듣지 못해 마음이 편하지 않습니다. 부디 제게 서너 달만 주시면 고향에 돌아가서 노모와 스승을 뵙고 다시 돌아오겠습니다."

조개가 그 말을 받았다.

"그렇게 말씀하시니, 붙들 수가 없구려. 그러나 비록 가시더라도 내일 우리가 배웅해 드릴 때까지 기다려 주시오."

다음 날 공손승은 전처럼 떠도는 도사차림으로 행색을 갖추고 여러 두령들과 작별을 하고 금사탄을 건너 어머니가 계시는 계주로 떠나갔다. 배웅을 마친 두령들은 모두 산채로 되돌아가려 했다. 그런데 갑자기 흑선풍 이규가 큰 소리로 목을 놓아 울었다.

"누구는 아버지를 모셔오고 어떤 사람은 노모를 보러 가는데 나만 이게 뭐요? 나도 집에 늙으신 어머님이 계시단 말이오. 나도 이번에 어머니를 모시고 와 즐겁게 사시도록 하면 좋겠소."

조개가 웃으며 허락을 했으나 송강이 고개를 가로저었다.

"아니 됩니다. 저 이규 아우는 성미가 사나워 고향으로 돌아가면 반드시 일을 저지를 것입니다. 다른 사람과 함께 간다한들 역시 마음을 놓을 수가 없습니다. 그리고 이미 강주에서 많은 사람을 죽인 것은 세상이 다 아는 일이니 관군에게 잡힐지도 모릅니다. 그러니 잠시 기다렸다가 조용해지거든 어머님을 모셔 오도록 해도 늦지 않습니다."

송강의 이 같은 말에 이규가 화를 내며 소리를 질렀다.

"형님은 아버지를 산채로 데려다가 편히 지내게 하고 우리 어머니는 촌구석에서 고생만 하시란 말이오?"

"정 그러하다면 세 가지만 약속하게. 첫째 이번 길에 술을 한 잔도 입에 대지 말 것, 둘째 자네 성미가 워낙 급하니 혼자 다녀 올 것, 셋째 자네가 쓰는 쌍도끼를 내게 맡기고 빈 손으로 가야하네."

송강이 조건을 걸자 이규는 생각할 것도 없다는 듯 대답했다.

"그까짓 세 가지 일을 못 지킬 게 뭐란 말이오! 오늘 당장 떠나겠소."

그러고는 산채 위로 올라가 칼 한 자루와 은 몇 덩이를 챙기더니 술 몇 잔을 들이켜고는 인사를 하는 둥 마는 둥 길을 나섰다. 그러나 송강은 마음이 놓이질 않았다. 그래서 이규와 같은 고향 사람인 주귀를 불러 자신의 마음을 전했다.

"저도 아우를 한 번 보고 싶던 차에 잘 되었습니다. 제 아우 주부는 지금 기수현 서문 밖에서 술집을 하고 있습니다. 이규의 집은 백장촌 동점에 있고, 그의 형 이달은 남의 집 고용살이를 합니다. 제가 뒤따라 가보겠습니다."

주귀는 곧 산채의 두령들과 작별을 하고 주막으로 돌아와 주막일을 석용과 후건에게 물려준 뒤 기주로 떠났다. 한편 홀로 양산박을 떠난 이규는 그럭저럭 기수현 부근에 이르렀다. 서문 밖에 오자 사람들이 모여서 거리에 붙인 벽보를 읽고 있었다. 이규는 사람들 틈에 끼어 남들이 읽는 것을 가만히 들여다보았다.

'운성현의 송강과 그 졸개 강주의 대종과 기수현의 이규를 보는 사람은 관가에 신고할 것.'

이규가 그 글을 읽고 놀랐을 때 누군가 다가오더니 이규의 허리를 싸안아 끌어가며 소리쳤다.

"장형! 여기서 뭐하시오?"

이규가 고개를 돌려보니 그 사람은 한지홀률 주귀였다. 주귀는 서문 밖 술집의 조용한 방으로 이규를 데리고 가서 어이없다는 듯 말했다.

"참 간도 크구려. 그 방문에는 송강을 잡으면 상금이 일만관이오, 대종을 잡으면 오천 관이오, 이규를 잡으면 삼천관이라 써 있는데, 어떻게 당사자가 태연스럽게 그 앞에 서 있단 말이오? 만약 눈치 빠른 군관놈에게 잡히면 어쩌려고 하오? 송공명 형님께서 아우님이 무슨 실수를 저지를까 염려해서 나를 불러 뒷일을 알아보게 하셨소."

"그게 다 송강 형님때문이지 뭐요? 술을 안 먹고 어디 뛸 수가 있어야지. 그런데 형은 이 주막을 어떻게 아시오?"

"이 주막은 내 동생 주부의 집이오."

그리고는 동생 주부를 불러 이규에게 인사를 시켰다. 주부는 술을 내어 형과 이규를 대접했다. 그러자 이규가 말했다.

"송강 형님께서 내게 술을 마시지 말라 하였지만 딱 두 잔만 마시겠소. 까
짓것 꾸중하시면 몇 마디 듣지 뭐."

주귀도 이런 이규를 굳이 말리지 않았다. 주부가 다시 밥과 국을 차려 와
이규를 대접했다. 이규가 다 먹고 일어섰을 때는 벌써 오경이었다. 이규는
밤이 깊어서야 주막에서 나와 살던 마을 찾아 나섰다. 그런 이규에게 주귀
가 당부했다.

"샛길로는 가지 마시오. 동쪽 큰길로 나가서 곧장 백장촌을 찾으시오. 얼
른 모친을 모시고 산채로 돌아가는 게 좋을 거요."

그러나 이규는 주귀의 말을 듣지 않고 산길로 갔다. 수십 여리 쯤 걸었을
때 먼동이 틀 무렵 토끼 한 마리가 뛰어나와 이규의 앞길을 가로질렀다. 이
규는 토끼를 한참 쫓다가 놓치고 다시 길을 가니 문득 큰 나무들이 서 있는
숲이 나타났다. 이규가 숲가의 상석 있는 곳에 이르렀을 때 문득 한 험상궂
은 사내가 소리쳤다.

"이놈, 지고 있는 보따리를 몽땅 털리기 싫거든 통행세를 내라."

이규가 눈을 들어보니 머리에는 붉은 명주 두건을 쓰고 거친 베 두루마기
를 입은 사내가 손에 도끼 두 자루를 들고 서서 외쳤다.

"나는 흑선풍 어른이시다. 목숨이 아깝거든 돈을 내놓아라."

이규가 껄걸 웃으면서 말했다.

"이 미친놈아, 도대체 너는 어떤 놈이길래 감히 이 어르신네 이름을 팔아
서 못된 짓을 하느냐?"

그러고는 칼을 빼어들고 그 사내에게 달려갔다. 가짜 흑선풍이 진짜 흑선
풍을 당해낼 리 없었다. 가짜 흑선풍이 달아나려다가 다리에 칼을 맞고 그
대로 땅에 쓰러지자, 이규는 사내의 가슴을 밟고 꾸짖었다.

"내가 바로 흑선풍 이규다. 네놈이 어찌하여 어르신네의 이름을 이토록
더럽힐 수 있단 말이냐! 네놈이 지나가는 나그네의 보따리를 털어 내 이름
을 더럽힌 데다 또 내가 도끼 쓰는 흉내까지 내었으니 이제 내 도끼 맛을 보
아라."

이규가 그렇게 말하고는 도끼를 빼앗아 찍으려 들었다.

"어른신네, 집에는 여든 살이 된 노모가 혼자 계십니다. 만약 저를 죽이시면 저 한 사람을 죽이는 것이 아니라 두 사람을 죽이는 꼴이 됩니다."

이규는 어이가 없어 잠시 생각하다가 은자 한 냥을 쥐어주고 좀도둑을 쫓아버렸다. 그가 어둠 속을 헤집고 가고 있을 때 저편 산골짜기에 작은 초가집이 보였다. 그 집을 찾아가자 안에서 한 아낙네가 나왔다. 여자는 머리에 한 떨기 들꽃을 꽂았고 얼굴에는 연지와 연분을 발랐다.

"아주머니, 나는 지나가는 나그네인데 주막을 찾지 못했소. 돈은 얼마든지 드릴 테니 술과 밥을 좀 내주시오."

그 아낙이 이규의 모양을 보고 감히 거절하지 못하고 말했다.

"술은 없지만 밥은 해드릴 테니 드시고 가세요."

아낙네가 부엌에서 밥을 짓는 동안 저쪽에서 한 사내가 한쪽 다리를 절룩거리며 다가왔다. 이규는 재빨리 몸을 숨겼다. 그때 아낙네가 사내를 보고 묻는다.

"아니 여보, 다리는 어디서 다쳤소?"

"조금 전 진짜 흑선풍을 만나 죽을 뻔했소. 늙으신 어머니가 계시다고 속여 간신히 살아서 돌아오는 길이오."

그러자 아낙네는 손을 내저으며 은밀히 말했다.

"쉿 조용히 해요. 조금 전에 누구가 집에 와서 밥해 달랬어요. 그 녀석이 바로 당신이 말한 진짜 흑선풍일지도 몰라요. 그러니 당신은 몽환약이나 찾아오세요. 제가 나물과 고기에 그 약을 넣어 먹이고 정신을 잃기든 그놈을 묶어 금은을 턴 뒤에 관가에 넘깁시다."

이 같은 말을 듣고는 이규는 화가 머리끝까지 치밀어 오른 나머지 당장에 뛰쳐나가 사내의 머리를 움켜쥐었다. 그러자 아낙네는 얼굴이 새파랗게 질린 채 달아났다. 이규는 사내를 땅에 메다 꽂고 허리에서 칼을 빼들어 한 칼에 목을 자른 다음 계집을 찾았으나 어디로 갔는지 보이지가 않았다.

할 수 없어 집안으로 되돌아 온 이규는 사내의 시체를 방안에 던져 넣은 뒤 집에 불을 지르고는 칼을 끌며 산길로 접어들었다.

이규가 동점동에 이르렀을 때는 이미 날이 저물어 황혼이었다. 집으로 달려간 이규는 문을 열고 안으로 들어갔다. 이규가 보니 어머니는 두 눈이 먼 채 자리에 앉아 염불을 외고 있는 중이었다.

"어머니, 철우가 돌아왔습니다."

이규가 넙죽 엎드려 절을 올렸다. 그러자 어머니가 눈물을 흘리며 이규에게 말했다.

"얘야, 그동안 어떻게 지냈느냐? 너의 형은 남의 집 머슴살이를 하고 있어 저 먹고살기도 어려우니 어찌 나를 보살필 수 있겠느냐? 그동안 나는 너를 생각하며 하도 울어 두 눈까지 멀게 되었구나."

이규는 눈물을 흘리며 거짓말을 했다.

"저는 이번에 벼슬을 살게 되어 올라가는 길에 어머니를 모시러 왔습니다."

"그래? 참 잘됐구나. 하지만 내가 늙고 눈마저 멀었으니 어떻게 너를 따라가겠느냐."

"우선은 제가 업고 떠나지요. 가다가 수레를 찾아보겠습니다."

"그럼 네 형이 올 때까지 기다려라. 함께 의논해 보자구나."

"그때는 늦습니다. 급히 어머니를 모시고 떠나야 합니다."

이규가 떠나기를 서두르는데 마침 형 이달이 먹을 것을 싸들고 집안으로 들어섰다. 이규가 형을 보고 절을 하자 이달이 놀란 눈으로 아우를 꾸짖었다.

"네가 어떻게 돌아왔느냐? 또 누구에게 해를 끼치려고?"

"큰애야, 철우가 이번에 벼슬길에 올라 나를 데리러 왔단다!"

그 말을 듣자 이달은 펄쩍 뛰었다.

"어머니, 저놈의 말을 믿지 마십시오. 전에 집 나갈 때도 사람을 죽이고 도망가서 나만 관가에 잡혀가 온갖 곤욕을 치르게 하고 지금은 양산박 도적놈들과 한패가 되어 강주에서 소동을 일으킨 놈입니다. 며칠 전에 저 놈과 한 형제라는 이유로 나까지 잡아들이려 했지만, 주인 덕분에 겨우 면했습니다."

그 말에 이규는 더 속이지 못하고 드러내 놓고 형에게 말했다.

"형님, 죄송합니다. 차라리 형도 나와 양산박으로 가서 어머니를 모시고 편히 삽시다."

그러나 이달은 형제간이면서도 이규와는 전혀 달랐다. 벌컥 화를 냈으나 힘으로는 당해내지 못하는 것을 알기에 음식 보따리를 던지고는 그냥 되돌아가 버렸다. 이규는 평상에 큰 은덩이 하나를 형에게 남기고는 노모를 들쳐업고 지름길로 달아났다. 한편 이달은 주인집으로 달려가서 이규가 나타난 것을 알렸다. 주인은 머슴 열 명을 내어 주었고, 이달은 이들과 함께 곧장 집으로 돌아왔으나 어머니는 보이지 않고 탁자 위에 큰 은덩이 하나만 놓여 있었다. 이에 이달은 뒤쫓는 것을 포기하고 돌아가 버렸다.

이규는 형이 혹시라도 뒤쫓아 올까봐 어머니를 등에 업은 채 깊은 산골의 호젓한 샛길로 정신없이 내달았다. 어느새 날은 저물고 기령이란 곳에 도착했으나 이 고개를 지나야만 마을이 있다는 것을 알았다.

"얘야, 목이 몹시 마르구나."

"어머니, 조금만 기다리십시오. 이 고개만 넘으면 방을 빌려 쉬시도록 하고 음식도 마련해 드리겠습니다."

하지만 어머니의 부챔이 계속되자, 이규는 어쩔 수 없이 노모를 바위에 앉혀놓고 물을 구하기 위해 골짜기를 더듬어 내려갔다. 거기에는 옥같이 맑은 물이 바위 틈 사이로 흘러내리고 있었다. 목마른 대로 우신 손으로 물을 움켜 제 목을 축였으나 어머니께 가져다 드릴 그릇이 없었다. 그가 서쪽을 보니 멀리 산 위에 사당이 하나 보였다. 이규는 등나무와 칡넝쿨을 움켜쥐며 산을 올라갔다.

사당에 이르러 문을 열어 보니 사주대성泗州大聖을 모시는 곳이었다. 이규는 돌향로를 발견하고 두 손으로 향로를 집어들었으나 꼼짝도 않았다. 성이 난 이규가 상석째 들고 사당 앞 돌계단에 내리치자, 대좌가 깨지며 향로만 손에 남았다. 이규는 향로를 들고 냇가로 내려가 물을 가득 떠 손에 받쳐 들고 노모에게 달려갔다. 그러나 노모는 바위 위에 없고 소나무 아래 큰 청석 위에는 칼 한 자루만 놓여있을 뿐이었다.

이규는 몇 번이나 소리쳐 어머니를 불러 보았으나 대답이 없자 향로를 땅에 놓고 찬찬히 사방을 살펴보았다. 그러나 그 어느 곳에서도 어머니는 보이지 않았다. 그때 바위에서 삼십여 걸음쯤 떨어진 풀밭에 피 흔적이 남아 있었다. 크게 놀란 이규는 두려운 마음으로 핏자국을 따라가 보았다. 이윽고 앞에는 큰 굴이 나타났다. 그 동굴 앞에서는 호랑이 새끼 두 마리가 사람의 넓적다리를 하나 놓고 뜯어먹고 있었다. 이규는 그것을 보고는 어머니에게 일이 난 것을 알았다.

"내가 양산박에서 고향집까지 온 것은 어머니를 모셔가기 위함이었다. 갖은 고생 끝에 어머니를 업고 여기까지 모셔왔는데, 너희들이 잡아먹다니……."

화가 머리끝까지 치민 이규가 칼을 치켜들고 한 마리를 죽이자 한 마리는 대들지 못하고 굴속으로 달아났다. 그는 쫓아가서 나머지 한 마리도 단칼에 베어 죽였다. 그리고는 호랑이 굴 안에 숨어 어미가 나타나기를 기다리니 과연 어미 호랑이가 굴속으로 들어왔다. 이규는 손에 들고 있던 칼을 던지고 허리의 비수를 쥐어들고 호랑이를 힘껏 찌르자 어미 호랑이는 한 소리 크게 울부짖더니 밖으로 뛰쳐나갔다. 다시 칼을 집어 들고 굴에서 나오니 무서운 포효와 함께 큰 호랑이 한 마리가 나타났다. 그 호랑이는 무서운 기세로 이규를 덮쳤으나 이규 역시 겁내거나 허둥대는 기색 없이 그 호랑이와 맞섰다. 이규는 칼을 치켜들고 호랑의 목줄기 근처를 베었다. 호랑이는 괴로운 울부짖음과 함께 산이 무너지듯 쓰러졌다. 이규의 칼은 그저 호랑이를 벤 정도가 아니라 숨통을 끊어 놓은 것이었다. 결국 이규는 얼마 안 되는 시간에 호랑이를 네 마리나 죽인 것이었다. 피로에 지친 이규는 사당으로 가서 쓰러지듯 잠들었다.

이튿날 일찍 일어난 이규는 새끼 호랑이가 먹다 남긴 어머니의 뼈를 모아 베 적삼에 고이 싸들고 사두대성의 사당 뒤에 땅을 파고 정성껏 묻은 뒤 한바탕 목놓아 울었다. 통곡을 하고 나니 이규는 다시 목이 마르고 배가 고파 왔다. 더는 무덤 앞에 머무를 수 없어 보따리를 챙겨들고는 천천히 고개를 내려갔다. 고개 중턱에서 사냥꾼들이 활과 화살을 들고 올라오다 이규와 마주쳤다. 이규가 온몸이 피투성이가 된 채 고개를 내려오는 것을 보고 사냥꾼들은 깜짝 놀랐다. 그들은 이규가 간밤에 호랑이를 네 마리나 잡았다는 말을 듣고 놀라 직접 산으로 올라가 확인한 후 이규에게 함께 상을 받으러 가자고 끄는 한편 사람을 보내어 이정에게 알리게 했다.

이규는 동네 사람들의 환영을 받으며 조태공이라 불리는 사람의 장원으로 안내되었다. 조태공은 본래 별 볼일 없는 관리로 돈푼 좀 있다고 거만이나 떠는 인물이었다. 조태공은 이규의 말을 듣고 친히 문밖까지 나와서 그를 초당에 모셨다. 그가 호랑이 잡은 이야기를 낱낱이 들려주자 모두들 믿어지지 않는다는 듯 호랑이를 때려죽인 얘기를 되풀이해 물었다. 이것저것 다 물은 후 조태공이 물었다.

"장사의 이름은 어떻게 되시오?"

"제 성은 장이요, 이름은 없으며 사람들이 그저 장대담이라 부릅니다."

이규가 말하자 조태공이 그대로 믿고 감탄해 말을 이었다.

"과연 대담이라 할 만하오. 호랑이를 네 마리나 때려잡았잖소."

그리고는 술과 안주를 푸짐하게 내어 이규를 대접했다. 한편 기령에서 호랑이 네 마리를 혼자 때려잡았다는 소문이 온 동네와 마을이 떠들썩하여 남녀 노소가 떼를 지어 구경하러 모여들었다. 그러나 공교롭게도 이 가운데 가짜 흑선풍의 계집이 끼어 있었다. 그녀는 그 오두막에서 달아나 친정 아버지 집에 있다가 소문을 듣고 구경을 온 것이었다.

한눈에 이규를 알아본 아낙은 집으로 돌아가 아버지에게 그 사실을 알렸다.

"호랑이 잡은 장사라는 놈이 바로 제 남편을 죽이고 집에 불을 지른 양산박 도둑놈 흑선풍 이규입니다."

계집의 아버지는 곧 이장에게 가서 말했다. 이장은 곧 사람을 보내어 조태공을 은밀히 불러냈다.

"호랑이를 잡은 장사는 바로 고개 너머 백장촌의 흑선풍 이규라고 합니다. 지금 관가에서 상금을 걸고 잡으려는 죄인이지요. 이귀의 아낙이 그를 알아보았답니다. 어제 이귀의 집에서 밥을 얻어먹고는 이귀를 죽였다더군요."

"그렇다면 그 놈에게 술을 진탕 먹여 취해 쓰러지거든 단단히 묶어 놓고 즉시 관가에 알리도록 합시다."

이규는 그것도 모르고 허리의 칼집과 보따리를 풀어놓고 큰 칼도 한편으로 밀어 놓고는 양산박을 떠나 올 때 송강에게 한 다짐을 잊고 조태공이 주는 고기와 술을 마음껏 마시고 취해 바로 앉지도 못할 정도가 되었다. 사람들은 그런 이규를 부축해 뒤채에 있는 빈방으로 데려가 두터운 널빤지 위에 누이고 밧줄로 꽁꽁 묶어 버렸다. 한편 이장은 그 사실을 관가에 알렸다. 전갈을 받은 지현은 깜짝 놀라 현청으로 달려왔다.

"흑선풍을 잡았다니, 지금 어디에 잡아 두었느냐?"

"지금 우리 마을 조태공 댁에 묶여 있습니다. 혹시나 데려오는 도중에 달아날까 염려되어 끌고 오지는 못했습니다."

그러자 지현은 곧 도두 이운李雲을 불러 명령했다.

"기령 아래 조태공 댁에 흑선풍 이규가 잡혀 있다고 하니 관군을 이끌고 가서 압송해 오너라."

영을 받은 이도두는 현청에 물러나와 군졸을 모아 기령 아래에 있는 마을로 달려갔다. 그때 주귀는 동장문 밖 아우집에 있다가 흑선풍이 잡혔다는 소문을 듣고 깜짝 놀라 아우 주부와 의논했다.

"이규가 또 일을 냈구나. 어쩌면 좋단 말이냐? 그리고 송공명께서 이규를 걱정해 나를 보내셨는데, 그를 구하지 않고는 무슨 낯으로 돌아가 공명 형님을 뵙겠느냐?"

"형님, 너무 걱정하지 마십시오. 이운은 평소 나와 친해 내게 무예를 가르처 줄 정도입니다. 오늘 저녁 고기 이십여 근을 굽고 술 여남은 병을 장만해 그 안에 몽환약을 타고 일을 꾸며 봅시다."

주부는 그렇게 말하면서도 이규를 구해 낸 뒤의 일을 근심했다. 그러자 주귀는 그런 동생을 안심시켰다.

"아우야! 차라리 가족들을 데리고 나를 따라 양산박으로 가서 함께 지내는 것이 어떠냐? 오늘 밤 일꾼 둘을 불러 수레 한 대를 구한 뒤에 먼저 처자와 세간 약간을 실어 떠나 보내도록 하고 십 리패 근처의 산 위에 올라가 기다리면 될 게다."

"형님 말씀을 따르겠습니다."

주부가 한참 생각에 잠겼다가 결심한 듯 말했다. 그리고는 식구를 먼저 보내고 음식을 준비하여 새벽 무렵에 길을 떠난 그들은 한적한 산길 길목에 앉아 날이 밝기를 기다렸다. 곧 날이 밝고 멀리서 이규를 잡아 돌아오는 군졸이 보였다. 갑자기 주부가 이도두의 길을 막으며 큰 소리로 말했다.

"제자가 적으나마 정성을 올리려고 왔습니다. 물론 술을 안 드시는 것은 알지만 오늘의 술은 경하드리는 술이니 반 잔만 드십시오."

이운은 마지못한 듯 두어 번 술잔에 입술에 대었다. 그것을 본 주부가 다시 권했다.

"스승님께서 술을 드시지 않더라도 고기는 조금 집어 드십시오."

이운은 별생각이 없었으나 주부가 간곡하게 권유하자 어쩔 수 없이 고기를 받아 먹었다. 이어 주부는 거기까지 따라온 이정이며 마을사람들과 군졸들에게까지 골고루 술을 권했다. 이운은 술과 고기가 군졸들에게 나 돌아간 걸 보고 다시 길을 재촉했다. 그런데 갑자기 군졸들이 움직이질 못하고 모두 나자빠지는 것이었다. 그제야 이운은 자신이 속은 것을 깨달았다. 그 순간 자신도 갑자기 머리가 아찔해지고 다리에 힘이 빠지더니 쓰러지고 말았다.

그때 결박당해 있던 이규가 큰 소리를 한 번 지르며 용을 쓰자 묶였던 밧줄이 툭 끊어져버렸다. 그는 벌떡 일어나더니 땅에 떨어진 칼을 집어들고 사람들을 쫓아 칼질을 해댔다. 이규는 그러고도 분이 안 풀려 씩씩거리며 죽일 사람을 찾아다녔다. 주귀가 그런 이규를 보고 소리쳤다.

"이보게 아우, 상관없는 사람은 해치지 말게."

그제야 이규도 손을 멈추었다. 곧 세 사람은 자기 칼을 든 채 으슥한 샛길을 찾아 달아나기 시작했다. 한참을 걷다가 주부가 문득 두 사람을 보고 말했다.

"아무래도 내가 한때나마 배운 스승인데 이운을 죽게 할 수는 없습니다. 두 분이 먼저 가십시오. 나는 이운에게 함께 양산박으로 가자고 권해 보겠습니다. 그렇게 해서라도 그의 목숨을 구할 수 있다면 나는 배운 은혜를 갚는 셈이 되고 우리도 쫓기는 수고로움을 면하게 됩니다."

주귀도 이에 동의를 하고 먼저 동생의 가족에게 가고 주부와 이규는 이운에게 다시 돌아갔다. 주귀가 그곳을 떠난 후 얼마 되지 않아 이운은 곧 정신을 차렸다. 그는 원래 술을 반 잔만 마셨기 때문에 일찍 깨어났던 것이다. 그는 주부와 이규를 보자 곁에 있던 칼을 들고 이규에게 달려들었다. 이규도 칼을 휘두르며 맞서 싸웠다. 그러나 아무리 싸워도 좀처럼 승부가 나지 않았다. 그때 주부가 칼을 휘두르며 그 둘 사이로 뛰어들며 소리쳤다.

"두 분은 잠깐만 싸움을 멈추십시오, 내가 할 말이 있소."

그러자 두 사람은 칼을 멈추었다. 주부가 이운을 향해 말했다.

"스승님, 제자는 은혜를 잊을 수 없습니다. 그러나 제 형님이 양산박에서 송공명의 명령을 받고 이두령을 보호하러 내려왔으나 이두령이 사부님께 잡히게 되었으니 제 형의 처지가 어려운 지경이 되어 어쩔 수 없이 이런 일을 꾸미게 되었습니다. 이제 많은 사람들이 목숨을 잃고 또 이두령을 놓쳐 사부님께서도 지현으로 돌아갈 수 없게 되었으니 저희와 함께 양산박으로 들어가시는 것이 어떻습니까?"

제자의 말을 듣고 보니 이운 역시 갈 길이 없었다. 더구나 송공명의 명성을 알고 있던 그는 길게 한숨을 쉰 뒤 처자도 없는 몸이라 마침내 이규와 주부를 따라 나섰다. 한참 가니 수레를 보호하며 가던 주귀가 그들을 맞았다.

네 명의 호걸은 주부의 처자가 탄 수레를 보살피며 양산박으로 향했다.

다음날 네 호걸과 주부의 가솔들은 양산박에 이르렀다. 호걸들이 취의청에 둘러앉자마자 주귀는 이운과 동생 주부를 소개했다.

"이분은 기수현의 도두 이운李雲이고 별호는 청안호靑眼虎라 합니다. 그리고 제 동생 주부이며 별호는 소면호笑面虎이지요."

이에 호걸들은 이운과 주부와 인사를 나누었다. 이규도 송강에게 돌아온 인사를 하고 맡겨 두었던 도끼를 되돌려 받았다. 그리고는 가짜 흑선풍이며 호랑이를 잡은 일, 그리고 노모가 돌아가신 일 등 기수현에서 겪은 일을 들려주었다. 이어 소와 말을 잡아 잔치를 벌여 새로운 두 두령을 맞았다. 조개는 이운과 주부를 왼편 백승의 윗자리에 앉게 했다.

오용이 술자리에서 말했다.

"근래에 우리 산채에 영웅 호걸들이 구름처럼 모이니 이것은 조개와 송강 두 형의 덕망이 큰 탓이며 여러 형제들의 복이라 할 수 있습니다. 이제 우리 산채의 세력이 커져서 예전과 같지 않으니 다시 산남, 산서, 산북 세곳에도 주점을 내어 여러 소식을 수집하고 의로운 자들을 받아들이는 한편 조정에서 혹시 관군들을 보내어 조사하는 일이 있다면 곧 대채에 보고하여 그 대비책을 세워야 합니다."

조개와 송강 이하 여러 두령들도 생각하고 있던 까닭에 아무런 반대도 없었다. 곧 오용은 여러 두령들에게 일을 분담시켰다.

하루는 여러 두령들이 취의청에 모였을 때 송강이 문득 공손승의 이야기를 꺼냈다. 공손선생이 계주로 어머니를 만나러 갈 때 백일 안에 돌아오겠다고 약속했는데 날짜가 훨씬 지났음에도 불구하고 아직 돌아오지 않고 있다고 말한 것이다. 그리고는 대종에게 알아보게 하였다.

대종은 송강의 말을 듣고 즉시 길을 떠났다. 그는 갑마 네 장을 양 다리에 붙이고는 신행법을 써서 계주를 향해 길을 떠나 사흘만에 기수현에 도착했다. 그곳에는 아직도 흑선풍과 도두 이운의 실종에 관해 얘기하는 사람들이 많았다. 다시 길을 떠난 대종은 걷던 중에 어떤 사람을 만났다. 손에는 혼철로 만든 필관창을 들고 있었는데 대종의 걸음이 빠른 것을 보고 소리쳤다.

"혹시 신행태보 아니시오?"

대종이 고개를 돌려 그를 보았다. 그는 머리가 둥글고 귀가 크며 콧대가 서고 입이 네모진 것이 범상치 않아 보였다.

"전에 뵌 적이 없는데 어떻게 나를 아시오?"

"제 이름은 양림楊林이라 합니다. 금표자錦豹子 양림이라고도 불리지요. 서너 달 전, 우연히 술집에서 공손승 선생을 만났을 때 조개, 송강 두 분 두령께서 지금 천하의 호걸들을 모으는 중이니 찾아가 보라고 편지를 써 주셨는데 아직 주저하고 있던 중입니다. 두령 중에 하루에 팔백 리를 가시는 신행태보 대종이란 분이 계시다는 말씀을 그때 들었던 터라 지금 형의 걸음걸이를 보고 알아본 것입니다."

"나는 지금 계주로 공손승 선생을 찾아가는 길이오. 마침 잘 되었소. 나와 공손 선생을 찾아 함께 양산박으로 갑시다."

양림이 몹시 기뻐하며 대종에게 절을 하고 형으로 모시기로 했다. 대종은 갑마 네 장을 꺼내 두 장은 자신의 다리에 묶고 두 장은 양림의 다리에 묶어 주어 나란히 계주로 향했다. 그들이 음마천이라는 곳에 도착했을 때 문득 고개에서 북소리가 어지럽게 울리며 백여 명의 도적떼가 달려나와 길을 막았다. 그 중 호걸풍의 사내 둘이 소리쳤다.

"조금이라도 눈치가 있는 놈들이거든 어서 돈을 내놓고 목숨을 빌어라!"

양림은 대종을 보고 빙긋 웃고는 필관창을 꺼내 싸울 태세를 갖추었다. 갑자기 도둑 떼의 두 우두머리 중 하나가 칼을 거두고는 물었다.

"잠깐, 혹시 당신이 양림형이 아니시오?"

양림도 그 말에 상대를 주의 깊게 살폈다. 이윽고 다가온 그들을 알아본 양림이 병기를 거두었다. 그리고는 예를 올리고 대종에게 두 사람을 소개했다.

"이 사람은 개천군 양양부 태생으로 이름은 등비鄧飛입니다. 두 눈이 붉어 남들이 불의 눈을 가진 사자라고 부릅니다. 특히 쇠사슬을 다루는 솜씨가 뛰어납니다. 일찍이 저와 한패로 지낸 적이 있는데 헤어진 지 오 년이 됩니다. 또 옆에 있는 사람은 진정주 태생의 맹강孟康이라고 합니다. 본래 이름난 목수로 배를 잘 만드는데 전에 화석강을 압송하려고 큰 배를 만들 때 상관을 때려죽이고 도망가서 숨어산 지 벌써 여러 해가 됩니다. 보시다시피 이 사람이 허우대가 크고 살결이 희어 남들이 옥번간玉幡竿 맹강이라고 한답니다."

대종과 둘은 서로 예를 갖춰 인사를 한 다음 이런 저런 애기 중에 대종이 물었다.

"그런데 두 분은 언제부터 함께 지내시게 되었소?"

"일 년 남짓 되었습니다. 그런데 한 댓 달쯤 전에는 우리는 배선이란 분을 만나 우리 산채의 주인으로 모셨지요. 그분은 경조부 사람으로 문무에 밝은데다 사람됨이 곧고 밝아 조금도 이치에 어그러진 일은 못 참는 까닭에 철면공목鐵面孔目이라 불리는 분이지요. 그런데 못된 지부 때문에 죄를 쓰고 사문도로 귀양을 가시게 된 것을 알고 저희가 구해 드렸습니다. 두 분께서 저희 산채로 가서 배선 형님을 만나 보시지요."

대종과 양림도 굳이 마다할 이유가 없었다. 오래 가지 않아 등비와 맹강의 산채가 나타났다. 이미 기별을 받은 배선이 달려나와 대종과 양림을 맞았다. 배선은 대종을 정면에 놓인 교익에 앉히고 양림, 등비, 맹강이 차례로 앉은 다음 크게 잔치를 베풀었다. 그때 대종이 그들에게 양산박의 조개와 송강 두 두령의 의지를 전하고 천하의 호걸들이 지금 양산박에 구름처럼 모이고 있다는 말을 전했다. 그러자 배선이 말했다.

"우리 산채에도 삼백의 군마가 있고 양식과 마초도 풍족합니다. 형장께서 우리를 버리지 않는다면 부디 양산박에 추천해 주십시오."

"정말로 그러실 마음이 있다면 미리 짐을 싸두셨다가 내가 양림과 함께 계주로 가서 공손승 선생을 데려오거든 모두 함께 떠나도록 합시다. 모두 관군처럼 꾸미고 밤을 틈타 양산박으로 간다면 별다른 일은 없을 것입니다."

그날 다섯 명의 호걸들은 취하도록 술을 마셨다. 이튿날 대종은 양림과 함께 산에서 내려왔다. 그들이 떠난 뒤 배선은 양산박으로 떠날 준비를 서둘렀다.

양웅과 석수의 의리

대종과 양림 두 사람은 늦어진 길을 보충하듯 새벽부터 저물 때까지 쉬지 않고 걸었다. 갑마의 도움도 있고 해서 둘은 곧 계주성 밖에 이를 수 있었다. 그들은 공손 선생이 출가했기 때문에 성내에 살지 않고 반드시 숲 속이나 촌락에 몸을 숨기고 있을 것으로 판단했다. 이에 두 사람은 먼저 성밖에서 여러 사람에게 공손승이 있는 곳을 물어 보았다. 그러나 아무도 그가 어디 있는지 알지 못했다.

사흘째 되는 날에는 성안을 돌아보기로 했다. 두 사람이 성내의 큰 거리를 걷고 있는데 멀리서 한 떼의 사람들이 북을 치고 피리를 불며 한 남자를 호위하고 있었다. 대종과 양림은 길 옆으로 비켜서서 그들을 바라보았다.

그는 하남 출신 양웅揚雄이었다. 양웅은 숙부가 이곳 부윤으로 있을 때 따라 왔다가 숙부의 뒤를 이어 부임한 부윤 밑에서 형조는 물론 재판관을 겸지하고 있었다. 무술이 뛰어난 그는 얼굴이 누렇다고 해서 병관삭病關索이라 불리우고 있었다.

그는 지금 죄인을 다스리고 돌아오고 있는 중에 그를 아는 사람들로부터 환대를 받고 있는 중이었다. 사람들이 몰려와 그에게 술을 권하고 있을 때 옆 골목에서 일고여덟 명의 군졸이 나타났다. 그 군졸들의 우두머리는 척살양剝殺羊 장보場保라는 자였다. 계주성을 지키는 수비군졸로 돈을 뜯고 괴롭히는 것이 군복만 걸쳤다 뿐이지 거리의 건달패나 다름없었다.

그는 양웅이 사람들에게서 비단이며 예물을 받는 것이 영 마음에 들지 않았다. 그래서 얼큰한 패거리들과 무슨 꼬투리를 잡을 일이 없나 하고 양웅을 지켜보다가 사람들을 헤치고 양웅 앞에 나가 삐딱하게 말을 걸었다.

"이보슈, 절급 양반. 요즘은 어떻게 지내슈?"

양웅은 고개를 돌려 장보를 보고는 술을 한 잔 권했다. 그러나 장보는 술잔은 거들떠보지도 않고 말했다.

"술은 싫으니 돈이나 한 백 관 주시오."

"내가 형씨를 안다 해도 피차에 돈 거래가 없는 터에 갑자기 백 관씩이나 달라니 무슨 말이오."

"오늘 백성들에게서 많은 재물을 빼앗지 않았소? 내게 좀 나눠줘서 안될 것이 뭐요?"

"이 예물은 사람들이 나를 좋게 보아 준 것이오. 그런데 백성을 속여 빼앗았다니……, 무슨 말을 그리 하시오?"

그러나 장보는 그 말에는 대꾸도 않고 저희 패거리를 부르더니 옥졸이 받쳐들고 있던 비단필을 모두 빼앗으려 들었다.

"이 무례한 놈들!"

양웅이 소리를 지르며 비단을 빼앗으려는 군졸을 후려치자 장보의 무리들이 일제히 달려들어 양웅을 좌우에서 붙들어 꼼짝 못하게 하고 양웅을 호위하던 옥졸들에게 주먹질을 했다. 양웅은 그들에게 붙들린 채 꼼짝도 못하고 있었다. 그때 저쪽에서 나무를 한 짐 등에 지고 오던 사내가 그 광경을 보고 달려왔다.

"당신들, 절급 나으리께 무슨 짓들이오."

장보는 그를 향해 달려들며 소리쳤다.

"네 따위가 어디라고 나서느냐?"

그러자 사내는 장보가 미처 손쓸 겨를도 없이 그의 목덜미와 허리를 잡아 번쩍 치켜들고 그대로 땅에 내다 박았다. 그걸 본 다른 녀석들이 그 사내에게 덤볐으나 사내의 한 주먹에 모두 쓰러졌다.

그사이 몸이 빠져 나온 양웅도 합세를 하니 장보와 그의 일행은 모두 달아났다. 성이 난 양웅은 그런 장보를 뒤쫓았다. 그동안도 나뭇짐을 지고 온 사내는 군졸 몇 놈을 상대로 주먹질을 쉬지 않고 있었다.

그때 곁에서 지켜보고 있던 대종과 양림이 나섰다.

"이보시오, 이제 그만하시오."

그리고는 사내를 말려 골목길로 끌고 갔다. 양림은 그를 대신해 나뭇짐을 지고 대종은 그의 팔을 잡아 가까운 술집으로 이끌었다.

"우리 형제는 장사의 의기에 감탄했소. 다만 자칫 사람의 목숨을 해칠까 걱정이 되어 장사를 그 싸움판에서 빼낸 것이오. 이렇게 만난 것도 인연이니 서로 알고 지내는 것이 어떻소?"

몇 잔 술이 돈 뒤 대종이 진작부터 궁금하던 것을 물었다.

"제 이름은 석수石秀라 하오며 고향은 금릉 건강부올시다. 어렸을 적부터 창봉을 배웠고, 옳지 못한 것을 보면 참지 못하고 끼어드는 버릇이 있어 사람들은 저를 반명삼랑拚命三郎이라 부릅니다. 그전에는 숙부를 따라다니며 말 장사를 했는데 어른께서 돌아가신 후에는 본전을 날리고 지금은 나무장사를 하면서 하루 하루를 살아가고 있습니다."

석수가 솔직히 자신을 소개하자 대종이 말했다.

"당신 같은 호걸이 나무나 팔다니……, 세월이 참된 인재를 알아보지 못하는구려. 나도 비록 아는 것은 적지만, 세상꼴이 보기 싫어 양산박의 송공명에게 몸을 의탁하고 있소. 언젠가 때가 오면 우리도 나라를 위해 힘쓸 날이 있을 것이오. 만약 장사께서 뜻이 있다면 내가 천거해 드리겠소."

대종은 자신을 소개하고 뜻을 밝히자, 석수는 대종에게 진심 어린 말로 양산박에 들 수 있게 해달라고 빌었다. 세 사람이 술을 마시며 얘기를 나누고 있을 때 양웅이 이십여 명의 사람을 데리고 달려왔다. 대종과 양림은 정체가 드러난 줄 알고 석수와 훗날을 기약하고 자리를 피했다.

석수는 앞장서 들어오는 양웅을 보며 물었다.

"절급 나으리, 무슨 일로 오셨습니까?"

양웅이 고마움이 담긴 목소리로 말했다.

"형씨, 여기저기 찾아다녔더니 이곳에 계셨구려. 다행히 형씨가 힘을 써

주어 낭패를 면하였소."

양웅은 거듭 감사의 뜻을 전하면서 석수에 대해서 물었고 석수는 숨김없이 털어 놓았다. 곧이어 양웅이 말했다.

"아마도 당신은 이곳에 별다른 친척도 없을 듯하오. 오늘 내가 당신과 형제의 의를 맺고 싶은데 그쪽 생각은 어떻소?"

이 말에 석수도 기뻐하며 양웅에게 네 번 절을 올려 형으로 모시는 예를 올렸다. 양웅은 이런 석수의 시원스러운 성격이 더욱 마음에 들었다. 양웅과 석수는 술잔을 주고받기 시작했다. 한참 술기운이 오르는데 어떤 사람이 대여섯 명을 거느리고 술집으로 들어왔다. 양웅의 장인 반공潘公이었다.

반공은 사위가 장보에게 행패를 당하고 있다는 소식을 듣고 장정을 이끌고 왔던 것이었다. 양웅은 장인에게 석수를 인사시키고 의형제를 맺게 된 사연을 얘기했다. 반공 역시 석수의 생김이 씩씩하고 키가 훤칠한 것이 썩 마음에 들었다.

잔을 주고받는 사이에 세 사람은 어느새 얼큰해졌다. 세 사람이 일어나며 셈을 치를 때가 되어도 양웅은 석수를 놓아 주지 않고 제집으로 데려갔다. 그리고는 양웅의 부인인 반교운에게 인사를 하고는 하룻밤을 지냈다. 다음 날 양웅은 석수가 묵던 객점에 들러 그의 짐을 모두 자기 집으로 옮기게 했다. 형제가 되었으니 한집에 살자는 뜻이었다.

한편 대종과 양림은 다시 공손승을 찾아보았으나 헛일이었다. 이틀을 아무것도 얻은 것이 없이 헤맨 두 사람은 마침내 양산박으로 돌아가기로 하고는 음마천에 들러 배선, 등비, 맹강 세 사람과 양산박으로 향했다.

한편 계주에서는 양웅의 장인 반공은 석수와 함께 다시 푸줏간을 열기로 했다. 석수도 양웅에게 얹혀 살 수도 없는 일이라 반공의 말에 따르기로 했다. 양웅의 집 뒷문 밖은 막대른 골목인데다가 마침 문 옆에 빈 방이 있고 우물이 가까워 가게터로 안성맞춤이었다. 반공은 전에 자기 집에서 일하던 칼잡이를 고용하여 고기며 그릇이며 다듬이돌과 칼을 마련하고 좋은 날을 택하여 가게 문을 열었다.

　세월이 흘러 석수가 양웅과 의형제를 맺고 푸줏간을 연지도 두달이 지났다. 가을도 다 지나간 어느 날, 절에서 도인이 불경을 갖고 나와 그 집 대청에 사당을 만들고 불상과 그릇과 북과 쇠종과 꽃, 등촉을 갖추어 놓았다. 한편 부엌에서는 재에 쓸 음식을 장만하느라 전에 없이 시끌시끌했다. 그날이 바로 반교운의 전 남편 왕압사의 제삿날로 보은사에서 스님을 청해 와 예불을 드리기로 한 것이다. 그날 양웅은 석수에게 당부했다.

　"아우, 나는 오늘 당직이라 돌아오지 못하니 자네가 모든 것을 알아서 해주게."

　"형님, 걱정 마시고 잘 다녀오십시오."

　양웅이 나간 후 곧 보은사에서 중이 왔다. 스님은 반듯하게 잘 생긴 젊은 중이었다. 석수가 스님을 정중히 맞이했다. 반공이 곧 나와 정다운 어조로 반겼다. 석수가 젊은 중에게 차를 권하고 있는데 위층에서 반교운潘巧雲이 내려와 중에게 사례를 했다. 개가를 했다고는 하지만 상복은커녕 엷은 화장까지 하고 있었다.

　불경을 드리러 온 젊은 중은 본래 융선포에서 관리생활을 하다가 출가한 사람으로 이름이 배여해裴如海였다. 그의 사부가 반공의 집에 자주 드나들던 사람으로 배여해도 반공을 의부로 모시고 반교운은 그가 두 살이 위여서 오빠라고 불렀다. 그러나 여염집 부인이 젊은 중을 사형이라 부르고 젊은 중놈이 남의 집 부인을 누이라 부르는 것부터 석수에게는 기에 기슬리는 일이었다.

　그보다 배여해와 반교운은 서로가 바라보는 눈이 심상지가 않았다. 석수는 그들이 몇 마디 얘기를 나눌 때 둘 사이가 보통 사이가 아님을 낌새로 알아차렸다. 곧이어 보은사에서 온 행자가 먼저 불을 밝히고 향을 피우더니 뒤이어 배여해가 여러 중들을 이끌고 들어왔다. 석수가 반공과 함께 그들을 접대하여 차를 마신 후에야 불공이 시작되었다. 배여해는 젊은 중 하나와 함께 자루 달린 방울을 흔들며 제례를 이끌었다.

　반교운은 빗질한 머리에 화장까지 하고 나와 그래도 죽은 전남편의 명복을 빈답시고 향을 사르고 절을 올렸다. 음탕한 중놈은 그 같은 반교운의 교태에 정신이 나간 중에도 방울을 흔들고 소리 높여 염불을 해댔다.

왕압사의 지방을 불태우는 것으로 한차례 제가 끝나자 반공과 석수는 여러 중들을 앉히고 잿밥을 내놓았다. 잿밥을 먹는 중에도 배여해는 연신 반교운에게 눈길을 보내며 음탕한 웃음을 흘렸다. 계집도 비슷한 웃음으로 화답했다. 이어진 둘의 눈길로 정이 끈적끈적하게 흐르는 듯했다. 석수는 배여해와 반교운의 노는 꼴에 배알이 틀릴 대로 틀려 배가 아프다는 핑계를 대고 판자벽 뒤로 자러 들어갔다.

석수가 자리를 뜬 뒤 얼마 안 되어 다시 제가 이어졌다. 그럭저럭 삼경이 되자 중들은 피곤하고 지친 기색을 드러냈다. 그러나 배여해만은 밤이 깊을수록 정신이 맑아지는지 한층 소리 높여 염불을 했다. 발 곁에서 그 모양을 보고 있던 반교운은 욕화로 몸이 달아 더는 견딜 수 없었던지 배여해에게로 다가가 무어라 코맹맹이 소리를 건넸다.

"내일 공덕전을 받을 때, 아버님께 어머님이 돌아가시면서 혈분경을 바쳐 달랬다는 얘기를 하세요. 잊으시면 안 돼요."

"내가 잊을 리 있나."

제는 다음날 새벽이 되어서야 끝이 났다. 양웅이 돌아온 것은 그 다음날 새벽이었다. 아침을 먹고 양웅이 다시 집을 나가려 하자 배여해가 찾아왔다. 반공과 반교운이 그를 안으로 맞아들여 차를 대접하고 지난 밤의 수고를 사례하는 자리에서 반교운이 말을 했다.

"제가 돌아가신 어머님을 대신해 부처님께 혈분경을 바쳐 올리려 했더니 이 오라버님 말씀이 내일 좋다고 하셨어요. 오라버님이 먼저 경을 염하고 계시게 하고 아버님과 저는 내일 아침 느지막이 절로 올라가 예불만 드리면 되지요."

반공은 죽은 마누라를 위한 일이고 평소에 유념하고 있던 일이어서 딴 뜻은 꿈에도 생각하지 못하고 허락했다.

다음 날 양웅이 새벽에 관가로 들어간 후에 반교운은 유별나게 화장을 짙게 하고 옷도 예쁘게 차려 입고 향합과 지촉을 들고 반공과 하녀 영아를 데리고 보은사로 갔다. 엉큼한 중놈은 산문 앞까지 나와 기다리다가 가마가 이르는 것을 보자 기뻐 어쩔 줄 몰라하며 맞아들여 계집과 반공, 영아를 수륙당으로 이끌었다. 계집은 건성으로 죽은 어미를 위해 명복을 빌고 삼보에 예배한 뒤 지장보살 앞에서 증맹참회를 하였다. 향을 사르고 지전을 태움으로써 제가 끝나자 스님들은 모두 잿밥을 먹기 위해 수륙당을 나갔다.

참배가 끝나자 배여해는 그들 부녀를 자기 처소로 청한 뒤 차를 대접했다. 차를 마시고 반공이 일어나려 하자 배여해는 황망히 말렸다.

"아버님이 이곳에 오시기도 어려운 일이거니와 우리 사이가 남도 아니지 않습니까? 국수 한 그릇은 드시고 가셔야지요."

미리 준비가 되어 있었던지 배여해의 말이 떨어지기 바쁘게 어린 중들이 음식을 날라 왔다. 탁자에는 보기 드문 나물이며 귀한 과일과 여러 먹음직한 요리들이 가득해졌다.

"절간에서의 예는 아니지만 정으로 내놓은 거니 변변치 못해도 나무라지 마십시오."

그리고는 술을 가져오게 해 잔을 따르도록 했다. 배여해가 술을 권하자 반공은 마지못해 잔을 들었다. 그러나 잔을 비운 뒤의 표정은 달랐다.

"이거 정말 좋은 술일세. 맛이 참 좋군."

그러나 보기와는 달리 배여해가 내놓은 술은 독하기 짝이 없었다. 계집을 어찌해 볼 생각에 특별히 구해 놓은 술이었다. 빈공은 늙은이라 곧 술을 이기지 못하고 곯아떨어졌다. 반공이 취한 것을 보고는 시중을 드는 어린 중들에게 그를 부축하여 조용한 방으로 모시도록하고 나서 반교운에게 술을 권했다.

"누이, 이제는 마음을 풀고 한잔 들지 그래?"

처음부터 음탕한 마음으로 찾아온 데다 술기운까지 오르자 계집은 벌써 정신이 오락가락해져 해롱댔다.

“내게 자꾸 술을 먹여 어쩌시려는 거죠?”

“내가 누이를 극진히 대접해주려고 그러지.”

영아가 곁에 있는데도 중놈이 이죽거렸다. 계집은 그냥은 더 못 참겠다는 듯 비꼬았다.

“이제 술은 더 못 마시겠어요.”

“그럼 내 방에 가서 사리나 구경이나 하지.”

계집이 해롱거리며 따라 나서자 중놈은 계집을 누각 위에 있는 제 침방으로 데려갔다. 그리고 반교운과 함께 있던 영아를 반공에게 보낸 후 배여해는 방문을 안으로 닫아 걸었다. 그것이 무슨 뜻인지 알면서도 계집은 놀라는 표정도 없이 중놈을 올려보며 겁먹은 소리를 냈다.

“나를 여기 가둬 놓고 어쩌시려고 그래요?”

그러나 배여해는 더 못 참겠다는 듯 와락 교운을 껴안으며 말했다.

“정말 네가 그리웠어. 어렵게 여기까지 왔으니 오늘은 그냥 가지 마라.”

계집이 중놈에게 몸을 던지면서 말했다.

“우리 양반이 가만 있지 않을 거예요.”

이미 색에 달아오를 대로 달아오른 중놈은 그대로 계집 앞에 무릎을 꿇으며 간절하게 졸랐다.

“제발 한 번만 내 뜻을 들어줘.”

계집은 짐짓 눈을 흘겼지만 마음은 이미 기울었다. 그녀가 와락 배여해의 가슴팍으로 쓰러지자 배여해는 계집을 껴안고 침상에 가서 허리띠를 풀고 여자의 옷을 벗기고 육체의 환락에 빠져버렸다. 두 사람은 탐욕에 빠져 부처도 남편도 무서운 줄 모르고 서로의 귀에 대고 농염한 울부짖음을 들려줄 뿐이었다. 영락없이 한 쌍의 짐승처럼 반나절 가까이 침상 위를 뒹굴며 운우雲雨의 정을 나누었다. 몇 차례의 정절이 끝나고 어지간히 욕정이 풀렸는지 비스듬히 계집을 끼고 배여해가 입을 열었다.

“이제 죽어도 여한은 없으나 오늘은 일이 잘되어 잠시 꿈같은 시간을 보냈다만 너와 함께 긴 밤을 보낼 수가 없으니 안타깝구나. 이러다가는 내가 제 명에 죽지 못할 것 같다."

이미 색정이 눈이 뒤집힌 계집이 그런 중놈의 품속으로 파고들며 속삭였다.

"그걸로 너무 괴로워할 것 없어요. 제 남편은 한 달이면 스무날을 밤마다 관가에 가고 없으니 몰래 만나면 될 거예요. 남편이 비번인 날 밤에는 뒷문에 향을 피울 테니 그 날은 맘놓로 집에 오시면 됩니다. 허나 둘다 늦잠이 들었다가 들키면 큰일이니 그때는 누굴시켜 우리 집 뒷문 밖에서 목탁을 치게 하면 되지 않겠어요?"

그 말에 배여해는 크게 기뻐했다.

"참으로 좋은 생각이야. 마침 호도인이란 동냥중이 있는데, 내 말이라면 뭐든 들을 사람이야."

"그럼, 나는 이만 가봐야겠어요. 여기 오래 있다가 남편이 의심이라도 하게 되면 큰일이니까요. 내가 돌아가더라도 약속은 잊지 마세요."

아무 일도 없었던 것처럼 누각을 내려온 계집은 영아를 찾아 반공을 깨우게 했다. 가마꾼들은 술이며 국수며 푸짐하게 대접을 받은 뒤라 느긋한 마음으로 기다리고 있었다.

배여해는 멀쩡한 얼굴로 반교운을 산문 밖까지 배웅했다. 음탕한 계집은 중놈과 은근한 눈짓으로 작별을 하고 가마에 올랐다.

한편 반교운이 산을 내려간 뒤 배여해는 자신의 계집질을 도와 줄 중을 찾았다. 보은사에는 호두타라 불리는 오랑캐 나라에서 온 중이 하나 있었는데, 절 뒤 암자에서 어렵게 지내고 있었다. 배여해는 그 호두타를 제 방으로 불러 술 몇 잔을 대접한 뒤 약간의 은지까지 주었디.

"저는 아무것도 한 일이 없는데 어찌 이같은 은혜를 베푸십니까? 만약 제가 힘이 되어드릴 수 있다면 무엇이든 마다 않겠습니다."

"호도인이 그렇게 말하니 내 속을 다 말하겠소. 실은 내가 반공의 딸과 친해 서로 오가는데, 번거롭지만 매일 산을 내려가 집 뒷문 위에 향이 피워있는지 알려주고 내가 그 집에서 밤을 지내는 날은 오경 무렵쯤 그 집으로 와주시오. 그 뒷문께에서 크게 목탁을 치고 염불을 하면 내가 늦잠으로 낭패

당하는 일이 없을 거요.”

호도인은 좀 뜻밖이다 싶었지만 배여해의 말이라 어쩔 수 없이 들어주었다.

반교운 역시 몸종 영아에게 모든 것을 털어놓고 노리개와 푼돈으로 구슬렸다. 그게 바로 죽는 길인 줄도 모르고 가져 보고 싶던 놀이개 몇 개 얻고 푼돈 몇 푼 얻어 쓰는 재미로 교운의 말에 넘어갔다.

그날도 양웅은 당직이었다. 영아는 곧 교운이 일러준 대로 뒷문 쪽으로 향탁을 내어놓았다. 날이 저물자 계집은 몸단장에 옷까지 갈아입고 배여해를 기다렸다. 초경 무렵 머리에 두건을 눌러쓴 배여해가 뒷문으로 숨어들었다. 그리고는 몸이 달아오른 계집을 껴안고 층계로 올라가 둘은 곧 한덩어리가 되었다. 두 사람은 아교처럼 끈끈하고 착 달라붙어 마음껏 즐겼다. 그 짓에 걸신들린 것들처럼 대여섯 번이나 거듭 즐긴 뒤에 혼절하듯 잠에 빠져들었다. 이윽고 오경이 되자 호두타가 골목에 와서 목탁을 두드리며 염불을 외웠다. 그 소리에 깨어난 배여해는 서둘러 옷을 입고 허둥지둥 방을 나섰다. 그리고는 으스름한 골목길로 바람같이 사라졌다.

그날을 시작으로 계집의 욕정은 불이 일대로 일었다. 그 뒤 양웅이 숙직으로 집을 비우기만 하면 중놈이 어김없이 계집의 방으로 숨어들었고 계집은 그 중놈과 어울려 밤새껏 요란하게 놀아났다. 이렇게 한 달이 흘렀다. 그러나 꼬리가 길면 밟힌다더니 감쪽같다고 믿어 온 계집의 서방질도 곧 들통 날 날이 다가와 오고 있었다.

석수는 아무 일 없었다는 듯 가게 일을 돌보았으나 재를 올리던 날 밤의 일이 늘 마음에 걸렸다. 하지만 서로 엉켜 있는 것을 본 것도 아니라 마음속으로는 의심을 품으면서도 어떻게 해 볼 도리가 없었다. 그런데 매일 아침 오경쯤에 잠에서 깨면 전에 듣지 못하던 목탁소리와 염불소리가 나는 것이었다. 수상함을 느낀 석수는 한번 그 동냥중을 살펴보기로 했다.

섣달 중순 어느 날 새벽에 석수는 또 골목에서 목탁소리를 듣자 방문 틈으로 밖을 내다보았다. 그때 하녀가 뒷문을 열어주자 웬 두건을 뒤집어 쓴 놈이 번개처럼 집안에서 빠져나와 그 동냥중과 함께 사라지는 것이다. 모든 것을 눈치챈 석수는 속으로 한탄하다가 그냥 있을 수 없어 양웅에게 귀띔을 해주기로 마음먹었다.

날이 밝자 석수는 전날처럼 가게를 열고 외상값을 받기 위해 골목을 한바퀴 돌고 나서 곧 관가로 가는 길에 마침 마주오고 있는 양웅을 만났다. 양웅이 뜻밖이라는 듯 석수를 보고 물었다.

"아우, 어딜 가나?"

"외상값을 받으러 나왔다가 형님 좀 뵙고 가려고 왔습니다."

"그래? 요새 관청 일이 바빠 아우하고 술 한잔도 제대로 못 마셨군. 우리 어디 가서 한 잔 하지."

조용한 술집에 자리를 잡은 두 사람은 주인을 불러 술과 안주를 청했다. 석 잔이나 비울 때까지도 석수는 무언가 깊은 생각에 잠긴 듯 말이 없었다. 그리고 곧 석수는 어렵게 입을 열었다.

"형님은 매일 관가에만 계시니 집안에 무슨 일이 있는지 모르십니다. 이런 말씀을 드리기는 정말 거북하지만 형수님은 좋지 못한 여자입니다. 전에 집에서 불공을 드릴 때 배여해란 중놈을 불러온 적이 있지 않습니까? 형수가 그놈과 눈이 맞아 수작이 오가는 걸 제가 모두 보았습니다. 요즘에 웬 동냥중이 새벽같이 우리 골목에 와 목탁을 두드리며 염불을 외지 않겠습니까? 수상히 여긴 제가 오늘 새벽에 엿보았더니 그 중놈이 두건으로 얼굴을 가리고 집에서 빠져나가더군요. 그 여자가 화냥질을 않는다면 밤중에 그 중놈이 집안 어디에 쓰일 데가 있습니까?"

그 말에 양웅은 크게 노했다.

"그 천한 것들이 어찌 감히 이럴 수가 있느냐!"

"형님, 화를 누르시고 오늘 밤은 모든 걸 평소와 같이 보내시고 대신 내일은 숙직이라고 하시고 집을 나가셨다가 삼경이 지나면 집안으로 들이닥치십시오. 그때 내가 뒷문으로 나오는 그 놈을 잡겠습니다. 그걸로 모든 것이 드러날 것입니다."

"아우가 바로 보았네. 그렇게 하도록 하지."

"그리고 한 가지 꼭 지켜야 할 것이 있습니다. 오늘 밤 집에 돌아와서는 절대로 화를 내거나 쓸데없는 소리를 하셔서는 안 됩니다."

그런 얘기가 끝난 뒤에도 두 사람은 몇 잔 더 마시고 술집을 나섰다. 그때 마침 지현 나리가 양웅을 찾는다는 전갈을 받아 양웅은 관가로 갔다. 그날은 봉술 시범경기가 있는 날이었는데, 양웅의 무예 솜씨를 보고 흐뭇해진 지현은 술을 가져오게 하여 큰잔으로 대여섯 잔이나 내렸다. 양웅은 석수와 마시고, 지현이 내린 술로 제법 취했으나 그 자리가 끝난 뒤 함께 있던 사람들이 다시 양웅을 술집으로 끌었다. 그래서 결국에는 취한 채 여러 사람의 부축을 받으며 집으로 돌아왔다.

그가 만취가 되어 돌아오자 하녀는 신발을 벗기고 아내는 두건을 벗기고 건책을 풀었다. 그러나 양웅은 아내를 보자 낮에 석수와 했던 약속을 잊고 크게 소리쳤다.

"더러운 년, 기다려라. 네년은 반드시 내 손으로 죽이고 말겠다."

교운은 깜짝 놀라 감히 대꾸도 못하고 양웅이 제풀에 곯아떨어지기만 기다렸다. 이윽고 잠이 든 양웅은 다음날 새벽이 되어서야 눈을 뜨고 찬물을 청했다. 계집이 말없이 나가 찬물 한 사발을 떠 올렸다. 방안에는 밤새 끄지 않은 등이 그대로 밝혀져 있었다. 물을 마시고 정신이 좀 든 양웅이 석수와의 약속을 떠올리고 계집에게 물었다.

"엊저녁에 내가 무슨 소리는 않던가?"

"당신은 술버릇이 좋아 취하면 그냥 주무셨는데, 어제는 전에 없이 마구 욕을 하시더군요."

그리고는 교운은 소매로 얼굴을 가리며 흐느껴 울었다. 여자의 눈물에 마음이 약해진 양웅은 우는 이유를 물었다.

"말을 않으려 했지만, 당신은 저보다 석수라는 사람만 끼고 도니까……. 그렇지만 말을 않으려니 내가 못 참겠어요."

"석수가 어쨌길래?"

"당신은 그 사람이 외롭다 여기고 형제를 맺은 뒤 집안으로 끌어들였지요. 그런데 그 사람은 내게 해괴한 수작을 하잖아요. 당신이 집에 안들어 오시는 밤에는 나를 붙들고 형님이 오늘 안오시니 잠자리가 쓸쓸하겠다느니 어쩌느니 그런 식으로 말하는 거예요. 헌데 어제 새벽에는 내가 부엌에서 머리를 감고 있는데 이 녀석이 뒤로 와락 달려들어 겨드랑 밑으로 손을 넣고 내 젖가슴을 만지지 뭐예요. 그래서 간신히 속을 눌러 참고 당신이 돌아오기만을 기다렸는데 당신은 취해 돌아오셔서 아우 석수가 어떻다구요?”

악독한 계집은 제가 한 못된 짓을 한마디 변명조차 하는 법 없이 모든 것을 석수에게 뒤집어씌우고 말았다. 양웅은 석수와의 약속 따위는 까맣게 잊고 성나는 대로 중얼거렸다.

“범을 그리는데 가죽은 그릴 수 있어도 뼈는 그리기 어렵고, 사람을 아는데 얼굴은 알 수 있어도 그 마음은 알기 어렵다더니 바로 이를 두고 하는 말이구나. 그런 짓을 해놓고도 도리어 나를 찾아와 배여해가 어떻다고? 그러고 보니 놈의 한 일이 구리니까 그랬구나! 어차피 그놈은 나와 피를 나눈 형제도 아니다. 내쫓고 다시 보지 않겠다.”

그 말을 들은 계집은 속으로 차갑게 웃었다.

날이 밝자 양웅은 장인을 보고 정육점을 그만두라고 말하고 곧 가게에 가서 물건을 모두 때려부수고 나갔다. 바로 석수에게 덤벼 멱살잡이로 끌어내지 않는 것만도 양웅으로서는 참고 참은 것이었다.

한편 석수는 그런 줄도 모르고 그날도 날이 밝는 대로 고깃간으로 나갔다. 그런데 가게문을 열어 보니 엉망이었다. 석수는 곧 일이 어떻게 되었는지를 깨달았다.

‘형님이 취중에 한 말을 듣고 그 년이 내가 그와 다시 만나 사실을 따져보는 것을 막을 수 있도록 나를 모함했구나. 허나 여기서 내가 굳이 일을 밝히려 들었다간 형님만 모양이 흉하게 될 테니 우선 이 집에서 나가야겠다.’

석수는 보따리를 꾸리고 반공에게 하직 인사를 했다. 반공은 서운했으나 사위가 하는 일이라 그를 붙잡지 못했다. 석수는 가까운 동네에 방을 얻어 매일 양웅의 집 근처를 돌며 동정을 살폈다. 사흘 째 되는 날 밤, 때마침 양웅이 숙직이었다.

석수는 처소로 돌아와 불을 끄고 자리에 누웠다. 잠에서 깨어나자 사경이었다. 그는 칼을 차고 객점을 나와 양웅의 집 뒷골목으로 갔다. 골목 밖에서 기다리자 오경에 한 행자가 목탁을 들고 골목 앞에서 서성거렸다. 석수는 번개같이 그의 등뒤로 달려들어 놈의 어깻죽지를 잡고 칼을 목덜미에 디밀었다.

"이놈, 내가 묻는 말에 대답해라. 배여해가 네게 무슨 일을 시키더냐?"

"목숨만 살려주십시오. 그러면 모든 걸 말씀드리겠습니다."

"어서 말을 해라!"

"배여해는 내게 매일 밤 이 집 뒷문께에 향탁이 놓여 있나 확인을 해 알려달라고 했습니다. 그리고 새벽 오경에는 목탁을 치며 염불을 외워 자신을 깨워달라 했습니다. 이제 제가 목탁을 두드리면 나올 겁니다."

"그렇다면 먼저 네놈의 옷과 목탁을 좀 빌려야겠다."

행자가 옷을 벗어주자 석수는 그를 한 칼에 죽이고 목탁을 두드리며 양웅의 집 뒷문께로 다가갔다. 그러자 배여해는 반교운과 이불 속에서 알몸으로 있다가 목탁소리를 듣고 깜짝 놀라 급하게 옷을 주워 입고 달려나왔다. 중놈이 뒷문으로 뛰쳐나오는 것을 보고 석수는 더 세게 목탁을 두들겼다. 그러자 배여해가 소리 죽여 나무랐다.

"내가 나왔는데 왜 그리 시끄럽게 두들기는 겐가?"

석수는 순간 배여해의 덜미를 쳐서 땅에 쓰러뜨리고 나직이 소리쳤다.

"이놈아, 끽 소리 말고 어서 순순히 옷을 벗어라."

그때 배여해는 비로소 그가 석수인 줄 알아보고 놀라 꼼짝못하고 시키는 대로 옷을 벗었다. 섣달 새벽에 알몸이 된 배여해는 두려움과 추위로 벌벌 떨며 얼이 빠져 서 있었다. 이때 석수는 허리춤의 칼을 빼어 서너 번의 칼질로 배여해를 죽였다. 그리고는 피 묻은 칼을 호두타 곁에 던져 두고, 두 사람의 옷을 싸말아 객점으로 돌아갔다.

그날 보은사의 중 배여해와 행자가 길거리에서 발가벗고 칼에 맞아 숨진

이야기가 계주성 안에 떠들썩했다. 관가에서 있던 양웅은 마음속에 깨달은 것이 있었다.

'이 일은 틀림없이 석수가 저지른 것이다. 내가 잠시 계집의 말에 넘어가 공연히 그를 의심한 것 같구나. 오늘 틈이 나거든 그를 찾아보고 사실을 알아봐야겠다.'

그리고는 관아를 나섰다. 그런데 그가 미처 관아 앞 다리를 건너기도 전에 석수가 보였다.

"아우, 그러잖아도 어딜 가서 자네를 찾나 걱정하고 있던 중이었네."

"그럼, 제가 거처하는 곳으로 가시지요. 할 말이 있습니다."

석수도 양웅을 찾아 나선 길인 듯 그러면서 자신이 묵고 있는 객점으로 양웅을 데려갔다. 아무도 없는 방안에 마주앉자 양웅이 부끄러운 듯 말했다.

"내가 어리석었네. 그날 취중에 섣불리 입을 놀리고 요사스런 계집 말에 속아서 공연한 의심을 두었던 것이네. 부디 마음을 풀게."

"제가 비록 재주 없는 소인이지만, 남아올시다. 어떻게 그런 못난 짓을 하겠습니까? 그리고 오늘 이렇게 형님을 찾은 것은 형님이 앞으로 다시 간사한 꾀에 넘어가 해를 입으실까 걱정이 되어서입니다. 제 말이 거짓이 아니라는 증거를 보여드리지요."

석수는 배여해와 호두타의 옷을 꺼냈다.

"그 두 놈의 옷입니다. 제가 벗겨 왔지요."

양웅은 그것을 보자 화가 머리끝까지 치밀어 올랐다.

"내가 오늘 밤에는 기어코 이 더러운 년을 요절낼 것이다."

"형님, 또 이러시는군요. 직접 서방질하는 것을 잡지도 않고서 어떻게 사람을 죽인단 말씀입니까? 그러지 말고 내 말을 들으십시오. 내일 아침 동문 밖 취병산으로 그 계집과 영아년을 함께 데리고 오십시오. 제가 산에 가서 기다리고 있다가 그것들과 얼굴을 맞대고 옳고 그름을 밝혀 보겠습니다. 그래서 모든 것이 밝혀지거든 그때 인연을 끊고 그 계집을 버리도록 하십시오."

애기를 마친 후 양웅은 관청으로 돌아가 일을 보고는 저물어서야 집으로 돌아갔다. 그날 밤 집에서도 양웅은 평소와 다름없이 지내고는 다음 날 아침 계집에게 말했다.

"어젯밤 꿈에 신인이 나타나 나를 나무라더군. 왜 전처럼 산에 와 빌지 않느냐는 거야. 오늘 마침 좀 한가로우니 한번 가볼까 하는데……, 함께 가자구."

"당신 혼자 다녀오세요. 제가 가서 뭐하겠어요?"

"내가 산에 가 빌려는 건 당신하고 혼인할 때 마음에 정했던 거야. 당신도 함께 가야 돼."

그러자 계집도 더는 마다하지 못하고 따르기로 했다. 취병산은 계주성 동문 밖 이십 리에 있는 산으로 사람들이 함부로 무덤을 써서 산이 온통 공동 묘지처럼 되어 있었다. 다만 꼭대기 서편으로 푸른 버드나무숲이 우거져 있고 절은커녕 제대로 된 암자 하나 없었다.

산중턱에 이르자 양웅은 가마꾼들에게 가마를 세우게 하고는 계집과 영아를 데리고 산을 오르기 시작했다. 야트막한 산등성이를 네댓 개 오르자 먼저 와 앉아 있는 석수가 양웅의 눈에 들어왔다. 양웅은 계집을 잡아끌 듯 오래된 무덤 뒤로 데려갔다. 그때 석수가 칼과 몽둥이는 나무 뒤에 감춰 둔 채 나타났다. 교운은 석수를 보자 당황해 어찌할 줄 몰랐다.

"여기서 형수님이 오시길 기다리고 있었습니다."

양웅이 굳은 얼굴로 끼어 들어 계집을 보고 말했다.

"전에 이 사람이 당신에게 수작을 붙이고 손으로 젖가슴을 만졌다고 했지. 오늘 이 자리에서 두 사람이 얼굴을 맞대고 그걸 깨끗이 밝혀 보자구."

석수는 곧 자신이 가지고 온 보따리를 풀었다. 안에서 나온 것은 배여해와 호두타의 옷이었다. 석수가 그것을 계집에게 보이며 물었다.

"이 옷이 누구의 것인지 알아보시겠소?"

그걸 본 계집은 낯이 빨개지며 대꾸를 못했다. 석수가 칼 한 자루를 양웅에게 주면서 말했다.

"이일은 영아에게 물어보면 금방 아실 겁니다."

양웅은 곧 영아의 머리칼을 움켜쥐어 무릎을 꿇여앉힌 뒤 소리쳐 물었다.

"이 년 바른대로 말해라! 한 마디라도 거짓을 섞었다간 죽을 줄 알아라."

영아는 겁에 질린 채 모든 사실을 처음부터 끝까지 남김없이 털어놓았다. 그제서야 계집도 더는 감출 수 없다는 것을 깨닫고 바들바들 떨며 빌었다.

석수는 양웅에게 말했다.

"오늘로 모든 것이 밝혀졌습니다. 이제 형님 뜻대로 하십시오."

"아우는 저 년의 옷을 죄다 벗기게. 그 뒤는 내가 알아서 하지."

석수는 아무 말 없이 양웅이 시키는 대로 했다. 그러자 양웅은 치마끈을 찢어 계집을 나무에 묶었다. 석수는 다시 영아의 머리채를 잡고 칼을 빼들어 양웅에게 어찌할 지를 물었다.

"아우가 알아서 하게."

양웅이 두 번 생각할 것도 없다는 듯 말하자, 영아는 그제서야 다급히 소리를 질러댔다. 그러나 그전에 석수의 한칼이 영아를 두 동강내고 말았다.

나무에 묶인 채 영아의 죽음을 본 교운은 석수를 향해 애처롭게 말했다.

"도련님, 좀 말려 주세요."

석수가 싸늘하게 말했다.

"그건 니기 할 수 있는 일이 아니오."

축가장

양웅은 계집의 혀를 한칼에 잘라 버리고, 소리조차 지를 수 없게 된 계집을 향해 말했다.

"이 더러운 것아! 그 혀로 우리 형제의 정을 갈라놓았을 뿐만 아니라 나중에는 내 목숨까지 해치려고 했겠다? 내 이 자리에서 네 년을 죽이고 네 오장육부가 어떻게 생겼는지 봐야겠다."

말을 마치자 그는 칼로 반교운의 가슴 한복판을 찔러 배꼽 아래까지 내리긋고 오장육부를 꺼내어 소나무 가지에 걸어놓은 뒤 계집의 몸을 일곱 토막으로 갈라놓았다. 반교운을 죽인 후 양웅은 석수에게 말했다.

"샛서방과 화냥년을 죽였으니 떠나야지. 그런데 이제 우리 두 사람은 어디로 가야 할지……."

석수가 미리 생각해 둔 곳이라도 있는지 선뜻 받았다.

"형님도 사람을 죽였고, 저도 사람을 죽였습니다. 양산박의 송공명은 널리 인재를 모으고 호걸을 받아들인다고 했으니 우리를 받아줄 것입니다."

"아우도 알다시피 나는 관직에 있지 않았나? 그 사람들이 그것을 의심하지 않을까 걱정이네."

"송강 그분도 압사출신이니 형님은 마음놓으십시오. 그리고 제가 형님을 낭패에서 구할 때 신행태보 대종을 만났었지요. 그때 그분은 제게 은자 열 냥을 주면서 양산박으로 가자고 했으니 지금도 받아줄 것입니다."

석수의 말에 양웅은 그의 뒤를 따랐다. 그러나 그들이 미처 몇 발자국 떼어놓기도 전에 문득 소나무 뒤에서 한 사나이가 나와 큰 소리로 외쳤다.

"이 밝은 세상에 사람을 죽이고 양산박으로 가려 하다니? 내 너희들의 얘기를 엿들은 지 오래다."

양웅과 석수가 깜짝 놀라 돌아보니, 언젠가 양웅에게 은혜를 입은 적이 있는 시천詩遷이라는 좀도둑이었다. 양웅이 놀라서 시천에게 물었다.

"자네가 여기는 웬일인가?"

"실은 제가 요즘 살길이 없어 남의 무덤을 파헤치며 그럭저럭 살아가던 중에 오늘 뜻하지 않게 형님이 행하신 일과 말씀을 엿듣게 되었습니다. 저도 두분을 따라 양산박으로 가고 싶으니 부디 데리고 가주십시오."

이에 석수가 양웅을 대신해서 허락했다. 양웅, 석수, 시천 세 사람은 샛길로 취병산을 빠져 나와 양산박으로 향했다.

한편 산밑에서 기다리던 가마꾼들은 붉은 해가 서산으로 기울도록 아무도 돌아오지 않자 양웅 일행을 찾아나섰다. 가마꾼들이 어둑해 오는 산길을 거슬러 올라가니 오래된 무덤가에 반교운과 영아의 시체가 보였다. 이에 놀란 가마꾼들은 내려가서 반공에게 알렸다. 반공은 끔찍한 소식에 잠시 넋을 놓다가 관가로 달려갔다.

반공의 신고로 지부는 곧 관원을 취병산으로 보내 반교운과 영아의 시체를 살펴보게 하고 그 곁에서 나온 옷을 보고 배여해와 호두타의 죽음이 생각이 났다. 그날로 양웅과 석수를 잡으라는 공문을 계주 각 고을에 붙였다.

그 무렵 양웅과 석수는 시천을 길잡이로 삼아 벌써 계주 경내를 벗어나 있었다. 길가에서 밤을 세우고 새벽에 길을 떠나니 하루만에 운주에 이르렀다. 이미 계주를 벗어난 뒤라 소금 마음이 놓인 세 사람은 주막을 찾았다. 그런데 이상하게도 처마 밑에 여남은 자루의 박도가 걸려 있었다.

석수는 궁금이 여겨 머슴에게 물었다.

"이 주막에는 왜 저런 물건들을 걸어 두었나?"

"주인어른이 하신 일입지요."

머슴이 당연하다는 듯 말하자 석수가 다시 물었다.

"주인이 어떤 분이시길래?"

"손님, 아직 이곳의 이름도 모르십니까? 앞에 있는 저 높은 산은 바로 독룡산獨龍山이고 산 앞의 높다란 언덕이 바로 독룡강獨龍岡입니다. 주인어른의 집은 그 위에 있는데, 둘레가 삼십 리나 되는 장원으로 축가장祝家莊이라 부르지요. 장주어른의 성함은 축조봉祝朝奉이고 세 아들은 '축씨네 세 호걸'로 불립니다. 또 장원 앞뒤로 육칠백 호가 사는데 모두 축씨네 소작인들로, 집집마다 저런 칼을 두 자루씩 가지고 있습니다. 이 주막도 마찬가지지요."

석수가 다시 물었다.

"그 무기들은 어디에 쓰려고 그러나?"

"이곳은 양산박에서 멀지 않은 곳이기에 미리 대비하고 있는 것입니다."

세 사람이 하룻밤을 묵어가게 된 여관은 축가점으로 늘 장정들 수십여 명이 묵어가기 때문에 칼들이 여느 집보다 많다는 것이었다. 세 사람이 저녁 식사를 주문했으나 여관에는 먹을 것도 술도 다 팔리고 없었다. 그런데 시천이 어느 틈에 여관의 부엌으로 들어가 술과 닭 한 마리를 훔쳐왔다.

그때 술집의 머슴이 세 사람에게서 무슨 냄새를 맡았는지 잠도 안 자고 기어나와 부엌에 가보니 닭털과 닭머리, 뼈다귀가 보였다. 녀석은 곧 양웅 일행이 묵고 있는 방으로 와서 닭을 내놓으라고 떼를 썼다. 양웅 일행은 닭값을 물어주려 했으나 머슴이 계속 살아 있는 닭을 내놓으라며 떼를 쓰자 석수도 화가 났다.

"이놈아, 누굴 놀리려 들어? 이 어르신네가 한 푼도 물어 주지 못하겠다면 어쩔테냐?"

"이 주막이 어떤 곳인지 알고나 그런 소리를 하시오? 당신들을 장원으로 끌고 가기만 하면 당장 양산박의 도적떼로 몰아 관가에 넘기로 말 거요. 이곳은 딴 주막과는 다른 곳이란 말이오!"

"그래, 좋다. 내가 바로 양산박에서 온 호걸이다. 어디 한번 나를 잡아가 상을 청해 봐라!"

석수가 더 참지 못하고 그렇게 버럭 소리를 질렀다. 양웅도 성이 나서 거들었다.

 "우리는 좋은 뜻에서 돈이라도 몇 푼 물어 주려 했더니……, 뭐라구? 우리를 잡아가겠다구?"

 그러자 머슴이 갑자기 소리를 질러댔다.

 "도둑이다!"

 머슴의 고함소리에 갑자기 안에서 벌거숭이 장정 네댓이 달려나왔다. 그들은 자세한 내막을 묻지도 않고 대뜸 석수와 양웅에게 덤벼들었다. 돌뭉치 같은 주먹을 몇 번 휘두르자 장정들은 모두 한 주먹씩 얻어맞고 주저앉았다.

 그걸 보고 머슴이 또 다시 고함치려 하자 시천이 주먹으로 녀석의 입을 막았다. 장정들이 못 당하겠다 싶어 뒷문으로 내빼자 양웅과 석수는 사람들을 불러올까 염려되어 급히 요기를 하고 주막에 불을 지른 후 길을 나섰다. 그러나 문득 앞뒤에 수많은 횃불들이 나타나 그들을 포위했다. 그 무리가 수백 명에 이르렀다.

 양웅이 앞장을 서고 석수는 뒤를 끊고 시천은 가운데 서 칼을 휘두르며 머슴의 무리들과 싸웠다. 상대가 누군지도 모르고 불려 나온 장원의 머슴들은 처음엔 겁 없이 창과 뭉둥이를 휘두르며 덤벼들다 양웅이 날랜 솜씨로 예닐곱을 베어넘기자 먼저 앞을 막고 있던 패거리가 놀라 달아났다. 이어 뒤를 쫓던 패거리도 석수의 솜씨에 놀라 내빼기 시작했다.

 세 사람은 달아나는 그들을 뒤쫓아갔다. 그때 갑자기 함성이 크게 일더니 마른 풀숲에서 살고리가 뻗쳐 왔다. 불행이도 시천이 그 길고리줄에 감겨 풀더미로 덮어 둔 구덩이 속으로 끌려 들어갔다. 양웅과 석수는 시천이 뒤쫓는 놈들의 손에 넘어간 걸 보고는 더이상 싸울 마음을 잃었다.

 "아무래도 시천을 구하기는 틀린 것 같군. 어디든 길을 찾아 이곳을 빠져나가고 보세."

 두 사람은 횃불들에서 멀리 떨어진 샛길로 몸을 날려 그저 길만 따라 동쪽으로 무턱대고 달렸다. 장원의 일꾼들은 사방을 뒤져 봐도 두 사람이 없자 뒤쫓기를 멈추고는 다친 저희 편을 부축하고 시천을 묶어 앞세운 채 축가장으로 돌아갔다.

한편 양웅과 석수는 정신없이 달아나다가 새벽을 맞았다. 지치고 목마르던 양웅과 석수는 주막에 들러 짐을 풀고 술과 음식을 시켰다. 그들이 술을 마시고 있을 때 누추한 사내가 들어오다가 양웅을 보고 깜짝 놀랐다.

"아니! 은인께서는 무슨 일로 이런 곳에 오셨습니까?"

그는 양웅 앞에 다가와서 고개를 숙였다. 그는 중산부 태생으로 이름은 두흥杜興이었다. 그의 생김새가 누추하다고 해서 사람들은 그를 귀검아鬼臉兒라고 불렀다. 그는 작년에 계주에서 시비 끝에 장사꾼을 때려죽이고 관가에 잡힌 것을 양웅이 빼 준 적이 있었다. 양웅은 두흥에게 급한 사정을 얘기하였다.

"그러시다면 제가 도움이 될 수 있을 것입니다. 제가 그 시천이라는 사람을 구해 오지요."

양웅이 기쁨을 감추지 못하여 두흥의 손을 잡아끌었다.

"아우, 여기 잠시 앉아 한잔하면서 얘기하지."

두흥도 마다 않고 술자리에 끼어 앉았다. 양웅이 그런 두흥에게 술잔을 돌리고 자신도 잔을 들었다. 몇 잔 마신 두흥이 먼저 자신의 처지부터 밝혔다.

"제가 계주를 떠나 고향으로 돌아가는 길에 우연히 어떤 나으리 한 분을 만나게 되어 지금은 그 집을 관리하며 편하게 지내게 되었답니다."

"그 나으리라는 이가 누군가?"

"이 독룡강 앞에 촌 마을 셋이 있는데 하나는 은인께서 곤욕을 치르신 축가장이요, 그 서쪽에 호가장扈家莊, 동쪽에는 이가장李家莊이 있습니다. 이 세 집에서 거느린 장정들만도 일만여 명인데 그 중 축가장이 가장 큽니다. 장주태공 축조봉에게는 아들 삼형제가 있는데 큰 아들은 축룡祝龍, 둘째 아들은 축호祝虎, 셋째 아들은 축표祝彪로, 이들을 소위 축씨네 삼걸이라고 합니다. 그 외에 군사 교관 난정옥欒廷玉이라는 뛰어난 장수가 한 사람 있습니다. 다음 호가장의 장주 호태공에게는 비천호飛天虎 호성扈成이란 아들과 일장청一丈靑 호삼랑扈三娘이라는 딸이 있는데, 호삼랑은 일월쌍도를 잘 쓰는 여걸입니다. 또 동쪽에는 지금 제가 몸을 의지하고 있는 이응李應이라는 분이 계시는데 쇠창을 잘 쓰십니다. 그 분은 등에 칼 다섯 자루를 감추고 다니며 백보 밖의 표적을 정확히 맞추는 참으로 신출귀몰한 솜씨를 가졌습니다. 이곳 세 촌장들은 자위책으로 생사를 함께 하자는 맹세를 한 사이입니다. 두 분께서 저와 함께 가셔서 나으리께 말씀을 드리면 축가장에 가서 그 사람을 빼올 수 있을 것입니다.”

그 말을 듣고 양웅이 물었다.

“그럼 자네가 말하는 그 나으리는 박천조撲天鳥라고 알려진 이응이란 분 아닌가?”

“그렇습니다. 바로 그 분입니다.”

석수도 곁에서 아는 체를 했다.

“그 분 이름은 나도 들은 적이 있소. 천하의 호걸이 이곳에 살고 있는 줄 몰랐습니다. 가서 만나 보기로 합시다.”

세 사람은 곧 이가장으로 갔다. 두흥이 두 사람을 잠시 장원 밖에서 기다리게 하고 안으로 들어가더니 잠시 후에 주인 이응이 나와서 그들을 맞았다. 양웅과 석수가 눈을 들어 보니 이응은 송골매 같은 눈과 제비턱에 원숭이 팔을 가진 호남아였다. 두흥이 시천을 풀어줄 수 있느냐고 부탁하자 이응은 즉시 편지 한 장을 써서 도장을 찍은 다음 부주관을 불러 축가장에 가서 시천을 데려오라 명했다. 양웅과 석수는 이응에게 예의를 갖추어 사례하고 창법에 관해서 얘기를 나누었다. 잠시 후에 시천을 데리러 간 부주관이 돌아왔다. 이응이 그를 불러 물었다.

“데리러 갔던 사람은 어디 있느냐?”

“제가 축조봉 어른께 편지를 바쳤더니 그 어른은 놓아 보낼 뜻이 있으신 듯했습니다. 그런데 축씨 삼형제가 들어와 화를 내며 답장도 주지 않고 사람도 놓아주지 않더군요. 관청으로 끌고 가겠다는 겁니다.”

이에 이응은 두흥에게 다시 편지를 써서 빠른 말 한 필을 주어 다녀오게 했다. 그러나 기세 좋게 장원을 출발한 두흥은 날이 저물어서야 쫓기듯 돌아왔다. 그리고는 화를 누르며 입을 열었다.

"제가 나으리의 글을 가지고 축가장 앞에 이르니 축룡, 축호, 축표 삼형제가 문앞에 앉아 있었습니다. 인사를 하자 축표가 무엇하러 왔느냐며 고함을 질렀습니다. 저는 공손하게 허리를 굽히고 나으리의 편지를 가져왔다고 말씀드렸지요. 그러자 축표는 '네 주인은 사람의 도리조차 모르느냐? 아침에도 웬놈을 보내 양산박 도둑 시천이란 놈을 풀어 달라더니, 또 다시 네 놈을 보내어 어쩌겠다는 것이냐?' 라고 말하고는 편지는 보지도 않고 찢어버리면서 거리낌없이 '너희 주인 이응이란 놈도 잡아다가 양산박 도둑놈들과 한패로 관가에 끌고 갈 테다' 라고 소리쳤습니다. 저는 할 수 없이 말에 올라 돌아오기는 했지만 어찌나 분통이 터지는지 도중에 숨이 막혀 죽는 줄 알았습니다. 이제 보니 의리라고는 티끌만큼도 없는 놈들입니다."

그 말을 듣고 이응은 화가 머리끝까지 치밀어 올라 참을 수가 없었다.

"어른신, 참으십시오. 저희들 때문에 좋던 의를 상해서야 되겠습니까?"

곁에 있던 양웅과 석수가 말렸으나 이응은 곧 방으로 들어가 금장식 된 갑옷에 짐승의 얼굴이 새겨진 엄심갑掩心甲을 걸치고 나왔다. 허리에 다섯 자루 비도를 꽂고 손에는 점강창을 잡은 뒤 투구를 쓰고는 장원의 날랜 용사 삼백 명을 불러모으고 두흥에게는 말 이십여 기를 이끌고 뒤따르게 했다. 양웅과 석수도 칼을 들고 그런 이응을 뒤따랐다.

본래 축가장은 독룡강 위에 있었다. 사면은 뱃길이고 돌로 삼층 축성을 쌓아 튼튼하기도 하려니와 그 높이도 두길이 넘었다. 또한 앞 뒤에 문과 다리가 있고 성 주위에는 창 칼 무기들을 꽂아놓고 문루에는 북과 징이 있었다. 해질 무렵에 축가장 앞에 도착한 이응은 큰소리로 외쳤다.

"축씨네 세 아들은 들어라! 너희가 감히 이 어르신네를 조롱했느냐?"

그 말이 떨어지자 문이 열리며 축표가 오륙십 기의 인마를 이끌고 나왔다. 이응은 축표를 보자 화가 치솟아 그에게 외쳤다.

"네 이놈! 나는 네 부친과 생사고락을 맹세해 온 터에 내가 편지까지 써서 부탁했건만 네 놈은 어찌 감히 내 이름을 욕되게 하였느냐?"

축표도 지지 않고 맞섰다.

"시천이란 놈이 제 입으로 이미 양산박 도적이라고 실토를 했다. 더 이상 구차한 변명은 하지 마라. 내가 이대로 돌아간다면 모르지만 아니라면 너까지 잡아서 관가에 바칠 것이니 그리 알아라."

이응이 크게 노하여 창을 잡고 뛰쳐나가자 축표도 겁내는 기색 없이 맞섰다. 밀고 밀리고, 치고 받으며 두 사람이 부딪치기를 스무 합만에 축표가 달아나자 이응이 그 뒤를 쫓아갔다. 축표는 달아나면서 창을 말안장에 꽂고는 왼손으로 활을 들어 이응을 향해 활을 힘껏 쏘았다. 이응이 급히 몸을 숙여 피하려 했지만 축표가 쏘아 보낸 화살은 어김없이 이응의 팔에 와 꽂혔다.

양웅과 석수는 이것을 보자 곧 벽력같이 소리를 치며 축표와 맞섰다. 그들이 몇차례 맞붙었으나 축표가 다시 달아나자 양웅은 그가 탄 말의 뒷다리에 한칼을 먹였다. 그러자 말이 앞발을 번쩍 들고 곤두서는 바람에 축표는 하마터면 말에서 떨어질 뻔했다. 그것을 본 축표네 사람들이 어지럽게 화살을 날리자 갑옷을 입지 않은 두 사람은 달아날 수밖에 없었다. 그 사이에 두흥은 이응을 말에 태워 부축하고 군사를 거두어 돌아갔다. 그는 이응의 상처에 금창약을 붙여 간호한 후 앞으로의 대책을 의논했다.

"나으리께서 이같이 욕을 본 데다 화살까지 맞았으니 시천은 구해내지도 못하고 니으리께 누명만 끼친 셈이구려. 이렇게 된 이상 우리 두 사람이 양산박으로 가서 조개와 송강 두 두령에게 이 사실을 알려 나으리의 원수도 갚고 시천을 구해 내는 것이 좋겠소."

양웅과 석수가 이렇게 말하자 두흥도 고개를 끄덕였다. 이에 두 사람은 이응을 찾아보고 자기들의 뜻을 전하고는 이가장을 떠나 양산박으로 향했다. 두 사람은 며칠 안 되어 양산박 근처의 석용이 맡아 보는 주막에 이르렀다. 양산박으로 가는 길을 묻자 석용은 그들을 눈여겨 보았다. 그리고는 되물었다.

"두 분은 어디서 오시는 분들입니까? 양산박 가는 길은 무엇 때문에 물으시는지요?"

"우리는 계주에서 왔습니다만……"

"혹시 당신이 석수라는 분이오?"

"그렇소만 어떻게 저의 이름을 아시는지요."

석용이 공손히 말했다.

"전에 대종 형님께 들은 것이 있어서 알게 되었습니다. 이제 산채로 오시게 되었으니 참으로 반갑습니다."

석용은 일꾼을 시켜 두 사람에게 술과 안주를 대접하게 해놓고 자신은 물가의 정자에서 소리나는 화살 한 대를 쏘았다. 그러자 건너 언덕 갈대숲에서 졸개 하나가 배 한 척을 저어 왔다. 석용이 화살에 매단 편지로 알린 까닭에 대종과 양림이 산위에서 내려와 두 사람을 맞았다.

예를 마친 뒤 네 사람이 산 위에 이르니 여러 두령들이 모두 취의청에 모여 있었다. 대종과 양림은 양웅과 석수를 조개와 송강을 비롯한 여러 두령에게 차례로 인사시켰다. 예가 끝나자 양웅과 석수는 각기 자기들이 양산박까지 오게 된 경위를 얘기하면서 축가장에서 있었던 일을 보고했다.

들고 난 조개가 벌컥 화를 내며 소리쳤다.

"여봐라, 우선 저 두 놈부터 끌어내 목을 베어라!"

송강이 조개를 말렸으나 조개는 여전히 성난 기세로 졸개들을 재촉했다.

"우리 양산박의 호걸들은 왕륜을 내쫓은 뒤 모두 충의를 으뜸으로 삼고 백성들에게 널리 은덕을 베풀려고 애써 왔소. 그런데 저놈들은 양산박 호걸들의 이름을 빌려 닭을 도둑질해 먹은 까닭에 여기 있는 우리들까지 앉아서 욕을 먹게 하였소. 먼저 두 놈의 목을 베어 그 목으로 군기부터 세워야겠소."

송강은 거듭 말렸다.

"형님, 그렇지 않습니다. 잠시 화를 누르시고 달리 생각해 보십시오. 그 시천이란 자는 저 사람들과 같은 류가 못 됩니다. 축가장과 시비를 일으키게 된 것은 그 자이고, 저 두 사람이 우리를 욕되게 한 것은 아닙니다. 그리고 마침 우리 산채는 인마가 많이 늘어 식량이 넉넉하지 못합니다. 우리가 저희를 건드린 적이 없는데, 제놈들이 저토록 무례하니 어찌 그냥 둘 수 있겠습니까? 이 일을 제게 맡겨 주시면 산을 내려가 축가장을 치겠습니다. 그렇게 하면 산채의 위엄도 세우고 양식을 얻을 수도 있으며 이응을 산채로 데려올 수 있게 됩니다.”

오학구와 대종도 곁에서 송강을 거들었다. 양웅과 석수도 스스로 잘못을 빌자 조개는 양웅과 석수에게 양림 다음 자리를 내주고는 잔치를 벌였다. 그리고 날이 저물도록 술을 마시며 축가장을 칠 계획을 세웠다.

축가장을 치는 인마는 두 패로 나뉘었다. 한패는 송강이 화영, 이준, 목홍, 이규, 양웅, 석수, 황신, 구붕, 양림과 삼천의 졸개에 마군 삼백을 이끌고, 다른 패는 임충이 진명, 대종, 장횡, 장순, 마린, 등비, 왕왜호, 백승과 역시 삼천 졸개와 삼백 마군을 거느리고 산을 내려갔다. 송강이 이끄는 부대가 먼저요, 임충이 이끄는 부대가 뒤따라 내려가 앞뒤에서 호응키로 했다.

양산박을 떠난 송강과 두령들은 오래지 않아 독룡강에 이르렀다. 송강은 진을 치고 화영과 더불어 의논했다.

“듣기에 축가장은 지형이 복잡하다는 말을 들었소. 섣불리 공격하기보단 먼저 사람을 보내어 정세를 파악하는 것이 좋겠소.”

송강은 석수와 양림을 불러 그곳 지리를 낱낱이 살피는 한편 축가장의 취약점을 염탐케 했다. 다음 날 일찍 석수는 나무꾼으로 차리고 길을 나섰고 뒤이어 양림이 법사 차림을 하고 석수를 뒤따랐다. 한 이십 리쯤 가자 길이 여러 갈래로 나뉘어 어디로 가야할지 감을 잡을 수가 없었다. 석수가 난감해 하며 나뭇짐을 내려놓고 잠시 앉아 있자니 중으로 꾸민 양림이 다가오고 있었다. 머리에는 해진 삿갓을 쓰고 몸에는 헌 승복을 꿰었는데 손에 쥐고 있는 법장이 더욱 그럴 듯했다. 석수는 주위를 둘러보고는 양림에게 말했다.

"여기 도무지 길이 얽혀 있어 어느 길이 전에 이응을 따라갔던 길인지 알 수가 없소."

"길이 몇 갈래든 상관말고 그저 큰길로만 가봅시다."

양림이 머뭇거림 없이 말하자 석수는 다시 나뭇짐을 지고 넓은 길만 따라 앞으로 나아갔다. 얼마쯤 가다 보니 마을 하나가 나타나고 몇 군데 술집과 고깃간이 보였다. 석수는 그중 한 술집에서 쉬는 척하며 한 늙은이에게 공손하게 물었다.

"어르신네, 무슨 일로 집집마다 창칼을 세워 두었는지요?"

"어디서 오시는 길인지는 모르나 어서 갈길이나 가시오. 이곳에는 곧 큰 싸움이 날 것이오."

"이 같은 산골 마을에서 큰 싸움이라니요?"

"지금 양산박에서 많은 인마가 이 마을을 치려고 마을 어귀까지 와 있지만 이곳 길이 워낙 복잡해서 쳐들어오지 못하고 있소. 그래서 마을 집집마다 장정들은 싸울 채비를 하고 있다가 부르면 모두 나와 적을 막으라는 축가장의 영이 떨어졌소."

"어르신네, 이놈은 나뭇짐이라도 팔아 볼까 하고 들어왔다가 뜻밖의 싸움판에 끼이게 되었으니 이 일을 어찌합니까? 이 나뭇짐을 여기 두고 갈테니 이놈이 빠져나갈 방법을 알려주십시오."

그러자 마음 좋은 늙은이는 측은한 듯 석수를 보고 말했다.

"자네가 이 마을에서 빠져나가려면 길에 관계없이 백양나무만 따라가면 되네. 한번 길을 잘못 들면 어디로 가든 달아날 길이 없지. 또 그런 길에는 대꼬챙이가 박혀 있거나 가시를 단 쇠줄이 쳐져 있어 위험하다네."

석수는 거듭 감사하고는 떠날 채비를 했다. 그때 바깥이 떠들썩했다.

"염탐꾼 한 놈을 잡았다."

예닐곱 명의 장정이 한 사람을 발가벗겨 결박을 지워 놓고 있었다. 자세히 보니 양림이었다. 석수는 속으로 어찌할 바를 몰랐지만 조금도 내색하지 않았다. 그들이 말하는 것을 들어보니 양림은 길을 몰라 헤매다가 그들에게 잡힌 것 같았다. 석수가 떠나려하자 늙은이는 그의 소매를 잡으며 만류했다.

"이 사람아, 날이 저물었는데 어떻게 가겠나? 오늘은 우리 집에서 쉬고 내일 떠나게."

석수도 어두운 밤에 위태로운 길을 뚫고 나갈 마음이 없어 그 말을 따르기로 했다. 몇 번이나 그 늙은이에게 절하며 감사하고 집안에 눌러앉았다. 한편 송강은 석수와 양림이 돌아오기를 기다렸으나 날이 저물 때까지 소식이 없자 답답해서 구붕을 다시 보냈다. 오래잖아 구붕이 돌아와 말했다.

"제가 엿들어 보니 저것들은 염탐꾼 하나를 붙들었다고 떠들어대고 있었습니다. 하지만 길이 복잡해 안내 없이는 들어가기 어려울 듯합니다."

그 말에 송강은 성난 소리로 외쳤다.

"염탐꾼을 붙잡았다면 다른 한 사람도 무사하지 못할거요. 양림과 석수 두 형제가 붙들린 것이 틀림없소. 그러니 지금 당장 밀고 들어가 그 형제들을 구해 내야 할 것 같소이다. 다른 두령들의 뜻은 어떻소?"

그러자 이규가 좋아라 나서며 떠들어댔다.

"내가 먼저 앞장서겠습니다. 볼 것 없이 쳐들어갑시다!"

다른 이의가 없자 송강은 이규와 양웅을 선봉으로 삼고 후군은 이준에게 맡기고 좌군은 목홍, 우군은 황신에게 맡긴 후 자신은 화영, 구붕과 더불어 중군이 되었다. 송강의 인마가 독룡강에 이르렀을 때는 해가 뉘엿할 무렵이었다. 선봉인 이규는 벌거숭이로 커다란 쇠도끼 두 자루를 휘두르며 앞장서 내달았다. 그러나 장원 앞에 이르러 보니 적교는 높이 내달려 있고, 문에는 불빛 한 줄기 내비치지 않았다. 이규는 망설임 없이 장원을 둘러싼 해자 속으로 뛰어들려 했으나 양웅이 말렸다. 이에 이규는 건너편 축가장 담벽 쪽을 향해 소리소리 욕을 해댔다.

"축가놈들아, 어서 나오너라. 흑선풍 어른이 오셨다!"

그러나 장원에서는 아무런 대꾸가 없었다. 오래잖아 송강의 중군이 이르렀다. 양웅이 그곳의 형편을 알리자, 송강은 문득 깨달아지는 것이 있었다.

"내가 잘못했구나. 적과 싸우는 데 조급하게 굴지 말라고 천서에도 씌어 있거늘 내가 미처 그 생각을 하지 않고 석수, 양림 두 형제를 구하는 데만 정신이 팔려 그만 적진 속 깊이 들어왔다. 틀림없이 적에게 무슨 계책이 있는 것 같으니 어서 삼군을 물려야겠다."

송강이 군사를 뒤로 철수시키려고 할 즈음 축가장 안에서 큰 포소리가 들리고 독룡강 위에 무수한 횃불이 나타나더니 성루에서 화살이 빗발치듯 날아왔다. 송강이 퇴각로를 찾고 있을때 이준의 부대가 급한 소리로 알렸다.

"우리가 온 길이 모두 막혀 버렸습니다. 틀림없이 매복이 있습니다."

송강은 곧 군사를 풀어 돌아갈 길을 찾게 했지만 아무리 헤매도 방향을 잡을 수가 없었다. 이규는 더 이상 참지 못하고 쌍도끼를 휘두르며 싸울 상대를 찾아 뛰어다녔으나 축가장 쪽 사람은 하나도 눈에 띄지 않았다.

그때 다시 독룡강 꼭대기 쪽에서 포성과 함께 함성이 울려퍼졌다. 사방이 온통 적으로만 둘러싸인 느낌이었다. 송강은 곧바로 큰 길만 따라 나가도록 명령했다. 그러나 얼마 못가서 길이 막히고 군사들은 길 위에 꽂힌 대꼬챙이와 쇠로 만든 가시덤불에 크게 다쳐 부상자만 늘어날 뿐이었다.

그 소리에 송강은 더욱 정신이 아득했다. 당장은 무얼 해야 할지 몰라 멍하니 서 있는데 갑자기 목홍의 부대쪽이 술렁거리더니 누군가 달려와 알렸다.

"석수가 돌아왔습니다."

그리고 이어 칼을 든 석수가 송강의 말 앞으로 달려와 소리쳤다.

"형님, 너무 당황하지 마십시오. 삼군에게 영을 내리시어 백양나무가 서 있는 곳에서 길을 돌라 하십시오. 길이 넓고 좁고를 가릴 것 없이 그리로만 나가시면 됩니다."

송강은 곧 삼군에게 영을 내렸다. 백양나무가 선 곳에서 도니 정말로 길이 열렸다. 송강이 이끄는 양산박군이 겨우 마을 어귀에 이르렀을 때 산 앞뒤에서 갑자기 함성이 일며 한 떼의 군마가 내달았다. 그들은 임충, 진명이 이끄는 군사들이었다.

송강은 앞으로 나아가고, 뒤에서는 임충과 진명이 마을 어귀를 막고 있던 축가장의 병력을 공격하자 더 버티지 못하고 사방으로 흩어져 달아났다. 송강의 군사들이 임충과 진명이 이끈 군사들과 만났을 때는 이미 날이 훤히 밝은 뒤였다. 송강이 인마를 점검해 보니 진삼산 황신이 보이지 않았다. 송강은 놀라 황신이 없어진 까닭을 알아보게 했다. 간밤 그 뒤를 따랐던 졸개 하나가 알려왔다.

"황두령께서는 어젯밤 송강 두령의 영을 받고 앞서 나아가 길을 찾다가 적에게 사로 잡혔습니다. 저희가 구해보려 했지만 어찌할 도리가 없었습니다."

그 말을 들은 송강은 진작 그 사실을 알리지 않은 것에 크게 노하여 그 졸개의 목을 베려 했으나 임충과 화영이 겨우 말렸다. 곧 자리가 수습된 후 두령들이 서로 얼굴을 마주보며 근심하고 있을 때 양웅이 나서서 말했다.

"동쪽 마을의 이응은 지난번 축표의 화살에 맞아 아직 상처를 치료하느라 자리에 누워 있습니다. 형님은 왜 그분을 찾아가 의논해 보지 않으십니까?"

그 말을 들은 송강은 곧 화영, 양웅, 석수와 함께 졸개 삼백 명을 이끌고 직접 이응을 찾아 나섰다. 송강이 이가장 앞에 이르러 보니 장원의 문은 굳게 닫히고, 적교마저 들어올려져 있었으며 그곳 군사들이 늘어서 있었다.

송강이 말 위에서 장원 쪽을 향해 소리쳤다.

"나는 양산박의 송강이란 사람이오. 이곳의 주인을 뵈러 왔소."

그때 이가장의 장원문 위에는 두흥이 서 있었다. 송강을 본 적은 없으나 양웅과 석수를 알아보고 얼른 문을 연 뒤 작은 배를 저어 건너왔다. 그는 송강에게 정중히 예의를 갖추었다. 송강이 답례를 하고 그에게 자기가 찾아온 뜻을 전했다. 아직 상처가 아물지 않은 이응은 두흥이 전하는 말을 듣고 말했다.

"그는 양산박의 역적 우두머리인데 내가 어찌 만날 수 있겠는가? 내가 몸이 아파 누워 있으니 나가 만날 수가 없노라고 이르게. 다음날 만나 보기로 하고 예물도 돌려보냈으면 좋겠네."

두흥은 주인의 뜻을 받아 다시 송강에게 전하였다.

"나으리께서는 상처가 무거워 자리에 누워 계신 까닭으로 만나 뵙지 못하겠다 하십니다. 다음날 인연이 닿으면 만나 뵙기로 하자시며, 예물도 받지 못하게 하셨습니다."

"저도 이곳 주인 어른의 뜻은 잘 알고 있습니다. 그러나 내가 축가장을 치려다가 이롭지 못해 찾아온 것이니 한번 만나주셨으면 고맙겠습니다."

송강의 말에 두흥은 제가 공연히 송구스러워 묻지도 않은 것까지 일러주었다.

"주인어른은 정말로 편찮으십니다. 제가 비록 중산 땅 사람이지만 이곳에 산 지 이미 여러 해 되어 이곳 사정에 밝으니 주인어른을 대신해 아는 대로 알려드리지요. 이곳의 가운데 마을은 축가장이고 동쪽은 우리 이가장이며 서쪽은 호가장입니다. 이 세 마을은 서로 서약하고 생사를 같이 하기로 되어 있습니다만, 우리 이가장은 얼마 전 축가장과 다투어 이번 싸움에는 끼어들지 않을 것입니다. 경계할 것은 호가장이 축가장을 돕고 나서는 일입니다. 호가장에는 그리 대단한 인물은 없으나 일장청 호삼랑이란 여걸의 무술이 뛰어납니다. 호삼랑이 축가장의 셋째 아들 축표와 혼사가 약속되어 있어서 이번 싸움에는 반드시 축가장을 도울 것이니 동쪽은 신경 쓰지 마시고 서쪽만 경계하십시오. 축가장 앞뒤로는 각각 문이 있는데 동시에 협공을 하셔야 합니다. 또 길은 좁거나 넓거나 상관없이 백양나무를 표적 삼아 다니시면 헤매는 일이 없을 것입니다."

들고 난 송강은 두흥에게 감사하고 이가장에서 물러났다. 두흥에게서 필요한 것을 알아낸 이상 이응을 억지로 만나야 할 까닭은 없었다. 송강은 진영으로 돌아가 두령들에게 이가장에서 들은 이야기를 간단히 들려주었다. 그리고 군사의 편성을 다시 바꾸고 장병들을 배불리 먹인 다음 송강은 스스로 앞장을 서서 바로 적을 치기로 하고 그 곁으로 마린, 등비, 구붕, 왕영 네 명의 두령과 백오십 명의 마군과 천 명의 보군을 이끌고 공격에 나섰다.

축가장으로 내닫던 그들은 곧 독룡강 앞에 이르렀다. 송강이 말고삐를 당겨 나아가기를 멈추고 축가장을 살펴보니 흰 깃발에 이렇게 씌어 있었다.

'물 고인 곳을 쳐서 조개를 사로잡고, 양산을 짓밟아서 송강을 묶으리라.'

그걸 본 송강은 화를 누르지 못하고 맹세했다.

"내 축가장을 깨뜨리지 않고는 결코 양산박으로 돌아가지 않으리라!"

송강은 뒤따르는 두령들이 오기를 기다려 축가장을 치기 시작했다. 두 번째 부대는 축가장의 앞문을 치게 하고 자신은 앞선 부대와 함께 축가장의 뒷문을 치러 갔다. 독룡강 뒤쪽에는 축가장 후면의 철벽성이 있어 방비가 엄했다. 그들이 도착하자 성벽에서 함성이 크게 일어나며 한때의 군마가 공격해 왔다. 송강은 마린과 등비에게 그곳에 남아서 축가장의 뒷문을 지키게 하고 자신은 구붕, 왕영 두 두령과 함께 적을 맞았다.

그때 산 아래로 이십여 기의 말 탄 군사가 내달려왔다. 그 맨 앞에 여걸 호삼랑이 있었다. 그녀는 머리에 금비녀를 꽂고 허리에 수놓은 허리띠를 두르고 봉황을 그린 신발을 신었는데 그 미모와 몸매가 해당화에 비교될 정도로 빼어났다. 그녀는 붉은 옷에 갑옷을 걸치고 두 자루의 일월쌍도를 휘두르며 푸른 말을 급히 몰고 왔다. 그 자태는 위엄까지 갖추고 있었다.

호삼랑은 양산박 호걸들이 축가장을 친다는 말을 듣고 사오백 명의 군사를 거느리고 달려온 것이다. 송강이 좌우를 돌아보고 말했다.

"호가장의 여걸이 있다더니 바로 저 사람인게로군. 누가 나가 대적하겠는가?"

그의 말이 미처 끝나기 전에 한 장수가 말을 달려 나갔다. 그는 왜각호 왕영이었나. 그는 본래 여자를 밝혀서 석이 여설이라는 말에 난 한 합에 사로잡겠다고 나선 것이다. 두 사람이 함께 어우러져 싸울 때 양편 군사가 고함을 질러 도왔다. 한 편은 쌍칼을 잘 쓰고 한쪽은 단창 솜씨가 뛰어나니 곧 볼 만한 싸움 한판 어우러졌다.

두 사람의 싸움이 여남은 합에 이르렀을 때였다. 왕영은 일장청을 처음 볼때부터 어떻게 하든 사로 잡을 생각으로 싸움을 서둘렀다. 왕영의 창법이 차차 흔들리고 초조해지자 호삼랑이 날카롭게 공격해 들어갔다. 왕영이 마침내 말머리를 돌려 달아나려는 순간 호삼랑은 흰 팔을 높이 들어 왕영을 잡아 말 아래로 떨어뜨려 사로잡았다. 왕영이 끌려가는 것을 보고 구붕이 창을 휘둘러 구하려 했다. 일장청은 다시 그런 구붕과 맞아 싸웠다. 구붕의 놀라운 창 솜씨에도 불구하고 일장청은 조금도 흐트러짐이 없었다. 멀리서 보고 있던 등비는 왕외호가 잡혀 간 데다 구붕마저 일장청을 이기지 못하자 그냥 있을 수 없었다. 말 배를 걷어차고 사슬낫을 휘두르며 구붕을 도우러 갔다. 그때 축가장에서 북소리가 크게 일어나면서 다리가 내려오고 문이 열리면서 한 장수가 삼백여 인마를 이끌고 달려나왔다.

그가 곧 축태공의 맏아들 축룡이었다. 그는 싸움의 형세를 관망하고 있다가 호삼랑에게 두 장수가 달려드는 것을 보고 싸움에 합세한 것이다. 축룡은 구붕과 등비 두 장수 쪽으로 달려나가지 않고 곧바로 송강에게 달려들었다. 그러자 송강을 호위하고 있던 마린이 쌍도를 휘두르며 나가 축룡과 대적했다.

등비는 그것을 보자 호삼랑을 버리고 송강의 곁으로 달려왔다. 구붕은 호삼랑과 싸우고 마린은 축룡과 맞섰지만 형세는 점차 불리해져갔다. 송강이 속으로 당황하고 있을 때 문득 저편에서 한 떼의 군마가 폭우처럼 몰려왔다. 바로 진명이었다. 진명은 앞문에서 싸우다가 뒷문이 불리한 것을 눈치 채고 구원하러 온 것이었다. 그때 송강이 크게 외쳤다.

"마린과 교대하라."

진명은 곧 마린을 대신해서 축룡과 맞서고 마린은 바로 말을 몰아 사로잡힌 왕영을 구하러 달려갔다. 호삼랑이 그 모습을 보자 구붕을 버리고 마린을 향해 달려갔다. 진명과 축룡이 맞붙어 서로 십여 합쯤 되었을 때 축룡이 차츰 힘이 부치자 장문에서 난정옥이 철퇴를 들고 달려나왔다. 구붕이 이를 보고 그와 맞서려 했다. 그러나 난정옥은 그와 싸우려 하지 않고 문득 말머리를 돌려 황망히 달아났다. 구붕이 그 뒤를 급히 쫓을 때 난정옥이 몰래 쇠망치를 던졌다. 구붕은 미처 몸을 피하지 못하고 쇠망치에 어깨를 맞아 말에서 떨어졌다.

"얘들아, 구붕을 구해라!"

보고 있던 등비가 그렇게 소리치고는 철창을 휘두르며 난정옥에게로 달려나갔다. 송강은 졸개들을 시켜 다친 구붕을 구해내게 하고 다시 말 위에 앉았다. 그때 진명과 맞서 싸우던 축룡이 끝내 당해내지 못하고 달아났다. 그것을 보고 난정옥은 등비를 버리고 진명을 향해 달려들었다.

두 장수가 서로 어우러져 싸운지 이십여 합에 이르도록 좀처럼 승부를 가리지 못했다. 그러나 마침내 난정옥은 짐짓 패한 척 말 머리를 돌려 수풀로 들어갔다. 그러자 미리 매복하고 있던 무리들이 갈고리 달린 줄을 어지럽게 던졌다. 말다리에 줄이 감겨 진명이 탄 말이 쓰러지자 진명도 말에 굴러 떨어졌다. 그때 등비가 이것을 보고 깜짝 놀라 급히 말머리를 돌렸으나 양편에서 다시 갈고리 달린 줄이 날아와 말 위에 앉은 등비를 얽어 버렸다.

등비마저 사로잡히는 것을 보자 송강은 어찌할 줄 몰랐다. 진명과 등비가 적에게 사로잡혀 가고 구붕이 크게 다쳐 더는 맞설 수 없게 된 송강은 인마를 몰아 남쪽으로 달아났다. 그런 송강군의 등뒤를 난정옥과 축룡, 일장청이 무리를 나누어 뒤쫓아왔다. 그런데 때맞춰 남쪽에서 목홍이 이끄는 오백이 넘는 인마와 동남쪽에서 양웅과 석수가 삼백이 넘는 인마를 이끌고 달려왔다. 그리고 동북쪽에서도 화영이 달려나왔다.

세 방향에서 양산박의 두령들이 달려나오니 이번에는 뒤쫓던 난정옥과 축룡이 도리어 쫓기는 신세가 되었다. 그러자 축가장 쪽에서 싸움의 형세가 바뀐 것을 알고 장원에는 축호만 남고 축표가 오백이 넘는 인마를 거느리고 달려왔다. 축가장 쪽에서도 사람이 나오자 싸움은 다시 크게 어우러졌다.

장원 앞에 기다리던 이준과 장횡, 장순 형제는그 틈을 타 축가장을 치려 했다. 그러나 장원의 담 위에서 비 오듯 화살이 쏟아져 더 이상 들어가지 못하고 어느덧 날이 저물고 말았다. 송강은 마린에게 다친 구붕을 보호하여 먼저 가게 하고 징을 울려 퇴군령을 내렸다. 어두워지기 전에 빠져나가기 위해서였다.

그러나 얼마 못가서 누가 말을 급히 몰아 뒤쫓아 왔다. 송강이 고개를 돌려 보니 그가 곧 여걸 호삼랑이었다. 호삼랑은 일월쌍도를 휘두르며 송강을 추월할 듯했다. 그때 언덕에서 외침소리가 들렸다.

"요 못된 계집, 우리 형님을 쫓아 어쩌자는 것이냐?"

뜻밖에도 흑선풍 이규가 쌍도끼를 휘두르며 달려왔다. 형세가 위험한 것을 알고 호삼랑은 곧 몸을 돌려 숲 속을 향해 달아났다. 그러나 호삼랑은 숲에서 여남은 명의 말 탄 군사를 거느린 표자두 임충을 만났다. 서리발 위에 핀 꽃처럼 준마 위에 높이 앉아 장팔사모를 빗겨 잡은 그가 외쳤다.

"이년, 어디로 달아나려느냐?"

두 사람이 서로 맞서 미처 십여 합에 이르렀을 때 임충이 빈틈을 보이자 호삼랑이 그곳을 공격하였다. 임충은 호삼랑이 헛칼질을 하자, 슬쩍 피하면서 팔을 뻗어 허리께를 낚아챘다. 임충이 호삼랑을 말 위에서 들어올려 겨드랑이에 끼는 것을 보고 송강은 갈채를 보냈다. 임충은 끼고 온 일장청 호삼랑을 졸개들에게 던져 묶게 한 뒤 송강 앞으로 다가왔다.

"형님, 다친 곳은 없으십니까?"

"나는 괜찮네."

송강은 그리 대답하고 이규를 뒤로 보내 다른 두령들을 모두 마을 어귀로 불러들이게 했다. 이에 이규는 다른 두령들을 부르러 가고 임충은 송강을 보호해 마을 어귀의 진채로 갔다. 송강은 모든 인마가 마을 어귀의 진채로 돌아오자 먼저 일장청을 양산박으로 보내어 부친 송태공에게 맡기도록 하였다. 이에 두령들은 송강이 일장청에게 마음이 있는 것으로 알았다.

그날 밤 송강은 진영에서 잠을 못 이루고 하룻밤을 꼬박 세웠다. 대장된 자로서 세 두령이 사로잡히고 한 두령이 다쳐 걱정이 컸다. 다음 날 염탐을 나갔던 졸개가 돌아와 송강에게 말했다.

"군사 오학구께서 완씨 삼형제와 여방, 곽성 및 오백의 인마를 데리고 오셨습니다."

송강은 그 말에 진채 밖까지 나가 오용을 맞았다.

"산채의 조두령님께서 저와 다섯 두령을 보내 도우라고 하셨습니다. 요즈음 승패는 어떻습니까."

"한마디로 말씀드리기 어렵소이다. 먼저 한번 들이쳤다가 지리를 못 얻어 양림과 황신을 잃었고, 밤에 군사를 내었으나 다시 험한 꼴을 당했소이다. 왕왜호가 일장청에게 사로잡히고, 난정옥이란 놈은 구붕을 철퇴로 쳐서 상해 놓았으며 진명과 등비는 놈들의 밧줄에 걸려 붙들렸소. 만약 임충이 일장청을 사로잡지 못했더라면 우리 사기가 꺽일 뻔했소. 내가 만일 축가장을 무찌르고 사로잡힌 형제들을 구해내지 못하면 무슨 낯으로 조두령을 본단 말이오. 나는 죽는 한이 있어도 돌아가지는 않을 것이오."

송강의 말을 듣고 나자 오학구가 빙그레 웃으며 말했다.

"저 축가장은 마땅히 하늘이 부서지게 할 것입니다. 제 생각에는 머잖아 산산조각이 날 것입니다."

"어떻게 축가장을 깨뜨린단 말이오."

"이번에 우리 산채로 입당하러 온 호걸들 중에 난정옥과 아주 사이가 좋을 뿐 아니라 양림, 등비와도 잘 아는 자가 있습니다. 그가 형님께서 축가장과 불리한 싸움을 하고 있단 소리를 듣고 제게 계교를 일러주었습니다. 그것으로 우리 패거리에 드는 예를 차리겠다는 것입니다. 닷새 후에는 축가장을 깨뜨리고 사로잡힌 두령들도 무사히 구해낼 수 있을 것입니다."

그리고는 그 계책을 송강에게 설명했다.

제5장
바다로 흐르는 강

등주에서 온 사람들이 축가장을 치다

산동 해변에는 등주登州라는 마을이 있다. 이 등주성 밖에는 산이 하나 있는데 이리떼와 호랑이가 들끓어 수많은 사람이 그 해를 입었다. 결국 등주의 부윤은 사냥꾼들을 고용하여 짐승들을 퇴치케 하는 한편, 산 주변 마을의 이장들에게도 시한부 기일을 정해 호랑이를 못 잡아들이면 책임을 묻겠다는 엄한 명령을 내렸다.

등주 산밑에 해진解珍과 해보解寶라는 사냥꾼 형제가 살고 있었다. 둘 모두 갈래창을 잘 썼는데, 그 솜씨가 대단했다. 그러나 성격이 모진 데가 있어 형의 별명은 양두사兩頭蛇요, 아우는 쌍미갈雙尾蝎로 불렸다. 형 해진은 일곱 자 키에 얼굴은 검붉었고 머리는 가늘지만 어깨가 떡 벌어져 누가 봐도 힘깨나 쓸 듯했고, 아우 해보 또한 일곱 자가 넘는 키에 둥글고 시커먼 얼굴이었는데, 성깔은 형보다 더했다.

해진과 해보는 관가에서 호랑이를 잡으라는 시한부 명령이 떨어지자 활과 화살, 창을 준비하고 표범가죽 옷에 호랑이가죽 조끼를 걸친 뒤 산으로 올라갔다. 그러나 높은 나무 위에 올라가 하루 종일을 살폈지만 관가에서 잡으라는 짐승은 도무지 보이지가 않았다. 다음 날 형제는 먹을 것을 싸들고 다시 산으로 올라가 날이 저물도록 산을 내려가지 않고 나무 위에 올라가 새벽까지 기다려 보았으나 역시 허탕이었다.

"사흘을 기한으로 호랑이 한 마리를 잡아 바치기로 했는데 큰일이구나. 기한을 어기면 벌을 받을 것이 분명하고……, 이를 어쩌면 좋으냐?"

형제는 마음이 다급해져 서로 마주보며 탄식했다. 사흘째 되는 날도 역시 허탕을 친 형제는 밤을 세워 호랑이를 기다렸다. 사경 무렵이 되자 며칠간의 피로가 쌓인 탓인지 졸음이 몰려왔다. 그래서 막 눈을 붙이려는데 문득 쳐놓은 줄에서 소리가 났다. 펄쩍 뛰어 일어난 형제가 갈래창을 집어 들고 소리가 난 쪽으로 가보니 호랑이 한 마리가 덫에 설치한 독화살을 맞고 뒹굴고 있었다.

형제가 갈래창을 들고 그 호랑이에게 덤비자, 호랑이는 화살을 맞은 채로 달아나기 시작했다. 하지만 호랑이는 산을 반도 내려가기 전에 독이 온몸에 퍼져 가파른 산 아래로 굴러 떨어졌다.

"잘됐소. 이 산은 모태공毛太公의 집 뒤뜰로 이어져 있으니, 우리 그 집으로 가서 호랑이를 찾아냅시다."

서둘러 산을 내려간 형제는 갈래창을 멘 채 모태공의 집 문을 두드렸다. 모태공은 해진 형제가 왔다는 전갈을 머슴에게서 받고도 한참이나 있다가 나왔다.

"어르신네, 이른 새벽에 찾아와서 송구스럽습니다만 호랑이가 활을 맞았는데 공교롭게도 바로 어르신네의 뒤뜰로 떨어졌습니다. 잠시만 길을 빌려 주시어 그 호랑이를 찾게 해주셨으면 고맙겠습니다."

해진이 그렇게 자기들 형제가 찾아온 까닭을 밝혔다. 그러자 모태공이 선선하게 대답했다.

"그게 뭐 어려운 일인가? 우리 집 후원에 떨어졌다면 호랑이가 어디 가겠나. 우선 시장할 테니 아침 식사들이나 먼저 들게."

모태공은 조반을 차려 두 사람에게 권했다. 그런데 식사를 마친 형제가 모태공과 함께 뒷산으로 올라가 호랑이를 찾아보았으나 호랑이는 그림자도 찾을 수 없었다. 모태공은 해진 형제들에게 말했다.

"이보게, 혹시 잘못 본 게 아닌가? 아마 자네들이 잘못 알고 찾아온 모양일세."

그때 해보가 손짓으로 형을 불렀다. 호랑이가 벼랑으로 구른 흔적과 피를 발견한 것이다.

"형님, 어르신네의 머슴들이 장난을 친 모양입니다."

"그런 소리 말게. 우리 머슴들이 어떻게 여기 호랑이가 떨어져 있는 줄 알았겠으며, 또 그걸 끌고 갔겠나?"

"어르신네, 그러지 마시고 호랑이를 돌려주십시오. 관가로 끌고 가야 합니다."

말은 부드러워도 눈꼬리는 사납게 치켜 뜬 해진이 말했다. 그러자 모태공도 본색을 드러내 갑자기 소리를 높여 형제를 나무랐다.

"이놈들이 어디서 떼를 쓰는 것이야? 나는 좋은 뜻으로 네놈들에게 술이며 밥까지 대접했는데 네놈들은 도리어 행패질이냐?"

해진과 해보가 두 눈을 부릅뜨고 노려보며 소리쳤다.

"그렇다면 집안을 샅샅이 뒤져도 되겠소?"

해보가 성큼성큼 집안으로 들어가 호랑이를 찾아보았다. 그러나 감춘 호랑이가 쉽게 눈에 띌 리 없었다. 화가 난 해보는 마루 위로 올라갔다. 해진도 그런 아우를 따라 난간을 걷어차 부수고 마루 위로 올라갔다.

"해진과 해보란 놈이 대낮에 강도질을 한다!"

화가 잔뜩 난 해진 형제는 마루 위에 있는 탁자와 의자를 마구 부수었다. 그러다가 아무리 찾아도 호랑이는 보이지 않고 몽둥이 든 머슴들만 늘어서자, 대문 밖으로 뛰쳐나가며 욕을 퍼부었다.

두 사람이 한창 욕을 퍼대고 있을 때 모태공의 아들 모중의毛仲義가 한 무리의 사람들을 이끌고 장원쪽으로 왔다. 일의 내용을 들은 모중의는 점잖게 말했디.

"머슴들이 모르고 그랬을 것이네. 아버님은 그놈들에게 속으셨을 테고……. 너무 화내지 말고 나를 따라오게. 내가 찾아 줌세."

순진한 해진과 해보는 머리를 숙여 모중의에게 감사하고 그 뒤를 따라갔다. 그런데 장원 안으로 들어서자마자 대문을 닫아걸게 한 모중의가 갑자기 소리쳤다.

"이놈들을 잡아라!"

그러자 이삼십 명의 머슴들과 모중의와 함께 온 포졸들이 형제를 덮치니 그들은 손도 한 번 제대로 못 써보고 묶이는 신세가 되어 버렸다.

"이런 괘씸한 놈들이 세상에 있나? 우리가 간밤에 호랑이 한 마리를 활로 쏘아 잡았는데 네놈들이 그걸 자기들이 잡았다며 우리를 도적으로 몰아? 아무래도 네 놈들을 관가로 끌고 가 버릇을 고쳐주어야겠다."

모중의는 그날 새벽 오경에 자기 집 후원에 떨어져 죽은 호랑이를 이미 관가에 바치고 돌아오는 길이었다. 그런 다음 그는 포졸들을 데리고 와 예상대로 행패를 부리고 있는 해진과 해보를 묶어 버린 것이었다.

모태공은 해진과 해보의 갈래창과 그들이 부순 가재도구를 증거물로 싸고 두 사람을 벌거벗긴 뒤 꽁꽁 묶어 등주 관청으로 끌고 갔다.

그때 등주에는 왕정王正이란 공목이 있었는데, 그는 바로 모태공의 사위였다. 그는 장인과 처남이 시키는 대로 먼저 지부에게 찾아가 해진 형제를 모함해 두었다. 그리고 그 형제가 끌려오자 그들의 말은 들어 보려고도 않고 매질부터 시작했다. 두 사람은 마침내 태형에 견디지 못하고 자기들이 호랑이를 약탈하러 간 것이라고 거짓 자백을 하고 말았다. 부윤은 그들에게 스물 다섯 근짜리 칼을 씌워 옥에 가두었다. 그러자 모태공와 모중의 부자는 집에 돌아와 의논을 했다.

"저놈들을 죽여 후환을 없애야겠다. 혹시라도 놈들이 풀려나면 큰일이다."

모중의는 왕정에게 그에 따른 부탁을 하고 또 부윤과 여러 관원에게도 뇌물을 주었다. 한편 감옥에 던져진 해진과 해보는 이미 모태공으로부터 뇌물을 받은 포길包吉이란 절급에게 끌려나갔다.

"네 놈들이 그 유명한 양두사와 쌍미갈이라고 불리는 놈들이냐?"

"그렇게 불리기는 하지만 저희들은 죄가 없습니다."

"듣기 싫다. 이제 내 손에 걸렸으니 양두사는 일두사가 되고, 쌍미갈은 단미갈이 될 줄 알아라!"

그렇게 내뱉고는 다시 둘을 감옥에 처넣게 했다. 그 말에 옥졸은 해진 형제를 다시 감옥으로 데리고 가면서 주위를 들어보곤 작은 소리로 말했다.

"나는 철규자鐵叫子 악화樂和요. 누이가 여러 해 전에 손제할에게 시집을 갔는데, 당신들은 손제할의 사촌이 아니시오?"

악화는 해진과 해보를 구해 주고 싶은 마음에, 모태공의 뇌물을 받아먹은 포길이 형제들을 죽이려 한다는 사실을 말해주고는 걱정스런 표정을 지었다. 그러자 해진이 매달리듯 말했다.

"내게 친가 쪽으로 누이 되시는 분이 있는데, 바로 손제할의 아우에게 시집을 갔습니다. 지금 동문 밖 십 리 패牌에 살고 있으며 사람들은 모대충母大蟲 고대수顧大嫂라 부릅니다. 여자지만 암호랑이라는 별명처럼 힘이 세어 스무남은 명이 덤벼도 못 당할 정도입니다. 우리 매부 손신孫新도 무예가 뛰어나지요. 지금 우리 형제를 도와줄 사람은 누님 내외 밖에 없습니다. 부디 거절하지 마시고 우리 사정을 전해주십시오."

"그거라면 어려울 거 없지요. 내게 맡기시오."

그리고는 한달음에 동문 밖으로 달려가 그들의 말을 전했다. 그러자 고대수는 깜짝 놀라며 얼른 일꾼을 시켜 자기 남편을 찾아오게 했다.

손신은 원래 경주 군관 출신이어서 키가 크고 힘이 센 데다 형에게 무예를 배워 채찍과 창을 잘 썼으므로 사람들은 그를 울지공에 견주어 소울지小蔚遲라 불렀다. 고대수가 손신에게 해진과 해보의 일을 알리자 손신은 악화에게 말했다.

"일이 그렇다면 사형은 먼저 돌아가 감옥에 있는 그들 형제나 잘 돌봐주시오. 뒷일은 우리가 좀더 의논을 해보고 방법을 찾아보겠소."

악화가 돌아가자 두 사람이 머리를 맞대고 의논했다.

"모태공이란 놈은 워낙 돈이 많고 배경이 좋아서 일이 쉽진 않을 거요. 감옥을 부수고 꺼내오지 않는 한 달리 도리가 없을 것 같소."

"그렇다면 오늘 밤 당장 손을 씁시다."

"서두르지 마시오. 추연鄒淵과 추윤鄒閏이 지금 등운산 계곡에 은거하고 있는데, 도와달라고 부탁하면 틀림없이 와 줄게요."

손신은 곧 등운산으로 가고 고대수는 대접할 술과 음식을 준비했다. 날이 저물 무렵 손신이 추연과 추윤을 데리고 돌아왔다. 추연은 내주사람으로 어렸을 때부터 내기를 좋아해서 노름판으로만 돌아다녔으나 사람됨이 충직하고 무예가 노련하며 성품이 강직해서 잘못을 용납하지 않기 때문에 사람들은 출림룡出林龍이라 불렀다. 또한 그의 조카 추윤은 숙부와 비슷한 나이인데도 다투는 경우는 많지 않았다. 생김이 유별나 뒷머리에 큰 혹이 나 있는데, 성이 나면 박치기로 받아넘기는 버릇이 있어 독각룡獨角龍이라 불렀다.

고대수는 그들에게 동생 해진과 해보의 일을 자세히 설명하고 감옥을 깨부술 의논을 했다. 그러자 추연이 말했다.

"내게 졸개가 팔구십 명이 있긴 하나 심복은 스무 명 남짓이오. 그리고 이 일을 해치우고 나면 있을 곳이 없어질 터인즉 오래 전부터 작정한 곳이 있는데 두 내외분도 함께 가시겠소?"

"어디로 가시든 두 동생만 구해준다면 따라가겠어요."

고대수가 생각할 것도 없다는 듯 추연의 말을 받았다.

"우리가 갈 곳은 양산박이오. 나는 송공명 밑에 있는 두령 양림, 등비와 석용을 알고 있소. 이 일만 성공하면 모두 양산박으로 갑시다."

그들은 그렇게 의견을 모은 뒤 밤새 술을 마시다가 날이 샐 무렵에서야 눈을 붙였다.

한편 손신의 형 손립孫立은 짙은 황색 얼굴에 턱 수염이 드문드문 나고 키가 팔 척이 넘었다. 그는 활을 잘 쏘고 거친 말을 잘 다루는 위인이었다. 손립은 십여 명의 군졸들을 거느리고 아우 손신의 집으로 찾아왔다. 손신이 고대수가 위독하다고 알렸기 때문이었다.

"제수씨, 병세가 어떻습니까?"

손립이 방에 와서 고대수를 보고 물었다.

"아주머님, 제 병은 동생 둘을 구해내지 못하면 죽는 병입니다."

"아니, 그게 무슨 말씀입니까?"

고대수는 해진, 해보 형제가 모태공의 간계에 빠져 억울하게 도적의 누명을 뒤집어쓰고 옥에 갇혀 목숨이 위태롭게 된 상황을 자세히 전했다.

"아주버님이 여기까지 오셨고, 일은 급하니 바로 말씀드리겠습니다. 이제 저희들은 저기 계신 두분 호걸과 함께 성안으로 들어가 옥을 깨고 그 둘을 구하기로 의논을 모았습니다. 그 뒤에는 양산박으로 들어갈 작정인 바 걱정은 내일 일이 터지고 난 다음입니다. 그리되면 아주버님께 화가 미칠 것이니 이를 어찌합니까? 그래서 병을 핑계로 아주버님 내외분을 부른 것입니다. 저희와 함께 양산박으로 가시지 않겠습니까?"

"나는 이 등주 고을의 군관이오. 어찌 그런 일을 용납하겠습니까?"

그러자 고대수가 두 자루 칼을 뽑아 들었다. 추연과 추운도 단도를 뽑아 들고 고대수 곁에 붙어 섰다. 놀란 손립이 소리쳤다.

"제수씨, 잠깐 기다리시오. 그리 서둘 일이 아니오. 내가 깊이 생각해 보겠소. 그 다음 천천히 의논합니다."

"전 지금 시간이 없습니다."

"만일 꼭 그래야 한다면 그렇게 합시다."

손립은 결국 마음의 결정을 내리고 말았다. 그날 손신은 돼지 두 마리와 양 한 마리를 잡아 잔치를 열었다. 마침내 고대수는 품속에 칼을 감추고 옥에 갇힌 죄수에게 밥을 지어다 주는 부인의 모습을 했다. 손신은 형 손립을 따라 나섰으며 추연은 추운과 함께 군졸들을 거느리고 두 갈래로 나누어 성안으로 들어갔다.

한편 능수의 옥수에서는 모태공의 뇌물을 받아먹은 쏘실이 해신과 해보를 죽일 계획을 세웠다. 하지만 먼저 움직인 것은 고대수 쪽이었다. 그날 미리 짠 대로 옥졸 악화가 방망이를 들고 옥문 앞에 서 있는데 갑자기 딸랑거리는 방울 소리가 들렸다.

"누구냐?"

"밥 나르러 온 사람입니다."

악화는 곧 문을 열어주었다. 마침 그것을 본 포길이 악화에게 소리쳐 물었다.

“저 아낙은 누구냐? 옥에는 바람도 드나들 수 없다는 옛말을 모르느냐?”

“해진과 해보의 누이인데 동생들 밥을 가져왔습니다.”

해진, 해보라는 말에 포길이 눈에 쌍심지를 켰다.

“안으로 들어가지 못하게 해라. 밥은 네가 들여다 주어라!”

악화는 하는 수 없이 고대수에게서 상을 받아 감옥 안의 해진 형제에게 가져다 주며 그들에게 은밀히 전했다.

“일이 잘 되었소. 댁의 누님이 지금 와 계시니 곧 소식이 있을 것입니다.”

악화가 두 사람의 칼을 벗겨 놓자 밖에서 옥문을 요란하게 두드리는 소리가 났다. 손립 일행이 도착한 것이다. 그때 옥졸들이 급히 달려가 손립이 와서 옥문을 열라고 한다고 보고했다.

“그는 영중 사람인데 내게 무슨 일이 있다는 게냐? 우리와는 상관없는 사람이니 문을 열어 주지 말아라!”

바로 그때 고대수가 품속에서 시퍼런 칼 두 자루를 뽑아 손에 들고 앞을 가로막았다. 포길은 그제서야 일이 심상찮음을 느끼고는 그대로 내빼려 했다. 그때 옥문을 박차고 나온 해진과 해보가 벽력같이 소리를 지르며 칼을 들어 형장의 머리를 내리쳤다. 포길은 미처 손 놀릴 틈도 없이 외마디 비명을 지르며 쓰러졌다. 그러는 동안 고대수도 손에 든 칼을 휘둘러 옥졸 네댓을 찔러 눕힌 뒤 큰 소리를 지르면서 감옥 밖으로 달려나갔다.

손립과 손신은 옥문 밖에서 기다리고 있다가 해진 형제와 악화, 고대수가 달려나오자 그들과 주아로 몰려갔다. 주아에 이르니 추연과 추윤이 벌써 왕공목의 목을 잘라 들고 뛰어나왔다. 일행이 아우성을 치며 성밖으로 향하자 고을 안이 발칵 뒤집혔다. 백성들은 모두 문을 닫아걸고 감히 밖으로 나오지 못했으며, 관군들도 손립이 활을 들고 말 위에 있는 것을 보고는 감히 나서지 못하고 뒷골목으로 피했다. 일행은 그런 손립을 에워싸듯 하고 성문을 빠져나가 십 리 패로 갔다. 십 리 패에서는 악대랑 자가 수레와 함께 기다리고 있었다. 얼마 후에 해진, 해보가 문득 발길을 멈추고 말했다.

"모태공, 그 늙은 도적놈을 어찌 그냥 두겠소? 그놈에게 원수를 갚지 않고는 갈 수가 없소!"

손립은 고개를 끄덕였다. 그리고 손신과 악화를 불러 말했다.

"너희들은 수레와 함께 먼저 가거라. 우리도 곧 뒤따르겠다."

그는 손신 부부와 악화를 먼저 양산박으로 떠나게 한 다음 자신은 해진, 해보, 추연, 추윤과 함께 모태공의 집으로 향했다. 때마침 모태공과 모중의는 일이 저희 뜻대로 된 걸 기뻐하며 술을 마시고 있었다. 해진, 해보는 집안으로 내달아 모태공의 가족이라면 남녀 노소를 가리지 않고 모두 죽인 다음 창고에서 수십 포대기의 금은 재화와 예닐곱 마리의 힘센 말을 손에 넣고 집에 불을 질러버렸다. 결국 모태공 일가는 대단찮은 호랑이 한 마리 때문에 당해도 너무 끔찍하게 당한 꼴이 되었다.

그들이 석용의 주점에 도착한 것은 이틀 후였다. 전부터 석용을 알고 있던 추연이 그에게 양림과 등비의 소식을 묻자, 석용이 대답했다.

"송공명이 축가장을 치러 가는데 그 두 사람 모두 따라갔소. 그런데 일이 잘못되어 양림과 등비 두 사람 모두 축가장에 사로잡혔다고 들었소. 그후 그들이 어찌 되었는지 모르지만 정말 걱정이오. 축가장은 세 아들이 모두 호걸인데다 난정옥이란 자 또한 여간 아니랍디다. 두 번이나 들이쳤으나 아직도 깨뜨리시 못했나더군요."

그 말을 듣고 있던 손립이 크게 소리내어 웃었다.

"우리가 양산박에 들려고 하나 이렇다 할 공을 세운 게 없소. 이번에 계책 하나를 올려 축가장을 쳐부순다면 우리를 한패로 받아주는 것에 대한 작은 보답이 될 것이오. 그렇지 않소?"

"그 계책이란 게 무엇입니까?"

"난정옥과 나는 같은 스승에게서 무예를 배웠소. 내 솜씨는 그가 잘 알고, 그의 솜씨는 내가 잘 아오. 그런 사이니 만큼 내가 등주에서 운주를 지키러 가는 길이라면서 축가장을 찾으면 그는 반드시 문을 열고 나와 맞을 것이오. 그렇게 안으로 들어간 뒤 안팎에서 호응하면 반드시 축가장을 쳐부술 수 있소.”

손립이 말을 마치기도 전에 졸개가 들어와 양산박의 오용이 산채에서 군졸들을 거느리고 축가장을 치러 간다는 보고를 했다. 졸개가 석용 앞을 떠나기도 전에 말발굽 소리가 요란하게 나더니 여방, 곽성과 완씨 삼형제가 나타나고 이어 오용이 오백 인마를 거느리고 뒤따라 왔다. 석용은 그들에게 손립을 소개하고 축가장을 공격할 계교를 일러주었다. 듣고 난 오용은 기뻐 어찌할 줄 몰랐다.

“이왕 여러 호걸께서 우리와 함께 지내기로 하고 오신 길이라면 산으로 올라갈 것 없이 우리와 함께 축가장으로 갑시다. 먼저 이번 일로 공을 세운 뒤에 한패가 되는 게 좋지 않겠소?”

손립은 물론 등주에서 온 사람들은 모두 기꺼이 그 말을 따르기로 하자 오용이 손립에게 말했다.

“그럼 나는 이 인마와 더불어 먼저 떠나겠소. 여러분들도 되도록 빨리 뒤따라오시오.”

그리고 서둘러 축가장으로 떠났다. 일행이 송강의 진영에 이르자 두 번 싸워 두 번을 패한 송강의 얼굴에는 근심이 가득했다. 오용은 송강에게 술을 권하고 위로한 후 석용, 양림. 등비 세 수령과 친한 손립이 호걸들과 함께 새로운 작전을 수립하도록 했다. 모든 계책을 가다듬은 손립 일행은 축가장으로 향했다. 그러자 모든 배치가 끝난 뒤 오용이 문득 대종을 불렀다.

“아우는 산채로 돌아가 철면공목 배선과 성수서생 소양, 통비원 후건, 옥비장 김대견, 이 네 사람을 급히 데려오게. 내 그들을 쓸 일이 있네.”

이에 대종은 양산박으로 되돌아갔다. 등주에서 온 호걸들로 양산박 군사들이 이내 활기를 되찾고 있을 때 진채를 지키던 군사가 달려왔다.

“호가장의 호성이 찾아왔습니다.”

송강은 얼른 호성을 군막 안으로 불러들이게 했다. 호성이 중군 군막으로 찾아와 절하고 말했다.

"제 누이가 어린 나이에 소견까지 좁아 장군의 위엄을 모르고 대들다가 사로잡혔다고 들었습니다. 바라건대 장군께서는 그 철없는 것을 불쌍히 여겨 한 번만 용서해 주십시오. 제딴에는 축가장과 혼인이 정해졌다고 해서 그 편을 들려다가 그리된 듯합니다. 만약 장군께서 누이를 놓아주신다면, 앞으로는 맹세코 축가장을 돕지 않겠으며 장군을 돕겠습니다. 무엇이고 분부하시는 대로 따르겠습니다."

"축가장이 무례하게도 까닭 없이 우리 산채를 우습게 알아 이번에 군사를 내게 되었소. 따라서 우리의 상대는 축가장이지 당신네 호가장이 아니오. 그런데 당신의 누이가 우리의 왕왜호를 사로잡아 갔기 때문에 우리도 당신의 누이를 사로잡은 거요. 당신들이 왕왜호를 놓아주면 우리도 호삼랑을 놓아주겠소."

그러자 호성이 당황해하며 말했다.

"일이 난처하게 되었습니다. 우리는 사정도 모르고 축가장 말을 듣고, 왕두령을 벌써 보내버렸습니다. 지금 축가장에 갇혀있는 분을 저희가 어떻게 풀어줄 수 있겠습니까?"

"당신이 왕왜호를 우리에게 내줄 수 없다면 우린들 어떻게 당신의 누이를 내줄 수 있겠소?"

송강이 노기를 띠고 말하자 오하구가 나섰다.

"당신네 호가장에서 앞으로는 축가장을 도와서는 안됩니다. 만약 축가장에서 그리로 노방을 사는 사가 있더라도 반드시 우리에게 넘기십시오. 붙잡힌 사람들을 우리에게 넘겨주면 우리도 당신의 누이를 돌려드리겠습니다."

호성은 그들에게 그렇게 하겠다고 맹세하고 돌아갔다. 한편 손립은 깃발에 '등주병마제할 손립' 이라고 쓴 다음 일행을 인솔하고 축가장 뒷문으로 갔다. 축가장에서 손립이 왔다는 전갈을 받은 난정옥은 축가 삼형제에게 말했다.

"손제할은 나와 형제 같은 사이로 어렸을 적부터 한 스승에게 무예를 배웠네. 그런데 오늘 무슨 일로 여기를 왔는지 모르겠구먼."

그리고는 이십여 인마와 함께 대문을 열고 적교를 내리게 한 뒤 밖으로 나와 손립을 맞아들였다.

"자네는 등주를 지키고 있는 줄 알았는데 여기는 웬일인가?"

"이번에 군관 총사령관께서 내게 운주로 가서 양산박 도적들을 치라는 명령을 내렸소. 그래서 가는 길에 잠깐 뵈러 온 것입니다. 정문으로 가려다가 군사들이 많아서 일부러 길을 돌아 뒷문으로 왔습니다."

손립의 속을 알 리 없는 난정옥이 그 말에 반가워하며 말했다.

"마침 잘 왔네. 그간 여기는 양산박 도적떼가 쳐들어 와서 여러 번 싸운 끝에 우리가 두령 몇 놈을 사로잡았네. 이제 괴수 송강을 마저 잡은 후에 관가로 이송할 작정이네."

손립은 난정옥의 말에 맞장구를 쳤다.

"이 아우가 비록 재주는 없지만 여기까지 왔으니 그냥 갈 수야 없지요. 작은 힘이라도 형님을 돕겠습니다."

난정옥은 그 말을 듣고 기뻐했다. 그는 손립을 축조봉 부자와 인사시키고 후당으로 모셨다. 손립은 함께 온 손신과 해진, 해보 세 사람을 자기 아우라며 소개하고 악화는 운주에서 마중나온 구실아치(벼슬아치 밑에서 일 보는 사람)로, 추연, 추윤은 등주의 군관이라고 둘러댔다. 축조봉과 그 세 아들이 비록 총명하다고 해도 안식구까지 딸린 일행과 수많은 보따리며 수레까지 끌고 온 손립을 달리 의심할 길이 없었다. 거기다가 손립은 난정옥과 동문수학한 사람이 아닌가. 축가장에서는 곧 소와 말을 잡아 크게 잔치를 베풀어 손립 일행을 환대했다. 이틀이 지나고 사흘째가 되었을 때 문득 졸개가 들어와 송강의 군사들이 쳐들어온다는 보고를 해왔다. 그러자 축표가 자리를 박차고 일어났다.

"내가 나가 그놈을 사로잡아야겠다!"

그는 즉시 장객 1백여 명을 거느리고 밖으로 달려나갔다. 송강의 군사는 소이광 화영을 두령으로 하여 5백 명 가량의 졸개가 밀려내려 오고 있었다. 축표는 화영과 맞아 싸웠으나 오십여 합에도 승패가 나지 않았다. 화영은 짐짓 힘이 달리는 것처럼 말 머리를 돌려 달아나기 시작했다. 기세가 오른 축표는 말을 몰아 그런 화영을 뒤쫓으려 했다. 화영의 활 재주가 귀신같다는 것을 잘 알고 있는 장객 하나가 축표에게 주의를 주었다.

"장군은 뒤쫓지 마시오. 저자는 활을 아주 잘 쏘는 놈이오."

축표는 그 말을 듣자 말머리를 돌려 돌아왔다. 장원 안으로 들어가 말에서 내린 축표는 술상이 차려진 안채로 들어갔다. 축표가 술잔을 들려는데 손립이 물었다.

"소장군께서는 오늘 그 도적을 사로잡으셨소?"

"그 놈들 중에 소이광 화영이란 놈이 있는데 창을 제법 쓸 줄 알지요. 오늘 나와 오십여 합을 싸우다 달아나기에 뒤쫓으려 했으나 그놈이 활을 잘 쏜다기에 그만두고 돌아왔습니다."

그러자 손립이 입가에 웃음을 띠며 말했다.

"내가 비록 재주 없으나 내일 나가 몇 놈 붙잡아 보겠소."

이튿날 싸우러 나갈 구실을 미리 만들어 두려는 속셈이었다. 넷째날 정오 무렵 장원 일꾼이 안채로 달려와 급하게 소리 질렀다.

"송강군이 또 장원으로 쳐들어옵니다!"

그러자 축룡, 축호, 축표 삼형제는 갑옷을 입고 말을 몰아 장원 앞문 밖으로 나갔다. 축조봉은 장원 문루 위에 앉고, 왼편에는 난정옥, 오른편에는 손립이 앉아 적의 형세를 살피고 있었다. 송강의 진영에서는 표지두 임충이 나와 큰소리로 욕을 퍼부어 댔고, 이에 축룡이 창을 들고 말에 올라 1백여 명의 장객을 거느리고 달려갔다. 임충 역시 장팔사모를 휘둘러 축룡을 맞았다. 그러나 서로 맞서기를 삼십여 합을 했으나 승패가 나지 않았다. 이에 양편에서 징을 쳐 두 사람은 싸움을 그치고 제 진중으로 돌아갔다. 그때 축호가 크게 노하여 달려나가 큰 소리로 외쳤다.

"송강은 나오너라. 결판을 짓자!"

그 말이 끝나기 전에 송강 진영에서 한 장수가 말을 몰고 나왔다. 그가 곧 목홍이었다. 두 장수가 서로 삼십여 합을 싸웠으나 역시 승패가 나지 않았다. 그때 축표가 창을 잡고 몸을 날려 이백여 기를 이끌고 뛰어나갔다. 송강 진영에서는 양웅이 달려나와 그와 맞서 싸웠다. 장문 위에서 이를 바라보던 손립은 끝끝내 참지 못하고 손신을 불러 말했다.

"내 창을 가져오너라."

이윽고 갑옷 입고 투구를 쓴 손립이 팔에는 쇠채찍을 감고 창을 비껴든 채 말에 오르자 축가장에서 징이 한 번 크게 울렸다. 그 소리에 맞춰 손립이 진 앞으로 나서자 송강의 진영에서는 임충, 목홍, 양웅이 싸움을 그치고 말머리를 나란히 해 섰다. 손립은 송강의 군사 쪽을 향해 더욱 큰 소리로 외쳤다.

"어느 놈이 나와 맞붙을 테냐? 결판을 짓자!"

그러자 송강의 진중에서 북소리와 함께 석수가 나왔다. 곧 두 마리의 말이 엇갈리면서 손립과 석수의 창이 얽혔다. 그러나 이번에도 쉰 합이 넘도록 승부가 나지 않았다. 그러자 손립은 일부러 틈을 보여 석수의 헛창질을 끌어들이더니 그걸 슬쩍 피하면서 말 위의 석수를 가볍게 잡아챘다. 그리고는 마치 어린아이를 다루듯 석수를 끼고 장원 앞으로 오더니 땅바닥에 내던졌다.

손립이 석수를 사로잡아 오는 것을 보고 힘을 얻은 축씨 삼형제가 일제히 군사를 몰아치고 나갔다. 기세가 꺾인 송강군은 제대로 싸워 보지도 못하고 뿔뿔이 흩어져 달아났다. 송강군을 멀리까지 쫓은 뒤에야 군사를 거둔 축씨 삼형제는 문루로 돌아와 손립을 치하해 마지않았다. 손립은 자랑하는 기색 없이 말했다.

"지금까지 잡은 도둑이 모두 몇이나 되오?"

축조봉이 아들들을 대신해 대답했다.

"처음에 시천이란 놈을 잡았고, 다음에 염탐꾼 양림이란 놈을 잡았고, 또 황신이란 놈을 잡았고, 호가장이 왕영이란 놈을 잡았고, 진명, 등비 두 놈을 잡았으며, 이번에 다시 석수란 놈을 잡았으니 모두 일곱이외다."

손립이 그런 축조봉에게 말했다.

"한 놈도 죽여서는 안 됩니다. 죄수 싣는 수레 일곱 채를 마련해 집어넣고 몸이 상하지 않도록 술과 밥을 잘 먹여야 합니다. 그리고 송강이란 놈을 사로잡으면 모두 동경으로 묶어 보내 천하에 축씨 삼걸이 있음을 알게 하십시오."

그 말에 축조봉은 기뻐하며 말했다.

"이번에 제할님의 도움까지 얻었으니 양산박도 끝장이오."

축조봉은 그렇게 말한 뒤 손립을 안채의 술자리로 이끌었다. 원래 석수의 무예는 결코 손립보다 못하지 않았다. 그러나 손립이 축가장 사람을 속이는 데 도움을 주기 위해 일부러 사로잡혀 준 것이었다. 그리하여 축가장 사람들의 믿음을 더욱 굳게 한 손립은 슬슬 일을 꾸미기 시작했다. 먼저 추연과 추윤, 악화를 시켜 집안의 문이며 길목을 살피게 하고 장원의 지세도 익혀 두게 했다. 한편 잡혀 있던 등비와 양림은 추연과 추윤이 축가장 안을 어슬렁거리는 것을 보고 일이 돌아가는 것을 눈치챘다. 악화는 사람들이 보이지 않으면 그들에게 은밀히 접근하여 소식을 전했다.

손립이 축가장에 들어간 지 닷새째가 되는 날이었다. 손립이 축가장 사람들과 장원을 거니는데 사람이 달려와 송강군이 사방에서 공격해 오고 있다고 알렸다.

"너희는 당황하지 말고 갈고리와 던지는 오랏줄을 많이 마련해 놈들을 사로잡도록 해야 한다. 죽은 놈은 아무짝에도 쓸모가 없다."

손립은 마치 주인이나 되는 것처럼 그렇게 축가장의 군사들에게 지시했다. 축조봉이 문루 위에 올라가 전장을 살피니, 동쪽의 선봉장은 임충으로 이준, 완소이와 함께 오백 명이 넘는 인마를 이끌고 따랐고, 서쪽 선봉장은 화영으로 장횡과 장순이 뒤따르고 있었다. 다시 남쪽으로는 목홍과 양웅, 이규 세 사람이 역시 오백의 인마를 이끌고 있었다. 이에 축가장 사면으로 양산박의 군마들이 에워싸며 북소리가 요란하게 천지를 뒤흔들었다.

보고 있던 난정옥이 굳은 얼굴로 말했다.

"오늘 저것들의 기세를 보니 가볍게 맞서서는 안 될 것 같소. 나는 서북쪽으로 오는 적을 막겠소."

"나는 앞문으로 나가서 동쪽의 놈들을 쳐부수겠습니다."

축룡이 난정옥의 말을 받아 그렇게 말했다. 축호도 한 갈래를 맡았다.

"나는 뒷문으로 나가 서남쪽으로 오는 놈들을 막지요."

그러자 축표도 가만히 있지 않았다.

"나는 앞문으로 나가서 송강을 잡겠습니다."

네 사람이 곧 말에 올라 각각 삼백여 기를 거느리고 나섰다. 그때 추연과 추윤은 큰 도끼를 감춘 채 감옥 문 왼편을 지키고, 해진과 해보는 칼을 품고 뒷문을 떠나지 않았으며, 손신과 악화는 앞문 좌우를 지키고, 고대수는 스스로 쌍칼을 들고 때가 되면 지체 없이 거사할 태세를 갖추었다.

그때 축가장의 북소리가 세 차례 울리고 호포가 공중에 터지면서 앞뒷문이 일제히 열리고 다리가 놓였다. 네 곳에서 군사들이 아우성을 치며 각기 동남서북으로 내달렸다. 그 뒤를 손립이 십여 명 군사를 데리고 따라나와 적교 위에 섰다. 장원문 안에 있던 손신은 원래 가지고 있던 깃발을 꺼내 얼른 문루에 걸었다. 그러자 악화가 창을 들고 큰 소리를 질러 신호를 했다.

그 소리를 들은 추연과 추윤이 갑자기 함성을 내지르며 도끼를 휘둘렀다. 금세 곳간을 지키던 장원의 일꾼들 십여 명을 베어 넘긴 두 사람은 얼른 수령들이 갇힌 수레를 부수어 열었다. 밖으로 뛰쳐나온 일곱 호걸들은 무기를 들고 고함을 지르며 내닫는 한편 고대수는 쌍칼을 들고 내당으로 뛰어들어 축조봉 가족들을 남김없이 베었다. 일이 그렇게 되자 축가장 안은 갑자기 걷잡을 수 없는 혼란에 빠졌고 축조봉은 혼비백산하여 우물 안에 뛰어들어 자결하려는 순간 석수의 칼에 쓰러졌다.

한편 해진과 해보는 마초더미에 불을 질렀다. 장원에서 불길이 솟는 것을 본 송강의 네 갈래 군마는 힘을 얻어 앞으로 내달았다. 먼저 축호가 정원 안에서 불이 난 것을 보고는 군사를 돌렸다. 그러자 손립이 적교 위에 서 있다가 축호를 가로막으며 큰 소리로 외쳤다.

"이놈, 어디로 가려느냐?"

축호가 얼른 말 머리를 돌려 송강의 군사들이 있는 쪽으로 달아나자 여방과 곽성이 그런 축호에게 일제히 창을 내질렀다. 축호가 말에서 떨어지자 양산박의 군사들이 덮쳐 그를 죽였다. 한편 동쪽으로 간 맏아들 축룡은 임충의 무예를 당할 길이 없어 장원 뒤로 쫓겨오게 되었다. 축룡이 적교에 이르러 보니 장원 뒷문에서 해진과 해보가 장원 일꾼들의 시체를 하나씩 밖으로 내던지고 있었다. 당황한 축룡은 곧 말머리를 북쪽으로 돌렸으나 갑자기 이규가 뛰어들어 쌍도끼를 풍차처럼 휘둘러 축룡의 말머리를 베었다. 이에 축룡은 손 한 번 제대로 쓰지 못하고 말 아래로 떨어져 이규의 도끼에 정수리를 맞고 죽었다.

축표의 운명도 두 형과 크게 다르지는 못했다. 축가장에서 벌어진 일을 알고 호가장으로 달아났으나 호성에 의해 사로잡혀 송강에게 가던 중에 이규를 만나 이규의 도끼에 맞아죽었다. 이규는 이에 그치지 않고 호가장 안으로 들어가 호태공과 그 가족들을 하나도 남기지 않고 모조리 죽여버렸다. 그리고 졸개를 시켜 호가장 안의 재물과 마필을 끌어낸 후 장원에 불을 질러버렸다.

그때 송강은 축가장 청사에 자리 잡고 앉았다. 양산박 두령들이 사로잡은 사람이 사오백이요, 빼앗은 말은 오백 필이 넘고, 붙들어 모은 소와 양은 그 수를 헤아릴 수가 없을 정도었다. 송강이 기뻐하면서 말했다.

"난정옥은 호걸인데 싸움 중에 죽었다니 참으로 애석하구나."

그때 사람이 들어와 알렸다.

"흑선풍 이두령께서 호가장을 치고 불을 지르셨습니다."

"전날 호성이 이미 와서 항복을 했는데 누가 그를 보고 호가장을 치라 했느냐? 또 장원에 불은 왜 질렀다더냐?"

그때 흑선풍이 온몸이 피투성이가 되어 허리에 두 자루 도끼를 차고 바로 송강 앞에 정중히 예의를 갖추었다.

"네 이놈! 군령을 어겼으니 참수를 받아 마땅한 일이되 축룡과 축표를 죽인 공이 있어 용서한다만 앞으로 또 그런 일이 있으면 용서하지 않겠다."

송강은 이규를 꾸짖었다. 마침내 그는 백성들에게 거두어들인 축가장의 식량을 한 가마씩 나누어주고 남은 식량을 모두 수레에 싣게 한 후 금은을 비롯한 재물을 삼군의 두령들에게 골고루 나누어주었다. 그 밖의 소, 양, 나귀들은 산채로 끌고 가 쓰기로 했다.

모든 처리가 끝나자 크고 작은 두령들이 인마를 수습해 돌아갈 채비를 했다. 송강을 비롯한 두령들은 모두 말에 올라 삼 대로 나눈 인마를 이끌고 밤낮 없이 달려 산채로 돌아갔다.

뇌횡과 주동도 양산박으로……

한편 박천조 이응은 화살에 맞은 상처가 나은 후에도 장원 문을 굳게 닫아걸고 밖으로 나오지 않았다. 축가장이 송강의 손에 함락되었다는 소식을 듣고는 크게 놀라면서도 이가장이 아무런 피해가 없는 것에 안도하고 있었다. 그런데 어느날 장원의 일꾼이 들어와 알렸다.

"지부께서 몇십 명의 수하를 거느리고 우리 장원으로 오셨습니다."

이응은 급히 두흥으로 하여금 문을 열고 적교를 내려 지부를 맞아들였다. 이응은 흰 비단으로 팔을 싸맨 채 지부를 집안으로 안내했다. 이응이 절을 올리자 지부가 그에게 물었다.

"축가장이 몰살되었다는데 어찌 된 일인가?"

"저는 축표가 쏜 화살에 왼팔을 맞아 그 뒤로는 감히 밖으로 나가지 못했습니다. 때문에 그 일에 대해선 잘 모릅니다."

"무슨 말이냐. 축가장에서 올린 보고서를 보면 네가 양산박의 도적들과 결탁하여 도적의 군마를 끌어들였으며, 놈들에게 비단과 금은 따위를 받았다는데 모른단 말이냐?"

"법도를 아는 소인이 도적떼들에게 어찌 그런 뇌물을 받았겠습니까?"

그러자 지부가 옥졸들을 보고 소리쳤다.

"저놈을 묶어라. 관아로 데려가 축가장 놈들과 대질시키면 모든 게 밝혀질 것이다."

그러자 지부 곁에 있던 우후 둘이 달려나와 이응을 묶었다. 지부는 다시 보고서에 이름이 오른 두흥도 결박하여 관아로 향하였다. 길을 떠난 지 삼십 리가 채 안 되었을 때였다. 갑자기 길가에서 송강, 임충, 화영, 양웅, 석수 등이 길을 막아섰다. 임충이 먼저 말 앞에 서서 소리 높여 외쳤다.

"양산박 호걸들이 여기 와서 기다린 지 오래다."

그 소리에 지부를 비롯한 관아의 사람들은 감히 맞설 엄두를 못 내고 이응과 두흥을 버려 둔 채 달아났다. 송강이 이응에게 말했다.

"우리들이 그냥 가버리면 반드시 어른께 누를 끼칠 것 같아서 지금까지 기다리고 있었습니다. 이미 저희와 함께 도둑이 되는 것을 마다하셨지만 저희 산채에 가서 며칠 쉬는 거야 어떻겠습니까? 거기서 일이 잠잠해진 뒤에 다시 산채를 내려오셔도 늦지 않을 겁니다."

그렇게 되니 이응과 두흥도 마다할 수 없어 송강 일행을 묵묵히 따라나섰다. 송강 일행은 그로부터 며칠 안 되어 양산박으로 돌아갔다. 산채에 남아 있던 조개 이하 여러 두령이 내려와서 그들을 영접하며 술을 권했다. 이윽고 조개와 송강이 이응 앞에 엎드려 절하며 말했다.

"우리 형제들이 전부터 어른의 큰 이름을 듣고 흠모한 나머지 이번 계책을 세웠던 것입니다. 부디 너그럽게 용서해 주십시오."

이응이 놀라 자세한 내막을 알아보니 장원에 불을 지르고 가족들은 이미 모두 양산박으로 와 있었다. 어쩔 수 없게 된 이응은 말없이 고개를 끄덕여 그들을 따를 것을 밝혔다. 이윽고 새두령 이응의 환영회가 열려 잔치가 베풀어지는 가운데 일장청 호삼랑과 고대수가 따로 앉아 후당에서 술을 마셨다. 이윽고 송강이 왕영을 불렀다.

"내가 청풍산에서 자네를 장가 들여주겠다고 약속했으나 아직 성사를 못 이루어 늘 마음이 허전했는데, 이번에 아버님께서 딸 하나를 얻으셨기에 오늘은 기어코 자네를 중매서려고 하네."

그러고는 송태공에게 사람을 보내 일장청 호삼랑을 데리고 술자리로 나오게 했다.

"여기 내 아우 왕영이 무술은 비록 누이에 못 미치지만 아름다운 규수를 찾아 장가를 들여주겠다고 약속해 놓고 아직 그 언약을 시행하지 못했소. 마침 좋은 날을 받아두었으니 두 사람이 여기서 인연을 맺는 것이 어떻겠소?"

일장청은 송강이 의리를 중히 여기는 사람임을 잘 알고 있었다. 마음에 차지는 않았지만 마다할 수도 없었다. 말할 것도 없이 왕영은 입이 귀밑까지 찢어질 만큼 좋아했다. 일장청도 다소곳이 머리 숙여 송강에게 그 중매를 감사해하니, 보고 있던 두령들이 모두 기뻐해 마지않았다. 일장청과 왕영의 혼사에 대한 얘기로 술자리가 한 층 흥겨워져 모두들 술잔을 기울이고 있는데, 산아래 주귀의 주점에서 전령이 왔다.

"산아래 큰길에서 객상 떼가 지나가기에 졸개들이 길을 막았더니 그 중의 한 분이 운성현의 도두 뇌횡이라 하기에 지금 주귀 두령께서 술과 밥을 대접 중입니다."

조개와 송강은 몹시 기뻐하며 그 자리에서 몸을 일으켜 군사 오용과 함께 산아래로 달려갔다. 주귀는 벌써 금사탄에 배를 대놓고 기다리고 있었다. 송강이 주귀와 함께 온 뇌횡을 보고 황망히 엎드려 절을 하며 말했다.

"그 때 헤어진 후로 항상 도두를 잊지 못하고 있었는데, 어떻게 이곳에 오셨습니까?"

뇌횡 역시 황망히 엎드려 답례를 하고 말했다.

"저는 지현의 명을 받아 동창부에 공문을 보내고 돌아오는 길입니다. 마침 이 근처를 지나는데 이곳 사람들이 나와 돈을 내놓으라 하더군요. 그래서 보잘것없는 이름을 대었더니 주형께서 알고 저를 데리러 나오셨습니까."

송강이 뇌횡을 산채로 이끌어 술을 내어 대접했다. 떠들썩한 잔치가 닷새나 이어졌다. 송강은 바로 대놓고 말하지는 못했지만 뇌횡이 그대로 산채에 머물러 주기를 간절히 바랐다. 그러나 뇌횡에게는 아직도 양산박에 들어 한패가 될 생각은 없었다.

"늙으신 어머님을 모시는 처지라 따를 수가 없습니다. 어머님께서 세상을 버리신 후에나 이곳에 와 함께 지내도록 하지요."

그리고 그날로 모두에게 작별한 뒤 산을 내려갔다. 두령들은 저마다 금과 비단을 내어 그에게 주고 금사탄까지 나와 그를 배웅했다. 뇌횡은 양산박을 떠나 보따리를 등에 지고 부지런히 길을 걸어 이튿날 운성현으로 돌아왔다. 집에 들러 노모께 돌아온 인사를 한 후 공문을 들고 현청으로 지현을 보러 갔다. 지현에게 공문을 바치고 돌아온 뇌횡은 집에서 하룻밤을 쉰 뒤 다음 날부터 전처럼 현청 일을 보았다. 그러던 어느 날 현청에서 일을 보고 있는데 누가 등뒤에서 부르는 것이었다.

"도두께서는 언제 돌아오셨습니까?"

뇌횡이 돌아보니 현청에서 잡일을 맡고 있는 이소이李小二라는 자였다.

"며칠 전에 돌아왔네."

"도두께서 떠나신 후 백수영白秀英이라는 기생이 동경에서 왔습니다. 미모가 뛰어나고 재주가 아주 비상하지요. 지금 극장에서 노래를 부르고 비파도 타는데 구경꾼들이 매일 엄청나게 몰려듭니다. 어른께서도 한번 가보시지요?"

마침 한가했던 뇌횡은 이소이의 권유대로 극장을 찾았다. 안으로 들어간 뇌횡은 곧바로 왼쪽에 있는 줄 제일 앞자리로 가서 앉았다. 오래잖아 연극은 끝나고 적삼을 입은 한 늙은이가 무대 위로 올라왔다.

"이 늙은이는 동경 태생 백옥교白玉僑입니다. 저는 비록 나이가 많고 재주 또한 없으나 어린 딸 수영이 노래와 춤, 비파로 여러분들을 즐겁게 해드릴 터이니 허물 마시고 잘 봐주십시오."

이어 징소리가 크게 한 번 울리더니 백수영이 무대에 올라섰다. 백수영은 사방을 향해 절을 한 뒤 잡은 막대로 박자를 맞추어 칠언절구를 노래하기 시작했다.

새로 온 새 즐거우면 있던 새는 날아가고
늙은 양이 말라 가면 젊은 양은 살이 찐다.
사람의 먹고 입는 일 참으로 어렵구나

쌍쌍이 나는 원앙새를 못 따르네.

노래가 하도 좋아 듣고 난 뇌횡이 갈채를 보냈다. 백수영은 다시 목소리를 뽑아 때로는 노래하고 때로는 읊어 가니, 듣는 사람의 갈채가 끊어지지 않았다. 백수영의 노래가 한참 절정일 때 아비 백옥교가 끼어 들었다.

"아무리 돈 안 드는 재주라지만 세상에 공짜가 어디 있겠느냐? 얘야, 잠깐 내려오너라."

아비가 그렇게 말하자 백수영은 북채를 놓은 뒤 쟁반을 들고 일어나 자리를 돌기 시작했다. 뇌횡의 자리가 왼쪽 제일 앞줄이라 절로 뇌횡에게 먼저 가게 되었다. 뇌횡은 얼른 품속을 뒤져보았으나 뜻밖에도 돈을 한 푼도 가지고 온 것이 없었다. 그가 미안해서 입을 열었다.

"마침 오늘 주머니가 비었으니 내일 와서 후하게 주겠네."

"청룡두상 가장 좋은 좌석에 앉아 계신 어른께서 이러면 어떡하죠? 제게는 내일 만금보다도 오늘 열 냥이 더 중요합니다."

"내가 마침 돈이 없어서 그렇지 주기 싫어서가 아닐세"

"나으리께서 노래를 들으러 오시면서 어찌 돈을 가지고 오는 것을 잊었단 말입니까?"

"네게 네댓 냥 은자를 주어도 아깝지 않지만 지금 당장은 아무것도 없으니 어쩌겠나."

"오늘 한 푼도 없는 양반이 네댓 냥을 쉽게 말하시는군요. 그림의 떡을 보고 배고픈 것을 참으라는 말과 같네요."

그때 백옥교가 뒤에서 소리를 질렀다.

"얘야, 너는 눈도 없느냐? 성내 양반하고 촌사람도 분간 못하다니…….
졸라도 바로 보고 졸라야지. 어서 다른 분에게 인정을 구해 봐라."

그 말에 뇌횡은 화가 벌컥 나 백옥교를 노려보고 소리쳤다.

"내가 어찌 아무것도 모른다고 하는가?"

"당신이 만약에 여기 계신 분들처럼 사리를 아는 양반이라면 개 머리에

뿔이 돋겠소."

그러자 장내에서는 한바탕 웃음소리가 일어났다. 뇌횡은 더욱 발끈했다.

"이놈. 네가 감히 누굴 모욕하느냐?"

그 때 사람들 중에 뇌횡을 알아보는 이가 있어 백옥교에게 다가가 일러 주었다.

"그래서는 아니 되오. 저분은 우리 현의 뇌도두요."

"뭐? 나귀 대가리라고?"

백옥교가 빈정대는 말에 뇌횡은 마침내 더 참지 못하고 무대 위로 뛰어 올라가 백옥교의 멱살을 잡았다. 뇌횡의 한 주먹, 한 발길질에 백옥교는 입술이 터지고 이가 부러져 그대로 마룻바닥에 쓰러졌다. 사람들이 달려 와 뇌횡을 말리니, 뇌횡도 백옥교가 늙은 사람이라 그쯤하고 돌아갔다.

원래 백수영은 동경에 있을 때 새로 온 지현과 서로 왕래가 있었던 사이로 그녀가 운성현에 온 것은 지현 때문이었다. 백수영은 아버지가 뇌횡에게 맞자 곧 교자를 타고 관가로 가 지현에게 일러바쳤다.

"뇌횡이란 놈이 우리 아버님을 때렸을 뿐만 아니라 무대까지 부숴 버리고 말았지 뭐예요. 제놈이 그렇게 나를 업신여길 수 있나요?"

현감은 그 말에 노하여 백수영으로 하여금 고발장을 쓰게 했다. 지현은 백옥교를 불러들여 그 상처를 살피고 뇌횡을 잡아들이려 했다. 현청 안의 여러 사람들이 모두 뇌횡과 좋게 지내는 터라 그를 위해 지현에게 사정을 했으나 소용이 없었다.

뇌횡은 잡혀 들어가 문초를 받고 마침내 옥에 갇히고 말았다. 백수영은 그것도 부족했는지 현감에게 부탁하여 뇌횡을 시장거리로 끌고 가서 조리 를 돌려 아버지의 분을 풀었다. 그때 뇌횡의 모친이 밥을 들고 아들을 찾 아 옥으로 가는 길에 그 광경을 보고 옥졸들을 꾸짖었다.

"당신들은 내 아들과 같이 관아에서 일하는 사람들 아니오. 어찌 이러실 수가 있소?"

"아주머니, 저희도 이러고 싶어서 그러는 것이 아닙니다. 저기 찻집에

있는 원고가 저희들이 사정을 봐주면 지현께 일러 욕을 보이겠다니 어쩝
니까?"

그러자 뇌횡의 노모는 더 이상 참지 못하고 달려가 아들의 결박을 풀어
주면서 말했다.

"그 천한 년이 세력을 업고 날뛰어도 난 겁날 것이 없다."

그때 찻집 안에 있던 백수영이 그 말을 듣고 뛰쳐나왔다.

"이 할망구가 어쩌려고 이래?"

뇌횡의 노모는 그 말을 듣고는 계집을 손가락질하며 욕을 퍼부었다.

"이 천한 암캐야, 네년이 감히 그렇게 욕할 수 있느냐?"

그 순간 백수영은 버들 같은 눈썹을 세우고 뱀눈을 떴다.

"어디서 거지같은 년이 와서 함부로 내게 욕을 해?"

백수영이 발끈 성을 내며 손바닥으로 뇌횡의 노모를 후려쳤다. 뇌횡의
노모가 놀라고 분해 맞섰다. 백수영은 그런 노파에게 다시 덤벼 불이 번쩍
일도록 따귀를 올려붙였다. 그 순간 뇌횡은 치솟는 화를 누르지 못하고 쓰
고 있던 칼로 백수영을 후려쳤다. 칼의 널빤지가 백수영의 머리 위에 정통
으로 떨어졌다. 백수영은 머리가 수박처럼 쪼개져 땅바닥에 쓰러졌다.

옥졸들은 백수영이 맞아 죽는 것을 보고 뇌횡을 지현에게로 끌고 갔다.
뇌횡이 아무것도 부인하지 않고 자기가 한 일을 그대로 말하니 그 어머니
는 일없이 집으로 돌려보내졌다. 뇌횡은 전보다 더 큰 칼을 쓰고 더 깊은
감옥으로 보내졌다. 그때 뇌횡을 맡은 절급이 바로 미염공 주동이었다. 그
는 뇌횡과 친하게 지냈으나 구해낼 노리가 없었다. 그서 술과 밥을 잘 먹
이고 감옥이나 깨끗하게 청소하게 해 뇌횡을 편하게 해줄 뿐이었다.

얼마 뒤에 뇌횡의 어머니가 밥을 가지고 왔다. 그녀는 주동이 뇌횡을 맡
은 것을 보고 하소연했다.

"이 늙은이의 나이 예순이 넘네. 그런데 저렇게 된 아이를 어찌 차마 눈
뜨고 보겠나? 자네가 평소에 우리 애와 친형제처럼 지내던 정을 생각해서
라도 내 아들의 살길을 마련해 준다면 죽어서도 그 은혜는 잊지 않겠네."

노모는 말을 마치자 눈물을 비오듯 쏟았다.

“어머니께서는 안심하고 돌아가십시오. 어떻게든 뇌형을 구해 보도록 하겠습니다.”

주동이 좋은 말로 뇌횡의 노모를 안심시키자 그제서야 그녀도 안심하고 돌아갔다. 뇌횡의 노모가 돌아간 뒤 주동은 하루 종일 생각에 잠겨 보았으나 뇌횡을 구할 방도는 떠오르지 않았다. 지현이 워낙 백수영에게 빠져 있던 터라 뇌횡의 용서를 구할 수가 없었다.

현에서 가두어 둘 수 있는 두 달이 지나자 뇌횡은 그 사건에 관한 모든 서류와 함께 제주부로 넘겨지게 되었다. 그때 뇌횡을 제주부로 호송하게 된 것 또한 주동이었다. 주동은 십여 명의 옥졸과 함께 뇌횡에게 칼을 씌워 운성현을 떠났다. 십여 리쯤 가자 술집이 하나 있었다. 주동은 부하들에게 술을 먹인 후 뇌횡을 데리고 집 뒤로 가서 칼을 벗기고 묶은 것을 풀어준 뒤 말했다.

“자네는 이제 돌아가게. 가서 어머니를 모시고 다른 곳으로 피하도록 하게. 뒷일은 내가 알아서 하겠네.”

뇌횡이 고개를 내젓는다.

“주형이 내 대신 화를 당할 것이 분명한데⋯⋯, 그렇게는 못하겠소.”

“이보게, 자네는 모르네. 지현은 자네가 그 계집을 죽였다고 해서 잔뜩 앙심을 품었네. 이대로 제주까지 가면 살아날 길이 없을 거네. 그러나 나는 자네를 놓아 줘도 죽을 죄를 짓는 것은 아니니 걱정 말게. 게다가 나는 부모가 모두 안 계시니 가산을 몰수당해도 괜찮네.”

그 말에 뇌횡은 다소 안심이 된 듯 주동에게 절을 하고 뒷문으로 달아나 자기 집으로 돌아갔다. 그리고는 대강 보따리를 꾸린 뒤 늙은 어머니를 모시고 그날 밤으로 양산박을 찾아 떠났다. 한편 주동은 앞뜰로 돌아와 옥졸들에게 소리쳤다.

“뇌횡이 도망갔으니 일을 어찌하면 좋으냐?”

주동은 한참이나 시간을 끈 뒤에 옥졸들을 데리고 현청으로 돌아갔다.

그때는 이미 뇌횡이 멀리 달아났을 시간이었다. 지현은 본래 주동을 신임했기 때문에 이번 일을 덮어주고 싶었으나 백옥교가 위에 보고하겠다고 나서는 바람에 어쩔 수 없이 그를 제주부로 압송했다. 제주부에서는 주동이 살인범을 고의로 놓아보낸 죄로 매 스무 대를 때려 두 명의 공인을 붙여 창주로 귀양을 보냈다.

창주에 이른 주동과 공인들은 성안으로 들어가서 부윤을 찾았다. 마침 부윤은 부청에 나와 있었다. 공문을 다 읽은 부윤은 가만히 주동을 살펴보았다. 외모가 속되지 않고 얼굴은 무르익은 대추빛 같고 잘 기른 수염이 가슴까지 나 있었다.

"저 죄수는 감옥으로 데려가지 말고 여기 이 부청 안에 남겨 잔일이나 거들도록 하여라."

부윤이 그렇게 영을 내리자 그 자리에서 주동이 쓰고 있던 칼이 벗겨지고 두 공인은 답신공문을 받아들고 제주로 돌아갔다.

주동은 그날부터 부중에 있으면서 부윤의 시중을 들었다. 그러던 어느 날, 부윤이 주동을 가까이 불러 물었다.

"너는 무슨 이유로 뇌횡을 놓아주고 이처럼 귀향살이를 왔더냐?"

주동은 뇌횡이 백수영을 죽인 사연부터 지금까지의 일을 낱낱이 얘기했다.

"그래서 네가 뇌횡을 일부러 놓아 주었구나?"

그래도 주동은 바른대로 털어놓지 못했다.

"제가 어찌 감히 관청을 속이고 윗사람을 어기겠습니까?"

그때 문득 병풍 뒤에서 부윤의 어린 아들 소아내가 걸어나와 웬일인지 주동에게 달려들어 그의 품에 안겼다. 주동이 귀여운 마음으로 덥석 안자 아이는 두 손으로 주동의 수염을 붙들고 놀았다. 소아내가 까닭 없이 주동을 좋아하자 이후로 부윤은 주동에게 소아내를 돌보아주도록 했다. 그렇게 얼마를 지나 칠월 보름, 곧 우란분盂蘭盆 대재일이 왔다. 그 날 저녁 계집종이 주동에게 와서 말했다.

"주도두님, 도련님께서 오늘은 강물에 등 띄우는 행사를 구경하고 싶어

하십니다. 마님께서 분부하시기를 도두님이 도련님을 안고 가서 한번 구경시키고 오라셨습니다.”

주동이 대답하고 기다리자 안에서 소아내가 초록색 견직물 적삼을 입고 머리에 진주 두 줄을 달고 나왔다. 주동은 그를 번쩍 안아 등에 업고 밖으로 나왔다. 그가 지장사로 갔을 때는 초경이었다. 절을 한 바퀴 돌고 수륙당 방생지로 갔다. 여기 저기 켜놓은 등불이 환하게 번쩍거렸다. 소아내가 난간에 올라가 놀고 있을 때 홀연 누가 그의 소매를 잡아당겼다. 돌아보니 뜻밖에 뇌횡이었다.

“형님, 잠깐만 저리 가시지요. 드릴 말씀이 있습니다.”

주동은 소아내를 돌아보고 말했다.

“도련님, 여기 조금만 앉아 기다리십시오. 제가 가서 사탕을 사오겠습니다. 절대로 다른 곳에 가셔서는 안 됩니다.”

주동은 뇌횡을 으슥한 곳으로 데리고 갔다.

“아우가 여기는 웬일인가?”

“형님이 나를 구해주신 후로 어머니를 모시고 양산박으로 가서 송공명을 찾아뵙고 형님의 은덕을 말씀드렸더니 송공명께서도 옛 은혜를 생각하시고 조두령 이하 모든 두령들이 모두 감격하여 나와 오선생에게 형님을 만나 뵙도록 했소.”

“오선생은 어디 계신가?”

그러자 등뒤에서 오학구가 나타나며 말했다.

“오용이 여기 있습니다.”

그리고는 주동 앞에 엎드려 큰절을 올렸다. 주동이 황망히 답례하며 말했다.

“오랜만에 뵙습니다. 선생께서는 그간 별고 없으셨는지요?”

“산채의 여러 두령들이 하나같이 주형을 그리워하고 있습니다. 그래서 이번에 이 오용과 뇌도두를 보내 주형을 산채로 모셔 오라더군요. 바라건대 주형께서는 우리와 함께 산채로 가시어 조개와 송강 두 분 형님을 기쁘게 해주십시오."

그러나 주동은 고개를 가로저었다. 그들은 할 수 없이 그 자리에서 헤어져야 했다. 주동이 돌아와 보니 소아내가 보이지 않았다. 주동이 소스라치게 놀라 미친 듯 이리저리 찾아 헤맸다. 그때 뇌횡이 다시 나타나 주동의 팔을 잡았다.

"우리와 같이 온 사람이 형님이 양산박에 안 가시겠다고 하시니 소아내를 데리고 가버린 것 같습니다. 우리 모두 함께 가서 찾아보도록 하지요."

바로 그때 이규가 나타나서 말했다.

"형님, 내가 붙들어다가 몽환약 한 봉지를 입에 털어 넣고 성밖으로 업고 나왔더니 아직 잠이 안 깬 모양이오. 지금 저기 숲속에서 자고 있으니 한 번 가보시구려."

이 같은 이규의 말에 주동은 얼른 숲속으로 달려갔다. 밝은 달빛 아래 찾아보니 정말로 부윤의 아들이 땅바닥에 누워 있는 것이 보였다. 주동은 얼른 아이를 안아 일으켜 보았다. 그러나 아이는 이미 머리가 두 쪽이 나서 죽어 있었다. 주동은 크게 노해 두 주먹을 불끈 쥐고 수풀 밖으로 나왔지만 세 사람은 이미 간 곳이 없었다. 그 때 어디선가 이규가 불쑥 나타나 소리쳤다.

"어이, 여기야. 빨리 와!"

주동은 눈에서 불이 났다.

"이놈아, 도망가지 말아라."

주동이 소리를 크게 지르며 필을 길이 붙이고 쫓아갔다. 이규는 곧 몸을 돌려 달아났다. 한참 쫓아갔으나 이규는 재빨리 어느 큰집으로 들어가 문을 닫아버렸다. 주동은 문을 두드리며 큰 소리로 외쳤다.

"아무도 안 계시오?"

그때 한 사내가 밖으로 나왔다. 그는 당대의 풍운아이자 뛰어난 가문의 자손이며 만리에 어진 이름을 떨친 당대의 맹상군 소선풍 시진이었다.

"그대는 뉘시오?"

주동이 보니 그의 생김이 남달리 뛰어난데다 몸에 밴 위엄도 여느 사람 같지 않았다. 그는 황망히 예를 차리고 말했다.

"소인은 운성현 관리 주동으로 죄를 짓고 이곳에 귀양온 사람입니다. 간밤에 부윤의 아들 소아내가 죽었는데 그 살인범 흑선풍 이규라는 자가 댁의 집으로 들어갔기에 잡으려고 합니다. 부디 허락해 주십시오."

"누구신가 했더니 미염공이시로군. 좀 올라와 앉으시지요."

"저를 알아보시는 듯한데, 나으리의 성함은 어찌 되시는지요?"

"저는 소선풍 시진이라고 합니다."

"시대관인의 크신 이름을 오래 전부터 들어오고 있었습니다. 오늘 뜻밖에도 이렇게 뵙게 되니 몸둘 바를 모르겠습니다."

주동이 그에게 정중히 예를 베풀자 시진이 그를 후당으로 안내했다.

"이 사람은 본래 천하의 호걸들과 사귀며 놀기를 좋아합니다. 우리 집 선조들이 원래 진교역에서 송태조에게 왕위를 물려준 공로가 있어 선대로부터 일찍이 단서철권을 내리셨기 때문에 죄를 지은 사람도 우리 집으로 도망쳐 오면 아무도 잡아갈 수 없지요. 최근에 양산박의 급시우 송공명이 오학구, 뇌횡, 흑선풍 세 사람을 내 집으로 보내 귀하를 산채로 청하여 대의를 맺으려 했으나 귀하가 원하지 않았기에 부득이 이규를 시켜 소아내를 죽여 귀하의 살길을 끊도록 한 것이니 그리 아시고 너무 노여워하지 마십시오. 오선생과 뇌도두는 어서 나와 사죄하시오."

그 소리에 오용과 뇌횡이 안에서 나와 주동 앞에 엎드리며 말했다.

"형님, 용서하십시오. 이 모든 것이 송공명 형님께서 시키신 일입니다. 산채에 가보시면 다 알게 될 겁니다."

"아무리 좋은 뜻이라도 어찌 그리 수단이 독할 수가 있소? 어떻게 아무것도 모르는 어린아이를 그처럼 죽일 수가 있느냔 말이오?"

곁에서 시진이 극구 권했지만 주동은 분이 풀리지 않았다.

"내가 양산박에 가기는 가겠지만 먼저 흑선풍을 좀 만나 봐야겠소."

시진이 옆방을 향해 소리쳤다.

“이형, 어서 나오시오.”

그 소리에 이규가 나와서 주동 앞에 사죄했다. 주동은 눈앞에서 이규를 보자 분노가 하늘까지 치솟아 억제할 길이 없어 그대로 이규에게로 달려들었다. 그러자 시진, 오용, 뇌횡 세 사람이 동시에 달려들어 그를 말렸다.

“만약에 나를 기어코 양산박으로 데리고 가고 싶다면 한 가지 소원을 들어주시오. 아니라면 나는 죽어도 못 가겠소.”

“한가지 아니라 열 가지라도 들어주겠소. 어서 말하시오.”

“나를 데리고 가려거든 먼저 저 흑선풍을 죽여 내 원을 풀어주시오.”

그 말을 듣고 이규는 크게 노하였다.

“네가 왜 나를 죽이려드느냐. 나는 조두령과 송두령의 명령에 따랐을 뿐이다.”

주동이 그 소리를 듣고 어찌 참겠는가. 다시 이규에게 덤벼들어 끝장을 낼 기세였다. 이번에도 세 사람이 힘을 다해 그런 주동과 이규를 떼어놓았다. 마침내 시진이 제시한 타협이 이루어져서 흑선풍 이규는 시진의 집에 남고 주동과 오용, 뇌횡 세 사람만이 양산박으로 향했다. 주동이 운성현에 남아 있는 가족을 걱정하자 송두령이 이미 산채로 옮겨 보호하고 있다고 말해주었다. 주동은 크게 안심하고 양산박에 올라가 두령이 되었다.

한편 창주의 부윤은 아들을 데리고 나간 주동이 밤이 깊어도 돌아오지 않자 사람을 풀어 사방을 찾아보게 했다. 다음 날에야 아들이 시체를 발견하고 슬픔과 괴로움 속에 관을 마련하고 아들을 장례지냈다.

다음날 부윤은 곳곳에 공문을 보내 주동을 잡아들이게 하고 운성현에도 사람을 보내어 주동의 가족을 잡아들이게 했으나 주동의 처자도 이미 달아난 뒤였다. 그 바람에 더욱 화가 난 부윤은 각 고을마다 방을 붙이고 많은 상을 걸어 주동을 쫓았다.

고당주 대전투

그때까지 이규는 시진의 장원에 머물고 있었다. 그럭저럭 한 달쯤이 지난 어느 날, 어떤 사람이 편지 한 통을 들고 쫓기듯 시진의 장원으로 달려들어왔다. 그 사람이 가지고 온 편지를 본 시진은 놀란 얼굴로 말했다.

"일이 그렇게 되었다면 내가 가봐야겠다."

"나으리, 무슨 일입니까?"

고당주高唐州에 살고 있는 숙부 시황성柴皇城이 새로 온 지부 고렴高廉의 처남 은천석殷天錫이라는 자에게 시달리고 있다는 소식이었다. 편지에는 온천석이 숙부의 화원을 강압적으로 뺏으려고 하기 때문에 화병으로 누워 있다고 써 있었다.

"나으리께서 가신다면 저도 데려가 주십시오."

"형이 좋다면 함께 갑시다."

시진은 별 생각 없이 쉽게 허락했다. 다음 날 집을 떠난 시진은 그 날 저녁 고당주에 도착했다. 성내 숙부집에 도착해 말에서 내린 그는 이규와 하인들을 밖에 두고 혼자 집안으로 들어가 숙부를 만나보았다. 숙부 시황성은 얼굴이 누렇게 뜨고 몸은 마른 나무처럼 말라 있었다. 혼은 이미 나가버린 사람 같고 미미한 기운으로 버티고 있는 형편이었다. 시진은 숙부의 병상 아래서 소리를 내어 통곡했다. 그러자 시황성의 후처가 나타났다.

"먼 길 오시느라 피곤하실 터인데 먼저 이리로 오셨군요. 너무 괴로워하지 마세요."

나이는 젊어도 숙모뻘이라 시진이 얼른 일어나 예를 올리고 그간의 사정을 들었다.

"이 고을에 새로 부임한 고렴은 고당주의 병권을 겸하고 있는 막강한 자로 동경 고태위의 조카랍니다. 최근에 고렴의 처남 은천석이 함께 내려왔는데 새파랗게 어린놈이 제 매부를 등에 업고 온갖 못된 짓을 다하더니 우리 집 화원을 탐내더군요. 이놈이 무뢰한 수십 명을 이끌고 와서 우리에게 무조건 화원을 내놓으라고 하니 숙부께서 그 꼴을 보고 크게 꾸짖으셨어요. 그랬더니 놈들이 패거리를 몰고 와서 숙부를 구타하고 행패를 부렸지요. 젊은 놈에게 모욕을 당하시자 분함을 못 이겨 자리에 누운 후로는 식음을 전폐하고 약도 효험이 없이 저 모양이십니다."

듣고 난 시진은 분하기 그지없었으나 억지로 목소리를 부드럽게 해 젊은 숙모를 안심시켰다.

"너무 염려 마시고 숙부님의 병환이나 신경을 쓰십시오. 제가 그 놈과 따져보겠습니다."

시진은 숙모를 위로하고 이규와 하인들에게 내용을 얘기했다. 그러자 이규는 가져온 도끼를 먼저 들었다.

"저런 못된 놈이 있나! 생각 따위는 나중에 하고 내가 먼저 이 도끼 맛부터 보여줘야 합니다."

"서두를 것 없소. 놈이 세력을 믿고 그러는 것 같은데, 나는 먼저 법대로 따져 볼 것이오."

"조정의 약속 따위를 어떻게 믿습니까? 그런 것이 제대로 지켜졌다면 천하가 이렇게 어지럽지도 않을 것입니다. 나는 뭐든지 먼저 해치우고 생각은 나중에 합니다. 만약 그놈이 관가에 고소를 한다면 관가고 뭐고 한꺼번에 때려부수겠소."

두 사람이 그렇게 주고받고 있는데 계집종 하나가 황망히 달려나와 시황성이 시진을 찾는다는 말을 전했다. 시진이 다시 병실로 돌아가 침상 앞에 엎드리자 시황성이 당부했다.

"조카는 당당한 남아로서 조상을 욕되지 않게 하라. 나는 이제 은천석에게 맞아 죽는다만 너는 이 일을 그냥 넘겨서는 아니 된다. 도성으로 올라가 조정에 알리고 이 원수를 갚아다오. 부디 몸조심하고 내 당부 잊지 말아라.”

그리고 마침내 힘이 다했는지 말을 끝내기가 무섭게 숨을 거두었다. 시진은 숙부의 시신 앞에서 통곡을 한 후 예를 갖추어 숙부의 장례를 치렀다.

시진의 숙부 시황성이 세상을 떠난 지 사흘 째 되는 날, 은천석은 수십 명의 건달들을 데리고 들이닥쳤다. 은천석이 기세 좋게 주인을 찾는 소리에 시진은 상복을 입은 채 달려나갔다. 은천석은 말에서 내리지도 않고 거만하게 물었다.

“너는 뭣하는 놈이냐?”

“저는 시황성의 조카 되는 시진이라 합니다.”

시진이 상중에 다툴 수 없어 치미는 속을 억지로 누르고 공손하게 대답했다. 은천석은 한층 거만을 떨며 목소리를 높였다.

“내가 전날 이르기를 이 집을 비워 놓으라 했거늘 어찌 듣지 않느냐?”

“숙부께서 병환으로 엊그제 돌아가셨소. 초상은 치러야 하지 않겠습니까?”

“좋다. 사흘 기한을 줄 테니 그 안에 집을 비워라. 만약 사흘을 넘기면 네놈도 무사하지 못할 테니 그리 알아라.”

시진도 은천석이 그렇게까지 나오자 더 참지 못했다. 목소리를 가다듬어 타이르듯 말했다.

“직각 어른께서 사람을 너무 얕보시는구려. 우리 가문은 황손으로 송조에서도 단서철권을 내리신 바 있소. 누구도 함부로 대할 수는 없소.”

“뭐? 단서철권을 가졌다고? 그럼 어디 한번 보자.”

“지금 여긴 없고 창주의 내 집에 있소.”

“이놈 수작 좀 봐라. 날 갖고 놀고 있군. 여봐라, 저놈을 사정보지 말고 맛좀 보게 해주어라.”

그 갑작스런 호령에 은천석을 따라왔던 건달들이 소매를 걷어붙이고 나섰다. 그때 흑선풍 이규는 벌써부터 문앞에 와서 시진과 은천석의 시비에 귀를 기울이고 있었다. 이규는 똑바로 은천석에게 달려가 말 위에서 끌어내리더니 그대로 땅에 메다꽂고 바위 같은 주먹을 휘둘렀다. 건달들은 때 아닌 소동에 시진에게는 다가가 보지도 못하고 은천석부터 구하러 달려들었다가 이규의 주먹에 대여섯 명이 짚단처럼 쓰러졌다. 그제서야 겁을 먹은 나머지 건달들이 달아났고, 이규는 다시 은천석을 일으켜 세우고 마구잡이로 주먹질을 해댔다.

놀란 시진이 겨우 이규를 말렸으나 이미 은천석의 숨은 끊어진 뒤였다. 걱정이 된 시진은 얼른 이규를 뒤채로 데려가 말했다.

"여럿이 보는 앞에서 일을 저질렀으니 곧 사람들이 몰려올 것이오. 형은 어서 양산박으로 돌아가시오."

"내가 달아나면 대관인이 난처할 것이오."

"나는 단서철권이 있으니 몸을 지킬 수가 있소. 내 걱정은 마시오."

이규는 마침내 쌍도끼를 감추고 뒷문으로 나가 곧바로 양산박으로 향해 달아났다. 그가 떠난 지 얼마 후에 이백여 명의 관군들이 달려와 시황성의 집을 둘러싸고 은천석을 죽인 자를 찾았다.

"살인자는 지금 여기 없소. 내가 대신 관에 가서 설명할 것이오."

그러나 무리는 들은 척도 않고 먼저 시진을 묶은 뒤 집안을 뒤져 흑선풍 이규를 찾았다. 그러나 끝내 이규가 보이지 않자 시진만 끌고 관아로 갔다. 그때 고렴은 처남이 맞아죽었단 소리를 듣고 분함으로 이를 갈고 있던 중이었다.

"네 놈이 어찌하여 그런 일을 저질렀느냐?"

시진은 자신이 누구이며 사건의 경위가 어떻게 되었는지 고렴에게 자세히 설명하였다. 그러나 고렴 역시 시진의 가문을 믿지 않고 형리들에게 매를 치도록 명령을 내렸다. 형리들이 달려들어 시진을 엎어놓고 사정없이 매질을 했다. 금세 시진의 살이 찢어지고 피가 흘렀다. 아무리 시진이라 해도 쏟아지는 매 아래서는 배겨낼 재간이 없었다. 끝내는 고렴이 바라는 대로 말해 주고 말았다.

"내가 이규를 시켜 은천석을 죽이게 했소."

고렴은 기다리던 공초를 받아 내자 비로소 매질을 멈추게 했다. 그리고 시진에게 사형수에게나 씌우는 스물닷 근짜리 칼을 씌운 뒤 감옥에 가두게 했다. 고렴의 못된 짓은 그것으로 그치지 않고 시황성의 집안을 뒤집어 엎고 식구들을 모조리 가둔 뒤 집을 빼앗아 버렸다.

한편 흑선풍 이규는 밤길로 양산박에 들어가 두령들에게 시진을 따라 고당주에 갔다가 고렴의 처남을 때려죽이고 도망 온 얘기를 전했다. 그말을 들은 송강이 깜짝 놀라 말했다.

"그렇다면 시진형이 잡혀갔을 것이 아니냐?"

"형님, 걱정하지 마십시오. 대종이 돌아오면 곧 모든 것을 알게 될 것입니다."

오학구가 곁에서 말했다. 송강은 이규를 산채로 되불러들이기 위해 대종을 보낸 것이다. 예상했던 대로 대종은 창주에 들렸다가 고당주에 가서 자세한 내막을 알아 가지고 왔다. 시진은 옥에 갇혀 목숨을 보전하기 어렵게 되었고, 시황성의 가족들은 집을 몰수당하고 모두 옥에 갇혀 있다는 보고였다. 이에 양산박의 두령 조개는 여러 두령들에게 말했다.

"시진은 우리 산채에 여러 가지로 은혜를 베푼 사람이다. 이제 위태롭고 어려운 지경에 빠져 있으니 내가 직접 내려가서 그를 구해야겠다."

그러나 송강이 이번에도 말렸다.

"형님은 산채의 주인이시니 계십시오. 제가 시진 나으리의 은덕을 입은 적도 있고 하니 형님을 대신해 제가 내려가 보겠습니다."

오학구도 송강과 뜻이 같았다. 송강이 가는 것이 옳다는 표정으로 거들었다.

"고당주가 비록 성은 작으나 사람이 많고 양식도 넉넉해 가벼이 보아서는 안 될 것입니다. 번거롭지만 임충, 화영, 진명, 이준, 여방, 곽성, 손립,

구봉, 양림, 등비, 마린, 백승 이 열두 두령과 마보군 오천을 선봉으로 삼으심이 좋을 듯합니다. 중군은 송공명 형님이 거느리시고 저와 주동, 뇌횡, 대종, 이규, 장횡, 장순, 양웅, 석수 등 열 명의 두령이 역시 마보군 삼천으로 뒤를 받치도록 하지요.”

그렇게 되자 조개도 자신의 뜻을 굳이 내세우지는 않았다. 이에 스물 두 명의 두령과 팔천의 병마는 그날로 산채를 떠나 고당주로 향했다. 그때 고렴은 양산박 전군이 쳐들어온다는 말을 듣고도 놀라지 않고 오히려 냉소를 지었다.

“내가 양산박에 들어가 잡초 같은 도적떼들을 퇴치하려던 참에 놈들이 제 발로 걸어온다니 마침내 하늘이 내게 공을 이루게 해주시는구나.”

고렴은 군사들을 모으고 백성들을 진정시켜 성안을 정돈한 뒤 높고 낮은 장수들과 함께 성을 나가 적을 맞았다. 그때 고렴 밑에는 비천신병飛天神兵이라 불리는 특별한 부대가 있었는데 하나 하나가 다 각 지방에서 뽑아온 뛰어난 무사들이었다.

고렴은 그들을 몸소 이끌고 말에 올라 성밖으로 나갔다. 거기서 기다리던 군사를 호령해 진을 펼친 뒤 자신의 신병은 중군에 배치했다. 관군은 펄럭이는 깃발 아래 함성을 지르고 북과 징을 울리며 적을 기다렸다.

이윽고 임충과 화영, 진명 등이 거느린 오천의 병마가 이르렀다. 두 편의 군사가 서로 부딪치자 금세 화살이 오르내리고 북소리 징소리가 요란해졌다. 화영과 진명은 열 명의 두령을 이끌고 진 앞에 나와 섰다. 임충이 장팔사모를 비껴들고 말을 박차 내달으며 소리쳤다.

“고가성 가진 놈아, 어서 나오너라! 어디 한 번 겨뤄보자.”

“누가 나가서 저 도적놈을 잡아오겠느냐?”

그 소리에 군관들 중에서 우직于直이 말을 몰아 나왔다. 그러나 우직은 불과 오합이 못되어 임충의 칼에 맞아 말 아래 거꾸러졌다. 이어 온문보溫文寶가 장창을 들고 누런 말을 타고 나서자, 진명이 앞서 나가며 말했다.

“형님은 조금 쉬십시오. 저 놈은 내가 맡겠소.”

진명은 온문보와 맞서 불과 십 합만에 낭아봉으로 온문보의 머리를 내리쳐 죽였다. 고렴은 두 장수가 연달아 적장의 손에 죽는 것을 보자 직접 태아보검太阿寶劍을 빼어들고 나섰다. 그리고는 무어라 주문을 외웠다.

"가라!"

그가 한 마디 외치자 진중에서 한 줄기 검은 기운이 일더니 하늘에서 모래와 돌이 날며 일진광풍이 일어나 양산박 진영을 휩쓸었다. 그 모래와 돌이 양산박의 진중을 덮치니 임충, 진명, 화영 등은 서로 상대방을 볼 수가 없게 되고 타고 있던 말들은 어지럽게 울며 길길이 뛰어 싸울 수가 없었다. 놀란 두령들이 먼저 말 머리를 돌려 그 요사스런 기운에서 벗어나려고 달리자 양산박의 군사들도 그들을 따라 달아나기 시작했다.

고렴이 다시 칼을 휘두르자 삼백의 신병이 달려나가 그런 양산박 군사들을 덮쳤다. 그 뒤를 관군이 따르니 양산박 군사들은 그 기세를 견뎌낼 재간이 없었다. 임충을 비롯한 오천의 병마는 곧 사방으로 흩어져 달아났다.

그 날 양산박의 오천 병마는 천여 명을 잃고 오십 리나 달아나서야 겨우 진채를 얽을 수 있었다. 고렴은 양산박의 군사들이 멀리 달아나는 것을 보고 군사들을 거두어 고당주 성안으로 돌아가 쉬었다. 그날 늦게 송강의 중군이 이르자 임충을 비롯한 선봉의 열두 두령은 첫싸움에서 있었던 일을 자세하게 들려주었다. 그 말을 들은 송강과 오용은 깜짝 놀랐다. 송강이 걱정스런 얼굴로 오용에게 물었다.

"아무래도 그놈이 술법을 부리는 모양이오. 이 일을 어찌하면 좋겠소?"

"제 생각에 그건 아무래도 도술 같습니다. 바람을 돌리고 불길을 바꾸어 보낼 수 있다면 적을 깨뜨릴 수도 있을 겁니다."

그 말을 들은 송강은 전에 구천현녀에게서 받은 천서를 펼쳐 보았다. 세 번째 책에 바람을 돌리고 불길을 바꾸는 비법이 적혀 있었다. 송강은 몹시 기뻐하며 거기에 쓰인 주문과 비결을 외웠다. 준비가 끝난 송강은 다시 인마를 점검한 뒤 북과 징을 울리며 고당주 성 아래로 밀고 들어갔다. 다시 고렴이 어제와 같이 신병 삼백을 거느리고 나왔다. 고렴은 송강의 움직임을 살펴보다가 높고 낮은 군교를 돌아보며 가만히 일렀다.

"기세가 오른 적과 함부로 맞붙어 싸울 것은 없다. 다만 방패 소리가 나거든 그때 일제히 뛰어나가 송강을 사로잡아라. 송강을 잡는 자에게는 큰 상을 내릴 것이다."

말을 마친 고렴은 짐승을 아로새긴 구리 방패를 안장에 걸고 손에는 보검을 든 채 진 앞으로 나아가서 허공에 한차례 칼을 휘젓더니 입 속으로 무언가를 중얼거리다가 소리쳤다.

"가라!"

그러자 검은 기운이 이는 곳에 다시 괴이한 바람이 불었다. 송강은 그 바람이 자기 편 진중에 이르기 전에 입으로 주문을 외기 시작했다. 왼손으로 무언가를 쓰는 시늉을 하고 오른손으로 칼을 들어 한 곳을 가리키며 송강도 고렴처럼 소리쳤다.

"빨리!"

그 소리에 송강 쪽으로 불어오던 괴이한 바람이 거꾸로 고렴의 신병을 향해 불어갔다. 송강은 때를 놓치지 않고 인마를 휘몰아 고렴의 군사를 덮쳤다. 고렴은 자기가 불어 보낸 바람이 되돌아오는 것을 보고 급히 구리방패를 들어올려 칼로 쳤다. 그 방패소리에 신병 쪽에서 한 줄기 누런 모래바람이 일며 한 떼의 괴상한 짐승과 독충들이 쏟아져 나왔다.

송강의 진영에서는 소란이 벌어졌다. 송강은 얼른 칼을 거두고 말 머리를 돌려 앞장서 달아났다. 여러 두령들이 그런 송강을 에워싸고 목숨을 보존하려고 뒤따랐다. 송강은 대책 없이 쫓겨 달아나 산 밑에 와서야 패잔병을 수습하고 오용에게 계교를 물었다.

"놈들은 도술로 오늘 밤 우리를 급습할 것이오. 우린 이곳에 군마를 조금만 매복시키고 모두 저번에 진채로 썼던 곳에서 기다리도록 합시다."

송강이 새로 세운 진채에는 양림과 백승에게 약간의 군사를 주어 남게 하고 그 나머지 인마는 모두 전에 쓰던 진채로 옮겨 쉬게 했다. 그날 양림과 백승은 군사를 이끌고 오리 밖으로 나가 풀숲에 매복하고 귀를 곤두세우고 있었다. 이윽고 밤이 되자 갑자기 바람이 불고 번개가 치기 시작했다. 양림과 백승이 거느린 삼백여 군사들은 풀숲에 숨어 가만히 앞쪽을 살펴보았다. 과연 고렴이 야습을 해왔다. 삼백 신병을 거느리고 온 고렴은 함성과 함께 진채를 들이쳤다. 그러나 진채가 텅 비어 있는 것을 알자 거꾸로 계책에 빠졌음을 깨닫고 얼른 몸을 돌려 달아나기 시작했다.

그때 양림과 백승은 달아나는 고렴과 그 군사들을 향해 활과 쇠뇌를 어지러이 쏘아붙였다. 그때 화살 한 대가 고렴의 왼쪽 어깨에 가서 꽂혔다. 고렴은 다친 몸으로 신병을 이끌고 점점 멀어졌다. 양림과 백승이 거느린 군사가 많지 않아 그런 고렴을 함부로 뒤쫓지 못했다. 얼마 안 있어 비가 그치고 구름이 걷혔다. 다시 나온 달빛 아래 언덕 쪽으로 가보니 고렴의 신병 이십여 명이 화살을 맞고 쓰려져 있었다. 백승과 양림은 그들을 묶어 송강의 진채로 끌고 갔다.

송강은 그런 양림과 백승에게 후하게 상을 주고 붙들려온 신병들은 목을 베어 장졸들의 사기를 돋워 주었다. 그러나 두 번이나 싸움에 진 것은 어쩔 수가 없었다. 군사들도 줄고 사기가 꺾여 그대로는 고렴과 싸우기 어려웠다. 이에 송강은 양산박으로 사람을 보내 산채의 군마를 더 보내 달라고 청했다.

한편 화살을 맞고 성안으로 돌아온 고렴은 그제서야 정신을 차리고 군사들에게 일렀다.

"성을 굳건히 지키고 야습에 철저히 대비하도록 하라. 적과 함부로 싸워서는 안 된다. 내 상처가 아물거든 그때 다시 한바탕 크게 싸워 송강을 사로잡아도 늦지 않다."

그렇게 되니 잠시 송강과 고렴의 군사들간에 싸움이 그쳤다. 송강은 싸움에 지고 인마가 꺾인 뒤라 마음이 답답해 군사 오용을 불러 의논했다. 오학구가 한참 생각에 잠겼다가 말했다.

"고렴의 저 요사한 술법을 깨뜨리려면 공손승을 찾아오는 수밖에 없습니다. 그가 온다면 고렴쯤은 간단히 깨뜨릴 수 있을 겁니다."

"지난번에 대종을 보내 봤지만 자취도 찾아내지 못했지 않았소? 그런데 어떻게 그를 찾는단 말이오."

송강이 더욱 어두운 얼굴이 되어 반문하자 오용이 위로하듯 대답했다.

"계주에 가봤다고 하지만 저자거리와 마을을 뒤져서는 그를 찾을 수 없습니다. 제 생각에 공손승은 도를 배우는 사람이라 틀림없이 이름난 산이나 큰 물가의 동굴 같은 곳에 살고 있을 것입니다."

송강이 들어보니 그도 그럴 듯 했다. 그 자리에서 대종을 불러 공손승을 찾아보라는 말을 했다. 대종은 이규와 함께 공손승을 찾아서 출발했다. 두 사람은 신행법으로 십여 일만에 계주에 도착하여 만나는 사람마다 공손선생의 행방을 물었다.

그러던 어느 날 두 사람은 배가 고파 길가의 국수집에 들어갔다가 자리가 모두 차서 한 노인과 합석을 하게 되었다. 두 사람이 국수를 시키고 반나절이 지나도록 국수가 나오지 않고 앞의 노인에게 먼저 국수가 날라져 오자 이규는 화를 내며 탁자를 내리쳤다. 그 바람에 국수 사발이 튀어올라 뜨거운 국물이 노인의 얼굴에 튀었다. 화가 난 노인이 그들에게 말했다.

"너는 어떤 놈이길래 이토록 도리를 모르느냐?"

이규를 대신해서 대종이 노인에게 잘못을 빌었다.

"어르신네. 죄송합니다. 저놈은 성질이 고약한 놈이니 어르신이 참으십시오."

"손님은 모르고 하는 말이오. 이 늙은이는 갈 길이 멀어 빨리 국수를 먹고 떠나야 한단 말이오. 오늘 설법을 들으려면 늦어서는 아니 되오."

"어르신네는 어디 사시는 분이십니까? 설법을 들으시다니 누구에게 듣습니까?"

"나는 이곳 계주의 구궁현 이선산 아래에 사는 사람이오. 성안의 좋은 항을 사서 돌아가 산 위에 계시는 나진인의 장생불사에 관한 설법을 들으려 하오."

대종은 혹시 공손승이 그런 곳에 있을지도 모른다는 생각이 들었다.

"노장께서는 혹시 공손승이란 이름을 들어보셨소?"

"그분은 바로 내 이웃에 사시지요. 허나 워낙 구름처럼 여행을 좋아하는 분이어서 집에는 별로 없습니다만 최근에는 집에 돌아와 노모를 모시고 계십니다. 사람들은 그 분을 청도인淸道人이라고 부르기 때문에 공손승이라고 하면 다른 사람들은 모르지요."

대종은 속으로 너무 기뻤다. 우연한 기회에 그토록 찾아 헤매던 공손승의 행방을 알게 되었기 때문이었다. 노인이 일러준 대로 집을 찾아가니 마침 한 노파가 광주리에 과일을 들고 안에서 나왔다.

"할머니, 청도인 댁에서 나오신 것 같은데 청도인은 지금 집에 계십니까?"

"집 뒤에서 단약을 짓고 있소."

대종은 이규를 돌아보며 넌지시 말했다.

"너는 저쪽 나무가 무성한 곳에 가서 기다리고 있어라. 내가 안으로 들어가서 공손승을 보게 되면 너를 부르마."

그러고는 집안으로 들어갔다. 초가에는 세 칸의 방이 있었는데 그 중 한 방문 앞에 갈대로 엮은 발이 내려져 있었다. 대종이 헛기침을 하자 안에서 백발 노파 한 분이 나왔다. 그가 곧 공손승의 어머니였다. 노모는 눈이 어두워 가을날 밤 달이 연기에 싸인 듯했고 눈썹은 희어서 새벽 서리가 햇빛을 받은 듯 반짝거렸다.

대종이 그 할머니에게 예를 올린 뒤에 물었다.

"할머님, 한마디 여쭙겠습니다. 저는 청도인을 뵈러 왔는데 계시는지요."

"당신은 누구요?"

"저는 대종이라 하며 산동에서 왔습니다. 청도인과 옛적부터 알고 지내던 사이입니다."

"우리 아이는 멀리 나가고 아직 돌아오지 않았습니다."

대종은 공손승의 어머니가 자기들을 따돌리고 있다는 생각에 이규를 불렀다. 이규는 쌍도끼를 꺼내 허리에 찬 뒤 집안으로 들어가 고함을 질렀다.

"네 이놈, 나오너라."

"무슨 일이 있으십니까?"

"나는 양산박의 흑선풍이오. 만약 공손승이 나오지 않으면 이놈의 초가에 불을 확 싸질러 버리겠소!"

이규가 여전히 거친 기세로 소리소리 질러 댔다. 공손승의 어머니는 계속 둘러댔으나 이규는 도끼를 쳐들고 초가의 벽을 후려쳤다. 공손승의 어머니가 그런 이규를 말리려 했으나 이규의 도끼에 놀라 물러서다가 땅에 쓰러졌다.

"너무 무례하지 마시오."

그때 누군가 집안에서 뛰어나오며 소리쳤다. 때를 같이하여 숨어 있던 대종도 뛰쳐나와 이규를 꾸짖었다. 이규는 비로소 도끼를 거두고 공손히 대꾸했다.

"형님, 이상하게 생각할 것 없소. 이러지 않으면 저 사람이 나오지 않았을 게요."

그사이 늙은 어머니를 일으켜 집안으로 모신 공손승이 다시 나와 두 사람을 안으로 청했다.

"두 분께서는 어인 일로 예까지 찾아오셨소?"

"이번에 내려온 것은 급한 일이 생겨서입니다. 송공명 형님이 시진을 구하려고 고당주로 갔다가 부윤 고렴에게 애를 먹고 있습니다. 그놈이 요술을 부리는 바람에 세 번이나 싸움에 지고 어찌할 줄 몰라하다 저더러 이규와 함께 형님을 찾아오라 한 것입니다."

그러자 공손승이 고개를 가로 저었다.

"나는 젊어서는 세상을 떠돌며 호걸들과 교류도 많이 했으나 양산박을 떠나 고향으로 돌아오니 첫째는 늙으신 어머니를 돌볼 사람이 없는데다 둘째는 스승 나진인께서 잠시도 곁을 떠나지 못하게 하시니 갈 수가 없는 몸이오.”

공손승은 이미 예전의 거친 호걸이 아니었다. 그사이 지긋한 도인이 다 되어 있었다. 다급해진 대종의 목소리가 저절로 사정조가 되었다.

“지금 송공명은 아주 위급한 지경에 빠져 있습니다.”

공손승은 대종과 이규를 방안에 앉혀 놓고 나가더니 고기 없는 술과 밥을 차려 내와 그들을 대접했다. 음식을 먹은 뒤에 대종이 다시 간곡한 목소리로 빌었다.

“만약 형님께서 가지 않으시면 송공명은 고렴에게 사로잡히고 말 것입니다. 그리 되면 산채고 대의고 모두가 끝장입니다.”

그러자 공손승도 마지못한 듯 말했다.

“그렇다면 스승님께 한번 여쭤 보겠소. 만약 스승님께서 허락하시면 한번 가보도록 합시다.”

공손승은 마침내 대종과 이규를 대리고 나진인을 만나러 갔다. 때는 초겨울이라 해는 짧고 밤은 길어서 해가 서산에 기울었다. 소나무 그늘의 작은 산길을 더듬어 올라가 도착한 곳은 나진인이 도를 닦는 집이었다. 붉은 글씨로 ‘자허관紫虛觀’이라는 쓴 패액이 걸려 있었다. 세 사람이 관 앞에 이르자 주위는 그야말로 선경이었다. 그들은 착의정에서 의복을 잘 가다듬고 낭하를 지나 전각 뒤에 있는 송학헌松鶴軒으로 들어갔다.

공손승이 사람을 데리고 왔다고 동자가 전하자 나진인의 입실 허락이 떨어졌다. 세 사람이 안으로 들어갔을 때 나진인은 제례를 끝내고 평상에 앉아 있었다. 그는 긴 머리에 위엄 있는 자태로 앉아 있었다. 그의 수행은 빈틈이 없어 보였고 푸른 눈빛은 높은 도인의 경지에 이른 듯 했다. 공손승은 그런 나진인에게 예를 표한 뒤 허리를 굽히고 읍揖을 했다. 대종은 나진인의 위엄에 눌렸는지 황망히 절을 했지만 이규는 번쩍이는 눈으로 나진인을 쏘아 볼 뿐이었다.

나진인이 공손승에게 물었다.

"저 두 사람은 어찌하여 왔는가?"

"두 사람은 옛날 제가 머물던 산동 시절의 인연들입니다. 지금 고당주의 고렴이 도술을 부려 의형 송강이 어려움에 빠져 제게 도움을 청하고 있습니다. 그러나 함부로 따라 나설 수가 없어 스승님께 여쭤 보려고 온 것입니다."

공손승이 어려워하는 태도로 스승의 물음에 답했다. 나진인이 은근히 나무람 섞인 말투로 다시 물었다.

"일청은 이미 시끄러운 세상일에서 벗어나 장생의 도를 닦기로 작정한 사람이 아닌가? 그런데 어찌하여 또 다시 속세의 일에 마음을 빼앗긴 것인가?"

그 때 곁에 있던 대종이 다시 나진인에게 간청했다.

"잠시만 공손 선생의 하산을 허락해 주십시오. 고렴을 혼내준 뒤에 즉시 이곳으로 모시겠습니다."

"이미 집을 떠나 도를 닦는 사람은 그런 일에 끼어 들지 않는다는 것을 두 분은 어찌 모르시오? 이만 내려가서 따로 궁리를 내보도록 하시오."

그렇게 되자 공손승은 어쩔 수 없다는 듯 두 사람을 데리고 송학헌을 나왔다. 도관을 나서 밤길로 산을 내려가는 길에 이규의 얼굴에는 불만이 가득했지만 대종과 공손승은 다음 날 아침에 다시 산으로 올라가 나진인에게 허락해주도록 간청을 해보기로 하고 그날 밤 잠을 청했다. 그러나 오경에 이르렀을 때 이규는 잠을 이루지 못하고 몸을 뒤척이다가 가만히 일어나 대종이 잠이 들었나 확인을 하고는 속으로 중얼거렸다.

'내가 그 늙은 것을 죽여 버리면 내일 아침 허락이 떨어지지 않는다 해도 송강 형님의 큰일을 망치는 일은 없을 것이 아닌가. 그 늙은 도사놈을 죽여 공손승이 물을 곳을 없게 해 놔야지. 그러면 우리와 같이 아니 갈 수는 없을 것이다.'

생각이 그렇게 정해지자 이규는 망설일 것 없이 쌍도끼를 꺼내 들고 일어났다. 이규는 뛰듯이 걸어 자허관 앞에 이르렀다. 문은 닫혀 있었으나 담은 높지 않았다. 그는 담을 훌쩍 뛰어넘어 소리없이 송학헌 앞에 이르렀다. 이규는 살금살금 기어가 문종이를 찢고 방안을 들여다보니 나진인이 혼자 앉아 있었다. 방안의 광경은 모든 것이 낮에 본 그대로였는데 다만 탁자 위에 켜진 두 자루의 촛불만이 다르게 빛날 뿐이었다. 나진인은 그 촛불에 의지해 무언가를 외고 있었다.

이규는 지체없이 안으로 들어가 도끼를 번쩍 들어 나진인의 정수리를 내리쳤다. 이상하게도 나진인의 몸에서는 붉은 피가 아닌 흰 피가 쏟아졌다. 그러나 이규는 겁내기는커녕 오히려 비웃었다.

"보아하니 이 늙은 것이 평생 숫총각으로 지낸 모양이구나. 몸에 고인 양기를 내쏟지 않아서 피가 이 모양이 된 게지. 붉은빛이라고는 한 점도 없구나."

이규는 그렇게 내뱉고는 몸을 돌려 송학헌을 나왔다. 그런데 미처 낭하를 빠져나오기도 전에 동자 하나가 나타나 앞을 가로막고 서서 소리쳤다.

"네놈이 우리 스승님을 죽여 놓고 어딜 달아나려 하느냐!"

이규는 순식간에 도끼로 동자의 머리를 내리찍었다. 동자의 머리가 떨어져 굴렀다. 이규는 껄껄 웃고는 한달음에 자허관을 뛰쳐나와 공손승의 집으로 재빨리 돌아왔다. 방에 들어와 보니 대종은 아직도 깊은 잠에 빠져 있었다. 이규는 날이 밝을 때까지 늘어지게 한숨 잤다. 이튿날 아침 세 사람은 조반을 마친 즉시 산에 올라갔다. 그들이 자허관을 지나 송학헌 앞에 이르자 동자 두 명이 서 있었다.

"진인께서는 어디 계시냐?"

"진인께서는 지금 평상에서 참선을 하시는 중입니다."

그말에 이규는 크게 놀랐다. 그들이 발을 걷고 들어가 보니 나진인이 방 가운데 단정히 앉아 있었다. 이규가 너무 놀라 두려운 생각에 빠져있을 때 진인이 입을 열었다.

"그대들 세 사람은 또 무슨 일로 왔는가?"

대종은 떨리는 목소리로 애걸했다.

"부디 자비를 베푸시어 어려움에 빠진 여럿을 구해주십시오. 공손승이 산을 내려가는 것을 허락해 주시면 그 은혜는 평생 잊지 않겠습니다."

그러자 나진인은 비로소 이규에게 눈길을 돌리며 대종에게 물었다.

"저 시커멓고 몸집이 큰 사내는 누군가?"

"제 의형제로서 이규라고 합니다."

대종이 답하자 진인이 빙긋이 웃으며 말했다.

"내 원래 공손승을 보내지 않으려 했으나 저 사람의 낯을 보아 한 번 보내 주겠네."

대종이 사례하자 나진인이 공손승을 돌아보고 말했다.

"내가 도술을 써서 너희 세 사람을 순식간에 고당주에 가게 해주겠다. 어떠냐?"

한시간이 급한 마당에 나진인이 그렇게 말하자 세 사람은 더욱 기쁘지 않을 수 없었다. 나진인이 동자를 불러 수건 세 개를 가져오게 하고 관문 밖으로 나갔다. 세 사람이 뒤를 따라 관문 밖에 있는 큰 바위 앞에 섰다. 순간 진인이 붉은 수건을 돌 위에 펴 놓고 공손승을 수건 위에 세운 다음 소매를 떨치며 말했다.

"떠올라라!"

그러자 그 수건은 한 조각 붉은 구름으로 변해 공손승을 태운 채 허공으로 떠오르기 시작했다. 그 붉은 구름이 산 위에서 한참을 떠올랐을 때 다시 소리쳤다.

"서라!"

나진인이 외치자 구름은 그 자리에 머물렀다. 그는 다시 푸른 수건을 펴 놓고 대종더러 타라고 한 다음 공손승과 똑같은 방법으로 수건을 푸른 구름으로 만들고 다시 이규를 태워 흰 구름으로 만든 다음 세 사람을 공중에 뜨게 만들었다. 이규가 놀라서 벌벌 떨었다. 이윽고 나진인은 그 중 두 사람을 땅 위에 다시 내려놓은 다음 이규에게 말했다.

"나는 출가한 사람으로서 일찍이 너를 괴롭힌 적이 없거늘 너는 어찌하여 한밤중에 담을 넘어 들어와 나를 죽이려 했느냐? 도끼로 나를 쪼갰으니 만약 내가 도력이 약했다면 죽고 말았을 게다. 게다가 내게 시중드는 아이까지도 죽이지 않았느냐?"

이규는 소스라치게 놀랐으나 끝까지 시치미를 떼었다.

"아, 아닙니다. 사람 잘못 보셨습니다."

"비록 네가 쪼갠 것은 호로병 두 개였을 뿐이지만 그 심보가 고약하니 어디 혼 좀 나봐라."

그리고는 손을 휘저으며 주문을 외웠다.

"가라!"

나진인의 그 같은 외침이 떨어지자마자 한 줄기 거센 바람이 불어와 이규가 탄 구름을 둥실 띄웠다. 그런 이규 곁에는 두 명의 황건역사가 이규를 꼼짝 못하게 붙잡고 있었다. 얼이 빠진 이규는 손만을 허우적거리며 몸부림을 쳤으나 구름이 바람에 몰려가는 대로 이끌려 가는 수밖에 없었다. 그렇게 얼마나 갔을까, 갑자기 시끌벅적한 소리가 들리더니 이규는 계주부의 관아 대청 앞마당으로 떨어졌다.

그날 계주 부윤 마사홍은 청정에 앉아 있다가 하늘에서 난데없이 사람이 떨어지자 깜짝 놀랐다. 이어 십여 명의 포졸들이 이규를 붙잡아 묶었다.

"너는 어디서 온 요사스런 인간이냐? 어떻게 하여 하늘에서 떨어졌느냐?"

하지만 이규는 대답할 처지가 못 되었다. 높은 하늘에서 떨어지는 바람에 머리는 터지고 얼굴은 찢어졌으며 제 정신이 아니었다. 이에 옥졸이며 절급들이 이규를 땅바닥에 엎어놓고 한 우후가 가져온 개의 피 한 독과 한 통의 똥오줌을 뒤집어 씌웠다. 이에 정신을 차린 이규가 소리쳤다.

"나는 요사스러운 인간이 아니라 나진인의 제자입니다."

원래 계주 사람들은 나진인을 살아있는 신으로 알고 있는 터라 관리들은 그의 제자라는 말에 생각이 달라졌다. 그래서 관리들은 부윤에게 형벌을 주는 것은 옳지 않다고 말했으나 부윤은 그 말을 듣지 않았다.

"나는 많은 책을 읽고 여러 일들을 들었지만 신선이 저 같은 제자를 두었다는 말을 들어본 적이 없다. 저놈은 틀림없는 요물이다. 여봐라! 저 놈을 매우 쳐라."

형리가 좌우로 달려들어 이규를 어지럽게 쳤다. 이규는 아픔을 참지 못하고 마침내 자신이 요물임을 자백해야 했다. 부윤은 큰 칼을 씌워 이규를 옥에 가두고 말았다. 그는 감옥에 들어가자 옥졸들에게 소리쳤다.

"나는 치일신장値日神將이다. 나를 이렇게 가두면 계주 백성들이 몰살당할 것이니 그리 알아라."

그 소문이 퍼지자 나진인의 높은 덕을 믿는 계주부의 관리들은 부윤이 잘못하고 있다고 생각하고 술과 음식을 갖추어 잘 대접한 후 따뜻한 물을 가져와 목욕을 하게 해주고 새 옷으로 갈아입혔다. 한편 이규가 지금 어떤 꼴을 당하고 있다는 것을 알게 된 대종은 나진인 앞에 엎드려 죄를 빌었으나 나진인은 이규를 용서하지 않았다. 그럭저럭 닷새가 지났다. 대종은 매일 나진인을 찾아뵙고 이규를 구해 주기를 빌었다.

"그런 인간은 없애는 것이 좋겠네. 함께 데리고 돌아갈 생각은 말게."

"진인께서는 잘 모르십니다. 이규가 비록 우둔하여 사리를 돌보지 못하긴 하나 성품이 강직하고 남을 속이거나 아첨하는 법이 없으며 죽어도 그 마음이 변하지 않습니다. 또한 음욕이나 사심이 없어 재물을 탐내지 않고 의리를 배반하지 않아 늘 일을 맡으면 남보다 앞서 해결하기 때문에 송공명이 지극히 아끼는 두령입니다. 그를 버려 두고 저 혼자 돌아갈 수 없으니 부디 용서해주십시오."

그제서야 나진인이 빙긋이 웃으며 말했다.

"실은 나도 이규가 상계의 천살성天殺星임을 잘 알고 있네. 세상사람들이 하도 죄를 많이 지어 하늘이 그를 내려보내 죽이려 함이니 어찌 그런 하늘의 뜻을 거역하고 그 사람을 죽일 수 있겠는가? 나는 그를 잠시 혼내주고 있을 뿐이네."

이윽고 나진인이 황건역사를 불러 이규를 데려오게 했다. 그 말에 바람같이 사라진 역사는 한 시진도 안 되어 이규를 데려와 하늘에서 떨어뜨렸다. 대종이 반갑게 달려나와 이규를 부축하자 이규는 나진인을 향해 무수히 머리를 조아려 절을 하면서 예를 갖추었다. 나진인은 마침내 공손승에게 말했다.

"지금까지 네가 배운 것만으로도 고렴만큼은 될 것이다만 이제 특별히 너에게 한 가지 더 가르쳐 주겠다. '오뢰천심정법五雷天心正法'이라는 술법인데, 이것을 쓰면 송강을 구하고 나라도 지키고 백성을 편안하게 할 수 있을 것이니 부디 욕심에 사로잡히지 말고 하늘을 대신해 도를 행하는데 소홀함이 없게 하라. 그리고 너의 늙은 어미는 내가 보살필 테니 걱정하지 않아도 된다. 너는 본래 상계의 천간성天間星을 가졌기로 너를 허락하는 것이다."

공손승은 나진인에게 진법의 비결을 배우고 두 자루의 보검을 챙긴 후 도사의 복장으로 그들과 함께 고당주로 길을 떠났다. 대종은 한 걸음 앞서 송강에게 가고 공손승과 이규는 큰 길을 따라 부지런히 길을 재촉했다. 이규는 나진인의 술법에 잔뜩 겁을 먹은 터라 공손승에게도 그지없이 고분고분했다. 사흘째 되는 날, 두 사람은 무강진이라는 곳에 이르렀다. 이틀을 바삐 걸었으므로 두 사람은 피곤하여 길가의 작은 술집에 들려 술과 국수를 사먹기로 했다. 두 사람이 자리를 정하고 앉아 공손승이 술집 일꾼을 불러 술과 나물 안주를 시켰다.

"여기 점심도 먹을 수 있소?"

술과 안주를 시킨 뒤 공손승이 다시 그렇게 덧붙여 묻자 술집 일꾼이 대답했다.

"저희 집에서는 술과 고기는 팝니다만, 고기 없이 점심만 팔지는 않습니다. 길거리에 나가면 대추떡 파는 데가 있습죠."

그러자 이규가 보따리에서 동전을 몇 푼 꺼내 길거리로 나갔다. 이규는 어렵지 않게 떡집을 찾아 대추떡 한 봉지를 사가지고 돌아오는데 사람들이 모여 갈채를 보내는 소리가 들렸다. 한 떼의 구경꾼들이 삥 둘러선 가운데 키가 칠 척쯤 되고 얼굴은 마마를 앓았는지 곰보인데 콧등이 넓적한 사내가 서른 근 정도 되는 철퇴를 번쩍 들어올려 큰 돌을 내리쳤다. 돌은 순식간에 가루가 되어버렸다. 그러자 구경꾼들이 모두 갈채를 보냈다. 이규는 그것을 보자 호기심이 나서 대추떡을 품속에 넣은 채 철퇴를 들어보았다. 그때 사나이가 소리를 버럭 질렀다.

"어떤 놈이 감히 내 철퇴에 손을 대느냐?"

이규는 거만하게 웃으며 말했다.

"이따위 철퇴를 드는 것이 뭐가 장하다고 거리에 나와서 자랑을 하느냐. 어른이 한번 해볼 테니 저리 비켜라."

"좋다. 빌려 달라면 빌려 주지만 만약 네놈이 제대로 휘두르지 못한다면 혼날 줄 알아라."

사내가 그러면서 이규에게 철퇴를 넘겨주었다. 이규는 철퇴를 받아 마치 공깃돌 돌리듯 한 차례 휘둘러보았다. 한참이나 그 무거운 철퇴를 휘두르다 내려놓는데도 얼굴이 붉어지기는커녕 숨소리조차 거칠어지는 법이 없었다. 그걸 보던 사내가 갑자기 몸을 굽혀 절을 올리며 말했다.

"누구신지 존함이나 알고 싶습니다."

그러나 이규는 자신의 이름은 대지 않고 그 남자의 이름을 물었다.

"소인의 이름은 탕륭湯隆입니다. 제 선친은 연안부 관리였는데 얼마 전에 돌아가시고 소인은 노름을 좋아해서 세상을 떠돌다 이곳에 들어와 대장장이가 되었는데 워낙 창봉 쓰는 일을 좋아하는데다 얼굴에 마마 앓은 자국이 있어 사람들은 저를 금전표자金錢豹子라고 부릅니다."

그 말을 듣고 이규는 비로소 자신의 이름을 밝혔다.

"내가 바로 양산박의 흑선풍 이규일세."

그러자 탕륭은 넓죽 절부터 올린 뒤 말했다.

"형님의 크신 이름은 오래 전부터 들어왔습니다만 이렇게 만나 뵙게 되니 실로 뜻밖입니다."

"자네, 여기 있어 무슨 좋은 일이 있겠나? 차라리 나와 양산박으로 함께 가는 것이 어떤가?"

이규가 권하자 탕륭이 기뻐 그를 형으로 삼았다. 이규는 공손승이 기다리는 곳으로 탕륭을 데리고 가서 인사를 시키고 고당주를 향해 떠났다.

세 사람이 고당주에 거의 이르렀을 무렵 먼저 갔던 대종이 마중을 나왔다. 공손승은 대종을 만나 기뻐하면서도 걱정이 앞서 물었다.

"지금의 형세는 어떻소?"

"고렴이란 놈의 화살 맞은 상처가 아물어 매일 군사를 이끌고 나와 싸움을 걸고 있지만 송강 형님은 진채를 지키며 오직 선생만을 기다리고 계십니다."

대종의 말을 듣고 공손승은 조금은 안심하면서도 서둘러 남은 길을 재촉했다. 네 사람이 고당주에 이르자 진채 밖 오리까지 여방과 곽성이 백여 기의 군사를 이끌고 나와 맞았다. 거기서 말을 탄 네 사람은 곧 진채로 들어섰다. 송강과 오용을 비롯한 두령들이 모두 진채 밖으로 나와 그들을 맞아들였다. 공손승이 돌아온 데다 새로이 탕륭까지 얻게 되자 양산박의 두령들은 무척이나 기뻐했다.

다음 날 송강과 오용은 새로 온 공손승과 함께 군막 안에서 고렴을 깨뜨릴 일에 대해 의논했다. 이런저런 의논 끝에 공손승이 송강에게 말했다.

"주장께서 명을 내리시어 진채를 움직여 보도록 하십시오. 먼저 그것들이 어떠한지를 본 뒤에 칠 방도를 생각해 보겠습니다."

다음 날 송공명과 오학구, 공손승은 말 머리를 나란히 하고 군사들 앞에 서서 고렴에게 싸움을 걸었다. 송강이 와서 싸움을 걸자 고렴은 곧 성문을 열게 하고 적교를 내리게 한 뒤 군사를 이끌고 성을 나왔다. 깃발이 서로 알아볼 만한 곳에 이르자 양편 군사는 각기 진세를 벌이고 싸울 태세에 들어갔다. 고렴이 이삼십 명의 군관들에게 에워싸여 진 앞으로 나와 송강 쪽을 향해 소리 높이 꾸짖었다.

"이 하찮은 도적놈아, 오늘은 결판을 내자. 달아나는 놈은 결코 호걸이
아니다."

이미 여러 번 싸움을 벌여 보았으나 송강 쪽이 맞서지 않는 바람에 한껏
얕잡아 본 말이었다. 송강은 그 말에는 대꾸를 않고 주위를 돌아보며 가만
히 물었다.

"누가 나가서 저 놈의 목을 베겠느냐?"

말이 떨어지자 화영이 창을 잡고 말을 몰고 나가고 고렴 쪽에서는 장수
설원휘薛元輝가 쌍칼을 흔들며 달려왔다. 두 장수가 어울리기 오륙 합만에
화영이 문득 말 머리를 돌렸다. 설원휘는 계책인 줄 모르고 화영을 급히
뒤쫓았다. 화영은 재빨리 활을 뽑아 몸을 돌려 쏘았다. 설원휘는 화살을
맞고 그대로 말 위에서 거꾸로 떨어졌다.

고렴은 크게 노하여 말안장에 걸어 놓았던 동물 그림을 새긴 동패를 떼
어 칼로 세 번 치자 신병대 쪽에서 누런 모래가 치솟으며 갑자기 하늘과
땅이 캄캄해졌다. 이어 함성이 요란한 가운데 늑대, 호랑이, 표범 같은 짐
승들과 지네, 전갈 같은 독벌레들이 누런 흙먼지 속에서 쏟아져 나왔다.
공손승도 그것을 보고 한 자루 송문고정검을 꺼내 들고 적군 쪽을 가리키
며 소리쳤다.

"빨리!"

그러자 한 줄기 금빛이 쏟아져 나가며 그 짐승과 독벌레들이 누런 흙먼
지 가운데서 어지럽게 적진 쪽으로 떨어졌다. 양산박 군사들이 보니 그것
들은 모두기 흰 종이에 그린 짐승과 독벌레였다. 그것을 본 송강이 공격
명령을 내리자 군사들이 총공세를 펴기 시작했다. 기세가 꺾인 고렴의 군
사는 이미 그런 양산박 군사들의 적수가 되지 못하고 크게 패하여 신병 삼
백만 건져 성안으로 쫓겨 들어갔다. 이튿날 송강은 사방으로 성을 에워싸
고 힘을 다해 고렴을 쳤다. 보고 있던 공손승이 송강과 오용에게 말했다.

"간밤에 비록 적군의 태반을 죽이긴 했으나 그들의 신병 삼백은 고스란
히 살아서 돌아갔습니다. 오늘 싸움에 몰리면 그것들은 반드시 밤중에 우

리 진채를 급습할 것입니다. 그러니 밤이 깊거든 진채는 비우고 사방으로 매복을 시키도록 하십시오."

밤이 되자 여러 두령들이 각기 군사를 거느리고 몰래 성의 사면에 매복했다. 송강이 오용, 공손승, 화영, 진명, 여방, 곽성과 함께 토산 위에 올라갔을 때 고렴이 신병 삼백 명을 거느리고 기습해 왔다.

신병들은 각기 등허리에 쇠로 된 호로병을 차고 있었는데 그 안에는 화약이 들어 있었다. 고렴이 송강의 진영 앞에 이르자 말 위에서 주문을 외웠다. 그러자 검은 기운이 하늘을 찌르고 광풍이 크게 일어 모래와 돌들이 자욱히 날렸다. 삼백 신병들은 각기 불씨를 일으켜 쇠로 된 호리병 끝에 붙인 뒤 요란스러운 함성과 함께 진채 안으로 뛰어들었다. 검은 기운 속에서도 불길이 일고 칼과 도끼가 번쩍거렸다.

높은 곳에서 그걸 본 공손승은 검을 휘둘러 술법을 일으켰다. 그러자 빈 진채 안에서 갑작스레 여기저기 벼락이 떨어졌다. 삼백의 신병들은 놀라 급히 물러나려 했지만 이미 때는 늦었다. 이미 진영 속에서는 불길이 일어나면서 빛과 연기가 어지럽게 날아 빠져나갈 길이 없었다. 그와 함께 복병들이 일제히 뛰쳐나가 철통같이 목책을 세웠다. 삼백의 신병들은 한 명도 달아나지 못하고 고스란히 죽고 고렴과 삼십 명의 군사만 살아서 간신히 포위망을 뚫고 달아났다.

그러나 그 뒤를 임충이 거느린 군사들이 쫓아갔다. 고렴은 크게 패하여 겨우 칠팔기의 군졸만 살아서 돌아가 성문을 굳게 닫아걸었다. 고렴은 자신이 수년동안 공들여 배운 도술이 허망하게 깨진 것을 알고 크게 탄식했다. 그러나 절망만 하고 있기에는 상황이 너무 급박했다. 고렴은 구원병을 요청하는 두 통의 편지를 써서 동창과 구주의 지부에게 보냈다. 그것을 본 오용이 송강에게 계책을 말했다.

"성안에는 군사도 장수도 턱없이 부족할 테니 저들은 틀림없이 구원을 청하려 갔을 것입니다. 우리가 구원병을 가장해 두 갈래 군사로 도중에서 싸우는 척하고 있으면 고렴은 틀림없이 달려나와 싸움을 거들려 들 것입니다. 그때 우리는 한편으로는 비어 있는 성을 차지하고 다른 한편으로는 고렴을 좁은 길로 유인하면 그를 사로잡을 수 있을 것입니다."

송강은 즉시 오용의 계책에 따라 대종을 시켜 양산박으로 돌아가서 군사를 두 갈래로 나누어 오도록 했다. 한편 고렴은 매일 밤 불을 질러 신호를 삼으며 구원병이 오기만 기다렸다. 며칠 후에 연락병이 달려와 구원병이 온다는 보고를 했다. 고렴이 바라보니 멀리서 군사들이 두 갈래로 달려오고 있었다. 먼지가 해를 가리고 함성은 하늘까지 닿아 있었다.

자세히 보니 송강의 군사들은 놀라서 사방으로 흩어지고 있는 기색이 역력했다. 고렴은 구원병이 온 것을 알고 성안의 군사들을 모조리 이끌고 성밖으로 내달렸다. 송강은 화영, 진명과 함께 말을 몰아 작은 길로 달아나기 시작했다. 고렴은 군사를 재촉하여 그 뒤를 급히 쫓았다. 그러나 잠시 후에 문득 산에서 연주포 터지는 소리가 들렸다. 그제서야 의심이 든 고렴은 얼른 군사를 물리려 했지만 그럴 틈이 없었다. 왼쪽에서는 여방이, 그리고 오른쪽에서는 곽성이 각기 오백의 인마를 이끌고 쏟아져 나왔다.

놀란 고렴은 군졸을 거의 잃고 간신히 길을 찾아 성을 향해 달아났다. 그러나 군사의 태반을 잃고 성으로 되돌아가 성벽 위를 보니 양산박의 깃발이 걸려있었다. 드디어 자신이 계략에 빠진 것을 깨달은 고렴은 남은 군사를 이끌고 산기슭 좁은 길로 달아나기 시작했다. 그러나 미처 십 리도 가기 전에 산 뒤에서 손립이 이끄는 인마가 나타나고 다시 주동이 한 무리의 인마를 이끌고 길을 막았다.

손립과 주동이 앞뒤에서 들이치니 고렴은 말을 버리고 산 위로 기어올랐다. 사방에서 에워싸고 있던 양산박 군사들이 그런 고렴을 뒤쫓아 올라왔다. 고렴은 황망한 가운데도 급히 주문을 외었다.

"일어나라!"

고렴이 그렇게 소리치자 문득 한 조각 검은 구름이 일어 고렴에게로 떠올라 왔다. 때마침 산비탈을 돌아오던 공손승이 그 구름 위로 오르려는 고렴을 보고 얼른 칼을 빼어들고 주문을 외우자 구름 위에 올라앉아 한숨을 돌리던 고렴은 그대로 뇌횡 곁으로 굴러 떨어졌다. 뇌횡은 한칼에 고렴을 두 동강내 버렸다.

뇌횡이 고렴을 잡았다는 말을 듣고 송강은 곧 군사를 거느리고 고당주 성내로 들어갔다. 송강은 모든 장졸들에게 엄한 영을 내려 함부로 백성을 해치지 못하게 하고 한편으로는 방문을 써 붙여 백성들을 안심시켰다. 그렇지만 무엇보다 중요한 것은 갇혀 있는 시진을 구하는 것이었다.

양산박 호걸들은 감옥을 깨고 그 속에 있던 수십 명 죄수들을 풀어주었으나 그 죄수들 속에 시진은 없었다. 걱정이 된 송강은 다시 감옥 안을 살펴보게 하였다. 다른 감방에서 시황성의 가족이 나왔고 또 다른 감방에서는 창주에서 잡혀온 시진의 가족이 나왔다. 그러나 시진만은 끝내 찾을 길이 없었다. 오용은 고당주의 옥졸이며 형리들을 모조리 불러모아 시진의 행방을 수색하였다. 그러자 한 옥졸이 입을 열었다.

"소인은 지부의 명으로 시대관인을 감시하던 중 지부로부터 참형을 시키라는 명령을 받았습니다. 그러나 저는 시진이 호걸인 줄 알아보고 차마 죽이지 못하고 고렴에게 죽였다고 거짓을 고한 뒤 시진을 뒤뜰에 있는 마른 우물로 데려가 칼과 사슬을 풀어 주고 그 안에서 잠시 몸을 피하도록 했습니다만 지금은 살아 있는지 죽었는지 잘 모르겠습니다."

송강은 옥졸을 앞세워 뒤뜰로 갔다. 그러나 마른 우물을 내려다보니 캄캄한 동굴 같아 그 깊이를 알 수가 없었다. 송강은 사람을 시켜 우물 속에 대고 고함을 쳐보게 하였지만 아무런 대꾸가 없었다. 두레박을 내려보니 깊이가 거의 열 길이나 되었다.

"아무래도 시대관인이 죽은 모양이로구나!"

송강이 눈물을 머금고 말하자 이규가 우물 속으로 들어가 보겠다고 했다. 우선 우물 위에 시렁을 매고 큰 대광주리에 끈을 매단 이규가 발가벗고 광주리로 들어가 우물 속으로 들어갔다. 우물 속은 해골뿐이었다. 바닥은 질퍽해서 발이 무릎까지 빠졌다. 이규는 도끼를 바구니에 놓고 두 손으로 바닥을 더듬으며 사방을 찾아보았다. 한참만에 물이 괸 구덩이에서 사람 몸이 손에 잡혔다.

"시대관인이 아니십니까?"

이규가 소리를 질렀으나 대답이 없었다. 그가 손으로 더듬어 맥을 짚어 보니 약하게 뛰고 있었다. 이규는 시진을 안아 광주리에 태우고 방울을 흔들어 울리자 바구니는 위로 올라갔다. 바구니에 담겨 나온 사람은 정말로 시진이었으나 머리는 깨지고 얼굴은 찢어졌으며 두 다리는 하도 맞아 해져 있었다. 눈만 깜빡이는 것이 보기에도 처참한 모습이었다. 두령들은 얼른 의원을 불러 그런 시진을 치료하게 했다.

의원이 대강 시진을 치료하자 송강은 시진을 수레에 태우고 그와 시황성의 가족 및 재물을 모조리 거두어 이십여 대의 수레에 실은 뒤 양산박으로 가게 했다. 그 수레들을 보호하는 일은 이규와 뇌홍이 맡았다. 이어 송강은 고렴의 가족 서른 명을 모조리 목 베어 저자거리에 매달게 하고 시진을 구해 준 옥졸에게는 큰 상을 주어 고마움을 나타냈다. 그런 다음 고당주의 부고를 열어 거기에 있는 재물과 곡식 및 고렴의 재물을 모두 털어 양산박으로 옮기게 했다.

한편 고렴으로부터 구원을 요청받은 동창과 구주 두 마을은 미처 군사를 내기도 전에 고당주가 떨어지고 고렴이 죽었다는 소식을 들었다. 더는 어찌해 볼 길이 없게 된 두 곳 지부는 조정에 표문을 올려 그 사실을 알렸다.

그 말을 들은 고렴의 사촌 고태위는 다음날 새벽같이 나라에 급한 일이 생겼을 때 쓰는 대루원에 딸린 종을 울리게 했다. 그 종소리에 놀라 모두 관복을 갖춰 입고 달려왔다. 천자인 도군황제까지 나와 자리에 앉았다. 그 자리에서 고태위가 아뢰었다.

"양산박 도적의 괴수 조개와 송강의 무리들이 강주 무위를 공략하고 관군들을 괴롭히더니 이번에는 고당주 지부를 살해하고 재물을 모조리 약탈해갔으니 앞으로 이것은 큰 환난을 초래할 것입니다. 만일 도적떼들을 빨리 소탕하지 않으면 놈들의 힘이 더욱 커져 나중에는 굴복시키기 어려울 것입니다. 폐하께서는 저들을 척결하셔야 합니다.”

천자는 그 말을 듣고 크게 놀라 그 자리에서 고태위로 하여금 관군을 이끌고 도적들을 치게 하였다. 명을 받은 고태위가 다시 아뢰었다.

“제가 헤아리기에 이들은 한낱 숲속의 도적들에 지나지 않으니 큰 군사를 일으키는 것보다 제가 추천하는 한 사람이면 넉넉히 그들을 잡을 수 있을 것입니다.”

“경이 천거하는 사람이라면 틀림없겠지. 그래, 누구를 천거하겠는가?”

“개국공신이었던 하동의 장수 호연찬呼延贊의 직계 자손으로 지금은 여녕군 도통제로 있는 호연작呼延灼을 추천합니다. 그는 두 줄기 쇠채찍을 잘 써 홀로 능히 만 명을 당해낼 수 있으며 그 아래는 날랜 군사와 용맹한 장수들이 아주 많다 하옵니다. 제게 병마 지휘권을 주시면 그를 뽑아 며칠 안으로 양산박 산채를 완전히 궤멸시키겠습니다.”

천자의 허락이 떨어지자 고태위는 황제의 칙서로 여녕주의 호연작을 불러들였다. 며칠 후에 호연작은 몇십 명의 부하 군사들과 함께 동경으로 올라와 고태위와 천자를 만났다.

천자는 호연작의 모습이 범속하지 않음을 보고 기뻐하며 척설오추마 한 필을 내렸다. 그 말은 온몸이 숯덩이같이 검고 네 발굽만 눈처럼 희어 붙여진 이름으로 하루에 천리를 달리는 명마였다. 호연작은 장군 한도韓滔를 선봉으로 팽기彭玘를 부선봉으로 삼고 태위의 명령에 따라 철갑옷 삼천 벌과 말갑옷 오천 벌, 구리투구 삼천개, 장창 이천 자루, 곤도 천자루, 그리고 헤아릴 수 없을 만큼의 활과 화살에다 화포 오백 개를 마련하여 양산박 토벌작전에 나섰다.

도성을 떠난 세 사람은 모두 여녕주로 먼저 갔다. 여녕주에 이르자 호연작은 그곳에 자리잡고 한도와 팽기는 각기 진주와 영주로 보내어 군사를 일으켜 여녕주로 돌아오게 하였다. 보름 후에 모두 준비를 갖추자 호연작은 곧 삼군을 출발시켰다. 한도는 전군이 되고 호연작은 중군이 되었으며 팽기는 후군이 되었다. 양산박으로 밀고 드는 그들의 기세가 대단하였다.

흔들리는 양산박

그때 양산박에서는 새로이 온 시진을 반겨 술잔치가 한창이었다. 그때 여녕주의 쌍편 호연작이 토벌군을 이끌고 온다는 보고를 받고 두령들은 그를 맞아 싸울 계책을 의논했다. 먼저 오용이 말했다.

"내가 듣기로 그는 개국공신인 하동의 명장 호연찬의 후예로 무예를 깊이 닦아 두 가닥 구리채찍을 잘 쓴다니 함부로 맞서서는 안될 것입니다. 처음에는 거친 장수를 출전시켜 힘을 뺀 후 계략을 써서 그를 사로잡아야 합니다."

곧이어 송강이 말했다.

"이번에는 벽력화 진명이 앞장을 서고 표자두 임충이 그 다음 진을 맡으며 소이광 화영이 세 번째 진을 맡고 일장청 호삼랑이 네 번째, 병울지 손립이 다섯 번째 진을 맡았으면 좋겠소. 이 다섯 부대가 앞서 나가 싸우되 수레바퀴 돌듯 나서고 빠지면 될 것이오. 나는 따로이 열 명이 형제와 함께 큰 부대를 거느리고 뒤를 받치도록 하겠소. 좌군에는 주동, 뇌횡, 목홍, 황신, 여방의 나섯 장수를 세우고 우군에는 양웅, 식수, 구붕, 마린, 곡성 다섯 장수를 세우며, 수로에는 이준, 장횡, 장순과 완씨 삼형제로 하여금 대적케 하고 따로 이규와 양림 두 사람을 두 길로 나누어 매복하고 있다가 나서 주기 바라오."

마치 미리 생각하고 있었다는 듯 정연한 배치였다. 영이 떨어지자 진명이 먼저 군사를 이끌고 산에서 내려가 평지에 진지를 구축했다. 한 겨울이었지만 날씨가 포근했다. 하루를 기다리니 토벌대 관군 선발대 한도가 도착했다. 그날 한도는 진채와 목책을 세우기만 하고 저물도록 싸움은 걸어오지 않았다. 다음날 날이 밝자 양군은 진을 맞세워 벌였다. 양산박 쪽에서는 진명이 낭아곤을 들고 진 앞에 나서자 관군 쪽에서도 선봉장 한도가 창을 비껴들고 말을 몰아 나왔다. 한도가 진명을 보며 소리쳐 꾸짖었다.

"천병이 여기 이르렀거늘 어찌 항복할 생각을 않고 감히 맞서려 하느냐? 이제 내가 강을 평정하고 양산을 깨뜨려 너희 도적 무리들을 모조리 사로잡아 동경으로 올려보낼 것이니 각오하라."

성미가 급한 진명은 그 말을 듣자 그대로 말을 몰아 낭아곤을 휘두르며 한도에게 달려들었다. 그들이 어우러져 스무 합을 넘어서자 한도는 힘이 부족하여 달아나자 중군 주장 호연작이 쌍채찍을 휘두르며 오추마를 타고 달려왔다. 진명이 한도를 쫓지 않고 호연작을 맞아 싸울 즈음 임충이 나타나 진명에게 소리쳤다.

"저놈은 내가 상대하겠소."

임충이 그런 외침과 함께 창을 비껴들고 달려나와 호연작을 맞았다. 그들은 오십여 합을 겨루었으나 승부가 나지 않았다. 그때 화영이 임충을 쉬게 하고 호연작과 맞붙었다. 그러자 적도 호연작과 팽기가 임무를 교대했다. 다시 화영과 팽기가 어울려 스무남은 합에 이르렀을 때 호연작은 팽기의 힘이 달리는 것을 보고 다시 달려들었다. 화영과 호연작의 싸움이 채 삼 합에도 이르기 전에 다시 양산박의 네 번째 부대인 일장청 호삼랑이 이르렀다.

"화장군은 잠시만 쉬시오. 저놈은 내가 상대하겠소."

그 말에 화영은 자신의 인마를 이끌고 뒤로 물러섰다. 팽기가 나서서 일장청을 맞았다. 둘의 싸움이 한창일 때 양산박의 다섯 번째 부대인 병울지 손립의 인마가 앞으로 나서서 둘의 싸움을 구경했다. 둘은 자욱한 먼지에 휩싸여 싸우는데 주위에 살기가 그득했다. 한 사람은 넓고 큰 칼을 쓰고 한 사람은 가벼운 쌍칼을 나누어 쓰며 찌르고 베기를 거듭하며 스무 합을 조금 넘어서 일장청이 달아나기 시작했다. 팽기가 일장청의 뒤를 바짝 쫓아갈 때, 일장청은 쌍도를 급히 말 안장에 걸고 전포에서 스물네 개의 쇠갈고리가 달린 붉은 비단실로 꼰 밧줄을 꺼내어 팽기에게 던졌다. 팽기는 어떻게 손쓸 틈도 없이 밧줄에 걸려 말 아래도 굴러 떨어졌다. 그러자 곁에 있던 손립이 달려나가 팽기를 사로잡았다.

잠깐 사이에 팽기가 사로잡히는 것을 보자 호연작은 급히 말을 몰아 팽기를 구하려 달려나갔으나 일장청이 호연작을 가로막았다. 호연작은 일장청을 급하게 몰아댔으나 열 합이 넘도록 이길 수가 없자 꾀를 내어 빈틈을 보이고는 일장청이 빈틈을 공격할 때 오른쪽의 쇠채찍을 휘둘러 일장청의 머리를 후려쳤다. 하지만 일장청은 그런 호연작의 속셈을 알아차리고 슬쩍 비켜서며 오른손의 칼로 쇠채찍을 막았다. 간신히 급한 순간을 넘긴 일장청은 말을 돌려 자기 편 진채 쪽으로 달아나자 호연작이 그 뒤를 쫓았으나 손립이 다시 창을 잡고 그의 앞을 가로막았다.

그때 송강은 열 명의 두령을 거느리고 진을 치고 있었다. 송강은 적장 팽기를 사로잡았다는 보고를 듣자 기뻐하며 진 위에 올라서서 손립과 호연작이 맞서 싸우는 광경을 지켜보았다. 손립은 창을 거두고 마디모양의 쇠채직으로 호연작과 맞섰다. 두 사람이 맞붙어 싸운 지 서른 합이 넘도록 승부가 나지 않았다. 보고 있던 한도가 갑자기 모든 관군을 휘몰아 밀고 나왔다. 송강도 그 기세에 밀리는 것이 싫었는지 채찍을 들어 열 명의 두령에게 협공을 지시했다.

호연작은 싸움의 양상이 그렇게 바뀌자 손립만을 상대할 수 없어 자신이 이끌던 군사를 서둘러 적을 막게 했다. 양산박 군사들의 드높은 기세에도 불구하고 호연작의 군사들이 끼어 들면서 싸움은 양산박 쪽이 불리해지기 시작했다. 호연작의 군마가 모두 연환군마였기 때문이었다. 사람도 말도 모두 갑옷으로 뒤덮여 있어 드러난 것은 사람의 눈과 말의 네 발굽뿐이었다. 거기다가 호연작의 군사들은 모두 활을 가지고 있어 이쪽이 나가기도 전에 활부터 쏘아 대니 어찌해 볼 수가 없었다.

송강은 곧 징을 쳐 군사를 거두게 했다. 호연작도 이길 자신이 없었던지 군사를 거두고 이십여 리나 물러나 진채를 내렸다. 송강 또한 산 서편으로 물러나 진채를 내렸다. 진채가 자리를 잡자 양산박 군사들이 사로잡힌 팽기를 끌고 왔다. 송강은 이를 보자 군사를 물러나게 하고 친히 나가 팽기의 결박을 풀어주고 장막 안으로 맞아들여 손님의 자리에 앉히고 정중하게 절을 했다. 그러자 팽기가 깜짝 놀라 황망히 엎드려 답례하고 물었다.

"소장의 목을 베지 않고 이렇게 예를 갖추어 대하시는 까닭은 무엇입니까?"

"우리 호걸들이 몸을 의탁할 곳이 없어 잠시 양산박에 머물러 있는데 지금 나라에서 장군을 보내 체포하도록 하시니 우리가 마땅히 결박을 당해야 도리지만 목숨 보전이 어려워 부득이 맞서 싸우게 되었으니 장군께서 부디 우리를 용서해주시오."

"송공명의 명성은 전에도 익히 들었으나 지금 보니 의기가 높으심을 알 만합니다. 만일 장군께서 소장의 목숨을 살려주시면 마땅히 몸을 바쳐 그 은혜에 보답하겠습니다."

그렇게 진심어린 항복을 해왔다. 송강도 그 항복을 받아들여 그날로 팽기를 산채로 올려보내 조개를 만나게 했다.

한편 호연작은 호연작대로 진채가 정비되기 바쁘게 한도를 장막으로 불러들여 양산박을 쳐부술 의논을 했다. 한도가 조심스레 제 생각을 말했다.

"오늘 도적의 무리가 제 풀에 물러간 것은 우리의 위세에 눌려 겁을 먹은 것입니다. 내일 우리가 총공격에 나선다면 승산이 있을 것 같습니다."

"실은 나도 이미 그렇게 준비하게 해두었네. 다만 자네와도 뜻을 맞춰 두고 싶어서 얘기를 꺼냈을 뿐이네."

호연작도 당장 영을 내려 삼천의 군마를 모조리 모은 뒤 서른 필씩 쇠고리와 사슬을 묶게 했다. 적을 만나면 멀리서는 활을 쏘고 가까워지면 창을 휘두르는 것이 그가 세운 계책이었다. 그 뒤는 오천의 보군이 맡기로 되어 있었다.

이튿날 아침, 송강은 군사를 다섯으로 나누어 앞세우고 양쪽에는 복병을 세우고 열 명의 두령은 후군을 거느리게 한 뒤 먼저 진명을 싸움터에 내보냈다. 그러나 적은 움직이지 않고 좀처럼 나올 생각을 안했다. 송강의 군사는 가운데는 진명이고, 왼편은 임충과 호삼랑, 오른 편은 화영과 손립이었다. 모두들 적이 나오기를 기다렸지만 꼼짝도 안 했다. 송강은 의심이 들어 후군을 후퇴시키고 적의 동정을 살폈다.

그때 갑자기 연주포 터지는 소리가 들리더니 적진 앞에 나와 있던 일천의 보군이 양쪽으로 갈라지며 연환군마가 세 갈래로 나뉘어 나왔다. 바깥의 두 갈래는 어지럽게 화살을 쏘아 대고 가운데 있는 연환군마는 긴 창을 휘둘렀다. 놀란 송강은 얼른 군사들에게 영을 내려 활을 쏘게 했다. 그러나 두꺼운 갑옷에 뒤덮인 적의 군마에게 아무런 해도 줄 수가 없었다. 서른 기씩 묶인 적의 군마는 이윽고 속도를 내어 양산박 군사들을 덮쳐 왔다. 산과 들을 뒤덮듯 밀려오는 연환군마에 양산박의 다섯 부대는 흔들리기 시작했다. 앞의 부대가 그렇게 흔들리자 뒤를 받치던 부대들도 버텨 내지 못했다. 앞 부대와 마찬가지로 저마다 흩어져 살길을 찾기에 바빴다. 송강 역시 황급히 달아나자 열 명의 장수가 뒤따르며 그를 지켰다. 형세가 위기에 이르자 이규와 양림의 복병이 달려와 송강을 구했다.

송강을 비롯한 장졸들이 물가에 이르렀을 때 다시 이준과 장횡, 장순 및 완씨 삼형제가 싸움배를 이끌고 달려왔다. 송강은 급히 배에 오르면서 그들에게 길을 나누어 다른 두령들과 부대를 구하게 했다. 물가까지 뒤쫓아 온 연환군마는 다시 화살을 퍼부었으나 다행히 배에는 방패가 많아 화살을 막아낼 수 있었다. 이 싸움에서 송강은 군사의 반 이상을 잃는 참패를 겪었다. 송강은 언덕에 올라가 인마를 점검해 보니 태반이 꺾였고 두령들 중에 화살에 다친 이는 임충, 뇌횡, 이규, 석수, 손신, 황신 여섯이었고, 졸개들은 그 수를 헤아릴 길이 없었다.

싸움이 뜻 같지 못함을 들은 조개는 오용, 공손승과 함께 자세한 형편을 알아보려고 산채에서 내려왔다. 오용은 송강이 걱정에 잠긴 것을 보고 위로하고 조개는 수군들에게 영을 내려 산채와 배들을 굳게 지키게만 하고 송공명을 산 위로 불러 쉬게 했으나 송강은 압취탄에 머물면서 다친 두령들만 올려보내 상처를 돌보게 했다.

싸움에 이긴 호연작은 몹시 기뻤다. 저희 진채로 돌아가 연환마를 풀고 모든 장졸에게 그 날 세운 공로를 치하했다. 죽인 적은 헤아릴 수 없을 정도였고 사로잡은 적만도 오백 명을 넘었으며 말도 삼백 필을 넘게 빼앗았다. 호연작은 곧 사람을 뽑아 도성에 그 소식을 알렸다.

도성에서는 고태위가 호연작의 승전보를 듣고 기뻐했으며 다음날 천자께도 알렸다. 이에 천자는 황실의 좋은 술 열병과 비단 전포 한 벌에다 돈 십만 관을 주어 호연작의 장졸들에게 상을 내렸다. 천자의 그 같은 명을 받은 고태위는 사람을 뽑아 호연작에게 보냈다. 호연작은 조정에서 보낸 사자가 이르렀다는 말을 듣고 이십 리까지 나와 맞아들였고 사자는 천자가 내린 상을 전했다. 그리고 사자에게 전황을 보고하면서 말했다.

"우리 팽기 장군이 적진 깊이 들어갔다가 사로잡히고 말았소이다. 저는 군사를 나누어 양산박의 산채를 쓸어버리고 도적들을 잡으려 했으나 사방이 물로 에워싸여 있어 쳐들어갈 곳이 없습니다. 제가 듣기로는 동경에는 능진凌振이란 포수가 있어 그 별호를 굉천뢰轟天雷라 하는데 아주 화포를 잘 만든다고 합니다. 그 사람만 얻을 수 있다면 적의 소굴은 반드시 뿌리 뽑을 수가 있습니다. 천사께서는 도성으로 돌아가시면 태위께 이 일을 말씀드리고 급히 능진을 이곳으로 내려보내게 하시어 하루 빨리 도적들을 소탕하도록 해주십시오."

호연작의 말은 그대로 고태위에게 전달되어 능진이 호출되었다. 능진은 온갖 화약 원료와 여러 화포를 수레에 싣고 삼사십 명의 군졸과 함께 동경을 떠났다. 양산박에 이른 능진은 선봉장 한도를 만나 관군의 진채와 양산박의 산채 사이의 거리며 길의 거칠고 험함 따위를 묻고 거기에 맞춰 세 문의 화포를 벌려 세웠다. 첫 번째는 풍화포, 두 번째는 금륜포, 세 번째는 자모포였다. 능진은 포가를 설치한 뒤 그 위에 포를 얹고 물가로 끌고 가 포를 쏠 준비를 하게 했다. 이러한 능진의 공격준비 소식은 곧 송강에게 전달되었다. 그러자 오학구가 나서서 말했다.

"크게 걱정할 필요가 없습니다. 우리 산채는 사면이 강이고 완자성은 여기서 너무 멀어 능진이 화포를 쏜다 해도 성까지는 이르지 못할 것입니다. 우선 사태를 관망한 다음 의논하도록 하지요."

송강은 그 말대로 압취탄의 진채를 떠나 관위의 완자성으로 올라갔다. 송강이 올라오자 조개와 공손승이 그를 취의정으로 불러들이고 의논을 할 때 문득 산 아래서 포성이 크게 들렸다. 이어 졸개들이 달려와 상황을 보고했다. 능진이 쏜 세 번의 화포 중 두 개는 강물에 떨어지고 한 개는 압취탄 작은 산채에 떨어졌다는 것이다. 그 말을 들은 송강은 더욱 걱정이 커졌다. 오학구가 생각에 잠겼다가 여럿을 둘러보며 말했다.

"능진을 물가로 유인해서 그를 사로잡은 뒤에 적을 깨뜨릴 의논을 합시다."

조개가 그 말을 받아 영을 내렸다.

"이준, 장횡, 장순과 완씨 삼형제 여섯 두령이 배를 저어 가서 이 일을 맡아 주시오. 물가에서는 주동과 뇌횡 두 형제가 도울것이오."

그리고는 그들이 할 일을 자세히 일러주었다. 영을 받은 여섯 명의 수군 두령은 두 길로 나뉘었다. 이준과 장횡이 먼저 사오십 명의 물길에 익숙한 졸개를 데리고 두 척의 빠른 배로 갈대숲 사이로 숨어 나가고 그 뒤를 장순과 완씨 삼형제가 마흔 척 가까운 작은 배를 이끌고 뒤따랐다. 가만히 물가에 이른 이준과 장횡은 얼른 함성과 함께 포가를 덮쳐 지키던 관군들을 내쫓고 포가를 둘러엎어 버렸다. 놀라 쫓겨간 관군들은 능진에게 그 일을 알렸다. 능진은 풍화포 두 대를 이끌고 스스로 창을 잡은 채 말에 올라 천여 명의 군졸을 이끌고 포가를 되찾으러 달려왔다.

이준과 장횡은 능진이 군사를 데리고 오자 얼른 달아났다. 능진이 그들을 쫓아 갈대가 무성한 물가에 이르렀을 때 마흔 척이 넘는 배가 벌려 서 있는 것이 보였다. 배 위에는 모두 백 명이 넘는 수군들이 타고 있었다. 그러나 급히 도망치지 않고 능진이 인마를 휘몰아 갈대숲까지 밀고 들자 모두 배를 버리고 물 속으로 뛰어들었다. 능진은 군졸들을 시켜 빈 배를 모두 끌어오게 했다. 그때 맞은편 물가에서는 주동과 뇌횡이 북을 두드리며 함성을 올리고 있었다. 힘들이지 않고 마흔 척이 넘는 배를 뺏은 능진은 기세가 올라 배에 올라타고는 물을 건너가 주동과 뇌횡의 군사들마저 쓸어버릴 생각으로 그들을 쫓았다.

능진이 강 가운데쯤 갔을 때 문득 물 속에서 사오십 명의 양산박 수군들이 나타나 배를 뒤집어 버리고 관군들을 몽땅 물 속으로 빠뜨렸다. 놀란 능진은 얼른 배를 돌리게 하였으나 얼마 못 가서 그가 탄 배마저 뒤집히고 말았다. 능진은 곧 물 속으로 끌려 내려가 완소이에게 사로잡혔다. 이때 관군들은 물 속에서 사로잡힌 것이 이백 명이 넘고 태반은 물에 빠져 죽어 살아서 도망간 자는 얼마 되지 않았다.

그 소식을 들은 호연작은 급히 능진을 구하려 달려갔으나 그때 이미 양산박의 배들은 압취탄을 건너간 뒤였다. 호연작은 반나절이나 물가에서 이를 갈다가 별 수 없이 빈손으로 돌아갔다. 마침내 능진은 사로잡힌 몸이 되어 양산박 두령들 앞에 결박되어 나타났다. 송강은 그를 보자마자 달려나가 그 밧줄을 풀어 주고 그를 끌고 온 두령들을 돌아보며 나무랐다.

"나는 자네들에게 예를 다해 통령을 산 위로 모셔 오라 했는데 어찌 이리 무례하게 굴었느냐!"

송강이 그같이 나오니 능진이 감격하지 않을 수 없었다. 넙죽 송강에게 절하며 살려 준 은혜를 감사했다. 송강이 그를 일으켜 세워 대채에 이르러 보니 이미 사로 잡혔던 관군 대장 팽기가 뜻밖에도 두령의 사이에 앉아 있는 것을 보고 능진은 무어라 해야 될지 몰라 입을 다물고 있었다. 팽기가 능진 앞에 와서 술을 권하며 말했다.

"조개와 송강 두 분 두령은 나라를 위해 천하의 호걸들을 이곳에 모아 기회를 기다리고 있는 터이니 이제 이렇게 된 이상 우리도 두 분의 말씀에 따르는 것이 옳을 것 같소."

곁에 있던 송강도 여러 가지 좋은 말로 능진의 마음을 누그러뜨렸다. 한참을 말없이 듣고 있던 능진이 무거운 어조로 말했다.

"내가 이곳에 머무르는 것은 어려운 일이 아닙니다만 단지 노모와 처자가 모두 동경에 있어서 이 사실이 알려지면 가족들이 참형을 면치 못할 것이 걱정입니다."

"그건 염려하지 마시오. 내가 며칠 안으로 가족들을 모두 이곳으로 안전하게 모셔오겠소."

그제서야 능진도 마음이 놓이는지 송강에게 감사했다. 하지만 호연작의 연환군마가 그대로 있는 한 양산박의 걱정은 줄어들지 않았다. 능진을 사로잡아 급한 걱정은 줄였지만 양산박은 마음을 놓을 수 없었다.

양산박 취의청에서 송강이 호연작에 대한 좋은 계책을 여러 두령들과 의논하고 있을 때 금전표자 탕륭이 문득 몸을 일으켜 말했다.

"제가 비록 가진 재주는 적으나 한 가지 계책을 올리겠습니다. 제 집안은 대대로 병기를 만들어 살아왔습니다. 돌아가신 아버님께서는 특히 그 솜씨가 뛰어나 노충 경략상공 밑에서 연안의 지체 노릇까지 하였습니다. 노충 경략상공은 전에 연환갑마와 싸워 그 진을 쳐부순 적이 있는데 그때 사용된 것이 구겸창이라고 합니다. 윗대부터 내려온 창법으로 바깥사람에게는 가르쳐 주지 않는다고 합니다. 저도 구겸창을 만드는 법을 조금은 알지만 제 고종형님이 더 잘 알고 있습니다."

그때 임충이 한 마디 물었다.

"그 사람이 혹시 금창법 훈련관 서녕 아닌가?"

"예, 바로 그렇습니다."

"자네가 말하지 않았으면 나도 잊을 뻔했네. 서녕의 금창법과 구겸창법은 천하의 독보적인데 나도 동경에 있을 때는 그와 자주 만나 무예를 익힌 적이 있다네. 하지만 그를 무슨 수로 우리 양산박에 데려오겠는가?"

탕륭이 이어서 말했다.

"서녕에게는 선조 때부터 가보로 내려오는 안령갑이라는 갑옷이 한 벌 있습니다. 그 갑옷은 가벼우면서도 칼이나 활이 뚫지 못해 사람들은 새당

예賽唐猊란 별명으로 부르기도 하지요. 그래서 서녕은 남들에게 보여주지 않고 제 목숨처럼 아끼며 가죽상자에 넣고 자신의 침실 대들보에 걸어 둘 정도입니다. 만약에 그 갑옷을 먼저 빼낸 뒤에 그를 부른다면 그는 반드시 올 것입니다."

그 계략이 채택되자 송강은 즉시 시천에게 서녕의 집에 가서 안령갑을 훔쳐오게 하고, 양림에게는 영주로 가서 팽기의 가족들을 데려오게 하고, 설영을 고약 장사로 위장시켜 동경에 가서 능진의 처자를 데려오게 하는 한편, 이운은 객상차림으로 동경에 가서 화약 재료를 사오게 하고, 악화는 탕륭과 함께 동행하도록 했다.

먼저 갑옷 훔치는 일을 맡게 된 시천이 산을 내려갔다. 그리고 탕륭은 구겸창 하나를 만들어 본보기로 산채에 남기게 한 뒤 떠나게 했다. 뇌횡을 시켜 그 모양대로 여러 벌의 구겸창을 뽑아 낼 생각에서였다. 뇌횡의 윗대에도 대장간 일을 잘한 이가 있어 뇌횡에게 그 일이 맡겨진 것이었다. 이윽고 모든 것이 갖춰지자 양림, 설영, 이운, 악화, 탕륭 등은 산을 내려갔고, 다음날은 대종이 그들을 뒤따랐다. 빠른 걸음으로 여기저기를 돌아보고 사정을 탐지해 먼저 떠난 이들을 돕기 위함이었다.

한편 가장 먼저 산을 내려간 시천은 쉬지 않고 걸어 동경에 이르렀다. 객점에서 하룻밤을 묵은 뒤 성안으로 들어간 시천은 먼저 서녕의 집부터 알아보았다. 날이 저물자 시천이 서녕의 집 근처를 살피러 성 안으로 들어갔다. 그날 밤은 다행히 날이 춥고 달빛이 없었다. 시천은 토지묘 뒤의 잣나무에 올라가 그중 높은 가지 위에 앉아 서녕의 집을 내려다보았다. 잠시 후에 서녕이 군졸과 함께 등불을 밝혀들고 돌아왔다. 그때 초경을 알리는 북소리가 들려왔다.

시천은 동네가 조용해지기를 기다려 잣나무에서 내려와 서녕의 집 뒷문께의 담을 넘었다. 담 안에는 작은 집채가 몇 있었다. 그 중 부엌을 지나쳐 안채 쪽으로 들어간 시천은 기둥을 타고 처마 끝으로 기어올랐다. 적당한 곳에 몸을 숨기고 집안을 들여다보니 금창수 서녕이 아내와 함께 화롯가에 앉았는데 그 품안에는 예닐곱 살쯤 되어 보이는 아이가 안겨 있었다. 시천은 다시 안방 쪽을 살폈다. 정말로 방안 대들보에는 커다란 가죽상자가 하나 달려 있었다. 문 쪽 벽에는 한 벌의 활과 화살이 걸려 있고 허리에 차는 칼 한 자루도 보였다.

시천은 그 가죽상자를 등에 지고 태연스럽게 서녕의 집 밖으로 빠져나갔다. 묵고 있던 객점에 이르렀을 때까지도 아직 날은 밝지 않았다. 시천은 원래의 짐과 가죽상자를 한데 묶어 등짐을 만들고 그 짐을 지고 나와 동쪽을 향해 도망치듯 내달았다. 한 사십 리를 단숨에 내달은 시천은 그제서야 밥을 먹기 위해 주막을 찾았다. 그때 대종이 맞은편에서 달려왔다. 시천이 안령갑을 훔친 것을 안 대종이 나지막히 말했다.

"내가 먼저 그 갑옷을 가지고 산채로 돌아가겠네. 자네는 탕룡과 함께 천천히 오게."

그리고 대종은 안령갑을 받아 몸에 매고 주막을 나섰다. 문을 나서자 신행법을 일으켜 바람같이 양산박으로 달려갔다. 대종이 떠난 후 시천은 빈 가죽배낭을 지고 다시 길을 떠났다. 한 이십여 리도 채 못 가 이번에는 탕룡을 길 위에서 만났다. 두 사람은 가까운 술집으로 들어가 마주앉았다.

"형은 내가 말하는 길로만 가시오. 그러다가 술집이건 객점이건 문 위에 백분으로 동그라미가 그려진 집으로 들어가시오. 그리고 이 가죽배낭은 될수록 남의 눈에 잘 띄도록 하시고 너무 멀리는 가지 마시오."

탕룡이 시천에게 그렇게 말했다. 시천은 두말없이 그 계책에 따랐다. 시천과 함께 여유 있게 술 한잔을 마신 탕룡은 시천이 온 길을 되짚어 동경으로 갔다.

한편 서녕의 집에서는 날이 훤히 밝아 하녀들이 일어나 보니 괴이한 일이 벌어져 있었다. 누각의 문은 벙긋 열려 있고 새벽에 잠가놓은 중문이며 대문도 고리가 벗겨지고 빗장이 뽑혀 있었다. 깜짝 놀라 집안을 두루 살펴본 두 하녀는 대들보에서 가죽상자가 없어진 것을 알았다. 그리고 곧 서녕의 부인이 그 소식을 듣고 허둥지둥 자리에서 일어났다.

"어서 사람을 보내어 나으리께 이 일을 알려드려라."

계집종은 그 말대로 얼른 사람을 용부궁으로 보내 서녕에게 알렸으나 서녕은 어가를 따라 내원으로 들어갔기에 소식을 전하지 못하고 그저 기다릴 뿐이었다. 날이 저물 무렵 당직 군사와 함께 관가를 순시하고 돌아온 서녕은 계집종의 말을 듣고 깜짝 놀랐다. 서녕이 침실로 들어가 들보 위를 보니 새벽에 자기가 집을 나설 때까지도 있던 가죽상자가 감쪽같이 사라지고 없었다. 그는 털썩 자리에 주저앉아 탄식을 하며 말했다.

"그 안령갑은 조상 대대의 가보로, 언젠가 왕태위가 삼만 관을 주겠다고 팔라는 것을 끝내 안 팔고 나중에 싸움터에서 요긴하게 쓰려 했는데 이제 그것을 도둑맞았다는 소문이 나면 남들이 나를 얼마나 비웃을 것인가?"

서녕은 밥도 안 먹고 뜬 눈으로 밤을 세웠다. 그런데 이튿날 아침 당직 군인이 들어와 연안부 탕지체의 아들 탕륭이라는 사람이 찾아왔다는 말을 전했다. 그 소리를 들은 서녕은 손님을 안으로 모셔들이게 했다. 방안으로 들어온 탕륭이 서녕에게 공손히 절을 올리며 말했다.

"형님, 그동안 평안하셨습니까?"

"외삼촌께서 돌아가셨단 말을 들었지만 관직에 매인 몸인데다 길이 멀어 문상조차 못했네. 자네도 그동안 잘 지냈는가? 그리고 오늘은 무슨 일로 왔는가?"

"그것을 다 말하자면 끝이 없지요. 아버님께서 세상을 떠나신 뒤 집안은 기울고 운은 막혀 저는 강호를 떠다니는 신세가 되었습니다. 지금은 산동에서 지내다가 형을 찾아뵈려고 도성으로 왔지요. 그런데 형님의 안색이 좋지 못한 것을 보니 근심되시는 일이 있으신가봅니다."

"실은 간밤에 가보로 내려오던 안령갑을 잃었네."

"아니, 선친께서도 늘 자랑을 아끼지 않으시던 그 보물을 말입니까? 그것을 도대체 어디다 두셨기에 도둑을 맞으셨습니까?"

"가죽상자에 넣어 침실 들보 위에 매달아 놓았는데 도대체 어떤 도둑놈이 언제 어디로 들어와서 훔쳐갔는지 모르겠네."

“그 가죽상자는 어떻게 생겼습니까?”

탕륭이 갑자기 생각난 것이 있다는 듯 서녕에게 물었다.

“붉은 양가죽상자로 안에는 향기가 나는 솜을 가득 채웠다네.”

서녕이 그같이 대답하자 탕륭이 깜짝 놀란 표정으로 말했다.

“양피로 된 붉은 상자라구요? 혹시 윗면에 구름 모양과 사자가 공을 굴리는 모습을 흰 실로 수놓아 둔 것 아닙니까?”

“아니, 자네가 그것을 어디서 보았나?”

“제가 간밤에 성 밖 사십 리쯤 되는 여관에서요. 눈이 좀 불량스럽고 검고 파리한 자가 가죽상자를 옆에 놓고 술을 마시고 있기에 도대체 그 속에 뭐가 들었냐고 물었더니 그자 대답이 원래는 갑옷이 들었던 것인데 지금은 헌 옷이 들었다고 했습니다. 제가 보니 놈은 걸음걸이가 시원치 못했습니다. 뒤쫓아간다면 못 붙들 것도 없을 듯합니다.”

그 말을 듣고 서녕은 곧 신발을 신고 칼을 차고 탕륭과 함께 동곽문을 나서서 길을 채촉했다. 얼마 안 가서 길가에 술집이 하나 있는데 탕륭은 술집 문에 흰 동그라미가 그려진 것을 보고 서녕을 바라보고 말했다.

“우선 저 집으로 들어가 술 한잔 마시면서 그놈에 대해 아는 것이 있는지 한 번 물어보지요.”

그러고는 서녕을 이끌듯 그 주막 안으로 들어가 자리에 앉기 바쁘게 물었다.

“주인장, 혹시 눈이 좀 작고 거무튀튀하면서도 파리한 사내가 붉은 양피 상자를 지고 지나간 적이 없소?”

“어젯밤 그 비슷한 사내가 지나갔습니다. 다리를 저는지 몹시 절뚝거리더군요.”

그 대답에 마음이 급해진 서녕은 서둘러 술값을 치르고 주막을 나가 내닫기 시작했다. 한참을 가다 보니 다시 두 사람 앞에 한 주막이 나타났다. 역시 벽에는 백묵으로 동그라미가 그려진 주막이었다. 탕륭이 발걸음을 멈추고 서녕을 돌아보며 미안한 듯 말했다.

"형님, 저는 더 걷기가 힘들군요. 오늘은 그만 이 집에서 묵고 내일 아침 일찍 일어나 뒤쫓으면 어떻겠습니까?"

그들은 객점에 들기 바쁘게 다시 가죽상자를 진 사내에 대해 물어보았다.

"어젯밤 그런 사람이 바로 저희 집에서 하룻밤을 묵고 아침 해가 중천에 뜬 뒤에야 떠나갔습니다. 산동으로 가는 길을 묻는 것이 그리로 가는 모양입니다."

그 말에 서녕도 조금 마음이 놓였다. 그날 밤은 그 객점에서 묵고 다음 날 사경에 일어나 다시 길을 걷는데 문 위에 백묵으로 동그라미 그려 놓은 주점에만 들려서 물어볼 때마다 대답이 모두 같았다. 서녕은 갑옷을 찾는 데만 정신이 쏠려 탕륭만 따라갈 뿐이었다. 다시 하루가 지나고 날이 저물어 왔다. 두 사람이 가는길 앞에 한채 오래된 사당이 보이고 그 앞에 한 그루 나무가 서 있는데 그 아래 시천이 짐을 풀어 놓고 앉아 있는 것이 보였다. 탕륭이 서녕을 돌아보며 소리쳤다.

"저 보십시오. 저게 형님의 가죽상자 아닙니까?"

서녕은 탕륭에게 대꾸하고 자시고 할 것도 없이 달려가 시천의 멱살을 잡고 호통을 쳤다.

"이 도둑놈이 정말 간도 크구나. 어찌 감히 나의 갑옷을 훔쳐갔느냐?"

옆에 있던 탕륭이 얼른 가죽상자를 열어 보았다. 놀랍게도 상자 안은 텅 비어 있었다. 서녕이 눈이 뒤집혀 소리쳤다.

"이놈! 내 갑옷을 어디로 빼돌렸느냐?"

그러자 시천이 공손하게 털어놓았다.

"저는 장일이라는 놈으로 태안주에 삽니다. 그런데 그곳에는 노충 경략 상공과 가까이 지내고 싶어하는 어떤 돈 많은 이가 있어 좋은 예물을 구하던 중 나으리의 안령갑 얘기를 듣고 돈으로 살 수 없음을 알고 저와 이삼이란 놈에게 시켜 그것을 훔쳐 오면 돈 일만 관을 준다고 했습니다. 그런데 제가 나으리 댁 기둥을 타다가 떨어져 다리를 삐어 내달을 수가 없어 이삼이란 놈이 먼저 갑옷을 가지고 떠나고 저는 빈 상자와 함께 뒤처지게

되었습니다. 부디 나으리가 저를 용서해 주신다면 그 갑옷을 되찾도록 도
와드리겠습니다."

도둑놈의 말을 믿고 따라 나서기도 뭐해 마음을 정하지 못하는 것을 보
고 탕륭이 거들었다.

"형님, 이놈이 달아날 걱정은 안 해도 될 듯하니 따라가 보고 갑옷이 없
으면 그때 이놈을 관가로 넘기지요."

이에 한덩이가 된 세 사람은 곧 가까운 객점에 들어 하룻밤을 묵은 다음
길을 떠났다. 도중에 서녕은 그때부터 조금씩 의심이 일기 시작했다. 아무
래도 갑옷은 못 찾고 뭔가 좋지 않은 꼴만 당할 것 같은 예감이었다. 서녕
이 내키지 않는 걸음을 내딛고 있을 때 갑자기 길가에서 네 마리 말이 이
끄는 수레 한 대가 나타났다. 그 수레를 끄는 이는 다름아닌 악화였다. 탕
륭은 악화를 아는 척하고는 서녕에게 소개시켰다.

"작년에 태안주로 향을 팔러 갔다가 얻은 아우입니다. 이영이라고 하는
데 의기의 사내지요."

그들이 거의 양산박에 가까이 이른 어느날 이영이 술과 고기를 사와 수
레에 앉은 채로 모두에게 술을 한 잔씩 돌리기 시작했다. 먼저 서녕에게
술 한 잔을 돌리고 난 다음 이영이 마시려는 순간 잔은 물론 술병의 술까
지 모두 쏟아 버렸다. 곧 이영은 다시 새로운 술을 사왔으나 서녕은 이미
약을 탄 술을 먹고 잠들었다.

오래잖아 탕륭, 시천, 악화 세 사람은 한지홀률 주귀의 주막에 이르렀다.
세 사람은 서녕을 부축해 배에 태우고 금사탄을 선넜다. 산채 아래 언덕에
배를 대자 이미 전갈을 받은 송강이 여러 두령들을 데리고 내려와 기다리
고 있었다. 그 무렵 서녕도 이미 약을 탄 술에서 깨어나 있었다. 눈을 뜬
서녕은 깜짝 놀라 탕륭을 보며 물었다.

"아우, 이게 웬일인가? 어째서 나를 속여 이곳까지 데려왔나?"

탕륭은 서녕에게 그동안 일어났던 전후 사정을 얘기했고 임충이 나서서
부연설명을 했다.

“형장의 덕망은 이미 여러 형제들로부터 들어서 잘 알고 있습니다. 이제 마음을 바꾸어 저희들을 도와주십시오.”

“그럼 내 처자는 어찌 되란 말인가? 내가 여기 들어온 것이 알려지면 내 가족은 관가에 잡혀가 갖은 고초를 다 겪을 것이 아닌가?”

그러자 송강이 대신 나서며 말했다.

“그것은 조금도 걱정하지 마십시오. 저희들이 가족들을 이곳으로 모셔 오도록 하겠습니다.”

대종과 탕륭 두 사람을 다시 동경으로 보내 서녕의 가족들을 데려오게 했다. 그러자 열흘이 안되어 양림은 영주에서 팽기의 가족을, 설영은 동경에서 능진의 가족을 데려오고, 이운은 화약 재료를 사가지고 돌아왔다. 그리고 며칠이 더 지나서 대종과 탕륭이 서녕의 처자를 데리고 산으로 돌아왔다. 그렇게 해서 서녕은 마침내 조개, 송강 이하 여러 두령과 함께 의형제를 맺고 양산박 두령의 한패가 되고 말았다.

서녕을 얻은 양산박 두령들은 다시 호연작의 연환갑마를 쳐부술 의논에 들어갔다. 그 무렵 뇌횡은 이미 산채에서 쓸 구겸창을 넉넉히 만들어 놓은 뒤였다. 송강과 오용은 서녕을 불러 졸개들에게 구겸창을 쓰는 법을 가르쳐 달라고 청했다. 서녕도 더는 마다하지 않았다.

“그럼 이제부터 제가 정성을 다해 군사들을 조련시키겠습니다. 우선 힘이 세고 튼튼한 이를 골라 주십시오.”

서녕이 그렇게 말하자 송강은 원하는 대로 군사들은 가려 뽑았다. 일이 끝나고 서녕이 취의청을 내려가 몸소 구겸창을 쓰는 법을 보이자 보고 있던 사람들은 갈채를 아끼지 않았다. 이어 서녕은 군사들에게 구겸창법을 가르쳤다. 서녕이 바른 법대로 차례차례 구겸창 쓰는 법을 보여 주니 두령들뿐만 아니라 졸개들까지도 잘 알아들었다. 머지않아 적의 연환갑마를 쳐부술 수 있다는 믿음으로 모두 기뻐해 마지않았다.

그날을 시작으로 양산박의 졸개들 중에서 가리고 가려서 뽑은 군사들은 새벽부터 어두울 때까지 구겸창 쓰는 법을 익혔다. 또 보군들은 보군들대로 나무와 풀숲 속에 숨어 말발굽과 다리를 구겸창으로 걸어 쓰러뜨리는 수법을 익혔다. 보름도 안 되어 오륙백 명의 졸개들이 모두 구겸창을 익숙하게 다룰 줄 알게 되었다. 그걸 본 송강과 여러 두령들은 기뻐하며 관군과 다시 싸울 준비를 하게 했다.

한편 호연작은 팽기와 능진을 잃은 후 매일 군사를 이끌고 물가로 나와 싸움을 걸었다. 그러나 산채에서는 수군 두령을 시켜 각처의 여울을 굳게 지키며 물 밑에 쇠못을 깔아 관군이 건너지 못하게 할 뿐 나와 싸우려고 하지 않았다. 호연작이 비록 산서, 산북에서 이름을 떨친 맹장이지만 더 이상 대책이 없자 마음이 점차 초조해지고 있었다.

양산박 산채에서 싸울 태세가 갖추어지자 마침내 송강은 다시 군사를 정비하여 삼경에 구겸창 부대가 먼저 강을 건너 뭍에 올라 사면으로 나뉘어 매복하고 사경에는 보병들이 강을 건너가고 오경에는 능진과 두흥이 풍화포를 끌고 높은 곳으로 올라가 포를 세우고 서녕과 탕륭이 물을 건넜다.

이윽고 날이 밝았다. 송강은 중군으로 남겨진 인마를 이끌고 물가로 나왔다. 그리고 앞서의 다른 부대들과는 달리 물을 건너지 않은 채 북을 울리고 함성을 올리게 했다. 군사들로부터 양산박 쪽의 움직임을 전해들은 호연작은 얼른 선봉 한도를 불러 먼저 군사를 이끌고 나가 살펴보게 한 후 연환갑마를 짜고 싸운 채비에 들어갔다. 온몸을 갑옷으로 감싸고 척설 오추마에 오른 호연작은 쌍편을 휘두르며 양산박으로 인마를 몰아갔다. 호연작이 군사를 펼쳐 세우고 있을 때 살펴보러 나갔던 한도가 돌아와 말했다.

"바로 남쪽에 적의 한 부대가 있는데 그 수는 얼마나 되는지 잘 모르겠습니다."

"얼마가 되는지 애써 알아볼 것도 없다. 연환갑마를 내어 밀어붙여라."

지난번 싸움에서 재미를 본 호연작이 대뜸 그렇게 영을 내렸다. 한도는 그 영에 따라 군사 오백을 이끌고 남쪽으로 달려갔다. 그런데 가다 보니 동남쪽에서 다시 한 떼의 양산박 군사들이 나타났다. 한도는 얼른 군사를 나누어 알아보고 오게 했다. 그때 다시 서남쪽에서 양산박 깃발이 나부끼며 함성이 들려왔다. 놀란 한도는 얼른 군사를 이끌고 호연작에게 돌아가 알렸다.

"적병이 그렇게 많다면 나가지 말라. 놈들이 무슨 수작을 꾸미고 있음이 분명하다."

호연작이 그렇게 말하자 이번에는 북쪽에서 포향이 터지는 소리가 들렸다. 포소리를 들은 호연작이 화를 내며 말했다.

"저 소리는 분명 능진이란 놈이 적을 도운 것이다."

그 순간 문득 세 번째 포성소리가 북쪽에서 일어났다. 호연작은 한도를 돌아보고 말했다.

"아무래도 저 도적들이 간사한 꾀를 부릴 모양이니 너와 나는 인마를 나누어 맞서는 것이 좋겠다. 나는 북쪽을 칠 테니 너는 남쪽을 맡아라."

그리고 군사를 나누려고 하는데 다시 서쪽에서 네 부대가 나타났다. 일이 그렇게 되자 호연작도 적잖이 당황했다. 그런데 일은 그것으로 그치지 않고 북쪽에서 다시 연주포 터지는 소리가 나며 적병이 흙언덕 위로 나타났다. 방금 쏜 연주포는 하나의 어미포탄에 마흔아홉 개의 작은 포탄이 둘러싸고 있어 자모포라고도 불렀다. 그 포탄이 가까이 떨어지자 귀청이 떨어질 듯한 소리와 함께 흙먼지가 자욱히 일었다. 그에 놀란 호연작의 군사들은 싸워 보지도 못하고 어지러워졌다. 그 바람에 호연작과 한도는 군사를 나누지 않고 한덩이가 되어 사방으로 쳐나갔다. 그런데 양산박의 군사들은 싸울 생각 없이 관군이 동쪽으로 치면 동쪽으로 달아나고 서쪽으로 치면 서쪽으로 달아났다.

호연작은 다시 힘이 났다. 군사를 모아 이번에는 북쪽으로 치고 들었다. 그러자 양산박의 군사들은 갈대가 무성한 숲속으로 달아났다. 호연작은 말들을 함께 묶어 공격하는 연환갑마 작전을 써서 그 뒤를 쫓았다. 말들이 일제히 뛰기 시작하면 그 기세는 좀처럼 멈출 방법이 없다. 그런데 걷잡을 수 없이 내닫던 연환갑마가 꺾어지고 짓밟힌 갈대숲을 지나 마른풀 속으로 뛰어들었을 때였다. 갑자기 어디선가 괴상한 휘파람소리가 들리더니 갈대숲 속에서 구겸창을 든 군사들이 일어났다.

구겸창을 든 군사들은 서로 얽혀 연환갑마 양편 가장자리 말들의 다리를 걸어 쓰러뜨렸다. 그러자 가운데 묶여 있던 말들이 날뛰기 시작했다. 그때 갈고리창을 든 군사들이 나타나더니 날뛰는 말 위에서 정신을 못 차리고 있는 관군들을 갈대숲으로 끌어내려 묶어 버렸다.

호연작은 자기 군사들이 구겸창법에 당하는 것을 보고는 급히 말을 몰아 남쪽으로 한도를 따라 갔다. 그때 등뒤에서 풍화포가 크게 터지면서 이쪽저쪽에서 산과 들을 덮어 싸고 양산박 군사가 한꺼번에 밀려왔다. 호연작은 크게 놀라 말들을 거두려고 했으나 수습할 길이 없었다. 말들은 미친 듯이 갈대 숲 속으로 뛰어들었고 그 즉시 적의 손에 잡혔다. 호연작과 한도가 말을 달려 포위를 뚫고 달아나는데 서북쪽에서 한 떼의 군사가 길을 가로막았다. 앞장 선 두령은 목홍과 목춘이었다.

"싸움에 진 놈들이 어디로 달아나려느냐!"

호연작은 크게 노하여 쌍편을 휘두르며 두 장수에게 달려들었다. 그들이 맞선지 서너 합만에 목춘이 먼저 몸을 돌려 달아났다. 그러나 호연작은 계교에 빠질까 두려워 뒤를 쫓지 않고 그대로 서북쪽으로 달렸다. 얼마 안 가서 산 언덕 아래서 한 떼의 군사가 달려나왔다. 그들은 해진과 해보로 각자 강철 창을 들고 달려왔다. 호연작은 쌍편으로 두 사람과 맞섰다. 대여섯 합에 해진, 해보가 몸을 돌려 달아났다. 호연작이 쫓아갔으나 얼마 못 가서 풀숲에서 여러 갈래의 구겸창이 튀어나왔다. 호연작은 싸울 마음이 없어 말머리를 돌려 동북쪽으로 달렸다.

얼마 안 가 다시 왕왜호와 일장청 부부가 길을 막았다. 호연작은 딴 길이 좋지 않은데다 사방이 가시덤불이라 앞길을 여는 수밖에 없었다. 무서운 기세로 채찍을 휘두르며 왕왜호 부부에게 덤볐다. 왕왜호와 일장청도 굳이 호연작을 뒤쫓으려 하지 않았다. 이에 호연작은 동북쪽의 길을 따라 달아날 수 있었다.

그날 싸움으로 관군은 삼천의 연환갑마와 오천의 보병을 모두 잃었다. 그러나 양산박은 먼저 사로잡혀 간 말과 군사들을 모두 되찾고 빼앗긴 진채도 모두 회복했다. 그리고 유당과 두천이 관군의 대장 한도를 사로잡아 산채로 끌고 왔다. 역시 송강은 손수 그 밧줄을 풀어주고 한도를 구슬렀다. 팽기와 능진도 옆에서 거들자 한도는 곧 마음을 바꾸었다. 송강은 다시 진주로 사람을 보내어 한도의 가족들까지 산채로 데려오게 했다.

한편 수많은 안마를 잃고 쫓겨간 호연작의 신세는 처량했다. 워낙 지은 죄가 커서 감히 도성으로 돌아가지 못하고 말 한 필에 의지해 달아나는데, 갑옷은 찢어지고 말은 지쳐 비틀거렸다. 몸에는 돈도 한푼 없어서 할 수 없이 금으로 만든 허리띠를 팔아서 숙식을 해결해야 했다. 그는 혼자 한탄하다가 문득 청주가 머리에 떠올랐다. 청주의 모용 지부와는 전부터 잘 아는 사이였다. 청주로 가는 도중 호연작은 길가의 주점이 나타나자 안으로 들어갔다. 호연작은 허리춤에서 은자를 꺼내 고기와 술을 사 먹은 다음 주막집 주인에게 말했다.

"나는 조정의 관리로 양산박의 도적떼들을 소탕하려다가 실패하고 청주의 모용 지부를 찾아가는 길일세. 자네는 내가 타고 온 말을 잘 돌봐 주게. 그 말은 천자께서 내리신 척설오추마라 하네. 잘 돌봐 주면 내일 자네에게 후한 상을 내리겠네."

"나으리, 고맙습니다. 그렇지만 한 가지 알려드릴 것이 있습니다. 여기서 그리 멀지 않은 곳에 도화산이 있는데 그곳에는 도적떼의 소굴이 있습니다. 첫재 두령은 이충이라는 사람이고 둘째 두령은 소패왕 주통이라는 자인데 졸개가 무려 오륙백이나 된다더군요. 놈들이 가끔씩 산에서 내려와 마을을 털어가곤 하지만 관군들도 아직 잡아들이지를 못했습니다. 그러니 나으리께서도 조심하셔야 합니다."

"나는 놈들이 떼로 몰려와도 무섭지 않으니 내 말이나 잘 봐주게."

그리고는 술과 음식을 배불리 먹은 뒤 잠자리에 들었다. 그가 잠든 후 삼경이 되자 주막집 주인이 외치는 소리가 들렸다. 호연작은 자리를 박차고 일어난 쌍편을 들고 달려나갔다. 그러나 도적떼들은 이미 호연작의 척설오추마를 탈취해 간 후였다. 호연작은 천자께서 내신 말을 잃어버려 잠자리에 들지도 못하고 날이 밝기를 기다려 청주로 달려갔다.

호연작이 청주에 도착한 것은 벌써 날이 저물 무렵이었다. 할 수 없이 객점에서 하룻밤을 쉰 호연작은 다음날이 새기 바쁘게 청주관아로 찾아가 모용 지부를 만나 그간 양산박 군사와의 싸움에서 패한 자초지종을 얘기했다.

"장군이 비록 많은 인마를 잃기는 했지만 그 모든 것이 장군의 허물은 아니오. 간사한 도적의 꾀에 빠져 그리 된 것이니 어쩔 수 없는 일이오. 마침 내가 다스리는 고을에서도 도적떼의 피해가 적지 않으니 장군께서 도화산의 도적들을 소탕하시고 천자께서 내려주신 말도 되찾도록 합시다. 그 다음 이룡산과 백호산의 도적들도 소탕하신다면 그때는 내가 나서 조정에 그 공로를 아뢰어 장군을 돕겠소."

호연작은 그런 기회를 만들어 주는 것이 고마워 절까지 하며 감사해했다.

"상공께서 그렇게만 해주신다면 죽더라도 그 은덕에 반드시 보답할 것이오."

모용 지부는 호연작을 객방에서 편히 쉬게 했다. 사흘이 지난 후 지부는 마보군 이천을 호연작에게 빌려 주고 청총마 한 필을 타라고 주었다. 호연작은 그런 지부에게 감사한 뒤 빌린 군사를 휘몰아 도화산으로 달려갔다.

그때 도화산에서는 이충과 주통이 척설오추마를 얻게 된 것을 기뻐하며 술판을 벌이고 있었다. 그때 졸개 하나가 달려와 청주에서 관군들이 쳐들어온다는 보고를 받았다. 그러자 주통이 이충에게 말했다.

"형님은 산채를 지키고 계십시오. 내가 관군을 물리치겠습니다."

주통은 꽃무늬 비단 가죽옷을 입고 손에는 녹침창을 들고 졸개 백여 명을 이끌고 내려왔다. 호연작은 관군 이천을 이끌고 기다리다가 주통이 내려오자 말을 타고 앞장서서 외쳤다.

"도둑들은 어서 기어 나와 밧줄을 받아라!"

주통은 아무 대꾸 없이 졸개들을 한 줄로 늘여 세우고 마주쳐왔다. 호연 작이 말을 박차 그런 주통을 덮쳐 갔다. 주통도 지지 않고 그런 호연작에게 맞섰다. 그러나 예닐곱 번을 겨룬 후 주통이 말머리를 돌려 달아났다. 주통은 산채로 돌아가 이충에게 말했다.

"호연작이 무예가 높고 강해 당해 낼 길이 없습니다. 만약 그 놈이 산채 를 공격해오면 어쩌지요?"

"아무래도 이룡산 보주사의 화화상 노지심에게 도움을 빌려야 될 것 같 다. 그의 곁에는 청면수 양지란 이와 또 새로이 행자 무송이란 이를 얻었 다는 말을 들었네. 셋이 모두 무술이 보통이 아니지. 내가 곧 그들에게 구 원을 청하겠네."

주통도 이에 찬성하자 이충은 편지 한 통을 써서 날랜 졸개 두 명에게 주 며 산 뒤쪽으로 내려가 이룡산으로 가게 했다.

이룡산 보주사에는 노지심과 양지, 무송 세 두령이 있었다. 그리고 산문 아래에서 작은 두령 네 명이 지키고 있었는데 금안표 시은과 조도귀 조정, 채원자 장청과 모야차 손이랑이었다. 그날은 조정이 산문을 지키고 있는 데 졸개가 도화산에서 사람이 왔다고 전했다. 조정은 거기서 온 졸개들에 게 자세한 것을 물은 뒤 바로 보주사로 가 세 명의 큰두령에게 소식을 전 했다. 양지가 나서 노지심을 보고 말했다.

"우리들은 각기 지켜야 할 산채가 있어 원래는 거기까지 가 구해 줄 수 가 없습니다. 그러나 한편으로는 강호의 호걸이 죽는 것을 볼 수가 없고 다른 한편으로는 호연작 그놈이 도화산을 쓸면 이곳까지도 치려들 것이니 장청, 손이랑, 시은, 조정 네 사람에게 산채를 지키게 하고 우리 세 사람이 직접 가보는 것이 좋겠습니다."

노지심과 무송도 양지와 같은 뜻을 품고 있었다. 그날로 오백 명의 졸개 와 육십여 필의 군마를 끌어 모은 뒤 각기 갑옷을 차려입고 도화산으로 달 려갔다. 한편 도화산에서는 이룡산의 지원병이 왔다는 말을 듣고 이충이 몸소 졸개 삼백 명을 거느리고 노지심 일행을 맞으러 내려갔다.

　그러나 이충은 하산하자마자 바로 관군을 만났다. 호연작이 군사를 이끌고 달려든 것이다. 이충은 자신의 무예만 믿고 호연작을 맞아 싸웠으나 적수가 못 되어 십여 합만에 말머리를 돌려 달아났다. 호연작은 이충의 무술을 얕보고 급히 뒤를 쫓았으나 소패왕 주통이 산허리에 있다가 그것을 보고는 돌을 던지고 바위를 굴렸다. 돌들이 심하게 날아오자 호연작은 더 이상 전진을 못하고 할 수 없이 군사들에게 퇴각 명령을 내렸다. 그러나 관군들이 되돌아서는 순간 후군 진중에서 함성이 크게 일어났다. 호연작이 후군 쪽을 바라보니 자욱하게 먼지가 일어나는 곳에서 적지 않은 인마가 달려오고 있었다. 맨 앞에서 달려오던 노지심이 소리를 내질렀다.

　"이놈, 양산박에서 패하고도 아직 정신을 못 차렸구나!"

　호연작도 지지 않고 맞고함을 쳤다.

　"내 먼저 네 놈을 죽여 이 분을 풀어야겠다!"

　호연작이 쌍편을 움켜쥐고 앞으로 나섰다. 노지심은 쇠로 만든 선장을 돌리며 덮쳐 왔다. 싸움이 오십여 합을 넘겨도 좀처럼 승부가 가려지지 않았다. 호연작이 노지심의 무예에 은근히 감탄하고 있을 때 양쪽 편에서 모두 징이 울려 노심과 호연작은 싸움을 거두고 잠시 물러났다. 호연작은 한참을 쉰 뒤 다시 말을 박차고 진채에서 나와 소리쳤다.

　"이 중놈아, 다시 나와서 겨루어 결판을 내자!"

　이 소리에 노지심이 크게 노하여 뛰쳐나가려 했으나 양지가 그를 말리고 대신 자신이 달려나갔다. 역시 사오십 합이 지나도 승패가 가려지지 않자 양지는 짐짓 허점을 드러내 보이고 자기편으로 달아나며 호연작을 속이려 했으나 호연작은 얼른 고삐를 당겨 말을 세우고 함부로 그런 양지를 뒤쫓지 않아 다시 싸움이 그쳤다.

세 산의 호걸들이 청주를 치다

노지심과 양지는 다음 날 싸우기로 마음을 먹고 이십여 리를 물러나 진영을 세웠다. 한편 진영으로 돌아온 호연작은, 처음 동경을 떠날 때는 좀도둑들쯤 간단히 토벌할 줄로 알았으나 양산박에 철저히 패하더니, 이제는 도화산 좀도둑 두령들마저 쉽게 상대할 수 없게 되자 혼자 탄식했다.

그때 모용 지부가 보낸 사람이 왔다. 백호산에 웅거하는 도적떼인 모두성毛頭星 공량孔亮과 독화성獨火星 공명孔明이 군사를 거느리고 청주성을 치려고 하니 급히 돌아와 성을 지키라는 전갈이었다. 호연작은 곧 군사를 거두어 청주로 돌아갔다. 호연작이 청주성에 거의 도착했을 무렵 그는 백호산 공태공의 두 아들 공명, 공량과 맞부딪치게 되었다.

공태공의 집안은 청주의 한 부호와 서로 앙숙이었는데, 어느 날 두 집안 간에 싸움이 붙자 공태공의 두 아들은 부호의 가족들을 모두 죽이고 오륙백 명 졸개들을 모아 백호산으로 자리를 잡았다. 그들이 인근 마을을 털고 고을을 어지럽히자 모용 지부는 성안에 살고 있던 그들의 숙부 공빈을 잡아 옥에 가두었다.

그로 인해 공명 형제는 숙부를 구하러 청주로 가다가 호연작과 대면하게 된 것이다. 공명과 공량은 군사를 이끌고 되돌아오는 호연작을 조금도 두려워하지 않고 그대로 졸개들을 휘몰아 마주쳐 왔다. 호연작이 말을 박차 앞줄로 나서며 그런 공씨 형제를 맡았다. 양쪽 군사가 진을 치고 대적하자 모용은 그들이 싸우는 모습을 성루에서 지켜보았다. 싸움이 한 스무 합쯤 어우러졌을 때 호연작은 떨어져서 싸우다가 갑자기 바짝 다가서더니 말 위에 앉은 채 손을 뻗어 공명을 사로잡아 버렸다. 형이 사로잡히는 것을 보고 기가 꺾인 공량은 졸개들을 이끌고 달아나려 했으나 뒤쫓는 관군에게 백여 명이 사로잡히고 말았다.

호연작이 공명을 사로잡아 입성하자 모용은 크게 기뻐하며 공명에게 큰 칼을 씌워 숙부 공빈과 함께 가둔 다음 도화산 소식을 물었다. 호연작이 문득 어두운 얼굴로 대답했다.

"소장은 도화산 도적떼쯤 독 속에 든 자라 잡듯 할 수 있을 것이라고 생각했으나 뜻밖에도 다른 도적떼들이 합세하여 뜻을 이루지 못했습니다. 새로온 도둑떼의 우두머리 중에서 중놈과 낯빛이 푸르스름한 놈과 싸워 봤지만 승부를 가리지 못했습니다"

그러자 모용 지부도 알 만하다는 듯 고개를 끄덕이며 일러주었다.

"그 중놈은 바로 연안부 노충 경략 밑에서 군관 노릇을 하던 노달이란 놈으로 머리를 깎고 중 행세를 하면서 화화상 노지심이라고 불리고, 또 얼굴이 푸르스름한 놈은 동경의 전수부에서 제사관 노릇을 하던 놈인데 청면수 양지라고 하지요. 그 밖에 한 놈이 더 있는데 무송으로 경양강에서 맨주먹으로 호랑이를 때려잡은 놈입니다. 그 세 놈이 이룡산에 들어앉아 행인에게 노략질을 일 삼고 관군에 항거하여 그동안 죽인 포도관만해도 네댓이나 됩니다. 아직까지 잡지 못해 나도 걱정이외다."

"어쩐지 그놈들의 무예가 대단하다 싶더니 바로 양제사와 노제할이었군. 하지만 지부께서는 호연작이 여기 있는 한 마음놓으십시오. 곧 한 놈씩 잡아다 바치겠습니다."

모용 지부는 그 말을 듣고 크게 기뻐했다. 한편 공량은 남은 졸개를 이끌고 달아나다가 숲속에서 무송을 만나자 황망히 말에서 내려 절을 했다.

"장사께서는 그간 별일 없으십니까?"

무송이 놀라 답례하며 그를 붙들어 일으켰다.

"그대들 형제가 백호산에 있다는 말을 듣고 한번 찾아가 보고 싶었으나 산채를 내려가기 힘들뿐 아니라 가는 길이 험해 지금껏 뵙지를 못했소. 그런데 오늘은 무슨 일로 이곳까지 오셨소?"

공량은 그 같은 무송의 물음에 그 동안에 있었던 일을 자세히 말했다. 그러자 무송이 위로하듯 말했다.

"너무 걱정하지 마시오. 이번에 도화산의 이충과 주통이 청주 관군의 공격을 받아 구원을 갔다가 돌아가는 길이오. 그 두 분도 곧 뒤따를 것이니 내가 그분들에게 얘기해 청주를 치고 그대의 형과 숙부를 구하게 하면 어떻겠소?"

공량은 그 같은 말에 고마워 어쩔 줄 몰라하며 거듭 무송에게 절을 올렸다. 이어 노지심과 양지가 도착하자 무송은 그들에게 공량을 소개하고 공량을 돕자고 의견을 모았다. 그들은 머리를 맞대고 청주성을 공격할 계책을 생각했으나 묘책이 서지 않았다. 그때 양지가 제안을 내놓았다.

"청주는 성이 견고하고 군사가 강한 데다가 호연작이 버티고 있어서 쉽게 항복을 받기가 어렵습니다. 우리 셋만으로는 용이한 일이 아니오. 대군이 필요할 것 같소. 내가 알기로는 양산박의 송공명은 호연작과 맞서 싸운 사이니 도움을 청하면 들어줄 거요. 게다가 공량 형제가 송공명과 가까운 사이라니 잘된 일 아니겠소. 두령들의 의향은 어떻소."

그러자 노지심이 말을 받았다.

"내가 어딜 가나 송공명 소리를 하도 들어서 그 이름이 천하에 떨친 줄 알고 있네. 그래서 나도 어떤 위인인지 꼭 한번 만나봐야겠으니 공량 아우가 양산박으로 가서 송공명에게 도움을 청하고 오도록 하게. 우리는 그 동안 저놈들과 싸우며 기다릴 테니."

노지심이 시원스레 양지의 뜻에 동의하자 공량은 데리고 있던 졸개들을 모두 노지심에게 넘기고 자신은 졸개 하나만 거느린 채 양산박으로 달려갔다. 공량이 떠나간 뒤 노지심과 양지, 무송은 산채로 돌아가 시은, 조정과 함께 남아 있던 졸개 백여 명을 더 데리고 산을 내려갔다. 도화산의 이충과 주통 역시 노지심이 보낸 사람으로부터 소식을 듣고 인마를 모아서 청주성으로 달려갔다.

한편 청주를 떠난 공량은 밤낮없이 달려 양산박에 도착했다. 공량이 왔다는 말에 송강이 달려나와 공량을 반가이 맞아들였다. 공량은 땅에 엎드려 절하고 목놓아 울었다. 송강이 그 이유를 묻자 공량은 자기가 양산박에 찾아오게 된 사연을 간추려 말했다. 공량의 이야기를 들은 송강은 위로하듯 말했다.

"그건 어려운 일이 아니니 마음을 편히 가지게."

그리고 공량을 데리고 가서 조개, 오용, 공손승을 비롯한 여러 두령들에게 소개한 뒤 자신이 들은 대로 두령들에게 알렸다. 송강의 얘기가 끝나자 조개가 일어나 말했다.

"이룡산, 도화산 두 곳 호걸들이 의를 위해 나섰는데 우리가 어찌 가만히 보고만 있겠소. 이번에는 내가 청주에 다녀오겠소."

송강이 전처럼 그런 조개를 말렸다.

"형님은 이 산채의 주인이십니다. 함부로 움직여서는 아니 됩니다. 더구나 이 일은 저와 관계된 일이니 제게 맡겨 주십시오."

송강은 곧 청주를 치러 갈 두령들과 졸개들을 결정하고 인원을 배치했다. 산채를 내려갈 병력은 다섯 부대로 나눠졌다. 전군은 화영, 진명, 연순, 왕왜호가 선봉이 되어 길을 열고 제2대는 목홍, 양웅, 해진, 해보가 이끌고 그 뒤를 받치며, 중군은 송강을 주장으로 오용, 여방, 곽성이 곁에서 돕기로 했다. 제4대는 주동, 이준, 시진, 장횡이 이끌었으며, 후군은 손립, 양림, 구붕, 능진이 이끌고 뒤를 맡기로 했다. 이렇게 송강은 다섯 부대와 두령 스물에 미보군 삼천을 이끌고 하산하여 청주에 이르자 공량이 먼지 노지심의 진중으로 가 그 사실을 알렸다. 노지심을 비롯한 그쪽 호걸들은 반가운 마음으로 양산박 호걸들을 맞을 채비를 했다. 마침내 송강이 도착하자 무송은 노지심, 양지, 이충, 주통, 시은, 조정과 함께 송강을 보러 갔다. 송강이 노지심에게 자리를 양보하려 하자 노심은 사양하며 말했다.

"형의 크신 이름은 오래 전부터 들었으나 인연이 없어 지금껏 만나 뵙지 못했소. 오늘 이렇게 만나게 되니 참으로 기쁩니다."

그리고 이어서 미리 마련해 둔 술과 안주가 나오자 호걸들은 술잔을 돌리며 서로 인사를 나누었다.

다음날 송강은 청주에 관해 이것저것을 물었다. 양지가 여럿을 대신해 대답했다.

"공량이 떠난 뒤로 서너 번 더 싸웠지만 아직껏 승부를 가리지 못했습니다. 지금 청주성에서 믿는 것은 호연작 한 사람뿐입니다. 그 자만 잡으면 성을 공략하기는 어렵지 않습니다."

그러자 오용이 미소를 띠고 말했다.

"그 사람은 힘으로 맞서려 해서는 안 됩니다. 지혜로 사로잡아야 합니다."

"무슨 계교가 있으시오?"

송강이 기대의 눈길로 오용을 보며 묻자 오용이 자신이 생각한 계책을 말했다. 다 듣고난 송강이 크게 감탄했다. 그리고 그 계책에 따라 그 자리에서 인마를 나누고 할 일을 정했다.

다음날 일찍 군사를 일으켜 청주성을 포위하고 북치고 고함을 지르며 싸움을 걸었다. 성안에 있던 모용은 호연작을 보며 걱정스럽게 말했다.

"도적떼가 양산박의 송강까지 불러들였구려. 이일을 어쩌면 좋소?"

"지부께서는 너무 걱정 마십시오. 우리가 지리적으로 유리하니 어려울 것이 없습니다. 놈들은 강에서는 제법이지만 이제 제 소굴을 떠나 여기까지 왔으니 무슨 힘을 내겠습니까? 오는 대로 한 놈씩 사로잡아들일 것이니 지부께서는 구경이나 하십시오."

그리고는 적교를 내리고 천여 명 관군을 이끌고 나갔다. 송강의 진중에서도 한 장수가 말을 달려 나와 가시방망이를 휘두르며 소리 높여 외쳤다.

"이 백성을 해치는 도적놈아, 어서 나오너라! 내 가족을 몰살시킨 원수를 갚으러 왔다."

성벽 위에서 진명을 알아본 모용이 맞받아 꾸짖었다.

"네 놈은 조정의 명을 받고 내려온 관리로서 나라가 너를 저버린 적이 없거늘 어찌 반역하였느냐? 만약 네놈을 사로잡는다면 몸을 갈가리 찢어 세상의 본보기로 삼으리라. 호장군, 어서 저놈을 잡으시오.”

그러자 호연작이 두 가닥 채찍을 휘두르며 말을 박찼다. 진명도 가시 박힌 쇠방망이를 치켜들고 호연작을 마주쳐 나갔다. 채찍과 쇠방망이가 엉켰다 떨어지기를 쉰 번이나 하도록 둘은 결판을 내지 못하자 믿을 만한 장수라고는 호연작 하나밖에 없는 모용 지부는 혹시라도 호연작에게 실수라도 있을까 징을 쳐 불러들였다.

진명도 진채로 돌아가니 송강은 그날 싸움을 그쯤에서 끝내기로 하고 군사를 시오 리 뒤로 물려 진을 쳤다. 성안으로 돌아간 호연작은 모용의 의견을 받아들여 동경과 이웃 고을에 구원을 청하기로 했다.

다음날 날이 밝기가 바쁘게 군교 하나가 달려와 알렸다.

“북문 밖 언덕에 세 필의 말에 나뉘어 탄 자들이 숨어 있다 합니다. 붉은 전포에 백마를 타고 있는 놈과 소이광 화영, 그리고 다른 한놈은 도사의 옷을 입고 있었다고 합니다.”

“그 붉은 전포를 입은 놈이 송강일 것이다. 그리고 도사 차림을 한 놈은 군사 오용이 틀림없다.”

호연작은 군마 백여 기를 이끌고 군교가 말한 언덕으로 달려갔다. 들은 대로 그 언덕 위에서는 세 사람이 정신 없이 성안을 들여다보고 있었다. 호연작을 본 세 사람은 별로 놀라는 기색도 없이 말 머리를 돌리더니 천천히 달아나기 시작했다. 호연작은 힘을 다해 그들을 뒤쫓았다. 한참 가다 보니 앞에 마른나무숲이 보였다. 세 사람이 거기서 말을 멈추는 것을 보고 호연작은 더욱 급히 말채찍을 휘둘렀다. 그때 함성이 크게 일면서 호연작은 양산박 쪽이 미리 파놓은 깊은 구덩이에 말과 함께 떨어졌다. 그러자 양쪽에서 오륙십 명의 갈고리창을 든 군사들이 나타나 호연작을 묶어 버렸다. 호연작을 뒤따르던 관군 백여 기는 화영의 화살에 대여섯이 쓰러지더니 모조리 되돌아서 달아나 버렸다.

호연작이 끌려오자 송강은 황급히 말에서 내려 손수 그의 결박을 풀어주고 그 앞에 정중히 예를 갖추었다. 호연작이 놀라 물었다.

"어째서 이러는 것이오?"

"이 하찮은 송강이 어찌 조정을 배신하겠습니까? 조정의 탐관오리들이 나를 핍박하는 까닭에 잠시 양산박에 숨어 화를 면하고 있으나 조정이 제 죄를 용서해 주고 다시 불러들여 주기를 기다리고 있습니다. 나는 전부터 장군의 명성을 잘 알고 있었습니다. 그간 여러 차례 싸움으로 장군의 위엄을 범했으니 부디 제 죄를 용서해주시기 바랍니다."

송강의 공손한 어조에 호연작이 놀라 물었다.

"사로잡힌 몸으로 만번 죽어도 할 말이 없는데 어찌하여 이토록 무거운 예로 대하십니까? 형께서는 이 호연작더러 동경으로 가서 사면을 빌어 달라고 하시는 것입니까?"

그러자 송강이 속마음을 드러냈다.

"장군께서 어떻게 동경으로 가실 수 있겠습니까? 동경의 고태위는 마음이 좁아 은혜는 잊고 작은 허물을 드러내는 자입니다. 장군께서는 이미 많은 군마를 잃었으니 그냥 두지 않을 것입니다. 지금 우리 산채에는 한도, 팽기, 능진 등이 모두 우리와 함께 지내고 있습니다. 장군께서도 저희 산채가 천하고 보잘것없다 여기시지 않는다면 저희와 함께 머물러 주십시오. 이 송강은 제 자리를 장군께 드리고 함께 조정의 부르심을 기다리도록 하겠습니다. 그리하여 조정이 우리의 죄를 사면하고 다시 부를 때 힘을 다해 그 은혜에 보답해도 늦지 않을 것입니다."

그 말에 호연작은 반나절이나 말없이 생각에 잠겼다. 한편으로는 예로 대하는 송강의 공손함에 흔들리고, 다른 한편으로는 송강의 말이 이치에 맞는 데가 있었다. 이윽고 호연작이 마음을 정했는지 긴 탄식과 함께 땅바닥에 무릎을 꿇으며 말했다.

"이 호연작이 비록 나라에 불충하려는 것은 아니라 형의 의기가 남달라 감복하지 않을 수가 없습니다. 저를 버리시지 않는다면 형을 따르겠습니다."

송강이 크게 기뻐하며 호연작을 다른 두령들에게 인사시키고 전에 빼앗은 황제의 하사품인 오추마를 돌려주었다. 그때 오용이 말을 꺼냈다.

"우리가 청주성을 치는 목적은 성이 탐나서가 아니라 그곳에 갇혀있는 공명과 공빈을 구하기 위해서입니다. 장군께서 적을 속여 성문을 열게 해주시지 않는다면 그들을 구해 낼 길이 없습니다."

이에 호연작은 선선히 응했다. 그날 밤이었다. 진명, 화영, 손립, 연순, 여방, 곽성, 해진, 해보, 구붕, 왕영은 군졸로 꾸미고 호연작을 뒤따랐다. 두령 열 명에 호연작을 합쳐 도합 열한 기는 밤이 깊어서야 성 가까이 이르렀다. 성벽 위의 군사들이 이를 보고 모용에게 알렸다. 그러자 모용은 호연작이 적의 꾀에 빠져 사로잡혀 갔다는 말을 듣고 당황하고 있다가 그가 적진에서 탈출하여 돌아온다는 말을 듣고 성문을 열고 그를 맞이했다. 호연작과 따라 성안으로 들어간 열 명의 두령은 들어서자마자 손을 썼다. 호연작을 맞으러 나온 모용은 진명의 쇠방망이에 맞아 죽고, 놀란 관군들은 나머지 두령들에게 쫓겨 흩어졌다. 해진과 해보는 성안 곳곳에 불을 지르고 구붕과 왕왜호는 성벽 위까지 따라 올라가 관군을 죽였다.

성안에서 불길이 오르는 것을 본 송강의 대군이 밀물처럼 성안으로 밀려들었다. 송강은 모든 군사에게 영을 내려 죄없는 백성들을 함부로 해치지 못하게 하고 관고의 곡식과 돈만 거둬들이게 했다. 송강은 감옥을 부수고 공명과 그 숙부인 공빈의 가솔들을 모두 구해 냈다. 그리고 군사들을 풀어 성안의 불을 끄게 하는 한편, 모용 지부의 식구들은 모조리 끌어내 목을 베고 그 재물은 모두 군사들에게 나눠주었다.

청주성 안에서의 일이 마무리되자 송강은 세 산의 두령들에게 함께 양산박으로 가자고 권했다. 세 산의 두령들은 송강의 말에 기꺼이 응했다.

며칠이 지나 양산박에 이르자 여러 수군 두령들이 배를 이끌고 나와 그들을 맞고 조개도 산채에 남아있던 마보군 두령들과 함께 금사탄까지 마중을 나왔다. 산 위에 이른 두령들은 모두 취의청으로 올라가 서열에 따라 자리에 앉았다. 곧 새로운 두령들을 반기는 잔치가 벌어졌다. 호연작, 노

지심, 양지, 무송, 시은, 조정, 장청, 손이랑, 이충, 주통, 공명, 공량 등 모
두 열둘이었다. 모든 두령들이 맡은 일에 힘을 다해 별일 없이 한동안이
지나갔다.

제6장
배팔 호걸들

양산박의 주인이 된 송강

어느 날 노지심이 송강을 찾아와 말했다.

"나와 가까이 지낸 이 중에 구문룡九紋龍 사진史進이란 자가 있습니다. 이 충에게 무예를 배운 이인데 지금은 화주 화음현 소화산에서 신기군사 주무, 도간호 진달, 백화사 양춘과 더불어 산채를 열고 있지요. 전에 와관사에서 헤어진 뒤로 아직껏 그를 보지 못했습니다. 이번에 내가 내려가서 만나 보고 이곳에서 함께 지내도록 하는 것이 어떻습니까?"

"나도 일찍부터 사진이란 분의 이름을 들어 왔습니다. 대사님께서 불러올 수 있다면 그보다 좋은 일이 없지오. 무송 아우와 함께 다녀오시지요."

이에 노지심과 무송은 그날로 산채를 내려가게 되었다. 노지심은 선승차림을 하고 무송은 그를 시중드는 행자처럼 꾸민 채 별다른 일 없이 소화산에 도착했다. 한편 송강은 걱정스런 마음에 노지심과 무송에게 신행태보 대종을 뒤따르게 히어 소식을 알아보게 하였다. 그 무렵 노지심과 무송은 산 위로 올라가 신기군사 주무와 도간호 진달과 백화사 양춘을 만났다. 사진이 보이지 않는 것을 이상히 여긴 노지심이 물었나.

"사두령이 보이지 않는데 어디에 있소?"

무슨 사연이 있는지 망설이다가 주무가 긴 한숨과 함께 입을 열었다.

"저희 세 사람은 오래 전부터 이 산채에서 지내 오던 바 사두령께서 오신 뒤로 모든 것이 전보다 훨씬 잘되어 갔습니다. 그런데 얼마 전에 사두령이 산을 내려갔다가 어떤 환쟁이를 만나면서 일이 생겼습니다. 그 환쟁이는 북경 대명부에서 살던 이로 이름이 왕의王義라고 하는데 서악화산의 금천

성제묘에 벽화를 그리기로 되어 있었지요. 그래서 그 딸 옥교지玉嬌枝를 데리고 갔는데 이 고을의 하태수라는 욕심 많고 행실 나쁜 놈이 우연히 옥교지를 보고는 마음이 동해 왕의에게 첩으로 달라고 했습니다. 그런데 왕의가 거절하자 그 딸을 억지로 빼앗아가고 왕의에게는 죄를 지워 귀양을 보내게 했습니다. 그런데 마침 귀양가는 길에 사두령이 왕의를 만나 그 얘기를 듣고 호송하던 두 공인을 죽이고 하태수를 벌하고 옥교지를 구하러 성에 들어갔다가 발각되어 사로잡히고 말았습니다. 하태수는 사두령을 감옥에 가두고 우리 산채를 쳐부수겠다고 합니다. 저희는 어찌해야 할지 걱정입니다.”

주무의 얘기가 끝나자 노지심은 분함을 참지 못하고 곧 사진을 구하러 가려했으나 무송이 말리고 한편으로는 날이 저물어 그날 밤은 산에서 묵고 다음 날 날이 새기도 전에 출발하려했다. 이에 주무도 어쩔 수 없다는 듯 날래고 영리한 졸개를 노지심에게 딸려 보냈다.

소화산을 내려간 노지심은 한걸음에 화주성으로 달려갔다. 성안으로 들어가 관아로 향하는 길에 하태수의 행차가 있었다. 노지심은 당장 요절을 내고 싶었지만 태수는 사방이 막힌 가마 위에 앉아 있고 곁에는 가마 양쪽으로 각기 열 명의 우후가 무기를 들고 둘러싸듯 따르고 있어서 생각을 바꾸었다. 노지심이 그렇게 서 있는 동안 하태수가 지나가다 가마 창문으로 분을 삭이는 노지심을 보고는 얼마 가다가 우후 둘을 불러 말했다.

“너희들은 지금 곧 다리쪽으로 가서 몸집이 커다란 스님을 찾아, 내가 뵙고자 한다고 여쭈어라.”

하태수가 아무 내색 없이 그렇게 말하자 두 우후는 시키는 대로 노지심을 찾아 공손히 말했다.

“태수께서 스님을 부르십니다.”

노지심은 태수를 죽일 생각에 아무런 의심 없이 두 우후의 뒤를 따랐다. 노지심이 관아 안으로 들어갔을 때는 이미 태수가 모든 준비를 마친 뒤였다. 태수는 노지심이 뜰 아래 이른 것을 보고는 선장과 계도를 놓고 후당으로 들게 하라 일렀다. 노지심은 수상쩍어 어떻게든 들고 들어가려 했으나, 곧 맨몸으로도 충분하다고 생각하고 우후를 따라 안으로 들어갔다. 노지심이 후당으로 들어가니 하태수는 먼저 자리잡고 앉아 있었다. 그런데 갑자기 하태수가 크게 소리쳤다.

"여봐라. 저 머리 벗겨진 도적놈을 잡아라!"

그러자 양쪽 벽 뒤에서 서른 명도 넘는 포졸이 달려나와 노지심에게 덤벼들었다. 아무리 노지심이라 해도 그 지경이 되자 어쩔 수가 없었다. 곧 포졸들에게 흠씬 두들겨 맞은 뒤 오랏줄에 묶이는 신세가 되고 말았다.

"네 놈이 감히 나를 능멸하다니……, 비록 나는 죽더라도 우리 송공명 형님이 너를 그냥 두지 않을 것이다."

하태수는 그 말을 듣고 별로 매질하는 법도 없이 큰칼을 씌워 사형수들이 있는 감옥으로 끌고 가게 했다. 하태수가 노지심을 잡아 가두었다는 소문은 화주성 일대에 나돌았다. 소화산의 졸개들은 그 소문을 듣고 즉시 산채에 보고했다. 그리고 곧 송강이 보낸 대종도 그 소식을 알게 되었다.

"내 어서 양산박으로 돌아가 송공명 형님에게 알리고 군사를 이끌고 와야겠소."

이에 대종은 서둘러 신행법을 일으켜 양산박으로 달려갔다. 소화산을 떠난 대종은 사흘도 안되어 양산박에 이르렀다. 노지심이 사진을 구하다 잡혔다는 말을 듣고 주개와 송강은 크게 놀랐다. 그리고 그날로 송강의 화주성 공격을 위한 군마들은 양산박을 떠나 며칠만에 소화산에 도착했다. 무송은 구무, 진달, 양춘 세 사람을 데리고 내려가 송강, 오용과 뭇 두령들을 맞아 산채로 올라왔다. 두령들이 자리를 잡고 앉자 송강이 먼저 화주성 안의 일을 자세히 물었다.

"두 분 두령께서는 하태수의 감옥에 갇혀 조정의 처분을 기다리고 있을 뿐입니다."

송강과 오용이 머리를 맞대고 작전을 짰다.

"성안에 큰 호랑이 같은 호걸들을 잡아 가둬 놓았는데 어찌 방비가 없겠습니까? 오늘밤 달빛이 밝으니 초경에 성안의 동정을 살피기로 합시다.”

송강이 화주성 밖 높은 산에 올라 성안을 내려보니, 때는 이월 중순이라 달은 낮같이 밝은데 하늘에는 구름 한 점 없었다. 화주성이 단단해 보이는데다 지형이 험해 마땅한 계책이 떠오르지 않았다.

송강을 비롯한 다섯 사람이 소화산의 산채로 돌아와 작전 논의를 하는 중에 졸개 하나가 달려와 보고하기를, 조정에서 전사태위殿司太衛가 어사의 금령金鈴을 갖고 황하黃河를 통해 위하渭河로 들어 서악에 이를 것이라 했다.

그러자 오용이 생기가 도는 얼굴로 송강에게 말했다.

“형님, 좋은 계책이 있습니다.”

오용은 먼저 이준과 장순을 불러 계책을 일러주고 양춘과 함께 하산시켰다. 다음날 오용은 송강, 이응, 주동, 호연작, 화영, 진명, 서녕 일곱 두령과 더불어 오백여 인마를 이끌고 내려갔다. 그들이 위하에 도착하니 이미 이준과 장순, 양춘 세 사람은 벌써 여남은 척의 큰 배를 탈취하고 기다리고 있었다.

오용은 화영, 진명, 서령, 호연작 네 사람을 언덕 위에 매복시키고 자신과 송강, 주동, 이응은 배 안에 남았다. 그리고 이준, 장순, 양춘 세 사람은 배에 나누어 타고 물가로 가 숨게 했다. 그들은 정한 곳에 숨어 하룻밤을 기다렸다. 다음 날 날이 밝자 멀리서 징소리 북소리가 나더니 세 척의 관선이 오고 있었다. 송강이 탄 배가 관선을 가로막고 주동과 이응은 각기 긴 창을 들고 송강의 뒤에 섰으며, 오용이 배를 몰아 앞을 막았다. 그러자 관선에서 자줏빛 옷에 은빛 띠를 두른 20여 명의 호위병이 나와 엄하게 꾸짖었다.

“누군데 감히 대신이 탄 배를 가로막느냐?”

송강이 아무런 대꾸도 없이 몸을 굽혀 공손하게 예를 베풀자, 뱃머리에 서 있던 오용이 송강을 대신해 뱃머리에 가서 말했다.

“양산박의 의사 송강이 삼가 태위께 인사 올립니다.”

그 말을 듣고 관선에서 객장사客帳司가 나와 엄하게 꾸짖으며 말했다.

“이 배에는 조정의 태위께서 천자의 명을 받들어 서악으로 향을 사르러 가시는 길이거늘, 너희들은 무슨 일로 길을 막느냐?"

"저희는 의사들로 태위님을 뵙고 드릴 말씀이 있습니다."

"어떤 놈들이기에 감히 태위를 뵈려 하느냐?"

객장사가 더욱 큰 소리가 말하자 송강이 허리를 펴고 걸어나오며 말했다.

"태위를 모시고 잠시 뭍으로 올라가 여쭐 말씀이 있습니다. 태위께서 나오시지 않으시면 우리 아이들이 행여 태위를 놀라시게 할까 걱정입니다."

송강의 말이 끝나기 무섭게 이응이 허리에 찬 창을 들어 한번 휘두르자 이준, 장순, 양춘 세 사람이 일제히 배를 저어 나오고 화영, 진명, 서녕, 호연작 등이 기다리고 있었다는 듯이 인마를 이끌고 나타났다. 배 안으로 쫓겨 들어간 객장사가 그 일을 태위께 알렸다.

태위가 어찌할 수 없어 뱃머리에 나와서니 송강이 정중히 예를 베풀고 말했다.

"저는 송강이라 합니다. 저희들이 까닭 없이 소란을 떠는 것이 아니오니 너그럽게 보아주십시오."

숙태위가 점잖게 송강에게 물었다.

"의사들은 무슨 이유로 내 길을 막는가?"

"저희가 감히 태위님의 길을 어찌 가로막겠습니까? 다만 태위를 모시고 드릴 말씀이 있어서 잠시 언덕 위로 오르시기를 청할 뿐입니다."

"나는 지금 천자의 뜻을 받들어 서악으로 가는 길인데, 조정의 대신이 어찌 가볍게 그대들과 함께 언덕에 오를 수 있겠는가?"

"태위께서 만약 내리시지 않으시면 우리 아이들이 태위를 놀라시게 할까 두렵습니다."

송강의 말이 떨어지자마자 이응이 허리에 찬 창을 들어 한 번 더 휘둘렀고, 이준, 장순, 양춘 세 사람이 일제히 배를 저어 나왔다. 이준과 장순이 칼을 들고 관선 위에 뛰어올라 위병 몇 명을 잡아 물 속으로 던져버리자 송강이 놀란 척 그들을 말렸다.

"함부로 날뛰어 귀인께서 놀라게 하지 말라!"

그러자 이준과 장순은 저희들도 강물로 뛰어들어 물 속에 빠진 위병들을 구해 배 위에 올려놓았다. 그걸 본 숙태위는 겁에 질리고 말았다.

"이보게, 의사께서 할 말이 있다면 여기서 해도 괜찮다네."

"이곳은 귀인을 모시고 말씀 올리기에 알맞은 곳이 못 됩니다. 저희 산채로 올라가 얘기를 들어 주십시오. 만약 태위를 해칠 뜻을 품었다면 서악의 신령님께서 저희를 용서하지 않으실 겁니다."

일이 이렇게 되자 숙태위는 마지못해 배에서 내려 산으로 올라갔다. 송강과 오용은 화영과 진명을 불러 태위를 산채로 모시게 하고 관선에 타고 있던 사람들이며 어향제물御香祭物과 금령적괘金鈴弔掛를 모두 산채로 옮기게 했다. 송강은 이준과 장순에게 따로 백여 명을 주며 관선을 지키게 했다.

소화산 산채로 돌아간 송강은 숙태위를 취의청 가운데 맨 윗자리에 앉히고 여러 두령들은 좌우로 늘어서게 한 다음 숙태위 앞에 나가 네 번 절하고 꿇어 앉아 말했다.

"저는 본래 운성현의 작은 관원으로 관리들의 핍박에 쫓겨 양산박에 자리 잡게 되었으나 그것은 잠시 화를 피하고 다시 조정의 부르심을 받고 일할 기회를 얻기 해서입니다. 그런데 이번에 저의 아우 둘이 죄 없이 하태수에게 잡혀 옥에 갇히게 되었습니다. 숙태위께서 가지고 가시는 황제폐하의 어향의종과 금령적괘를 잠시 빌려 주시면 화주의 태수를 속여 두 아우를 구한 뒤 모든 걸 돌려드리겠습니다. 태위께도 아무런 해를 끼치지 않을 터이니 바라건대 저희 처지를 살펴 주시기 바랍니다."

"천자께서 내리신 것들을 그런 일에 함부로 빌려주었다가 후에 그 일이 드러난다면 어쩌겠소?"

"도성으로 돌아가신 뒤에는 모든 일을 송강의 탓으로 돌리시면 됩니다."

송강의 말에 숙태위는 달리 마다할 길이 없었다. 송강은 크게 잔치를 열어 숙태위를 위로했다. 그리고 한편으론 수행원의 옷을 모두 빌리고 졸개 가운데 외모가 숙태위와 비슷한 자를 골라 머리와 수염을 깍게 한 뒤 태위의 옷을 입혀 숙원경宿元景의 모습으로 꾸몄다. 이어 송강 자신과 오용은 객장사로 꾸미고 해진, 해보, 양웅, 석수는 호위병이 되고 졸개들에게는 자색 옷에 은빛 띠를 둘러 태위 행차에 쓰이는 깃발을 들거나 어향제물과 금령적 괘를 매게 했다. 그리고 화영, 서녕, 주동, 이응 네 명은 관병이 되고 주무, 진달, 양춘은 산채에 억지로 잡아 둔 진짜 숙태위를 대접하기로 했다. 임충 과 양지에게는 각기 한 떼의 인마를 주며 길을 나누어 화주성으로 가도록 하고, 또 무송은 먼저 서악문 아래에 가서 기다리고 있다가 신호를 받으면 움직이기로 했다.

일행은 산채를 떠나 배에 올랐다. 대종이 먼저 운대관으로 가서 그곳 관 주에게 태위의 행차를 알린 까닭에 관주가 나와 절을 올리며 태위를 맞았 다. 이어 화주에서 보낸 벼슬아치 하나가 대여섯 명의 공인들을 데리고 서 악묘에 이르러 태수가 보낸 술과 안주를 바치며 태위를 뵙기를 청했다. 그 러나 가짜 태위 노릇을 하는 졸개는 생김만 비슷했지 말주변이 신통치 못했 다. 병을 핑계로 가짜 태위를 거처로 옮기고 난 후 오용은 벼슬아치를 침상 으로 불러들여 적당히 얼버무리기로 했다.

"태위께서는 술을 한 방울도 못 자십니다. 술보다는 어서 태수를 불러와 제례를 치를 의논이나 합시다."

객장사로 꾸민 오용은 금령조괘를 보여주고 중서성에서 내린 여러 문서 를 꺼내 화주에서 온 벼슬아치에게 일일이 내보이며 어서 태수를 불러오라 재촉했다. 객장사와 헤어져 화주로 돌아온 벼슬아치와 공인들은 금령조괘 에다 수많은 문서까지 본 터라 의심 없이 하태수에게 서악묘에서 보고 들은 말을 모두 전했다.

이윽고 송강과 오용 일행은, 영접 나온 하태수가 수많은 군졸을 이끌고 들어오자 소리를 가다듬어 꾸짖었다.

"조정의 태위께서 나오셨는데 늦은 이유가 무엇이며, 어찌 너는 잡인들을 무장시킨 채 태위를 영접하고 있는 것이냐."

그러자 다른 사람들은 모두 그 자리에 걸음을 멈추고 하태수 혼자 안으로 들어와 숙태위에게 절을 올렸다.

"이렇게 빨리 오신다는 전갈이 없어 멀리까지 마중을 나가지 못하였으니 엎드려 사죄합니다."

하태수가 기어드는 목소리로 잘못을 빌고 변명하자 오용이 외쳤다.

"여봐라, 어서 저놈을 잡아 족쳐라."

해진, 해보 형제가 품에서 단도를 빼들고 달려나가 하태수의 목을 쓱 베어버렸다. 그것을 신호로 하태수를 따라온 삼백여 군졸은 놀라 움직이지도 못한 채 화영을 비롯한 두령들의 손에 짚단 베어 넘기듯 쓰러졌다. 겨우 제정신을 찾은 절반 가량도 무송, 석수의 손에 죽고 하태수와 함께 오지 않고 뒤쳐져 온 군졸들은 모두 강가에서 이준, 장순의 손에 목숨을 잃었다. 서악묘에서 일을 마친 송강은 급히 금령적괘를 거두고 화주성으로 달려갔다. 화주성내에 이르자 성내에는 두 줄기 불길이 크게 솟고 있었다.

송강은 먼저 감옥을 달려가 갇혀 있던 사진과 노지심을 구하고 성안의 창고를 털어 재물을 수레에 싣고 화주성을 떠났다. 사진이 구해 주려 했던 옥교지는 그때 이미 우물에 몸을 던져 죽은 뒤였다. 그들은 먼저 소화산으로 돌아가 빌린 것들을 모두 반납하고 숙태위에게 절을 올려 고마움을 나타내고 크게 사례한 후 강에 가서 숙태위를 떠나 보냈다.

태위를 보내고 난 송강은 곧 사진, 주무, 진달, 양춘 네 사람과 의논하여 재물과 곡식만 거둬 짐을 싼 뒤 산채는 태워 버리고 양산박을 향해 길을 떠났다.

오래잖아 송강과 그의 일행은 양산박 부근에 이르렀고 발빠른 대종이 먼저 산에 알린 까닭에 산채에 남아 있던 조개와 여러 두령들이 산 아래까지 마중을 나왔다. 일이 잘 풀린 걸 서로 경하하며 잔치를 열고 분위기가 한창 무르익을 무렵, 조개가 불쑥 송강에게 주귀가 전한 소문이라며 서주 패현의 망탕산 얘기를 전했다.

군마 3천명을 거느린 두목 번서樊瑞라는 자가 망탕산을 점거하고 있는데 그는 혼세마왕混世魔王이라는 별명이 있어 능히 바람을 부르고 비를 내리게 하는 재주가 있고 용병술이 귀신 같으며 그 휘하에는 두명의 항충項充과 이곤李袞이라는 부장이 있는데 둘 모두 솜씨가 좋아 세 사람은 의형제를 맺고 있어 천하에 맞수가 없을 뿐만 아니라 양산박을 삼키겠다고 호언하고 있다는 것이다. 송강은 그 말을 듣고는 그답지 않게 크게 노했다.

"건방진 놈들이구나. 내가 다시 한번 산을 내려갈 때가 되었다."

그때 구문룡 사진이 나서며 말했다.

"저희 네 사람은 산채로 온 지 얼마 되지 않아 이렇다 할 공을 세운 게 없었습니다. 이번에는 저희들이 가서 그놈들을 모조리 사로잡아 오겠습니다."

송강의 허락을 받아낸 사진은 주무, 진달, 양춘과 더불어 출전 준비를 마친 후 송강과 하직하고 산에서 내려가 망탕산을 향해 떠났다. 망탕산은 옛날 한고조가 처음 군사를 일으킨 곳이었다. 사진은 갑옷을 입고 투구를 쓰고 적토마 위에 올라 군사들 앞으로 나가섰다. 사진의 손에는 한 자루 삼첨양인도가 번쩍이고 등뒤 주무와 진달, 양춘 역시 제각기 자랑하는 무기를 들고 서 있었다. 잠시 뒤 네 호걸들 앞에는 서주 패현 사람인 항충이 나타났다.

한 손에 둥근 방패를 들었는데 방패 위에 꽂힌 24자루의 비도는 백보 안에서 적을 백발백중하는 솜씨를 가졌다. 이어 항충을 뒤따라오는 것은 손에 창을 든 서주 비현이 고향인 이곤이었다. 시끄러운 징소리 북소리를 뒤로 하고 방패를 앞세운 채 덤비는 그 기세가 여간이 아니었다. 엄청난 기세로 덮쳐들자 진달, 양춘의 후군이 먼저 도망가고 죽기로 싸우던 사진이 지휘하던 전군도 더는 버틸 수 없어 산사십 리나 쫓겨 달아났다. 싸움은 참담한 패배였다. 사진은 항충과 이곤이 쓰는 단패에 여러 번 위기를 모면했고 양춘은 말이 비도에 다치는 바람에 말을 버리고 걸어서 달아나야 했다. 사진은 주무와 의논하여 양산박에 구원을 청하기로 했으나 양산박에서는 이미 알고 증원군을 보내왔다.

앞서오는 장수는 화영과 서녕이었다.

"송공명 형님께서 마음이 놓이지 않아 걱정하시다 저희 둘을 보내셨습니다."

이튿날 전날의 패배를 되돌려주려고 막 싸움을 시작하려 할 때 송강이 직접 오용과 공손승, 시진, 주동, 호연작, 목홍, 손립, 황신, 여방, 곽성을 거느리고 3천 명의 군사와 함께 도착했다. 송강은 잠시라도 분풀이를 미룰 수가 없어 바로 군사를 움직여 망탕산에 이르렀다.

산 아래 이르니 산 위에는 번서의 무리가 내건 푸른 등불로 덮여 있었다.

"산위에 푸른 등이 걸려 있는걸 보니 무슨 계략이 있는 듯 합니다. 잠시 군사를 물렸다가 내일 싸우는 것이 좋겠습니다."

송강이 공손승의 충고를 받아들여 군사를 이십 리나 물려 진채를 내리자 공손승이 진도 한 장을 주며 말했다.

"이것은 후한말에 삼분천하의 계책을 낸 제갈공명의 진법입니다. 사면 팔방에 예순네 부대를 나누어 진을 치고 한 가운데 대장이 서 있는 형상을 보면 네 머리와 여덟 꼬리를 가진 형상으로 좌우로 돌며 천지풍운의 이치를 따르고 용, 호랑이, 새, 뱀을 본떠 움직입니다. 이제 놈들이 산에서 내려오면 양쪽 진영을 모두 열어 기다리는 듯 하고 있다가 적이 더 들어온 뒤에는 칠성기의 신호에 따라 곧바로 진영을 바꾸어 군사를 길게 늘어놓은 후에 제가 도법을 일으켜 앞뒤로 길을 끊고 좌우로 통로를 없앤 뒤 함정 쪽으로 세 적장을 몰아세운 후 미리 군사들을 매복시켰다가 사로잡으면 됩니다."

공손승의 말을 들은 송강은 크게 기뻐하며 두령들에게 공손승이 일러주는 대로 작전을 시행하도록 했다. 다음날 삼천이 넘어 보이는 졸개를 이끌고 혼세마왕 번서가 항충, 이곤과 함께 산을 내려왔다. 혼세마왕 번서가 검은 말에 오르자 좌우로 항충과 이곤이 호위하듯 늘어 서 있었다. 번서는 요술에는 밝았지만 양산박 군사들이 어떻게 포진했는지는 몰랐다.

"내가 바람을 일으키면 너희 둘은 적진으로 뛰어들어라."

이에 항충과 이곤은 창과 칼을 가다듬고 번서가 바람을 일으키기를 기다리고 있었다. 이윽고 번서가 입으로 주문을 외우자 바람이 일어 돌과 모래가 날리고 사방이 캄캄해졌다. 그걸 본 항충과 이곤이 양산박군의 진으로 뛰어들자 송강은 좌우 양쪽에서 강한 활과 쇠뇌를 쏘아댔다. 그 바람에 망탕산의 군사들은 항충과 이곤을 따라 사오십 명만 진안으로 들어오고 대부분의 군마는 모두 길이 막혀 저희 진채로 되쫓겨 갔다.

이때 두 장수가 뛰어든 것을 보고 송강이 진달을 시켜 칠성기를 휘두르자 진영이 어지럽게 변하면서 계획대로 군사들이 길게 늘어선다. 항충과 이곤은 이리 뛰고 저리 뛰며 길을 찾아보았지만 도무지 빠져나갈 수가 없었다. 높은 곳에서 내려보던 주무가 작은 기를 들고 그들이 움직이는 길을 막게 한 까닭이었다. 이때 높은 곳에서 모든 광경을 살피고 있던 공손승이 문득 자신의 송문고정검을 빼어들고 한차례 주문을 외쳤다.

"일어나라."

그러자 번서가 요술로 일으킨 바람은 거꾸로 항충과 이곤을 덮쳤다. 양산박 군사들이 친 진 속에서 허둥대던 두 사람은 천지가 어둡고 혼란스러워지자 당황해서 더욱 기를 쓰며 길을 찾아 헤매는 중에 발을 헛디뎌 말과 함께 함정에 빠지고 말았다. 그 순간 매복했던 갈고리 부대들이 그들을 결박 지워 산채로 끌고 갔다. 번서는 형세를 당할 길이 없자 군마를 끌고 산 위로 달아났다. 장막으로 돌아온 송강이 두령들과 함께 그날의 전과를 살필 때 군사들이 항충과 이곤을 끌고 들어왔다. 송강은 그들이 끌려 들어오자 황망히 자리에서 일어나 그들의 결박을 풀어주고 손수 술잔을 채워 주며 달래듯 말했다.

"제가 두분 장사께 예의를 갖추어 청하니 우리는 천하의 대의를 모으는 중이오. 만일 우리와 함께 산채로 가주신다면 그보다 더 기쁜 일이 없겠소."

두 사람이 땅에 엎드려 절하며 말했다.

"저희들이야말로 급시우 형님의 크신 이름을 들은 지 오랩니다만 사로잡힌 몸으로 만 번 죽어도 할말이 없습니다. 만일 살려주신다면 맹세코 죽음으로 그 은혜에 보답하겠습니다. 번서 장군도 우리 두 사람이 없으면 무슨 일을 할 수 있겠습니까? 지금 저희들을 놓아 보내 주시면 번서를 설득하여 항복시켜 오겠습니다."

그 길로 두 사람은 번서에게 찾아가 송강이 얼마나 의로운 사람인가를 전했다. 그러자 번서는 곧 항충, 이곤과 송강의 진채로 찾아가 머리를 조아리고 양산박에 입당하는 한편 공손승에게도 절을 올리고 스승으로 모셨다.

며칠 안 되어 송강과 여러 두령들이 망탕산의 산채를 정리하고 양산박으로 돌아올 때 갈대가 무성한 물가 큰길에서 단이라는 사내가 나타나 황망히 말에서 내려 절하며 자신의 억울한 사정을 얘기했다.

그는 본래 북방에서 말을 훔쳐다 파는 사람으로, 봄에 창간령 북쪽에서 좋은 말 한 필을 훔쳤는데 그 말은 몸에 잡털이 없는 흰말로 머리에서 꼬리까지 길이가 일장이고 발굽에서 등까지 높이가 팔 척이며 하루에 천리를 달리는 말로 그 이름이 조야 옥사자照夜玉獅子였다. 그는 그 말을 증두시를 지나오는 중에 증가오호를 만나 송명공 것이라고 말했음에도 불구하고 그만 빼앗겼다고 호소하는 것이었다. 송강은 은근히 기뻐하며 단경주에게 산채로 함께 올라가길 권했다. 이기고 돌아온 싸움이라 다시 한차례 흥겨운 잔치가 벌어졌고 송강은 단경주의 반복되는 빼앗긴 말에 대한 칭찬에 적잖이 궁금해져 신행태보 대종을 시켜 증두시에 가서 그 말의 행방을 알아오도록 했다.

대종이 떠난 지 대엿새만에 돌아와 치솟는 화를 억누르지 못해 씩씩거리며 두령들에게 들려준 얘기는 대강 이러했다.

"증두시란 곳에는 모두 삼천 호 정도의 인가가 있는데 그 중에 증가라 불리는 집이 있습니다. 주인 증장자曾長者는 본래 대금국 사람으로 증도曾塗, 증밀曾密, 증삭曾索, 증괴曾魁, 증승曾昇이라는 아들을 다섯 두었습니다. 그들은 목책 경계선을 두르고 오륙천의 군마를 훈련시키면서 양산박과는 양립할 수 없으니 때가 오면 우리 산채를 들이쳐 두령들을 모두 사로잡고 말겠다고 큰소리를 치고 있습니다. 천리옥사자란 그 말은 무예사범인 사문공이란 놈이 타고 다니는데 그 중에서 가장 괘씸한 일은 거리의 아이들에게 가르쳐 주는 노래의 가사였습니다. '쇠방울 흔들리면 귀신도 모두 놀라네. 쇠수레에 쇠자물통 아래위는 뾰족한 쇠못. 양산 쓸고 수박 쳐서 조개는 잡아 동경으로 급시우도 사로잡고 지다성도 사로잡자. 증가의 다섯 호랑이 온 천하가 알게 하자.' 세상에 이런 고얀 일이 어디 있습니까?"

"놈들이 무례하기 짝이 없구나. 이번에는 내가 직접 내려가 놈들을 모조리 잡아들이겠다. 그 짐승들을 잡지 못하면 내 맹세코 돌아오지 않으리라."

조개는 누가 말리고 자시고 할 틈도 없이 그 날로 오천 군마를 점검하고 두령 20명과 함께 산에서 내려갔다. 지모에 밝은 오용과 도술이 높은 공손승을 빼놓은 게 송강의 사람 쓰는 법과 달랐다. 송강을 위시한 남은 두령들은 함께 산채를 지켰다. 조개가 금사탄을 건너 삼군을 출전시키려는데 갑자기 한 줄기 미친 듯한 바람이 일더니 조개가 새로 만든 군기가 뚝 부러졌다. 군사들이 그것을 보고 크게 놀라며 낯빛이 변했다. 그러자 오용이 나서서 조개를 말렸다.

"형님께서 출전하는 날 깃발이 부러졌으니 이것은 필시 상서롭지 못한 징조입니다. 좀더 기다렸다가 때를 보아 가시는 게 좋겠습니다."

"바람이 불고 구름이 이는데 이상할 게 무엇인가? 봄날이 화창한데 지금 가서 놈들을 잡지 않으면 적의 세력을 잔뜩 키워 준 뒤라 늦을 것이네. 그러니 나를 막지 말게."

오용의 걱정을 뒤로하고 조개는 마침내 고집대로 군사를 이끌고 물을 건넜다. 송강은 아무래도 마음이 놓이지 않아 대종을 불러 산 아래로 조개를 뒤따라 내려가게 했다. 가면서 조개의 소식을 전해 달라는 당부와 함께였다.

조개는 여러 두령들을 거느리고 증두시로 향했다. 여러 날 만에 증두시 근처에 이르러 증두시와 마주보는 곳에 진채를 내린 나음날, 어렷이서 증두시를 한참 살피고 있는데 갑자기 한 떼의 인마가 달려나왔다. 증가의 아들 넷째 증괴가 칠팔백 명쯤 되는 군사들을 이끌고 나온 것이었다. 표자두 임충이 조개가 돌아보기도 전 벌써 증괴를 덮쳐 가고 있었다. 곧 두 사람의 탄 말이 엇갈리며 싸움이 벌어졌다. 그러나 증괴는 임충의 적수가 되지 못했다. 결국 증괴는 한 스무 합쯤 싸우다가 창을 끼고 달아났다.

혹 속임수라도 쓸까 하여 임충은 굳이 뒤쫓지 않고 진채로 돌아왔다. 진채로 돌아 온 조개는 여러 두령들과 증두시를 쳐부술 의논을 하고 다음날 임충의 의견을 따라 새벽에 삼군을 이끌고 증두시로 향하자 증두시에서는 포성이 진동하면서 7명의 장군들이 일자로 벌려 섰다.

가운데 선 게 무예사범인 사문공이요, 위편으로는 부사범인 소정이며 아래편으로는 증가의 맏아들 증도였다. 왼쪽은 증밀, 증괴, 오른 쪽은 증승, 증색이 섰다. 특히 사문공은 팔에 활을 걸고 어깨에 전통을 메고 옥사자에 앉아 손에는 한 자루의 방천화극을 잡고 있었다. 북소리가 세 번 울리면서 증가 쪽 진채 앞으로 몇 대의 죄수 싣는 수레가 끌려 나오고 증도가 수레를 손가락질하며 양산박 쪽에 대고 욕을 퍼부우며 뛰쳐나왔다.

“이놈, 반역자 좀도둑놈들아! 이 수레가 보이느냐? 우리 증가는 너희들을 낱낱이 사로잡아 한꺼번에 저 수레에 싣고 동경으로 끌고 가 우리 증가오호의 무예가 높음을 만천하에 널리 알릴 작정이다!”

그 말을 듣고 조개가 크게 노하여 말을 몰고 나갔다. 다른 두령들도 그런 조개를 따라 일제히 치고 들었다. 양쪽 군사들이 한동안 혼전에 들어간 후 증가의 군사들이 무슨 까닭에선지 저희 마을 쪽으로 달아나기 시작했다. 임충과 호연작은 조개를 좌우로 호위하여 급히 몰아치다가 길이 좁은 것을 보고 군사를 거두었다. 적의 계략에 걸려들까 걱정이 된 까닭이었다. 그날은 서로간 약간의 인마가 상했을 뿐 어느 쪽도 내세울 만한 게 없는 싸움이었다. 그 뒤로 나흘을 조개는 까닭 없이 서두르며 싸움을 걸었다. 그러나 어찌 된 셈인지 증가 쪽 군사들은 하나도 눈에 띄지 않았다. 이렇다 할 싸움 없이 사흘이 지나고 넷째 날이 되는 날 스님 두 명이 조개를 찾아와서 말했다.

“저희들은 증두시 동쪽에 있는 법화사의 감사들입니다. 증가 놈들이 늘 저희 절에 와서 약탈을 일삼아 절의 재물을 모조리 뺏겼습니다. 마침 저희들이 증가네 형제가 있는 곳을 잘 아니 장군께서 좀 도와 주시지 않겠습니까?”

중들의 말을 듣고 임충은 의심이 들었으나 조개는 10명의 두령과 2천 5백의 군사를 이끌고 중들을 따라갔다. 어둠을 헤치며 조용조용 두 중이 이끄는 대로 따라가니 과연 오래된 절이 한 채 나왔다. 조개는 말에서 내려 중에게 물었다.

"이렇게 큰 사찰에 어찌해 스님이 한 분도 아니 보이시오?"

"증가들의 등쌀에 모두 딴 곳으로 가버렸습니다. 다만 장로 몇 분과 시중 드는 이만이 살고 있습니다. 두령께서 잠시만 머무르시면 밤에 저희가 놈들의 진영으로 안내하겠습니다."

조개는 밤을 기다려 두 중의 안내대로 따라갔다. 법화사를 떠나 채 오 리도 가기 전에 이상한 일이 벌어졌다. 앞장서서 가던 두 중의 모습이 어둠 속에서 어디론가 사라져 버린 것이었다.

주위는 깊은 숲이었다. 조개는 그때서야 계교에 빠진 것을 알고 군사를 돌리려 했으나 미처 백 발짝도 옮기기 전에 갑자기 북소리 징소리가 요란하게 들리더니 함성과 함께 사방에서 횃불이 타올랐다. 그와 함께 어둠 속에서 화살이 수없이 날아왔다. 조개는 미처 화살을 피하지 못하고 얼굴에 정통으로 맞고 한마디 비명과 함께 말에서 굴러 떨어졌다. 완씨 삼형제와 우당, 백승 등이 죽기로 싸워 그런 조개를 구해 냈다. 그들이 피흘리는 조개를 말에 태우고 군사를 거두어 진채로 돌아왔으나 화살은 조개의 얼굴 한가운데에 박혀 뽑아 내자 피를 지나치게 흘려 조개는 그대로 혼절하고 말았다. 화살대에는 사문공이라는 이름이 써 있었는데 독야을 바른 화살이었다. 양산박 군사는 이천 오백 중에 반을 잃고 천여 명이 호연작을 따라서우 살아났을 뿐이었나. 그때 조개는 이비 물도 넘기시 못할 만큼 중내에 빠져 있었다.

임충이 금창약을 붙이고 상처를 싸맨 다음 완씨 삼형제와 두천, 송만 다섯 두령을 호위시켜 양산박으로 호송했다. 처참할 지경의 조개를 보고 송강은 병상 앞을 떠나지 않고 흐느끼고 다른 두령들도 모두 조개의 거처에 몰려 걱정스레 병세를 살폈다. 그날 삼경 무렵이었다.

"어느 누구든 나를 쏘아죽게 한 사문공을 잡는 이에게 양산박의 으뜸가는 두령 자리를 주도록 하게"

조개는 마지막 힘을 다해 송강에게 다짐하듯 말을 마치고 숨을 거두었다. 송강은 부모가 죽은 듯 목을 놓아 울었다. 그러자 두령들이 그를 달래며 말했다.

"형님, 너무 슬퍼하지 마십시오. 살고 죽는 것은 사람이면 누구도 피할 수 없는 일인데 어찌하여 헛된 슬픔으로 귀한 몸을 상하게 하십니까? 어서 마음을 가다듬으시고 남은 큰일을 치러 나가시도록 하십시오."

그제야 송강은 느껴지는 게 있는지 조개의 시신을 향 섞은 물로 깨끗이 씻은 뒤 좋은 천으로 정성껏 염해 취의청 위에 모시고 장례를 진행시켰다. 좋은 나무로 내관과 외곽을 짜게 하고 출상할 날을 고르는 한편 마루 한가운데 '양산박 주인 천왕 조공 신주' 라 쓰인 신주를 모셨다. 산채는 송강 이하로 모든 두령들이 상복을 입고 졸개들은 모두 효두건을 썼으며 조개의 영전에 머리를 숙이고 극진한 예의를 차렸다. 임충은 조개의 얼굴에 박혔던 화살을 영전에 놓아 두어 산채의 모든 사람들에게 복수의 결의를 다지게 했다. 송강은 두령들과 함께 매일 조개의 신위 앞에서 울기만 할 뿐 산채를 돌볼 생각을 않는 것을 걱정한 임충과 오용, 공손승은 두령들을 불러 놓고 의논했다. 아무도 송강을 양산박의 새로운 주인으로 세워 그 뜻을 따르자는 의견에 반대하지 않았다.

다음날 새벽 임충을 비롯한 두령들은 취의청에 향을 피우고 촛불을 밝힌 뒤 송강을 불러내 윗자리에 앉혔다.

"나라에는 하루도 왕이 없어서는 안되며 집에는 하루도 주인이 없어서는 안될 것이니 조두령이 이미 세상을 떠난 마당에 우리 산채도 주인이 없어서는 안될 것이오. 온 천하가 송공명을 흠모하는 터이니 내일 산채의 첫째 두령으로 오르시기 바랍니다."

임충이 말을 꺼내자 송강이 어림없다는 듯 고개를 내저으며 말했다.

"조천왕께서 돌아가시면서 당부하시길 사문공을 사로잡는 자에게 산채의 주인 자리를 물려주라 하셨소. 그 말은 여기 계시는 여러 두령들께서도 모두 들으셨을 게요. 맹세의 화살이 여기 있는데 어찌 벌써 잊으셨단 말이오. 더구나 아직 돌아가신 조천왕의 원수도 갚지 못하고 한도 못 풀었는데 어찌 내가 그 자리에 앉을 수 있겠소!"

송강의 말에 이번에는 오용이 말했다.

"비록 조두령께서 그렇게 유언하셨고 또 아직 원수를 사로잡지도 못했으나 산채에는 하루도 주인이 없어서는 아니 됩니다. 형님께서 이 자리를 마다하시면 그 나머지 두령들은 모두가 형님의 손아래 사람들인데 누가 감히 그 자리에 앉을 수 있겠습니까? 게다가 모두가 하나같이 마음으로 형님을 따르고 또 딴소리할 사람도 전혀 없지 않습니까? 정히 아니 되겠으면 임시로라도 첫째 두령의 자리에 앉으십시오. 뒷날 따로 의논할 수도 있는 일 아닙니까?"

송강도 그것까지는 마다하지 않았다. 마침내 송강은 그의 의견에 따라 임시로 양산박의 총두령의 지위에 올랐다.

"내가 오늘 부득이 이 자리에 앉게는 되었으나 믿는 것은 오직 형제들의 도움뿐이오. 모두 한마음 한뜻이 되어 하늘을 대신해 의를 행하도록 합시다."

그렇게 화두를 뗀 다음 한 무리의 으뜸답게 산채의 배치를 새롭게 정했다. 송강은 모든 배치와 더불어 어느 누구도 맡은 일에 소홀함이 없기를 엄히 당부했다. 크고 작은 두령들은 그 같은 송강의 세밀한 배려와 위엄에 감복하여 진심으로 그를 산채의 주인으로 떠받들었다. 조개의 뜻하지 않은 죽음으로 생긴 양산박의 동요는 며칠이 지나자 어느 정도 가라앉았다. 하루는 송강이 여러 두령들을 불러 놓고 의논을 꺼냈다.

"조천왕의 원수를 갚으려면 하루라도 빨리 군사를 일으켜 증두시를 쳐야 할 것이오. 그러나 저잣거리의 하찮은 사람들도 상을 당해서는 함부로 움직이지 않는 법인데 명색이 의사를 자처하는 우리가 탈상도 않고 군사를 내려니 어째 떳떳하지 못한 느낌이구려. 참고 백일이 지난 뒤에야 군사를 일으키는 게 어떻겠소?"

다른 두령들도 그 말을 옳게 여겼다. 터질 듯한 한을 억누르며 조개의 장
례에만 정성을 다했다.

옥기린 노준의

두령들이 조개를 추모하며 백일이 지나기만을 기다리고 있던 어느 날이었다. 하루는 대원이라는 법명을 가진 중 한 명이 산채로 찾아왔다. 북경 대명부에 있는 용화사에 몸담고 있다가 세상 구경을 나온 중이었다. 떠돌던 끝에 제령까지 흘러와 양산박을 지나다가 마침 조개의 명복을 빌어줄 승려를 찾던 두령들이 불러들여 산채에 들게 된 것이었다.

대원이 조개의 신위 앞에서 명복 빌기를 마치자 송강이 그를 불러 대접하고 이런저런 이야기 끝에 지나가는 말로 물었다.

"북경의 풍토는 어떠하며 인물로 칠 만한 사람으로는 누가 있소?"

"두령께서는 아직도 하북의 옥기린玉麒麟을 모르십니까?"

대원이 대뜸 그렇게 되물었다. 그 말을 듣자 송강도 문득 떠오르는 것 있었다. 옥기린은 북경성 안에 있는 노준의盧俊義의 별호다. 무예 솜씨가 뛰어나고 특히 곤봉은 천하에서 그를 당한 자가 없었다. 송강은 그간 노준의를 까맣게 잊고 있었던 것이다.

"만일 우리 양산박에 노준의만 입당하면 천하의 강적이 쳐들어와도 두려울 것이 없을 것입니다."

송강이 그렇게 말하자 오용이 웃으며 한마디 거들었다.

"형님께서는 무엇 때문에 그렇게 맥빠진 소리를 하십니까? 그 사람을 우리 산채로 들이는 일이 뭐 어려울 게 있다고……."

"그는 북경성 안에서도 으뜸가는 부자일세. 그런 사람이 뭐 아쉬울 게 있다고 도적떼 가운데로 몸을 던지겠는가?"

오용이 농담으로 해보는 소리로 들었는지 송강도 웃으며 그렇게 받았다. 오용이 정색을 하고 말했다.

"제가 북경에 가서 세 치 혀끝만 놀려도 노준의가 안 오고는 못 배길 것입니다."

그러자 미처 그 말이 끝나기도 전에 이규가 나서며 소리쳤다.

"군사 형님, 이 아우를 한번 데리고 가주십시오!"

오용은 이규에게 조건을 내걸었다.

"첫째, 자네는 술버릇이 아주 고약하니까 오늘부터는 술을 끊어야 하네. 둘째, 자네는 도동처럼 꾸미고 나를 따를 것인데 그때는 내가 무엇을 시키든 그대로 해야 되네. 하지만 가장 어려운 건 세 번째가 될 걸세. 내일 이곳을 떠나면서부터 자네는 말을 해서는 아니 되네. 벙어리가 되란 말일세. 이 세 가지만 지켜 준다면 자네를 데려가도록 하지."

"데리고만 간다면 못할 것도 없죠. 내 입에 동전을 물고 가겠소."

다음 날 새벽에 오용은 송강과 하직하고 길을 떠났다. 수십여 일이 지나서야 두 사람은 북경성 남문에 도착했다. 북경 역시 세상에 도적들이 들끓는 시절이라 고을마다 군마를 내어 성문을 엄히 지켰다. 특히 북경은 하북에서 가장 중요한 거점인 데다가 양증서가 대군을 지휘하는 곳이어서 군사들이 많았다. 오용이 그들에게 다가가며 예를 표시하자 군사 하나가 물었다.

"도사는 어디서 오시오!"

"저는 장용이라 하며 이 아이놈은 이가입죠. 세상을 떠돌면서 점을 쳐서 살아가고 있는데 이번에 큰 고을에 들게 되었습니다."

그러자 군사가 이규를 바라보고 말했다.

"저 도동道童의 눈길이 험한 게 어째 꼭 산도둑놈 같군."

그 말에 이규의 얼굴이 붉으락푸르락했다. 그때 오용이 급히 나섰다.

"저놈의 일을 다 말하자면 끝이 없지요. 저놈은 벙어리에 귀머거리인데다 쓸데없는 기운만 조금 있을 뿐입니다. 집안에서 대대로 부리던 종놈의 자

식이라 버리지 못해 데리고 다닙니다만 도무지 뭐가 뭔지 모르는 놈이지
요. 잘못이 있다면 그저 용서를 빌 뿐입니다."

그들은 간신히 성문을 통과했다. 오용은 이규를 데리고 성내로 들어갔다.
이규는 병신 흉내를 내느라고 걸음도 어그적 거리며 걸었다. 오용은 큰 거
리에서 계속 종을 치며 외쳤다.

"감라는 일찍 출세했고 자아는 늦었으며 팽조는 오래 살고 안회는 죽었
다. 범단은 가난했으며 석숭은 부자였다. 사람의 팔자는 날 때부터 타고나
는 것이라 이것이 시요 운이요 명이니라. 생사와 귀천과 앞일을 알고 싶거
든 은 한 냥을 아끼지 마시라."

그가 종을 딸랑딸랑 흔들자 북경 성내의 아이들 50명이 뒤를 졸졸 따라다
니며 웃어댔다. 오용은 일부러 노원외의 집 문 앞으로 오락가락하며 방울
을 흔들고 중얼거리기를 계속했다. 마침 그 근처에 나와 청지기와 함께 일
을 보고 있던 노원외도 문 밖의 시끄러운 소리를 들었다. 노원외가 그곳에
서 일보는 머슴을 불러 물었다. 머슴이 알아보고 와서 대답했다.

"어르신, 그저 우스갯거립니다. 거리에 먼 곳에서 온 점쟁이가 점을 봐 준
다는데 글세 복채를 은 한 냥이나 내놓으라는 겁니다. 누가 그 많은 돈을 주
고 그따위 못 믿을 점을 치겠습니까? 게다가 점쟁이를 뒤따르는 도동 또한
흉악하게 생겼습니다."

듣고 난 노원외가 잠깐 생각하다가 말했다.

"그렇게 큰소리를 치는 걸 보니 반드시 제대로 점을 공부한 사람일 것 같
다. 한 냥을 달라면 한 냥 가치야 있지 않겠느냐? 이리로 모셔 오니라."

머슴이 얼른 달려나가 오용을 향해 소리쳤다.

"이보슈, 도사 양반. 우리 원외 어른께서 찾으십니다."

"원외라니 어떤 원외가 나를 찾는단 말이오?"

"노원외께서 찾으십니다."

머슴놈이 그렇게 대답했다. 오용은 이규와 함께 노원외의 집으로 들어갔
다. 그는 눈이 깨끗하고 키가 구 척에 위풍이 늠름하며 의표가 당당했다. 오

용이 그를 찾아 예를 베풀자 노준의가 몸을 굽혀 답례한 뒤 물었다.

"선생의 존함은 어떻게 되시오?"

"저는 장용이라 하며 별호는 천구라 불립니다. 조상 때부터 산동에서 살았는데 천지의 흐름을 살펴 사람의 생사와 귀천을 알아낼 수 있지요. 은 한 냥이면 명운을 보아 드립니다."

오용이 여전히 점쟁이 행세를 하며 그렇게 대답했다. 노준의는 뒤채의 작은 누각으로 오용을 이끈 뒤 차 한 잔을 대접하고 머슴을 시켜 은 한 냥을 복채로 내놓았다.

"번거롭지만 선생께서는 이 사람의 명운을 좀 봐 주시오."

"그럼 태어나신 해와 날과 시를 일러주십시오."

"내가 듣기로 군자는 재앙은 물어도 복은 묻지 않고 또 재물에 대해서도 묻지 않는다 했소. 다만 지금의 운세만 보아주시오. 나는 금년에 서른두 살이며 갑자년 을축월 병인일 정묘시에 났소이다."

오용은 수판을 꺼내놓고 한동안 헤아려보더니 문득 손을 들어 탁자를 치고 큰 소리로 외친다.

"이거 참 괴이하구나."

"내 운세가 뭐가 어떻소."

"명리를 보니 백일 이내로 피를 보게 되어 있어 가산도 보전하지 못하고 칼날 아래 목숨을 잃겠습니다."

하도 엄청나서 그런지 노준의는 오히려 껄껄 웃으며 그 말을 받았다.

"선생께서는 아마 셈을 잘못한 것 같군요. 이 노 아무개는 북경에서 남부럽지 않은 부자로 살고 있을 뿐 아니라 조상 중에는 죄를 지은 사람이 없고 친족 중에도 두 번 시집간 여자가 없을 정도외다. 게다가 나는 또 일을 함에 신중하고 이치에 맞지 않으면 하지 않으며 마땅히 취할 재물이 아닌 것은 취하지도 않았소. 그런데 어찌해서 피바람이 이는 재난이 있겠소?"

오용이 낯빛이 변하며 받은 돈을 내놓고 자리에서 일어났다.

"세상은 원래가 모두 아첨하고 속이는 것만 기뻐하니 글렀구나, 글렀구나! 바른길을 가르쳐 주어도 알아듣지 못하고 이로운 말은 욕설처럼 듣는다더니 꼭 그 꼴이 났소이다. 저는 이만 물러가겠소.”

그러자 노준의가 황망히 팔을 잡는다.

“선생께서는 너무 화내지 마시오. 이 노 아무개가 잘못 우스갯소리를 한 것이외다. 바라건대 귀한 가르침을 끝까지 들려주시오.”

“원래부터가 바른말은 믿기가 어렵다고 합니다.”

오용이 오히려 그렇게 뺐다. 노준의가 한층 더 매달리는 태도로 빌었다.

“무엇이든 말씀하시는 대로 들을 것이니 하나도 숨기지 말고 일러주십시오.”

오용이 다시 자리에 앉았다.

“원외께서는 귀하게 태어나시어 운은 대체로 아주 좋은 편입니다. 그러나 유독 올해만은 세 성이 범해 아주 나쁘군요. 백일 안으로 머리와 몸이 다른 곳에 놓여지게 될 것 같습니다. 이는 태어날 때부터 정해진 운수라 벗어날 길이 없습니다.”

“그렇다면 그 운세를 전혀 피할 길이 없단 말이오?”

“동남방 천리 밖 손지로 가는 길 외에는 이 큰 재난을 피하길이 없겠군. 그러나 그리 해도 겁나고 놀라운 일은 여전히 있을 겝니다.”

“만일 그렇게 해서라도 이 재난을 면할 수 있다면 반드시 후하게 보답 드리겠습니다.”

“그렇다면 네 구절의 점괘를 불러 드릴 테니 벽에 써 붙여 두십시오. 뒷날 그 모든 일을 겪으시고 나면 제 점의 신통함을 아시게 될 것입니다.”

노준의는 붓과 벼루를 가져와 오용이 불러 주는 대로 벽에 받아썼다.

갈대꽃 핀 물가에 뜬 배 한 척
뛰어난 호걸이 저물녘을 혼자 떠도네.
의로움 다한 곳 원래가 운명이라.
재난에서 달아나니 오히려 근심이 없으리.

얼핏 보면 별뜻이 없었으나 그 안에는 '노준의가 모반謀叛한다' 란 글자가 숨어 있었다. 아무것도 모르는 노준의가 다 받아쓰자 오용은 태연히 수판을 챙겨 떠날 채비를 했다. 노준의가 잠시 쉬어가라 붙들었지만 오용은 그 청을 뿌리치고 급히 성을 빠져 나와 밤낮을 가리지 않고 걸음을 재촉해 양산박으로 돌아갔다.

한편 오용을 보내 놓고 난 노준의는 마음이 편치 못했다. 그의 말을 허튼 수작으로 돌리고 싶었으나 한편으로 불안한 것은 어쩔 수 없었다. 그는 마음을 진정하지 못하고 마침내 집안일을 주관하는 이고와 연청을 불렀다. 이고는 무예가 뛰어나고 연청은 사냥에 뛰어난 재주를 가진 사람으로 둘 다 노준의의 심복이었다.

"내가 며칠 전에 점을 쳐보았는데 그 도사가 말하기를 백일 안에 피바람이 이는 재난을 당하리라 하였다. 동남쪽 천리 밖으로 몸을 피하지 않으면 그 재난을 면할 길이 없다는 것이다. 그래서 생각해 보니 동남쪽이란 곳은 태안주의 동악태산을 말하는 것 같다. 거기는 천제인성제의 금전이 있어 천하 만백성의 생사와 재액을 돌보는 곳이라 가볼만하다고 생각된다. 첫째로는 거기 가서 향을 사르며 재난을 없애기를 빌고, 둘째로는 그리함으로써 이곳으로부터 몸을 피하는 것이며, 셋째로는 그 길에 장사와 유람을 곁들일 수도 있기 때문이다. 이고, 너는 열량의 큰 수레에 산동에서의 장삿거리를 싣고 짐을 꾸려 나를 따라오도록 해라. 연청은 그동안 여기 남아 집안의 자질구레한 일을 살펴 주기 바란다. 당장 이고로부터 그 일을 인계 받도록 하여라. 나는 사흘 안으로 이곳을 떠날 것이다."

그러자 이고가 나서서 말한다.

"주인께서는 무얼 잘못 생각하고 계십니다. 믿을 수 없는 게 점쟁이의 말이라 하지 않습니까? 뜨내기 도사의 어지러운 말에 홀리지 마시고 그냥 집안에 계시도록 하십시오. 도대체 두려워할 게 무엇이 있습니까?"

"내 명운은 이미 정해진 바이니 너는 나로 하여금 거스르게 하지 마라. 만약 재난이 온다면 그때는 후회해도 늦을 것이다."

그러자 이번에는 연청이 또 다른 이유를 대어 노준의를 말렸다.

"주인어른, 이놈의 어리석은 말도 좀 들어 주십시오. 방금 말하신 산동 태안주로 가는 길은 바로 양산박 곁을 지나게 되어 있습니다. 그런데 요즈음 양산박 안에는 송강의 무리가 큰 세력을 모아 마을을 치고 재물을 털어 가는데, 관군들도 그들을 잡기는커녕 근처에도 얼씬하지 못한다고 합니다. 주인께서 태산으로 향을 사르러 가시려면 바로 그 길을 짐 실은 수레와 함께 가야하니 어찌 걱정이 아니 되겠습니까? 아무래도 그 점쟁이의 말을 믿어서는 아니 될 듯 합니다. 누가 압니까? 혹시라도 양산박의 도둑놈들 중의 하나가 점쟁이를 가장하고 주인을 그리로 꾀어 들이려 한지도 모릅니다. 제가 그날 아쉽게도 집안에 없어서 그렇지, 만약 집안에 있었다면 단 몇 마디로 그 엉터리 도사놈을 비웃어 내쫓았을 것입니다."

그래도 노준의는 들으려 하지 않았다. 이미 마음이 완전히 오용의 말에 기울어진 듯 엄하게 그들을 눌렀다.

"되지도 않는 소리 말아라. 누가 감히 와서 나를 속인단 말이냐? 양산박의 좀도둑 몇 놈이 뭐 대단하다고! 내가 보기에 그것들은 지푸라기에 지나지 않는다. 그렇지 않아도 그것들을 잡아야 할 터인데, 제 발로 기어 나온다면 그보다 더 좋은 일이 어디 있겠느냐? 내가 무예를 배운 것은 천하에 이름을 떨치기 위함이었으니 그놈들이 나와 주기만 한다면 이번에야말로 대장부의 이름을 한번 떨쳐 볼 때가 아니냐!

그의 말이 끝나기도 전에 병풍 뒤에서 여자가 달려나왔다. 노준의 아내 가씨였다. 그녀는 나이 스물 다섯으로 이 집에 들어온 지는 다섯 해가 되었다. 가씨는 남편에게 말했다.

"죄송스럽지만 당신의 말을 오래 엿들은 이상 저도 참견하지 않을 수가 없군요. 예부터 이르기를 한 마장을 나가도 집안에 있는 것보다 못하다 했습니다. 그 점쟁이의 헛소리만 듣고 두려워해 호랑이굴 같고 용의 못 같은 집안을 버리려 하십니까? 그러지 마시고 차라리 집안의 외진 방을 치운 뒤에 깨끗한 몸과 마음으로 조용히 앉아 기다려 보도록 하시지요. 설령 점쟁이의 말이 맞더라도 그리 하면 절로 모든 재난이 풀리고 아무런 일이 없을 것입니다.”

“당신 같은 아녀자가 무얼 안다고 그러시오. 내 이미 뜻을 정한 바이니 더는 여러 소리 마시오.”

이튿날 오경에 떠날 준비를 마친 노준의는 자리에서 일어나 몸을 씻고 새 옷을 갈아입고 조반을 재촉하여 후당에 가서 사당에 하직을 고하고 나서면서 부인 가씨를 향해 말했다.

“나 없는 동안 집안을 잘 돌보시오. 길면 석 달이 될 것이고 짧으면 사오십 일 안에 돌아오겠소.”

“가는 길에 부디 조심하시고 자주 글을 보내 주세요.”

가씨도 체념한 듯 그렇게만 남편에게 당부했다. 집안 사람들과 작별을 한 노준의는 곤봉을 챙겨 들고 성문을 나왔다. 얼마를 더 가니 전날 수레와 함께 먼저 나가있던 이고가 그런 노준의를 맞았다. 노준의가 이고에게 말했다.

“너는 일꾼 둘을 데리고 먼저 떠나거라. 가다가 깨끗한 주막이 있거든 음식들을 미리 시켜 놓고 수레와 일꾼들이 그곳에 이르는 대로 먹을 수 있도록 해라. 그래야만 지체함이 없을 것이다.”

그 말에 이고는 일꾼 둘과 함께 먼저 떠나고 노준의는 남은 일꾼들과 함께 짐 실은 수레들을 이끌고 천천히 따라갔다. 가는 길에 주위를 둘러보니 산천의 경치가 수려하고 평원과 광야가 넓어 집에 갇혀있던 마음이 활짝 터져 기분이 좋았다.

“만약 집구석에 처박혀 있었다면 어떻게 이 좋은 경치를 볼 수 있었겠느냐!”

노준의가 그렇게 감탄하고 수레와 일꾼들을 이끌고 사십여 리를 가서 주막에 묵고 다음 날 떠나려고 할 때 주막에서 일하는 머슴놈이 말했다.

“나으리, 저희 주막을 떠나면 이십 리도 안 되어 양산박 어귀를 지나게 됩니다. 산채의 송공명 대왕은 비록 오가는 나그네를 해치지 않는다고는 하지만 되도록 빨리 지나가시는 게 좋으실 겁니다. 자칫 놀라운 일을 당할지도 모르니까요."

그 말을 듣고 노준의는 옷상자를 열고 네 폭의 흰 명주 깃발을 꺼내 기를 매달고 깃폭에는 '북경의 노준의가 화물을 싣고 양산박에 간다' 라고 써서 매달았다. 양산박 도적들에게 깃발을 보이게 하기 위해서였다.

"나으리, 혹시 산 위 송대왕과 가까이 지내는 사인 아니시지요?"

주막 머슴이 머리를 갸웃거리다가 그렇게 노준의에게 물었다.

"나는 북경의 큰 장사꾼이요 저것들은 풀숲에 든 도둑 떼인데, 어찌 친할 리 있겠느냐? 오히려 이번에 나는 특히 송강이란 놈을 잡으러 왔다!"

노준의가 눈도 깜짝 않고 대답하자 주막 머슴이 놀라며 말했다.

"어이쿠 나으리, 그 무슨 말씀이십니까? 제발 이놈에게 해가 끼치지 않도록 해주십시오. 양산박이 어떤 덴 줄 알기나 아십니까? 만 명의 사람을 데려왔다 해도 얼씬하기 어려운 곳입니다요!"

"헛소리 마라. 뭐라 하든 저놈들은 도적 떼에 지나지 않는다."

주막 머슴은 혹시 자신에게 불똥이 튈까 달아나고 노준의를 따라온 일꾼들과 마부들도 얼이 빠진 듯 주인을 바라볼 때 이고가 무릎을 꿇으며 빌었다.

"주인어른, 이 사람들을 불쌍히 여겨 주십시오. 목숨이라도 붙여 집으로 돌아갈 수 있게 해주신다면 나천대초를 차려 주시는 것보다 더 고맙겠습니다."

그러나 노준의는 싱이 나 근소리로 꾸짖을 뿐 들은 체도 하지 않고 앞세운 네 대의 수레에다 비단 깃발 네 개를 꽂게 했다. 노준의가 나머지 여섯 대의 수레로 하여금 그 뒤를 따르게 하자 일꾼들과 마부는 죽는 시늉을 하면서도 그 명을 좇지 않을 수 없었다.

새벽에 주막을 나서서 멀리 빽빽이 들어선 아름드리 나무숲에 이르자 숲 속에서 난데없는 휘파람 소리가 들려왔다. 앞서가던 두 일꾼과 이고가 벌벌 떨고, 뒤따라 가던 마부들과 일꾼들이 벌벌 떨며 수레 뒤로 몸을 숨기기에 바쁘자 노준의가 기운을 돋워 주듯 소리쳤다.

"내가 쓰러뜨리거든 너희들은 묶기만 해라."

그 말이 채 끝나기도 전에 갑자기 숲속에서 징소리가 울리더니 사오백 명의 졸개들과 함께 땅에서 솟아오르듯 뛰쳐나온 도적 떼의 우두머리 한 명이 있었다. 노준의가 보니 바로 점쟁이를 따라왔던 그 벙어리 도동이었다. 그제서야 속은 걸 안 노준의가 소리쳤다.

"내 원래 너희 도둑떼들을 잡으려 하였더니라. 이번에 특히 이렇게 왔으니 얼른 송강에게 알려 항복하라고 일러라. 어리석은 생각에 매달려 뻗대다가는 한 놈도 살아남지 못하리라!"

이규가 크게 웃으며 말했다.

"노원외, 당신은 이미 우리 군사께서 정해 놓은 명운대로 될 것이니 어서 와서 두령의 높은 의자에나 앉도록 하시지!"

노준의가 크게 노하여 이규의 도끼와 맞붙었으나 삼합도 못 되어 이규가 밀려나 그대로 숲 속으로 달아났다. 노준의가 그 뒤를 급히 쫓았으나, 이규는 숲 속 나무 사이를 요리조리 피해 다니면서 노준의를 약올리다 어디론가 사라져 버렸다. 그때 문득 한 사람이 나타나 큰 소리로 외쳤다.

"원외는 달아나지 마시오. 어렵게 이곳까지 오셔 놓고 나를 알아보지 못하시겠소?"

몸은 뚱뚱하나 승복을 입고 쇠로 된 선장을 움켜쥐고 있는 게 예사로워 보이지 않았다. 그래도 노준의는 겁내지 않고 꾸짖었다.

"중놈이 뭐라고 주절대느냐?"

"나는 화화상 노지심이오. 이번에 군사의 명을 받들어 어려움에 빠진 원외를 맞으러 왔소."

노지심의 대답에 더욱 더 화가 난 노준의가 욕설부터 퍼부었다.

"이 머리 까진 당나귀놈아, 네놈이 어찌 이리 함부로 날뛰느냐!"

그리고는 대뜸 칼을 휘두르자 노지심도 철선장을 들어 맞섰다. 그러나 맞부딪기를 세 합도 하기 전에 노지심이 선장을 휘둘러 노준의의 칼을 튕겨내더니 그대로 달아났다. 노준의가 한참을 뒤쫓는데 이번에는 졸개들 중에서 행자 무송이 불쑥 튀어나와 두 자루 계도를 휘둘러 노준의에게 다가들며 소리쳤다.

"원외, 원외께서는 나를 따라오시오. 한 방울의 피도 흘려서는 아니 되오."

이에 노준의는 노지심을 버려 두고 무송과 맞붙었으나 무송 역시 싸울 뜻이 없는 듯 삼 합도 안 되어 달아났다. 노준의가 크게 소리내어 비웃으며 말했다.

"뒤쫓지 않을 테니 급히 달아날 것 없다. 너희 같은 놈들과 다투어 무엇하겠느냐!"

그 이후로 노준의는 유당과 목홍, 이응과 차례로 대적하고 기운이 점차 빠져 있었다. 그가 온 몸에 땀을 흘리고 돌아와 보니 수레와 일꾼들이 하나도 보이지 않았다. 이어 노준의는 주동과 뇌횡을 쫓아갔지만 두 사람은 종적도 없이 사라지고 산 위에서 북소리만 들릴 뿐이었다. 노준의가 소리나는 곳을 올려다보니 누런 깃발 하나가 바람에 펄럭이는데, 그 깃발에는 '체천행도' 넉 자가 수놓아져 있었다. 노준의는 다시 눈길을 돌려 깃발 아래를 살펴보았다. 거기에는 금실로 수놓은 비단 일산 아래 송강이 앉아 있고 왼편에는 오용, 오른편에는 공손승이 육칠십 명의 졸개들과 함께 서 있었다. 화가 난 노준의가 욕설을 퍼부어 대자 산 위에 있던 오용이 점잖게 말했다.

"원외 어른, 잠시만 노기를 가라앉히시지요. 우리 송공명 형님께서는 오래 전부터 원외의 위임을 사모하여 오다가 제게 명하여 원외를 산 위로 모셔 오신 것이오. 함께 하늘을 대신하여 의로운 일을 하자는 뜻이니 달리 생각지는 말아 주시오."

그 말이 귀에 들어 올 리 없는 노준의는 성난 대로 욕만 해 댈 뿐이었다.

"이 나쁜 도적놈아, 네놈이 감히 나를 속이다니."

그때 송강의 등뒤에서 화영이 활을 들어 노준의를 향하여 쏘았다. 시위를 떠난 화살은 노준의가 머리에 쓰고 있던 갓을 떨어뜨렸다. 그 무서운 활 솜

씨에 노준의는 정신이 번쩍 들었다. 더 욕을 퍼부어 댈 엄두를 못 내고 몸을
돌려 달아났다. 노준의가 달아나는 걸 보고 산 위에서 북소리가 어지럽게
들리면서 진명과 임충이 동쪽에서 달려나오고 호연작과 서녕이 서편에서
내려왔다. 노준의는 크게 당황해 강가로 내달렸다.

"내 남의 말을 듣지 않다가 오늘 이 같은 화를 당하는구나!"

그때 갈대숲 안에서 고기잡이 등불 하나가 어른거리더니 작은 배 한 척이
저어 나왔다. 노준의는 여러 핑계를 대며 돈 열 관을 요구는 어부에게 배 삯
치고는 좀 과하다는 생각을 하면서도 승선을 부탁했다. 그 때문에 오히려
갑작스레 나타난 그 고기잡이에 대한 의심을 키울 틈이 없었다. 사오 리쯤
갔을 때 갈대숲에서 배 한 척이 나타났다. 그러더니 이번에는 오른 편 갈대
숲에서 두 사람이 배를 몰고 나왔다.

세 척의 배는 저희끼리 무어라고 두런거리더니 한꺼번에 노준의가 탄 배
를 향해 노를 저어 왔다. 가운데 배에는 완소이가 타고 있었고 왼쪽은 완소
오, 오른쪽은 완소칠이었다. 노준의는 자신이 물에 익숙하지 못함을 잘 아
는 터라 급한 소리로 어부를 재촉했다.

"어서 빨리 나를 뭍에 내려 주시오."

그가 말하자 어부가 한바탕 껄껄 웃더니 노준의에게 말했다.

"위로는 푸른 하늘이요, 아래로는 깊은 물이로다. 나는 심양강에서 태어
나 양산박에 든 사람이외다. 열 번 죽인대도 갈지 않을 성과 이름을 가졌으
니 혼강룡 이준이 바로 이 사람이오. 원외께서는 이만 항복하시오. 자칫하
면 목숨을 잃으리다."

그제서야 노준의는 덫에 걸려도 단단히 걸렸음을 깨닫고 입술을 깨물었다.

"죽을 놈은 내가 아니고 바로 너다!"

노준의가 소리 지르며 대뜸 칼을 집어 들고 이준의 가슴을 찔렀다. 이준
은 노준의가 덤비는 걸 보자 들고 있던 노를 집어던지고 몸을 뒤집어 물 속
으로 뛰어 들었다. 사공 없는 배가 물 위에서 빙빙 돌자 노준의는 어찌할 바
를 몰라 당황했다. 그때 물 속에서 사람의 얼굴이 올라왔다.

“나는 낭리백조 장순이오.”

그리고 말을 끝내기 바쁘게 배를 뒤집어 버렸다. 노준의는 비록 무예에는 능해도 헤엄을 칠 줄 몰랐다. 노준의가 그대로 물 속에 빠져 허우적거리자 장순이 그의 허리를 끌어안고 물가 언덕으로 나갔다. 언덕에는 이미 곳곳에 횃불이 켜져 있고 오륙십 명이나 되는 사람들이 몰려 기다리고 있었다. 그들은 먼저 노준의의 칼을 빼앗고 흠뻑 젖은 옷을 벗기더니 밧줄로 묶으려 들었다. 그때 대종이 달려와 보따리에서 비단 옷을 꺼내 노준의에게 입히고 졸개들에게 일러 가마를 가져오게 했다. 얼마쯤 가자 수십 쌍의 붉은 등이 켜져 있고 그 불빛 아래 한 떼의 인마가 서서 북을 울리며 마중을 나와 있었다. 앞선 사람은 송강과 오용, 공손승이요, 그들을 둘러싸고 있는 것도 모두가 양산박의 두령들이었다. 노준의가 가마에서 내리자 송강이 먼저 땅에 무릎을 꿇고 뒤이어 수많은 두령들이 함께 무릎을 꿇는다. 그 뜻하지 않은 응대에 노준의도 그냥 있을 수가 없었다. 역시 마주 무릎을 꿇으며 침울하게 말했다.

“나는 이미 사로잡힌 몸이오. 어서 죽여주시오.”

송강이 빙긋 웃으며 그 말을 받았다.

“원외께서는 어서 가마에 오르기나 하시오.”

양산박 일행은 풍악을 울리며 산채로 들어가 충의당 앞에 도착했다. 송강은 노준의를 청상에 안내한 후 등불을 낮같이 밝히며 정중히 말했다.

“저는 오래 전부터 원외의 크신 이름을 우레처럼 들어 왔습니다. 오늘 다행히 만나 뵙게 되었으니 평생에 더한 영광이 없겠습니다. 혹시라도 우리 형제들이 욕되게 한 것이 있다면 그저 엎드려 용서를 빌 뿐입니다.”

“제가 얼마 전 형님의 명을 받들고 원외 댁을 찾아갔던 오 아무개입니다. 거짓 점괘로 원외를 속여 이리 모셔 온 것은 뭉쳐 하늘을 대신해 올바른 일을 해보자는 뜻에서였습니다.”

오용의 말이 끝나자 송강이 노준의를 맨 윗자리에 앉도록 권해 왔다. 그제서야 노준의가 크게 웃으며 뱃심 좋게 말했다.

"이 노 아무개는 집안에 있을 때도 죽을 죄를 지은 적이 없었소. 그러나 오늘 여기 이르고 보니 살기를 바랄 수도 없겠구려. 죽이려면 어서 죽일 일이지 어찌하여 사람을 이리 놀리는 거요."

노준의가 자신을 놀리는 줄 알고 뻗대자 송강이 웃으며 부드럽게 그 말을 받았다.

"저희가 어지 감히 귀한 분을 놀리려 들겠습니까? 원외 어른의 높은 덕을 사모한 나머지 이렇게 계책을 꾸며 보았습니다. 원외를 산채로 모셔 주인으로 받들고 그 명을 따르는 게 저희들의 간절한 바람이었을 뿐입니다."

"그런 소리 마시오. 이 노준의는 죽기는 쉬워도 남 앞에 몸을 굽히지는 않을 것이오."

여전히 송강의 말을 믿지 못한 노준의가 그렇게 뻣뻣이 받았다. 오용이 곁에서 송강의 지나친 서두름을 막았다.

"그 일은 내일 다시 의논하시지요."

다음날이 밝았다. 송강은 소와 말을 잡아 크게 잔치를 열고 노준의를 청했다. 마다하는 노준의를 송강은 억지로 가운데 자리에 앉히고 술을 권했다. 몇 차례 술잔이 돈 뒤 송강이 몸을 일으켜 술 한 잔을 올리며 말했다.

"간밤에는 여러 가지로 괴로움을 많이 끼쳐 드렸습니다. 부디 너그럽게 보아주십시오. 그리고 한 가지 청하는 바는 이 송강의 자리를 받아 주십사 하는 것입니다. 우리 산채가 비록 좁고 보잘것 없으나 충의 두 글자에 의지해 마다하지 않으시면 그보다 더한 기쁨이 없겠습니다."

송강이 그저 해보는 소리가 아님을 깨달은 노준의가 황망히 손을 저으며 송강의 말을 받았다.

"그 무슨 말씀이오? 두령께서는 잘못 생각하셨소이다. 이 노 아무개는 한 몸에 지은 죄가 없을 뿐더러 한 집안을 거느린 몸이오. 살아서는 대송의 사람이 될 것이요, 죽어서도 대송의 귀신이 될 뿐이외다. 죽으면 죽었지 송공명의 말씀은 따르지 못하겠소이다."

그러자 오용이 노준의의 뜻이 굳은 것을 보고 말했다.

“원외께서 이미 허락하지 않으시는데 어떻게 억지로 권할 수야 있겠습니까? 원외의 몸은 잡아 둘 수 있다 해도 마음까지는 잡아 둘 수가 없을 것입니다. 며칠동안 이곳에 머물러 모든 사람이 평소에 사모하던 마음에 위로를 주시고 돌아가도록 하시지요. 이 청만 들어주시면 그 뒤에는 반드시 무사히 댁으로 돌려보내 드리겠습니다.”

“두령께서 이미 나를 잡아 두려 하심이 아니라면 어찌하여 내려보내 주지 않으시오? 집안 사람들이 소식을 몰라 걱정할까 두렵소이다.”

노준의는 오용의 말조차 선뜻 들어주려 하지 않고 그렇게 받았다.

“그야 무엇이 어렵겠습니까? 집을 떠날 때 함께 온 사람과 짐들은 우리가 잘 보호하고 있었으니 우선 이도관에게 먼저 집에 가셔서 안심을 시키라 이르고 며칠 더 머무시다가 돌아가시면 되지 않을까요?”

오용은 여전히 좋은 말로 달래면서 그 자리에 와 있던 이고를 불러 물었다.

“당신네 수레며 짐은 모두 있소?”

“없어진 건 하나도 없습니다.”

이고가 겁먹은 얼굴로 그렇게 대답하자 송강은 노준의의 대답은 기다리지도 않고 졸개들에게 소리쳐 금은을 내오게 했다. 그러자 노준의가 이고에게 말했다.

“내 괴로움은 네가 잘 알 것이다. 집으로 돌아가거든 마님께 너무 걱정하지 말리 히여리. 죽지 않는다면 반드시 돌아갈 것이다.”

“산채의 두령들께서 이렇게 주인어른을 생각해 주시니 무슨 걱정이 있겠습니까? 두 달을 이곳에서 묵는다 한들 아무런 일도 없을 겝니다.”

이고가 하직하고 충의당에서 내려가자, 노준의가 왠지 꺼림칙해 하는 것을 읽은 듯 오용이 노준의를 위로하고는 이고를 따라가 말했다.

“당신네 주인과 우리가 협상이 잘 되면 당신네 주인은 이곳의 둘째가는 두령이 될 것이오. 이것은 이미 산에 오를 때 당신 주인이 집안의 벽에 써놓은 대로외다. 그 네 구절에는 구절마다 맨 앞에 한 자씩 뜻 있는 말이 들어있는데 내가 풀어주면 이렇소. 첫 구절 ‘갈대꽃 핀 물가에 뜬 배 한 척’에서

갈대꽃은 노와 같고, 둘째 구절 '뛰어난 호걸이 저물녘을 혼자 떠도네' 에서
는 준자가 나오며, 셋째 구절 '의로움 다 한 곳 원래가 운명이라' 에서는 의
가 나오며, 넷째 구절 '재난에서 달아나니 오히려 근심이 없으리' 에서는 반
자가 나오게 되오. 곧 '노준의 반' 넉 자가 되니 이는 노준의가 반역한다는
뜻이 될 게요. 이리 되고 보면 오늘 당신 주인이 우리 산채에 어찌하여 오게
되었는지 알겠소? 원래는 당신네들을 모두 죽여 이 말이 밖으로 새나가는
걸 막으려 했으나 일이 잘 풀려 당신들은 살아나게 된 거요. 우리가 일부러
놓아주는 것이니 도성으로 돌아가거든 주인이 결코 돌아오지 않을 것이라
고 널리 알리시오.”

이고는 그 말을 듣고 크게 놀라며 즉시 양산박을 떠났다. 오용은 노준의
가 돌아갈 길마저 그렇게 끊어 버린 뒤 아무런 내색 없이 충의당의 술자리
로 돌아가 다시 술잔을 들었다. 그러나 노준의가 끝끝내 마음을 바꾸려 하
지 않자 술자리는 절로 무거워졌고 모두들 말없이 술잔만 기울이다가 밤이
깊어서야 흩어졌다.

며칠 후에 떠나려던 노준의는 각각의 두령들이 매일같이 제 이름으로 잔
치를 벌이고 붙잡는 바람에 계속 머물게 되어 북경을 떠난 지 한 달이 지나
버렸다. 노준의는 마침내 송강에게 귀가를 간절히 청했다. 그러나 아직 한
번도 노준의를 대접하지 못한 두령들의 청을 물리칠 수 없어 노준의는 또
다시 며칠을 머물기를 반복했다. 그러다 보니 어느덧 양산박에 머문 지 두
달이 훨씬 넘어 계절은 어느새 가을도 깊어 있었다. 이제는 더 머뭇거릴 수
가 없어 노준의도 마음을 굳게 먹고 떠날 채비를 했다. 송강도 더는 붙잡지
않았다.

“그리 하십시오. 내일 금사탄까지 바래다 드리겠습니다.”

송강이 담담히 웃으며 그렇게 대답하자 노준의는 몹시 기뻤다. 다음날이
새기 바쁘게 처음 올 때 입었던 옷과 병기를 갖춰 들고 떠나기를 서둘렀다.
여러 두령들이 산 아래까지 배웅을 나갔다. 송강이 노자를 충분히 주었지
만 노준의는 받지 않고 강을 건너 양산박을 떠났다.

노준의는 열흘이 지나서야 북경성 가까이에 이르렀다. 그러나 날이 저물어 성안으로는 들어가지 못하고 성밖의 객점에 들어 하룻밤을 묵게 되었다. 다음날 새벽에 일찍 일어나 걸음을 재촉하는데 찢어진 두건에 추레한 차림으로 맥을 놓고 걸어오던 남루한 사람이 달려와 땅에 엎드리며 목을 놓아 울었다.

노준의가 보니 그 사람은 다름 아닌 낭자 연청이었다.

"이거 소을 아니냐? 네가 이 꼴로 웬일이냐?"

노준의가 놀라 묻자 연청이 눈물을 훔치며 대답했다.

"이곳은 얘기하기에 마땅한 곳이 못 됩니다. 저리로 가시지요."

연청이 노준의를 흙담 한쪽으로 끌고 가 들려주는 얘기는 실로 믿어지지 않는 것뿐이었다.

"주인께서 떠나시고 보름도 안 되어 이고란 놈이 돌아와서 말하더군요. 놈은 마님께 말하기를 주인께서 양산박 송강에게 귀순하셔서 둘째 두령의 자리에 앉으셨다는 말을 하고는 즉시 관가에 가서 그 사실을 알린 후, 집안 관리를 책임진 저를 쫓아내 버렸습니다. 내가 보니 놈은 전부터 마님과 그렇고 그런 사이로 지낸 것 같았습니다. 놈은 거리낌없이 마님과 한방을 쓰면서 저를 미워하더니 끝내는 알몸으로 성안에서 내쫓아 버리지 않겠습니까? 거기다가 친척이며 아는 사람들에게까지 이르기를, 만약 이 연청을 받아들이는 이가 있으면 그 사람까지도 관가에 잡혀갈 거라고 했습니다. 그러니 제가 어딜 가겠습니까? 성안에는 머물지를 못하고 성밖으로 나와 며칠동안 비렁뱅이로 지냈습니다. 이 몸이 달리 갈 곳이 없어서가 아니라 워낙에 주인님을 잘 알기 때문입니다. 주인님께서는 결코 도둑패에 떨어지지 않을 분이라는 걸 믿었기에 잠시 분을 참고 이곳에서 주인님을 기다린 것입니다. 주인님께서 정말로 양산박에서 오시는 길이라면 이놈의 말을 들어주십시오. 다시 양산박으로 돌아가셔서 그곳 사람들과 의논을 해보시는 게 좋을 듯합니다. 만약 지금 집으로 돌아가시면 이고 놈이 무슨 흉계를 꾸밀지 알 수 없습니다."

그 말이 하도 믿어지지 않아 노준의는 연청을 꾸짖었다. 연청이 조금도 움츠리는 기색없이 다시 한번 그간의 일을 설명해도 노준의는 믿지 못하고 연청만 꾸짖었다.

"내 집안은 북경에서 오대째를 살아 모르는 사람이 없을 만큼 이름이 있다. 그런데 이고란 놈이 도대체 머리가 몇 개이기에 감히 그 따위 짓을 한단 말이냐? 혹시 네가 못된 짓을 하고 도망쳐와 거꾸로 나에게 거짓말을 하는 게 아니냐? 집에 돌아가 허실을 알아보고 조금이라도 네 말에 거짓이 있을 때는 죽을 줄 알아라!"

노준의는 연청의 말을 믿을 수 없어 붙잡고 만류하는 것도 뿌리치고 성안으로 들어갔다. 노준의가 집에 가서 대문을 밀고 들어서자 모든 하인들이 크게 놀랐다. 이고도 황망히 달려와 노준의를 높은 자리로 안내하며 절을 올렸다. 모두가 전과 크게 다르지 않은 행동거지였다. 노준의가 입을 열었다.

"연청이는 어디 있느냐?"

이고가 천연스레 대답했다.

"그 일이라면 묻지 마십시오, 주인님. 실로 한마디로 대답하기가 어렵습니다. 하도 어지러운 사연이 많아 우선 쉬신 뒤에 천천히 들으시는 게 좋을 겝니다."

그때 노준의의 아내 가씨가 병풍 뒤에서 울며 나왔다. 노준의가 그런 아내에게 물었다.

"당신은 알겠지? 연청의 일이 어찌 된 거요?"

"묻지도 마십시오. 그 일은 한마디로 말하기가 어렵습니다. 다 하려면 사연이 기니 우선 편히 쉬신 뒤에 말씀드리도록 하지요."

아내 가씨도 이고와 똑같은 소리를 했다.

노준의는 마음속으로 의심이 들었지만 이고가 상당에 참배부터 올리고 쉴 것을 권하는지라 궁금증을 억누르며 아침 요기를 하려는 순간, 집 앞뒤에서 함성이 크게 일었다. 하도 얼떨결이라 노준의는 말 한 마디도 못하고 결박당해 유수사로 끌려갔다. 때 마침 북경 유수 양중서가 관아에 나와 있었다. 양중서가 공청에 나오자 범 같은 관리 7,80명이 좌우에 늘어섰다. 가씨와 이고가 옆에 무릎을 꿇고 앉자 양중서가 외쳤다.

"너는 북경의 명망 있는 집안의 후손으로서 어찌하여 양산박 도둑떼와 한패가 되었느냐? 그곳의 둘째 두령 자리에 앉았다면서 이제 이렇게 성안으로 돌아온 것은 안팎으로 호응해서 우리 북경성을 치려는 수작이렷다? 어디 할 말이 있거든 해보아라!"

노준의는 양중서에게 그간 자신이 양산박의 꾀임에 빠져 겪었던 얘기들을 자세히 설명했다.

"이놈, 무슨 말로 나를 속이려 드는 거냐? 네가 만약 그 도둑놈들과 뜻이 맞지 않았다면 어떻게 그토록 오래 양산박에 묵을 수 있었단 말이냐? 여기 네 계집과 이고가 낸 고소장이 있다. 그렇다면 이게 거짓말이란 말이냐?"

양중서가 그렇게 노준의를 꾸짖고 곁에서 이고가 거들었다.

"주인께서는 일이 이쯤 되었으니 모든 걸 털어놓으시지요. 집안의 벽 위에 써두신 반역의 시도 증거가 될 겁니다. 여러 말 말고 바로 자백하십시오."

그러자 아내 가씨도 이고의 말에 맞장구를 쳤다.

"저희가 당신을 해치는 게 아니에요. 다만 당신의 죄에 저희가지 말려들까 겁이 나서 이러는 겁니다. 한 사람이 모반을 하면 구족이 모두 도륙당한다는 걸 모르세요?"

아내 가씨도 악귀같이 변하서 이고 편을 들고, 관원들 또한 이고에게 이전에 돈을 받은지라 누구하나 노준의를 도와 줄 턱이 없었다. 장공목이란 자가 유수를 보고 아뢰었다.

"저놈을 보니 뼈와 살집이 모두 단단해 보입니다. 웬만해서는 불지 않을 듯합니다."

"그도 그렇군."

"여봐라, 무엇들 하느냐? 이놈을 매우 쳐라."

양중서의 말이 끝나기가 무섭게 좌우에 늘어서 있던 공인들이 기다렸다는 듯 노준의를 끌어 눕히고 매타작을 시작했다. 노준의는 마침내 가죽이 터지고 살이 해어져 유혈이 낭자하여 더 이상 견뎌낼 재간이 없게 되자 없는 사실을 자백할 수밖에 없었다. 이어 그는 백근이나 되는 칼을 쓰고 감옥에 갇히는 신세가 되었다. 사형수가 갇히는 감옥이었다. 감옥 안에는 압로 절급이 있었는데 그 절급의 이름은 채복蔡福으로 대대로 북경에 살아온 사람인데 무예 솜씨가 좋아 철비박鐵臂膊이란 별명을 따로 가지고 있었다. 그런 채복 곁에는 압옥이란 동생이 있었는데 늘 꽃 한송이를 지니고 다녀 하북 사람들에게는 일지화一枝花 채경蔡慶이라 불리었다. 채복이 수화곤을 들고 있는 아우 채경을 보고 말했다.

"너는 이 죄수를 사형수를 가두는 감옥으로 데려가거라. 나는 집에 잠깐 다녀와야겠다."

채경이 노준의를 끌고 감옥으로 가는 것을 보고 채복이 밖에 나왔을 때 한 사람이 음식을 들고 다가왔다. 감방장은 그가 연청임을 알아보고 물었다.

"연청 아우, 이게 어찌 된 셈인가?"

이에 연청이 바닥에 무릎을 꿇고 눈물 가득한 얼굴로 말했다.

"절급 형님, 저희 주인 노원외를 불쌍히 보아주십시오. 관청에 잡혀가도 밥 한 그릇 넣어 줄 돈이 없어 제가 성밖에서 구걸해 왔습니다. 얼마 안 되는 음식이지만 우리 주인어른 허기나 면할 수 있게 전해 주셨으면 좋겠습니다. 절급 형님 부디……"

채복은 가엾은 생각이 들어서 그의 말을 들어 주었다.

"나도 이 일을 어느 정도는 알고 있네. 자네가 직접 가서 드리게나."

채복이 그 말을 하고 집으로 향할 때 가까운 찻집의 일꾼 하나가 다가와 낮은 소리로 전해주었다.

"절급 나으리, 어떤 손님이 저희 찻집 안에 있는 누각에서 절급님을 기다리고 계십니다. 드릴 말씀이 있다고 합니다."

채복이 그를 따라 찻집으로 가니 기다리고 있는 것은 이고였다. 무슨 일인지 묻는 채복에게 이고가 말했다.

"제가 무얼 더 속이고 무얼 더 감추려 들겠습니까? 모든 걸 절급께 털어놓을 테니 제 청을 꼭 들어주십시오. 오늘 밤 안으로 이번 일을 매듭지었으면 좋겠습니다. 흔적을 남기지 않고 노원외를 죽이는 일 말입니다. 대단치는 않으나 여기 오십 냥의 황금을 가져 왔습니다. 다른 관원들에게는 제가 알아서 손을 쓸 테니 절급께서는 이 돈을 거두시고 저를 위해 힘써 주십시오."

"당신은 관아에 있는 계속의 글귀도 보지 못했소? '아랫백성은 마구 대할 수 있어도 나라님은 속일 수 없다' 지 않습니까? 당신은 어떤 마음으로 그러는지 모르지만 나도 알 건 다 알고 있소. 당신은 지금 그의 재산과 아내까지 몽땅 가로채려 하면서 나한테 겨우 황금 오십 냥이란 말이오? 내가 그를 죽였다가 뒷날 암행어사라도 뜨는 날이면 나는 어쩌란 말이오?"

채복이 빙긋 웃으며 말하자 이고가 급하게 뇌물을 올렸다.

"절급 나으리, 그 돈이 적다면 제가 오십 냥을 더 올리지요."

"이주관, 당신이 하는 일은 마치 고양이 꼬리를 잘라 고양이 밥에 섞어 두는 것과 같구려. 북경에서도 이름난 노원외가 겨우 황금 일백 냥밖에 되지 않는단 말이오? 당신이 털어놓고 말하니 나도 속이려 하지 않겠소. 이 일을 하려면 황금 오백 냥을 내게 가져와야겠소."

"좋습니다. 오십 냥은 여기 있고 나머지는 곧 절급께 부내 드리도록 하지요. 다만 그 일을 오늘 밤 안으로 끝내 주십시오."

이고가 그렇게 말하자 채복은 비로소 금을 거두고 몸을 일으키며 나지막이 일러주었다.

"내일 아침에 시체나 찾아가도록 하시오."

이고는 그 말에 기쁨을 감추지 못하고 돌아갔다. 채복이 집으로 돌아왔을 때 한 남자가 뒤따라왔다. 그는 양산박에서 온 소선풍 시진이었다.

"절급 놀라지 마시오. 여기 이 사람은 창주 횡해군의 시진이란 사람이오. 대주 호아제의 적파 자손으로 별명은 소선풍이라고 합니다. 재물을 가볍게 보고 널리 천하의 호걸들과 사귀기를 좋아하다가 불행히도 죄를 지어 지금은 양산박에 몸을 담고 있습니다. 이번에 송공명 형님의 명을 받들고 노원외의 소식을 알아보러 나왔다가 그 분이 탐관오리와 음탕한 계집 및 그 간부의 모함에 걸려 감옥에 갇혔다는 걸 알게 되었지요. 이제 노원외의 한 목숨은 모두 당신 손에 달렸다기에 죽고 살기를 돌보지 않고 이렇게 특별히 찾아왔소이다. 만약 노원외의 목숨이 붙어 있게 해준다면 천지신명에게 걸고 그 은혜를 잊지 않을 것이오. 그러나 일이 잘못되어 우리 양산박 군사들이 북경성 아래 이르게 된다면 그때는 어리석고 어질고 늙고 젊고를 가리지 않고 성이 깨지는 대로 목이 잘려질 것이외다."

그리고는 묵직한 것이 든 꾸러미를 내밀며 말을 이었다.

"나는 전부터 당신이 의기 있는 호걸이란 말을 들어 왔소. 호걸과는 물건을 주고받는 게 아니라지만 오늘 특히 황금 일천 냥을 가지고 왔으니 정표로 받아 주시오. 그러나 만약 이 시진을 사로잡고 싶다면 망설일 것 없이 밧줄을 내리시오. 결코 눈썹 한 번 까딱하지 않을 것이오!"

그 말을 듣고 채복은 온몸으로 식은땀을 흘렸다. 말로만 듣던 양산박의 두령이 눈앞에 서 있는 것도 그렇지만 일천 냥의 황금도 한낱 절급을 놀라게 하기에는 넉넉했다.

"장사께서는 우선 그냥 돌아가십시오. 모든 것은 제가 알아서 처리해 보겠습니다."

채복의 엉거주춤한 대답을 응낙한 걸로 몰아붙인 시진이 금덩이를 채복에게 넘겨주고 데리고 온 사람과 함께 재빨리 사라졌다. 시진이 데려온 사람은 신행태보 대종이었다.

채복은 돈을 받고 어쩔 줄 몰라 한참동안 당황하다가 옥으로 돌아가 아우 채경에게 모든 얘기를 하고 의견을 물었다. 듣고 난 채경이 시원스레 말했다.

"형님은 평생 일을 당해 맞고 꿇기를 아주 잘하셨는데 이 대수롭지 않은 일을 가지고 무얼 그리 어려워하십니까? 옛말에 이르기를 사람을 죽이려면 피를 봐야 하고 사람을 구하려면 삼년상까지 보살펴야 한다고 하지 않습니까? 이미 천 냥의 황금이 있으니 나와 형님이 아래위로 골고루 뿌리면 안 될 일도 없습니다. 양중서나 장공목은 모두가 탐욕이 많은 것들이라 뇌물을 받으면 노준의를 죽이려 들지는 않을 겝니다. 노준의를 구해 내고 못하고는 양산박 호걸들이 할 일이지 우리 일은 아닙니다. 노준의의 목숨만 지켜 주면 우리가 맡은 일은 끝나는 것 아닙니까?"

"네 말이 옳다. 너는 우선 노원외가 편한 곳에서 지내도록 손을 쓰고 좋은 술과 음식을 넣어 주도록 해라. 그리고 아울러 양산박에서 그를 구하러 나섰다는 소식도 귀띔해 주는 것이 좋겠다."

이윽고 채복 형제는 양중서를 비롯한 관청의 고위 관리에게 뇌물을 먹여 마침내 노준의는 척장 사십대를 맞고 형틀을 씌워 멀리 사문도로 귀양을 보내게 되었다. 압송 호송인은 동초와 설패였다. 원래 동초와 설패는 개봉부의 공인들로서 전에 임충을 창주로 압송한 적이 있었다. 그때 가는 도중에 임충을 죽이려고 했으나 그 일에 실패하고 되돌아갔다가 고태위의 노여움을 사 북경을 귀양살이를 오게 되었다. 그들의 유능함을 보고 양중서가 공인의 일을 맡긴 것이었다.

동초와 설패가 양중서의 분부를 받고 노준의의 호송에 나서자 도관 이고가 찾아와 그들에게 술과 밥을 한상 가득 대접하며 은밀히 말했다.

"내 속이지 않고 말하리다. 노원외는 바로 나의 원수요. 이번에 사문도로 귀양을 가지만 길은 멀고 그자에게는 돈 한 푼이 없소. 공연히 두 분이 노자만 축내고 빨리 돌아온다 해도 서너 달은 고생하시게 될 거요. 내가 비록 대단치는 않으나 두 덩이 큰 은을 드릴 테니 나를 위해 중간에서 손을 써주시오. 가다가 적당한 곳에서 그놈을 죽여 달란 말이오. 그런 다음 그 놈의 뺨에 새겨진 먹자를 벗겨 증표로 내게 보여 주신다면 나는 다시 두 분께 오십 냥의 금을 더 드리겠소. 그놈이 죽은 일에 대해서는 적당한 구실을 붙여 문서를 꾸민 뒤 유수사에 올려 주면 그 뒤는 내가 알아서 하겠소."

동초와 설패는 당장 눈앞의 은자가 탐나 그 말을 듣기로 했다. 이튿날 그들은 노준의를 호송하고 떠나면서 그가 조금만 느리게 걸어도 몽둥이를 휘두르며 재촉했다.

한 사오십 리를 가니 날이 저물어 왔다. 동초와 설패는 가까운 마을의 주막을 찾아들었다. 방안에 짐을 풀어놓으면서 동초가 노준의를 보고 말했다.

"우리는 오늘 걷느라고 고생도 했거니와 명색이 공인이다. 공인이 거꾸로 죄인을 시중드는 법이 어디 있느냐? 밥을 먹고 싶거든 네 놈이 가서 밥을 짓도록 해!"

원래가 부자로 지내던 사람이라 불 때는 일조차 제대로 할 줄 모르는 노준의가 주막일꾼의 도움을 받으며 겨우 밥을 지어오자 동초와 설패는 그 밥을 둘이서만 몽땅 가져가 버렸다.

이미 그들에게 시달릴 만큼 시달린 노준의는 그런 두 놈에게 따라붙을 엄두가 나지 않았다. 동초와 설패는 따뜻한 구들 위에 자고 노준의는 방문 밖에 쇠사슬로 묶여 밤새 떨고 난 다음날, 사경 무렵이 되자 눈을 뜬 두 놈은 곧 주막 일꾼을 불러 아침밥을 가져오게 했다. 노준의에게는 먹어 보란 말도 없이 저희들 배만 채운 두 놈이 보따리를 챙겨 들며 길떠나기를 재촉했다.

때마침 가을비가 내려 길까지 미끄러우니 발이 부르트고 데어 물집투성이인 노준의는 걷기가 한층 어려웠다. 그러나 노준의가 조금이라도 늑장을 부리면 설패의 몽둥이가 사정없이 허리께를 후렸다. 말리는 척했지만 동초 또한 노준의를 괴롭히는데 결코 설패 못지않았다.

주막을 떠나 한 십 리를 가니 큰 숲이 나왔다. 노준의가 두 놈을 보고 잠시 쉬어 가도록 사정했다. 두 놈은 무슨 생각을 했는지 아무 말 없이 노준의를 끌고 그 숲 속으로 들어갔다.

워낙 일찍 길을 떠난 터라 그때서야 동쪽 하늘이 훤히 밝아오고 있었다. 동초와 설패는 일찍 일어나 몹시 피곤하단 핑계로 노준의가 달아나지 못하도록 소나무에 묶었다. 어깨에서 발끝가지 꼼짝할 수 없게 노준의를 묶은 뒤에야 설패가 갑작스레 본색을 드러냈다.

"형님은 숲 밖에서 망이나 보시오. 만약 사람이 오면 휘파람을 불어 알리도록 하고……."

두 놈 사이에는 진작부터 짜둔 계획이 있었던 듯 동초가 망을 보러 가자 설패가 수화곤을 꼬나들고 노준의에게로 다가와 이죽거리듯 말했다.

"우리 두 사람을 너무 섭섭하다 여기지 마라. 너희 집 주관으로 있던 이고가 도중에 너를 죽여 달라고 부탁했다. 사문도에 가봤자 어차피 죽을 몸이니 일찌감치 여기서 끝장을 본다 해서 더 나쁠 것도 없지 않느냐? 죽어 저세상에 가더라도 부디 우리를 원망하지는 마라. 내년 오늘이 네 제삿날이라는 것만 알면 된다."

노준의는 눈물을 흘리며 머리를 숙이고 죽음을 받아들일 수밖에 없는 처지였다. 설패가 몽둥이를 들고 노준의의 머리를 내려치려는 순간 그 다음은 그의 뜻 같지가 못했다. 숲 바깥에서 망을 보던 동초가 이상한 소리를 듣고 설패가 일을 끝낸 줄 알고 숲 속으로 돌아왔다. 그곳에는 머리가 터져 죽어 있어야 할 노준의는 그대로 멀쩡하게 소나무에 묶여 있고, 설패가 오히려 나무 곁에 쓰러져 있지 않은가!

"거 참, 알 수 없는 일이네. 너무 힘을 주어 치려다 오히려 자네가 넘어지기라도 했는가?"

동초가 그렇게 중얼거리며 설패를 부축해 일으키려 했지만 설패는 꿈쩍도 하지 않았다.

입에서는 피가 흐르고 가슴에는 길이가 시니 치밖에 안 되는 짧은 화살이 박혀 있었다. 놀란 동초의 눈에 한 사내의 모습이 들어왔다. 동북쪽에 있는 어떤 나뭇가지 위에 화살 먹인 활을 들고 올라앉은 사내였다.

"받아라!"

그 순간 다시 시윗 소리가 나며 화살이 날아와 동초의 목에 꽂혔다. 동초는 그 자리에 푹 쓰러졌다. 사내가 나무 위에서 뛰어내려 해완첨도를 빼들고 노준의의 결박을 끊고 목에 걸린 칼을 부순 뒤 노준의를 끌어안고 목놓아 울었다. 노준의가 눈을 떠보니 그가 곧 연청이었다.

"소을아, 이게 어찌 된 일이냐? 내가 이미 죽어 귀신으로 너와 만나기라도 했다는 것이냐?"

"저는 유수사 앞에서부터 줄곧 저 두 놈을 뒤쫓다가 이곳까지 따라오게 되었습니다. 그런데 뜻밖에도 이 숲에 이르자마자 저놈들이 주인님을 해치려 들지 않겠습니까? 급한 김에 활로 두 놈을 모두 죽여 버렸습니다만 주인 나으리께서는 괜찮으신지요?"

그때까지도 부호로 살던 시절의 품성을 버리지 못하고 있던 노준의는 연청의 충성스러움에 감격하면서도 관가 걱정부터 먼저 했다.

"네가 힘으로 나를 구해 내기는 했다마는 나라 일을 보는 공인을 둘씩이나 죽였으니 이를 어찌하면 좋으냐? 죄가 전보다 더 무거워졌으니 어디로 가야 할지 모르겠구나."

"이 모든 일은 처음부터 송공명 때문에 이리 된 것입니다. 이제 양산박을 빼고는 달리 갈 데가 없겠습니다."

노준의는 상처가 심하고 다리를 다쳐 움직일 수가 없었다. 한시도 지체할 수 없어 연청은 죽은 시체를 치우고 활을 매더니 노준의를 업었다. 그때 나그네들이 숲 속에서 두 공인의 시체를 보고 근처의 사장에게 알렸다. 사장은 또 이정에게 알렸고 이정은 그 일을 북경 대명부에 알렸다. 관원이 동초와 설패의 시체를 확인하고 돌아가기 바쁘게 양중서에게 그 사건을 아뢰었다. 관군들은 시체에 꽂힌 활이 연청의 것이라는 것을 알아내고 각지에 벽보를 걸어 노준의와 연청을 잡아들이도록 했다.

연청과 노준의가 쉬고 있는 주막 마을에도 어김없이 그 방문이 나 붙었다. 매맞은 자리가 덧나 노준의는 금세 그 주막을 떠날 수가 없었다. 며칠 묵는 사이에 그 방문을 본 일꾼녀석이 동네의 사장을 찾아가 일러바쳤다. 그런 줄도 모르는 연청은 그날도 활을 들고 밖으로 나갔다. 돈이 떨어져 짐승을 잡아서 팔아 돈을 마련하기 위해서였다.

새 몇 마리 잡아들고 여관으로 돌아오는데 갑자기 마을에서 함성이 들렸다. 연청은 근처 수풀 속에 몸을 숨기고 가만히 주막 쪽을 살펴보았다. 어떻게 알고 왔는지 백 명도 넘는 포졸들이 창칼을 들고 에워싼 가운데 꽁꽁 묶인 노준의가 수레에 끌어 올려지고 있었다.

'이젠 혼자 양산박에 가서 주인의 목숨을 구해달라고 하소연하는 수밖에는 도리가 없다.'

그는 곧 양산박을 향해 길을 떠났다. 그러나 다리는 아프고 배는 고픈데 수중에는 땡전 한푼도 없는데다가 관군들이 수색해오면 꼼짝없이 잡힐 수밖에 없었다. 바로 그때 저쪽에서 두건을 쓰고 보따리를 맨 두 남자가 곤봉을 들고 걸어가는 모습이 눈에 들어 왔다.

나는 지금 노자 한 푼 없이 먼길을 가야 한다. 저 둘을 때려눕히고 보따리를 털어 안 될 게 무어 있는가? 노자가 넉넉하면 양산박에도 빨리 이를 수 있겠지'

연청은 그들의 뒤를 살금살금 쫓아가 갓을 쓴 사나이의 등줄기를 주먹으로 내려쳤다. 그런데 순간 사내가 번개같이 연청의 허벅지를 몽둥이로 내리쳐 땅바닥에 쓰러뜨렸다.

그들은 양산박 두령 양웅과 석수였다. 연청은 그들이 양산박 두령이라는 것을 알고 그들에게 그 동안에 있었던 일들을 자세히 설명했다. 그 말을 듣고 양웅이 석수에게 말했다.

"일이 그렇게 되었다면 나와 소을청은 산채로 돌아가 형님께 모든 걸 아뢰고 무슨 수를 내봐야겠다. 너는 홀로 북경으로 가 소식을 더 알아보고 돌아오너라."

"그렇게 하지요."

석수는 선선히 그렇게 대답하고 보따리에서 구운 떡과 말린 고기를 꺼내 연청에게 주었다. 연청의 굶주린 기색을 알아차린 듯했다. 눈치 빠른 석수 덕분에 궁한 소리 않고도 배를 채운 연청은 곧 양웅과 함께 양산박으로 향했다.

양산박에 이르러 송강을 만난 양웅은 그간 노준의에게 일어났던 일을 모두 전했다. 듣고 난 소강은 몹시 놀라워하며 그 자리에서 모든 두령들을 불러모아 노준의를 구할 계책을 의논했다.

한편 홀로 북경으로 떠난 석수는 해질 무렵 북경성 밖에 이르렀다. 날이 저물어 다음날 성안으로 들어갔다. 그런데 이상하게도 사람마다 상심한 기색이 뚜렷했다. 석수는 어떤 늙은이에게 그 까닭을 묻자 그가 말했다.

"우리 북경성에는 노원외라는 부자 양반이 있었소. 그 양반이 양산박에 잡혀갔다가 돌아와 죄를 뒤집어 쓰고 사문도로 귀양 가던 길에 압송하던 호송인들을 죽이고 어젯밤 다시 붙들렸다는 게요. 오늘 정오 삼각에 저잣거리에서 목을 자를 모양이오."

그 말을 들은 석수는 놀라 얼른 그 늙은이가 말한 저잣거리로 달려가 거리가 내려다보이는 술집의 누각 창가에 자리를 잡고 앉았다.

얼마 후, 갑자기 거리에서 북소리 징소리가 요란하게 울렸다. 석수가 내다보니 네거리에 형장이 마련되고 창칼을 든 망나니 여남은 명에게 앞뒤로 둘러싸인 노준의가 끌려 나왔다. 그날 형을 맡아 노준의의 목을 자르기로 된 것은 철비박 채복인 듯했다. 채경이 노준의가 쓴 칼을 벗기며 나지막히 말했다.

"우리 형제는 당신을 구하고 싶지만 형편이 이렇게 되었습니다. 요앞 오성당에 이미 당신의 위패 자리를 마련해 두었으니 넋이라도 그 곳으로 가 편히 쉬시오."

채경이 앞으로 나와 노준의의 칼을 벗기며 머리를 붙들자 채복이 칼을 빼어들었다. 사건을 맡은 공목이 소리 높여 노준의 앞에 걸린 팻말의 죄상을 읽는 순간 석수는 허리에 찬 칼을 빼들고 소리쳤다.

"양산박 호걸들이 모두 여기 와 있다!"

그 외침을 들은 채복과 채경은 마침 잘됐다는 듯 뒤도 돌아보지 않고 달아나 버렸다. 석수는 칼을 휘두르며 달려들어 가까이 있는 옥졸 여남은 명을 베고 노준의를 부축하여 남쪽으로 달아났다. 하지만 석수는 북경의 지리를 알지 못하고 노준의도 제정신이 아니어서 둘이 이리저리 헤매는 동안 성문은 굳게 닫히고 모든 길목은 막혀 버렸다. 결국 석수와 노준의는 북경을 벗어나지 못하고 양중서가 풀어놓은 군사들에게 잡히고 말았다. 마침내 석수와 노준의는 양중서 앞에 끌려갔다. 석수는 눈을 부릅뜨고 양중서를 노려보며 소리쳤다.

"나라를 망치고 백성을 해친 도적놈아. 내 비록 잡혔지만 머지않아 양산박의 송공명 형님이 군사를 이끌고 이 성을 허물고 네 놈들을 세토막 네토막으로 갈라놓으실 게다. 이 어르신네는 그것을 알리란 분부를 받들고 온 몸이다!"

양중서는 그 말을 듣고 너무 놀라고 어이가 없어서 한참동안 말없이 생각에 잠겼다가 두 사람에게 칼을 씌워 사형수들을 가두는 감옥에 처넣었다. 채복은 시진을 통해 양산박과 인연을 맺은 터라 석수와 노준의를 감옥안 조용한 곳으로 옮기고 고기와 술로 정성껏 대접했다.

대도 관승

며칠 후 성안팎에서 여러 보고들이 있었다. 양중서는 놀라 그런 보고와 함께 보내 온 양산박의 포고문을 펼쳐 보았다.

양산박의 의사 송강은 대명부의 벼슬아치들에게 알리노라. 원외 노준의는 천하가 다 아는 호걸로 나는 그를 우리 산채로 청해 함께 하늘을 대신해 의를 펼치려 했다. 그런데 어찌하여 그대들은 더러운 뇌물을 받아 죄없는 사람을 죽이려 하느냐? 이에 나는 석수에게 명하여 그 뜻을 전하게 하였는데 석수가 오히려 사로잡히고 말았다. 이제 다시 이르거니와 노준의, 석수 두 사람의 목숨을 살려 주고 음탕한 계집과 그 샛서방 놈을 우리에게 잡아 올려라. 만약 손발 같은 우리 형제를 해치는 날이면 대군을 일으켜 북경성을 치고 그 한을 씻으리라.

그 같은 글을 읽은 양중서는 놀란 나머지 얼굴이 흙빛이 되었다. 그는 왕태수와 상의하고는 압로절급 채복을 불러 노준의와 석수를 보다 철저히 감시하고 목숨을 잃게 되는 일이 없도록 당부를 했다.

채복이 나간 뒤 양중서는 병마도감 대도 문달과 천왕 이성을 불렀다. 둘 다 힘깨나 쓰는 무장이라서 그런지 문달과 이성은 왕태수처럼 그리 겁내는 기색이 아니었다.

"상공께서는 그런 일로 걱정하지 마십시오. 이번 일은 제게 맡기십시오. 놈들이 온다면 다시는 양산박으로 돌아가지 못하도록 할 것입니다."

다음 날 이성은 군막을 차리고 대소의 군관들을 불러 적을 막을 의논을 했다. 그 군관들 중에 하나인 급선봉急先鋒 삭초索超에게 군사를 거느리고 성밖 삼십 리 되는 곳에 진채를 구축하라는 영을 내렸다. 명을 받은 삭초는 이튿날 자신의 군사를 이끌고 삼십 리쯤 되는 비호욕에 진을 쳤다. 그 다음 날 이성도 여러 장졸을 이끌고 성밖 이십오 리 되는 괴수파란 곳에 진채를 열었다. 진채 뒤를 창칼로 둘러싸고 사방에는 든든한 나무 울타리를 두른 위에 세 곳에는 또 깊은 구덩이를 파서 방비를 엄하게 했다.

원래 그 포고문은 오용이 대종으로부터 노준의와 석수가 잡혔다는 소식을 듣고 각처에 써 붙인 것으로 우선 양중서의 간담을 서늘하게 하여 두 사람의 목숨을 잠시 보존하려고 한 것이었다.

한편 양산박에서는 북경 공격을 위해 대군을 조직 편성하고 선봉대 이규를 필두로 북경성을 향해 나섰다. 북경의 관군 선봉대 삭초는 양산박의 대군이 이십여 리 밖에 왔다는 소식을 듣자 급히 이성을 불렀다. 이성은 다시 그 소식을 성안에 알리는 한편 자신은 싸울 채비를 하고 말에 올라 삭초에게로 달려갔다. 삭초가 이성을 맞아 자세한 형편을 설명하고 서로 힘을 합쳐 싸울 준비를 갖추었다.

이튿날 이성과 삭초는 날 밝기 바쁘게 진채를 거두고 유가탄이란 곳으로 나아가 진을 쳤다. 그들이 벌려 세운 군사는 일만오천이나 되었다. 잠시 후 멀리서 자욱한 먼지가 일며 오백 명 남짓한 적이 달려오는데 선봉장 이규가 쌍도끼를 휘두르며 앞장 섰다.

"이놈들, 양산박의 흑선풍이 긴다!"

그러자 삭초의 등뒤에 있던 왕정이란 장수 하나가 장창을 휘두르며 마군 일백 기를 거느리고 이규를 향해 마주쳐 갔다.

이규가 이끈 보군은 왕정의 마군을 만나자 사방으로 흩어졌다. 삭초는 그 기세를 타고 군사를 몰아 그 뒤를 쫓았다. 그러나 유가탄을 지나자 산비탈 쪽에서 북소리와 징소리가 요란하더니 두 갈래에서 인마가 뛰쳐나왔다. 왼쪽에는 해진과 공명이고 오른쪽은 해보와 공량이 각기 오백의 군사를 거느리고 있었다. 삭초는 감히 그대로 밀고 나갈 생각을 못하고 말머리를 돌려 자기 진영으로 돌아갔다.

"왜 그 도적 떼를 잡지 않았소?"

"저쪽 산비탈에서 응원군이 나타나 우리를 유인하려던 술책인 듯 싶어 돌아왔습니다."

그러자 이성이 삭초를 나무라듯 소리쳤다.

"저것들은 한낱 도적떼에 지나지 않는다. 두려워할 게 무어 있단 말인가?"

그리고는 앞부분의 군마를 이끌고 유가탄으로 밀고 들었다. 오래지 않아 이성 앞에 다시 한 떼의 인마를 이끌고 일장청이 나타났다. 적장이 여자인 것을 보고 이성은 삭초와 군사를 나누어 사방으로 공격했다. 그러나 일장청은 한 번 싸워 보지도 않고 산그늘로 달아나기 시작했다. 이성은 그런 일장청의 군사를 쫓았다. 그때 갑자기 박천조 이응이 사진과 손신과 한떼의 인마를 거느리고 이성 앞에 나타났다. 그제서야 이상한 낌새를 느낀 이성은 군사를 돌려 유가탄 쪽으로 물러나려 했으나 다시 왼편에서 해진과 공량이, 오른편에서는 공명과 해보가 각기 인마를 이끌고 이성을 덮쳐 왔다.

오히려 밀리게 된 이성은 자기 진영 쪽으로 달아났다. 그러나 진영 부근에 이르렀을 때 이번에는 흑선풍 이규가 쌍도끼를 휘두르며 길을 막았다. 이성과 삭초는 겨우 자기 진영으로 돌아갈 수 있었으나 군사는 이미 태반이나 잃은 뒤였다.

싸움에 크게 진 이성과 삭초는 성안으로 사람을 보내 그 일을 양중서에게 알렸다. 양중서는 다시 문달에게 이성과 삭초를 돕기 위해 군사를 보냈다.

다음날 문달은 새벽같이 군사를 모아 진채를 거두고 유가당으로 나아갔다. 송강이 이끈 인마도 지지 않고 달려나와 맞섰다. 곧 송강의 진영에서 벽력화 진명이 나와 소리쳤다.

"북경의 썩은 벼슬아치들아 들어라. 너희가 노준의와 석수를 선선히 내놓으면 군사를 물리고 싸움을 그칠 것이나 계속 버틴다면 너희들을 용서치 않을 것이다.”

문달은 크게 노하여 주위를 둘러보며 소리쳤다.

“누가 가서 저 놈을 잡아오겠느냐?”

그 말에 삭초가 달려나와 진명을 향해 욕을 퍼부었다.

“너는 조정의 명을 받은 벼슬아치로서 도적의 소굴에 몸을 던져 나라를 저버렸으니 이제 내가 너를 사로잡아 네 놈 몸을 갈갈이 찢어 죽일 것이다.”

그 말을 듣자 진명은 크게 화를 내며 쇠방망이를 휘두르며 삭초와 승부를 겨루었다. 그러나 이십여 합을 싸워도 승패는 가려지지 않았다. 그때 양산박의 한도가 말을 몰아나가며 화살을 삭초를 향해 날렸다. 화살은 그대로 삭초의 왼팔에 꽂혔다. 그렇게 되니 아무리 삭초라해도 더 싸울 수가 없었다. 큰도끼를 거두고 말머리를 돌려 저희 진채로 달아나기 시작했다.

송강은 때를 놓치지 않고 총공격 명령을 내렸다. 이에 관군은 감히 대항할 엄두조차 내지 못하고 그대로 쫓겨 달아나기에 바빴다. 양산박의 군사들은 유가당을 지나 괴수파에 있는 관군의 진채까지도 짓밟아 버리고 관군의 진채를 빼앗아 그곳에 자리를 잡았다. 오용이 송강에게 권했다.

“적의 군사가 싸움에 지고 틀림없이 겁을 잔뜩 먹었을 것입니다. 만약 승세를 타고 뒤쫓지 않는다면 적이 다시 기운을 차릴지도 모릅니다. 그때는 쉽게 적을 이기기 어려울 것이니 얼른 뒤쫓도록 하십시오.”

송강도 오용의 말을 받아들이고 그날 밤으로 날랜 장졸을 뽑아 네 갈래로 관군을 뒤쫓게 했다. 한편 문달은 패군을 수습하고 비호곡에서 쉬고 있다가 몰아쳐오는 송강의 군사를 대적하지 못하고 달아났다.

문달은 급히 군사를 이끌고 서편으로 향했으나 등 뒤에서 소이광 화영과 부장 양춘과 진달이 쏟아져 나오자 군사를 돌려 달아나 겨우 비호곡으로 돌아오자 이번에는 서편 산 위에 무수한 횃불이 일며 쌍편 호연작이 부장 구붕, 연순을 거느리고 몰아 나오고 뒤로서는 또 벽력과 진명이 부장 한도, 팽기와 함께 달려왔다.

문달의 군마가 크게 어지러워 진지를 버리고 달아날 때 앞에서 화포소리가 천지를 진동하며 터졌다. 이것은 능진이 화포를 쏜 것이다. 문달이 군사를 이끌고 길을 터 성을 향해 달아나는데 갑자기 앞에서 북소리가 어지럽게 울리며 군마가 길을 가로막았다. 그들은 표자두 임충과 부장 마린, 등비였다. 사방에서 북소리가 어지럽게 들리고 불길은 하늘을 찌르니 문달의 관군은 더 어찌해 볼 수 없을 만큼 어지러워졌다.

문달은 들고 있던 큰 칼을 휘두르며 어렵게 길을 열었다. 한참을 가다 보니 역시 어렵게 길을 열어 달려오는 이성이 보였다. 이성과 문달은 군사를 합친 뒤 한편으로는 싸우고 한편으로는 달아났다. 밤새 쫓긴 관군은 날이 밝을 무렵에야 겨우 북경성에 이를 수 있었다.

양중서가 이 소식을 듣고 크게 놀라 패잔병들을 성안으로 맞아들이고 황급히 성문을 닫아걸었다.

일이 그 지경이 되자 양중서는 더욱 급해졌으며, 유수사에 모든 벼슬아치를 모아 놓고 의논했다. 그때 이성이 나와 말했다.

"적병이 성 아래 이르렀으니 더 지체한다면 성이 함락되고 말 것이니 상공께서는 급히 이 사실을 동경의 채태사에게 전하여 구원병을 청하십시오. 또 성내의 백성들을 뽑아 성을 지키게 하고 돌과 통나무를 성벽 위에 쌓아 두고 활이며 화기들을 준비하여 밤낮으로 적의 침입에 대비하면 그리 걱정할 일은 없을 것입니다."

양중서는 급히 동경 채태사에게 편지를 써서 왕정에게 주고 몇 기의 마군을 이끌고 성을 빠져나가게 하고 가까운 부현에 구원병을 요청하는 한편 백성들 가운데 장정들을 뽑아 성을 지키게 했다.

왕정은 밤낮없이 말을 달려 동경에 도착하자 즉시 태사부에 밀서를 올렸다. 채태사는 편지를 읽고 나자 크게 놀라 추밀원으로 사람을 보내 중요한 의논이 있음을 알리게 했다. 오래지 않아 동청추밀사 동관이 삼아의 태위를 이끌고 태사를 만나러 왔다. 채경은 대명부가 떨어질 위급한 처지를 알려준 뒤 걱정스레 물었다.

"어떤 계책으로 어떤 훌륭한 장수를 써야 이 도적떼를 물리치고 북경성을 보존할 수 있겠소?"

그때 아문방어보의사 자리에 있는 선천이란 장수가 나섰다. 그는 얼굴이 솥 밑바닥 같고 들창코에 고수머리 붉은 수염을 가졌는데, 키는 여덟 자요 한 자루 강철로 벼린 칼을 잘 썼다. 무예가 남달리 뛰어나 전에 왕부의 군마였던 적이 있었으므로 사람들은 그 호칭에다 그의 못생긴 외모를 얹어 추군마라 불렀다.

"제 고향에 한말 관운장의 후손인 관승關勝이라는 사람이 있습니다. 그는 청룡언월도를 다루는 솜씨가 뛰어나고 용기가 뛰어난 숨은 인재입니다. 사람들은 흔히 그를 대도大刀 관승이라고 부르지요. 이 사람은 어려서부터 병서를 읽었을 뿐만 아니라 무예도 깊이 통달하여 홀로 만 명을 당해 낼 만한 인물입니다. 태사께서는 그를 불러 쓰도록 하십시오."

채경은 그 말을 듣고 기뻐하며 선찬을 바로 사신으로 삼고 문서와 예물을 갖추어 포동의 관승에게 보냈다. 선찬이 고향에 가서 관승을 만났을 때 그는 의형제인 학사문과 함께 관아에 있었다. 선찬이 관승에게 찾아온 뜻을 전하자 관승은 은근히 기뻐하며 곁에 있던 학사문을 선찬에게 소개했다.

"이 사람은 나와 의형제인 학사문이라 하네. 열여덟 가지 무기 중에 못 다루는 것이 없을 만큼 무예에 뛰어나지만 애석하게도 지금까지 이렇게 벼슬이 없이 지내고 있네. 이번에 함께 데려가서 나라를 위해 그 힘을 쓰게 하면 어떠한가"?

선찬은 뜻하지 않게 학사문까지 얻게 된 것을 기뻐하며 함께 도성으로 향했다. 관승 일행은 동경에 이르자 태사부를 찾아갔다. 채경이 관승을 보니 당당한 호남아에 인재였다. 키가 팔척이고 두 눈썹은 우람하게 크고 봉황의 눈은 위로 치켜져 있으며 얼굴빛은 잘 익은 대추 같고 입술은 주사라도 칠한 듯 붉었다. 옛적의 관운장이 다시 살아온 듯했다.

"장군은 올해 나이가 얼마나 되오?"

"이제 서른하고 둘입니다."

"양산박의 도적떼가 대명부를 포위하고 있다기에 장군을 불렀소. 어찌하면 좋겠소?"

"오래 전부터 좀도둑들이 물가를 차지하고 앉아 이웃고을의 백성들을 놀라게 한다는 말을 들어 왔습니다. 그런데 이제 그들이 저희굴을 나왔으니 스스로 죽을 곳을 찾아온 셈이지요. 대명부를 구하시려면 제게 정예군 몇만 명만 주십시오. 먼저 양산박을 빼앗은 뒤에 적의 등을 공격하면 저들도 꼼짝할 수 없을 것입니다."

채태사가 들어 보니 과연 비범한 계책이었다.

"이것은 바로 옛적 손빈이 위나라를 포위해 조나라를 구한 것과 같은 계책이다. 내 뜻과 같으니 한번 그대로 행하도록 하라."

그리고는 추밀원의 벼슬아치를 불러 산동과 하북의 날랜 군사 만오천 명을 뽑아 주어 관승은 영병지휘사로 주장이 되고 학사문은 선봉이 되었으며 선찬은 뒤를 맡고 보군태위 단상은 군량과 말먹이풀을 대게 했다.

관승은 그날로 군사를 일으켜 양산박으로 달려갔다. 한편 송강은 매일 북경성을 공격했으나 이성과 문달은 성문을 굳게 닫고 나오지 않았다. 송강은 공격이 늦어지자 마음이 초조했다. 그때 오용이 진영을 찾아와 송강에게 말했다.

"저희들이 성을 포위한지도 오래되었는데 구원병도 안 오고 성안에서도 싸우려 하지 않는군요. 전에 삼기의 말이 성을 빠져나간 것이 마음에 걸립니다. 채태사는 날랜 군사와 씩씩한 장수를 뽑아 옛적에 조나라를 구하던 그 계책을 쓰려 할 것입니다. 우리가 먼저 군사를 수습해 거기에 대비하는 것이 좋겠습니다."

그들이 얘기를 하고 있을 때 대종이 달려와 보고했다.

"동경 채태사가 관승으로 하여금 정예군을 이끌고 양산박 공격에 나서게 했답니다. 산채에는 주장이 정해져 있지 않으니 형님께서는 곧 회군하셔서 먼저 양산박을 구해야 할 것입니다."

오용은 예상하던 터라 그리 걱정하지 않고 송강에게 차분히 말했다.

"너무 급하게 서둘러 가서는 안됩니다. 오늘 밤에 먼저 보병을 돌아가게 하되 두 갈래 인마를 비호곡 양쪽에 매복병을 두어 북경성에서 우리가 퇴군하는 것을 보고 뒤쫓아나오면 그때 치기로 합시다.”

송강은 오용의 작전대로 밤이 되기를 기다렸다가 군사를 퇴각시켰다. 날이 밝자 성안에서도 송강의 군사들이 퇴각하고 있음을 알았다. 양중서는 이성과 문달을 불러 어찌해야 될지를 의논했다.

“아마도 동경 태사께서 구원병으로 하여금 양산박을 공격케 하자 놈들이 본거지를 방어하러 돌아가는 모양입니다. 지금 이 기세를 타고 뒤쫓으면 송강을 사로잡을 수 있습니다.”

그 때 동경으로부터 연락이 왔다. 군사를 내어 적의 소굴을 치고 있으니 만약 적이 물러나거든 뒤쫓으란 내용이 적혀 있었다. 이에 양중서는 이성과 문달에게 각기 군사를 내어 동서 두 길로 송강의 군사를 뒤쫓게 했다.

두 장수는 군사를 거느리고 퇴각하는 양산박을 뒤쫓아 비호곡까지 따라왔다. 그런데 갑자기 화포 터지는 소리가 들리며 뒤편에서 북소리가 요란하게 들리더니 왼편의 화영과 오른편의 임충이 이끄는 인마가 쏟아져 나왔다. 이성과 문달은 자기들이 적의 계략에 빠졌음을 알고 빨리 군사를 돌렸으나 그때 다시 호연작이 인마를 이끌고 나타나 길을 막았다. 이에 이성과 문달은 싸움 한 번 제대로 못해 보고 성안으로 쫓겨 들어갔다.

송강의 인마는 별다른 어려움 없이 양산박 근처에 이르자 이번에는 추군마 선찬이 이끄는 관군이 길을 막았다. 이에 송강도 더 나아가지 못한 채 그곳에 진채를 내린 뒤 산채로 사람을 보내 그들이 이르렀음을 알려 양쪽에서 군사를 내어 관군에 대응토록 했다.

그때 양산박의 수군을 거느리고 있던 장횡과 장순이 수채에서 마주앉아 의논하고 있었다.

“우리 형제는 양산박에 들어온 후로 별다른 공을 세우지 못했는데 이번에 관승을 사로잡을 수 있다면 이것은 큰 공이 아니겠느냐? 어렵더라도 그리해 보자.”

그러나 장순은 그런 형을 몇 번이나 말렸으나 그 날밤 장횡은 작은 배 오십여 척을 끌어 모은 뒤 배마다 네댓 명씩을 태우고 수채를 떠났다.

그때 관승은 장막 안에서 병서를 읽고 있었다. 길가에 매복해 있던 젊은 군교가 달려와 이를 알렸다. 관승은 그 말에 작게 웃으며 군사를 대기시켰다. 그런 줄도 모르고 장횡은 이삼백 졸개를 갈대밭에 몸을 숨긴채 관군의 진채로 다가간 뒤 중군을 덮쳤다. 장횡이 중군의 장막에 이르러 보니 촛불이 휘황한 가운데 관승이 수염을 어루만지며 책을 읽고 있는 것이 보였다. 장횡은 기회다 싶어 긴 창을 꼬나든 채 장막 안으로 뛰어들었다. 그 때 갑자기 장막 한쪽에서 수많은 군사가 함성과 함께 쏟아져 나왔다. 장횡은 꼼짝 없이 포위되어 졸개들과 함께 모조리 사로잡히고 말았다.

장횡이 관승에게 사로잡힐 무렵 수채 안에서는 완씨 삼형제가 머리를 맞대고 대책을 세우고 있었다. 그때 장순이 수채로 찾아와 장횡이 사로잡혔다는 소식을 전했다. 그 말을 들은 완소칠이 소리쳤다.

"우리 형제가 살아도 함께 살고 죽어도 함께 죽기로 맹세한 터에 당신은 친동생이면서 어찌 장형 혼자 가도록 두었단 말이오? 만약 당신이 구하지 않겠다면 우리 삼형제라도 가서 장형을 구하겠소."

그 날밤 송공명의 명령도 듣지 않고 완씨 삼형제와 장순은 백여 척의 배를 긁어모아 관승의 진채를 덮쳐 갔다. 물가 언덕에서 망을 보던 관군은 관승에게 달려가 이를 알렸다. 관승은 차게 비웃으며 말했다.

"머리라고는 도무지 쓸 줄 모르는 하찮은 것들이구나."

그러고는 고개를 돌려 곁에 있던 장수들에게 영을 내렸다. 한편 완씨 삼형제는 앞장서고 장순은 후군으로 남아 관승의 진영을 덮쳤으나 뜻밖에도 군사들이 하나도 보이지 않았다. 그제서야 뭔가 일이 심상치 않음을 느낀 완씨 삼형제는 얼른 몸을 돌려 달아나려 했으나 좌우에서 마군과 보군이 여덟 갈래로 길을 나누어 덮쳐 왔다. 뒤따라가던 장순은 일이 틀어졌음을 알고 얼른 물가로 되돌아가 물 속으로 뛰어들었다. 한편 관군에게 포위된 완씨 삼형제는 간신히 길을 열고 물가에 이르렀으나 완소칠은 끝내 관군에게 사로잡히고 완소이와 완소오만 장순이 데려온 혼강룡 이준과 동위, 동맹 형제의 도움을 받아 겨우 목숨을 건져 산채로 돌아왔다.

두 번 싸움에 두령 둘과 적잖은 졸개들을 잃은 양산박의 본채에선 장순을 시켜 물길로 그 같은 소식을 송강의 진채에 알렸다. 송강은 오용을 불러 어찌하면 관승을 물리칠 수 있을까를 의논했다. 오용이 밝지 못한 얼굴로 말했다.

"내일 한 번 맞서 싸워본 후에 대책을 세워보도록 합시다."

오용이 그런 말을 하고 있는 도중에 갑자기 장막 밖에서 요란한 소리가 들려왔다. 송강이 알아보니 관군 쪽의 추군마 선찬이 삼군을 이끌고 그곳까지 밀고 든 것이었다.

송강은 여러 두령들을 이끌고 선찬과 맞서려 나아갔다. 문기 아래 이르러 보니 선찬의 기세가 대단했다.

"누가 한번 나가 싸워 보겠는가?"

그러자 소이광 화영이 달려나가 선찬을 덮쳤다. 선찬 또한 칼을 휘두르며 화영에게 맞섰다. 선찬과 화영이 맞선지 십여 합만에 화영이 말을 되돌려 달아났다. 선찬이 급히 뒤쫓는 순간 화영은 창을 걸어놓고 활에 살을 먹여 몸을 틀어 선찬을 향해 쏘았다. 선찬은 시윗소리를 듣고 번개같이 칼을 들어 화살을 막았다. 화영이 두 번째 화살을 쏘자 선찬은 다시 몸을 굽혀 화살을 피한 후 그의 궁술이 뛰어난 것을 알고 더 쫓지 않고 말머리를 돌려 자기 진채로 물러났다.

화영은 선찬이 자기 진영으로 되돌아가는 것을 보고는 다시 세 번째 화살을 신찬의 등을 향해 날렸다. 그러나 화살은 신찬의 등을 가리고 있던 호심경에 맞고 떨어졌다. 선찬은 진채로 돌아가자 관승에게 그 일을 알렸다.

선찬이 쫓겨 들어왔다는 말을 들은 관승은 직접 적토마를 타고 청룡도를 손에 들고 문기를 열고 나가 진채 앞에 우뚝 섰다. 관승을 본 송강은 그 늠름한 모습에 반했다. 문득 고개를 돌려 여러 장수들을 보고 말했다.

"과연 관승 장군은 영웅이다. 이름이 헛되이 전하지 않았구나!"

그러자 임충이 말했다.

"우리 여러 형제는 한 번도 날카로운 기세가 꺾여 본 적이 없습니다. 그런데 형님께서는 오늘 어찌하여 우리들의 위풍을 스스로 깎는 말씀을 하십니까?"

그러고는 창을 꼬나잡고 말을 박차 관승을 향해 달려나가자 진명 역시 창을 잡고 뛰쳐나갔다. 두 장수가 한꺼번에 관승을 덮쳐 나갔으나 관승은 조금도 겁내는 기색이 없었다. 혼자서 둘을 맞아 태연히 싸움을 벌였다. 세 사람이 탄 말이 한데 뒤엉키며 싸움이 막 불붙으려 할 때였다. 송강이 문득 징을 울려 군사를 거두도록 했다. 징소리를 듣고 달려온 진명과 임충이 송강을 향해 소리쳤다.

"이제 막 그놈을 사로잡으려 하는데 형님은 무슨 일로 저희를 불러들이셨습니까?"

송강은 상기되어 다른 두령들에게도 들으라는 듯 큰 소리로 말했다.

"여보게 아우들. 두 명이 하나를 상대하는 것은 맞지 않네. 내가 보니 그래도 관승은 의기와 용맹이 넘친 장수요, 대대로 이은 충신 가문의 집 자손이네. 만약 저 사람을 우리 산채로 받아들일 수만 있다면 이 송강은 기꺼이 그에게 주인의 자리를 물려주겠네."

그 같은 송강의 말에 진명과 임충은 낯빛이 변해 그 앞을 물러났다.

한편 진채로 돌아온 관승은 말에서 내려 갑옷을 벗으면서 송강이 군사를 거둔 이유를 알 수 없었다. 그날 밤이었다. 관승은 자리에 누워도 마음이 편치 않아 군막을 나온 뒤 진채를 살폈다. 하늘에는 달빛이 그득하고 땅 위에는 서리가 하얗게 피어 있었다. 관승이 까닭도 모르게 울적해서 걷고 있는데 매복을 나가 있던 군교 하나가 와서 알렸다.

"웬 장수 하나가 장군을 뵙자고 합니다."

"그렇다면 내게 데려오너라."

잠시 후 나타난 장수는 관승에게 절을 하였다. 절을 올리는 그 장수를 등불 아래서 자세히 살펴보니 어디선가 본 듯도 한 얼굴이었다.

"당신은 누구시오?"

"바라건대 단둘이 말씀을 나누고 싶습니다."

"내 장막에는 안이든 밖이든 크든 작든 간에 믿지 못할 사람이라고는 없소. 할 말이 있으면 망설이지 말고 하시오."

"저는 바로 호연작이라는 사람입니다. 장군처럼 앞서 양산박을 치러 왔다가 뜻밖에도 간계에 빠져서 군사를 잃고 돌아가지 못하고 있습니다. 오늘 싸움에서 임충과 진명이 장군을 사로잡으려고 할 때 송강이 북을 쳐서 두 사람을 거둔 것도 사실은 장군이 다칠까 걱정했기 때문입니다. 송강은 평소부터 조정에 귀순할 마음을 가지고 있었으나 다른 두령들이 따르지 않아 그러지 못하고 있습니다. 그래서 저와 몰래 의논을 하고 여럿을 구슬러 조정에 귀순케 하려고 합니다. 장군께서 만약 저희 뜻을 받아 주신다면 내일 밤 가벼운 차림에 빠른 말을 타고 샛길로 적의 진채를 바로 들이치십시오. 임충을 비롯한 도적의 우두머리들을 사로잡아 도성으로 끌고 가신다면 장군께서 큰 공을 세움은 물론이요. 송강과 저도 그동안 무거운 죄를 씻는 길을 얻게 될 것입니다."

관승은 그 말을 듣고 크게 기뻐했다. 다음 날 송강이 다시 군사를 이끌고 와서 싸움을 청할 때 호연작은 갑옷을 빌려입고 관승과 함께 적진으로 달려갔다. 그러자 송강이 호연작을 알아보고 큰 소리로 꾸짖었다.

"산채에서는 너를 박대한 적이 없는데 너는 어찌하여 밤중에 몰래 달아났느냐?"

호연작도 마주 나서서 꾸짖었다.

"무식하고 하찮은 벼슬아치이년 너 따위와 무슨 큰 일을 할 수 있겠느냐?"

송강은 화가 난 사람처럼 진삼산 황신에게 나가 싸우라는 영을 내렸다. 호연작이 황신을 맞아 십여 합이 못되어 호연작이 채찍을 휘두르자 거기 맞은 황신이 말에서 굴러떨어졌다. 구경하고 있던 관승은 얼른 삼군에게 한꺼번에 밀고 들 것을 명했다. 되돌아 온 호연작이 그런 관승을 말렸다.

"함부로 적을 쫓아서는 안됩니다. 오용이란 놈은 계략이 뛰어납니다."

그 말을 들은 관승은 얼른 군사를 거두고 원래의 진채로 돌아갔다. 그리고 관승은 선찬과 학사문에게 각기 한갈래 군사를 주어 두 길로 뒤를 받치게 하고 자신은 오백의 마군에 가벼운 병기만을 들게 한 채 호연작을 따라 양산박의 진채를 급습하기로 했다. 밤 이경 무렵에 군사를 일으켜 삼경에는 곧바로 송강의 진채를 덮치고 포향을 신호로 자신의 마군과 선찬, 학사문의 군사들이 한꺼번에 밀고 들 작정이었다.

그날 밤 달이 대낮같이 밝았다. 해질 무렵부터 싸움 채비를 단단히 갖춘 호연작을 앞세우고 관승의 군사는 진채를 떠났다. 산굽이를 돌아 반경쯤 갔을 때 앞길에서 문득 사오십 명의 군사가 나타나 낮은 목소리로 물었다.

"오시는 분은 호연작 장군이 아니십니까?"

호연작이 그들을 알아보고 나직이 꾸짖듯 말했다.

"조용히 나를 따르라!"

그러자 그들은 아무소리 않고 호연작을 따랐다. 아마도 진작부터 호연작을 따르기로 되어 있던 패거리 같았다. 다시 한군데 산비탈을 돌자 멀리 붉은 등이 걸려 있는 것이 보였다. 호연작은 관승에게 불빛을 가리키며 은밀히 말했다.

"저기 붉은 등불이 보이는 곳이 송강의 거처입니다."

관승이 급히 말을 몰아 송강의 거처로 달려갔으나 주위에는 경비병이 한 명도 보이지 않았다. 양산박 두령 송강의 거처에 보초병이 없다는 것은 이상한 일이었다. 관승이 크게 놀라 뒤를 돌아보니 호연작 역시 행방이 묘연했다.

그때서야 관승은 자신이 계략에 빠졌다는 것을 깨닫고 급히 빠져나오려고 했으나 그때는 이미 늦었다. 갑자기 숲 속에서 좌우에 매복했던 군사들이 달려들어 사방에서 갈고리 달린 창과 밧줄을 던지니 관승은 자랑하던 청룡도 한 번 제대로 휘둘러 보지 못하고 말과 칼을 잃은 채 땅 위에 굴러 떨어졌다. 그런 관승을 보군들이 덮쳐 순식간에 관승의 갑옷을 벗기고 묶어 버렸다.

그 무렵 선찬과 학사문의 군사들도 비슷한 지경에 빠져들었다. 선찬을 맡은 것은 임충과 화영이었다. 밝은 달빛 아래 길을 막고 있던 임충과 화영은 선찬이 군사를 이끌고 오자 한꺼번에 덤볐다. 선찬은 혼자서 임충과 화영을 당해 낼 수 없어 달아났으나 등 뒤에서 일장청 호삼랑이 달려나와 붉은 비단으로 꼰 밧줄을 던져 선찬을 말 아래로 떨어뜨렸다. 그러자 보군들이 달려와 선찬을 묶고 진채로 끌고 갔다.

학사문을 맡은 것은 진명과 손립이었다. 진명이 학사문과 어울려 싸우는데 손립이 곁으로 달려와 진명을 거들었다. 진명만 해도 힘에 겹던 학사문은 손립까지 거들자 당해내지 못하고 진명의 방망이를 맞고 말 아래로 떨어졌다. 양산박 군사들이 달려와 그런 학사문을 묶어 역시 진채로 끌고 갔다.

관승의 진채도 성하지 못했다. 박천조 이응이 적잖은 군사를 이끌고 관승의 진채를 덮쳐 장횡과 완소칠 및 잡혀 있던 수군들을 구해 내고 거기 있던 군량과 말까지 거두어 돌아왔다.

싸움에 이긴 송강은 무리를 이끌고 산채로 돌아갔다. 그사이 벌써 날이 밝아오기 시작했다. 송강을 비롯한 두령들이 충의당에 자리를 잡고 앉자 관승과 선찬, 학사문이 끌려 들어왔다. 관승이 끌려오는 것을 본 송강이 그 밧줄을 손수 풀어 주었다. 그리고 관승을 부축해 충의당 한가운데 있는 의자에 앉힌 뒤 절을 올리고는 머리를 조아린 채 빌었다.

"우리들이 감히 장군의 위엄을 더럽혔습니다. 부디 저희를 용서하여 주십시오."

호연작노 관승 앞에 나와 머리를 조아리며 빌었다.

"제가 본뜻이 아니면서도 장군을 속였습니다. 바라건대 제 죄를 용서해 주십시오."

관승은 한동안 말없이 있다가 선찬과 학사문에게 말했다.

"우리는 이미 이곳으로 잡혀온 몸이다. 어찌하면 좋겠는가?"

"오직 장군의 명에 따를 뿐입니다."

그러자 관승이 길게 탄식하며 말했다.

"이제 도성으로 돌아갈 낯이 없게 되었으니 어서 죽여주시오."

"그것이 무슨 말씀이십니까? 만일 장군께서 미천한 이곳을 버리지 않는다면 저희들이 장군을 모시겠습니다. 그러나 장군께서 마다하신다면 당장 도성으로 돌아가시도록 풀어 드리겠습니다."

송강이 머리를 들어 관승을 올려보며 그렇게 받았다. 아무리 철석같은 마음을 가진 관승이라 해도 송강이 그렇게까지 나오자 감동하지 않을 수 없었다. 문득 어조를 바꾸어 송강에게 말했다.

"사람들이 이르기를 충의로운 송강이라더니 과연 그렇구려. 이제 이미 내 마음을 움직였으니 나를 거두어 주시오."

송강은 크게 기뻐하며 충의당에 잔치를 열고 설영을 관승의 고향 포동으로 보내 관승의 가족을 모셔오도록 했다.

그러나 송강에게는 아직도 큰 걱정거리가 남아 있었다. 북경에 갇혀 있는 노준의와 석수를 구해내는 것이었다. 오용이 그런 송강의 속마음을 알고 위로했다.

"형님, 너무 걱정하지 마십시오. 내일 다시 군사를 일으켜 대명부를 치도록 합시다. 이번에는 반드시 우리 뜻대로 될 것입니다."

그때 관승이 말했다.

"이 관승은 여러분의 은혜를 입은 사람이외다. 이번 북경 공격에는 제가 선봉에 서겠습니다."

송강은 크게 기뻐하며 이튿날 관승에게 학사문을 딸려 선봉을 맡게 했다. 그리고 나머지 두령은 저번에 정한 그대로 북경성을 치러 갈 사람과 남아서 산채를 지킬 사람으로 나누었다. 그리고 이번에는 이준과 장순이 수전에 대비하여 함께 북경성으로 향하였다.

한편 양중서는 겨우 자리를 털고 일어난 삭초와 함께 술을 마시다가 급보를 받았다. 양중서는 관승, 선찬, 학사문 등이 양산박의 무리와 함께 북경성으로 쳐들어온다는 놀라운 소식에 얼이 빠진 나머지 잡았던 잔을 바닥에 떨어뜨렸다. 그때 삭초가 태연히 말했다.

“지난번에는 그놈들이 쏜 화살에 욕을 보았습니다. 이제 그 원수를 갚을 때가 왔습니다.”

“어서 인마를 이끌고 나가 적을 막도록 하시오.”

이성과 문달도 곧 군사를 수습해 삭초의 뒤를 받쳐 주기로 했다. 때는 한겨울이라 북풍에 말굽이 얼어붙고 갑옷은 얼음처럼 차가웠다. 그러나 삭초는 조금도 망설임 없이 도끼를 들고 비호곡으로 달려가 진채를 세웠다.

다음날 싸움을 알리는 북소리가 세 번 크게 울리자 관승이 말을 박차며 뛰어나갔고 저쪽에서는 삭초가 달려나왔다. 삭초가 관승을 맞아 싸운지 열합쯤 되었을 되었을 때였다. 이성은 삭초의 도끼가 관승을 이기지 못할 것 같자 스스로 쌍칼을 휘두르며 달려나왔다. 그러자 선찬과 학사문이 각기 병기를 휘두르며 관승을 편들어 달려나갔다.

다섯 장수가 한 덩어리가 되어 어지럽게 싸우는 모습을 높은 언덕에서 지켜보고 있던 송강이 채찍을 들어올렸다. 그와 함께 양산박의 대군은 일제히 공격을 개시했다. 이성이 이끌고 온 군사는 그 기세를 당해 내지 못하고 밤새 쫓기어 성안으로 들어갔다. 송강은 군사를 밀어부쳐 성 아래 진을 쳤다.

오용이 군막 밖을 나가 보니 하늘 가득 눈이 내리고 있었다. 그것을 본 오용은 보군들을 보내 대명성 밖의 산기슭 개울가 좁은 길목에 함정을 파게 했다. 함정의 덮개 위에 밤새도록 눈이 내려 쌓이니 전혀 표시가 나지 않았다.

한편 다음날 삭초는 삼백여 기의 군사를 이끌고 성밖으로 치고 나갔다. 그런데 전날과는 달리 송강의 군사들이 제대로 싸움도 않고 다만 수군 두령인 이준과 장순이 갑옷도 제대로 갖추지 않은 채 창을 비껴들고 달려나와 황급히 삭초를 막으려 들 뿐이었다. 하지만 이들도 몇 번 겨루고는 달아나기 시작했다. 삭초는 말 배를 차 그들을 뒤쫓았다. 그때 갑자기 산등성이에서 한 소리 포향이 울리고 삭초는 말과 함께 깊은 구덩이 속으로 떨어지고 말았다. 전날 오용이 판 함정이었다.

송강이 때마침 내린 큰 눈을 이용해 삭초를 사로잡아 버리자 그를 따르던 군사들은 성안으로 되쫓겨 들어갔다. 삭초가 사로잡혔다는 말을 듣고 양중서는 어찌할 줄을 몰랐다.

한편 사로잡힌 삭초는 송강에게로 끌려갔다. 송강은 늘 그랬던 것처럼 손수 삭초의 결박을 풀어주고 술을 권하며 말했다.

"장군께서 보시다시피 우리 형제들의 대부분은 한때 조정의 관리들이었소. 우리 함께 하늘을 대신해 이 세상의 뒤틀린 도를 바로잡아 보도록 합시다."

그때 양지가 나서서 송강을 거들자 그 역시 송강의 뜻을 받아들이고 양산박에 입당하기로 결심하게 되었다.

이튿날부터 송강의 군사들은 다시 성을 들이치기 시작했다. 그러나 며칠을 싸워도 성은 쉽게 떨어지지 않았다. 송강은 몹시 걱정이 되었다.

어느 날 송강이 진중에서 잠시 졸고 있을 때 갑자기 큰 바람이 일어나며 등불 밑에서 한 명의 사람이 나타났다. 그는 다름 아닌 천왕 조개였다.

"아우님은 여기서 뭘 하고 있나?"

송강이 깜짝 놀라 급히 몸을 일으켰다.

"형님, 웬일이십니까? 형님의 원수를 갚아드리지 못해 마음이 항상 편치 못합니다. 이렇게 산채로 들어가지도 못하고 밤낮으로 싸움터에 매여 있어 제사조차 제대로 올리지 못했는데 저를 꾸짖으러 오신 것은 아닌지요."

"내가 이렇게 찾아온 것은 자네를 구하기 위함이네. 지금 자네 등뒤에 큰 일이 터져 강남의 지령성이 아니고는 그 화를 면하게 해줄 사람이 없네. 삼십육계라는 말을 알고 있지 않은가. 어서 빨리 달아나지 않고 여기서 무얼 기다리는 겐가? 만약 일이 잘못된다면 나도 자네를 구해 줄 수 없다네."

조개는 말을 마치자 홀연히 사라졌다. 송강이 놀라 잠에서 깨어보니 꿈이었다. 이상한 느낌이 든 송강은 오용을 불러 꿈 이야기를 빠짐없이 들려주자 오용이 말했다.

"조천왕의 혼령이 나타나 그리 말씀하셨다면 믿지 않을 수 없습니다. 지금은 겨울철이라 사람도 말도 바깥에 오래 머물기는 어렵지요. 산채로 돌아가서 봄을 기다려 다시 오는 것이 좋겠습니다."

"하지만 노준의와 석수가 옥에 갇혀 우리의 구원만을 기다리고 있는데 어떻게 저들을 버리고 떠난단 말이오."

그렇게 말하면서 망설이자 그 또한 옳은 말이라 오용도 결단을 내리지 못해 그날 밤은 결국 의논을 끝맺지 못하고 헤어졌다.

그런데 이튿날 송강은 등이 아파 옷을 벗어보니 붉은 종기가 넓적하게 자리잡기 시작하고 있었다. 오용이 걱정스러운 얼굴로 말했다.

"이것은 단순한 등창이 아니라 아주 고약한 악창이오. 내가 의술서에서 보니 녹두가루가 악창의 독을 막는다고 했는데 이곳은 싸움터라 급하게 의원을 구할 수 없으니 어찌 하면 좋겠소?"

그러자 낭리백조 장순이 옛기억을 되살리며 말했다.

"제가 심양강에 살 때 어머니께서 등창이 나서 온갖 약을 다 써보았지만 효험이 없었습니다. 그런데 건강부의 안도전安道全이라는 의원을 청했더니 그 병이 곧 나았습니다. 형님 증세가 바로 그대 우리 모친 증세하고 같습니다. 제가 그 사람을 데려오겠습니다."

그리고는 서둘러 보따리를 싸고 여러 두령들과 작별했다.

장순이 떠나자 오용은 여러 두령들에게 산채로 돌아갈 준비를 시켰다. 대명부 안에서는 혹시라도 복병을 감추어 두고 유인해 내려는 계책인가 싶어 감히 뒤쫓지 못했다. 그래서 양산박의 인마는 아무런 어려움 없이 산채로 돌아갈 수 있었다.

한편 장순은 송강을 구해낼 마음 하나로 밤낮없이 강남으로 달려 양자강 가에 이르렀다. 강을 건너려고 배를 구했으나 밤이 깊어 다음 날 건너야 했다. 워낙 먼길을 걸어 온 장순은 몸과 마음이 풀어지자 금세 깊은 잠에 빠져들었다. 그때 사공이 보따리 속에 많은 패물이 들어 있음을 알아차리고 배를 강 한가운데로 몰아 장순을 물 속으로 내던졌다.

그러나 장순은 원래가 물 속에서 며칠이고 지낼 수 있는 사람이라 몸만

성하면 살아날 길이 있었다. 장순은 물 밑에서 이빨로 밧줄을 물어 끊고는 강 언덕으로 올라와 어느 술집에 들어갔다. 그 술집에서 주인 늙은이와 그 아들이 잘 대접을 하고 장순을 해치려 한 사공이 장왕이라는 것을 알려 주고 십여 냥을 장순에게 주어 건강부를 다녀오게 했다. 성안으로 들어간 장순은 괴교를 지나 안도전의 집으로 갔다. 대문을 들어서니 바로 안도전이 보였다. 장순이 절을 올리자 안도전이 뜻밖이라는 듯 물었다.

"자네, 여러 해 보지 못했는데 오늘은 무슨 바람이 불어 여기까지 왔나?"

장순은 비로소 송강의 병과 산채 일을 하나하나 숨김 없이 털어놓고 함께 가주기를 빌었다.

"송공명으로 말할 것 같으면 세상이 알아주는 의사라 가서 고쳐 주어야 마땅한 일이지만 집사람이 죽어 이 집안 일을 돌볼 사람이 없으니 멀리 가기는 어렵겠네."

안도전의 마음이 흔들리는 것을 본 장순은 더욱 간곡하게 부탁했다. 장순이 갖은 말로 함께 가주기를 청하니 마침내 이기지 못한 안도전은 함께 가기를 응낙했다. 그러나 사실 안도전이 양산박으로 가기를 망설이는 까닭은 기생 이교노 때문이었다. 그날 밤에도 안도전은 장순과 함께 이교노의 집으로 갔다. 날이 어두워지고 술이 얼큰해지자 안도전이 이교노에게 장순을 따라 양산박에 다녀오겠다고 말하자 이교노는 반대했다.

"가지 마세요. 만약 내 말대로 하지 않으시면 다시는 저희집을 찾을 생각을 마세요!"

장순이 안도전을 보니 계집의 말에 마음이 몹시 흔들리는 기색이었다. 계집을 그냥 두면 안되겠다는 생각이 들었다. 장순은 그날 밤에 기생의 집에서 묵게 되었으나 이교노의 훼방에 애가 타 잠이 오지 않았다. 그런데 초경 무렵 재물이 생긴 장왕이 이교노에게 줄 선물을 가지고 찾아왔다. 장순의 속 같아서는 당장이라도 뛰어들고 싶었지만 혹시라도 일이 잘못될까 두려워 치미는 화를 억누르며 엿보는 사이에 삼경이 되었다. 심부름꾼과 할멈까지 모두 취하자 장순은 부엌으로 가서 시퍼런 부엌칼을 집어 할멈을 찔러 죽이고 나서 심부름꾼도 장작 쪼개는 도끼로 죽였다.

무슨 소리를 들은 이교노가 방문을 열고 나오다가 장순과 마주치자 다시 도끼를 들어 계집을 죽이고 방안으로 들이쳤으나 장왕은 창문을 통해 도망치고 있었다. 장순은 장왕부터 죽이지 못한 것을 후회했으나 어쩔 수 없는 노릇이었다. 그는 다시 옷깃을 찢어 피를 적신 뒤 담벼락에 대고 썼다.

'이 사람을 죽인 것은 나 안도전이다.'

그리고 그제서야 술에서 깨어난 안도전을 데리고 죽은 이교노와 자신이 쓴 글을 보여주었다. 이내 그것이 누구 짓인지 짐작된 듯 안도전이 장순을 보고 원망스레 말했다.

"자네가 나를 죽을 곳으로 밀어넣는구나!"

"이제 형님에게는 두 가지 길밖에는 없습니다. 나를 따라 가느냐 아니면 저 세 사람을 죽인 죄로 관가에 잡혀가느냐. 어느 길을 택하겠소?"

안도전은 하는 수 없이 장순과 함께 길을 떠났다. 날이 밝기 전에 성을 나가 자신을 도와 준 술집으로 달려갔다. 그때 그 술집으로 찾아온 장왕에게 술집 아들이 배를 청한 뒤 세 사람은 배를 얻어타고 강을 건넜다. 배가 강복판에 이르렀을 때 장순은 장왕을 선창 안으로 끌고 가 밧줄로 온몸을 꽁꽁 묶더니 그대로 강물 속에다 던졌다.

강 반대편에 도착한 장순은 술집 아들 왕정륙에게 거듭 감사하다는 말을 하고는 다시 양산박을 향해 길을 나섰다. 마음이 급한 장순은 뛰는 듯이 걸었으나 안도전은 삽십 리도 못가 주저앉고 말았다. 장순은 그런 안도전을 주막으로 내려가 술을 내접했다. 잠시 후 주막 밖에서 내종이 뛰어들어왔다. 장순은 얼른 안도전을 대종에게 소개하고 송강의 병세를 물었다.

"이제 송강 형님은 정신마저 흐리다네. 살갗은 메마르고 꺼칠하며 밤새 앓는 소리를 냈다네."

대종이 어두운 얼굴로 대답했으나 안도전은 대종만큼 걱정하는 눈치는 아니었다.

"아직도 몸이 아픔을 느낄 수 있다면 늦지는 않았소."

　그러자 대종은 갑마 두 개를 꺼내 안도전의 다리에 묶었다. 그리고 장순을 뒤에 두고 신행법을 일으켜 그날 밤으로 양산박에 이르렀다. 그때 송강의 목숨은 실낱같이 붙어 있었다. 송강의 맥을 짚어 본 안도전이 조용히 말했다.

　"너무 걱정들 마십시오. 몸은 비록 위태로워 보이나 열흘 정도면 나을 수 있을 것입니다."

　안도전은 곧 치료에 들어가 겉으로는 곪은 곳에 고약을 붙이고 안으로는 몸을 돕는 탕제를 쓰니 닷새도 안 되어 송강의 피부는 원래의 색깔을 되찾기 시작했다. 그리고 열흘이 되자 비록 곪아터진 곳은 아직 아물지 않았지만 예전처럼 음식을 먹을 수 있게 되었다.

마침내 대명부를 쓰러뜨리다

송강은 몸이 낫기가 바쁘게 여러 두령들을 불러 모으고 눈물을 글썽이며 다시 북경성을 치고 노준의와 석수를 구해 낼 의논을 했다. 안도전이 그런 송강을 아직은 무리라고 말했다. 그때 오용이 말했다.

"형님께서는 너무 걱정마시고 쉬십시오. 제가 비록 재주는 없으나 이번 봄에 북경성을 쳐보겠습니다. 형님이 누어 계신 동안 사람을 보내 알아봤더니 양중서는 겁이 나서 밤낮으로 성을 굳게 지키고 있고 채경은 관승이 우리와 한패가 된 사실을 감히 천자께 알리지도 못하고 있답니다. 이제 해가 바뀌어 새해 초하루가 가까우니 오래잖아 원소절이 올 것입니다. 북경에서는 해마다 원소절이면 등불을 내걸고 경축놀이를 하지요. 이때 우리가 성내에 매복하고 있다가 밖에서는 군사가 치고 안으로는 매복병들이 치면 북경성은 쉽게 깨어질 것입니다."

송강은 안심하고는 오용의 뜻에 따랐다. 이어서 오용이 여러 두령들에게 말했다.

"이번 싸움에서 가장 중요한 일은 성내로 들어가 불을 지르는 일인네 여러분 형제님 중에서 어느 분이 그 일을 맡겠소?"

그때 시천이 나섰다.

"제가 그 일을 맡겠습니다. 저는 어렸을 적부터 대명부에 살아 그곳을 잘 압니다. 보름날 밤에 취운루에 불을 지르면 그것을 신호삼아 군사들을 일으키십시오."

"나도 자네가 맡아주기를 바랬네. 자네는 내일 아침 일찍 먼저 산채를 내려가게."

오용이 반가운 듯 그렇게 받았다.

오용은 시천에게 그 일을 맡기고 해진과 해보에게는 화재가 나면 유수사 앞에 있는 관군들을 처지하라고 일렀다. 또 두천과 송만에게는 장사꾼 차림으로 수레를 몰고 성내에 있다가 불이 나면 동문을 점거하도록 하고 공명과 공량에게는 거지 차림으로 북경성 앞에 있다가 불이 나면 불 끄러 가는 관군들을 처지하도록 지시했다.

이응과 사진은 나그네 차림으로 북경성의 동문밖에 있다가 불이 나면 경비병을 처지하여 군사들의 출입을 자유롭게 할 것이며 노지심과 무송은 스님처럼 성 밖의 절을 찾아다니다가 불이 나면 남문밖의 적병들을 처지하며 추연과 추윤은 등 파는 행상을 가장하고 있다가 불이 나면 감옥 앞을 맡고 유당과 양웅은 대명부의 관아 앞에 있다가 연락병들을 처지하도록 지시했다.

그 밖에 공손승과 능진은 풍화포를 쏘고 장순과 연청은 노준의 집에 들어가 주인을 배반한 이고를 죽이고 왕왜호와 일장청, 손신과 고대수, 장청과 손이랑 등 세 쌍 부부도 민간인들 사이에서 등불 구경을 하다가 노준의의 집에 불을 지르고 시진과 악화는 군관차림으로 채절급의 집으로 가 노원외와 석수의 목숨을 구하기로 되어 있었다.

명을 받은 여러 두령들은 각기 짐을 꾸려 산채를 내려갔다. 때는 정월 초순이었다. 명을 받은 호걸들이 산을 내려가자 나머지 사람들도 대명부를 밀고 들 채비에 들어갔다.

한편 대명부의 양중서는 그 소동 중에도 원소절 등불놀이는 잊지 않았다. 이성과 문달, 왕태수를 비롯한 천여 명 관원들을 불러 모아 놓고 의논을 시작했다.

"우리 성안에서는 해마다 크게 등을 걸고 원소절을 경하하며 백성들과 함께 즐겨 왔소. 허나 올해는 지난 번 양산박 도적떼의 침략으로 형편이 좋지 않으니 등은 달지 않았으면 하오만 여러분의 뜻은 어떠시오?"

양중서의 그 같은 걱정스런 물음에 문달이 일어나 씩씩하게 말했다.

"그 도둑놈들은 물러나 숨고, 흩뿌리면서 방문만 어지럽게 돌아 다니는 것으로 보아서 제놈들도 별수가 없는 듯합니다. 무슨 대단한 계획이 있어서 그런 것 같지도 않은데 상공께서 무엇 때문에 그리 걱정하십니까? 만일 우리가 등불축제를 취소하면 놈들은 조소를 금치 못할 것입니다. 따라서 올해는 보란 듯이 등불축제를 예년보다 더 성대하게 열어 동경처럼 통행금지도 없애고 열 사흗날 밤부터 열 이렛날 밤까지 즐기도록 해야 합니다. 저희들은 그때 비호곡에 군사를 주둔시켜 경계를 강화할 것이며 이도감은 철기마군을 이끌고 성밖을 돌며 순찰을 해 성안 백성들이 놀라고 겁내지 않게 하면 별다른 일은 없을 것입니다."

양중서는 그의 말에 따라 마침내 원소절 행사를 예년보다 더 크고 화려하게 하기로 마음을 정한 뒤 축제 장소를 유수사 앞과 동불사 앞과 취운루 앞 세곳으로 정했다.

그 소식은 양산박 밀정들에 의해 산채에 보고 되었다. 그때 송강이 직접 군사를 지휘하겠다고 나섰으나 아직 등창이 완치되지 못했으므로 안도전이 말렸다. 따라서 이번 작전은 오용의 책임 하에 진행되었다.

오용은 철면공목 배선과 함께 여덟 갈래 인마를 일으켰다. 그 여덟 갈래의 인마는 각기 길을 따로이 해 곧 길을 떠났다. 정월 대보름날 이경을 기한으로 모두 대명부의 성 아래 모이라는 영이 주어졌다. 그리고 나머지 두령들은 송강과 함께 남아 산채를 지키기로 되었있었다.

정월 대보름 날은 날씨가 좋아 석양이 뇌년서 날이 폈나. 북경성 전 시사에 일제히 등을 밝히면 바로 그 시간에 형장 채복은 동생 채경에게 큰 길을 지키게 하고 자기는 집으로 돌아왔다. 그때 문득 집 앞에 군관 복장을 한 소선풍 시진과 시종 차림의 악화가 나타났다. 채복은 그들을 집안으로 안내했다.

"노원외와 석수를 절급께서 잘 돌봐 주시고 있다니 감사드립니다. 오늘 밤 우리는 감옥을 부수고 그 둘을 구해 내려 합니다. 절급께서 우리를 그곳으로 이끌어 주십시오."

채복은 시진의 말에 따르기로 하고 자신의 헌 옷을 가져다가 두 사람에게 갈아입게 하고 공인으로 꾸며 감옥으로 데리고 갔다.

바로 그 시간에 양산박 두령들은 작전대로 각자 맡은 지역에 매복하였다. 취운루의 북소리가 이경을 알릴 때 시천은 유황과 염초 등 불붙기 쉬운 것들을 광주리에 담고 위에는 여자들의 머리장식과 노리개로 덮었다. 누각에서는 풍악과 노래가 한창이었다. 시천이 누각 위에서 거사의 기회를 노리고 있을 때 갑자기 취운루 아래서 큰 함성이 나면서 누군가 큰 소리를 질렀다.

"양산박의 군사들이 성문 밖에 이르렀다!"

사람들이 모두 놀라 웅성거리는 가운데 비호곡에 주둔하고 있던 문달이 양산박 군사들에게 패하여 성내로 들어오고 있었다. 이성은 성내에서 순찰을 돌다가 그 소식을 듣고 즉시 경비부대에게 성문을 굳게 닫아 걸도록 했다.

일이 그 지경에 이르렀는데도 양중서는 관아에 앉아 술에 취한 채 달 구경만 하고 있었다. 그때 이미 취운루에서는 불길이 치솟아 검은 화염이 달빛을 가렸다. 시천이 취운루 방화에 성공한 것이다.

얼른 말에 오른 양중서는 취운루 쪽으로 가려 했으나 그때 이응과 사진이 길을 막고 수레에 불을 질렀다. 군사들이 달아나자 양중서는 형세가 위험함을 깨닫고 남문을 향해 말을 달렸다. 그러나 남문에는 노지심과 무송이 지키고 있었다.

양중서가 크게 놀라 급히 말 머리를 돌이켜 유수사 앞으로 도망가는데 거기에는 해진과 해보 형제가 달려들었다. 이에 양중서는 다시 관아를 향해 달아났다. 마침 그때 왕태수가 양중서를 구하려고 달려오자 유당과 양웅이 번개같이 달려들어 몽둥이로 왕태수의 머리를 내려쳤다. 왕태수는 그대로 말에서 떨어져 죽었다.

이에 크게 놀란 양중서가 말 머리를 돌려 이번에는 서문을 향해 달아났으나 추연, 추윤이 장대 끝에 불을 붙여 집집마다 방화를 하고 있었다. 남쪽으로는 왕왜호와 일장처에 이어 손신과 고대수가 달려오고 동불사 앞에서는 장청과 손이랑이 달려왔다.

삽시간에 대명부 성안은 아수라장이 되었다. 성안의 백성들은 뿔뿔이 흩어져 달아나며 제 한 목숨 구하는 데 정신이 없었고, 성안의 사방 십여 리는 온통 불길에 휩싸여 어디로 가야 할지 알 수가 없었다.

양중서는 다시 서문을 향해 달아나다가 이성을 만나 함께 문루로 올라갔다. 성밖을 바라보니 무수한 군사들이 몰려와 있었다. 가운데는 관승, 왼편에는 학사문, 오른편에는 선찬이었고, 그 뒤로는 황신이 인마를 휘몰아 달려오는 중이었다.

남문밖으로 나가기가 글렀다고 본 양중서는 이성과 함께 북문 쪽으로 가보니 거기에는 임충이 앞장 서 있고 왼쪽에는 마린, 오른 편에는 등비, 뒤에는 화영이 보였다. 그밖에 모든 양산박 두령들이 각자 맡은 위치에서 일제히 공격을 시작했다.

다람쥐 쳇바퀴 돌 듯 양중서는 또다시 남문 쪽으로 달려갔다. 이제는 달리 길이 없다 싶자 이성은 목숨을 걸고 길을 열었다. 워낙이 죽기살기로 덤비니 한 가닥 길이 열려 양중서는 겨우 남문을 빠져나올 수 있었다.

그때 성안에서는 두천과 송만이 양중서의 가족들을 모두 죽이고 유당과 양웅은 왕태수의 가족을 다 죽였다. 그때 시진과 악화는 채복과 채경을 보고 말했다.

"형편이 이 지경이 되었는데 두 분께서는 어느 때를 기다릴 거요."

채복 형제가 그들을 막지 못하고 물러서자 추연과 추윤이 뛰어들어 감옥문을 활짝 열어젖히며 크게 외쳤다.

"여기 양산박 호걸들이 왔다. 빨리 노원외와 석수를 내놓아라."

채복 형제가 노준의와 석수를 이끌어 내었다. 시진이 두 사람의 칼을 벗기고 채복을 보고 자신들을 따를 것을 권했다. 시진과 악화가 노원외와 석수를 구해 감옥 밖으로 나오니 추연과 추윤이 그들을 맞아 한덩이를 이루었다. 노준의는 석수, 공명, 추연, 추윤 다섯 두령을 데리고 집으로 달려갔다. 이고와 가씨를 사로잡기 위함이었다.

한편 이고는 양산박 두령들이 북경성을 쳐들어왔다는 말을 듣고 그만 혼비백산이 되어 가씨의 손을 잡고 황망히 뒷문으로 나갔다. 그때 언덕에 있던 장순이 그들을 보고 달려들었다.

"이놈, 이고야! 나를 알아보겠느냐?"

이고가 고개를 돌리자 연청이 달려왔다. 이고는 그에게 빌었다.

"소을형, 우린 원수 진 일이 없으니 부디 나를 살려주시오."

그때 이미 가씨는 장순에게 사로잡힌 뒤였다. 장순과 연청은 두 연놈을 사로잡은 뒤 동문 쪽으로 달려갔다.

한편 간신히 양중서를 구해 성밖으로 빠져나간 이성은 역시 싸움에 진 인마를 이끌고 오는 문달을 만났다. 그리고 둘은 목숨을 걸고 양중서를 보호하여 양산박의 포위망을 뚫고 달아났다.

날이 밝자 오용은 군사들에게 백성을 보호하고 성내의 불을 모두 끄고 북경성 관가의 금은 보화와 식량을 모조리 수레에 싣게 하고 군사를 셋으로 나누어 양산박으로 돌아갔다.

그 기쁜 소식을 들은 송강은 산채에 남아 있던 두령들과 함께 산에서 내려와 이기고 돌아오는 군사를 맞았다. 모든 사람이 충의당에 오르자 송강은 노준의 앞으로 나아가 공손히 절을 올렸다.

"이 송강이 못나 원외께 큰 화를 끼쳤습니다. 그러나 하늘이 굽어보고 도우시어 오늘 이렇게 다시 뵙게 되니 얼마나 다행인지 모르겠습니다."

그리고 그 자리에서 첫째 두령의 자리를 노준의에게 내어 놓으려 했다. 노준의가 깜짝 놀라 손을 저으며 말했다.

"제가 어찌 이 산채의 주인 노릇을 할 수 있겠습니까? 한낱 졸개로라도 살려 준 은혜에 보답할 수 있다면 그보다 다행한 일이 없습니다."

그래도 송강은 거듭 절하며 노준의에게 산채의 주인이 되어줄 것을 간청했다. 그러나 노준의가 극구 사양하는 바람에 뜻을 이루지 못했다. 이어 송강은 기마병, 보병, 수군들에게 모두 상을 내리고 사흘동안 크게 잔치를 베풀었다.

한편 대명부의 양중서는 양산박의 인마가 물러났다는 소리를 듣고서야 이성, 문달과 나머지 패잔병을 이끌고 성안으로 되돌아갔다. 도착해서 가족을 찾아보니 열 명 중에 여덟 아홉은 죽고 없었다. 그런데 한 가지 놀라운 일은 양중서의 아낙이 뒤뜰 꽃밭에 몸을 숨겨 목숨을 건진 일이었다. 채부인은 남편이 돌아오자마자 이번 일을 조정에 알림과 아울러 스스로 글을 써 아비인 채태사에게도 알렸다.

양중서의 글을 읽은 채태사는 크게 노하여 다음 날 대루원에 문무백관들을 모아 직접 천자 앞에 나가 북경성의 사태를 낱낱이 보고했다.

"폐하, 사태가 이런 즉 신이 능주의 군사 훈련사에 있는 단정규單廷珪와 위정국魏定國 두 장군을 추천하오니 폐하께서는 저들에게 양산박 소탕 임무를 내리시기 바랍니다."

천자가 그의 말을 받아들여 성지를 내려보냈다.

한편 수호채의 송강은 대명부 창고에서 얻은 금은과 곡식을 풀어 삼군에게 후하게 상을 내리고 매일같이 소와 말을 잡아 잔치를 벌여 노준의가 온 것을 축하했다. 어느날 술이 얼큰해지자 오용이 송강을 보며 말했다.

"이번에 노원외를 위해 대명부를 치기는 했지만 걱정되는 것이 있습니다. 이번일은 조정에서도 알고 있을 겁니다. 게다가 양중서의 장인이 바로 조정의 태사로 있으니 가만히 보고 있을 리가 없습니다. 틀림없이 군대를 일으켜 우리를 치러 올 것입니다. 제가 이미 사람을 보냈으니 머잖아 돌아올 것입니다."

그런데 그날 술자리에서의 논의가 끝나기도 전에 염탐을 보냈던 사람이 돌아왔다.

"대명부의 양중서는 짐작대로 조정에 표문을 올려 대군을 보내 줄 것을 청했습니다. 그리고 천자에게 상주하기를 능주로 가서 단련사인 단정규와 위정국으로 하여금 우리를 치도록 권했다는 것입니다."

그때 관승이 몸을 일으켜며 말했다.

"단정규와 위정국이라면 일찍이 포성에서 잘 알고 지내던 사람들이오. 단정규란 사람은 싸움에 물을 잘 써 사람들은 모두 그를 성수聖水장군이라 부르며, 위정국은 싸움에서 불로 공격하는데 능해 신화神火장군이라고 불리지요. 제게 군사 오천만 주시면 두 장수가 우리를 치러 오기 전에 미리 능주로 가서 그들을 잘 달래어 항복을 받겠습니다. 만일 그들이 제 말을 듣지 않으면 사로잡아오겠습니다."

송강은 기꺼이 그런 관승의 청을 받아들이고 그 자리에서 선찬과 학사문을 불러 관승과 함께 가게 했다. 그들이 떠난 후 오용이 송강에게 말했다.

"관승이 자신만만하게 말했으나 만일의 사태에 대비하여 임충과 양지로 하여금 뒤따르게 하는 것이 좋을 듯 싶습니다."

그때 이규가 나서며 자기도 출전하겠다고 고집을 부렸다. 그러나 송강이 허락하지 않자 이규는 그날 밤 이경에 도끼 두 자루를 허리에 차고 어디론지 사라지고 말았다. 송강은 즉시 대종을 보내어 이규를 찾도록 했다.

한편 밤중에 몰래 양산박을 빠져 나온 이규는 지름길로 내달아 능주로 갔다. 가면서 이규는 단정규와 위정국을 단숨에 쳐죽이고 송강과 다른 두령들에게 큰 소리를 치겠다고 생각했다.

한편 증주부의 군사 훈련사 단정규와 위정국은 천자의 하명을 받고 성을 떠나면서 이미 양산박의 관승이 출동했다는 전갈을 받았다. 마침내 그들은 성밖에서 관승의 군사와 마주쳤다. 관승은 말 위에서 몸을 굽혀 그들에게 예를 베풀었다. 단정규와 위정국은 그것을 보고 크게 웃으며 말했다.

"위로는 나라를 저버리고 아래로는 조상을 욕되게 한 놈이 군사를 이끌고 여기까지 와서 무슨 할 말이 있다는 것이냐?"

그러나 관승은 성내는 법 없이 좋은 말로 대답했다.

"두 분 장군께서 틀렸소. 지금 천자께서는 간신배들에게 둘러싸여 지혜를 잃고 나라는 도탄에 빠져 있는 이때 우리 양산박의 송공명이 그것을 바로잡으려 하는 것입니다. 나는 형님의 분부를 받고 두 분 장군을 모시러 왔으니

내 말을 잘 생각하시고 함께 양산박으로 가서 천하의 의를 바로잡도록 하십
시다.”

그 말을 듣고 두 장수가 크게 노하여 달려왔다. 관승이 그들을 맞아 싸우
는데 부장 선찬과 학사문이 함께 달려왔다. 부딪치는 창날과 칼날 사이에
사뭇 살기가 돌았다.

한참 동안 싸우다가 단정규와 위정국이 진영을 향해 달아나자 선찬과 학
사문은 이겼다 싶어 그 뒤를 쫓았다. 학사문과 선찬이 관군의 진 안으로 치
고 들자 위정국은 왼편으로 돌아 빠지고 단정규는 오른편으로 달아났다.
이에 선찬은 위정국을 뒤쫓고 학사문은 단정규를 뒤쫓아 갈라서게 되었다.

그런데 선찬이 한참 뒤쫓다 보니 위정국은 사라지고 어디선가 사오백의
붉은 갑옷을 입은 보군이 나타나 선찬을 에워싸고 갈고리창으로 걸고 밧줄
을 던졌다. 이에 선찬은 별수 없이 말과 함께 사로잡히고 말았다. 학사문도
역시 갑자기 나타난 검은 갑옷을 입은 보군 오백에 둘러싸여 사로잡혔다.

단정규와 위정국은 사로잡은 선찬과 학사문을 능주로 끌고 가게 하는 한
편 두 장수는 다시 관승을 사로 잡으려 들었다. 관승이 너무나 뜻밖이어서
방비를 못하고 위기에 빠지려는 순간, 관승의 지원군인 임충과 양지가 들
이치자 위정국과 단정규도 기세가 꺾여 뒤쫓기를 멈추었다.

관승은 남은 군사를 이끌고 임충과 양지를 보러 갔다. 거기서 세 장수는
군사를 한덩이로 합쳤다. 오래잖아 손립과 황신이 다시 군사를 이끌고 뒤
따라왔다. 이에 양산박 군사들은 그 자리에 진채를 내리고 다음 싸움을 기
다리기로 했다.

한편 단정규, 위정국 두 장수가 선찬과 학사문을 사로잡아 성내로 들어가
자 장태수는 크게 기뻐서 그들을 죄수 싣는 수레에 호송하여 동경성으로 압
송했다. 그들의 호송 책임을 맡은 편장은 삼백의 보병을 거느리고 능주를
떠나 고수산에 이르렀다.

바로 그때 쌍 도끼를 든 이규가 나타나 소리를 질렀다. 그 뒤로는 조정이
칼을 휘두르며 달려왔다. 편장은 형세가 위태로운 것을 깨닫고 곧 수레를

버리고 달아났다. 바로 그 순간 또 한명의 호걸이 호통을 치면서 나타났다. 얼굴은 냄비 밑바닥처럼 검고, 두 눈은 불끈 솟았는데 그는 다름 아닌 고수산 산채의 두령 포욱이었다. 포욱은 칼을 휘둘러 편장의 머리를 말 아래로 떨어뜨렸다. 그러자 나머지 관군들은 모두 앞을 다투어 달아났다.

이규가 수레를 부수고 보니 안에 있던 것은 뜻밖에도 선찬과 학사문이었다.

이규와 양산박 두령들은 우연히 함께 만나게 된 고수산 두령 포욱의 산채로 가서 크게 대접을 받게 되었다. 포욱이 그들과 행동을 함께 하기로 하여 고수산의 군마 삼백과 졸개 오육백 여명이 함께 능주성을 치기로 했다. 단정규와 위정국은 그들이 애써 잡은 양산박의 선찬과 학사문을 놓쳤다는 말을 듣고 크게 분개하고 있을 때 성밖에서 함성이 들려왔다. 관승이 군사를 이끌고 몰려와 싸움을 거는 것이었다. 단정규는 성문을 열고 오백의 검은 갑옷을 입은 군사와 함께 달려나갔다. 곧 관승과 단정규 사이에 한바탕 싸움이 벌어졌다.

두 사람이 서로 싸우기를 오십 합이 넘었을 때 관승이 돌연 달아나자 단정규가 이를 보고 한 십 리쯤 뒤쫓았을 때였다. 관승은 단정규가 좁은 산길로 접어들자 갑자기 말 머리를 돌려 몇 합만에 칼등으로 단정규을 내리쳐 말에서 떨어뜨렸다. 그리고 관승이 훌쩍 말에서 뛰어내리더니 쓰러진 단정규를 부축해 일으키며 빌었다.

"장군, 용서하시오."

단정규는 그 같은 관승의 무예와 도량에 아울러 감복하고는 엎드려 항복했다. 이어 관승이 다시 한번 더 양산박에 들 것을 권하자 단정규도 기꺼이 응했다. 그리고 두 사람은 말머리를 나란히 하고 양산박의 진채로 돌아가자 임충을 비롯한 양산박의 여러 장수들은 기뻐했다. 단정규는 자신이 이끌고 온 오백의 검은 갑옷 입은 군사들 앞으로 투항한 것을 알리자 대부분의 관군은 단정규를 따랐다.

단정규가 양산박 패거리에게 항복했단 소식을 들은 위정국은 크게 노했다. 다음날 크게 군사를 일으켜 성문을 열고 나갔다. 단정규는 관승, 임충과 함께 진 앞에 나가 서 있었다. 위정국은 단정규와 관승을 번갈아 꾸짖었으나 관승은 가만히 웃고 있다가 말을 몰아 나아갔다. 두 말이 엇갈리고 서로 겨루기를 십여 합에 이르렀을 때 위정국이 말 머리를 돌려 저희 편 진채로 달아나기 시작했다. 관승이 그 뒤를 쫓으려는데 단정규가 큰 소리로 깨우쳐 주었다.

"장군, 쫓아가지 마시오!"

관승이 그 말을 듣고 얼른 말을 세우자 능주군의 진 안에서 오백의 군사가 빨간 갑옷을 입고 손에는 회기를 든 채 오십대의 화차를 밀고 나왔다. 그들은 곧 불을 붙이고 관승의 진채를 향해 빠른 기세로 밀고 들었다. 그들이 다가올 때마다 화약이 터지고 연기가 자욱히 일었다. 그렇게 되자 관승의 군사들은 견뎌 낼 재간이 없었다. 관승은 하는 수 없이 사십 리나 군사를 물렸다.

위정국은 관승을 멀리 쫓아 버린 뒤에야 군마를 돌려 성으로 돌아왔다. 그런데 성 아래 이르러 올려다보니 성안에는 크게 불길이 일고 시커먼 연기가 하늘 높이 치솟고 있었다. 위정국이 밖에 나가 싸우는 동안 이규와 초정과 포욱 등 고수산의 군사들이 능주성을 점령하고 관가의 창고에서 곡식을 탈취하고 불을 지른 것이었다.

위정국은 할 수 없이 성을 버리고 중릉현으로 물러났다. 관승이 곧 뒤쫓아 성을 에워싸자 위정국은 성문을 굳게 닫고 나오지 않았다. 그러자 단정규가 관승에게 말했다.

"위성국은 용맹한 사람이라 급하게 몰아대면 죽을지언정 욕을 당하지 않을 겁니다. 내가 중릉현으로 들어가 좋은 말로 저 사람을 달래 보겠소."

그 말을 들은 관승은 기꺼이 단정규의 뜻을 따라 주었다. 관승의 허락을 받은 단정규는 곧 한필의 말을 타고 성밖에 도착했다. 군교 하나가 그 일을 알리자 위정국이 나와 단정규를 만나 주었다. 단정규가 좋은 말로 달랬다.

"지금은 조정은 간신배의 차지가 되고 천하는 크게 어지럽소. 우리 차라리 송공명을 따라 양산박에서 훗날을 기약하는 것이 어떻소?"

그러자 위정국은 한동안 잠자코 있다가 대답했다.

"관승이 직접 청한다면 모르지만 아니라면 나는 죽는 한이 있어도 욕스런 꼴을 보이지 않을 것이오!"

단정규는 즉시 관승에게로 돌아가 위정국의 뜻을 전했다. 그러자 관승이 직접 위정국을 찾자 위정국은 몹시 흐뭇해하며 그 자리에서 항복의 예를 올렸다. 그리고 자신의 오백 화병을 이끌고 그날로 관승의 진채로 와서 임충, 양지를 비롯한 여러 두령과 인사를 나누었다.

묵은 원수를 갚다

관승과 임충 등이 이끈 군사가 능주 싸움에서 크게 이기고 새로이 여러 호걸들을 얻어 돌아온다는 소식을 들은 송강은 몹시 기뻤다.

이윽고 관승과 임충이 이끄는 군마가 모두 금사탄 건너에 이르렀다. 그때 한 사람이 급하게 달려왔다. 두령들이 보니 금모견 단경주였다. 단경주는 양림, 석용과 함께 말을 사러 북지로 갔었던 것이다. 단경주가 잠시 숨결을 고른 후에 말했다.

"말을 사 돌아오는 길에 청주에서 욱보사란 놈에게 그 말들을 모두 빼앗기고 양림과 석용은 어디로 갔는지 모르겠습니다. 놈들은 빼앗은 말들을 증두시로 끌고 갔습니다."

임충은 곧 송강에게 단경주가 말을 빼앗긴 소식을 전했다. 송강은 벌컥 화를 내며 소리쳤다.

"놈들은 전에도 우리 말을 빼앗고 주천왕 형님을 죽여 가슴에 한이 크거늘 또 이렇게 무례한 짓을 하다니! 이번에는 용서치 않을 것이다."

오용도 그 곁에서 맞장구를 쳤다.

"지금이야말로 증두시를 칠 때 같습니다. 먼저 시천을 보내 그곳의 일들을 알아보고 다시 계책을 내보도록 합시다."

시천이 떠나고 사나흘 뒤에 양림과 석용이 겨우 도망쳐 산채로 돌아왔다. 증두시의 사문공이 언젠가는 양산박을 쓸어버리겠다는 말을 전하자 송강은 즉시 군사를 일으키기로 했다. 그러나 오용이 다시 시진을 기다리자고 말렸다. 송강은 급한 마음에 다시 대종을 보내 증두시를 염탐해 오게 했다.

며칠 지나지 않아 대종이 먼저 돌아와 알렸다.

"증두시는 능주의 원수를 갚는다며 군사를 일으키려 하고 있습니다. 수백 리에 걸쳐 깃발이 있는 것이 어느 길로 쳐들어가야 될지 알 수가 없었습니다."

다음날 시천이 돌아와 자세한 소식을 전했다.

"사문공이란 놈은 증두시 입구에 군사 삼천여 명을 모아 진영을 세우고 자신이 직접 지휘하고 북쪽에는 부교사 소정이 증도와 함께 지키며 남쪽 진채는 둘째 증밀이 지키며 서쪽 진채는 셋째 증삭이, 동쪽 진채는 넷째 증괴가 맡고 있습니다. 가운데 진채는 다섯째 증승과 그 애비 증롱이 지키구요. 또 욱보사라는 자는 키가 한 길에 허리는 열 아름이 되며 양산박에서 빼앗은 말들을 모두 법화사에서 기르고 있습니다."

그 모든 소식을 전해 들은 오용은 여러 장수들을 불러 모았다.

"놈들이 다섯 개의 진채를 세우고 있다면 우리도 군사를 다섯으로 나누어 다섯 길로 쳐들어가는 것이 좋습니다."

송강은 노준의에게 연청과 함께 보병 오백 명을 거느리고 평천에서 매복시키고 진명과 화영 등을 내세워 증두시를 치키고 있는 다섯 개의 진채를 칠 두령을 정했다. 남쪽 진채는 진명과 소녕이 마린, 등비를 부장으로 하고, 동쪽의 진채는 노지심과 무송이 공명, 공량을 부장으로 삼고, 북쪽 진채는 양지와 사진이 양춘과 진달을 부장으로 하고, 서쪽 진채는 주동과 뇌횡이 추연, 추윤을 부장으로 삼아 맡기로 했다.

그리고 증두시 한가운데 있는 적의 대채는 송공명이 이끄는 중군이 맡았다. 그리고 이규와 번서는 항충과 이곤을 부장으로 삼고 그 뒤를 받치기로 했다.

그러자 사문공은 양산박의 공세에 대비하여 주위에 수십여 개의 함정을 파놓고 기다리고 있었다. 하지만 송강군의 오용은 군사를 이끌고 들어가기 전에 먼저 시천을 보내어 적의 움직임을 살펴보게 했다. 그리고는 아무것도 모르는 것처럼 군사를 휘몰아 증두시로 다가갔다. 양산박 군사가 증두시 가까이 이른 것은 한낮이었다. 오용은 그 자리에 진채를 내리게 한 후 시천을 시켜 함정과 들어갈 길을 알아보게 했다.

다음날 오용은 전진 보병부대를 모두 곡괭이로 무장시키고 수레 백여 채는 마른 갈대와 장작 따위를 실어 그들과 함께 나아갈 준비를 하게 했다. 이어 밤이 되자 오용은 각 산채에 있는 두령에게 영을 내려 다음날 사시에 동과 서 두 길로 먼저 적의 진채를 치게 했다. 그리고 북쪽 진채를 치게 된 양지와 사진에게 겉으로만 기세를 올리게 했다.

한편 증두시의 사문공이 양산박 군사를 함정 속으로 유인할 기회를 노리고 있을 때 갑자기 화포 소리가 들리면서 양산박의 대군들이 남문에 이르렀다는 보고가 들어왔다. 사문공은 부하들의 보고를 통해 그들이 노지심과 무송이라는 것을 알고 아들 증괴가 걱정이 되어 지원군을 보냈다.

그러나 양산박의 군사들은 다섯 요새를 일제히 공격하는 한편, 오용이 본 진영을 배후에서 공격해 오자 사문공 군사는 오히려 자기들이 파놓은 함정에 빠지기 시작했다. 오용이 적의 함정을 역이용하는 작전을 썼던 것이다. 오용이 채찍을 들자 전군 진채 안에서 징소리가 천지를 진동하며 백여 채의 불붙은 수레가 한꺼번에 밀려 나왔다. 사문공이 인마를 이끌고 그곳에 이르렀을 때는 이미 불붙은 수레들이 앞을 막아 더 나아갈 수가 없었다. 그때 공손승이 진영에서 송무고정검을 휘둘러 술법을 일으키자 갑자기 큰 바람이 불면서 불꽃들이 남문까지 번져 진채며 목책이 무조리 타버렸다.

양산박 군사들은 힘들이지 않고 적을 물리친 후 징을 울리며 적의 진채 안으로 들어가 그날 밤을 쉬었다.

하지만 사문공도 아주 져서 멀리 쫓겨 간 것은 아니었다. 밤사이에 군사를 수습해 진채를 세운 뒤 여전히 양산박 호걸들의 앞을 가로막았다. 다음날 증도가 나서 양산박 쪽에 싸움을 걸었다. 이어 양산박의 여방이 방천화극을 휘두르며 달려와 증도와 맞섰다. 두 사람이 서로 삼십여 합을 싸웠으나 차츰 여방이 밀리기 시작했다. 그러자 곽성이 창을 잡고 나가 여방을 도왔다. 세 장수가 한바탕 어울려 싸우는 가운데 여방과 곽성 두 장수가 쌍극을 동시에 내려친 순간 창끝의 갈래가 서로 얽혀 떨어지지 않았다.

증도의 창이 먼저 빠지면서 그가 여방의 목을 향해 창을 내려치려는 순간, 그것을 멀리서 바라보고 있던 화영이 왼손에 화궁을 들고 오른손으로 화살을 날려 증도의 왼쪽팔에 맞추었다. 증도가 말에서 떨어지는 순간 여방과 곽성의 쌍극이 동시에 증도의 목을 베었다.

증도를 따라 나왔던 여남은 기는 그 광경을 증늙은이에게 알렸다. 아들의 죽음을 전해들은 증롱은 슬피 울었다. 그러자 막내 아들 증승이 이를 악물고 자리에서 일어났다.

"내가 나가서 형님의 원수를 갚고 오겠습니다."

증승이 진명과 맞서 싸우려는 순간 어디선가 흑선풍 이규가 쌍도끼를 휘두르며 달려나왔다. 증승의 군사들이 그것을 보고 이규를 향해 일제히 활을 쏘자 이규는 다리에 화살을 맞고 그대로 나자빠지고 말았다.

이규가 말에서 떨어지는 것을 보고 증승의 군사들이 사로잡으려고 달려들자 화영과 진명, 마린, 등비, 여방, 곽성 네 장수가 뒤쫓아 나가자 증승은 그대로 군사를 거두어 돌아가고 말았다.

이어 사문공은 다음날 증도의 원수를 갚기 위해 갑옷을 입고 오래 전 빼앗은 천리마 소야옥사자를 타고 나온 것을 보자 송강은 가슴에서 불이 끓었다. 그는 곧 진명을 사문공과 대적시켰다. 두 사람은 이십여 합을 싸운 끝에 진명의 낭아곤 기술이 전보다 무디어졌음인지 곧 결판이 났다. 사문공이 기합소리와 함께 내리친 창에 진명은 다리를 맞고 말에서 떨어졌다. 그러자 여방, 곽성, 마린, 등비가 달려가 겨우 진명을 구해왔다. 송강의 양산박 군사는 십 리나 물러나 진채를 세웠다.

그날밤에 사문공이 증승에게 말했다.

"적은 오늘 두 장수가 잇따라 싸움에 졌으니 분명히 사기가 떨어져 있을 것이오. 이때를 틈 타서 놈들의 본부 진영을 박살냅시다."

사문공이 그같이 말하자 증승도 그 말을 옳게 여기고 곧 북쪽 진채의 소정과 남쪽 진채의 증밀, 서쪽 진채의 증삭을 불러들여 한꺼번에 송강의 진채를 들이치기로 했다.

밤 이경 무렵이 되자 군사들은 은밀히 송강의 진지를 향해 갔다. 그러나 놀랍게도 진영은 텅 비어 있었다. 그들은 비로소 계략에 빠진 것을 깨닫고 급히 군사를 돌렸다. 그 순간 양산박의 군사들이 사방에서 달려나왔다.

사문공, 소종, 중삭, 증승이 포위망을 뚫고 빠져 나오는 가운데 증삭이 미처 피하지 못하고 해진의 창에 찔려 죽었다. 증장자는 아들 증삭이 또 죽었단 말을 듣자 슬픔과 괴로움이 더욱 커졌다. 밤새 생각한 끝에 다음날 사문공을 만나 그만 항복하자고 했다. 사문공도 이제 어지간히 겁을 먹고 있던 터라 증장자의 말을 받아들였다. 곧 글 한통을 써서 송강의 진채로 보냈다.

증두시의 증장자가 재삼 머리 숙여 송공명 통군두령께 아룁니다. 지난날 저의 어린 자식이 무지하여 보잘것없는 용맹만 믿고 두령의 위엄을 모독하고 조천왕께서 산을 내려오셨을 때도 제 졸개들이 함부로 활을 쏘고 말을 빼앗았습니다. 그 행위는 제 입이 설사 백개라도 변명의 여지가 없습니다. 그것은 근본을 따지면 본의가 아닙니다. 이제 제가 사람을 보내어 화친을 청하니 두령께서 군사를 물려 주신다면 저희들이 빼앗았던 말과 금과 비단을 보내겠으니 바라건데 깊이 살펴주시기 바랍니다.

송강은 편지를 읽고 크게 노했다.

"우리 형님이 죽었는데 어찌 여기서 그만둘 수 있단 말이냐? 마을을 싹 쓸어버려 한을 풀겠다."

그러자 오용이 황망히 나섰다.

"형님, 그것은 옳지 않습니다. 저들의 화친을 청하는데 노여움으로 대의에 어긋나는 일을 하려하십니까?"

그리고는 답장을 쓴 뒤 돌려보냈다.

양산박의 주장 송강은 증두시의 주인 증장자에게 글로 전한다. 양산박과 증두시는 일찍이 원수진 일 없이 서로 제 땅을 지키며 살았건만, 그대들이 저지른 한때의 나쁜 짓으로 오늘 이와 같이 원한을 안게 되었다. 만약 우리와 화평을 원하거든 두 차례에 걸쳐 빼앗아간 말들을 돌려보내고 아울러 말을 빼앗아간 욱보사를 묶어 보낼 것이며 우리 군사를 위로할 비단과 돈도 넉넉히 보내야 한다. 만약 다시 뜻을 바꾸는 일이 있으면 그때는 오직 힘으로 대할 것이다.

이튿날 증두시에서 사자가 다시 왔다. 욱보사를 잡아 보내려면 그쪽에서도 볼모를 보내라는 것이었다. 오용은 그들의 말을 받아들여 시천, 이규, 번서, 항충, 이곤 등 다섯 사람을 보내기로 했다. 떠나기에 앞서 오용은 시천에게 계략을 일러주었다. 시천등이 볼모로 증두시에 가자 사문공은 다섯사람이나 볼모로 보낸 것이 은근히 마음에 걸렸다.

증두시는 그들 볼모를 관대하게 대우한 다음 법화사에 기거케 하고 막내아들 증승을 시켜 욱보사를 데리고 송강의 진영으로 가게 했다. 증승이 욱보사와 함께 두 번에 걸쳐 빼앗아간 말과 금, 비단을 한 수레를 싣고 송강의 진채로 왔다. 그러자 송강이 말했다.

"왜 조야옥사자는 안 가지고 왔느냐?"

"그 말은 저의 사부님이신 사문공 어른이 타고 계셔서 차마 가지고 오지 못했습니다."

"어서 돌아가서 옥사자를 가져오도록 해라."

그러나 사문공은 옥사자를 내 줄 수 없다고 욕심을 부렸다. 그러나 송강 역시 완고하자 사문공이 다른 조건을 달았다.

"먼저 양산박의 군사들부터 물린 후에 돌려보내겠소."

송강과 오용이 결론을 못 내리고 있을 때 문뜩 졸개가 달려와 청주와 능주에서 두 갈래의 군마가 쳐들어오고 있음을 알렸다. 송강은 곧 관승, 단정규, 위정국 세 두령으로 하여금 청주 군마를 막게 하고 화영, 마린, 등비 세 두령에게 능주 군마를 막게 하였다. 그리고 욱보사를 은밀히 불러 항복을 받아내고 회유하여 이번 작전에 공을 세우면 양산박 두령 자리를 약속했다. 그러자 욱보사는 송강에게 충성을 맹세했다. 오용이 욱보사에게 계략을 일러주었다.

"자네는 양산박에서 탈출했다고 말하고 사문공에게 양산박은 천리마에만 관심이 있을 뿐 말을 받으면 약속을 번복할 것이라고 하고 또 청주와 능주에서 구원병이 왔다는 말을 듣고 크게 당황하고 있으니 지금 총공격을 하면 양산박은 무너질 것이라고 말하게."

욱보사는 그의 말대로 했다. 사문공은 욱보사의 말을 듣고 증장자에게 찾아가 욱보사의 말을 전했다. 그리고 송강의 진채를 급습하자고 권했다.

"하지만 내 아들이 볼모로 잡혀 있는데 어쩌면 좋소?"

"그놈들의 진채만 쳐부순다면 구하기가 어렵지 않습니다. 걱정할 것이 없습니다."

"그럼, 사범께서 알아서 좋은 계책을 펼쳐 보시오."

사문공은 그 길로 소정과 증괴와 증밀로 하여금 밤에 군사를 이끌고 송강의 본진영을 급습토록 지시했다. 오용의 계략이 맞아떨어지는 것을 안 욱보사는 법화사에 볼모로 잡혀있는 이규 등 다섯두령에게 그 소식을 전했다.

그런 계교를 모르는 사문공은 소정, 증밀, 증괴 세 장수와 함께 적진 깊숙히 들어갔다. 밤에는 구름이 많아 달빛도 없었다. 말에서 방울을 떼고 사람은 나뭇가지를 입에 물고 송강이 진영 앞에 이르렀다. 그러나 막상 가보니 진영의 문은 활짝 열려있고 안에는 도무지 사람의 기척이 없었다. 사문공은 함정에 빠신 것을 알고 급히 군사를 돌렸으나 증두시에서 난데없는 포성이 진동하면서 법화사 누상에서 시천이 종과 북을 어지럽게 쳤다. 그때 동문, 서문 두 곳에서 함성이 진동하며 무수한 군마들이 휩쓸기 시작했다.

한편 법화사에 있던 이규와 번서, 항충, 이곤도 일제히 뛰쳐나와 좌충우돌 닥치는 대로 적을 죽였다. 그렇게 되니 사문공은 저희 진채로 돌아가려 해도 어디로 가야 할지 길을 알 수 없었다.

진채에 남아있던 증늙은이는 양산박 군대가 두 길로 쳐들어오고 있다는 말을 듣고는 모든 것을 단념하고 스스로 목을 메어 죽었다. 그리고 사문공과 헤어진 증밀은 서쪽 진채로 가려했으나 진채에도 들기 전에 주동의 한칼에 죽었으며 증괴 역시 자신의 동쪽 진채로 가려했으나 어지럽게 뒤얽힌 군사들 틈에서 말발굽에 밟혀죽고 소정은 노지심, 무송이 뒤를 쫓고 사진, 양지가 앞을 막아 결국 양산박 군사들이 쏘아 대는 화살에 맞아죽었다.

사문공만은 타고 있는 천리마 덕분에 무사히 서문을 빠져 나올 수 있었다. 그러나 한 이십 리를 달렸을 때 노준의가 이끄는 오백의 군사들이 나타났다. 사문공이 나는 듯 말을 몰아 탈출로를 찾아가는데 갑자기 검은 구름이 몰려오고 광풍이 일어나며 조개의 혼령이 나타났다. 사문공은 하는 수 없이 말머리를 돌려 오던 길을 돌아가려하자 연청이 앞을 막고 노준의가 뒤를 막았다.

"네 이놈! 어디로 달아나려느냐?"

노준의가 큰소리로 칼을 내려치자 사문공은 미처 손 놀릴 틈도 없이 단칼에 맞아 말에서 떨어졌다. 노준의는 사문공을 결박하여 앞세우고 연청은 조야옥사자를 끌고 뒤따라 증두시로 들어왔다.

사문공을 사로잡고 천리마를 되찾은 걸 보자 송강은 크게 기뻐했다. 그와 함께 관승이 청주병을 물리쳤고, 화영이 능주병을 물리쳐 개선하고 있었다. 결국 크고 작은 두령들 중에 한 사람도 상하지 않고 천리마를 되찾았을 뿐 아니라 수많은 재물도 얻게 된 것이다. 사문공은 죄수 싣는 수레에 실려 양산박으로 끌려갔다.

송강은 성수서생 소양에게 제문을 짓게 하고 모든 두령들에게 상복을 입게 한 다음 사문공의 배를 갈라 간을 내어 제사를 지냈다. 그 후 송강은 두령들과 함께 양산박의 최고 두령을 세우는 회의를 했다. 먼저 오용이 입을 열었다.

"송강 형님께서 제일 웃자리에 앉으시고 노원외께서는 그 다음이 되며 나머지 두령들은 그대로 있으면 되지 않습니까?

그러자 송강이 무겁게 고개를 가로 저으며 대꾸했다.

"아니오 전에 조천왕께서 유언하시길 누구든 사문공을 잡는 이를 양산박의 주인으로 모시라 했소. 그러니 마땅히 노준의가 제일 웃자리에 앉아야 할 것이오."

송강의 그 같은 말에 노준의가 입을 열었다.

"나는 덕도 없고 재주도 없어 그 자리를 감당하지 못합니다."

다시 송강이 말을 이었다.

"내가 겸손해서 하는 말이 아니오. 내가 노형보다 못한 것이 세 가지 있소. 첫째, 노형께서는 외모가 당당하고 위풍이 늠름하신 것이고 둘째, 호걸의 풍채를 갖고 있으며 셋째는 무술이 강해 많은 사람을 대적하고 특히 고금을 훤히 알고 있소. 나는 모든 점에서 첫째 두령의 자격이 없소. 이 송강은 이미 뜻을 정했으니 원외께서는 거절하지 마시오."

그러나 모두가 송강이 첫째로 앉기를 원했다. 그러자 송강이 조용히 입을 열었다.

"그렇다면 이 일은 하늘에 알아보는 것이 좋겠소."

"하늘에 알아보다니요?"

"지금 산채에 식량이 부족한데 우리 양산박의 동쪽에 있는 동평부와 동창부 두 곳은 아주 부유한 마을이오. 둘이 제비를 뽑아 걸리는 곳에 가서 누가 식량을 먼저 많이 가져오느냐에 따라 산채의 주인이 되면 어떻소."

송강이 의견을 내놓아 결국 두 사람은 제비를 뽑았다. 송강은 동평부가 걸리고 노준의는 동창부가 걸렸다. 워낙 송강의 뜻이 굳어 다른 두령들은 말없이 따들 뿐이었다.

송강은 그날로 크게 잔치를 열어 싸움을 앞둔 두령들의 기세를 돋워 줌과 아울러 각기 이끌고 갈 인마를 정했다. 송강 밑으로는 임충, 화영, 유당, 사진, 서령, 연순, 여방, 곽성, 한도, 팽기, 공명, 공량, 해진, 해보, 일장청, 장청, 손이랑, 손신, 고대수, 석용, 욱보사, 왕정륙, 단경주를 합쳐 크고 작은 두령 스물다섯과 마보군 일만에 완소이, 완소오, 완소칠이 수군 두령이었다.

노준의 밑으로는 오용, 공손승, 관승, 호연작, 주동, 뇌횡, 삭초, 양지, 단정규, 위정국, 선찬, 학사문, 연청, 양림, 구붕, 능진, 마린, 등비, 시은, 번서, 항충, 이곤, 시천, 백승 등 스물다섯 두령과 역시 마보군이 일만이 따르고 이준, 동위, 동맹은 수군 두령이었고 나머지 두령은 산채를 지키게 했다.

모든 것이 정해지자 송강과 그를 따르는 두령들은 동평부를 치러 가고 노준의와 그 밑의 두령들은 동창부를 치러 떠났다.

동평부로 떠난 송강은 성에서 사십 리 떨어진 안산진이란 곳에 인마를 멈추고 욱보사와 왕정륙에게 편지를 써서 동평부 태수 정만리에게 보냈다. 동평부 태수는 양산박의 송강 군사가 성밖에 주둔하고 있다는 보고를 받고 본부 병마도감과 대책을 논의하고 있을 때 송강의 편지를 받고 크게 노했다. 동도감 역시 크게 노해 사자들의 목을 베려 했으나 정태수가 말렸다.

"옛부터 사자의 목을 베는 법은 없으니 저 두 놈에게 각기 스무 대 씩 매를 때려 돌려보냅시다."

마침내 욱보사와 왕정륙 두 사람은 매 스무 대씩 맞아 살가죽이 터지고 유혈이 낭자한 상태로 거의 초죽음이 되어 돌아왔다. 송강이 그 모습을 보자 크게 노했다. 그 자리에 사진이 나섰다.

"제가 전에 동평부에 살 때 이수란李睡蘭이라는 기녀와 정분을 나눈 적이 있습니다. 제가 금은으로 이수란을 매수하여 그 집에 숨어 있다가 형님이 밖에서 공격하여 놈들이 군사를 이끌고 성밖으로 나갈 때 북을 울리고 불을 질러 성의 안팍에서 공략하는 것이 어떻겠습니까?"

송강이 이를 좋은 생각이라 여기고 허락하자, 사진은 그날로 금은을 싸들고 서와자西瓦子에 있는 이수란의 집을 찾아갔다. 이수란과 그 아비는 금은을 보자 탐욕이 생겨 흔쾌히 사진의 뜻을 받아들였다. 그러나 괜히 사진을 숨겨 두었다가 나중에라도 발각되는 날에는 큰일이라는 수란 어미의 말을 듣고 문득 두려운 생각이 든 수란의 아비는 고민 끝에 관아에 고발해 버리고 말았다.

곧이어 수십 여명의 관군들이 이수란의 집에 들이닥쳤다. 너무나 뜻밖의 일에 사진은 손 한번 써보지도 못하고 그 자리에서 결박당해 관아로 끌려갔다. 태수가 대청 위에서 직접 문초를 했다.

"네 이놈, 간도 크구나! 여기가 어디라고 감히 혼자 몸으로 숨어들다니……. 송강이란 놈이 무엇 때문에 너를 이곳에 들여보냈느냐?"

그러나 사진은 입을 굳게 다물었다. 태수는 사진에게 백 대의 태형을 가하고 그가 거의 초죽음이 되어서야 옥에 가두어 버렸다. 한편 송강은 사진을 보내놓고 마음이 안 놓이자 노준의의 편에 속한 오용에게 자문을 구했다. 그러자 오용은 크게 놀라서 달려왔다.

"자고로 기생은 그 마음이 물과 같아서 정한 주관이 없고, 또 눈앞의 이익만 생각하여 의를 돌보지 않는 법입니다. 그런 곳을 제 발로 찾아들어 갔으니 사진은 틀림없이 험한 꼴을 당하고 있을 것이오!"

오용은 곧 고대수를 불러 걸인으로 위장시킨 후 성내로 잠입시켰다. 얼마 후 고대수는 사진이 붙잡혀 감옥에 갇힌 것을 확인하고 돌아왔고, 오용은 서둘러 동평부를 치기 위한 세부적인 계획에 들어갔다.

한편 병마도감 동평은 태수에게 성밖으로 나가 양산박의 도적떼들을 소탕하겠다고 나서며 허락해 줄 것을 요청했다. 이에 태수가 허락하니, 동평은 군마를 거느리고 성을 나서 곧바로 송강의 진채를 향해 달려나갔다. 동평이 쳐들어온다는 보고를 받은 송강은 즉시 삼군에 영을 전하고 나와 맞섰다.

양쪽의 군사가 대치하자 동평이 말 위에 올랐다. 송강이 진중에서 동평의 인물됨을 보니 여간 탐나는 게 아니었다. 송강은 이미 생각해 둔 바가 있는 듯, 한도에게 명하여 나가 싸우게 했다. 한도가 창을 들고 말을 몰아 나가 싸우는데, 쌍창장 동평의 창법이 과연 신출귀몰했다. 차츰 한도가 밀리기 시작하자, 송강은 다시 금창수 서녕을 나가 싸우게 했다. 서녕이 구겸창을 비껴들고 내닫자 한도는 곧 몸을 빼 돌아왔는데, 서녕도 동평과 어울어져 싸우기를 오십 합에 이르러서는 점차 힘이 빠지는 듯했다.

송강은 곧 북을 쳐서 서녕을 불러들이니, 동평이 그 기세를 타고 쌍창을 휘두르며 뒤쫓기 시작했다. 송강은 동평을 진 속에 몰아넣고, 그가 동쪽으로 달아나면서 손에 든 채찍으로 동쪽을 가리키고 서쪽으로 달아나면 서쪽을 가리켰다. 그러나 동평은 조금도 힘들어하는 기색 없이 쌍창을 휘두르며 포위망을 뚫고 나가 군사를 거두어 성안으로 들어갔다. 송강은 곧 군사를 몰아 성 바로 아래에 진을 쳤다.

다음날 송강이 온갖 욕설을 퍼부으며 싸움을 청하자 동평은 크게 노하여 말에 올라 성밖으로 달려나갔다. 그러자 송강이 동평에게 큰소리로 말했다.

"내 수하에는 맹장이 천 명이 넘고 군사만 십만이다. 너 따위가 어찌 우리를 당해내겠느냐? 어서 빨리 항복하여 목숨을 구하는 것이 네게도 좋을 것이다."

동평은 그 말을 듣고 크게 화를 내며 쌍창을 휘두르며 달려나왔다. 그러자 화영과 임충이 그 앞을 가로막으며 그를 맞았다. 그러나 얼마간 맞서 싸우던 두 장수가 말머리를 돌려 달아나니 송강 또한 모든 군사들에게 후퇴 명령을 내렸다. 동평은 기세를 자랑하며 더욱 박차를 가해 송강의 뒤를 급히 쫓았다. 쫓고 쫓기기를 십여 리, 작은 촌락이 하나 나타났다.

송강은 미리 계략을 써서 왕영, 호삼랑, 장청, 손이랑 네 두령으로 하여금 길 양편에 매복해 있으면서 길에 동아줄을 깔고 흙을 덮어두라고 일렀다. 그것을 알 리 없는 동평이 이곳에 이르자 갑자기 징 소리가 울리며 땅 속에서 동아줄이 솟구쳤다. 그러자 말이 크게 놀라 앞발을 치켜들었고, 그 바람에 동평은 말에서 떨어지고 말았다. 그 순간 왼쪽에선 왕영과 호삼랑이 달려나오고, 오른쪽에서는 장청과 손이랑이 달려나와 동평의 쌍창을 빼앗고 꽁꽁 묶어 송강 앞으로 끌고 갔다. 송강은 버드나무 아래에서 말을 타고 있다가 두령들이 동평을 잡아오는 것을 보고는 큰소리로 꾸짖어 물리쳤다.

"내 너희들에게 동장군을 모셔오라 했지, 누가 이렇게 무례하게 묶어 오랬더냐?"

그리고는 급히 말에서 내려 몸소 결박을 풀어주고 자신의 도포를 벗어 동평에게 입힌 후 그 앞에 정중히 고개를 숙였다. 동평은 송강의 예기치 못한 태도에 크게 놀라서 얼른 답례를 했다. 송강이 동평에게 말했다.

"만약 장군께서 미천한 이 몸을 버리지 않으신다면 받들어 산채의 주인으로 모시겠습니다."

그러자 동평에 몸둘 바를 몰라하며 대답했다.

"소장은 사로잡힌 몸으로 당장 죽어 마땅한데 산채의 주인이라니 무슨 당치도 않은 말씀을 하십니까?"

"우리는 산채에 식량이 떨어져 동평부에서 조금 꾸려는 것이지 다른 뜻은 없었습니다. 이 점 장군께서 이해해 주십시오."

"정만리 그자가 백성들을 들볶고 무관을 우습게 알아 항상 불만이던 터입니다. 의심하지 않고 이 동평을 놓아주신다면, 이 길로 가서 태수를 속여 성문을 열겠습니다."

송강은 그 말을 믿고 그의 말과 쌍창을 돌려주었다. 곧 동평이 앞장서고 송강의 무리가 그 군사들로 위장한 후, 그의 뒤를 따라 성 아래로 갔다. 동평이 말을 멈추고 성문을 열라고 큰 소리로 외치자, 성안에 있던 군사들이 깜짝 놀라 성문을 활짝 열었다. 송강은 동평의 뒤를 따라 인마를 재촉하여 질풍처럼 성내로 쳐들어갔다.

송강은 감옥을 부수고 사진을 구한 다음, 창고를 열어 금은보화와 양식을 모두 끌어내 수레에 싣고 양산박으로 올려 보냈다. 사진은 감옥에서 나오자마자 이수란의 집으로 달려가 그 가족들을 모조리 죽여 한을 풀었다.

송강이 동평부를 공략하여 승전고를 울리며 귀환했을 때, 동창부를 친 노준의는 사정이 달랐다. 동창부로 따라갔던 백승은 송강에게 뜻밖의 보고를 올렸다.

"노원외께서 동창부를 치셨지만 두 번을 연이어 패했습니다. 동창부에는 장청張淸이란 장수가 있는데, 돌팔매의 명수로 작호가 몰우전沒羽箭이랍니다. 그 휘하에는 비창 솜씨가 뛰어난 화항호花項虎 공왕孔王과 비차를 잘 쓰는 중전호中箭虎 정득손丁得孫이라는 두 부장이 있습니다. 우리가 성 아래 진을 치고 저들과 몇 차례 싸움을 걸었지만, 번번이 장청이 던지는 돌에 맞아 두령들만 상하고 말았습니다.”

“노원외가 어찌 이리 운이 없을까? 내가 특별히 오학구와 공손승 두 두령을 딸려 보낸 것은 아무쪼록 일찍 공을 세우기를 바라고 한 노릇인데……, 저렇듯 큰 적수를 만나 고생을 한다니 참으로 딱한 일이구나!”

송강은 곧 삼군을 거느리고 동창부로 달려갔다. 노준의의 진영에 도착한 송강이 한창 동창부 공략을 의논하고 있을 때, 장청이 나와서 싸움을 걸어오고 있다는 보고가 들어왔다. 송강은 노준의와 함께 두령들을 거느리고 나갔다. 그러자 장청이 정득손과 공왕을 데리고 나와 송강을 가리키며 외쳤다.

“도적이 어찌 우리 성을 범하려 하는가?”

송강이 좌우를 돌아보고 물었다.

“누가 나가서 저놈을 잡아오겠느냐?”

그때 한 장수가 말을 달려 나가니, 금창수 서녕이었다. 서녕과 장청이 탄 말이 서로 엇갈리고 창과 창이 부딪치길 여러 합, 갑자기 장청이 말머리를 돌려 달아나기 시작했다. 서녕이 구겸창을 휘두르며 그 뒤를 쫓는데, 장청이 창을 왼손으로 바꾸어 들고 오른손으로 자루에서 돌 하나를 꺼내 서녕의 얼굴을 향해 던졌다. 서녕이 미간에 돌을 맞고 말에서 떨어지자, 여방과 곽성이 급히 달려나가 서녕을 구해왔으나 군사들의 사기는 크게 꺾였다.

즉시 연순이 달려나갔으나 채 오 합도 견디지 못하고 돌아왔다. 이어 한도가 나갔으나 역시 돌에 맞아 패했으며, 팽기, 선찬이 나갔으나 모두 장청의 돌에 맞고 말았다. 여러 장수가 연달아 패하자, 송강은 크게 노하여 칼을 들어 자신의 전포 자락을 찢으며 외쳤다.

“내 저놈을 잡지 못하면 결코 돌아가지 않으리라!”

그 말에 호연작이 나가고 유당이 나갔으나 모두 장청의 돌팔매를 당해낼 재간이 없었다. 그만큼 그의 돌이 빠르고 정확했던 것이다. 이어 양지가 나가고 주동과 뇌횡, 관승도 나가 보았으나 한결같이 돌팔매질 앞에서 무릎을 꿇고 말았다.

이것을 보고 쌍창장 동평이 속으로 생각했다.

'내 이제 새로이 식구가 된 터이니, 한 번 큰 공을 세워 여러 두령들을 놀라게 하리라.'

곧 쌍창을 빗겨 잡고 말을 채쳐 달려들어 서로 싸우기를 십여 합, 이번에도 장청이 말머리를 돌려 달아나며 돌멩이를 동평의 얼굴을 향해 던졌다. 그러나 동평은 몸을 숙여 돌멩이를 피했고, 장청이 당황해 하는 틈을 노려 쌍창을 들어 장청의 등허리를 찌르려 했다. 장청은 번개같이 몸을 틀어 동평의 창을 피하면서 동평의 어깨를 잡아 그대로 말 아래로 내치려 했다. 그 순간 동평 역시 장청의 팔을 잡고 서로 한 덩어리가 되어 떨어지지 않았다.

그때 삭초가 그 광경을 지켜보고 있다가 도끼를 높이 든 채 달려나갔고, 상대편에서는 공왕과 정득손이 달려나와 삭초와 맞붙었다. 이렇게 동평은 장청과 싸우고, 삭초는 공왕, 정득손과 싸웠지만 어느 쪽에서도 승부가 나지 않았다. 이때 임충, 화영, 여방, 곽성이 일시에 싸움에 합세하자, 장청은 형세가 위태로움을 깨닫고 말머리를 돌려 달아났다. 동평은 분연히 그 뒤를 쫓았는데, 장천이 위급한 가운데 엉겁결에 던진 돌이 동평의 귓전에 맞았다. 이제 돌을 던질 여유를 갖게 된 장청은 계속해서 돌을 던져 삭초의 뺨을 터뜨렸다. 그때 한편에서는 임충과 화영이 공왕을 사로잡고, 여방과 곽성이 정득손을 사로잡아 돌아왔다. 장청은 자신의 두 부장이 잡혀가는 것을 빤히 보면서도 감히 나서서 구하지 못했다.

한편 군사를 서두어 진영으로 돌이온 송강은, 사로잡은 공왕과 정득손을 함거에 실어 산채로 보낸 후 노준의와 오용을 돌아보며 말했다.

"오늘 장청이 우리 두령 여럿을 상하게 했으니 그 재주가 참으로 놀랄 만하오. 도대체 어떻게 해야 장청을 사로잡을 수 있겠소."

그러자 오용이 미소를 띠우며 말했다.

"아무 걱정 마십시오. 제가 이미 생각해 둔 바가 있습니다."

오용은 곧 노지심, 무송, 손립, 황신, 이립으로 하여금 수군을 이끌게 하여 수륙 양면으로 계교를 행하게 했다.

한편 동창부에서도 장청이 태수와 함께 대책을 논의하고 있는 중이었다.

"우리가 비록 두어 번을 이기기는 했으나 저들의 병력을 상하게 하지는 못했습니다. 그러니 먼저 사람을 보내 저들의 정세를 탐지해 본 뒤에 무슨 방도를 찾는 것이 마땅할 것 같습니다."

장청이 그렇게 말하고 있을 때, 전에 풀어놓은 염탐꾼 중 하나가 달려와 보고했다.

"어디서 오는 군량인지는 모르나 서북쪽에서 양식을 가득 실은 수레가 백여 채가 들어오고, 강으로도 양식을 실은 배가 백여 척이 올라오고 있습니다."

그 말을 들은 장청은 군사 2천을 거느리고 은밀히 성밖으로 나갔다. 십 리를 채 못 가서 앞을 바라보니 한 떼의 수레가 다가오는 것이 보였다. 수레에는 '수호채 충의량水湖寨忠義糧'이라고 쓴 기가 꽂혀 있고, 화화상 노지심이 어깨에 철선장을 멘 채 앞장서 걷고 있었다. 장청은 곧 금대에서 돌멩이 하나를 꺼내서 노지심을 향해 던졌다. 노지심이 생각지도 않던 돌 세례에 뒤통수를 맞고 그대로 쓰러지자, 장청의 군사들은 고함을 치며 달려가 노지심을 사로잡으려고 했다. 이때 뒤를 따라오던 행자 무송이 달려와 겨우 노지심만 구해내고 수레는 버려둔 채 달아났다.

군량을 실은 수레를 모조리 성안으로 옮긴 장청은 배에 실린 군량도 마저 빼앗아 올 욕심에 다시 군사를 거느리고 성을 나갔다. 장청이 남문을 나서 바라보니, 강 위에 군량을 실은 배가 얼마나 많은지 그 수효를 헤아리기 어려울 지경이었다. 이에 장청은 크게 기뻐하며 군사를 몰아 강가로 달려나갔는데, 갑자기 검은 안개가 자욱히 깔리면서 지척도 분간할 수 없게 되었다. 바로 일청도인 공손승의 도술이었다. 장청이 당황하여 나아가지도 물러서지도 못하고 있을 때, 사방에서 함성이 크게 일더니 임충이 군사들을 이끌고 나와 장청의 군사들을 모조리 물 속에 처넣었다.

강 위에서는 이준, 장횡, 장순, 완소이, 완소오, 완소칠, 동위, 동맹 여덟 수군 두령이 일자로 버티고 서 있었다. 결국 장청은 안개 속에서 벗어나지 못한 채 완씨 삼형제의 손에 사로잡히고 말았다. 장청이 붙잡히자 태수 혼자서 지키던 성은 양산박의 군사들의 질풍 같은 공격에 쉽게 함락되었다.

송강은 먼저 창고의 곡식들을 풀어 반은 산채로 올려보내고, 나머지 반은 부중의 백성들에게 나누어주었다. 그리고 태수가 청렴한 사람으로 평소 백성을 아껴 왔음을 잘 아는 송강은 그를 옥에 가두기만 했을 뿐 결코 해치려 하지 않았다.

모든 일을 끝마친 송강이 정청 위에 올라가 앉자, 수군 두령들이 장청을 잡아왔다. 그를 보자 그에게 돌 세례를 받았던 두령들이 저마다 이를 갈며 죽이려 들었다. 그러나 송강은 이를 말리더니, 오히려 장청의 결박을 풀어주고 손을 이끌어 청상에 앉히는 것이었다. 그 순간 계단 아래에서 머리를 붕대로 동여맨 노지심이 철선장을 꼬나잡고 올라왔다. 그러자 송강이 앞으로 나가 이를 막고 꾸짖어 물리쳤고, 이러한 송강의 의기에 감동한 장청은 항복을 자청했다. 송강은 화살을 꺾어 맹세하고 여러 두령들에게 말했다.

"이제 우리는 모두 형제가 되었소. 만약 다시 원수를 갚으려 드는 사람이 있다면 하늘이 용서치 않을 것이오."

송강의 말에 모든 두령들은 그 뜻을 따를 것을 맹세했다. 이에 송강이 군사를 수습하여 양산박으로 돌아가려 할 때, 장청이 한 사람을 천거했다.

"이 고을에 명의로 이름난 황보단黃甫端이란 사람이 있습니다. 이 사람이 침과 약을 쓰면 낫지 않는 병이 없는데, 수염이 하도 탐스러워 사람들은 그를 자염백紫髥伯이라 부르지요. 이 사람을 청하여 힘께 산채로 올라가시는 것이 어떻겠습니까?"

송강이 장청을 시켜 황보단을 청하여 보니, 과연 풍모가 뛰어났다. 송강이 크게 기뻐하며 함께 산에 오르기를 청하자, 황보단은 쾌히 응낙했다. 곧 여러 두령에게 영을 전해 양식과 금은을 수습하여 떠나게 하고, 송강은 장청, 황보단과 함께 뒤따라 산채로 올라갔다.

충의당에 올라 앉은 송강은, 먼저 사로잡았던 공왕과 정득손을 불러내어 항복을 받아냈다. 이렇게 해서 양산박 산채에는 쌍창장 동평, 몰우전 장청, 화항호 공왕, 중전호 정득손, 자염백 황보단 다섯 두령이 새로 들어오게 되었다.

대단원

　송강이 동평부와 동창부를 연이어 깨뜨리고 산채로 돌아와 두령의 수를 헤아려 보니 모두 백팔 명이었다. 이에 크게 흡족한 송강은 여러 두령들 앞에서 말했다.

　"내가 강주에서 죄를 짓고 산채로 들어온 후 여러 형제분들의 도움으로 산채의 주인이 되었소. 이후 싸우면 반드시 이기고, 치면 반드시 취하였으며, 때로는 사로잡히고 다치기도 했지만 끝끝내 모두 무사하여 이제 백팔인이 온전히 모였소. 이런 일은 고금을 막론하고 그 유례가 드문 일이오. 하지만 우리는 이미 군사를 이끌고 나가 도처에서 무수한 생명들을 죽었으니 아무래도 나천대초羅天大醮를 세워 천지신명께서 살펴 주신 은혜를 보답하려 하오. 여러 형제들의 의향은 어떠하오?"

　모든 두령들이 입을 모아 환영하는 가운데 오용이 나서서 말했다.

　"먼저 일청선생으로 하여금 이 일을 주관하게 하되 널리 득도한 고승을 청해 오고, 또 한편으론 이 일에 필요한 제수들을 구해 오도록 하시지요."

　의논이 정해지자 4월 15일을 기하여 칠 주야를 연하여 재를 올리는데, 충의당 앞에 큰 기 네 개를 세웠다. 송강이 하늘에 보은을 구하기 위해 허황단虛皇壇을 세운 후 공손승으로 하여금 글을 올려 천제께 주문케 하였는데, 제칠일 삼경이 되자 갑자기 하늘에서 우레가 울렸다. 모두가 괴상히 여겨 하늘을 우러러보니, 바로 서북쪽 천문상天門上에 금쟁반을 세운 듯 커다란 구멍이 드러났다. 하늘의 문이 열린 것이다. 그 속에서 찬란한 한 줄기 빛이 내려와 사람들의 눈을 부시게 하더니, 허황단을 향해 쏜살같이 내려오며

단 위를 한 번 돌아 서남쪽 땅 속을 뚫고 들어갔다.

송강은 곧 졸개들에게 명해 땅을 파고 불덩어리를 찾게 하였다. 그들이 석자 정도 땅을 파들어 가자 돌 비석 하나가 나왔다. 돌 비석을 꺼내 보았으나 거기에 쓰인 글자를 해독할 사람이 아무도 없었다. 그때 도사들 중에 하현통河玄通이라는 자가 나서 송강에게 말했다.

"제게 조상으로부터 전해 내려오는 한 권의 문서가 있는데, 천서天書와 다를 바 없습니다. 이 비석 위에 써 있는 글은 과두문자가 분명하니 능히 그 뜻을 풀 수 있을 것 같습니다."

송강은 크게 기뻐하며 하도사에게 비문을 풀도록 했다. 하도사는 비문의 내용을 한참 살피더니 이윽고 입을 열었다.

"이 비석 위에 새겨 놓은 것은 모두 의사義士들의 이름입니다. 한쪽 모서리에는 '체천행도替天行道' 넉 자이며, 다른 한쪽 모서리에는 '충의쌍전忠義雙全' 넉 자가 적혀 있는데, 처음부터 차례로 읽어 보겠습니다."

송강이 곧 성수서생 소양을 불러 하도사가 부르는 대로 받아 적게 했다. 앞면에 있는 천서 36행은 모두가 하늘의 별 이름이고, 그 뒷면에 있는 천서 72행은 모두가 땅의 별의 이름인데 그 아래에는 여러 두령들의 이름이 적혀 있었다. 하도사가 천서 읽기를 마치자 듣고 있던 두령들이 모두 놀라워했다. 이에 송강이 여러 두령들을 돌아보며 말했다.

"나는 본래 천한 관리였으나 하늘의 뜻에 따라 이 자리에 서게 된 것 같소. 여러 형제들 역시 이 자리에 모인 것은 하늘의 뜻이며 보시는 바와 같이 그 서열도 이미 정해진 것이니 여러 두령들은 각자의 자리를 지켜 서로 다투지 않는 것이 좋겠소."

그러자 모든 두령들이 한목소리로 답했다.

"하늘의 뜻과 만물의 수가 정해져 있는데, 누가 감히 그것을 어기겠습니까?"

송강은 길일을 택해 소와 말을 잡아 천지신명에게 제사를 지내고 충의당과 단금정에 새로 패액牌額을 걸고, 제천행도의 황색기를 세우며 크게 연회를 베풀고 친히 병부兵符와 인신印信을 받들어 호령하였다.

"대소 두령들은 각자 자기가 맡은 일에 책임을 질 것이며 명령을 어겨 의를 상하게 하는 일이 없도록 하라! 만약 명령을 지키지 않는 자가 있다면 군법으로 다스려 용서치 않을 것이다!"

그리고는 다음과 같이 조를 나누었다.

· 양산박 총병도두령 2명
호보의 송강, 옥기린 노준의
· 장관기밀군사 2명
지다성 오용, 입운룡 공손승
· 일동참찬군무두령 1명
신기군사 주무
· 전량관리두령 2명
소선풍 시진, 박천조 이응
· 마군오호장 5명
대도 관승, 표자두 임충, 벽력화 진명, 쌍편 호연작, 쌍창장 동평
· 마군팔호기 겸 선봉사 8명
소이광 화영, 금창수 서녕, 청면수 양지, 급선봉 삭초, 몰우전 장청, 미염공 주동, 구문룡 사지, 몰차란 목홍
· 마군소표장 겸 원탐출초두령 16명
진심신 횡신, 병울지 손립, 추군마 선찬, 정목안 학사문, 백승장 하도, 천목장 팽기, 성수장 단정규, 신화장 위정국, 마운금시 구붕, 화안산예 등비, 금모호 연순, 철적선 마린, 도간호 진달, 백화사 양춘, 금표자 양림, 소패왕 주통
· 보군두령 10명
화화상 노지심, 행자 무송, 적발귀 유당, 삽시호 뇌횡, 흑선풍 이규, 낭자 연청, 병관삭 양웅, 반명삼랑 석수, 양두사 해진, 쌍미갈 해보

· 보군장교 17명

혼세마왕 번서, 상문신 포욱, 팔비나탁 항충, 비천대성 이곤, 병대충 설영, 금안표 시은, 소차란 목춘, 타호장 이충, 모착천 두충, 백면랑군 정천수, 운리금강 송만, 출림룡 추연, 독각룡 추윤, 화항호 공왕, 중전호 정득손, 몰면목 초정, 석장군 석용

· 사채수군두령 8명

혼강룡 이준, 선화아 장횡, 낭리백도 장순, 입지태세 완소이, 단명이란 완소오, 활염라 완소칠, 출동교 동위, 번강신 동맹

· 사점 타청성식 요접내빈두령 8명

동산주점 : 소울지 손신, 모대충 고대수

서산주점 : 채원자 장청, 모야차 손이랑

남산주점 : 한지홀률 주귀, 귀검아 두흥

북산주점 : 최명판관 이립, 활섬파 왕정륙

· 총탐성식두령 1명

신행태보 대종

· 군중주보기밀보군두령 4명

철규자 악화, 고상조 시천, 금모견 단경주, 백일서 백승

· 수호중군 마군효장 2명

소온후 여방, 새인귀 곽성

· 수호중군 보군효장 2명

모두성 공명, 독화성 공량

· 전관행형회자 2명

철비박 채복, 일지화 채경

· 삼군내채사 마군두령 2명

왜각호 왕영, 일장청 호삼랑

· 장관감조제사두령 16명

행문주격조병견장 : 성수서생 소양

정공상벌군정사 : 철면공목 배선

고산전량지출납입 : 신산자 장경

감조대소전선 : 옥번간 맹강

전조일응병부인신 : 옥비장 김대견

전조일응정기포오 : 통비원 후건

전공의수일응마필 : 자염백 황보단

전치제질내외과의사 : 신의 안도전

감독타조일응군기철갑 : 금전표자 탕륭

전조일응대소호포 : 괴천뢰 능진

기조수즙방사 : 청안호 이운

도재우마저양생구 : 조도귀 조정

배설연연 : 철선자 송청

감조공응일체주초 : 소면호 주부

감조양산박일응성원 : 구미귀 도종왕

전일파봉수자기 : 험도신 욱보사

그날 송강은 양산박의 모든 두령들을 조로 나누고 난 후, 모든 호걸들에게 각각 병부와 인신을 나누어준 다음 엄숙한 목소리로 말했다.

"이제 우리 산채는 옛날과는 비교도 할 수 없을 만큼 막강해졌소. 오늘 이곳에 하늘의 별과 땅의 빛이 모두 모였으니, 모름지기 하늘에 맹세하여 마음을 하나로 정하고 죽기와 살기를 함께 하기로 맹세함이 어떻겠소?"

이에 모든 두령들이 크게 기뻐하며 따르니, 서열에 따라 차례로 분향하고 일제히 당상에 엎드렸다. 송강은 정성을 다해 하늘에 맹세하였다.

"송강이 여러 형제를 양산梁山에 모으고 영웅을 수박水泊에 맺어 그 수가 백팔 명이 되었습니다. 위로는 하늘의 뜻에 따르고 아래로는 민심을 좇을 것입니다. 이후로 만약 두령들이 마음을 어질고 착하게 먹지 않고 대의를 저버리는 일이 있다면, 바라옵건데 하늘과 땅이 그들의 목을 베어 주시고 신께서 함께 멸해 주소서. 이제 분명히 맹세하옵건데, 충의를 하나로 묶어 나라에 공훈을 나타내며 체천행도替天行道하고 보경안민保境安民하리니 하늘의 신께서는 저희를 지켜보시고 그 보답과 응징을 분명히 하소서.”

송강의 맹세가 끝나자 모든 두령들이 입을 모아 말했다.

“바라옵건데 살아서는 함께 살고 죽어서도 서로 만나 헤어지지 말게 하옵소서.”

그들은 피를 마시며 맹세하고 취하도록 술을 마시면서 하루를 즐겼다.

MEMO

편역 차평일

와세다대학 이학부를 졸업하고 교편 생활을 하였다.
역서와 저서로는 《청소년이 단숨에 읽는 삼국유사》외에도 《알기쉬운
사자소학》, 《생생 청소년 고사성어, 명심보감》, 《한 권으로 당당하게 끝
내는 삼국지, 손자병법》등이 있다. 현재, 후학들을 위해 집필 활동을 하
고 있다.

한 권으로 당당하게 끝내는 수호지

2002년 07월 15일 1판 1쇄 인쇄
2012년 07월 30일 1판 11쇄 펴냄

원작 | 시내암
평역 | 차평일
기획 | 김정재
진행 | 이동용
디자인 | 하명호
마케팅 | 홍의식

펴낸이 | 하중해
펴낸곳 | 동해출판
등록 | 제302-2006-48호
주소 | 경기도 고양시 알산동구 장항1동 621-32(410-380)
전화 | 031)906-3426
팩스 | 031)906-3427
e-mail | dhbooks96@hanmail.net

ISBN 89-7080-095-6 (03820)
＊ 편역자와의 협의하에 인지를 생략하며 무단복제를 불허합니다.
＊ 잘못된 책은 구입하신 서점에서 바꾸어 드립니다.